CÉLI

Céline Denjean est toulousaine. Ses grands-parents, libraires, lui ont transmis le goût des livres. Après avoir travaillé dans le domaine social, elle se consacre à l'écriture. Elle est l'autrice de *Voulez-vous tuer avec moi ce soir ?* (Nouvelles Plumes, 2015), *La Fille de Kali* (Marabout, 2016), *Le Cheptel* (Marabout, 2018 ; Prix des Mordus de thrillers 2019, Prix Polar du meilleur roman francophone de Cognac et Prix de l'Embouchure 2018) et *Double amnésie* (Marabout, 2019). Plus récemment, elle a publié *Le Cercle des mensonges* (Marabout, 2021 ; Prix de *L'Alsace/DNA*), et *Matrices* (Marabout, 2022). Son dernier roman, *Précipice*, a paru en 2023 aux Éditions Michel Lafon.

PRÉCIPICE

ÉGALEMENT CHEZ POCKET

Voulez-vous tuer avec moi ce soir ?
Le Cheptel
Double amnésie
La Fille de Kali
Le Cercle des mensonges
Matrices
Précipice

CÉLINE DENJEAN

PRÉCIPICE

Le Code de la propriété intellectuelle n'autorisant, aux termes de l'article L. 122-5, 2° et 3° a, d'une part, que les « copies ou reproductions strictement réservées à l'usage privé du copiste et non destinées à une utilisation collective » et, d'autre part, que les analyses et les courtes citations dans un but d'exemple et d'illustration, « toute représentation ou reproduction intégrale ou partielle faite sans le consentement de l'auteur ou de ses ayants droit ou ayants cause est illicite » (art. L. 122-4).
Cette représentation ou reproduction, par quelque procédé que ce soit, constituerait donc une contrefaçon, sanctionnée par les articles L. 335-2 et suivants du Code de la propriété intellectuelle.

© Céline Denjean et Michel Lafon Publishing, 2023
ISBN : 978-2-266-33644-4
Dépôt légal : février 2024

*À la mémoire de David Capdevilla,
un homme,
un compagnon,
un papa,
un fils,
un frère
et un ami
remarquable.*

– 1 –

La situation n'était pas *normale*

Anthony Lopez amorça la descente, buste penché vers l'avant pour prendre un maximum de vitesse et limiter sa prise au vent. Parvenu en bas, il maintint sa position, accéléra jusqu'à la butée et pria pour que son élan suffise, mais, comme chaque fois, sa mobylette commença à ralentir à mi-côte tandis que le moteur poussif menaçait de s'étouffer. Anthony se mit alors à pédaler pour aider la vieille bécane dans son ascension. Livrer Mme Ducuing n'avait rien d'une promenade de santé, pourtant les deux frères Lopez, qui aidaient leur père les vendredis et samedis – uniques soirs de livraison de la pizzeria familiale –, se disputaient systématiquement pour obtenir la course : la cliente était généreuse en pourboires.

Anthony redoubla d'efforts en ahanant sous son casque et parvint en haut. L'adolescent se rassit, satisfait – le plus dur était désormais derrière lui. Il parcourut un kilomètre supplémentaire sur la départementale avant de bifurquer sur une étroite route forestière truffée de nids-de-poule et que les arbres semblaient engloutir. Une minute plus tard, la maison de Valériane Ducuing se découpait loin devant, au cœur d'une clairière. Une fois encore, Anthony songea qu'il fallait être complètement *barge* pour vivre en plein bois, coupé du monde, avec un débit wifi qui ne devait guère excéder un mégaoctet et un réseau mobile limité à une barre les jours de beau temps. Aux yeux de l'adolescent, cette cliente était un être bizarre : à son mode de vie solitaire s'ajoutaient un look gothique digne de Marilyn Manson et une incompréhensible prodigalité – personne ne donnait jamais un pourboire de dix euros pour la livraison d'une pizza qui en coûtait douze… À l'approche de la fermette, l'adolescent repéra une voiture bleu métallisé stationnée dans un petit renfoncement en bordure du chemin.

Il gara sa mobylette à côté de la Twingo de Mme Ducuing, retira son casque – c'était plus correct vis-à-vis des clients, notamment les réguliers –, puis il se dépêcha d'ouvrir le petit coffre en plastique où reposait la pizza Dolce Vita, spécialité de la Maison Lopez. Il prit conscience que quelque chose clochait au moment où il posa le pied sur la première des trois marches du perron. La porte d'entrée béait, et le gros pot de fleurs qui ornait le palier était fracassé. La terre et les géraniums s'étalaient sur la pierre de l'escalier. La première pensée de l'adolescent fut que Mme Ducuing avait dû chuter. Il monta et passa la tête à l'intérieur. Il était 19 h 30 et, malgré l'obscurité qui régnait dans la maison, la lumière n'était pas allumée. Anthony s'avança d'un ou deux pas timides vers le salon et sentit un crissement sous ses semelles. Il baissa les yeux et devina des débris de verre ainsi que des taches de sang sur le carrelage blanc. La situation n'était pas *normale*.

— Madame Ducuing ? C'est Anthony de la Maison Lopez ! lança-t-il, inquiet.

Il attendit et perçut d'étranges couinements provenant de la pièce principale nappée par la pénombre. Un pic de stress le fit frémir.

— Madame, c'est le livreur ! reprit-il plus fort, mais sa voix trahissait sa fébrilité. Est-ce que tout va bien ?!

Depuis le seuil du salon, il tâtonna nerveusement à la recherche de l'interrupteur. Les plaintes reprirent, là, tout près, au milieu des ombres épaisses, et la chair de poule lui hérissa les avant-bras. Il trouva enfin l'interrupteur, et une lumière vive éclaira la pièce, révélant le décor habituel, à un élément près. Le cocker de Mme Ducuing gisait sur le sol, les pattes avant et arrière ainsi que le museau scotchés avec du ruban adhésif. *Oh putain !* Le livreur balança la pizza sur la table pour attraper son portable. Au même moment, une série de bruits précipités et étouffés lui parvint du fond de la maison. L'ado hésita. Il n'était même pas sûr de connaître le numéro de la police. Le 17 ? Ou alors c'étaient les pompiers ? Gagné par la peur et l'urgence, il opta pour l'évidence. De ses deux pouces agiles, il envoya un texto à sa mère : « Urgent. Prb chez Ducuing. Appelle la police tout de suite ! » Il reporta ensuite son attention sur les traces de sang sur le sol. Elles conduisaient à un couloir – une bouche noire et inquiétante.

— Madame Ducuing ? Vous avez besoin d'aide ? cria-t-il en rassemblant tout son courage. Il y a du sang par terre… Vous allez bien ?

Derrière lui, le chien continuait de gémir en se tortillant sur le sol.

— Chuuut, le chien ! Chuuut, s'te plaît !

Mais le clébard poursuivait son raffut, masquant les bruits alentour. Anthony fit alors volte-face, attrapa avec précaution la boule de poils roux qui l'implorait du regard et la porta au fond de la cuisine attenante. Puis, la mort dans l'âme, il ferma la porte, se posta de nouveau à l'entrée du couloir et actionna l'interrupteur. Un long boyau desservait quatre portes, toutes fermées, avant de dessiner un angle droit d'où lui parvint un léger bruit de fond, semblable à celui d'un écoulement d'eau. *Il y a quelqu'un, là-bas au bout.*

— Madame Ducuing, vous m'entendez ?! cria-t-il, prêt à détaler à la moindre menace.

Pris d'une inspiration subite, il beugla :

— Je viens d'appeler la police ! La police va arriver, OK ?!

Quelques secondes plus tard, une porte claqua dans la partie invisible du couloir.

— Madame Ducuing ?!

Pas de réponse... Mais le silence parfait fut bientôt rompu par les bruits caractéristiques de gonds qui grincent et de contrevents qu'on ouvre à la volée. Juste après, étouffés par l'épaisseur des murs, des crissements de pas sur des gravillons s'élevèrent. Quelqu'un était en train de s'enfuir. Celui qui avait attaché le chien ?... Alors, qu'en était-il de Mme Ducuing ? Pourquoi ne répondait-elle pas ?

Tous les sens aux aguets, l'adolescent se força à avancer jusqu'au T du couloir et coula un regard nerveux sur sa droite. Deux nouvelles portes se faisaient face, l'une fermée, l'autre entrouverte. Aucun mouvement, mais le son d'un robinet qui coulait se précisa : il semblait provenir de derrière la porte entrebâillée. Une salle de bains, probablement... Il prit son courage à deux mains, se plaça près de l'ouverture et cria :

— Madame ! Est-ce que ça va ? Vous m'entendez ?

Bien sûr qu'elle t'entend, tu viens de brailler à réveiller un mort ! songea-t-il alors que sa peur augmentait parce que seul le silence lui répondait. Mû par l'instinct, Anthony poussa davantage la porte, suffisamment pour que son regard s'accrochât au reflet que lui renvoyait le grand miroir mural, au-dessus du lavabo. Il laissa alors échapper un glapissement de surprise, et son cœur cogna douloureusement. Puis l'urgence de la situation lui dicta sa conduite.

L'adolescent se précipita dans la salle de bains et referma immédiatement le robinet de la baignoire. Le niveau du bain rougi par du sang avait atteint la bouche de Mme Ducuing et flirtait avec ses narines. Sans son aide, elle allait se noyer ! Dans une série de gestes maladroits et paniqués, il tenta alors d'attraper le corps immobile de la femme dont les yeux suppliants roulaient dans leurs orbites, témoignant qu'elle était parfaitement consciente. Mais le corps lui échappa à plusieurs reprises, et Mme Ducuing but la tasse. Après trois vaines tentatives d'extraction, l'adolescent parvint à ordonner ses idées. Il plongea son bras dans la baignoire et finit par trouver la bonde. Le siphon glouglouta et le niveau de l'eau commença à baisser.

L'adolescent s'agenouilla alors et, d'une voix paniquée, parvint à formuler :

— Euh... je vais d'abord... essayer de vous enlever... ce truc-là.

Des yeux, il désignait le bâillon qui empêchait Mme Ducuing d'appeler à l'aide.

— Et après... je... je vais voir comment défaire ce... ce paquet... d'accord ?

Les yeux de l'adolescent détaillèrent le fameux « paquet » : le corps de la femme était prisonnier d'un méthodique entrelacs de sangles serrées. Ainsi saucissonnée, Mme Ducuing ressemblait à une momie. Alors que les questions commençaient à se bousculer dans son esprit, le garçon repéra un sigle tracé à la bombe noire sur le carrelage blanc de la baignoire, une inscription incompréhensible : « MPC/1 ».

– 2 –

Cette affaire ne me plaît pas du tout

Louise Caumont s'engagea sur le chemin forestier aux alentours de 22 h 30. En approchant de la ferme paumée au milieu des bois, elle repéra le van de la scientifique et deux camions de la brigade de proximité qui stationnaient déjà sur place. Leurs gyrophares balayaient la forêt de leurs faisceaux bleu électrique, donnant au lieu une atmosphère inquiétante.

— Au moins, on est sûres d'être à la bonne adresse ! ironisa la gendarme en tirant sur le frein à main.

Violaine Menou, sa jeune collègue et amie, sourit de la réflexion, avant de sortir de la voiture. Un brigadier se dirigea vers les arrivantes.

— Brigade de recherches de Tarbes, se présenta Louise.

— Ah, très bien ! La scientifique est en train de terminer son travail, et mon supérieur vous attend à l'intérieur.

— OK, et il se passe quoi exactement, ici ? Un cambriolage qui a mal tourné ? supposa Louise au regard de l'emplacement isolé de la fermette.

— Euh, non... C'est plus compliqué, lui répondit le jeune bleu d'une voix nouée. Rentrez, mon chef va tout vous expliquer.

Les deux gendarmes notèrent le pot cassé avec son terreau noir étalé sur les marches du perron et piétiné par les différentes allées et venues. Dans le vestibule, quelques traces de sang apparaissaient dans un pêle-mêle de débris de verre, de cavaliers numérotés déposés par la scientifique et d'empreintes terreuses qui souillaient le carrelage.

— Tu parles d'un bordel ! fit Louise d'un ton dépité. Je me demande bien ce que les TIC[1] vont pouvoir tirer de tout ça.

Dans le salon, un type d'une cinquantaine d'années, grand, costaud et moustachu, couvait d'un œil paternel un jeune gars à qui Louise ne donna guère plus de dix-huit ans. Assis sur une chaise, le jeune homme semblait sous le choc. Il jetait des regards inquiets autour de lui, tout en caressant un chien tremblant posé sur ses genoux. Louise détailla l'animal et fronça les sourcils : des bandes de poils arrachés révélaient la peau blanche sur le museau et les pattes. Dès que le moustachu détecta leur présence, il s'avança vers elles.

— Brigadier Hartin. Vous êtes de la BR ?

— Oui, major Caumont et major Menou.

— Bienvenue... Je vais aller droit au but : il s'agit d'une tentative de meurtre. La victime s'appelle Valériane Ducuing. Elle a trente-cinq ans. Elle s'est installée ici il y a environ dix-huit mois. D'après les éléments recueillis par les secours, elle a été attaquée

---

1. Techniciens en identification criminelle.

sur son perron. L'homme l'a violemment poussée vers l'intérieur, elle est tombée, puis elle a senti une très vive douleur à l'épaule. Elle a parlé d'une sensation de brûlure couplée à une puissante décharge... Ensuite, elle ne se souvient de rien, en dehors de son réveil.

Le moustachu marqua un temps d'arrêt, comme hésitant à poursuivre ou cherchant comment formuler la suite.

— Quand elle a repris connaissance, elle se trouvait dans sa baignoire. Elle s'est alors rendu compte qu'elle était totalement emprisonnée par... une sorte de sarcophage de sangles et qu'elle ne pouvait pas crier parce qu'un bâillon lui obstruait la bouche. L'objet a été récupéré par la scientifique, précisa-t-il.

— L'objet ?

— Le fameux bâillon. C'est... c'est un truc utilisé par les fétichistes, expliqua-t-il, une grosse boule suffisamment molle pour épouser le palais, que l'on enfonce dans la bouche et qui est maintenue par une sangle, vous voyez ?

Louise et Violaine se contentèrent d'un vague oui de la tête. Le récit prenait une drôle de tournure : une femme bondée et bâillonnée dans sa baignoire !

— Quand elle a compris ce qui se passait, reprit Hartin, l'eau était en train de monter...

— L'eau ? l'interrompit Louise. Vous voulez dire que l'agresseur avait ouvert le robinet ?

— Exactement. La victime serait morte noyée si ce jeune livreur de pizzas n'était pas arrivé à temps, conclut-il en désignant le gamin.

Louise observa plus attentivement l'adolescent. La tête dans son anorak noir refermé jusqu'au cou à cause du froid de la maison, dont la porte d'entrée demeurait ouverte, il semblait aux abois. Le choc avait imprimé sa marque sur ses traits juvéniles, et l'interminable attente à laquelle il était contraint augmentait certainement sa nervosité. Prise de pitié, la gendarme avança et lui sourit.

— Ça va ?
— Oui, m'dame, fit-il en se redressant légèrement.
— Comment tu t'appelles ?
— Anthony Lopez.
— Je suis le major Louise Caumont. Écoute, j'imagine que tu as envie de rentrer chez toi, alors je vais te poser quelques questions rapides, et on se reverra ensuite pour une déposition plus complète, entendu ?

Le jeune homme hocha vivement la tête. La perspective de retourner chez lui avait allumé une lumière dans son regard.

— Quel âge as-tu, Anthony ?
— Dix-sept ans, m'dame.
— OK. Tu as appelé tes parents ?
— Vos collègues les ont prévenus. Moi, je n'ai plus mon portable, ils me l'ont pris. Ils disent que c'est une pièce à conviction.
— Il contient des photos qui ont été prises avant l'arrivée du SAMU, s'empressa d'expliquer Hartin.
— Comment ça ?
— Après qu'Anthony lui a enlevé son bâillon, la victime lui a demandé d'appeler les secours et la police, puis de prendre un maximum de clichés dans la maison.

Louise écarquilla les yeux.

— Il se trouve que Valériane Ducuing appartient plus ou moins à la maison : elle est médecin légiste…

Elle a certainement compris que la scène de crime allait être polluée avec l'arrivée des secouristes et elle a pris les devants.

— On aura des clichés fidèles des lieux juste après l'agression, ce qui n'est pas négligeable, apprécia Violaine.

— Tout à fait. Il y a une bonne soixantaine de photos à décortiquer. Ainsi que les prélèvements effectués par la scientifique dans la salle de bains et la chambre. Il faudrait d'ailleurs que vous veniez y jeter un œil, ajouta le brigadier d'un ton sombre.

— Violaine, tu vas voir ? Pendant ce temps, je pose quelques questions à Anthony.

Sa collègue opina du chef et emboîta le pas au brigadier Hartin.

— Allez, Anthony, on y va. Plus tôt on commence, plus vite tu rentres chez toi. Ce pauvre chien, il est à toi ?

— Oh, non, m'dame. Il est à Mme Ducuing. Quand je suis entré, je l'ai trouvé là, au pied de la table… Il avait les pattes attachées et le museau aussi. On a… avec les gendarmes, on a essayé de pas trop lui arracher de poils en enlevant le scotch… Le pauvre, ça se voit qu'il a eu trop peur…

Louise hocha la tête. L'animal faisait peine à voir avec sa fourrure clairsemée et les tremblements qui le traversaient, témoignant de son traumatisme.

— Ça repoussera, va, ne t'inquiète pas trop… Allez, maintenant, dis-moi exactement ce qui s'est passé.

Le jeune soupira – il avait déjà raconté son histoire au moustachu –, mais il prit sur lui :

— Mme Ducuing a passé une commande sur notre site, vers 17 heures, avec une demande de livraison pour 19 h 30 environ.

— Tu l'appelles par son nom, tu la connais ?

— Oui, enfin, de loin. C'est une cliente régulière... Et elle est vraiment sympa avec nous, je veux dire, elle nous laisse de jolis pourboires quand on la livre.

— Nous ?

— Mon frère Kévin et moi. On effectue les livraisons les vendredis et samedis soir pour papa. Ça nous fait un peu d'argent de poche.

— Je vois. Et donc ?

D'un ton soucieux de bien faire, le jeune livreur fit un récit le plus complet possible du moment où il était arrivé à celui où il avait secouru la victime. Louise ne l'interrompit pas mais se crispa en comprenant que le jeune homme avait agi alors que l'agresseur se trouvait encore dans la maison.

— Si je comprends bien, tu n'as vu personne ? Pas même une silhouette, une couleur de vêtement, un détail qui pourrait nous aider à identifier ce type ?

— Non, admit-il, penaud, je n'ai rien vu du tout... J'ai juste entendu un claquement de porte, les pas qui couraient dehors et le bruit de l'eau qui coulait.

— D'accord, Anthony. Une dernière question, et je demande qu'on te ramène chez tes parents, OK ?

Visiblement soulagé, il s'empressa d'approuver.

— Puisque tu as déjà effectué des livraisons ici, as-tu détecté quelque chose de bizarre, un élément inhabituel, un détail qui aura attiré ton attention ? Prends bien le temps de réfléchir, ajouta-t-elle alors que le garçon faisait déjà « non » de la tête.

Anthony plongea dans un abîme de réflexion tandis qu'il faisait mentalement défiler les images du drame. Soudain, il se tendit, et Louise l'interrogea des yeux.

— J'ai vu une voiture en arrivant ! Elle était garée sur le bas-côté, un peu plus haut sur le chemin, à une cinquantaine de mètres de la maison... Elle était bleu métallisé, ça, j'en suis sûr.

— Tu as vu sa marque ?

— ... Non, je n'ai pas fait attention... je n'imaginais pas que... Je suis vraiment désolé... Bleu métallisé, c'est tout ce que je peux vous dire.

— Ça n'est pas grave, Anthony, tu ne pouvais pas savoir. Et, sans aller jusqu'à la marque, tu peux me dire s'il s'agissait d'un gros modèle ou plutôt d'une petite voiture ?

Le garçon se concentra.

— Moyenne, je dirais. Un peu de la taille de la voiture de ma mère.

— Elle a quoi comme voiture, ta mère ?

— Une Opel Corsa dernière génération.

— Entendu. Je te remercie, Anthony. Tu crois que tu pourrais nous montrer où exactement était stationnée cette voiture ?

— Oui, m'dame !

— Parfait. Attends-moi là, je reviens.

Louise se précipita vers l'extérieur et rejoignit à pas vifs le camion des TIC, qui rangeaient déjà leur matériel et les différents scellés.

— Salut, Olgado.

— Tiens, Louise ! On m'a dit que la BR devait être dépêchée sur les lieux, mais je n'ai vu personne ! lui lança le chef de la scientifique.

— Violaine et moi sommes arrivées il y a une vingtaine de minutes.

— On devait être de l'autre côté de la maison. *A priori*, l'agresseur a filé par la porte-fenêtre de la chambre de la victime située là-bas derrière, fit-il en désignant un angle invisible dans la nuit. Mais on n'a rien trouvé.

— Et côté entrée ?

— Un vrai carnage ! J'ai fait procéder à des prélèvements, mais je serais étonné qu'on puisse en tirer quoi que ce soit. Les types du SAMU ont tout pourri ! Idem dans la salle de bains, des va-et-vient partout. Les secouristes ont mis un paquet de temps à défaire les sangles qui entravaient la victime. Avec l'eau, elles étaient encore plus difficiles à desserrer. Bien sûr, on a mis sous scellés le fameux sarcophage : c'est une sorte de combinaison intégrale, un sac de bondage en toile qui sert pour les jeux SM extrêmes. Je te ferai suivre des photos dès demain, et si je trouve la référence du produit, je te la transmettrai aussi.

— Merci. Dis-moi, Olgado, tu pensais remballer, là ?

— Oui. Pourquoi ?

— Anthony Lopez, le jeune livreur, a repéré un véhicule, garé en bordure de chemin, pas très loin.

L'homme laissa échapper un soupir agacé. Louise lui répondit par un sourire contrit, puis tourna les talons et regagna la maison. L'adolescent n'avait pas bougé d'un poil, visiblement perdu dans la contemplation des veines du bois de la table.

— Excuse-moi, Anthony. Je vais demander qu'on te ramène, mais juste avant, je voudrais que tu montres l'endroit où tu as vu la voiture bleue.

— OK.

— Quant à nous, on va se revoir demain, 10 heures, dans nos locaux, pour une déposition officielle. Tu peux venir accompagné, bien sûr. On aura téléchargé les photos et on te rendra ton téléphone !

— Ça marche, fit le jeune en se levant, soulagé à la perspective de récupérer son portable. Et le chien, alors ?

La gendarme se retrouva prise de court. Elle saisit l'animal dans ses bras tout en réfléchissant, quand Violaine apparut.

— Ah, Anthony ! « MPC/1 », fit-elle, ça ne te dit rien ?

Le jeune secoua la tête d'un air navré.

— Non, désolé, rien du tout.

Louise s'aperçut qu'il commençait à se décomposer sous le poids des émotions et des questions sans réponse. Elle demanda alors à Hartin de le conduire auprès d'Olgado, avant de le ramener enfin chez lui.

— Et ma mob, alors ? intervint Anthony, qui suivait l'échange.

— Ne t'inquiète pas, on la chargera à l'arrière du fourgon, le rassura le moustachu. Allez, viens.

Louise suivit le jeune des yeux et lui adressa un petit signe de tête encourageant quand il regarda une dernière fois en arrière avant de franchir le seuil. Puis elle se tourna vers Violaine.

— C'est quoi, cette histoire de lettres, là ?

— L'agresseur a tagué « MPC/1 » à la bombe noire sur le carrelage de la baignoire.

Le visage de Louise se crispa.

— OK, j'aime autant voir ça de mes propres yeux.

— Je me trompe ou tu es soucieuse, Louise ?

— Crois-moi, très chère, j'aurais adoré te claquer le bec en te répondant que tu te trompes ! Mais entre la préméditation, la mise en scène plutôt élaborée et cette histoire de tag qui a tout d'une signature, on s'éloigne carrément des dossiers classiques… En réalité, cette affaire ne me plaît pas du tout.

Puis, d'un geste naturel, elle tendit le chien à sa collègue et fila vers la salle de bains.

— Surtout, prends bien soin de lui jusqu'à ce qu'on puisse le remettre à sa propriétaire ! cria-t-elle sans se retourner.

– 3 –

Sous l'œil impavide de Chronos

La lumière crue du plafonnier inondait la chambre d'hôpital, faisant luire le linoléum bleu clair et révélant des plinthes abîmées par les frottements et les chocs. Assise sur le lit, le visage fermé, Valériane Ducuing fixait un point invisible. Louise détailla rapidement la jeune femme – un corps très mince, une figure triangulaire aux pommettes saillantes, de grands yeux noisette, un nez fin et droit, une bouche étroite aux lèvres charnues, et un carré plongeant de cheveux noir de jais, raides et fins, avec une longue frange partant du haut du crâne qui lui donnait un air de personnage de manga.

— Bonjour, madame.

La jeune femme tourna la tête et considéra Louise d'un air interrogatif.

— Major Louise Caumont, brigade de recherches de Tarbes.

— Ah ! Je me demandais quand je recevrais votre visite, réagit-elle, avec un soupçon d'agressivité. Où est Balto ? Dites-moi qu'il va bien !

— Balto ? Votre cocker, je suppose ?
— Oui.
— Il est chez une collègue, elle s'en occupe bien, ne vous inquiétez pas.

Le soulagement s'imprima immédiatement sur les traits de la jeune femme, et son corps tout entier se détendit.

— Comment allez-vous, madame ?
— D'après ce qu'on m'a dit, je vais pouvoir quitter l'hôpital cet après-midi. Et j'aimerais récupérer Balto au plus vite, s'il vous plaît.
— D'accord, on va organiser ça, ne vous inquiétez pas.

Puis Louise tira vers elle le fauteuil en skaï saumon qui était près du lit et prit place face à la jeune femme.

— Bon, le procureur a ouvert une enquête de flagrance. Nous serons donc amenées à nous revoir. Pour votre sortie, quelqu'un va venir vous chercher ?
— Non, je vais appeler un taxi. Je préfère, c'est plus simple, précisa-t-elle face au regard surpris de la gendarme.
— Vous allez rentrer chez vous ? s'étonna Louise. Vous ne préféreriez pas passer le week-end ailleurs, avec des proches ?

La gendarme sentit le malaise de Ducuing et ajouta d'un ton précautionneux :

— Vous savez, il y aura du nettoyage à faire dans votre maison, et un peu d'aide ne serait pas de trop. En plus, ce ne sera pas facile de réintégrer le lieu dans lequel…
— Je sais, la coupa Ducuing, d'un ton qui se voulait résolu. Mais à quoi bon reculer ? Il faudra bien que je me confronte à cette réalité.

La jeune femme tentait de dissimuler son anxiété, mais les tressautements nerveux de ses pieds sous les draps n'échappèrent pas au regard scrutateur de Louise.

— C'est vous qui voyez, consentit celle-ci après un court silence... J'ai rencontré le jeune Anthony Lopez, hier soir, et j'ai recueilli son témoignage. J'aurais désormais besoin du vôtre.

Ducuing acquiesça d'un battement de cils tandis que son visage se durcissait à la seule évocation de son agression.

— Je suis sortie de chez moi un peu après 17 heures pour faire ma promenade habituelle avec Balto.

— Habituelle ?

— Oui. Chaque jour, j'effectue une marche d'une heure et demie environ. Une grande boucle depuis la maison.

— Toujours la même ?

— À peu près, oui. Je traverse les bois derrière chez moi et je rejoins un sentier balisé qui mène au mont. Quand je suis d'attaque et que Balto est partant, on fait l'ascension jusqu'à la petite chapelle en haut du mont, sinon on se contente de passer en dessous.

Gênée par les mèches de son carré court, Louise ramena prestement ses cheveux en arrière et les attacha avec une pince. Puis elle nota ces informations sur le carnet ouvert sur ses genoux.

— Je suis rentrée chez moi vers 18 h 15. J'ai alors découvert que le gros pot de fleurs posé sur le pas-de-porte était brisé. J'ai rapidement regardé aux alentours, mais je n'ai rien vu. J'ai pensé qu'un animal assez imposant avait dû le renverser... Bref, je suis rentrée avec Balto, j'ai pris un balai, un sac-poubelle et une pelle, et je suis ressortie pour nettoyer. J'avais pris soin de laisser Balto à l'intérieur pour éviter qu'il ne piétine la terre et n'en mette partout. J'étais accroupie, je ramassais les morceaux de faïence, quand j'ai détecté un mouvement derrière moi. J'ai à peine eu le temps de tourner la tête.

Les traits de la jeune femme se crispèrent.

— J'ai entraperçu un homme cagoulé qui me fonçait dessus. Malgré la surprise, j'ai eu le réflexe de me ruer vers l'intérieur, mais le type était déjà sur moi lorsque la porte s'est ouverte.

Elle cessa de parler, et son regard se perdit dans le vide. Elle est encore sous le choc, songea Louise avant de la relancer avec douceur :

— Et ensuite ?

— J'ai senti une brûlure à l'épaule, puis une douleur fulgurante qui m'a parcouru tout le corps. Le légiste qui m'a examinée a parlé d'une électrisation par shocker. Effectivement, ça correspond : je n'étais plus en mesure de réagir ni même de penser. J'étais foudroyée... Après, c'est le trou noir.

— Vous aviez vu que votre agresseur tenait une arme ?

— Non... je n'ai pas eu le temps de voir quoi que ce soit. Je suis désolée.

Louise griffonna quelques notes et releva les yeux.

— Je suppose que, en chutant, j'ai emporté le grand vase qui reposait sur le guéridon de l'entrée. Je n'ai aucun souvenir de m'être fait mal, précisa Ducuing en levant son avant-bras gauche, légèrement enflé à cause de plusieurs points de suture. Mais j'imagine que je me suis entaillée à ce moment-là.

— Les techniciens de la scientifique parviendront peut-être à l'établir.

Valériane Ducuing grimaça.

— Les secours ont souillé la scène de crime ?

— En effet.

— Le jeune livreur qui m'a sauvée… Anthony, c'est ça ?

— Oui.

— Je lui ai demandé de photographier tout ce qu'il pouvait.

— Il l'a fait. Sur ce point, d'ailleurs, quelle présence d'esprit !

La légiste eut un sourire étrange.

— C'est fou, hein, le cerveau humain ? appréciat-elle d'un ton médusé. Je suppose que ce réflexe professionnel ultra-rationnel correspond à une forme de mise à distance du désordre émotionnel.

— Possible, oui. Quoi qu'il en soit, nous disposons des images de la scène avant l'arrivée du SAMU et de la brigade de proximité.

— C'est déjà ça.

— Reprenons… Nous en étions à votre trou noir. Pouvez-vous me dire, avec le plus de précision possible, ce dont vous vous souvenez après que vous avez repris connaissance ?

Une ombre passa sur le visage de Ducuing. Elle ferma un instant les yeux, déglutit, puis répondit d'une voix blanche :

— D'abord, je me souviens de mes sensations… des sensations étranges de décorporation et de flottement dans un bain de couleurs vives et douces à la fois… des couleurs dont la matière m'enveloppait – une ouate extrêmement douce et réconfortante.

Elle marqua un instant d'arrêt, puis braqua son regard vers Louise.

— Je suppose qu'un junkie dirait qu'il planait, précisa-t-elle d'un ton clinique.

— Vous pensez avoir été droguée ?

— C'est certain ! Le confrère qui m'a examinée a relevé un important hématome à la cuisse. Au regard de mes hallucinations et des effets recherchés par mon agresseur, je peux vous affirmer sans me tromper qu'il m'a injecté de la K en intramusculaire.

La gendarme sourit avec magnanimité : pour la première fois de sa carrière, elle se retrouvait dans l'étrange position de recueillir le témoignage d'une victime que la profession rendait plus compétente qu'elle-même sur certains aspects de l'agression. Autant en faire un atout.

— De la K ? Kétamine, c'est ça ?

— Oui. C'est un puissant psychotrope, aux effets antalgiques et hypnotiques, qui est d'ailleurs utilisé en milieu hospitalier en induction de l'anesthésie. Bien dosé, il provoque une perte de vigilance dans un délai assez court – une à trois minutes. Il peut être injecté en intramusculaire. Enfin, contrairement aux différents médicaments anxiolytiques et myorelaxants de la famille des benzodiazépines ou bien des anesthésiques de type propofol, la K n'entraîne pas de diminution des fonctions respiratoires, ce qui évite la mort par asphyxie.

Louise hocha la tête.

— Et vu ce qui m'attendait au réveil, il était important pour ce taré que je ne meure pas de dépression respiratoire !

— Tout porte à croire, effectivement, qu'il visait la noyade, valida la gendarme. Madame, avant la parenthèse médicale, vous me parliez de vos hallucinations. Pouvez-vous reprendre à ce moment-là, s'il vous plaît ?

— Oui, bien sûr. Impossible pour moi d'évaluer la durée de ce voyage au cœur des couleurs... Mais, peu à peu, mon esprit est revenu sur terre... Cette descente était plutôt désagréable et anxiogène, parce qu'une partie de mon cerveau envoyait déjà des signaux d'alerte. Bref, j'ai fini par entrouvrir les yeux. Là, je me sentais encore dans les vapes, ma vision n'était pas totalement ajustée, et mon esprit était encore embrumé. J'ai mis un peu de temps avant de prendre conscience que l'eau montait autour de moi, j'essayais de me redresser, mais mon corps ne répondait pas... comme si... comme s'il refusait d'obéir... Alors j'ai baissé les yeux et, là, j'ai compris.

Le regard de la jeune femme s'assombrit à l'évocation de ces souvenirs, et la gendarme nota qu'une de ses mains s'entortillait nerveusement dans le drap d'hôpital.

— Je... C'est effroyable, vous savez. Cette eau qui monte, qui monte, qui monte, et votre corps comme coulé dans du béton ! Je n'ai jamais vécu une telle angoisse. J'ai compris que j'allais mourir noyée et j'ai hurlé pour appeler à l'aide. Mais mon cri n'était qu'un râle couvert par le bruit du jet d'eau.

Ducuing tourna subitement la tête, planta un regard incandescent dans celui de la gendarme et expliqua d'une voix tremblante :

— Il m'avait fourré une boule dans la bouche. Non content de m'avoir immobilisée, ce taré avait fait en sorte que je ne puisse pas crier !

— C'est la fonction d'un bâillon, empêcher de donner l'alerte, avança Louise en pressentant qu'une subtilité lui échappait.

— Vous avez vu où je vis ? Vous croyez vraiment que mon agresseur a pensé que quelqu'un pouvait passer par là et voler à mon secours ?

— Eh bien, à tort ou à raison, il a vraisemblablement trouvé utile de prendre cette précaution.

— Non, ce bâillon n'avait rien d'utile au sens où vous l'entendez. Il faut avoir été à ma place pour comprendre. Mon agresseur voulait anéantir toutes mes capacités d'expression, fit la jeune femme, au comble de l'émotion. Le cri est un réflexe primaire, viscéral, animal : en me privant du pouvoir de crier, il m'a enfermée en moi-même, il m'a emmurée vivante dans un corps-prison.

Louise s'enfonça dans son fauteuil. Valériane Ducuing avait vécu un épisode traumatisant, et son propre ressenti ne rendait peut-être pas compte de l'intention véritable de l'assaillant… La gendarme nota cependant cet élément d'interprétation et décida de retourner sur un terrain factuel.

— D'accord. Maintenant, revenons au déroulé de l'agression. Pendant le temps où vous étiez dans la baignoire, où se trouvait l'homme ?

— Il se tenait tout près, mais je ne pouvais pas le voir. Les entraves empêchaient aussi les mouvements de ma nuque. Seuls mes yeux pouvaient bouger. Ma vision périphérique était donc limitée.

— Alors qu'est-ce qui vous fait dire qu'il se tenait à côté de vous ?

— L'eau était au niveau de ma gorge quand il a murmuré : « Tu vas mourir, Valériane. » Vous imaginez un peu ! Ce type était là, il voulait me voir mourir ! Et, surtout, il voulait me voir me regarder mourir !

— Calmez-vous, madame. Je comprends, mais c'est derrière vous, maintenant, lui dit Louise d'une voix douce. Que s'est-il passé, après qu'il vous a parlé ?

— Juste après m'avoir dit ça, il s'est interrompu parce que Anthony a commencé à m'appeler. Là, j'ai perçu son agitation et ses mouvements... J'ai compris qu'il ne s'y attendait pas, qu'il ne savait plus quoi faire. Et je me suis dit : *Il va t'enfoncer la tête sous l'eau pour te noyer !*

— J'imagine combien ce récit est pénible pour vous, mais nous devons aller au bout... Respirez... Ça va aller ?

Ducuing renifla en hochant nerveusement la tête et reprit :

— Quand la voix d'Anthony s'est élevée depuis l'entrée, l'homme s'est d'abord précipité hors de la salle de bains. Il a fait quelques pas dans le couloir, puis il a dû se raviser, car il est revenu dans la pièce. Il a farfouillé, on aurait dit qu'il rassemblait des affaires. Puis j'ai entendu le bruit d'un zip de fermeture Éclair. Ensuite, il a fait un mouvement vers moi, j'ai aperçu son bras et sa main à l'angle de ma vision. Là... j'ai cru que... j'ai vraiment cru qu'il allait m'enfoncer la tête sous l'eau, répéta la jeune femme dans un murmure. Mais la voix d'Anthony s'est de nouveau élevée, depuis l'entrée du couloir cette fois-ci. Il a crié qu'il avait appelé la police. C'est là que mon agresseur a décidé de fuir. Le type a quitté la salle de bains. Quelques secondes ont filé.

Puis j'ai entendu un claquement de porte. Ça venait de ma chambre. Mais je vous avoue qu'à ce moment-là tout ce qui m'importait, c'était de ne pas glisser dans la baignoire. J'essayais de contracter mes muscles pour maintenir ma posture malgré le léger flottement de mon corps, parce que l'eau avait atteint ma bouche et menaçait de rentrer dans mes narines.

Louise se figurait la scène, l'imminence de la noyade, la terreur augmentant à chaque seconde qui filait et, en même temps, l'espoir fou que le destin avait fait naître avec l'arrivée providentielle du jeune livreur. Un combat serré entre Thanatos et les Moires sous l'œil impavide de Chronos.

— Au bout d'un temps qui m'a paru infini, j'ai de nouveau entendu Anthony, juste derrière la porte. Il a crié, puis il est entré. C'était moins une...

La gendarme acheva sa prise de notes dans le silence tout juste rompu par le grattement de son stylo-bille sur le papier. Puis elle releva la tête, décidée à poser les questions nécessaires à ce stade.

— Madame Ducuing, j'ai bien noté que votre agresseur était cagoulé, mais avez-vous la moindre idée de son identité ?

— Non, répondit-elle sans hésitation.

— Avez-vous reconnu sa voix ?

— Non... quand il a dit « Tu vas mourir, Valériane », il chuchotait... C'est impossible de reconnaître une voix à partir d'un murmure.

— Un accent, peut-être ?

Ducuing secoua la tête.

— Je ne crois pas... je l'aurais remarqué, je suppose.

— OK. Pouvez-vous me dresser une description la plus complète possible de cet homme ? Son allure ? Sa corpulence ? Ses vêtements ?

— L'homme devait mesurer environ un mètre quatre-vingts... il était mince... et très vif... Il portait un jogging noir de marque Adidas. Ça, je m'en souviens, à cause des trois bandes blanches sur le côté de la jambe. C'est tout.

— Et il portait une cagoule, relança la gendarme.

— Oui. C'était une sorte de passe-montagne en laine noire. On ne voyait que ses yeux.

— Vous avez vu leur couleur ?

Ducuing marqua un temps de réflexion, puis secoua la tête.

— Non, je suis désolée, ça a été trop vite.

— OK.

— ... Ah, je me souviens d'un autre détail ! Quand j'étais dans la salle de bains et qu'il a esquissé un mouvement vers moi, j'ai vu qu'il portait des gants.

— Des gants en cuir ?

— Non. Des gants en latex.

Louise ajouta ce détail à ses notes et releva la tête.

— Dans votre entourage, y a-t-il un homme dont la stature et l'allure pourraient correspondre à cette description ?

Valériane Ducuing jeta un regard stupéfait à la gendarme. Celle-ci décida alors de s'expliquer :

— Il a pris soin de masquer son visage. Il a chuchoté votre prénom. Ça n'est peut-être pas pour rien.

— Ce fou avait prévu de me faire mourir ! Que pouvait lui importer que je le reconnaisse ! rétorqua la jeune femme.

— Certes, mais l'identifier vous aurait permis de vous adresser à lui, de chercher à négocier, de jouer sur une possible corde sensible.

À ces mots, le regard de la jeune femme se troubla. L'émotion lui faisait monter les larmes. La voix nouée, elle s'efforça néanmoins de répondre :

— Je... Non, je pense vraiment que je ne le connaissais pas...

— Essayez tout de même de passer en revue les gens de votre entourage, s'il vous plaît.

Un sourire grinçant naquit sur le visage de la victime.

— Vous faites fausse route, croyez-moi. Je ne suis pas très entourée. Mes liens avec ma famille sont compliqués et distendus. Et je n'ai pas d'amis... Je suis une vraie solitaire, personne ne rentre chez moi. Je n'ai que Balto, mon fidèle cocker, et il me suffit ! acheva-t-elle avec une pointe de défi.

Louise repensa à leur entrée en matière. La jeune femme retournerait chez elle, seule, et en taxi. Après une agression aussi violente, cela semblait à peine croyable. La gendarme nota mentalement de s'intéresser aux champs relationnel et affectif de Ducuing, puis elle relança :

— Bien. Mais il pourrait aussi s'agir d'un collègue ?

— Je n'ai pas de collègues. J'ai interrompu mon activité professionnelle il y a dix-huit mois. Tous ces morts... Je... je n'en pouvais plus, il fallait que ça s'arrête.

Louise observa l'ancienne légiste. Elle avait parlé d'une voix éteinte, et son expression était infiniment triste.

— Je me permets d'insister. Avant votre démission, vous avez travaillé à l'IML[1] de Bordeaux pendant cinq ans : un de vos anciens collègues pourrait-il correspondre à la description de votre agresseur ?

La jeune femme prit le temps de la réflexion, se mordilla la lèvre, puis répondit :

— Non, je ne crois pas.

— Entendu. Vous m'avez dit tout à l'heure être partie marcher. Avez-vous repéré quelqu'un de suspect ? Un homme qui vous aurait suivie, observée ou même abordée ?

— Non, non, rien d'anormal, fit Ducuing en produisant un effort visible de mémoire.

— Et ces derniers jours ? Vous n'avez rien remarqué d'inhabituel ?

La victime plongea dans ses souvenirs. De nouveau, elle se mordilla la lèvre. Un long moment passa avant qu'elle réponde :

— Je suis désolée, mais rien ne me vient.

— Et si je vous parle d'un véhicule bleu métallisé ?

— L'homme qui s'en est pris à moi avait une voiture bleu métallisé ?

— C'est possible, en effet. Anthony Lopez a repéré un véhicule garé sur le bord du chemin conduisant chez vous.

— Ça ne peut pas être une coïncidence ! réagit la jeune femme avec conviction. Personne ne s'engage jamais sur cette voie, elle ne dessert que ma maison.

Puis elle marqua une pause et secoua lentement la tête.

---

1. Institut médico-légal.

— Désolée, j'ai beau réfléchir, je n'ai aucun souvenir précis lié à une voiture bleu métallisé.

— Ce n'est pas grave. Mais gardez bien en tête cet élément. Il n'est pas rare que des événements anodins ressurgissent après coup.

La jeune femme acquiesça.

— Bien. Je dois à présent vous poser une question délicate et je vais vous demander de bien réfléchir avant de me répondre.

— Je vous écoute.

— À votre connaissance, quelqu'un pourrait-il vous en vouloir ?

— M'en vouloir ? réagit Ducuing, effarée.

La jeune femme paraissait déroutée mais conserva le silence. Elle croisa les bras et ramena les mains sur ses épaules, comme pour se réchauffer d'un imperceptible froid.

— Je ne vois vraiment pas qui pourrait m'en vouloir. Je ne fréquente personne, alors…

Une nouvelle fois, la solitude de Valériane Ducuing sautait aux yeux de Louise. La gendarme se contenta de hocher la tête et se décida à poser la dernière question en suspens :

— Que pouvez-vous me dire à propos de l'inscription taguée par l'agresseur sur le carrelage de votre baignoire ?

— Une inscription ?

— Vous ne l'avez pas vue ? L'homme a tagué « MPC/1 ».

Une lueur de peur traversa le regard de Ducuing, il y eut un court silence, puis elle déclara, d'une voix blanche :

— Non, ça ne me dit rien.

Louise nota la pellicule de sueur qui faisait luire le visage subitement exsangue de la victime, ainsi que le léger tressaillement de ses paupières.

— Vous êtes sûre ?

— Absolument, asséna Valériane Ducuing d'un ton péremptoire.

– 4 –

« Trop de morts », ce sont ses mots...

Louise passa la porte du bureau sur les coups de midi. Violaine et Thierry étaient à pied d'œuvre devant leurs ordinateurs, et un calme parfait régnait dans la pièce.

— On entendrait voler une mouche ! lança-t-elle d'une voix forte.

Une longue série d'aboiements inattendus lui répondit et la fit sursauter.

— Mais qu'est-ce que...

Dressé sur ses pattes à côté du bureau de Violaine, le chien de Ducuing couvait Louise d'un œil inquiet. Avant même que cette dernière ouvre la bouche, Violaine se défendit :

— Qu'est-ce que tu voulais que j'en fasse ?! Je n'allais pas laisser ce pauvre animal seul dans une maison qu'il ne connaît pas. Déjà qu'il est à moitié traumatisé.

— Ce pauvre animal s'appelle Balto, figure-toi !

À l'évocation de son nom, le cocker jappa de contentement et s'approcha de Louise en remuant la queue.

— Eh oui, mon gros Balto ! l'accueillit-elle en s'accroupissant. Tu vas bientôt rentrer chez toi, hein ! Mais d'abord, tu vas nous laisser travailler, d'accord ?

En réponse, le chien lui lécha généreusement la main.

— Ah ! J'avais presque oublié pourquoi je préférais les chats !

Puis elle lui caressa le dos et intima :

— Allez, couché, Balto, couché !

Le chien retourna s'asseoir à côté de Violaine pendant que Louise suspendait son anorak à la patère.

— Vous avez reçu le jeune Anthony ? demanda-t-elle.

— Oui. Sympa, ce garçon, d'ailleurs. Il est encore sous le choc… Sa mère nous a dit en aparté qu'il avait crié durant son sommeil.

— Tu m'étonnes : la vision de Ducuing saucissonnée dans sa baignoire, ça a dû être quelque chose ! Sans compter qu'il a sûrement réalisé après coup qu'il l'avait échappé belle !

Louise fit quelques pas et se planta devant la fenêtre.

— Dans sa déposition, aucun détail nouveau ?

— Aucun. Même récit qu'hier soir.

— Les photos ? Vous les avez envoyées à Olgado ?

— Oui. Ça pourra l'aider à cibler ses recherches. On les a examinées sous tous les angles et on a une image d'empreinte partielle laissée par l'agresseur dans l'entrée, expliqua Violaine en réactivant l'écran de son PC.

Louise s'approcha et scruta le cliché. Sur le carrelage, on distinguait nettement une partie de semelle ayant marché dans la terre et le sang.

— Pointure ?

— 40-43, d'après Olgado. Impossible d'être plus précis, l'empreinte est trop partielle et sans talon. Pour être formel sur la pointure, il faudrait identifier le modèle de la chaussure afin de superposer notre empreinte aux différents gabarits de la marque.

— Mmm... On dirait des semelles de tennis.

— C'est le cas, *a priori*.

— Ça n'est pas une trace laissée par Anthony ?

— Non. On a vérifié. Quand il est venu, il avait les mêmes baskets qu'hier soir. Pas de correspondance.

— Et les chaussures de Ducuing ?

— Rien à voir, elle porte des Dr. Martens. Quant à ses pompes de rando, la semelle est différente.

— OK. Bon point pour nous.

— C'est le moins qu'on puisse dire ! Et toi, ta rencontre avec la victime ?

Louise reprit sa place devant la fenêtre, dos appuyé contre le radiateur, qui fonctionnait déjà.

— Voilà ce que je retiens : notre victime est assez routinière, entama-t-elle. Elle effectue la même promenade de santé, chaque jour, avec Balto.

— Wouf, wouf ! réagit immédiatement le cocker en redressant la tête.

Louise leva les yeux au ciel et dut attendre que l'hilarité de ses collègues retombe pour reprendre :

— Elle est routinière, disais-je, et son agresseur a donc pu aisément planifier son coup. Je crois qu'il a choisi une attaque éclair pour que sa victime n'ait pas le temps de réagir. Le pot de fleurs cassé était une ruse pour la faire ressortir de chez elle. Il misait sur le fait qu'elle serait occupée à nettoyer les dégâts, accroupie ou penchée en avant, pour donner l'assaut.

— Sauf que, dans un corps-à-corps, un homme prend facilement le dessus sur une femme. Alors pourquoi cette mise en scène ?

— J'allais y venir ! J'ai fait un crochet chez Ducuing en sortant de l'hôpital, pour vérifier que mes souvenirs de la configuration des lieux étaient bons, et c'était le cas : l'espace devant l'entrée est totalement dégagé. Le seul endroit où l'homme a pu se cacher est un bosquet situé à une dizaine de mètres de la porte de la maison et face à la trajectoire qu'emprunte Ducuing quand elle boucle sa promenade. Il n'aurait donc pu l'approcher qu'au moment où elle lui tournait le dos, c'est-à-dire quand elle déverrouillait sa porte. Et il prenait alors le risque qu'elle le voie arriver et qu'elle ait le temps de se carapater chez elle.

— Certes, mais il aurait pu choisir de la surprendre à un endroit plus à couvert. Juste avant qu'elle sorte du bois, par exemple.

— Ce qui aurait impliqué pour lui de traîner un poids mort sur une distance assez longue. Et, possiblement, l'intervention de Ba... du chien, se reprit-elle *in extremis*. Bref, pourquoi se compliquer la vie ?

— Bon, admettons que tu aies raison. Le type casse le pot de géraniums pour faire diversion : qu'est-ce qui lui garantit que Ducuing lui tournera le dos à un moment ou à un autre ?

Louise sourit et demanda d'un ton goguenard :

— Tu as déjà balayé des marches ?

— Tu as d'autres questions stupides ?

— Alors tu sais qu'il n'y a qu'une seule manière de le faire correctement : en se mettant face à l'escalier.

Et dans le cas qui nous occupe, cela signifie face à la porte d'entrée et dos à la cour.

Violaine opina, les explications de sa cheffe se tenaient.

— En revanche, il y a une chose qui me turlupine, reprit Louise. Je suis persuadée que Ducuing me cache quelque chose. Elle affirme que l'inscription sur sa baignoire ne lui évoque rien. Mais j'ai bien vu la lueur de peur qui a traversé son regard quand j'ai énoncé « MPC/1 ».

— Pourquoi mentirait-elle ? s'enquit Thierry. Elle a manqué de mourir.

— Je me suis posé la même question. Elle a peut-être quelque chose à cacher. Ou bien elle cherche à protéger quelqu'un ? proposa Louise en allant enfin s'asseoir. Thierry, qu'as-tu trouvé sur elle ?

Son subordonné attrapa une petite liasse de feuilles.

— Valériane Ducuing, née le 3 avril 1986, à Pau. Père : Edmond Ducuing, médecin généraliste, décédé il y a quatre ans d'un infarctus foudroyant. Il avait soixante-six ans. Mère : Marie-Claire Ducuing, née Roussel, soixante-dix ans, résidant à Artiguelouve, dans la maison de famille. Madame a exercé en pointillé la profession de kinésithérapeute en libéral. Très investie dans la politique, elle a été première adjointe au maire d'Artiguelouve de 1983 à 1989 et a notamment assuré les fonctions d'attachée parlementaire sous la députation de Labarrère de septembre 1984 à mars 1989. Elle a par la suite occupé des postes plus ou moins importants dans le tissu politique local. Elle est aujourd'hui à la retraite. Valériane a un frère aîné, Romain. Il a trente-neuf ans passés et travaille comme ingénieur aérospatial chez un sous-traitant d'Airbus, à Toulouse. Il est marié, père de trois enfants, et est installé à Cornebarrieu.

— Notre victime m'a dit qu'elle entretenait des liens « compliqués et distendus » avec sa famille, commenta Louise. Et d'après ce que j'ai compris, elle n'a prévenu personne de son hospitalisation. Elle rentrera chez elle cet après-midi, seule, et en taxi !

— Après une agression aussi brutale, c'est plutôt surprenant, fit Thierry.

— Oui, je trouve aussi. Mais Ducuing se définit elle-même comme une solitaire. Bien sûr, il faudra vérifier. Allez, vas-y, poursuis ton exposé.

— Valériane a fréquenté l'école primaire d'Artiguelouve, puis le collège public Simin-Palay à Lescar, avant d'intégrer le lycée privé Notre-Dame-de-la-Piété à Hendaye pour son année de seconde, en 2001. Elle n'y est restée qu'un an, elle a effectué sa première et sa terminale au lycée public Jacques-Monod à Lescar.

— Une explication à ce passage par Hendaye, dans le privé ?

— Pour le moment, non. Mais on peut se renseigner.

— OK. Quoi d'autre ?

— Ducuing a obtenu son bac avec mention très bien. Elle est entrée à la faculté de médecine à Bordeaux en 2004 et en est sortie diplômée dix ans plus tard avec une spécialisation en médecine légale. Étant donné le peu d'engouement que suscite cette branche, elle a immédiatement pu intégrer l'IML de Bordeaux, où elle a travaillé de septembre 2014 à mi-mars 2020, moment de sa démission.

— « Trop de morts », ce sont ses mots… Et je peux vous garantir qu'elle semblait porter tout le poids du monde sur ses épaules quand elle m'a dit ça, rapporta Louise.

Les gendarmes échangèrent un regard perplexe.

— Après sa démission, reprit Thierry, elle s'est installée à Sarrouilles dans une maison de famille dont avait hérité son père et qui servait jusque-là de résidence secondaire. Depuis, elle n'a pas repris d'activité professionnelle.

— Je suppose que, sans travail, les options « logement » sont plutôt réduites, commenta Violaine, d'où son installation dans cette maison.

— Certes... Cependant, nous devons vérifier qu'elle n'a pas donné sa démission et quitté Bordeaux pour un motif caché.

Louise s'interrompit quelques secondes pour consulter son portable, qui venait de vibrer, signalant l'arrivée d'un texto de Farid. La photo de son compagnon apparut sur l'écran : il souriait franchement, et l'éclat de joie dans ses yeux adoucissait ses traits burinés et cabossés par la vie. Louise lut le message et grimaça. Avec l'enquête qui s'ouvrait, elle avait complètement oublié cette histoire de fête programmée le soir même.

— Quel cadeau feriez-vous à un coach sportif, célibataire endurci et fier de l'être, pour son anniversaire ?

— Il fête combien ? demanda Violaine.

— Quarante-sept ans.

— Ah, oui, quand même ! Eh bien, s'il veut poursuivre sur le mode d'un célibat choisi, offre-lui un abonnement à un institut de soins esthétiques.

— Hé, du calme, la jeunette ! réagit Louise. Pour rappel, mes cinquante-deux ans approchent à grands pas !

— Désolée, très chère, j'ai tendance à l'oublier. C'est que les années glissent sur toi, t'épargnant les outrages du temps, rétorqua Violaine d'un ton exagérément flatteur.

— C'est ça ! Mais mon dos, lui, ne se trompe pas, crois-moi !

— Pour en revenir à ton ami...

— Ce n'est pas mon ami, la coupa Louise. C'est l'entraîneur de Farid, nuance.

— Alors, pour quelle raison est-ce à toi de choisir le cadeau ? s'enquit Thierry.

Louise lança un regard désabusé à ses collègues.

— Je crois que nous effleurons là les étrangetés de la vie de couple... Le pire étant que je me suis portée volontaire toute seule !

Les gendarmes partirent d'un petit rire complice.

— Bien, trêve de plaisanterie, revenons à notre affaire ! Violaine, à toi.

— J'ai réussi à m'entretenir avec Hugues Cartier, le médecin de l'hôpital qui a effectué l'examen médico-légal de Valériane Ducuing. Les conclusions écrites nous parviendront sous peu, mais voilà les éléments principaux, fit-elle en lisant ses notes : à hauteur de la hanche gauche, Cartier a relevé un important hématome vraisemblablement consécutif à une chute. Il m'a également indiqué l'existence d'une entaille peu profonde de trois virgule deux centimètres de long sur la surface interne de l'avant-bras gauche, ayant nécessité quatre points de suture, ainsi que quelques petites coupures superficielles. Toutes ces blessures ont été produites par des débris de verre.

— La grosse coupure explique certainement les traces de sang présentes sur la scène de l'agression.

— Probablement. Cette entaille a provoqué une hémorragie assez importante, contenue ensuite grâce au mode opératoire de l'agresseur. Le médecin a relevé sur l'ensemble du corps et sur les faces externes des membres des contusions liées à la compression des chairs : de nombreux petits vaisseaux ont éclaté sous la pression. En tout cas, c'est cette compression générale du corps qui a considérablement ralenti la circulation sanguine et qui a donc diminué les pertes hémorragiques de l'avant-bras.

— OK. Quoi d'autre ?

— Le médecin a également relevé, à l'arrière de l'épaule droite, une marque caractéristique d'une attaque par shocker : deux points de brûlure bien nets, là où les deux picots d'acier sont entrés en contact avec la peau.

— Oui, Ducuing m'en a parlé. Le choc électrique l'a rendue totalement incapable de se défendre. Ensuite, elle parle de trou noir.

— Par ailleurs, le légiste a relevé un hématome sur la cuisse droite, avec la marque d'une piqûre. Un échantillon de sang est parti au laboratoire de la scientifique pour analyses toxicologiques, mais Cartier pense qu'il s'agit...

— De kétamine ! coupa Louise.

— En effet. Tu tiens ça d'où ?

— De la victime elle-même ! N'oublie pas que Ducuing est légiste... Bon, quel délai pour le verdict du labo ?

— Il faut compter une bonne semaine. Malgré son caractère préoccupant, expliqua Violaine, l'affaire n'est pas prioritaire puisqu'il n'y a pas eu mort d'homme.

— Il n'y a donc plus qu'à attendre. En tout cas, l'ensemble de ces éléments corrobore les déclarations de Ducuing, énonça Louise. Le type lui saute dessus, l'électrise et l'endort avec une injection de K. Il immobilise le chien avec du ruban adhésif. De là, si l'on en croit les traces de sang, il traîne la victime jusqu'à son lit. Il la déshabille, l'enferme dans le sac de bondage, serre les sangles, lui place le bâillon dans la bouche et la trimballe enfin jusqu'à la baignoire de la salle de bains. Pour finir, au moment où sa victime se réveille, il ouvre le robinet et la regarde se noyer.

— Cette histoire est dingue ! réagit Violaine. Qu'est-ce que ce type a dans la tête pour mettre en place un truc aussi tordu et aussi compliqué ?! Il existe des dizaines de manières beaucoup plus faciles d'assassiner quelqu'un !

— Justement. Si le tueur agit ainsi, c'est qu'il y met du sens, lui répondit Louise. Il est organisé et méthodique. Et c'est bien ce qui me fait peur.

— Tu redoutes un nouveau passage à l'acte ? demanda Violaine.

Louise laissa passer de longues secondes, hésitant à s'ouvrir si tôt à ses collègues. Finalement, elle se décida.

— Oui, c'est vrai... Ou bien ce type frappe au hasard, et un nouveau meurtre aura lieu, tôt ou tard, quelque part. Cette fois-là, il n'y aura peut-être pas un providentiel livreur de pizzas pour sauver la victime de ce taré. Ou bien notre homme n'a pas frappé au hasard, et...

— ... Valériane Ducuing est en danger, déduisit Thierry.

La cheffe approuva gravement.

— Du coup, on s'y prend comment ?

— Si j'ai raison, la dimension psychologique risque de jouer un rôle important dans cette affaire, mais aucun de nous n'est profileur... Alors, pour l'heure, on se concentre sur l'ensemble des éléments matériels. Ce qui nous ramène au véhicule bleu métallisé, au bâillon et au fameux sac de bondage. Du nouveau là-dessus ?

— Concernant la voiture, des traces de pneus assez nettes ont été relevées sur le lieu de stationnement. Le moulage est parti pour analyse, nous devrions connaître la marque bientôt. Pour le sac, Olgado nous a envoyé des clichés, fit Violaine en remuant sa souris. Regardez ça !

Louise et Thierry se rapprochèrent de l'écran. Le chef de la scientifique avait photographié le sac de bondage sous tous les angles. Pour plus de réalisme, il avait inséré un mannequin à l'intérieur. Fait d'une toile épaisse et solide, le sarcophage faisait penser à un sac de couchage, à part qu'il était plus étroit et qu'en guise de fermeture Éclair on avait une succession de sangles parallèles, espacées de dix centimètres, que l'on pouvait serrer grâce à des doubles boucles en acier positionnées en vis-à-vis. À l'extrémité, une capuche étroite se refermait autour de la tête du mannequin par un zip situé à l'arrière du crâne. Seul le centre du visage en plastique ressortait de l'orifice ovale, ne laissant voir que les yeux, le nez et la bouche.

— Maintenant, regardez bien ce cliché-ci, reprit Violaine. C'est le modèle du sac de bondage tel qu'il est vendu.

Elle fit ensuite défiler l'écran vers le bas, et une nouvelle photo apparut.

— Et là, c'est le sac utilisé pour immobiliser Ducuing.
— Il y a une différence, ici ! s'exclama Louise.
— Exactement !

Une sangle cousue au niveau du menton du capuchon était reliée à chaque épaule par une boucle de serrage et maintenait la tête fixe.

— L'agresseur a ajouté cette attache pour que sa victime ne puisse même pas tourner la tête, fit Violaine. Pourquoi, ça reste un mystère…

— Valériane Ducuing m'a parlé de son ressenti, rapporta Louise, d'un ton songeur. Elle a eu le sentiment d'être « emmurée vivante dans un corps-prison ». En la privant de toute capacité motrice, son agresseur voulait certainement la réduire à une sorte de légume… Ducuing a ajouté que le bâillon avait fini de l'emprisonner à l'intérieur d'elle-même : elle ne pouvait même pas crier. Elle est certaine que cela répond à une démarche volontaire et sadique de l'agresseur. Un silence suivit. Tout comme Louise deux heures plus tôt, Violaine et Thierry examinaient cette hypothèse pour la première fois.

— Cela étant, je le redis, aucun de nous n'est profileur ! Donc on évite de se perdre en d'inutiles conjectures et on se concentre sur les aspects concrets : la rupture de parcours professionnel de la légiste et son déménagement dans le 65. Ducuing a-t-elle pu fuir quelqu'un ou quelque chose ? L'entourage et les relations de cette femme, réelles ou virtuelles, via les réseaux sociaux. Le sigle « MPC/1 » : à qui ou à quoi cela fait-il référence ?

La gendarme s'interrompit et jeta un œil à sa montre. Il était déjà 13 heures, et les premières investigations avaient largement débordé sur un week-end de repos.

— Dès lundi matin, relança Louise, j'entrerai les éléments en notre possession dans le SALVAC[1]. Qui sait, au regard des caractéristiques du mode opératoire, il existe peut-être déjà des crimes similaires…

— Lundi ? Est-ce à dire que tu nous libères ?

— Chers amis, j'ai une fête ce soir et je me suis engagée à trouver un cadeau approprié pour un type que j'ai entrevu deux ou trois fois… Alors, oui, on en reste là jusqu'à lundi.

— Génial ! approuva Thierry. Madame est trop bonne.

— Ne te méprends pas, cher collègue, intervint Violaine d'un ton pince-sans-rire. Nous ne devons cette libéralité qu'aux improbables effets d'une récente vie de couple sur la tournure d'esprit de notre cheffe !

Louise secoua la tête, faussement mouchée, puis éclata d'un grand rire sincère.

— Puisque tu es d'humeur taquine, chère amie, tu apprécieras la réciproque : voici le numéro de Ducuing. Dès qu'elle sera rentrée chez elle, tu pourras lui ramener Balto, conclut-elle, tout sourire, tandis que le cocker recommençait à japper.

---

1. Système d'analyse des liens de la violence associée aux crimes : logiciel visant à cerner les crimes en série et leurs auteurs en établissant des liens entre les crimes.

– 5 –

Vingt ans plus tôt : septembre 2001

Le soleil est déjà haut dans le ciel, et le thermomètre affiche 33 degrés à l'ombre. Une brise légère, chargée d'embruns, adoucit la morsure de la chaleur. Le ciel est d'un bleu océan qui engloutit la ligne d'horizon : l'œil ne distingue la mer que par les crêtes écumeuses des vagues qui ondulent à perpétuité.

— Clara, c'est l'heure !

L'adolescente s'arrache à sa contemplation. Le sourire grand comme un croissant de lune et l'œil qui pétille. À contrecœur, elle s'éloigne du belvédère et rejoint son père dans la voiture.

— Prête ?

— Moi, oui.

Le ton est gentiment moqueur, et l'homme sourit de cette repartie. Clara a parfaitement raison. Il fait mine de lever les yeux au ciel, mais, en réalité, la nervosité lui retourne le ventre. Clara est née hier ! Par quelle facétie du sort a-t-elle quinze ans aujourd'hui ?

Il se souvient de chaque étape de la vie de sa fille. Ses premiers pas – à onze mois, mazette ! La première fois qu'elle a dit « papa » – il était en train d'allumer un feu dans la cheminée et s'était cogné la tête à l'encadrement en se redressant sous l'effet de surprise. Sa première dent de lait. Sa première liste au Père Noël. Ses premiers tours sur le petit vélo à roulettes rose bonbon. Sa première leçon de natation, avec un bonnet ridicule duquel s'échappaient quelques mèches rebelles. Sa première médaille à l'âge de sept ans – quelle fierté ! Sa première bagarre à l'école et, hélas, pas la dernière. Ses premiers élans d'indépendance – elle n'avait que dix ans lorsqu'elle avait placardé « *Do not trespass* » sur la porte de sa chambre. Et cet été, son premier conflit majeur avec lui, parce qu'elle voulait partir une semaine en camping avec Thib, son meilleur ami, alter ego, frère d'adoption – il avait refusé et tenu bon, malgré ses cris, ses supplications, ses larmes et son immense déception. Clara n'était certes plus un oisillon, mais elle ignorait beaucoup des dangers qui la guettaient loin du nid.

Il se souvient parfaitement de toutes ces premières fois et de mille autres choses encore, et pourtant, les quinze dernières années semblent se contracter dans une poignée de secondes ! Voilà que sa fille est presque une femme aujourd'hui et qu'elle lui échappe un peu plus. L'homme secoue la tête et met le contact. La route s'ouvre devant lui, une route qu'il suit parce que Clara l'a choisie. À défaut de pouvoir la retenir, autant l'accompagner...

*
* *

Il y a l'océan, la côte déchiquetée, la route de la corniche et, entre Socoa et Hendaye, Notre-Dame-de-la-Piété qui occupe plusieurs hectares, depuis la route en s'enfonçant dans les terres. Un haut grillage métallique clôture le vaste domaine tout en préservant le panorama. Immense et fier, l'ancien logis abbatial, tout en pierres de taille, se dresse en bordure de route et constitue aujourd'hui le corps administratif et scolaire. Au cœur du parc, près d'une zone boisée, trône une ancienne abbaye du XIIe siècle à la chapelle absidiale ornée de chapiteaux et de modillons sculptés, « un joyau de l'architecture romane », est-il écrit sur le prospectus de présentation. Invisibles depuis la route, la cantine, l'internat, le gymnase, le stade et la piscine sont, quant à eux, des bâtiments et infrastructures récents et fonctionnels, construits au fond du domaine, dans les terres. Ils occupent une belle étendue savamment agrémentée d'arbres et de parterres fleuris.

— C'est génial ! s'enthousiasme Clara.

Le père se force à sourire. Grâce à ses conventions avec plusieurs fédérations françaises, l'établissement dispose d'un pôle sportif d'excellence pour certaines disciplines, dont la natation – passion de Clara. Horaires aménagés, entraînement soutenu, sans préjudice pour une scolarité classique et exigeante. Comme de nombreux parents, le père redoute l'accident de parcours, la blessure irréversible ou un changement d'aiguillage, autant d'éventualités qui couperaient court à une carrière sportive. La poursuite des études est pour lui un incontournable, et le lycée privé – aux frais de scolarité exorbitants – lui offre cette garantie.

— Allez, papa, aide-moi !

Le père attrape l'énorme valise contenant les affaires de Clara et saisit la housse plastique où sont fourrés la couette et les oreillers. L'adolescente balance son sac de sport sur son épaule et s'engage d'un pas déterminé sur le chemin menant à l'internat. Il la regarde s'éloigner – sa magnifique fille – et son cœur se pince. Elle ne le sait pas, mais elle ressemble tant à sa mère. Sa détermination. Son caractère entier et frondeur. Cet appétit pour le risque, qui parfois le terrorise... Un petit coup de Klaxon le fait sursauter. L'Audi flambant neuve des Broca s'arrête à sa hauteur, et la vitre conducteur se baisse.

— Bonjour, Roman ! Comme on se retrouve !
— Bonjour, Laure.

Clara s'est retournée à cause du coup de Klaxon et voit Thibault sortir de la berline. Elle laisse tomber son sac par terre et s'élance en courant, joyeuse et rayonnante. Les deux adolescents s'étreignent.

— Mmm... Ça n'est pas comme si Thib n'avait pas passé la soirée chez nous hier ! ironise le père.

— Bah, c'est l'âge des relations fusionnelles ! Ça leur passera, commente Mme Broca. Bon, je vais me garer et je vous rejoins.

Le père se contente d'un petit signe de tête, mais il se serait bien passé des Broca aujourd'hui. Il aurait préféré, pour une fois, avoir l'exclusivité de sa fille... À deux pas de lui, sur le parking, une mère vide le coffre du véhicule familial avec son fils. Un surf attaché à la galerie de toit renseigne sur la discipline phare de l'adolescent. La femme relève la tête. Leurs regards se croisent, et ils se comprennent.

C'est la journée d'accueil et d'installation des secondes : dans quelques heures, les parents rentreront chez eux, amputés d'une part d'eux-mêmes.

– 6 –

Le résultat est là aujourd'hui, hélas…

Sous un soleil étincelant, les Pyrénées en ligne de mire, Louise traversa Jurançon et poursuivit sur la D802. L'automne s'installait et un camaïeu de tons orangés, pourpres et or enflammait les forêts alentour. Suivant les indications de son GPS, la gendarme bifurqua bientôt sur une route étroite plongeant dans les bois. Sur les bas-côtés, les feuilles mortes s'amassaient et étrécissaient davantage encore la langue de bitume. Des exhalaisons d'humus emplirent l'habitacle tandis que la voiture s'enfonçait sous l'ombre fraîche des arbres. Louise roula prudemment sur une distance de trois kilomètres avant de retrouver une vue dégagée sur les montagnes. La demeure de Marie-Claire Ducuing se découpait à une encablure de là, au cœur d'une vaste propriété parsemée de vieux chênes et de sapins. La voiture passa le portail ouvert et remonta jusqu'à la grande longère que deux immenses cyprès encadraient, tels des gardiens.

À l'approche du véhicule, la porte d'entrée s'ouvrit et Mme Ducuing mère, prévenue de la visite, apparut sur le seuil. La septuagénaire resserra les pans de sa longue veste en mohair sur son corps frêle, puis attendit, immobile, dans la posture raide et altière d'une châtelaine. En avançant vers elle, Louise la détailla ; elle lui donnait à peine soixante ans ! Mme Ducuing incarnait l'archétype de la bourgeoise de province : maquillage travaillé mais léger, brushing impeccable, belle mise, bijoux de valeur, et le regard des gens habitués à être écoutés.

— Bonjour, madame. Louise Caumont, brigade de recherches de Tarbes.

La femme se contenta d'un hochement du menton, avant de se déporter pour laisser la voie libre. Louise découvrit exactement ce qu'elle s'attendait à voir : un intérieur propre, sobre et classique, meublé et décoré avec le goût des choses intemporelles. Marie-Claire Ducuing la conduisit jusqu'au salon et prononça alors ses premiers mots :

— Prenez place, je vous en prie. J'ai préparé du thé, fit-elle en désignant un plateau sur la table basse, mais je peux vous proposer un café.

— Je ne boirai rien, merci.

La septuagénaire s'assit dans un fauteuil face à Louise et se servit une tasse de thé, dans une succession de gestes lents et légèrement précieux. Quand elle eut terminé, elle releva la tête et lança un regard interrogatif à la gendarme.

— Madame, je viens vous voir dans le cadre de l'enquête ouverte vendredi dernier concernant l'agression de votre fille.

La mère accusa le coup. Ses traits s'affaissèrent immédiatement. Elle n'avait donc pas été informée.

— Valériane ! Une agression ! Mais comment va-t-elle ?
— Votre fille va bien, ne vous inquiétez pas.

La gendarme nota la fugace expression de soulagement, aussitôt suivie d'une assertion sèche censée masquer ses sentiments :

— Je n'étais pas au courant, étant donné que je n'ai plus aucun lien avec ma fille. Depuis son anniversaire, l'an dernier.

Louise fit rapidement le calcul et proposa :

— Peu de temps après sa démission de l'IML, c'est cela ?

— En effet. Les relations avec Valériane n'étaient déjà pas au beau fixe, mais cette décision a sonné le glas de toute entente... Ma fille a toujours été très compliquée, ajouta-t-elle avec une moue contrariée. Elle est d'une nature tourmentée qui la rend égoïste et insensible aux autres. Je ne suis pas certaine qu'elle mesure les effets de sa conduite sur son entourage... Et donc cette agression, de quoi s'agit-il ? passa-t-elle du coq à l'âne.

La gendarme hésita. Elle ne se voyait pas raconter le déroulement de la tentative de meurtre à une dame qui, malgré tous ses efforts pour paraître détachée, dissimulait mal sa sensibilité. Si quelqu'un devait lui expliquer cet épisode en détail, c'était sa fille, pas elle. D'un autre côté, elle ne pouvait pas refuser de répondre. Elle opta donc pour un récit édulcoré :

— Un homme s'est introduit de force chez votre fille. En tombant, Valériane a renversé un vase, qui s'est brisé. Elle s'en est tirée avec quelques contusions et une coupure à l'avant-bras.

— Sûrement une tentative de cambriolage qui a mal tourné, hasarda la femme, comme pour se rassurer.

En même temps, cette ferme en plein bois, loin de tout, c'est bien une idée de Valériane, ça !

Louise fit mine d'approuver, puis réorienta l'échange :

— Avez-vous la moindre idée de ce qui a provoqué sa décision de démissionner ?

— Absolument aucune. Valériane et moi avions déjà toutes les peines du monde à nous entendre. Elle ne me confiait rien et semblait mettre un point d'honneur à toujours se tenir à distance. C'est une personne très secrète, pour ne pas dire renfermée. À l'annonce de sa démission, je lui ai dit ce que je pensais de son inconséquence. Et ça a dégénéré.

— Vous vous êtes disputées ?

— Non, pas vraiment. Valériane se passe facilement de discussion, vous savez ! Elle s'est contentée de se lever, de partir et de ne jamais revenir.

Le ton se voulait critique, mais cachait mal le dépit de la mère.

— J'ai bien entendu que les relations entre votre fille et vous étaient houleuses ; qu'en était-il avec son père ?

— Valériane a toujours été une enfant brillante. Très brillante. Edmond était sensible à cela et il avait une fâcheuse tendance à protéger sa fille. Il lui passait tout, lui trouvant systématiquement des excuses, s'accommodant de ses bizarreries. Au début, il disait que c'était l'âge. Quand ça n'a plus été l'âge, il a parlé de passade. Puis c'est devenu une différence. Bref, vous avez compris.

— Vous faites référence à quoi, exactement ?

— Eh bien, à son tempérament morbide ! Enfin, vous avez vu Valériane, non ? s'agaça-t-elle. Elle dégage l'aura d'un corbillard !... Non, on aurait dû réagir, ne pas la laisser s'installer dans cet univers sombre, l'envoyer voir un psychiatre, tant qu'il était encore temps. Au lieu de quoi elle s'est engouffrée dans son monde macabre en se spécialisant en médecine légale ! Vous voyez un peu le gâchis ? Légiste ! Pour une femme !

À ces mots, Louise fut prise d'un rire nerveux, qu'elle dissimula au mieux en toussant. Marie-Claire Ducuing attendit patiemment que la quinte de toux de la gendarme se calmât, puis conclut :

— Edmond a trop laissé faire, et le résultat est là aujourd'hui, hélas... Une carrière professionnelle interrompue, une vie de femme seule sans aucun projet de couple et de famille, et cette grossièreté vestimentaire qui empêche toute relation sérieuse... Vous avez noté son allure ! ajouta-t-elle en faisant claquer sa langue. A-t-on idée de se fagoter de la sorte ?

Louise, qui n'avait vu la légiste que sur un lit d'hôpital, préféra éluder :

— Et avec son frère, comment ça se passe ?

La septuagénaire haussa les épaules, pour signifier le peu qu'il y avait à dire.

— Ils ne sont pas assortis du tout, si vous voulez savoir. Romain a un parcours sans accroc. C'est un homme stable, de bonne situation, marié et père de trois enfants. Ses relations avec sa sœur n'ont jamais été très profondes. Lui aussi a du mal à la comprendre.

— Je vois... Et, à votre connaissance, Valériane entretient-elle des relations amicales ?

— Pas que je sache, non. Ma fille est une grande solitaire, elle ne m'a jamais présenté personne et, de mémoire, elle n'a même jamais mentionné qui que ce soit... sauf, peut-être, une autre fille à l'adolescence, chez qui elle est allée en week-end une ou deux fois… Mais bon, ça remonte à un bail ! Je ne comprends pas. Aucune relation ! Ça aussi, c'est étrange, vous ne trouvez pas ?

Sur ce point, au moins, Louise était d'accord. Elle hocha la tête et enchaîna :

— Les lettres « MPC » vous disent-elles quelque chose ? « MPC/1 », pour être précise.

— Ce sont des initiales ?

— Je ne saurais vous dire.

— Eh bien, vous me cueillez à froid… Spontanément, je ne vois pas, non.

Louise referma son calepin, remercia son hôtesse et se laissa raccompagner. Au moment où elle franchit le seuil, une question lui revint en mémoire :

— Au fait, je me demandais pourquoi Valériane avait effectué une année de lycée à Hendaye ?

— Ah, ça ? Une lubie d'adolescente ! Il fut un temps où notre fille faisait de la natation, figurez-vous ! Elle avait de très bons résultats au niveau régional et elle visait les championnats de France. Pour ne rien vous cacher, Edmond et moi redoutions que ses ambitions la détournent de sa scolarité, mais notre fille n'en démordait pas, elle voulait intégrer un cursus athlétique de haut niveau. Nous avons fini par plier et avons choisi le lycée Notre-Dame-de-la-Piété, qui disposait d'une section natation tout en dispensant une scolarité de qualité. Mais Valériane a abandonné au bout d'un an… Je crois bien que c'est la seule fois où j'ai pleinement approuvé une décision de ma fille ! acheva-t-elle sans ironie.

– 7 –

La peur augmenta encore

Magyd Ayed sortit de l'ascenseur, du pas pressé et déterminé qui le caractérisait, adressa un léger signe de tête à l'hôtesse d'accueil et se dirigea droit vers le bureau de Lise, sa secrétaire. La jeune femme avait exceptionnellement posé son après-midi et était en train de ranger ses affaires. Elle leva la tête en l'apercevant.

— Ah, monsieur Ayed ! J'espérais justement vous voir avant de partir.

— Vos espoirs sont comblés, alors ! lui retourna le chef d'entreprise en se fendant d'un clin d'œil.

Lise ignora l'expression charmeuse de son patron et débita d'un ton professionnel :

— Maître Vaquier a téléphoné, elle confirme votre rendez-vous de 16 heures. Elle a demandé que tous les éléments du dossier de vente soient finalisés. Ils sont ici, ajouta-t-elle en lui tendant une pochette. Votre père a laissé un message : la réunion de famille de ce week-end aura finalement lieu chez votre cousin Ali, et non chez vos parents.

— Il a dit pourquoi ?

Lise haussa légèrement les épaules.

— Non, désolée. Souhaitez-vous que je le rappelle demain ?

— Bah, laissez tomber, merci, je verrai ça avec lui. Quoi d'autre ?

— Ici, votre parapheur. Les trois premiers contrats doivent être signés sous quarante-huit heures. Pour finir, le courrier arrivé ce matin classé par ordre de priorité, ceci en plus, poursuivit-elle en lui tendant une enveloppe manuscrite.

— Qu'est-ce que c'est ?

— Aucune idée, monsieur Ayed, l'enveloppe est tamponnée « confidentiel », je ne l'ai donc pas ouverte.

— Entendu, fit-il, perplexe.

— Bien. Je file, je suis en retard !

En retard pour quoi ? Ou pour qui ? se demanda Magyd Ayed en observant à la dérobée la jeune femme, qui enfilait son manteau. Lise était vraiment superbe mais d'une nature farouchement secrète. Depuis quatre ans qu'elle travaillait pour lui, il n'avait rien appris qui pût l'éclairer sur la vie qu'elle menait. Pire, elle demeurait totalement insensible à son charme. *À tous les coups, elle est homo.*

— Bonne fin de journée, monsieur Ayed ! À demain.

L'homme détailla la silhouette parfaite de la jeune femme, qui marchait vers l'ascenseur, puis se rendit à son bureau. Il disposait de deux heures avant son rendez-vous avec Vaquier, un temps bien suffisant pour régler les affaires courantes et parcourir le dossier de vente. Il s'asseyait quand son portable émit un bip qu'il connaissait bien. Il récupéra immédiatement son téléphone au fond de sa poche, cliqua sur une application et découvrit avec satisfaction que Tatiana, la superbe *escort* russe qu'il avait contactée, venait de confirmer sa demande de rendez-vous. Un sourire carnassier éclaira son visage, et il s'empressa de valider la rencontre. La soirée s'annonçait excitante ! Il reporta alors son attention sur la pile d'éléments organisés par sa secrétaire. L'enveloppe manuscrite était posée en haut de la pile du courrier du jour. Intrigué, il l'ouvrit. Son visage blêmit à la lecture des quelques mots griffonnés en capitales sur la feuille blanche. Il relut pour être bien sûr. La peur augmenta encore. Et Magyd Ayed laissa échapper un juron rageur entre ses dents serrées.

*
* *

David Schäffer stoppa sa berline dans la cour, et les gravillons crissèrent sous le coup de frein abrupt. Il coupa le moteur, prit alors conscience du silence qui régnait dans l'habitacle et jeta un œil dans le rétroviseur. Sa fille s'était endormie. *La poisse*, songea-t-il, *je vais devoir la réveiller et elle va être d'une humeur massacrante pendant toute la soirée.* Depuis deux mois, Clotilde se réveillait la nuit en hurlant et, malgré tous leurs efforts pour la rassurer, Denise et lui finissaient par céder en lui ouvrant leur intimité – chose qu'ils s'étaient promis de ne jamais faire, parce que le lit conjugal n'était pas un lit familial ! Mais les terreurs nocturnes de leur petit bout de chou avaient rapidement émoussé leur détermination : accueillir Clotilde dans leur chambre constituait l'unique moyen de l'apaiser.

Malgré tout, la petite manquait de sommeil et s'endormait dans les moments les plus inopportuns. Le trajet, pourtant court, entre la crèche et la maison était l'une de ses plages favorites ! Schäffer lâcha un soupir exaspéré. Comme tous les mardis soir, Denise ne rentrerait pas avant 21 heures, il serait seul avec Clotilde. La soirée s'annonçait coton.

Il décida de s'octroyer quelques minutes de répit avant le grand branle-bas de combat du soir. Il sortit silencieusement de la voiture et se rendit à la boîte aux lettres. Il n'y avait que des factures, mais cela lui rappela la lettre marquée « confidentiel » que lui avait remise sa secrétaire juste avant qu'il n'entre en réunion. Il l'avait fourrée dans sa mallette et l'avait totalement oubliée ! Il retourna à la voiture, ouvrit le coffre et, intrigué, récupéra le courrier. Qui écrivait encore à l'heure du mail ? Et pourquoi cette mention « confidentiel » ? Il décacheta l'enveloppe. En découvrant son contenu, il eut le souffle coupé. Les yeux écarquillés, il relut la courte missive en lettres capitales, peinant à y croire. Puis, en proie à l'agitation, Schäffer fit quelques pas désordonnés dans la cour, tentant d'organiser ses idées. L'évidence s'imposa bientôt. Il attrapa son téléphone portable et appela son frère. Les sonneries s'enchaînèrent, il tomba sur le répondeur. Un rapide calcul lui permit de comprendre : il était à peine 6 heures du matin à Wellington. D'une voix paniquée, il laissa un message :

— Alexandre, c'est moi ! C'est super urgent, rappelle-moi dès que possible !

– 8 –

Sa discrétion s'est teintée de noirceur

Dès que Louise eut franchi la porte, Omoko, son chat européen, l'accueillit en faisant des huit entre ses jambes. L'installation récente de Farid avait bousculé les habitudes du félin, le contraignant à partager son territoire avec un intrus. Dès lors, Omoko profitait de chaque absence de Farid pour courtiser sa maîtresse.

— Viens là, mon Gromoko, fit-elle en attrapant son chat. Tu es jaloux, hein, mon *chat-fouin* ! Mais ce soir, on est en tête à tête. Farid est de garde à la caserne... Eh oui, tu es content, mon gros ?

La gendarme s'installa dans le canapé et se mit à caresser son chat. La boule de poils rousse ronronna, satisfaite de l'exclusivité dont elle jouissait. Profitant de ce temps calme, Louise fit mentalement le point sur l'affaire Ducuing. Une certitude était née dans son esprit : l'homme qui avait agressé la légiste referait parler de lui. Le SALVAC n'avait établi aucune correspondance avec de précédents crimes, mais Louise redoutait désormais que le chiffre 1 placé derrière le sigle « MPC » ne renvoie à la numérotation d'une liste de victimes. Si elle avait raison, la légiste n'était donc que la première d'une série. Louise s'était ouverte de ses craintes à Garnier, son supérieur. Celui-ci avait approuvé, mais lorsqu'elle lui avait demandé de mettre en place une protection autour de Ducuing, il avait refusé tout net. Le commandant était avant tout pragmatique : s'ils avaient véritablement affaire à un tueur en série gouverné par ses pulsions, Ducuing n'avait plus grand-chose à craindre. On n'avait jamais vu, dans l'histoire des crimes en série, un tueur s'en prendre de nouveau à une victime rescapée. Si l'homme devait récidiver, ce serait ailleurs, avec une nouvelle cible. L'argumentaire de la gendarme s'était donc retourné contre elle… Elle embrassa son chat endormi et le posa délicatement sur le canapé.

Il était 19 heures. Louise se posta derrière son ordinateur. Bien qu'elle ne fût pas en service, elle ne pouvait se sortir cette étrange affaire de la tête. Farid n'étant pas là pour lui faire des remontrances, autant en profiter pour avancer un peu. Violaine avait indiqué que Valériane Ducuing n'apparaissait *a priori* sur aucun réseau social. Étant donné le personnage, ce constat n'était guère étonnant. Bien entendu, Ducuing pouvait utiliser un nom d'emprunt, mais il fallait un accès à ses supports numériques pour le vérifier… *Finalement, il est plus simple d'enquêter sur un mort que sur un survivant*, songea Louise. Les secrets des macchabées résistent mal aux investigations policières ! L'enquêtrice grimaça ; elle avait le sentiment persistant que Valériane Ducuing avait peur et dissimulait quelque chose.

La gendarme ouvrit le moteur de recherche, tapa l'identité de la légiste et appuya sur *enter*. Un coup d'œil en haut de l'écran lui indiqua huit cent quatre-vingt-dix-neuf résultats en une demi-seconde. La gendarme balaya l'écran : la plupart faisaient référence à la plante valériane ou à l'hôpital Joseph-Ducuing de Toulouse. Louise ajouta donc « médecin légiste » pour affiner sa recherche. La première occurrence renvoyait à un article de *La Charente libre* consacré à l'arrivée de la jeune médecin au sein de l'IML. D'autres papiers suivaient. Certains concernaient des faits divers pour lesquels Ducuing avait été chargée de pratiquer une autopsie. L'un d'eux, daté de septembre 2019, titrait : « Première conclusion médico-légale : l'inconnue de la baie de Loia était âgée d'environ quarante ans ». D'autres parlaient de l'IML de Bordeaux. Parmi eux, l'un annonçait : « L'institut médico-légal de Bordeaux orphelin de père : Georges Vier, le chef de service, part à la retraite ». L'article datait de fin 2019. La gendarme l'ouvrit. Il consistait en un long panégyrique de l'homme, qui avait occupé le poste durant plus de vingt-cinq ans. En fin d'article, le journaliste mentionnait les légistes ayant eu la chance de travailler sous la houlette de Vier, et Valériane Ducuing en faisait partie. Pour l'occasion, la jeune femme s'était fendue d'un commentaire repris par le journaliste : « Le départ du Dr Vier est pour nous tous une étape redoutée. Georges Vier est un pilier de l'IML, il a beaucoup œuvré à la renommée du service et a largement contribué à son bon fonctionnement. Je le regretterai, j'ai beaucoup appris à ses côtés. » L'enquêtrice nota le nom de l'ex-médecin-chef. Il pourrait peut-être les renseigner sur la jeune femme. Elle retourna ensuite sur la page de résultats et poursuivit son incursion. Une heure plus tard, elle n'avait rien appris de plus. Elle allait se préparer un plateau-repas quand son portable professionnel sonna.

— Major Caumont, j'écoute.

— Bonsoir, madame. Je suis Romain Ducuing, le frère de Valériane. Je n'ai pas pu vous rappeler plus tôt, désolé.

— Aucun problème, le rassura Louise. C'est très aimable à vous de donner suite.

— Ma mère vient de me téléphoner. Elle m'a rapporté votre visite.

Louise sentit poindre le reproche dans le ton de son interlocuteur. La suite lui donna raison :

— Écoutez, je ne sais pas trop pourquoi vous avez estimé opportun d'interroger ma mère, reprit-il d'un ton désapprobateur, mais votre visite l'a beaucoup perturbée… C'est une dame d'un certain âge et qui vit seule. Vos questions ont rouvert de vieilles blessures, sans parler de l'inquiétude qu'elles ont provoquée ! Pour être franc, cette affaire de cambriolage ne nécessitait pas…

— Il s'agissait d'une tentative de meurtre, l'interrompit la gendarme, agacée par les inflexions moralisatrices du fils Ducuing.

Un long blanc suivit, et Louise décida de se radoucir :

— J'ai préféré édulcorer mon récit auprès de votre mère, afin de ne pas trop l'inquiéter, justement… Mais, en réalité, votre sœur a été victime d'une agression extrêmement violente, elle est passée à un cheveu de la mort.

— Est-ce que… Comment va-t-elle ?

Prenant la mesure du drame, Romain Ducuing venait de parler d'une voix altérée.

— Ne vous inquiétez pas. Votre sœur s'en est tirée avec quelques points de suture à l'avant-bras.

— Vous venez pourtant de dire que l'agression avait été très violente.

Louise lui fit alors un récit précis des faits. Après tout, si sa sœur était décédée, aucun détail ne lui aurait été épargné, non ? De plus, la gendarme souhaitait obtenir des informations. Lorsqu'elle eut terminé, le frère balbutia :

— Bon sang, c'est dingue... Je suis désolé. Je n'aurais pas dû m'en prendre à vous, tout à l'heure...

— C'est oublié. Mais maintenant, j'aurais vraiment besoin de vos lumières.

— Ça va de soi. Que voulez-vous savoir ?

— Le tag dont je vous ai parlé, « MPC/1 », ça vous dit quelque chose ?

— Non, franchement, je ne vois vraiment pas... Mais j'y réfléchirai, ajouta-t-il avec sincérité.

— Et, de manière générale, que pouvez-vous me dire sur votre sœur ? Ses fréquentations ? Son mode de vie ? Bref, tout ce qui pourrait nous aider à mieux la cerner.

L'homme laissa échapper un long soupir, un peu comme s'il ne savait pas par quel bout prendre la question. Finalement, il se lança :

— Valériane est assez spéciale. On ne sait rien d'elle. Elle ne parle jamais de ses envies, de ses goûts, de ses projets. Tant et si bien que l'on peut se demander si elle en a, ajouta-t-il presque pour lui-même. Enfant, déjà, elle avait tendance à être distante et secrète. Mais avec l'âge, sa discrétion s'est teintée de noirceur. Valériane est devenue très taciturne.

— Votre mère a employé le mot « morbide », précisa la gendarme.

— Comment qualifier autrement le tempérament de votre enfant quand il a attenté à ses jours ? lança-t-il avec lassitude.

Louise ouvrit deux grands yeux surpris ; Marie-Claire Ducuing s'était bien gardée de mentionner la tentative de suicide de sa fille. Elle l'avait comparée à un corbillard, s'était appesantie sur son look gothique, avait évoqué le recours manqué à un psychiatre, mais n'avait pas réussi à nommer ce qui devait constituer pour elle un événement traumatisant.

— Votre mère ne m'en a rien dit. Quand cette tentative de suicide a-t-elle eu lieu ?

— Au début de ses études de médecine. En première ou deuxième année, je dirais.

— Valériane a-t-elle parlé des raisons qui l'avaient poussée à cette extrémité ?

— Pas à moi, en tout cas. J'ai entendu mon père faire plusieurs fois allusion à un épisode de surmenage dans la période compliquée qu'est l'entrée dans l'âge adulte.

— Vous avez l'air sceptique…

— C'est vrai, consentit-il du bout des lèvres. Pour être totalement honnête, j'ai toujours pensé que Valériane dissimulait autre chose, un malaise plus profond.

— C'est-à-dire ?

— Eh bien, soupira-t-il, Marianne, mon épouse, est psychologue scolaire. Nous sommes mariés depuis dix ans, et elle a donc pu… comment dire…

— Se faire une idée de votre sœur ?

— Oui, c'est ça. D'autant que Marianne a eu tout le loisir d'observer les relations au sein de notre famille. Selon elle, Valériane présente des troubles de l'attachement précoce.

— Expliquez-moi.

L'homme laissa échapper un nouveau soupir.

— Maman... maman n'est pas une mauvaise mère, au sens où on pourrait l'entendre, mais elle s'est beaucoup investie dans la politique. Elle a été attachée parlementaire, vous le saviez ?

— Oui.

— Quand elle a accepté cette fonction, Valériane avait tout juste six mois. Moi, c'était différent, j'avais déjà quatre ans. Je me souviens plutôt bien de cette période, qui a duré cinq ans : ma mère était toujours par monts et par vaux, elle portait de lourdes responsabilités. Je lui parlais assez souvent au téléphone et elle nous rejoignait certains week-ends. Mais ce n'est pas la même chose que d'avoir une mère à temps plein à la maison, vous voyez ?

— Bien sûr.

— Bref, malgré tous ses efforts pour tenir son rôle de mère, elle n'a pas été très présente durant ses cinq années d'attachée.

— Et votre sœur, encore très jeune, a dû se construire avec cette absence ?

— Oui. En cinq ans, nous avons vu défiler cinq filles au pair à la maison... Difficile de s'attacher dans ces conditions. Papa lui-même était présent en pointillé. Il a fait au mieux, bien sûr, mais son travail au cabinet l'accaparait beaucoup.

— Je vois.

— En gros, selon mon épouse, Valériane n'aurait pas bénéficié d'une figure d'attachement stable censée garantir la sécurité fondamentale dont un enfant a besoin. Elle s'est donc construite sur un mode de défiance, d'évitement relationnel… D'ailleurs, dès qu'elle a pu, elle a mis les bouts ! Préférant l'internat à sa propre maison.

— Vous faites référence à sa seconde à Notre-Dame-de-la-Piété ?

— Pas seulement ! Quand Valériane est revenue à Artiguelouve, elle a demandé à être interne au lycée Jacques-Monod à Pau. L'établissement était pourtant tout proche de la maison.

— OK. Et savez-vous pourquoi Valériane n'est pas restée à Hendaye ?

Romain Ducuing marqua un long silence. Finalement, il répondit :

— En réalité, je n'en ai aucune idée. Je me souviens juste que, à cette période, elle a commencé à se métamorphoser. Elle a changé de look : maquillage noir, vêtements noirs, cheveux noirs. Elle n'était déjà pas très sociable, mais elle s'est encore plus renfermée sur elle-même. C'était sinistre. Elle semblait vraiment triste.

— Réfléchissez bien : y a-t-il eu un événement qui aurait pu provoquer ce glissement ? Un chagrin d'amour, la perte d'un être cher, l'influence de quelqu'un ?

— C'est difficile à dire, pour moi. J'avais quitté le domicile pour continuer mes études à Toulouse. Je ne voyais Valériane que par intermittence, les rares week-ends où je rentrais. Et j'étais certainement trop centré sur ma propre vie pour m'intéresser vraiment à ma petite sœur, confessa-t-il d'un ton coupable.

— Vous étiez jeune, tempéra Louise. Et les reproches aujourd'hui ne vous mèneront à rien.

La gendarme se tut et prit un instant pour rassembler ses idées. Apparemment, Romain Ducuing n'était pas en mesure de lui apprendre beaucoup de choses sur le passé de sa sœur.

— Et, pour revenir au présent, que savez-vous de la démission de Valériane et de son départ de Bordeaux ?

— J'ai appris cette décision alors que nous étions réunis chez ma mère l'an dernier pour l'anniversaire de Valériane. Elle a annoncé cela de manière lapidaire entre l'entrée et le plat principal... Elle m'a demandé : « Ça ne te gêne pas si j'emménage à Sarrouilles ? » Cette maison est un héritage que nous partageons tous les deux, précisa-t-il. Et comme tout le monde la regardait sans comprendre, elle a ajouté : « Je viens de démissionner de l'IML et j'ai décidé de quitter Bordeaux pour me mettre au vert. »

— Je vois. Avec le recul, avez-vous la moindre idée du motif de cette démission ? Un conflit ? Une rivalité ? Des problèmes de vie personnelle, peut-être ? s'enquit Louise.

— Non, non, j'ignore tout des causes de son départ. Comme je vous l'ai expliqué, Valériane a toujours été très secrète.

Louise laissa échapper un petit soupir et décida d'attaquer sous un autre angle.

— Et, à votre connaissance, votre sœur aurait-elle pu provoquer la colère ou la haine de quelqu'un ?

— La haine de quelqu'un ?

— J'essaie de voir si la vengeance pourrait constituer la motivation de l'agresseur, expliqua-t-elle.

Romain Ducuing prit alors le temps de la réflexion. Puis il répondit d'un ton résigné :
— Désolé, madame, j'ai beau chercher, je ne vois pas.
Malgré sa frustration, Louise s'obligea à poursuivre :
— La démission de votre sœur remonte à dix-huit mois ; vous n'avez eu aucun contact avec elle, depuis ?
— Si, si. Quelques jours après ce fameux anniversaire, je lui ai téléphoné. J'ai essayé à trois ou quatre reprises, et finalement je lui ai laissé un message. Elle m'a répondu, quelques jours plus tard, par un simple texto : « Ne t'inquiète pas, j'ai besoin de temps et de tranquillité, mais je sais où je vais. Bises », récita-t-il, avec émotion. J'ai bien compris le message et je me suis donc abstenu de revenir à la charge.

– 9 –

Vingt ans plus tôt : septembre 2001

Les écouteurs vissés sur les oreilles, Clara écoute The Smashing Pumpkins, allongée sur son lit. Son esprit vagabonde entre l'entraînement du soir où elle s'est arrachée et sa première rencontre avec Alexandre, son tuteur de vie scolaire, alias TVS – version institutionnelle du « grand frère » des cités. Alexandre Schäffer. Le mec est en terminale. Profil type de la mascotte du lycée. Beau gosse. Capitaine de l'équipe masculine de natation de l'école. Avec de très belles performances et de nombreux titres au plan national qui pourraient lui valoir, selon les pronostics, une sélection en équipe de France pour les championnats du monde de 2003. Mais rien n'est écrit d'avance. Alexandre Schäffer peut tout aussi bien se blesser, ou accumuler les contre-performances, ou tout simplement décrocher… Telle est la dure loi du sport. Clara affiche une moue moqueuse. Elle n'a aucun atome crochu avec son TVS. Elle le trouve faussement modeste, trop beau pour être honnête, trop lisse, trop décontracté, trop gentil, trop…

L'archétype du boyfriend idéal tout droit sorti d'un soap opera ! dirait Thibault.

Et Clara sourit à cette réplique ; l'humour corrosif de son meilleur ami lui manque, son attention lui manque, son affection lui manque... Thib en entier lui manque ! Mais, depuis la rentrée, son rythme ne lui laisse que peu de latitude, limitant leurs moments de partage... « Moments de partage », tu parles ! Depuis l'enfance, ils avaient passé tout leur temps libre ensemble ! Clara soupire bruyamment. Cette relation fusionnelle, si rassurante et confortable, n'empêche-t-elle pas d'autres rencontres, de belles rencontres ? N'avait-elle pas espéré que ce passage en seconde, son départ de chez elle, sa vie en internat leur permettraient de poser de nouvelles bases à leur amitié ? Elle a un peu honte mais, oui, elle l'avait espéré. Et quand Thib lui avait dit qu'il la suivait à Hendaye, elle s'était sentie comme prise au piège... Clara soupire encore, elle s'en veut d'avoir de telles pensées. Mais une phrase de son père lui revient en mémoire : « Il est étrange qu'une fille aussi indépendante et intrépide que toi se cantonne à une relation exclusive. » Il avait dit ça l'air de rien, au fil d'une discussion. Il ne s'était pas attardé. Parce qu'il la connaissait ! Il savait qu'elle détestait qu'on se mêle de ses affaires ! Clara sourit tendrement. Son père : là aussi, un vaste programme !

Cette idée en amène immédiatement une autre : on est mercredi et elle n'a pas encore appelé chez elle ! Merde. Elle regarde l'heure. 20 h 30. Il est encore temps, songe-t-elle. Oui. Sauf qu'elle est crevée. Qu'elle n'a absolument aucune envie de sortir de son lit. D'enfiler une tenue décente. De descendre les trois étages qui la séparent du rez-de-chaussée. Et de faire la queue devant les deux misérables cabines téléphoniques du lycée. Mais c'est le contrat, et elle ne peut pas le rompre deux semaines après la rentrée, quand même ! En plus, si elle n'appelle pas, son daron va lui prendre la tête tout le week-end prochain. L'adolescente laisse échapper un soupir las. Elle enlève ses écouteurs et les pose à côté de son Discman sur son chevet. Puis elle enfile un jogging à la hâte par-dessus son pyjama, saute dans ses sandales, attrape sa carte téléphonique et quitte la chambre en traînant les pieds.

Elle remonte à 21 heures. Vingt minutes d'attente pour cinq minutes d'échange avec son père ! Mais la joie qu'il a manifestée au téléphone en entendant sa voix valait bien cet effort. Clara pousse la porte et tombe sur sa copine de chambrée. La fille est plutôt introvertie et avare de paroles, mais Clara l'aime bien. Elle a toujours préféré la discrétion à l'exubérance. Chez les autres, en tout cas. Parce qu'elle-même est plutôt l'inverse : grande gueule, naturellement provocatrice, forte tête et boute-en-train à la fois. Une vraie façade sociale qui fonctionne bien, sauf peut-être avec les taiseux, fins observateurs, qui parviennent à déceler la petite fêlure en elle. Et, si elle ne se trompe pas, Valériane est de ceux-là.

— Ça va ? lui lance-t-elle.

La fille hoche la tête, tout en continuant à se déshabiller. Clara détaille ouvertement son corps longiligne et tout en muscles. Ses épaules carrées de nageuse. Son torse en V et ses longues jambes athlétiques.

— Je t'ai vue à l'entraînement. Tu envoies !

— C'est toi qui me dis ça ? s'étonne Valériane. Tu as explosé le chrono !

Clara se vautre sur son lit, la mine satisfaite, et balance :

— Et tu n'as encore rien vu !

Valériane esquisse un sourire amusé et se tourne pour enfiler son haut de pyjama.

— Montre-moi tes seins.

— Hein ?

— Vas-y, tourne-toi, montre-moi tes seins ! Allez, même pas cap' ! balance Clara d'un ton de défi.

Quelques secondes passent dans un silence total. Clara se surprend alors à penser qu'elle y est peut-être allée un peu fort, sur ce coup. Au même instant, Valériane fait volte-face, pose ses mains sur ses hanches et, la tête légèrement penchée sur le côté, se dévoile.

— Putain, l'aplomb, la meuf ! J'adore !

Puis elle saisit ses écouteurs, les replace sur ses oreilles et appuie sur *play*. Elle a poussé le volume au maximum, et les échos assourdis de la musique rock strient le silence.

*
* *

Alexandre avance d'une démarche légèrement chaloupée qui le rend presque grotesque. Tout à son rôle de TVS, il a lourdement insisté pour ce rendez-vous matinal. Il lui fait visiter les diverses infrastructures de l'établissement et lui détaille les règles de fonctionnement – et comment en contourner certaines –, faisant mine de ne pas être flatté par les œillades admiratives des filles du lycée qui ne manquent pas de l'aborder, pour un oui ou pour un non. Cette visite approfondie des lieux a tout d'une démonstration de popularité, et Clara le traite mentalement de bouffon. De son côté, elle soutient avec un air bravache les regards jaloux ou envieux de la gent féminine. Après la cantine, la cafétéria, le foyer de vie, le gymnase et la piscine, Alexandre la conduit devant la piste d'athlétisme. Une vingtaine de jeunes s'entraînent déjà sous la houlette de l'équipe d'encadrement. Clara porte son attention sur un sauteur, observe la courbe parfaite qu'il dessine durant sa prise d'élan et lève un sourcil admiratif quand il passe la barre dans un fosbury impeccablement réalisé. Elle le regarde encore quand un poids chute lourdement à cinq petits mètres d'elle et roule jusqu'à ses pieds. Elle tourne la tête et repère alors un athlète qui la toise de pied en cap, un sourire narquois sur le visage. L'instant d'après, il court vers elle, à petites foulées décontractées.

— Salut, Alex ! fait-il en approchant.
— Salut, Magyd.

Les deux terminales se donnent une accolade virile – poitrine contre poitrine, petite tape sur l'épaule.

— C'est ta pupille, ou quoi ?
— Ouais.
— Sacré veinard, va ! fait Magyd en déshabillant Clara du regard. Moi, c'est le thon qui lance le javelot, là-bas, ajoute-t-il en désignant une fille au bord de la piste. Elle a les dents de traviole et des boutons plein la gueule !
— Arrête, Magyd, tu vas faire flipper Clara !

L'adolescente les fusille des yeux.

— Waouh ! Mais c'est une vraie tigresse, dis-moi !
— On ne se connaît pas assez, elle et moi, pour que je te réponde, mais j'admets qu'à première vue

elle a l'air de savoir se défendre, répond Alexandre, pince-sans-rire.

— Après, poto, tu sais ce qu'on dit, hein ? Entre l'air et la chanson…

Les deux terminales pouffent, et Clara décide qu'il est temps de riposter.

— Ça y est ?! Vous avez terminé votre petit numéro de coqs gavés de testostérone ?

— Mais dis donc ! C'est qu'elle sort les crocs ! la raille Magyd.

En guise de réponse, Clara lui décoche un regard venimeux, tourne les talons et met les bouts.

— Attends, Clara ! lui crie Alexandre. Allez, le prends pas mal, on plaisantait !

Elle traverse le parc en direction de l'internat, quand il la rejoint en courant. Il pose une main sur son épaule, mais elle se dégage d'un mouvement sec.

— OK, Clara, OK ! Je te présente mes excuses… Ça te va ?

Elle s'adosse à un arbre, croise les bras et lui retourne aussi sec :

— Non, c'est très loin de suffire ! Je n'ai pas de temps à perdre avec un gars qui se croit intéressant et qui joue sa virilité à travers trois répliques machistes, en duo avec son faire-valoir décérébré.

Elle pensait l'avoir mouché mais se retrouve surprise par sa réaction : Alexandre lui sourit en l'observant d'un œil intrigué et évaluateur. Puis il vérifie que personne ne les regarde, s'approche tout près d'elle et lui chuchote sur un ton de connivence :

— Je ne dirai pas à Magyd que tu l'as traité de faire-valoir décérébré, promis.

— Peut-être parce que j'ai raison ?

— Non... Parce que c'est mon meilleur ami depuis la seconde et que je le connais assez pour savoir qu'il le prendrait très, très mal.

— Même pas peur, murmure-t-elle avec amusement.

— Tu devrais, pourtant.

Clara pouffe, malgré elle. La situation est cocasse et plutôt stimulante. Après l'avoir envoyé sur les roses, voilà qu'elle joue avec lui, les yeux dans les yeux, dans un échange à voix basse. Alexandre avance encore d'un pas, réduisant à néant l'espace entre eux. Elle sent le contact furtif de son bassin contre le sien, la légère protubérance sous le pantalon de jogging qui l'effleure et les effluves de son parfum poivré. D'un ton enjôleur, il lui glisse alors au creux de l'oreille :

— Quant à ma virilité, je peux tout à fait la jouer autrement... à toi de voir.

Clara se sent rougir, ce gars ne doute de rien ! Cependant, elle ne bouge pas d'un millimètre quand il l'écrase contre le tronc pour plaquer son sexe au sien.

— Comme tous les terminales, j'ai une chambre solo. C'est la 112, lui susurre-t-il, et elle sent la chaleur de son souffle dans son cou. Mais je t'interdis de le claironner sur tous les toits, parce que je risquerais de me faire agresser, avec toutes ces groupies surexcitées qui ne rêvent que de moi... tu comprends ?

Puis, sans prévenir, il recule, révélant une expression amusée, et lui adresse un clin d'œil.

— Je plaisante, bien sûr ! Allez, suis-moi, on n'a plus que dix minutes pour finir la visite avant le début des cours !

– 10 –

La mort était en moi

Louise remonta lentement le chemin fendant les bois et arrêta sa voiture à hauteur du renfoncement où avait stationné le véhicule bleu métallisé de l'agresseur. Dehors, une fraîcheur humide la fit frissonner. Un crachin continu tombait du ciel maussade depuis le lever du jour, et une lumière sans éclat s'évanouissait entre les rameaux encore feuillus de la forêt. La gendarme observa le bas-côté. Le soir même de l'agression, Olgado était parvenu à faire un moulage des traces de pneus dans la terre molle, mais il n'en restait désormais que quelques vagues reliefs émoussés. Louise se posta à l'endroit précis des marques ; les contours de la maison de Ducuing se dessinaient entre les arbres. L'homme connaissait la routine de sa victime, il avait dû attendre qu'elle parte pour sa marche quotidienne. Il s'était donc garé ici, suffisamment loin pour ne pas être vu, mais suffisamment près pour pouvoir décamper rapidement après son forfait.

La gendarme avança lentement vers la maison, progressant entre les troncs et fouillant des yeux le sol tapissé de feuilles mouillées. Parvenue près de la bâtisse, elle continua à remonter à contresens le chemin que l'agresseur avait emprunté lors de sa fuite. Elle arriva très vite à l'arrière de la maison, qui s'ouvrait en L sur un parterre de gravillons blancs. Elle longea le corps principal, passant successivement derrière la cuisine, le salon et les pièces desservies par la première partie du couloir, puis suivit l'angle droit et marcha jusqu'à la porte-fenêtre de la chambre. En prenant la fuite, l'homme avait forcément emprunté la trajectoire la plus directe. Louise tira donc une diagonale entre la porte-fenêtre et l'angle opposé de la bâtisse, et la parcourut, les yeux rivés au sol, essayant de repérer quelque chose dans les graviers. Mais elle ne trouva rien. La scientifique avait ratissé les lieux, sans résultat ; à quoi donc s'attendait-elle ?

Elle s'apprêtait à rejoindre l'avant de la maison quand Valériane Ducuing apparut derrière la porte vitrée de la cuisine. Son allure trahissait une certaine hostilité : Dr. Martens noires montant à mi-mollet, pantalon en stretch noir couturé de zips couleur argent, et chandail noir à ample encolure qui laissait voir une bretelle de soutien-gorge, noire également. Son maquillage noir était raccord : un trait d'eye-liner et du fard à paupières durcissaient son regard. Le haut de l'oreille gauche, derrière laquelle elle avait passé ses cheveux raides, était orné de quatre petites têtes de mort en argent, et un piercing en forme de cône pointait à la terminaison du sourcil droit, juste en dessous de la longue frange aile de corbeau. À l'hôpital, la jeune femme ne portait ni ses vêtements ni ses bijoux, et Louise découvrait donc l'apparence de la légiste pour la première fois. Elle eut une pensée pour Marie-Claire Ducuing, incarnation même de la petite bourgeoisie traditionnelle et respectable, et comprit en un instant le désarroi de la septuagénaire.

L'occupante des lieux lui lança un regard contrarié à travers la vitre, puis fit tourner la gâche d'un verrou.

— Bonjour, madame. Je reconstituais le chemin emprunté par l'agresseur. J'allais justement me présenter à l'entrée, expliqua Louise.

— Eh bien, entrez par ici.

La gendarme pénétra dans la cuisine, et une agréable chaleur l'enveloppa. Une seconde plus tard, Balto faisait son apparition en sautant joyeusement sur elle.

— Hé, coucou, Balto ! Ça va, le chien ?

— Merci de vous en être occupés, dit Ducuing avec un petit sourire ému, le regard braqué sur son cocker. Je ne sais pas ce que j'aurais fait si...

Elle laissa sa phrase en suspens, s'agenouilla et glissa ses mains dans le poil soyeux de l'animal. Louise l'observa : l'expression de la jeune femme se transformait au contact de son animal ; elle était très jolie quand elle souriait.

— Il fait des cauchemars dès qu'il s'endort... Je suppose qu'il a eu très peur, lui aussi, précisa la légiste d'une voix peinée. Vous voulez boire quelque chose ?

— Avec plaisir. Ce crachin m'a glacée jusqu'au sang.

— Thé ? Café ?

— Café, merci.

Ducuing fit couler deux espressos et en tendit un à Louise sans lui proposer d'aller s'asseoir dans le salon.

Fixée au mur, au-dessus de l'évier, une petite pendule tictaquait, rythmant inlassablement la lente fuite du temps. Louise observa la pièce. Elle était propre, fonctionnelle, sans fioritures et sans âme.

— Comment vous sentez-vous ? finit-elle par demander.

— Mal. Mais le contraire serait surprenant, non ?

La gendarme hocha la tête et attendit. Comme rien ne vint, elle reprit :

— Je n'étais pas présente pendant votre déposition lundi à la gendarmerie et je…

— Forcément, puisque vous étiez chez ma mère, la coupa Ducuing d'un ton narquois. Je le sais par mon frère, qui n'a pas pu s'empêcher de me téléphoner pour prendre des nouvelles.

La jeune femme semblait attendre une explication, fixant son interlocutrice d'un œil légèrement accusateur.

— C'est exact, admit Louise. Je fais effectivement mon travail.

— En disséquant ma vie ?

— En essayant d'établir s'il existe un lien entre votre agresseur et vous, et si oui, lequel. M'interroger sur la motivation de cet homme est une démarche incontournable, expliqua-t-elle patiemment. Vous a-t-il choisie au hasard, ou non ?

Valériane Ducuing laissa échapper un soupir contrarié. Puis elle sembla baisser la garde et énonça d'un ton résigné :

— Ce ne sont pas les membres de ma famille qui pourront vous renseigner sur moi, je vous assure.

— Je vous prends au mot. Alors dites-moi, vous, les raisons qui vous ont incitée à démissionner et à quitter Bordeaux.

— Les raisons ? Qu'est-ce qu'un gendarme met derrière ce mot ? fit-elle d'un ton un peu moqueur.

— Un conflit au travail ou dans la vie privée, du harcèlement, des menaces... bref, des difficultés qui auraient pu vous inciter à prendre la fuite.

La légiste secoua la tête.

— Rien de tout ça, croyez-moi.

— On ne démissionne pas du jour au lendemain, comme ça, sans motif !

— Je n'ai pas dit ça.

— Alors je vous écoute.

Les yeux de la jeune femme s'emplirent de tristesse. Elle lâcha un long soupir, puis, d'une voix lasse, elle expliqua :

— Je n'en pouvais plus, voilà tout. Je vivais avec une boule au ventre en permanence. Un soir, en quittant l'IML, j'ai su qu'il fallait que j'arrête. Je venais de prendre conscience que seuls les morts peuplaient ma vie et que, si je n'optais pas pour un virage radical, je finirais par sombrer.

— Sombrer ? Comme au début de vos années de médecine ? avança Louise d'un ton précautionneux.

— Vous faites référence à ma tentative de suicide ? Eh bien, je vais être franche. Tout le monde a considéré que j'avais échappé à la mort. C'est faux : j'ai continué de vivre, certes, mais la mort était en moi. Et parce qu'elle était en moi, elle a fini par être partout autour de moi.

Un frisson parcourut Louise. Le malaise profond qu'avait évoqué Romain Ducuing en parlant de sa sœur prenait ici tout son sens.

— N'avez-vous jamais envisagé de vous faire aider ?

— De me faire aider, non. De m'aider, oui. C'est précisément le sens de ma présence ici. Ma démission et mon déménagement vous laissent peut-être croire à une fuite. Vous avez tort. J'ai décidé de ce point d'arrêt dans l'idée de mettre les choses à plat, une fois pour toutes.

La gendarme se sentit légèrement mal à l'aise. Elle avait elle-même provoqué cette discussion, mais elle avait désormais le sentiment d'être engagée sur un terrain risqué. Leur échange s'était teinté d'une certaine intimité, et Louise savait qu'une trop grande proximité avec un individu dans le cadre d'une enquête pouvait faire perdre en objectivité. De plus, le domaine psychologique dépassait son champ de compétences. Elle laissa filer un laps de temps assez long, puis revint à des considérations plus familières.

— D'après les traces de sang, après vous avoir neutralisée dans l'entrée, l'homme vous a traînée jusqu'à votre chambre, puis vous a allongée sur votre lit.

— Probablement, oui. Je suppose que c'était plus simple pour lui de me mettre à plat pour me déshabiller et m'enfermer dans cette espèce de sac.

Louise termina son café, posa sa tasse et se décolla du plan de travail.

— Je peux jeter un œil ? fit-elle en avançant vers le salon. Je voudrais retracer le chemin de votre agresseur.

Elle se tenait désormais dans le salon. De là où elle se trouvait, elle apercevait l'entrée devant elle à gauche et l'ouverture du couloir juste face à elle. Elle se dirigea vers le couloir.

— Qu'y a-t-il dans ces pièces ? demanda-t-elle en désignant les quatre portes fermées.

— Un cabinet de toilette, ici, avec douche et W-C, lui répondit la légiste en ouvrant la première porte. Et, juste à côté, mon bureau.

La gendarme découvrit une pièce de petite taille bien ordonnée mais surchargée. Une console accueillait un ordinateur, et les murs étaient tapissés d'étagères ployant sous le poids de revues, documents et livres, majoritairement dédiés à la médecine légale. Quelques ouvrages de criminologie occupaient également l'extrémité d'un rayonnage.

— Les deux pièces en face sont des chambres, énonça la jeune femme quand Louise sortit du bureau. Elles sont inutilisées, précisa-t-elle en ouvrant les portes.

En un coup d'œil rapide, la gendarme avait fait le tour : un lit une place, un chevet et une commode constituaient l'unique mobilier de chaque chambre. Elle prit quelques instants de réflexion. L'homme avait traîné sa victime jusqu'à sa chambre, c'est-à-dire la pièce la plus éloignée. Mais elle entrevoyait désormais pourquoi. De ce côté-ci, les lits des chambres étaient étroits. En outre, le cabinet de toilette en vis-à-vis ne comprenait qu'une simple douche. La salle de bains avec baignoire se trouvait dans l'autre aile, en face de la chambre occupée par la légiste. Louise fit un signe de tête à Ducuing et la suivit jusqu'à l'angle du couloir. Elle bifurqua sur la droite et avança. La porte de la salle de bains était ouverte, et la lumière, allumée.

— J'essayais de nettoyer. J'étais allée chercher du détergent quand je vous ai vue à l'arrière de la cuisine.

La gendarme repéra une bassine et une éponge posées au pied de la baignoire. Le graffiti avait été énergiquement frotté, mais s'il avait perdu de sa brillance, il demeurait tout aussi lisible.

— Je crains fort que vous ne puissiez en venir à bout... Alors, avec le recul, ça ne vous dit toujours rien, ce fameux « MPC/1 » ?

— Non, je l'ai tourné dans tous les sens, mais non.

Son ton est calme, mais elle a eu tout le temps de se préparer à mentir, songea Louise.

— Que redoutez-vous ? attaqua-t-elle frontalement.

— Je vous demande pardon ?

— Vous me cachez quelque chose, n'est-ce pas ?

Ducuing la transperça du regard et, d'un ton implacable, lui retourna :

— Vous vous trompez, madame. Il ne vous est peut-être pas venu à l'esprit que le type qui m'a fait ça pouvait décider de revenir pour finir son travail, ajouta-t-elle avec émotion, mais moi, je ne cesse de penser à cette éventualité ! Alors, croyez-moi, si j'avais la moindre idée de ce que signifie ce tag, je vous le dirais sur-le-champ.

Louise se sentit déstabilisée par les accents de sincérité de la jeune femme. Néanmoins, elle persista :

— La première fois qu'on s'est vues, à l'hôpital, j'ai détecté une lueur de peur dans vos yeux à l'évocation de ce sigle.

Ducuing lui adressa un sourire désabusé.

— Durant cinq ans, une grande partie de mon travail de légiste a consisté à autopsier les cadavres de personnes violentées, torturées, violées, et j'en passe... Voyez-vous, sans être criminologue, j'ai tout de même appris quelques petites choses. Quand vous avez parlé du graffiti, j'ai immédiatement pensé à une signature. Et qui dit signature dit généralement tueur en série et organisé, ce qui, en soi, est une réalité plutôt glaçante, vous en conviendrez !

Bien que remise à sa place, Louise ne riposta pas. L'explication de la légiste tenait la route. N'avait-elle pas elle-même élaboré un raisonnement identique lorsque Violaine lui avait parlé de ce tag ?

— D'ailleurs, si je ne m'abuse, vous pensez exactement la même chose, reprit Ducuing en l'observant. Vous redoutez une récidive.

Prise en flagrant délit, la gendarme opta pour la transparence.

— C'est exact.

— Alors qu'attendez-vous pour me protéger, hein ? C'est aussi votre travail !

Louise se sentit rétrécir.

Que répondre ? Que sa hiérarchie ne l'entendait pas de cette oreille ?

— Ah, je vois ! On vous a déjà dit « non », n'est-ce pas ? lança Ducuing d'un ton indigné.

Décidément, cette femme était douée d'une rare intuition. Louise laissa échapper un soupir embarrassé.

— La probabilité qu'un tueur en série revienne « finir son travail », fit-elle en mimant des guillemets, est quasi nulle.

— Quasi nulle ?... Eh bien, me voilà rassurée, ironisa la légiste.

– 11 –

Oh, la belle affaire !

David Schäffer gara sa voiture sur le petit parking qui clôturait le chemin goudronné. Il n'y avait aucun nuage, et la lune presque pleine inondait le paysage de sa clarté diaphane. *Une nuit de braconnier*, songea-t-il. Devant lui, la cime des arbres dentelait le ciel, et l'étroite promenade de cailloux blancs faisait un sillon bien net menant à l'entrée de la forêt. L'homme frissonna, il avait l'impression étrange d'évoluer dans le décor d'un film. Cette vieille histoire qui faisait brutalement irruption dans son existence banale lui semblait irréelle. Schäffer attrapa l'enveloppe qui reposait sur le siège passager, et le contact du papier sur ses doigts attesta que ce qui était en train de se passer n'était pas un rêve. Il l'ouvrit de nouveau et parcourut encore les quelques mots au centre de la feuille blanche : « Vidéo 36. RDV jeudi 21 octobre, 21 heures. » Suivaient deux séries de chiffres, latitude et longitude, correspondant à la localisation GPS qui l'avait conduit au bout de ce chemin.

Des halos de phares le tirèrent de sa torpeur. Il replaça le papier dans son enveloppe et resta assis derrière son volant, scrutant les lumières vives qui s'approchaient. Il fut bientôt aveuglé et n'identifia les contours d'un quatre-quatre que lorsque le conducteur braqua le volant pour se garer parallèlement à lui. Quelques instants plus tard, un homme sortit de la voiture, et David Schäffer sentit son cœur cogner. Vingt années avaient passé, mais il le reconnut immédiatement.

Magyd Ayed ne marqua aucune hésitation. Il contourna son quatre-quatre, approcha son visage de la vitre de Schäffer, puis toqua, le faisant sursauter alors qu'il avait suivi chaque mouvement de son ancien camarade.

— Sors, David, c'est moi ! C'est Magyd, ajouta-t-il, comme si cette précision était nécessaire.

Tel un automate, Schäffer obéit. Le froid se plaqua sur lui. Les deux hommes s'observèrent, légèrement décontenancés. En réalité, aucun d'eux n'avait jamais imaginé revoir l'autre un jour.

— Alors, c'est toi qui m'as fixé ce rendez-vous ? entama agressivement Magyd.

— Non. Je... J'ai reçu une lettre, répondit Schäffer.

— Pareil pour moi.

Le silence retomba. Tendu. Alourdi de sous-entendus innommables. Puis deux nouveaux phares trouèrent le voile clair de la nuit. Dans un même mouvement, les deux hommes firent quelques pas de côté pour se placer face aux lumières, et une petite Twingo blanche se rangea devant eux. La conductrice coupa le contact, sortit et avança vers les deux hommes. Contrairement à eux, la jeune femme avait bien changé en vingt ans.

— Salut, lança-t-elle.

— Salut, Valériane, lui retourna David avec nervosité.

Magyd, lui, choisit de s'asseoir sur les conventions et entra dans le vif du sujet :

— C'est donc toi qui nous as fait venir ici ! C'est quoi, ce plan à la con ?

La jeune femme se contenta de l'observer d'un œil venimeux. Alors Ayed fit un pas vers elle et leva un doigt menaçant.

— Bon, tu accouches, ou quoi ?

La légiste eut un sourire glacial et riposta :

— Toujours aussi délicat, à ce que je vois, Magyd ?

— Je t'emmerde ! s'énerva-t-il en la saisissant par le col.

— Calme-toi, Magyd ! intervint David en le tirant en arrière.

Ayed se dégagea d'un brusque mouvement d'épaule et toisa Schäffer. Sa hargne était palpable, il semblait prêt à en découdre, exactement comme quand il était adolescent. David soutint son regard et les deux hommes se défièrent durant de longues secondes. Finalement, Ducuing rompit le silencieux combat de coqs :

— On a tenté de m'assassiner.

Les deux hommes se tournèrent vers elle. Passé la stupéfaction, Schäffer réagit :

— ... Te tuer ?

— Oui, et ça n'est pas passé loin, crois-moi.

— Merde, alors... Je suis désolé, vraiment désolé...

— Mon agresseur m'a droguée. Quand j'ai repris connaissance, j'étais attachée dans ma baignoire et l'eau montait, poursuivit-elle avec émotion. Je ne pouvais rien faire... J'aurais dû mourir noyée. Je ne dois ma survie qu'à l'arrivée providentielle d'un livreur de pizzas.

— Tant mieux pour ta gueule, commenta Magyd. Mais nous, en quoi ça nous concerne, hein ?

Ducuing le fusilla des yeux.

— J'ai pensé que ça vous intéresserait de savoir que ce taré a tagué « MPC/1 » sur le carrelage de ma baignoire.

Les deux hommes se pétrifièrent. Choqué par cette révélation, Schäffer devint livide. À côté de lui, Ayed secoua la tête, comme refusant d'y croire. Finalement, il éructa :

— Impossible ! C'est impossible !… Personne n'est au courant ! Sauf si quelqu'un en a parlé, fit-il en interrogeant tour à tour des yeux ses anciens camarades.

— Non mais sérieusement, Magyd, tu t'entends ?! s'énerva Valériane.

Schäffer sortit alors un portable de sa poche.

— Ça suffit ! Je téléphone à Alex.

— Là, maintenant ?

— Il attend mon appel, je l'ai informé pour ce soir. Alex est aussi concerné que nous, il a le droit de savoir, Valériane.

— Ouais, sauf que lui, il crèche à l'autre bout du monde, cracha Ayed.

— Et alors ? Peu importe. Et puis, lui, il saura quoi faire.

— Vraiment ? jeta Valériane d'un ton railleur. Comme il a toujours su quoi faire, en somme ?

— Qu'est-ce que tu sous-entends, hein ?! Sans lui, nos vies auraient été bousillées, et tu le sais très bien ! réagit David.

Un silence de plomb s'installa, chargé d'électricité, de peur et de vieux souvenirs nauséabonds. Schäffer s'éloigna, portable à la main, et, quelques instants plus tard, la rumeur d'un échange brouilla le calme. Puis il réapparut. Il tendait le portable devant lui.

— Alexandre veut vous parler.

Une voix que le stress rendait légèrement trop aiguë résonna dans le haut-parleur :

— Salut, tout le monde. C'est Alex. David vient de me raconter... Comment vas-tu, Valériane ?

— Je n'ai plus quinze ans, Alex. Alors épargne-moi ta fausse sollicitude, d'accord ?

Le haut-parleur renvoya un soupir, puis la voix s'éleva de nouveau :

— Bien, si tu le prends comme ça. Sache néanmoins que je suis désolé pour...

— De grâce, Alex, arrête ça tout de suite !

— OK, OK ! On ne s'énerve pas, d'accord ?... Bon, Valériane, qu'as-tu dit à la police ?

— J'ai dû mentir, Alex ! J'ai dit que je ne savais rien sur ce putain de tag ! Et, franchement, ça se voyait trop que je mentais ! cria-t-elle d'une voix qui déraillait.

— Calme-toi, s'il te plaît... J'étais bien obligé de te poser cette question. Et je suis désolé que tu aies dû mentir, Val.

— Peut-être que... peut-être qu'on devrait parler ! réagit-elle. Peut-être qu'il est temps de dire la vérité !

Les réactions fusèrent immédiatement, emportées, unanimes : c'était hors de question.

— David et Magyd ont raison, Val : il ne faut rien dire ! trancha Alexandre. Rien. On va régler ça, OK ? On ne panique pas et on réfléchit calmement, d'accord ?

— Réfléchir à quoi, putain ?

— Arrête de crier, Magyd ! Écoutez, les choses sont simples : si aucun de vous n'a ébruité cette histoire, alors quelqu'un a découvert quelque chose, il n'y a pas d'autre explication.

— Dis-moi, Alexandre, pourquoi « aucun de vous » ? l'agressa Valériane. Pourquoi te mets-tu systématiquement à la place de celui qui n'est pas en cause ?!

— Parce que c'est moi qui parle et que je suis bien placé pour savoir que je n'ai jamais raconté cette histoire à quiconque ! Voilà pourquoi !

— Mais personne n'a laissé fuiter quoi que ce soit, bordel ! balança Magyd, qui ne cessait de s'agiter autour du téléphone. Personne, tu piges ça ?! On est tous pieds et poings liés !

— Détends-toi, Magyd ! C'est bon, OK ? Je vous fais confiance. (Alexandre laissa échapper un long soupir sonore.) Ce qui nous ramène à la seule explication rationnelle…

— Quelqu'un aurait découvert quelque chose, on a compris, le coupa Valériane. Sauf que ce n'est pas la seule explication, Alex !

Il y eut un court silence.

— Où veux-tu en venir ?

— Je crois que tu le sais très bien… Moi, j'ai manqué de mourir. Pas toi, ni David, ni Magyd. Moi ! rageat-elle en se désignant de l'index. Et moi, jusqu'à preuve du contraire, je ne connais que trois personnes qui savaient pour MPC. Trois, et elles sont toutes en train de parler avec moi ce soir.

David et Magyd accusèrent visiblement le coup. Puis les propos de Valériane semblèrent se frayer un chemin jusqu'à leurs cerveaux, et ils commencèrent à se jeter des regards soupçonneux. Mais la voix d'Alexandre s'éleva de nouveau :

— Valériane, enfin ! Tu... tu imagines sérieusement que l'un de nous aurait pu s'en prendre à toi ? Mais c'est totalement absurde, enfin !

— Absurde ?

— Oui, bon sang, absurde ! Pour quelle foutue raison l'un de nous ferait-il une chose pareille ? Ça n'a aucun sens !

Subitement frappé par l'évidence, Ayed sortit de son silence :

— C'est pour ça que tu nous as fait venir ici, espèce de garce ! balança-t-il. Ce n'était pas pour nous prévenir ! Tu voulais nous confondre, en fait ?

— Oh, la belle affaire ! Et tu aurais fait quoi à ma place, Magyd ?

Celui-ci secoua la tête, partagé entre colère et vexation. Finalement, il releva les yeux vers la jeune femme et lui asséna :

— OK, je vais être très clair avec toi, Valériane : je n'ai rien à voir avec ce qui t'arrive ! Tu as pigé ? Rien, *nada*, que dalle ! Mets-toi bien ça dans le crâne, ou ailleurs ! Et si un taré a appris la vérité et projette de me faire la peau, aucun problème, qu'il vienne me trouver, je l'attends !... Voilà, je crois que j'ai tout dit. Alors maintenant, si vous le permettez, je me casse !

Magyd fit volte-face, avança d'un pas vers sa voiture et se retourna de nouveau.

— Ah, une dernière chose : inutile de me recontacter ! Et ce qui vaut pour elle vaut pour toi, David, ajouta-t-il en le pointant du doigt. Allez, *ciao* !

— Attends, Magyd ! cria la voix d'Alexandre dans le téléphone. Ne réagis pas comme ça ! On est tous dans le même bateau !

Ayed se contenta de lever son majeur haut vers le ciel et s'engouffra dans son quatre-quatre. Puis le moteur vrombit et sa voiture disparut dans la nuit.

— Il s'est barré, fit David dans le haut-parleur.

— Putain de merde !

— Et maintenant, on fait quoi, frérot ?

— Il faut absolument rester unis, d'accord ? Parce qu'on est tous du même côté.

— Et concrètement, ça veut dire quoi ? demanda Valériane, les yeux perdus.

— Déjà, il faut qu'on puisse communiquer entre nous sans laisser de traces.

— Ça, c'est plutôt facile, lui retourna-t-elle du tac au tac. Et après ?

– 12 –

Il nous faut donc creuser cette piste !

Louise poussa la porte de la brigade d'un pas enthousiaste. Violaine était déjà derrière son ordinateur et tapait sur son clavier, l'air absorbé.
— Bonjour, chère amie !
La jeune gendarme releva la tête et afficha une expression amusée.
— Tu as l'air bien guillerette, ce matin. J'en déduis que tu as passé un bon week-end ?
— Excellent, même ! Farid m'a fait une surprise : il m'a emmenée à Rome ! Une des destinations avec lesquelles je te bassine depuis des années, sans jamais avoir franchi le pas !
— Heureux hasard, en effet…
Louise s'assit derrière son bureau, puis décocha un œil soupçonneux à sa jeune collègue.
— C'est toi qui as parlé de Rome à Farid ?
— Quelle sagacité, Louise, tu me surprendras toujours !
— Mais… Violaine !

— Quoi ? Farid voulait t'offrir un week-end et il m'a demandé si j'avais une idée de ce qui pourrait te faire plaisir ! Tu aurais préféré que je lui suggère Roubaix ? Ou Saint-Nazaire ?

— Je ne suis pas certaine qu'il t'aurait prise au mot, vois-tu, contre-attaqua Louise. Il manque d'imagination, mais il a tout de même un certain sens des réalités !

— Qui manque d'imagination ? lança Thierry en déboulant dans la pièce.

— Chasse gardée ! lui retournèrent Louise et Violaine de concert.

Le jeune homme secoua la tête, amusé. « Chasse gardée » était initialement l'expression consacrée pour lui indiquer qu'il s'immisçait dans une conversation d'ordre privé. Au fil du temps, les deux amies avaient pris l'habitude de le chambrer avec ça. Notamment quand la boutade permettait de clore avantageusement un débat en cours, songea-t-il, mais il se garda bien de le dire…

— Les résultats du labo viennent d'arriver ! lança Louise en découvrant ses mails. Alors… voyons ça tout de suite.

La gendarme prit une minute pour parcourir le compte rendu. Elle ignora les termes et calculs techniques relatifs à l'évaluation quantitative du produit injecté en fonction de la constitution de la victime et se référa aux lignes de conclusion :

— Ducuing avait raison ! Son agresseur a bien utilisé de la kétamine. Dosage assez précis au regard de son poids, c'est-à-dire suffisant pour déconnecter notre victime de la réalité durant un laps de temps plutôt court et sans entraîner une prise de risque trop importante.

— OK. Il nous faut donc creuser cette piste ! s'enthousiasma Violaine. Où peut-on se procurer de la Special K ?

— Deux options, lui retourna Thierry. Primo, le milieu hospitalier ou vétérinaire – parce que la K est aussi utilisée par les vétos, notamment pour les chevaux. Secundo, évidemment, le milieu des dealers ou Internet.

— Sachant que les dealers s'approvisionnent généralement grâce aux détournements de produits en milieu hospitalier ou vétérinaire, précisa Louise. Les collègues des stups ont sûrement des informations qui nous feraient gagner du temps. Ils connaissent quelques dealers que l'on pourrait asticoter, voire un ou deux indics susceptibles de nous conduire sur la piste de notre acheteur. Notre homme a certainement un profil atypique : ce n'est pas un jeune qui veut se défoncer, ce n'est pas un junkie – vu l'organisation du passage à l'acte – et, pour finir, ce n'est certainement pas un client régulier... Il a donc pu attirer l'attention, justement parce qu'il sortait du lot.

Thierry acquiesça.

— J'ai un bon contact aux stups, je m'en occupe.

— De mon côté, je pourrais peut-être éplucher les plaintes déposées récemment et vérifier qu'aucun casse n'a été déclaré par un cabinet vétérinaire ou une pharmacie ? proposa Violaine. Après tout, notre agresseur a peut-être fait le choix d'un braquage ?

— Oui, bonne idée, valida Louise d'un ton machinal.

Violaine observa sa supérieure ; celle-ci semblait pensive.

— Chère amie, si tu nous disais le fond de ta pensée ?

— Notre agresseur peut être un professionnel de santé : infirmier, médecin, vétérinaire, soigneur animalier. Dans ce cas, il n'aura même pas eu à se rapprocher d'un dealer ni à faire un casse.

— Il se sera directement servi à la source, compléta Violaine. Et avec un peu d'intelligence, son vol aura pu passer à l'as.

— Exactement. Donc j'espère que cette éventualité n'est pas la bonne, sinon la piste kéta se refermera aussi vite qu'elle s'est ouverte.

Violaine et Thierry échangèrent un regard évocateur qui décida la jeune gendarme :

— À part nous saper le moral, tu n'as rien à proposer ? ironisa-t-elle.

— Détrompe-toi, très chère ! Pour ne rien négliger, je vais me rapprocher du CHU de Bordeaux.

— Tu penses à l'IML ?

— Oui.

— Mais je croyais que tu avais éclairci ce point avec Ducuing et qu'elle avait démissionné suite à une sorte de dépression ?

— Et alors ? Concrètement, l'institut médico-légal fait partie du CHU. Il est rempli de médecins qui peuvent avoir accès à certains médicaments et qui sont aussi les anciens collègues de Valériane Ducuing. Quoi qu'elle en pense, un de ses collaborateurs a peut-être une dent contre elle !

– 13 –

Le négatif du cliché

David Schäffer s'empressa de dénouer son écharpe et de déboutonner son manteau. La chaleur dans la galerie commerciale était étouffante. À pas vifs, il passa devant une enseigne de vêtements de sport, une boutique de téléphonie, un magasin de chaussures, puis s'engouffra dans la brasserie La Petite Pause. Une horloge murale au-dessus du comptoir indiquait 14 h 45 ; il avait un bon quart d'heure d'avance. Il adressa un sourire crispé au serveur qui le saluait et alla s'asseoir dans un angle de la salle, près des baies vitrées donnant sur le parking. Son week-end en famille avait été exécrable. Ses beaux-parents n'avaient cessé de faire des commentaires sur des choix éducatifs qu'ils trouvaient « dommageables pour l'autonomie » de Clotilde. Rien de très nouveau, les parents de Denise étaient de vrais cons. Mais avec les tensions liées à la vieille histoire qui ressurgissait dans sa vie, les réflexions – « Surtout, ne le prenez pas mal, on dit ça pour vous aider, parce que, forcément, après avoir éduqué trois enfants, on est un peu plus expérimentés » – lui avaient passablement tapé sur les nerfs. Pourtant, la veille, en reprenant la route, il n'avait poussé aucun soupir d'aise : il ne quittait l'enfer de sa belle-famille que pour mieux plonger dans celui de son passé.

— Monsieur ? Vous désirez ?

David sursauta. Le serveur se tenait devant lui.

— Je... Un demi... Euh, non, en fait, un whisky, s'il vous plaît.

Oui. Un whisky, voilà ce qu'il lui fallait. Parce que les circonstances s'y prêtaient. Parce qu'un type avait tenté de tuer Valériane. Un type qui avait tagué « MPC » sur le lieu de son forfait. Le truc de fou ! Mais comment était-ce possible ? Qui savait ? Qui ?! Alexandre avait détruit toutes les vidéos. Personne n'avait rien dit... Heureusement que son frère était là, jeudi soir. Qu'il avait pris les choses en main. À partir d'aujourd'hui, ils allaient s'aider les uns les autres. Enfin, tous sauf Magyd, évidemment. Magyd qui jouait les gros durs. Pour changer !

La robe ambrée et l'odeur de l'alcool ramenèrent immédiatement Schäffer des années en arrière. À l'époque bénie où Alex tutoyait les dieux avec ses performances en natation. Où Magyd briguait une sélection pour les JO – et il avait réussi, lui, bon sang ! Il avait gardé le cap, malgré ce qui s'était passé. De toute façon, Magyd avait toujours été le plus enragé d'entre eux. Le plus terre à terre. Le plus violent, aussi. David sentit un frisson le parcourir. Ses souvenirs étaient à la fois si lointains et si proches. Aussi intacts que demeurent les souvenirs de cette intensité-là. Des souvenirs permanents, marqueurs de son identité.

— Salut, David.

Il sursauta de nouveau, surpris par cette irruption dans ses songes. Valériane s'assit face à lui. Il la détailla silencieusement. Bon Dieu, qu'elle avait changé ! Elle avait perdu cette innocence un peu enfantine, ce soupçon de malice qui teintait jadis son regard et qui, alors, lui plaisait tant. Elle avait troqué sa candeur contre ces oripeaux sinistres hérissant une barrière entre le monde et elle. *Entre la violence du monde et elle*, se corrigea-t-il.

— J'ai passé un week-end horrible, lança-t-elle d'une voix nerveuse. Je suis terrifiée par l'idée que…

— Par quoi ? relança-t-il doucement après un long silence.

— J'ai peur que ce type revienne finir ce qu'il a commencé.

David ouvrit la bouche mais retint finalement les mots absurdes qui s'y bousculaient. Lui dire quoi ? « Mais non, ça va aller, ne t'inquiète pas » ou « Il ne reviendra pas, dors tranquille » ? La vérité, c'était qu'il n'en savait rien ! Non, il n'en savait foutre rien. Alors pourquoi mentir ? Il ferma un instant les yeux, inspira et osa lui attraper les mains, par-dessus la table. Elle ne le repoussa pas. Au contraire. Elle lui sourit tristement. Et, l'espace d'un instant, il la reconnut. L'adolescente qu'il avait secrètement aimée. La jeune fille discrète mais riche de cette vie intérieure que ne peuvent cultiver que ceux qui savent se taire.

— Moi aussi, j'ai passé un week-end horrible. Le pire de toute ma… non, le pire depuis…

Et il se tut. Parce que certaines choses ne peuvent être nommées. Valériane hocha la tête. Et retira ses mains des siennes.

— Tu as trouvé les cartes prépayées ? demanda-t-il.
— Oui, fit-elle en sortant un sachet de la poche de son manteau.
— Et, donc, ça marche ?
— J'en avais entendu parler, et oui, ça marche. J'ai même vérifié auprès de la vendeuse. Ces cartes SIM prépayées coûtent dix euros. L'obligation légale de s'identifier auprès de l'opérateur doit être remplie dans les quinze jours suivant l'achat. Mais, en attendant, on peut s'en servir à hauteur de cinq euros.
— C'est dingue, ce truc.
— Comme tu dis. En revanche, dans quinze jours, sans identification de notre part, les cartes devraient être bloquées.
— OK. Bon, de mon côté, j'ai acheté ces deux mobiles, entrée de gamme, fit-il en sortant un sachet de son sac.

Il s'arrêta parce que le serveur approchait. Valériane commanda un jus de pomme, et, dès qu'ils furent de nouveau tranquilles, il reprit :

— Je les ai mis en charge, ce week-end. Tiens, prends celui-là.

Elle saisit le portable et, en retour, lui tendit l'une des deux cartes SIM. Chacun s'affaira de son côté. Ils relevèrent la tête en même temps.

— On teste ?

Valériane composa le numéro de portable lié à la carte SIM de David, et son téléphone émit une sonnerie.

— C'est bon ! fit-il en coupant la communication. Ton numéro s'est affiché, je l'ai donc dans mon historique.

— Idem, j'ai le tien dans ma liste d'appels.

— J'informerai Alex en rentrant chez moi. Je lui donnerai nos deux numéros. Lui me filera le sien. Et je te le communiquerai par SMS. Comme ça, on sera trois à pouvoir échanger entre nous, sans aucun risque de traçage policier... en tout cas, pendant quinze jours. Ensuite, on pourra réitérer l'opération autant de fois que nécessaire.

Ils se regardèrent, un peu perdus, hésitants. Le serveur arriva à ce moment-là et déposa le jus de fruits sur la table, avant de s'éclipser.

— La flic m'a dit que mon agresseur avait une voiture bleu métallisé. Ça n'est pas grand-chose, mais je préfère que tu le saches.

— Entendu, merci. Quoi d'autre ?

— Rien, hélas. Je serais incapable d'identifier le type qui m'a sauté dessus. Ça a été bien trop rapide !

Un long silence suivit. David but une gorgée de whisky. Grimaça. C'était fort, il n'avait plus l'habitude.

— Si tu craignais que l'un de nous soit l'auteur de ton agression, pourquoi nous avoir fait venir ? C'était risqué, non ? demanda-t-il, d'une voix peinée.

— Je n'y croyais pas vraiment, admit-elle, un peu honteuse. Mais je devais savoir... Je devais en être certaine, à cause du tag, tu comprends ?

Schäffer hocha la tête.

— Du coup, jeudi dernier, je me suis garée dans un renfoncement, invisible depuis la route. J'ai vu passer vos deux voitures, aucune d'elles n'était bleu métallisé. Donc je vous ai rejoints. Parce que, si ce n'était pas l'un de vous, je devais absolument vous prévenir. Ce taré a tagué un 1 derrière « MPC » ! Tu vois où je veux en venir ?

— Oui. J'ai passé tout mon temps à réfléchir, tu t'en doutes, dit-il en avalant nerveusement une gorgée de whisky. Et je ne comprends pas… Je n'ai jamais parlé de ça, je te le jure !

— Je te crois. Et moi non plus, je n'ai jamais rien dit.

— Tu penses que Magyd aurait pu…

— Non, Magyd n'a pas parlé. Il est resté le même, il n'a pas bougé d'un poil, ajouta-t-elle avec un sourire âpre. Et le Magyd que nous connaissons avait peut-être tous les défauts du monde, mais il n'était pas un menteur. S'il nous avait trahis, il l'aurait dit.

David hocha la tête. Valériane avait toujours eu raison. Valériane lisait dans les autres. C'était l'un de ses talents, parmi tant d'autres.

— Et toi, tu penses qu'Alexandre aurait pu nous trahir ? reprit-elle, d'un ton cynique.

Il laissa échapper un long soupir, baissa le regard et fit lentement tourner son verre.

— Écoute, Valériane, je sais que tu tiens Alexandre pour responsable de…

— Mais il l'est !

— Non, je ne suis pas d'accord ! Tu es injuste ! On est tous partis en vrille, ce jour-là, ragea-t-il, tous ! On…

Il porta alors un poing à sa bouche et le mordit, parce que la culpabilité s'abattait sur lui et que d'effroyables images entraient par effraction dans son esprit. Il lut la même horreur dans les yeux de Valériane : elle non plus n'avait rien oublié. Qui l'aurait pu ?

— C'est vrai… Oui… moi aussi, admit-elle, d'un ton coupable. Mais, David… rien de tout ça ne serait arrivé si Alex n'avait pas, encore une fois, cherché à faire le paon.

— Sauf qu'Alex n'aurait pas cherché à faire le paon si Clara ne l'avait pas provoqué !

Valériane blêmit et lui décocha un regard assassin.

— Comment oses-tu ?

— … Val, je suis désolé, mais admets que Clara a toujours alimenté… enfin, tu vois ce que je veux dire, merde ! Tu ne peux pas juste charger Alex, ils étaient deux, quoi !

— Oui, parfaitement : ils étaient deux, comme tu dis. Et aujourd'hui, il n'y a plus qu'Alexandre, asséna-t-elle.

David eut le sentiment de recevoir une gifle. Il ferma honteusement les yeux, et le visage rayonnant de Clara ressurgit des limbes du passé. Quand il les rouvrit, Valériane l'observait, le regard défiant, les mains crispées sur son verre. Elle n'en avait pas terminé.

— Quand je pense à ce qu'Alex lui a fait ! jeta-t-elle rageusement.

Il laissa échapper un soupir désapprobateur.

— Val… Alexandre a fait un choix terrible, c'est vrai, mais…

— Mais quoi ?

— Mais il a eu le courage de faire le seul choix qui s'imposait.

— Oh, vraiment ?!

— Oui, et je crois que, au fond, tu le sais… Ce jour-là, mon frère nous a sauvé la vie, à tous, acheva-t-il en la fixant.

Valériane soutint son regard. Silencieuse. Meurtrie. Puis il y eut un simple battement de paupières, et deux larmes roulèrent sur ses joues. L'une d'elles courut jusqu'à la commissure de sa bouche. David tendit la main et la cueillit.

— Je suis désolé, Valériane. Je suis vraiment désolé.

— Tu dis qu'il nous a sauvé la vie, mais la Valériane que tu connaissais, celle dont tu étais amoureux en essayant de toutes tes forces de le cacher, est morte ce jour-là.

Il s'empourpra. C'était absurde ! Vingt années avaient passé. Il était marié. Papa. Comment la révélation de cet amour adolescent pouvait encore aujourd'hui l'émouvoir à ce point ?

— De toute façon, tu lui as toujours donné raison, comment en serait-il autrement aujourd'hui ? D'ailleurs, ton premier réflexe a été de l'appeler. Tu es toujours et avant tout le frère d'Alexandre.

Il l'observa, mais il n'y avait pas de reproche, ni dans son ton ni dans son expression. Un constat, elle dressait un constat.

— Le négatif du cliché, en somme.

— Arrête, Valériane.

Et il se rendit compte que son ton était suppliant.

— Pourquoi, David ? Pourquoi conserves-tu cette place ?

— Parce que c'est la mienne dans notre tandem de jumeaux.

Sa voix s'était durcie. Il avait tapoté son index sur la table en prononçant « jumeaux ». Pour qu'elle entende, qu'elle comprenne bien que c'était ainsi, et pas autrement. *Que ça te plaise ou non. Que ça me plaise ou non.*

— Toi seul aurais pu l'infléchir, il y a vingt ans, David. Toi seul aurais pu le raisonner. Et, même si tu défends son choix aujourd'hui, tu n'étais pas d'accord !

— Arrête, Valériane ! cracha-t-il, les dents serrées, les poings crispés, la rage au ventre, parce que la tourmente menaçait de s'emparer de lui, parce que tous les reproches du monde ne pouvaient rien changer à ce qui s'était passé, parce qu'il n'avait pas osé dire « non », c'était vrai, qu'il avait préféré croire ce qu'il s'était toujours plu à croire : Alexandre savait, savait mieux que lui, savait mieux que les autres ; parce qu'il avait été lâche, peut-être, sûrement même, lâche et invisible, comme le négatif du cliché.

Ses yeux s'embuèrent, et il se mit à trembler. Un mouvement devant lui l'extirpa de sa torpeur et l'incita à relever la tête. Valériane était partie.

– 14 –

Vingt ans plus tôt : début octobre 2001

Clara scrute la grande cafétéria et finit par repérer la tignasse blonde et bouclée qu'elle cherche. Elle zigzague entre les tables et, parvenue dans le dos de son ami, elle approche discrètement les index de ses côtes pour le surprendre.

— N'y pense même pas, Clara !

Prise en flagrant délit, elle suspend son geste.

— Pff… T'es pas rigolo, Thib !

Et elle lui ébouriffe les cheveux, chose qu'il déteste encore plus que le coup du pouet pouet dans les côtes.

— Arrête !

Clara éclate de rire en s'asseyant face à son ami d'enfance. Au même instant, la voix d'un serveur résonne dans un micro :

— Commande n° 12.

— C'est la mienne ! fait-il en se levant. Je reviens. Tu veux quelque chose au passage ?

— S'il reste une barre énergétique à la figue, je veux bien !

— Ça roule, ma poule.

Elle regarde Thib s'éloigner et remarque qu'il a encore pris du poids. Son baggy et son large sweat, faussement décontractés, tentent vainement de dissimuler la disgrâce de sa silhouette. La jeune athlète se demande si elle doit aborder l'épineux sujet mais songe que le trouble du comportement alimentaire de son meilleur ami remonte à la nuit des temps et qu'il est certainement lié à sa situation familiale catastrophique : Thib ne mange pas, il comble les vides. Fils unique d'un cardiologue et d'une anesthésiste, il a dû composer avec une galerie de nounous et se satisfaire du minimum parental : deux ou trois repas hebdomadaires partagés à la hâte, des cadeaux d'anniversaire posés sur la table du petit déjeuner, quelques mots laissés sur des Post-it, un Tupperware à réchauffer, une lessive à étendre, l'annulation de la séance de cinéma programmée le week-end pour cause d'urgence ou de surcroît de travail... Au fil des ans et des absences parentales, il a fini par passer le plus clair de son temps dans la maison voisine, chez Clara, et l'espace détente organisé dans les combles est vite devenu le squat de Thib. Avec le recul, Clara devine que son père ne les a pas aménagés par hasard... Thibault réapparaît, un plateau à la main, et son amie préfère ignorer le soda, l'énorme part de pizza et la portion de frites.

— Alors, comment ça se passe pour toi ? demande-t-il d'une voix enthousiaste. Je ne te vois pas beaucoup, ces derniers temps.

— Ça va, ça va ! Mon emploi du temps est très chargé. Entre les cours, les devoirs et les entraînements, je ne touche pas terre. Et toi, alors ?

— C'est toujours mieux que si j'étais resté chez mes darons ! ironise-t-il en mordant dans sa pizza. Non, ça va... Ma classe est plutôt cool dans l'ensemble.

Clara se doute que son ami doit avoir la vie dure. Combien de fois l'a-t-elle vu se faire railler à cause de son surpoids ? Il a le profil type du jeune marqué au fer rouge : gros et intello. La totale, en somme ! Au collège, il a toujours opposé une dédaigneuse indifférence aux moqueries dont il faisait l'objet. Comme il le lui serinait : « Pourquoi porterais-je la moindre attention à tous ces gros débiles ?! Je suis le gars le plus verni de la planète : je t'ai, toi ! En plus, ces bouffons sont verts de jalousie, ils sont tous persuadés qu'on sort ensemble ! »

Sauf que, depuis la rentrée, la donne a cruellement changé. Les deux amis se voient rarement. Bien sûr, il y a cet emploi du temps si chargé, mais, au fond d'elle-même, Clara perçoit que ça n'explique pas tout.

— Et tes profs ? relance-t-elle.

— Ils sont bons et plutôt sympas. J'ai juste un peu de mal avec Mme Bernier, la prof de sport. Une ayatollah du dépassement corporel qui refuse de lâcher l'affaire avec moi... mais je l'aurai à l'usure, crois-moi ! fait-il avec humour.

Clara lève les yeux au ciel.

— Tu pourrais au moins essayer !

— Gymnastique au sol ! Tu m'as vu ? J'entends bien conserver ma précieuse dignité en refusant, de près ou de loin, toute imitation de la chorégraphie du phoque sur la banquise !

Clara part d'un rire sincère, avant de prendre conscience que, encore une fois, Thib élude les questions gênantes grâce à son arme favorite : l'humour.

Elle lui décoche un tendre regard chargé de reproches. Tous deux se connaissent tellement que les mots sont souvent superflus. Son ami achève sa pizza, essuie ses doigts sur une serviette en papier et attrape les mains de Clara sur la table.

— Tu me manques, tu sais.

— Oui, je sais… Toi aussi, tu me manques, Thib. Nos discussions me manquent. En dehors de toi, je n'ai personne à qui me confier.

— Ha ! Je savais que tu allais me dire ça, figure-toi ! Et donc : tadam ! s'exclame-t-il en extirpant un paquet de son sac à dos.

— C'est quoi ? Un livre ?

— Ouvre.

Clara déchire le paquet cadeau et découvre un très joli cahier en cuir noir qui ferme à clef grâce à une petite serrure fixée sur une lanière. Son prénom, tracé en pleins et déliés, apparaît en surimpression sur le cuir. À l'intérieur, sur la page de garde, une inscription : « Pour Clara, de la part de Thibault, en gage de son immense Amour. »

— Un cahier intime ?

— Ben… vu que tu ne m'as plus en permanence sous le coude pour déverser tes émotions… Bon, j'admets, il n'aura pas la repartie de ton meilleur et plus fidèle ami, mais, au moins, il pourra recevoir tes confidences en toute neutralité ! plaisante-t-il.

Il marque une pause et, embarrassé, finit par dire :

— Écoute, Clara, si je me suis planté, je peux…

— Non, non ! Au contraire, Thib. Je ne m'y attendais pas, c'est tout ! Merci, merci beaucoup. En plus, il est magnifique.

— Je suis passé dans ta chambre, hier soir, après le repas, pour te l'offrir dans un cadre un peu moins… enfin, tu comprends, quoi, fait-il en désignant d'un geste la cafétéria, mais tu n'y étais pas.

— J'avais des chronos. Les entraîneurs sont en train de constituer les équipes pour les championnats de France UNSS[1].

— Des chronos à 20 h 30 ! Mais ils vont te tuer, ma chérie !

Il laisse filer une seconde, et un éclat malicieux illumine son regard. Le sourire aux lèvres, il déclame d'une voix de glousse offusquée :

— C'est iiinadmissible ! Conduisez-môôi immédiatement au directeur !

Ils partent alors d'un fou rire complice. L'histoire remonte à l'année précédente. Sarah Planier, une fille du collège, une espèce de pimbêche stupide, s'était amusée à faire un croche-pied à Thib au moment où il passait devant elle. Il s'était aplati de tout son long dans le couloir, et les difficultés qu'il avait eues pour se remettre debout lui avaient immanquablement attiré les sarcasmes. Clara, qui avait assisté à la scène, n'avait pas réfléchi un instant : elle avait fondu sur la fille et lui avait cassé la figure. Évidemment, l'histoire n'en était pas restée là. Clara avait été conduite chez le proviseur, qui avait prévenu les parents. Hystérique et scandalisée, la mère Planier avait alors déboulé au collège, en braillant de sa voix suraiguë de poularde : « C'est iiinadmissible ! Conduisez-môôi immédiatement au directeur ! » Thibault fait un clin d'œil à Clara, engloutit quelques frites et ajoute :

---

1. Union nationale des sports scolaires.

— Y a pas à dire, tu ne l'as pas ratée, la fille Planier !

Puis son regard s'égare sur leur gauche, et il lève les sourcils dans une expression goguenarde.

— Tiens, tiens, ce serait pas ton TVS, là-bas ?... Oh là là, quelle pathétique vision ! Je crois que nous avons là le duo le plus caricatural de notre pitoyable génération ! se moque-t-il.

Clara tourne la tête et aperçoit effectivement Alexandre Schäffer, qui vient d'entrer dans la cafétéria. À ses côtés, une fille de terminale, superbe, du nom de Mélodie Juliot, le dévore des yeux. Lui affiche cet air constant de détachement, de gars cool. Clara s'empresse de détourner le regard pour faire de nouveau face à Thibault.

— Dommage qu'Aaron Spelling ait arrêté *Beverly Hills*, parce que ton TVS aurait facilement pu concurrencer Jason Priestley ! Quant à cette fille, j'hésite : tu la trouves plus proche de Shannen Doherty ou...

Mais il cesse de parler : Clara s'est tassée sur sa chaise et semble légèrement nerveuse. Il se penche vers elle, pose de nouveau ses mains sur les siennes et demande :

— Hey, ma puce, qu'est-ce qu'il y a ?

— Rien d'important, Thib ! réagit-elle en retirant vivement ses mains.

— Salut !

Thibault et Clara lèvent les yeux. Schäffer se tient juste là. Il leur sourit d'une drôle de façon.

— Ah, salut, Alex ! Je... je ne t'avais pas vu, ment-elle.

— Eh bien, tu ne me présentes pas à ton... petit ami ? fait-il après un temps d'hésitation.

Clara s'empourpre.

— Ce n'est pas... Je te présente Thibault, un... un ami d'enfance. Et Thibault, voici Alex, mon tuteur vie sco.

Ils se serrent rapidement la main dans un silence gêné. Clara se demande même si Alex n'a pas entendu les sarcasmes de Thib le concernant. Puis Mélodie Juliot, qui s'était arrêtée pour saluer ses copines, débarque. Elle ne leur adresse même pas un bonjour.

— On va s'installer là-bas, Alex ? fait-elle en désignant des yeux une table libre.

— Oui, j'arrive... Eh bien, Thibault, enchanté d'avoir fait ta connaissance... Clara, à une prochaine ?

Il emboîte le pas à Mélodie, s'éloigne de deux mètres, puis, subitement, se retourne.

— Ah, au fait, Clara, je t'ai vue aux chronos hier, tu as un bon niveau, c'est clair ! Mon père m'a offert un caméscope pour mon anniv, et je t'ai filmée... Toi et ceux qui étaient présents, précise-t-il.

Trop tard, Mélodie observe désormais Clara avec cet œil évaluateur et méprisant que l'on réserve à la concurrence.

— Si jamais ça t'intéresse de te regarder et d'analyser ta nage, n'hésite pas, viens me voir. Ma chambre, c'est la 112, achève-t-il en tournant les talons.

À ces mots, l'expression de Mélodie passe de dédaigneuse à menaçante. Mais Clara soutient son regard sans ciller, et la fille doit s'éclipser sans être parvenue à l'impressionner.

— Cette Mélodie est une vraie connasse, murmure Clara entre ses dents.

— À l'image de son étalon... si je puis me permettre, bien sûr, ajoute Thibault d'un ton railleur.

Si je puis me permettre, bien sûr... Clara se crispe. Une impression désagréable s'insinue en elle. Et ce n'est pas la première fois. Elle se sent confusément prisonnière du regard de son ami. Difficile à expliquer, mais elle étouffe. Elle étouffe, et des mots se bousculent dans son esprit. Elle les refoule, ce sont des mots violents, méchants, des mots que Thibault ne mérite pas. Des mots qui sonnent vrai dans sa tête, mais qu'elle n'est pas vraiment certaine de penser. Qu'elle pourrait regretter. Submergée par ses émotions, Clara se lève, jette son sac sur son épaule et ramasse le cahier en cuir sur la table.

— Merci pour le cadeau. Je dois filer ! À plus.

Et elle se volatilise, avant même que Thibault ait pu réagir. Il la regarde fuir.

Le fuir.

Ses yeux sont pleins de larmes. Son cœur se serre. Un gouffre s'ouvre en lui. Clara vient de le trahir pour la toute première fois en douze ans de relation.

Elle a retiré ses mains des siennes.

Elle a rougi, elle a eu honte d'être vue avec lui.

Elle a eu honte qu'on le prenne, lui, le gros, pour son petit ami.

Thibault a l'impression de mourir. Il est en train de perdre la seule et unique personne qui compte vraiment pour lui.

La fille dont il est éperdument amoureux.

– 15 –

Je vais te raconter une histoire

Magyd Ayed renversa dans sa paume le petit flacon de gel douche pour homme et commença à se frotter le torse. Des notes subtilement boisées s'élevèrent. Les produits de toilette du Grand Hôtel de l'Empereur étaient sans conteste les plus raffinés de la côte atlantique. La chaîne hôtelière ne lésinait sur aucun détail pour fidéliser sa clientèle et faire oublier le prix exorbitant de ses suites. Ayed étira un sourire satisfait, il adorait le luxe.

Magyd se décalotta soigneusement, se savonna, laissa l'eau brûlante couler sur sa peau et commença à se détendre. Ce soir, il avait rendez-vous avec une superbe poupée geisha. L'escort affichait un tarif horaire prohibitif mais totalement justifié : la jeune Asiatique ne refusait rien à ses clients, qu'elle prenait par ailleurs grand soin de trier sur le volet. La preuve, cela faisait plus de trois mois qu'il poursuivait la dénommée Akika de ses assiduités ! Et ce rendez-vous tombait à point nommé : depuis sa rencontre avec ses anciens camarades, il n'était plus en paix. Il avait le sentiment permanent d'être épié et il ne comptait plus le nombre de fois où il s'était retourné pour jeter un œil par-dessus son épaule. Évidemment, il n'y avait jamais personne derrière lui. Son cerveau lui jouait des tours. Une ombre portée se transformait en une silhouette menaçante. Un souffle dans la tuyauterie devenait une respiration. Un craquement de parquet, un pas qui approchait. Vingt ans avaient coulé sans qu'il eût jamais été poursuivi par son passé – merde, appelons un chat un chat : c'étaient de simples erreurs de jeunesse –, et voilà que l'angoisse s'insinuait désormais dans sa vie. Tout ça à cause de Valériane et de son foutu rendez-vous ! Cette garce avait dégondé la porte en acier trempé qui verrouillait la cave, et des exhalaisons putrides filtraient maintenant. Échappée des profondeurs ténébreuses, Clara revenait en rampant, et son ahanement rauque se précisait à chaque centimètre gagné. Sa main décharnée passait lentement par l'interstice, quittant les ombres épaisses pour atteindre la lumière de son existence, et voilà qu'elle s'enroulait, telle une liane, autour de sa cheville. Dotés d'une force surnaturelle, les doigts osseux s'enfonçaient dans sa chair et l'attiraient sans relâche vers les ténèbres humides. Et, au moment où la caresse froide et visqueuse des abysses lui hérissait la peau, un fabuleux brasier hurlant jaillissait des entrailles de la Terre et...

Le pouls filant, Magyd Ayed secoua vivement la tête, projetant des gouttelettes partout autour de lui. Il devait absolument se ressaisir ! Brider son imagination, museler cet absurde et inutile sentiment de culpabilité. Ce qui était fait ne pouvait être défait, merde !

Quant à Clara, elle s'était brûlée toute seule avec le chalumeau qu'elle se plaisait à allumer pour réduire en cendres la vie de ceux qui l'aimaient ! Lui, il ne l'avait jamais aimée ! Jamais ! Elle l'avait amusé, au début. Son caractère désinvolte, frondeur, irrévérencieux. Sa repartie. Son audace. Mais il avait rapidement compris qu'elle les conduisait tous – et Alexandre le premier – sur une pente dangereuse. Il avait tenté de raisonner son meilleur ami. Il l'avait averti, l'avait secoué pour qu'il ouvre les yeux. Mais Alex était ensorcelé. Obsédé. Si la raison commençait à se frayer un chemin dans son esprit, il suffisait d'un mot, d'un regard, d'un battement de paupières de Clara pour qu'il sombre à nouveau. Il était tellement fasciné qu'il avait perdu tout sens critique. Alors Magyd avait opté pour la guerre. Une guerre sans pitié, sans règles, sans limites. Une guerre censée mettre Clara hors jeu une bonne fois pour toutes. Une guerre qui lui rendrait son meilleur ami, ce sportif populaire, invincible, insouciant... Mais rien ne s'était passé comme prévu. Le ver était dans le fruit, songea-t-il en serrant les dents. Toutes ses stratégies avaient échoué. Impuissant, Magyd avait alors assisté au naufrage d'Alexandre. Et chaque seconde de ce triste spectacle avait renforcé sa détermination : il ne tomberait jamais amoureux de personne. Le sexe suffisait. Les sentiments, c'était de la connerie. Un foutu piège à cons !

La vie, celle qu'il avait choisie, lui avait donné raison. Magyd Ayed avait atteint ses trente-sept ans sans jamais souffrir. Il y avait bien eu quelques coups bas de l'existence, bien sûr. Mais il s'était relevé, il avait combattu et il avait gagné. Comme toujours. Et c'était exactement ce qui allait se passer, cette fois-ci encore. Il ne laisserait personne foutre sa vie en l'air, et certainement pas les fantômes du passé. Il coupa l'eau et repoussa la large paroi de verre, libérant un nuage de vapeur qui envahit la salle de bains. Il noua une serviette autour de sa taille, essuya le miroir du plat de la main et contempla son reflet. L'équilibre alimentaire et les exercices physiques auxquels il s'astreignait lui valaient un corps sculptural, dont il était particulièrement fier. Il attrapa une seconde serviette, s'essuya le torse, les aisselles et les cheveux, se coiffa, et examina son visage de près – rasage impeccable, peau saine et lisse. Enfin, il s'amusa à prendre quelques poses devant le miroir, laissant courir ses yeux sur la longue cicatrice qui lui barrait la hanche. Incontestablement, elle lui donnait un petit plus, un côté bad boy qui en jetait. L'homme sourit à son reflet : il se trouvait beau.

Trois petits coups secs lui parvinrent depuis la porte d'entrée de la suite. Ayed fronça les sourcils et jeta un œil à sa montre posée sur le marbre entre les deux vasques. La donzelle avait quinze minutes d'avance. *Merde, je n'ai pas le temps de m'habiller*, se dit-il. Puis la pensée fugace qu'il n'aurait, de toute manière, pas passé beaucoup de temps vêtu l'amusa. Il pouvait fort bien sabrer le champagne en petite tenue. Cela faciliterait la prise en main ou la mise en bouche de la délicieuse Akika. L'homme gloussa, se représenta mentalement quelques scènes excitantes, et une onde de désir le traversa. Il resserra alors la serviette autour de sa taille et se dépêcha d'aller ouvrir.

Il n'y avait personne. Surpris, Ayed s'avança pour regarder dans le couloir. À peine eut-il passé la tête qu'un flash aveuglant le surprit et qu'une fulgurante décharge le foudroya. Incapable de réagir, irradié de douleur, il sentit tout son corps s'arc-bouter. Deux mains le poussèrent violemment en arrière, et il chuta sur l'épaisse moquette crème de sa suite. La dernière image qu'il entrevit fut celle d'un visage cagoulé, puis il perdit connaissance.

*
* *

Quand il revint à lui, Magyd Ayed se baignait. Une fontaine coulait non loin, et Akika – nue et superbe – nageait en se rapprochant. Quand elle fut tout près, elle se redressa, et son buste sortit de l'eau. D'insolentes gouttelettes perlaient sur sa peau ambrée, flirtant avec les aréoles de ses seins. Le spectacle était exquis, presque irréel. Ayed voulut tendre une main vers la naïade, mais il eut l'étrange impression de ne pas réussir à bouger. Akika continuait de minauder, juste devant lui. Elle le détaillait, une lueur aguicheuse au fond des yeux. Alors qu'attendait-il pour lui sauter dessus, bon sang ? À cet instant, il réalisa confusément qu'il ressentait une gêne – une lointaine et désagréable sensation. *Oublie ça*, se dit-il, *concentre-toi sur la fille. N'est-elle pas bandante ?* Akika l'invitait d'un regard de braise. Ayed esquissa un nouveau mouvement, mais la désagréable sensation revint en force. Agacé, Magyd produisit un effort supplémentaire. Son cerveau lui envoya alors une vive alerte qui lui fit immédiatement ouvrir les yeux. Deux mots venaient de le tirer de sa léthargie : « douleur » et « danger ».

Il lui fallut quelques secondes pour faire le point. Sa vue était encore trouble, et le carrelage ondulait. Cependant, Ayed parvint à rassembler ses premières pensées. Il était dans la baignoire de la salle de bains de l'hôtel. Une douleur lui vrillait l'épaule, juste au-dessus de la clavicule. Il se sentait complètement lessivé. Son corps était si lourd. Le son de la télé lui parvenait de la pièce voisine. Que se passait-il ? Un premier souvenir émergea alors : il était à l'hôtel parce qu'il devait voir cette fille, là, Akika ! Où était-elle, d'ailleurs ? À côté ? Elle n'était pas payée pour mater la télé ! Il voulut jeter un œil derrière lui, mais sa tête resta bloquée. Il esquissa alors un mouvement du torse, mais il ne put bouger d'un millimètre. Une décharge de peur le fit tressaillir, et il baissa enfin le regard vers son corps. Cette fois-ci, ce ne fut pas une décharge mais une déferlante d'effroi qui le balaya. Totalement réveillé par l'adrénaline que produisait son organisme, Ayed gesticula comme un forcené. Mais on l'avait saucissonné dans une gangue de tissu et de sangles, et son corps prisonnier refusait d'obéir. La panique augmenta davantage quand l'homme réalisa que l'eau montait tranquillement autour de lui. Il hurla alors de toutes ses forces, il devait absolument donner l'alerte ! On allait l'entendre ! On allait le sauver ! Mais le cri mourut dans sa bouche et dégringola à l'intérieur de lui.

Dès lors, un chaos d'idées se fracassa dans son esprit.

Valériane, l'autre soir, elle a parlé d'une baignoire ! Quelqu'un a voulu la tuer, elle aussi ! Qui sait que tu es là ? Personne, bordel, tu ne l'as dit à personne ! Putain, je veux pas clamser, je veux pas clamser !!! Et cette fille, Akika, là, elle existe en vrai ? Elle existe ou pas ? Une histoire de pizza, c'est ce qui a sauvé Valériane ! Mon gars, l'eau arrive au niveau de tes pecs ! Putain de bordel de merde ! C'est la pute qui t'a attaché comme ça ? Non, Magyd, bien sûr que non ! L'eau monte, crie, mon gars, crie ! On t'a bâillonné, mec, on t'a bâillonné, putain ! C'est qui, merde, qui veut me faire la peau, hein ? C'est qui ?!!! T'as l'eau au niveau du cou, Magyd, bordel ! Fais un truc, trouve un truc, ou tu vas vraiment clamser, mon vieux ! Je veux pas me noyer ! JE VEUX PAS ! Je ne peux pas crever comme ça, putain ! Aidez-moi !!! Mes vieux ne peuvent pas découvrir les putes, la drogue, les pornos... Putain de merde ! Y a quelqu'un, là ? Il faut m'aider, bordel ! Au secours !!!

Les yeux exorbités de Magyd Ayed hurlaient de terreur. Ils tournoyaient, cherchant partout autour d'eux quelque chose à quoi s'accrocher, une aide, une réponse, une présence. Un espoir ! Mais ils ne trouvaient rien et poursuivaient inlassablement leurs mouvements circulaires et anarchiques tandis que son cerveau ressemblait à un terrain de squash sur lequel ses idées bondissaient et rebondissaient sans fin, jusqu'à lui donner le tournis et la nausée. Au comble de la panique, ses sphincters se relâchèrent. L'eau avait atteint sa glotte quand il entendit un léger raclement, juste derrière lui. Par réflexe, il tenta de tourner la tête, mais son élan s'acheva avant même d'être né. Puis un chuchotement se glissa jusqu'à son oreille :

— Tu vas mourir, Magyd... Tu l'as compris, n'est-ce pas ?... Tu vas mourir noyé, lentement mais sûrement, et sans rien pouvoir faire pour te sauver... Et moi, je vais te regarder crever...

Le supplicié essaya une nouvelle fois de crier, mais l'énorme boule molle qui lui obstruait la bouche et épousait son palais transforma son cri en un faible grognement que le son de la télé avala. Des larmes, alors, commencèrent à couler sur ses joues. Les larmes du condamné. Insensible à sa terreur, le chuchotement s'éleva de nouveau, tout près, flirtant avec le tissu qui lui comprimait l'oreille :

— Mais avant de mourir, tu connaîtras la vérité... Je vais te raconter une histoire.

Il y eut un court silence, et son bourreau reprit :
— Il était une fois...

– 16 –

Mais, cette fois-ci, un homme est mort

Louise se réveilla tôt, ce jeudi matin. Omoko avait poussé la porte de la chambre et était monté sur le lit – habitude que lui refusait Farid. Il ne pouvait concevoir qu'un chat partage son lit. Visiblement, les interdictions du type qui squattait le territoire du félin n'avaient guère d'effet sur lui. Le chat ne comptait pas se plier à une quelconque restriction de libertés ! Il avait donc subrepticement sauté sur sa maîtresse pour s'adonner à l'un de ses sports favoris : piétiner, de ses pattes avant, le moelleux de l'édredon à hauteur de sa poitrine. Quand Louise avait entrouvert un œil, Omoko s'était empressé de réclamer des caresses, finissant ainsi de la réveiller.

Il était 6 h 04 lorsqu'elle se prépara un café. Omoko avait quitté le lit dès qu'elle s'était levée et il dormait désormais sagement sur le canapé. Elle profita du calme matinal pour faire le point sur l'enquête.

Les recherches entreprises depuis lundi concernant la kétamine ne donnaient aucun résultat probant. Les quelques indices qu'avait secoués Thierry, avec l'aide des gars des stups rompus à l'exercice, ne savaient rien. Aucun dealer n'avait eu affaire à un type qui sortait de l'ordinaire. De son côté, Violaine avait épluché les plaintes déposées durant les trois derniers mois dans le département et n'avait pas dégoté de braquage en lien avec de la kétamine. Enfin, côté CHU de Bordeaux, personne n'avait pioché dans les stocks de l'hôpital, ou bien le détournement avait été effectué sans laisser de traces. Au fil des jours, la piste de la K conduisait dans une impasse. Et leur enquête piétinait…

*
* *

La gendarme s'avança dans le long couloir, d'un pas pressé et légèrement nerveux. Le colonel Garnier l'avait appelée une demi-heure plus tôt, il voulait la voir dans les plus brefs délais. Louise avait expédié sa toilette et enfilé jean, chandail et Converse à la hâte. Puis elle avait rassemblé son carré avec une pince, dévalé l'escalier, embrassé Farid, enfilé son anorak et sauté dans la voiture. Elle s'apprêtait à cogner à la porte quand elle perçut la faible rumeur d'un échange à l'intérieur du bureau. Garnier n'était pas seul… Louise frappa tout en se demandant ce qui l'attendait.

— Entrez !

Le colonel était assis derrière son grand bureau, impeccablement ordonné – comme toujours. Face à lui, engoncée dans un fauteuil bien trop étroit pour elle, se tenait la procureure Alexa Berton, qui dirigeait l'enquête de flagrance concernant Ducuing. Petite, vraiment très ronde, un demi-sourire constant fiché sur un visage poupin qu'encadrait une crinière de cheveux blonds et bouclés, la quadragénaire dégageait une impression trompeuse de douceur – un peu comme ces bonbons roses et brillants fourrés à cœur d'une saveur acide qui explosait en pétillant dans la bouche. Tout officier de police judiciaire ayant travaillé sous ses ordres connaissait sa détermination et son efficacité redoutable : Berton était le genre de femme à qui l'on s'abstenait de tenir tête, et Louise concevait pour la magistrate un sincère respect.

— Mon colonel, madame la procureure, salua-t-elle.

— Asseyez-vous, major.

Elle obtempéra et attendit. Garnier et Berton échangèrent un bref regard et le colonel prit la parole.

— Major, suite aux informations que vous avez renseignées dans le SALVAC, la BR de Bayonne s'est manifestée.

— L'agresseur de Ducuing a recommencé, c'est ça ?

— Exactement, soupira le colonel. Vos craintes étaient fondées... Mais, cette fois-ci, un homme est mort. Un certain Magyd Ayed.

— Je vois. Et aucun doute sur le lien entre l'agression de Ducuing et le meurtre de cet homme ?

— Absolument aucun, intervint la procureure, de sa voix de tête. Le mode opératoire est en tout point identique : l'agression au shocker, l'injection de kétamine, le bondage, la mort par noyade, et un tag à la bombe noire sur le miroir de la salle de bains : « MPC/2 ».

Un silence tendu plana dans l'air, et une excitation mêlée d'inquiétude secoua la gendarme. Puis Berton reprit :

— Au regard de la complexité de l'affaire, une information judiciaire a été ouverte quarante-huit heures après le meurtre de Magyd Ayed, et le juge Buteau, de Bayonne, a été chargé de l'instruction. L'agression de Ducuing et le meurtre d'Ayed constituant une seule et même affaire, le juge Buteau intègre votre flagrance à la commission rogatoire et récupère tout le dossier.

Louise se raidit. À moins que le juge n'en eût décidé autrement, les Tarbais se retrouvaient dessaisis ! Elle ouvrit la bouche, mais son supérieur la devança :

— Vous êtes détachée à Bayonne, major Caumont. Le juge Buteau exige une collaboration pleine et entière : votre homologue bayonnaise et vous-même codirigerez l'enquête en bonne intelligence. Entendu ?

Louise approuva, malgré la somme de questions que soulevait déjà cette démarche dans son esprit cartésien. Une codirection d'enquête ! Que se passerait-il si les approches différaient ? En d'autres termes, un mouton à trois pattes pouvait-il marcher sans se casser la gueule...

— Caumont, reprit Garnier, je compte sur vous. Un bon état d'esprit, animé par la recherche de la vérité, devrait permettre une harmonieuse répartition des rôles.

La gendarme serra les dents face à ce chapelet de vœux pieux. Mais les réserves qu'elle s'apprêtait à formuler furent balayées par une simple phrase que lui lança Berton en s'extirpant difficilement du fauteuil :

— J'ai insisté auprès du juge sur vos compétences et sur votre grand sens du travail en équipe, major. Cependant, s'il advient que cette collaboration pose problème, le juge Buteau optera pour une cosaisine avec la création d'une cellule, et la SR[1] sera désignée

---

1. Section de recherches.

compétente. Bien, j'ai rendez-vous au tribunal dans trente minutes, je me sauve !

Berton disparut, laissant planer derrière elle les effluves de son parfum capiteux. Dès que la porte fut refermée, Louise observa son supérieur d'un œil médusé.

— C'est l'unique moyen pour votre équipe de rester sur l'enquête. Idem pour la BR de Bayonne, d'ailleurs.

— J'ai bien compris, mon colonel, se résigna Louise.

*
* *

Louise s'engagea sur la A64 et dépassa allègrement la limite de vitesse autorisée. Les mains crispées sur le volant, l'esprit accaparé par ce nouveau rebondissement, la gendarme ne prêtait aucune attention au superbe camaïeu de couleurs automnales qui s'étendait à perte de vue sur le piémont pyrénéen. Le tueur avait récidivé et aucun livreur de pizzas n'était venu déjouer ses plans. La nouvelle victime, Magyd Ayed, était morte d'une lente noyade. La gendarme grimaça de dégoût en se représentant l'agonie de ce pauvre type. Puis son professionnalisme reprit le dessus : comment le tueur ciblait-il ses victimes ? Existait-il un fil rouge reliant Ducuing à Ayed ? À quelle logique répondait le mode opératoire ? Revêtait-il une dimension fantasmatique pour le tueur ? Ou prenait-il sens dans une réalité qui restait à découvrir ?

La gendarme quitta l'autoroute à hauteur du panneau « Bayonne ». Elle se laissa ensuite guider par son GPS, dans lequel elle avait entré l'adresse de la caserne Marracq, avenue Vital-Biraben. Ralentie par la circulation de l'agglomération, Louise se laissa de nouveau submerger par le flot intarissable de questions que soulevait l'affaire. « MPC/2 » : le chiffre référait donc à la numérotation des victimes. Mais ils n'étaient pas plus avancés sur ce que signifiaient les trois lettres. Quoi qu'il en soit, Louise pouvait désormais tenir pour acquis que Ducuing avait été la première cible du tueur. Aucune victime n'était donc à déplorer avant elle... En revanche, cette numérotation laissait craindre une suite. Le tueur était-il une sorte de collectionneur qui ne pouvait s'empêcher de faire le compte de ses proies ou avait-il en tête un chiffre final déjà programmé ?

Perdue dans ses pensées, la gendarme faillit manquer la caserne, basée juste en face du collège Marracq. Elle braqua le volant in extremis, ce qui lui valut un coup de Klaxon du véhicule qui la suivait. *Tu fais vraiment n'importe quoi, ma vieille !* Puis elle se présenta au poste de contrôle. Sa venue était attendue, et on la conduisit jusqu'à une salle au fin fond d'un dédale de couloirs.

*
* *

En entrant, son épais dossier sous le bras, Louise découvrit deux officiers occupés à agencer la pièce, un homme et une femme. La femme, qui devait avoir trente-cinq ans, leva les yeux vers elle et vint immédiatement à sa rencontre. Coupe garçonne, jean et blouson de cuir, démarche raide, traits fins et sévères, regard perçant. *C'est elle, la cheffe*, se dit Louise. *Et tu vas devoir jouer des coudes pour faire ta place.*

— Major Léa Badenco, se présenta-t-elle. Directrice d'enquête sur le dossier Ayed.

— Major Louise Caumont, en charge du dossier Ducuing, enfin… avant la fusion des deux affaires, ajouta-t-elle. Et nous allons devoir coopérer au mieux si nous voulons rester sur le coup.

Badenco marqua un temps d'arrêt, puis admit :
— Oui, en effet.

Le large sourire qu'affichait l'officier masculin dans le dos de Badenco n'échappa pas à Louise. L'homme qui s'approchait devait avoir, comme elle, dans les cinquante ans, à en croire ses frisottis grisonnants et les deux rides profondes qui encadraient sa bouche.

— Je suis le major Julien Keller, fit-il en lui tendant la main. Et je suis ravi de vous accueillir.

Le contact passa immédiatement entre les deux quinquagénaires. Keller semblait content de son arrivée, et Louise en déduisit que travailler sous les ordres de la jeune Léa Badenco ne devait pas toujours être une partie de plaisir.

— Approchez, major Caumont, je vais vous faire un topo, entama la jeune femme.

— Bien sûr. Mais je prendrais bien un café avant et je souhaiterais aussi faire un crochet par les toilettes, lui répondit Louise, juste pour signifier qu'elle n'était pas aux ordres.

Badenco se crispa légèrement.
— Suivez-moi, lança Keller. Léa, je te laisse préparer un café ?

Louise emboîta le pas à son homologue masculin. Elle nota la légère voûte de son dos et les petites poignées d'amour qui saillaient au-dessus de la ceinture de son jean un peu trop serré à la taille. Dès qu'ils furent dans les couloirs, ils échangèrent un regard amical.

— Ne la cherchez pas trop quand même, la prévint Keller. Léa peut être redoutable quand elle a quelqu'un dans le nez.

— Et moi donc ! lui retourna Louise.

L'homme l'observa du coin de l'œil et devina qu'elle ne fanfaronnait pas.

— Eh bien, ça démarre fort, fit-il d'un ton circonspect.

— Bah, n'ayez crainte ! Ce n'est pas parce qu'on montre les crocs qu'on est prêt à mordre !

*
* *

Postée devant le grand tableau blanc, Léa Badenco attendait patiemment que Louise eût achevé son café et la consultation de ses mails sur son téléphone portable pour commencer sa présentation. La jeune femme était fine et pas très grande – un mètre soixante maximum, estima Louise –, mais l'énergie animale et l'autorité naturelle qu'elle dégageait la rangeaient parmi les femmes de tête. Louise prit donc tout son temps avant de relever les yeux.

— Ah, ces portables ! De vrais fils à la patte ! Mais ça y est, major Badenco, j'ai fini, je vous écoute.

La jeune gendarme se fendit d'un petit sourire de façade et se lança :

— Bien. Magyd Ayed a trente-sept ans. C'est un promoteur immobilier inconnu de nos services. Célibataire. Sans enfant. Fils unique de Mohammed et Fathia Ayed. Il est domicilié à Biarritz, tout comme son entreprise, Atlantique Immo. Notre homme a été assassiné dans la soirée du lundi 25 octobre, au Grand Hôtel de l'Empereur à Cambo-les-Bains. C'est la femme de chambre qui l'a trouvé le matin du mardi 26 et qui a donné l'alerte. Voici quelques photos de la scène de crime prises avant la levée du corps.

Louise regarda attentivement les clichés. Cette fois-ci, ce n'était pas un mannequin dans le sac de bondage... Il y avait quelque chose de terrifiant à observer cette mise en scène pour de vrai. Le tueur avait installé Ayed dans la baignoire de façon que sa tête fût gagnée par la montée de l'eau sans être totalement submergée. Le résultat en était d'autant plus « spectaculaire » : la partie supérieure au nez demeurait au-dessus de l'eau. À cet instant précis, Louise toucha du doigt cette forme d'impuissance absolue – de prison corporelle – évoquée par Ducuing : un infime mouvement, un simple tressaillement musculaire, une légère poussée de la part de la victime auraient suffi à la hisser au-dessus de l'eau. La gendarme fut totalement convaincue que ce détail du mode opératoire revêtait une grande importance pour le tueur. Elle reposa les photos et demanda :

— Le légiste vous a fait part de ses premières constatations ?

— Oui. Sans grande surprise, mort par noyade. Par ailleurs, l'examen externe du corps révèle une attaque au shocker et l'injection d'une substance en intramusculaire. Le sang de la victime est en cours d'analyses toxicologiques.

— Même scénario que pour Ducuing. Quant à la substance utilisée pour l'injection, nos analyses ont révélé de la kétamine.

— On devrait obtenir les mêmes résultats, je suppose.

— Sachez aussi que les TIC n'ont relevé aucun ADN tiers chez Ducuing. Ce qui signifie que notre tueur est très précautionneux, précisa Louise.

Badenco et Keller acquiescèrent.

— Que faisait Ayed dans un hôtel à Cambo, si près de chez lui ? relança Louise.

— D'après les premières analyses de son téléphone portable retrouvé sur place, il avait rendez-vous avec une prostituée, une prénommée Akika, avec qui il était entré en contact grâce à l'interface 3J4U – qui signifie « jeunes, jolies, jouissance » pour les « 3J » et « for you » pour « 4U ». Nous avons immédiatement examiné cette piste. Le profil d'Akika est bidon et a été créé il y a trois mois pour hameçonner la victime : aucune interaction, aucun rendez-vous, aucun échange en dehors de ceux avec Ayed.

— Le traçage IP ?

— Difficile à remonter. L'internaute a utilisé un VPN[1]. Un de nos informaticiens est sur le coup, mais nous avons peu d'espoir.

Louise acquiesça. Leur tueur savait ce qu'il faisait.

— Suite à la perquisition de son domicile, nous avons pu fouiller les données informatiques de Magyd

---

1. *Virtual private network* : service de cryptage qui protège l'adresse IP d'un utilisateur lors d'une connexion Internet.

Ayed. Celui-ci était un habitué des prostituées, reprit Badenco. Nous avons trouvé cinq sites de rencontres d'escorts téléchargés sur son téléphone et son ordinateur portable. L'homme jouissait d'une belle réussite sociale, menait grand train et dépensait des sommes considérables dans les rapports sexuels tarifés. Nos premières investigations indiquent qu'il consommait régulièrement des drogues festives : coke, amphétamines, MDMA. Cependant, il était aussi un sportif assidu. Pour info, Ayed avait entamé une carrière sportive de haut niveau. Il a fait partie de l'équipe de France d'athlétisme et a participé aux JO d'Athènes en 2004. Il avait alors vingt ans et s'est distingué en lancer de poids avec une médaille d'argent. Un grave accident de la route a mis fin à sa carrière en 2005, et Ayed a décidé de reprendre et de développer l'entreprise de son père. En quelques années…

— Un instant ! la coupa Louise. Votre homme a-t-il, par hasard, fréquenté le lycée Notre-Dame-de-la-Piété à Hendaye ?

Bien qu'agacée par l'interruption de sa collègue, Léa Badenco lui jeta un regard intrigué.

— C'est fort possible, mais je n'ai pas cette information sous les yeux… Julien ?

Son collègue plongea le nez dans les papiers qu'ils avaient commencé à compiler, s'arrêta sur une feuille et releva la tête, l'air surpris.

— En effet, oui ! Magyd Ayed était au lycée à Hendaye de 1999 à 2002.

— Major Caumont, vous nous éclairez ?

— On pourrait peut-être s'appeler par nos prénoms, qu'en dites-vous ?

— Entendu, valida Badenco, mais le cœur n'y était pas. Louise, donc ?

— Eh bien, ne tirons pas de conclusions trop hâtives, mais il se trouve que Valériane Ducuing a fréquenté cet établissement durant l'année scolaire 2001-2002, ce qui correspond à son année de seconde. Elle y suivait une scolarité aménagée, avec un cursus natation. Mon équipe s'est renseignée sur Notre-Dame-de-la-Piété, il s'agit d'un lycée…

— Pardon de vous couper, Louise, fit Badenco sans dissimuler son plaisir, mais cette école est assez réputée dans le 64. C'est un établissement d'excellence, un vivier de futurs champions. Tout Basque qui se respecte le connaît.

— Évidemment, consentit froidement Louise.

— Nous avons donc un point commun entre les deux victimes ! Reste à savoir si celui-ci est lié à la logique du tueur.

— Ayed était en terminale quand Ducuing était en seconde, énonça Keller. Ils ne s'adonnaient pas à la même discipline sportive. Cela étant, ils ont très bien pu se croiser, et même se fréquenter. C'est une possibilité.

Un court silence suivit, puis Louise se leva.

— Nous savons qui peut répondre à cette question : Valériane Ducuing.

– 17 –

Parce qu'un mobile, on peut le découvrir

Valériane Ducuing lança un regard surpris et inquisiteur à Louise lorsqu'elle la découvrit devant sa porte accompagnée de deux gendarmes qu'elle n'avait jamais vus auparavant. Balto, collé à la jambe de sa maîtresse, commença à aboyer à la vue des deux inconnus devant sa porte.

— Silence, Balto ! Tout va bien, mon chien, tout va bien ! fit Ducuing en lui tapotant la tête, et le cocker se calma immédiatement.

— Bonjour, madame, dit Louise en franchissant le seuil. Je vous présente les majors Julien Keller et Léa Badenco de la brigade de recherches de Bayonne.

La légiste fronça les sourcils, sembla réfléchir, et un voile inquiet assombrit subitement son visage.

— Non… Ne me dites pas que… Il y a eu une autre agression ? Dans les Pyrénées-Atlantiques ?

Et comme Louise conservait le silence, la mine grave, Ducuing comprit qu'elle avait raison. Elle porta spontanément une main devant sa bouche. Son visage devint livide, et elle s'écarta pour faire entrer les gendarmes.

— Asseyez-vous, dit-elle d'une voix nerveuse.

Tous les trois prirent place autour de la table. De son côté, trop ébranlée, Valériane demeurait debout, le regard braqué sur Louise, en quête d'explication.

— Magyd Ayed, énonça finalement la gendarme.

Les yeux de Ducuing s'agrandirent à l'évocation de ce nom.

— Magyd Ayed, le lanceur de poids ?!
— Donc vous le connaissiez.
— Oui, bien sûr ! Enfin, comme tout le monde…
— C'est-à-dire ?
— Il était en terminale à Hendaye quand j'étais en seconde.
— Nous avons besoin de…
— Attendez, s'il vous plaît ! coupa Ducuing. Ça va beaucoup trop vite pour moi, là !

La légiste s'octroya quelques secondes de réflexion avant de reprendre.

— Magyd Ayed est mort ?
— Oui.
— Et vous êtes sûrs et certains que l'homme qui a tenté de me tuer est bien celui qui a…
— Oui, répondit Louise. Il n'y a aucun doute là-dessus. Le mode opératoire est le même. Seule différence : le chiffre 2 figurait après « MPC ».

Ducuing se passa les mains sur le visage, comme pour se réveiller d'un cauchemar. Puis elle fit un pas vers la table, tira une chaise et s'assit.

— C'est dingue, c'est complètement dingue, répéta-t-elle, incrédule.

— Les numéros en fin de graffiti indiquent que le tueur s'inscrit dans une série. Les questions sont donc : l'assassin a-t-il un nombre précis en tête et que signifient les trois lettres ?

La légiste secoua la tête, les yeux larmoyants et la bouche entrouverte, happant l'air qui semblait soudain lui manquer.

— Je ne peux pas vous aider, finit-elle par dire en reniflant. Cette histoire me dépasse totalement.

Les gendarmes échangèrent un regard dépité. Léa Badenco patienta quelques secondes, puis se décida à rompre le silence :

— Permettez-moi d'insister, madame. Quelle était la nature de votre relation avec Magyd Ayed ?

— Hein ? Une relation ? (Ducuing releva les yeux et s'essuya le nez du revers de la main.) Mais on n'avait pas de relation. C'était juste un gars de terminale. Il était connu au lycée pour ses performances. Je le croisais à la cantine ou à l'internat, c'est tout…

— Existe-t-il un dénominateur commun entre Magyd Ayed et vous ?

— Vous voulez dire : un truc précis qui nous relierait, lui et moi, c'est ça ?

— Oui. Ça peut être un événement, une activité, un centre d'intérêt, ou encore une personne que vous auriez pu fréquenter tous les deux.

Valériane Ducuing lança un regard totalement perdu à la gendarme. L'ahurissement l'empêchait visiblement de rassembler ses esprits. Finalement, elle fit « non » de la tête, essaya de réfléchir et la secoua de nouveau.

— Non... je ne vois pas.

Elle avait le nez plein, et sa voix était méconnaissable. Submergée par les émotions, les yeux rouges, elle fixait la table sans bouger. Léa Badenco détourna alors le regard, comme cherchant à s'extraire du désarroi de la légiste. Un instant plus tard, d'un ton volontairement professionnel, elle demanda :

— Pourquoi avez-vous quitté Notre-Dame-de-la-Piété au bout d'un an ?

Ducuing releva la tête. Son visage affichait la surprise.

— Je vous demande pardon ?

Badenco répéta sa question. La légiste prit une grande inspiration et répondit d'une voix qui semblait presque honteuse :

— Eh bien... Le niveau était très élevé, et les exigences, trop importantes pour moi. Je... je ne me sentais pas capable de suivre ce rythme deux années de plus. Pourquoi me demandez-vous cela ? acheva-t-elle, avec un soupçon de reproche dans la voix.

— Pour être certaine qu'aucun événement lié au lycée n'est à l'origine de cette rupture de parcours.

L'assertion de sa collègue fit tilt dans l'esprit de Louise. À bien y regarder, la trajectoire de vie de Valériane Ducuing paraissait marquée par des ruptures. Ce départ du lycée, sa tentative de suicide quelques années plus tard, et sa démission récente et brutale de l'IML. Ces éléments attestaient du malaise existentiel de la légiste. *Il y a quelque chose qu'on ne peut pas attraper chez cette femme, une dimension intime totalement inaccessible*, se dit Louise.

— Major Caumont, vous vous souvenez de notre discussion ? lança Ducuing, sortant Louise de ses réflexions. Celle où je vous disais que ce taré pourrait revenir ici pour finir le travail ?

La gendarme observa la légiste – sa détresse était visible – et répondit :

— Oui, je m'en souviens très bien.

— J'ai fait installer un système d'alarme, il couvre toutes les ouvertures de la maison. Mais rien ne dit que ça suffira ! La dernière fois, l'homme m'a sauté dessus alors que j'étais à l'extérieur... Je vais être directe avec vous : vous comptez faire quoi pour me protéger ?

— Je vais demander une surveillance, consentit Louise. Mais, dans l'attente, reprit-elle, n'auriez-vous pas...

La légiste la coupa d'un geste agacé de la main.

— Je ne peux décemment pas mettre ma mère ou mon frère en danger en allant chez l'un d'eux.

*
* *

Louise ouvrit son armoire et fourra à la hâte quelques affaires dans sa valise. Omoko, allongé sur le lit, observait sa maîtresse s'affairer.

— Ne t'inquiète pas, mon Gromoko... Je ne vais pas disparaître très longtemps, promis ! Tu prendras bien soin de Farid pendant mon absence, hein ? s'amusa-t-elle. Et surtout, n'oublie pas de venir le papouiller en pleine nuit, je suis sûre qu'il va adorer !

Omoko lui répondit par un long bâillement. La gendarme fit un dernier tour dans la chambre pour vérifier qu'elle n'avait rien oublié, puis embrassa son chat sur le sommet du crâne et descendit au rez-de-chaussée avec sa valise. Elle attrapa un Post-it dans le tiroir fourre-tout de la console et griffonna un mot à la hâte : « Rebondissement dans une affaire en cours. Je passe la nuit à Bayonne. Appelle-moi ce soir quand tu auras un moment. Je t'embrasse. » Puis elle fila à l'extérieur et monta dans la voiture où Keller et Badenco l'attendaient.

— Merci pour le détour !
— Pas de problème, lui répondit Julien. Concernant l'hôtel, tu as déjà pris tes dispositions ?
— Non.
— Cercle mixte[1], alors ?
— Ce sera aussi simple, fit Louise.
— Je les appelle pour te réserver une chambre.
— Très aimable à toi, merci, Julien.

Louise attendit qu'il ait fini de téléphoner pour parler :
— J'ai dû batailler, mais le colonel Garnier a consenti à placer la maison de Ducuing sous surveillance. Deux brigadiers se relaieront dès ce soir. Mais Garnier a été clair : ce dispositif est temporaire, on refera un point dans une dizaine de jours.

— Vous pensez vraiment que le tueur pourrait courir le risque de revenir chez elle ? demanda Badenco.

Louise grimaça. Keller et elle avaient très rapidement adopté le tutoiement, mais Badenco maintenait la distance.

---

1. Les cercles mixtes, situés au sein des casernes, proposent hôtellerie et restauration aux personnels de la gendarmerie, agents civils du ministère de l'Intérieur et du ministère des Armées, membres adhérents et, le cas échéant, familles des ayants droit.

— Difficile à dire, je ne suis pas profileuse. Je ne sais pas comment fonctionne ce type. Mais puisque vous me parlez de risque, seriez-vous prête à courir celui de ne mettre aucun dispositif de protection autour de la légiste ?

— Vu sous cet angle... Et que pensez-vous du lien entre Ducuing et Ayed ? L'année scolaire dans le même établissement peut-elle être une simple coïncidence ?

— Et vous, Léa, qu'en dites-vous ?

Badenco jeta un œil furtif à Louise dans le rétroviseur et répondit :

— À ce stade de l'enquête, et sans autre piste, j'aurais plutôt tendance à écarter l'idée d'une coïncidence.

— Bien. Donc poussons le raisonnement jusqu'au bout.

— C'est-à-dire ?

— Si l'année 2001-2002 à Notre-Dame-de-la-Piété est un élément déterminant de la motivation du tueur, alors nous n'avons pas affaire à un type gouverné par des pulsions meurtrières qui choisirait ses victimes par opportunité ou parce qu'elles présentent telle ou telle caractéristique répondant à ses fantasmes. Non, nous avons affaire...

— À un meurtrier dirigé par la raison, qui agit parce qu'il a un mobile ! s'exclama Badenco.

— CQFD. Et de vous à moi, je préférerais de loin que cette hypothèse soit la bonne, ajouta Louise. Parce qu'un mobile, on peut le découvrir, et il conduit généralement au coupable. Alors qu'un sociopathe en liberté...

Keller, qui avait suivi l'échange sans mot dire, sortit finalement de sa réserve :

— OK, mais si sa motivation prend réellement source en 2001-2002, pourquoi ce type aurait-il attendu vingt ans avant d'agir ?

— Va savoir, répondit Louise. Peut-être qu'il lui a fallu tout ce temps pour s'en sentir capable ?

— Ou peut-être qu'un élément déclencheur s'est produit dans sa vie ?

— Un événement qui a rouvert de vieilles blessures ?

— Ou une découverte récente, une vérité qu'il ignorait jusque-là...

Keller leva les mains en signe de reddition.

— Bien, mesdames ! J'ai compris ! Donc, concrètement, nous devons investiguer sur cette fameuse année scolaire.

— Oui, approuva Louise.

— Et, parallèlement, il faudra réinterroger la famille, les amis et les proches d'Ayed, ajouta Badenco. Peut-être que l'un d'entre eux nous révélera une vieille histoire remontant à cette période de lycée.

– 18 –

À un vengeur ou à un justicier ?

Un chat noir et blanc marchait sur la murette séparant le jardin du grand champ voisin. Un chat errant, efflanqué, trempé comme une soupe par la pluie qui tombait mollement depuis le matin. David Schäffer détailla le félin, qu'il n'avait jamais vu auparavant. Il observa sa démarche souple et assurée, son sens de l'équilibre malgré l'étroitesse du support, et il repensa à cette expression : « Un chat retombe toujours sur ses pattes. » Ça devait être bien, d'être un chat.

Il savait pertinemment d'où lui venait cette pensée saugrenue. Une demi-heure plus tôt, il avait reçu un texto de Valériane, sur son portable secret, qu'il consultait toutes les heures depuis quatre longs jours, parce qu'il redoutait un message, le signal qu'il s'était passé quelque chose de grave, tout en essayant de chasser l'idée à laquelle ni lui, ni Valériane, ni Alexandre ne semblaient avoir pensé : s'il arrivait malheur à l'un d'eux, comment le malheureux pourrait-il prévenir les autres ? Tant et si bien qu'il en était même arrivé à se dire que l'absence de message était peut-être pire qu'un message... Et maintenant qu'il en avait reçu un, il n'en était plus si sûr.

« Urgent. Je t'appelle à 17 heures, sois seul. Confirme STP. » David sentit de nouveau son ventre se contracter. Que se passait-il, cette fois-ci ? Le seul aspect positif était que Valériane était en vie. Avait-elle eu des nouvelles des enquêteurs ? Ceux-ci étaient-ils sur une piste ? Avaient-ils réussi à identifier le taré qui s'en était pris à elle ? Et si oui, que savait précisément ce type ? Pouvait-il les mettre en danger, Alex, Valériane, Magyd et lui ? Tant d'années après ? Putain, ils n'étaient que des mômes ! Des gamins inconscients qui jouaient à se faire peur ! Ni plus ni moins !

Une boule d'angoisse lui plombait l'estomac. Il avait quitté le bureau dès la réception du message en prétextant une urgence familiale et s'était directement rendu chez lui. La maison serait vide jusqu'au retour de Denise et de Clotilde, à 19 heures. Et le voilà qui attendait, conscient que les cinquante minutes qui le séparaient des 17 heures fatidiques allaient s'égrener dans une lenteur insupportable. Il ne cessait de s'interroger sur l'objet de cet appel. Une spéculation en chassait une autre, inutile fourmillement cérébral auquel il ne parvenait néanmoins pas à se soustraire. De guerre lasse, il plongea de nouveau son regard à travers la baie vitrée. Le chat noir et blanc avait déguerpi. Sous l'immense poche de nuages éventrée, la végétation rousse s'égouttait dans une ritournelle entêtante de ploc-ploc. L'âme cafardeuse, David s'enfonça dans un coin du salon et ouvrit la réserve d'alcools. Boire n'était pas une solution, il le savait, mais boire dans ces circonstances était légitime. Il se servit une longue rasade d'un vieux cognac que lui avaient offert ses beaux-parents pour un lointain anniversaire et s'installa dans un fauteuil. La brûlure de l'alcool sur sa langue et dans sa gorge lui fit plisser les yeux et le détendit. Les images du passé se mirent à vagabonder dans son esprit.

Tout avait débuté un soir d'octobre 2001, dans la chambre 112 qu'occupait Alexandre à l'internat. David revit nettement la petite pièce en désordre, neuf mètres carrés d'une adolescence brouillonne et bouillonnante d'énergie. Magyd, Alex et lui étaient vautrés sur le lit. Alex tenait le caméscope VHS Panasonic que leur père leur avait offert et faisait défiler sur le petit écran amovible les images qu'il avait filmées en fin d'après-midi. Après l'entraînement, Magyd, ce con de Magyd, s'était lancé dans une sorte de challenge stupide. Bravant le danger, il avait entrepris d'escalader l'une des parois en pierres sèches du gymnase percée à mi-hauteur d'une série de fenestrons. Selon Magyd, les petites ouvertures, à l'instar de celles situées sur l'aile des garçons, donnaient sur les douches des filles. De son côté, Alex avait sorti son caméscope pour filmer l'exploit… Ils ne le savaient pas encore, mais le drame avait commencé à se nouer à cet instant précis. Les trois ados visionnaient donc les images de la périlleuse ascension, et Magyd commentait la vue qu'il s'était offerte, une fois parvenu en haut, à grand renfort de qualificatifs graveleux et de gestes obscènes. Il évoquait les gros seins de Stéphanie Dubarry – « Une paire de nibards, les gars, je vous dis pas ce que vous avez manqué ! » – lorsque quelqu'un s'était raclé la gorge. Un « hum-hum » volontaire qui les avait cueillis tous les trois, les obligeant à lever les yeux. David avait aperçu Clara. Il la voyait pour la première fois. Il se souvenait parfaitement de son expression à cet instant, ses yeux mi-clos, son sourire moqueur quand, appuyée contre le chambranle de la porte, elle avait lancé : « Stéphanie Dubarry ? La handballeuse ? Tu la trouves bandante ?! T'es vraiment mort de faim, mon pauvre Magyd ! » Puis elle avait fait un pas en avant, et Valériane était apparue derrière elle. Le sarcasme de Clara avait immédiatement dégénéré. Magyd et elle s'étaient envoyé des répliques plus acerbes les unes que les autres, sous le regard ravi d'Alex, qui comptait les points. Et lui n'avait plus rien suivi de la joute verbale, parce que son esprit tout entier était aspiré, avalé, dévoré par le magnétisme de Valériane, la fille qui ne disait rien.

David se rappelait qu'il avait eu l'impression de flotter quelque part à la frontière de la réalité. Son estomac faisait le yo-yo. Son cœur cognait un peu vite, presque douloureusement. Et surtout, il ne parvenait pas à la lâcher du regard. Puis les filles s'étaient approchées du lit. Ils avaient dû faire de la place pour qu'elles s'installent. Valériane s'était assise à côté de lui, il avait respiré son odeur de savon, et une onde d'excitation l'avait fait tressaillir. Le temps avait dû filer, il ne savait pas trop. Un coup de coude l'avait finalement sorti de sa rêverie. C'était Magyd : « Et toi, David, t'en es ou pas ?! » Il devait avoir l'air totalement perdu, parce que Alexandre avait volé à son secours – comme toujours. « Évidemment qu'il en est ! C'est mon jumeau, je te rappelle ! »

À ce moment-là, David assistait aux prémices du *jeu*, sans comprendre ce qui se passait et sans rien pressentir de la tragédie qui les balayerait tous, et leur insouciance avec. Il se souvenait que les filles étaient reparties cinq minutes avant l'extinction des feux, que Clara tenait le caméscope d'Alex et qu'elle s'était retournée une dernière fois : « À très vite, bande de nases ! »

David Schäffer laissa échapper un long soupir. Il avait achevé son verre sans même s'en rendre compte. D'un geste machinal, il se resservit, vaguement conscient qu'à ce rythme il serait fin cuit d'ici peu. Oui, les choses avaient démarré ce soir-là, bêtement, sur un coup de dés. Le Panasonic qui devait servir d'outil d'amélioration des gestes techniques s'était transformé en pourvoyeur de malheur. Les filles étaient revenues cinq jours plus tard, avec la preuve de leur forfait en images. Clara et Valériane – comment avaient-elles fait ? – se trouvaient dans le bureau du directeur. Par la galerie vitrée de l'ancienne orangerie, une lumière éclatante infusait la grande pièce. Valériane tenait la caméra et filmait Clara. Celle-ci s'était tout d'abord installée dans le confortable fauteuil du chef d'établissement. Elle avait ouvert les tiroirs, farfouillé à l'intérieur, mais n'avait visiblement rien trouvé d'intéressant. Puis son attention s'était portée sur une colonne métallique à tiroirs où l'on rangeait des dossiers suspendus. Elle s'était levée, l'avait ouverte, et un sourire malicieux avait éclairé son visage. Elle avait fait signe à Valériane, et la caméra s'était approchée. Des chemises étiquetées étaient apparues en gros plan. La main de Clara les avait fait défiler – il s'agissait des dossiers du personnel – jusqu'à s'arrêter sur celle qui portait le nom de Chaban. Un préparateur sportif. Clara l'avait attrapée et avait repris sa place derrière le bureau du directeur.

David ferma les yeux en soupirant. Ses réminiscences étaient un supplice. Il avait voulu noyer tout ça avec la boisson durant les années qui avaient suivi, jusqu'à sa rencontre avec Denise. Mais il n'avait rien noyé. Tout ça était en lui, bien vivant. Les images étaient nettes. Les émotions, toujours vives. Il se servit un troisième verre – au diable les résolutions, dans quelques minutes le téléphone sonnerait, et Dieu seul savait ce qu'il allait apprendre. Le cognac l'anesthésiait, et il en avait grandement besoin.

La caméra filmait le buste de Clara. Elle avait commencé à se tortiller sur le fauteuil. Aux gestes qu'elle faisait, on devinait qu'elle retirait ses vêtements sous le plan horizontal du bureau qui masquait la vue. L'opération avait duré une bonne minute. Et David se souvenait que, pendant le visionnage, il avait trouvé ça super excitant. Finalement, Clara avait brandi un string rose en dentelle. Elle souriait à la caméra, les yeux brûlants, deux flammes incandescentes qui allumaient le feu dans les caleçons des garçons. D'un geste sensuel, elle avait ouvert la pochette étiquetée Chaban et avait glissé son string à l'intérieur du dossier de l'enseignant. Puis elle l'avait refermé, avait fait un clin d'œil à la caméra et avait remisé la pochette à sa place dans le meuble. Le film s'arrêtait là, sur cette image incroyable de Clara, le menton haut, l'œil fiérot, au milieu du bureau du chef d'établissement. Ils avaient tous été séchés par son audace !

La sonnerie du portable le fit sursauter. Dans un geste trop vif, il posa le verre de cognac et des gouttes d'alcool constellèrent la table basse. Il essuya le bois d'un revers de manche rageur et s'empara enfin du téléphone.

— Allô ?
— C'est moi, Valériane.

Son timbre était nerveux, et David devina sa peur. Un pic de stress lui transperça le cœur.

— Que se passe-t-il ?
— Les gendarmes sont passés chez moi, en début d'après-midi... Magyd est mort. Assassiné.

Un parpaing venait de tomber et d'assommer David. Il ouvrit la bouche – non, ce fut sa mâchoire qui se décrocha. Et il ne put rien. Rien dire. Rien penser. Rien faire. Il demeura ainsi, la bouche pendante, les yeux agrandis, sans réagir.

— Je n'ai pas les détails, mais les enquêteurs sont formels : celui qui l'a tué est le même que celui qui m'a agressée ! Il a écrit « MPC/2 » ! Tu comprends ce que ça signifie ? David !

Valériane avait presque crié, et David parvint à se ressaisir.

— Oui, hoqueta-t-il.
— J'ai fait des recherches sur Internet. Plusieurs articles sont parus, mais, visiblement, les journalistes n'ont pas eu accès à la totalité des informations. En gros, ils racontent qu'une femme de chambre du Grand Hôtel de l'Empereur à Cambo-les-Bains a trouvé le corps de Magyd attaché et noyé dans sa baignoire. Mais il n'est fait mention ni du sac de bondage ni du tag.

Valériane se tut et David réprima un haut-le-cœur. Magyd avait été assassiné, bon Dieu ! Leurs souffles résonnaient sur la ligne, hachés, courts. Plombés par la même horreur. Traversés par la même angoisse. Qui serait le prochain ? Et aussi, qui pouvait faire un truc pareil, hein ?

— Tu n'as absolument aucune idée de qui...

— Non, David, cracha Valériane d'un ton fatigué... Je l'ai pris dans tous les sens et je ne vois pas.

— Tu as partagé la chambre de Clara, ses secrets, vous étiez inséparables. Qui lui tournait autour à l'époque ? Qui était assez proche d'elle pour qu'elle ait pu lui raconter quelque chose ?

— Je ne sais pas, David ! s'agaça Valériane. En revanche, les gendarmes, eux, ont fait le rapprochement avec Notre-Dame-de-la-Piété, précisa-t-elle d'une voix blanche. Ils m'ont demandé si j'avais tissé des relations avec Magyd, si quelque chose nous unissait.

— Tu leur as dit quoi ?

— Rien ! J'ai encore dû mentir, David ! Que voulais-tu que je leur dise ?! cria-t-elle. En plus, Alex nous a fait promettre de ne pas parler !

Le désarroi de la jeune femme était flagrant. David attrapa son verre et descendit cul sec le fond de son cognac. Il nageait en plein cauchemar ! Il devait appeler Alexandre. Immédiatement. Mais Valériane reprit :

— Ce type signe « MPC » sur les lieux de ses crimes. Il nous envoie un message !

— Quel message ?

— « Allez voir les flics, dites la vérité » ?

— Non mais tu t'entends, Valériane ?! Ce type est un tueur ! S'il avait voulu que la vérité éclate, il serait lui-même allé voir les flics ! Tu comprends ça ? On a affaire à un vengeur, Val !

— À un vengeur ou à un justicier ? éructa-t-elle.

— Val, putain !

— Tu m'as très bien comprise, lâcha-t-elle dans un souffle.

– 19 –

Ses pieds ne touchaient pas terre

Deux kilomètres avant le panneau d'entrée dans la commune d'Hendaye, la côte faisait une grande virgule plongeant vers l'océan, et la gendarme avisa un écriteau « Lycée Notre-Dame-de-la-Piété ». Un immense et superbe corps en pierre jouxtait la route. Keller le contourna et roula jusqu'à un grand parking qui clôturait la voie d'accès. Derrière les grilles fermant le lycée s'étendait un vaste domaine boisé au fond duquel se dressaient bâtiments et infrastructures sportives. Avec des lignes courbes et une dominante de bois et pierres, l'architecture moderne se mariait à la nature environnante. Un peu plus loin, derrière les bâtiments, se dessinait un stade, avec son fronton de pala, sa piste d'athlétisme, ses hauts poteaux de rugby et ses cages de foot. Louise sortit et siffla entre ses dents.

— C'est impressionnant, mais le plus beau se trouve tout de même côté océan, fit Julien en désignant le grand bâtiment de pierre qu'ils avaient contourné. Et, attention, regarde bien ici, entre les arbres.

— Ah oui ! On dirait qu'il y a une autre bâtisse !
— C'est l'abbaye, figure-toi. On va faire un détour pour que tu la voies.

Bien qu'elle semblât déjà dans les starting-blocks, Badenco se garda de tout commentaire et suivit silencieusement Keller vers les bois. Une poignée de minutes plus tard, Louise découvrit l'abbaye au cœur d'une clairière et en eut le souffle coupé : l'édifice médiéval était un véritable bijou d'architecture romane. Julien lui jeta un regard amusé.

— Superbe, n'est-ce pas ?
— Elle est ouverte au public ?
— Les visites sont programmées les week-ends et pendant les vacances sur inscription. C'est une source de revenus non négligeable pour le lycée, qui entretient le site. Les locaux scolaires et administratifs sont là-bas, fit-il en désignant le bâtiment en bord de route. Il s'agit de l'ancien logis abbatial.

Le reste de la marche se fit dans un silence total. Les yeux vissés sur l'océan, qui s'étendait juste derrière la route de la corniche, Louise foulait le sentier conduisant à l'administration. Il était 10 h 35, les élèves devaient être en cours, mais la gendarme aperçut néanmoins un groupe de jeunes en tenue sportive qui effectuaient des exercices au fond du parc sous la houlette d'un enseignant jouant du chronomètre. Le lycée incarnait une nouvelle Athènes, éduquant l'élite dans les voies du corps et de l'esprit, se dit-elle.

Les enquêteurs parvinrent devant l'ancien logis abbatial, qui avait été en grande partie reconstruit dans le courant du XVIIe siècle. Couplé à une orangerie, le corps de deux étages était immense, en forme de U avec ses deux pavillons d'angle, et offrait une façade sobre de briques percée de hautes fenêtres à petits carreaux. Passé la porte principale, les gendarmes débouchèrent dans un vaste hall au sol carrelé en damier. Un large escalier en pierre leur faisait face. La signalétique les orienta vers une aile du bâtiment, et ils débouchèrent enfin sur l'administration. Après les présentations d'usage au secrétariat et dix bonnes minutes d'attente, un homme petit et rondouillard pressa le pas vers eux. Dans son désir de faire au plus vite, il se dandinait plus qu'il ne marchait. Avec ses mèches indisciplinées de cheveux blancs et sa démarche de canard, il évoquait à Louise l'oncle Picsou.

— Barthélémy Vidal, fit-il, le souffle un peu court, en se plantant devant les gendarmes. Je suis le chef d'établissement. Je vous en prie, suivez-moi.

Louise dissimula un sourire : Vidal avait une voix légèrement nasillarde parfaitement raccord avec Picsou. Ils lui emboîtèrent le pas jusqu'à son bureau, avantageusement installé dans une partie de l'ancienne orangerie, et qui bénéficiait donc d'une remarquable entrée de lumière et d'une vue panoramique sur le parc, les bois et l'océan en bout du domaine.

— Je vous écoute, messieurs-dames, dit-il après les avoir fait asseoir.

— Nous nous intéressons à deux anciens élèves qui ont fréquenté votre établissement durant l'année scolaire 2001-2002, commença Badenco.

Vidal fronça légèrement les sourcils et relança, d'un ton circonspect :

— Deux ?

— Oui, pourquoi ?

— Eh bien... je pensais que vous veniez à cause de... de la mort de Magyd Ayed, souffla-t-il sur le ton de la connivence. Même si je ne vois pas tellement en quoi Notre-Dame-de-la-Piété pourrait vous aider.

Bien que les enquêteurs soient parvenus à garder bon nombre d'informations pour eux, les journaux locaux avaient largement couvert le violent homicide de l'ancien champion olympique et fils du pays, et l'école d'excellence dans laquelle Ayed avait fait ses armes devait suivre cette actualité de près.

— C'est le cas, monsieur Vidal. Nous enquêtons bien sur la mort d'Ayed, répondit Louise.

Les traits du directeur se crispèrent légèrement. Comme il s'était pourtant empressé de le préciser, il ne voyait pas en quoi son établissement pouvait aider les gendarmes. Or, leur requête laissait penser le contraire – ce qui signifiait risque d'exposition médiatique, mauvaise presse et comptes à rendre au conseil d'administration.

— Et, dans le cadre de cette enquête, nous devons recueillir un maximum d'informations sur Magyd Ayed lui-même, et sur Valériane Ducuing.

À l'évocation de Ducuing, le chef d'établissement eut une moue sceptique : il ne se souvenait pas de cette élève.

— Scolarité ordinaire ou SAS ? demanda-t-il.

— Pardon ?

— Oui, excusez-moi, c'est notre jargon ! Scolarité aménagée sport ?

— SAS : Valériane Ducuing était une nageuse. Mais elle n'a été scolarisée ici qu'une seule année, expliqua Keller.

— Ah, je vois. Et donc… cette Valériane Ducuing pourrait être… comment dire… mêlée à la mort de…

— Non, le coupa Badenco. Elle a elle-même été violemment agressée et en a réchappé de peu. En d'autres termes, deux de vos anciens élèves sont aujourd'hui les victimes d'un même meurtrier.

Le visage de Vidal se décomposa.

— Évidemment, je vous fais confiance pour garder ces informations sous silence, précisa-t-elle. Après tout, il y va aussi de l'intérêt de votre établissement, n'est-ce pas ?

— En effet, s'étrangla-t-il.

— Nous souhaitons donc accéder à l'ensemble des informations relatives à l'année scolaire 2001-2002 : almanach de l'école, dossiers des élèves, listing des personnels et professeurs en activité, rapports d'incidents, *et cætera*.

L'homme s'affaissa alors dans son fauteuil, la mine consternée du type voyant se profiler un gros nuage d'emmerdes. Quand il voulut rajuster sa posture, il fit un petit bond sans ampleur en poussant fort sur les accoudoirs – Louise se rendit alors compte que ses pieds ne touchaient pas terre. Puis il se gratta la gorge et, d'une voix soucieuse, demanda :

— Si je comprends bien, vous envisagez que le point commun entre les deux victimes soit précisément notre lycée ?

Vidal n'avait peut-être pas des allures de James Bond, mais il était loin d'être sot.

– 20 –

Vingt ans plus tôt : mi-octobre 2001

Les mots noircissent les pages. Chargés de toutes ces émotions brutes qui la submergent. Colère. Peur. Indécision. Assise en tailleur sur son lit, Clara est entièrement absorbée dans l'écriture du cahier intime qui lui sert de déversoir. Les mots crient. Hurlent. Pleurent. Se moquent aussi. D'elle. De Thib, ce gros con qui gâche tout. Qui a toujours tout gâché, à trop la vouloir, à trop la connaître, à trop la garder rien que pour lui, tout le temps. Gros con de Thibault qui mange sans faim, sans fin, parce qu'il a un gouffre au-dedans, un gouffre sans fond. Si elle le laisse faire, il la dévorera, elle aussi. *C'est ça que tu veux ?* D'un autre côté, elle a peur. Peur de perdre son meilleur ami, une part d'elle-même. Comme une amputation. Peur de changer. Muer. De trahir Thibault. D'aimer autrement, plus fort. D'aimer plus grand. D'aimer plus beau. D'aimer d'amour. Et de tout perdre. Peur aussi de ne pas changer. De rester l'amie fidèle et exclusive. Et de ne rien risquer, alors que la vie, quand même, c'est fait pour prendre des risques, pour vibrer, trembler, frissonner, avoir de la fièvre, de l'électricité dans les veines, sinon à quoi bon, à quoi bon, hein ?

— Eh bien, tu en as, des choses à écrire ! lance Valériane en sortant de la salle de bains.

Clara relève machinalement la tête, mais son esprit a un temps de retard. Un peu comme à la sortie de l'eau. Quand le corps verticalisé titube maladroitement, soudain écrasé par la pesanteur terrestre. Que les oreilles bourdonnent, floutant les bruits du dehors. Et que les yeux voient trouble. Quelques secondes entre deux mondes. Et puis ça s'arrête. Et alors, on est de nouveau là.

— Excuse-moi, je ne voulais pas t'interrompre.

— Non, c'est bon, t'inquiète ! Au contraire, même, c'est bien de m'avoir coupée, j'étais en train de faire un mauvais trip.

Valériane ne pose pas de question. Elle est comme ça, elle se tait. Elle sait que Clara parlera si elle le veut. Elle retire la serviette enturbannée autour de ses cheveux et bascule la tête en avant, libérant un long rideau de cheveux châtains. Elle attrape ensuite une serviette sèche, se frictionne le crâne énergiquement, avant d'essuyer ses longues mèches jusqu'à la pointe. Puis, à tâtons, elle cherche le pot de crème posé sur le lit.

— Laisse-moi faire, ordonne Clara. Assieds-toi, je m'en occupe.

Valériane s'exécute. Elle s'assoit sur le bord de son lit. Clara la rejoint d'un bond et s'installe en tailleur derrière elle. Elle ouvre le pot, et un parfum d'agrumes s'élève dans l'air. Clara prend un peu de baume et commence à l'appliquer de la racine aux pointes, avec ses doigts qui font un peigne, défaisant les nœuds, nourrissant la chevelure malmenée par le chlore, gainant les mèches d'une pellicule satinée. Elle prend son temps. Le contact soyeux sur ses mains est agréable. L'odeur de Valériane est un retour en enfance, ça sent le savon pour bébé.

— C'est comment, d'avoir un frère ? demande soudain Clara.

— Bof…

— Moi, j'aurais adoré avoir un frère ou une sœur.

— Tes parents n'ont pas voulu d'autre enfant ?

Il y a un court silence, puis Clara soupire.

— Ma mère est morte quand j'avais trois ans. Et mon père n'a jamais refait sa vie.

— Oh, je suis désolée, Clara… Vraiment…

— Tu ne pouvais pas savoir. Maman était alpiniste. Elle a dévissé. C'était une femme qui n'avait pas froid aux yeux, tu vois ? Le genre de nana qui relève tous les défis. Mon père dit que je lui ressemble, ajoute-t-elle, avec un soupçon de fierté.

Clara laisse échapper un petit rire clair, elle ne souhaite pas s'appesantir davantage. Sa mère est une icône qu'elle idolâtre. Et elle a la certitude de tenir d'elle ; parfois, elle a même l'impression de la sentir vivre en elle. D'un ton détaché, elle relance :

— Alors, avoir un frère, c'est « bof » ?

— Peut-être que l'idée qu'on s'en fait est mieux que la réalité, se moque gentiment Valériane.

— Tu crois ?

— Sûrement que ça dépend. Mais, pour Romain et moi, ça n'a jamais été *à la vie à la mort*.

— Il te ressemble ?

— Tu veux dire physiquement ?
— Non, dans la personnalité.
Valériane pouffe.
— Non ! Romain parle tout le temps. Il raconte n'importe quoi.
— Il fait son intéressant ?
— Non... Il parle pour mieux se cacher. Comme beaucoup de gens, en fait.

Clara ressent une sorte de torsion dans le ventre.

— Et ça marche. Personne ne voit rien, reprend Valériane.
— Voir quoi, par exemple ?
— Ben... Il est raide dingue de Sophie, mais il sort avec Clémence. Faut dire que Sophie est la petite amie de son meilleur ami, donc bon, voilà... Et des exemples comme ça, je pourrais t'en donner à la pelle.
— En fait, tu es un peu extralucide ? murmure Clara en posant son menton à l'angle du cou et de l'épaule de Valériane.

Cette dernière rit. Son rire est toujours discret, légèrement rauque. Un rire distingué, se dit Clara.

— Tu sais quoi ? J'ai une idée, on va faire un jeu ! Mets-toi face à moi.
— Un jeu ?
— Oui.

Les deux adolescentes s'assoient en vis-à-vis. Valériane sourit, l'œil malicieux et curieux. Clara pouffe, excitée par sa trouvaille et par l'éventualité d'être mise à nu.

— Alors, voilà : tu dois deviner quelque chose que je cache !
— Pff... trop facile, tu vas perdre direct !

Clara lui tire la langue.

— Je te préviens, Clara, il arrive aussi que l'on cherche à cacher aux autres ce que l'on veut avant tout se cacher à soi-même.

— Hein ?! Arrête ta philo, Val, balance cash !

— OK. Tu kiffes grave Alexandre Schäffer.

Les yeux de Clara s'agrandissent démesurément, et elle secoue la tête, incrédule. Puis elle se laisse choir lourdement sur le dos en débitant d'un ton outré :

— Valériane, enfin, ce mec est juste beurk ! Archi beurk ! Arrogant, frimeur, m'as-tu-vu, aussi faux qu'une pièce en chocolat... et genre trop *je suis super humble en fait, je suis cool, et même pas je vois que j'ai qu'à claquer des doigts pour que toutes les filles se mettent à genoux devant moi !* Beurk, beurk, beurk ! Dégueu, dégueu, dégueu... je déteste ce mec !!!

Valériane opère un demi-tour sur ses fesses et s'allonge à côté de sa copine. Elle fixe silencieusement le plafond. Elle attend. Au bout d'une longue minute, Clara expulse un profond soupir.

— Merde, Val, je n'arrête pas de penser à lui, ça m'énerve trop ! Quand il est dans la même pièce, c'est plus fort que moi, je ne peux pas m'empêcher de le regarder ! C'est débile, hein ? C'est comme s'il m'avait jeté un putain de sort ! Qu'est-ce que je vais faire ?

Valériane tourne la tête et plonge son regard dans celui de Clara.

— Lui aussi, il te dévore des yeux.

— Sérieux ?

— Je crois que tu le sais déjà.

— Pff, t'es pas drôle ! Ça me rassure de l'entendre... Mais, tu vois, le problème, c'est qu'il y a comme un jeu entre nous… une espèce de défi de séduction, tu comprends ?

— Pourquoi tu dis que c'est un problème alors que c'est ce qui t'attire, justement ?

Clara écarquille les yeux.

— Merde alors ! Tu es vraiment extralucide !

Les deux filles rient avec complicité.

— Clara, tu sais où il est, le vrai problème ?

— Vas-y.

— C'est comme dans *Dom Juan*, qu'on étudie en ce moment. Tu as compris que si tu craques pour lui, il n'y aura plus de jeu de séduction, donc plus d'attirance. Du coup, fin de l'histoire…

— C'est trop ça ! C'est exactement ça, le problème ! Mais alors, qu'est-ce que je dois faire ?

— … Ce qu'aucune fille ne fait jamais : lui résister ?

— Oui, tu as raison. Lui résister, même si c'est dur. Ça va le rendre totalement dingue !

— Ça, c'est clair, approuve Valériane.

— Et je pourrais même m'amuser à le rendre jaloux.

— À quoi tu penses ?

— À Chaban. Je crois qu'il m'aime bien.

Valériane se redresse comme un ressort qui se tend.

— Chaban, le préparateur physique ? Tu es folle, ou quoi ?! Il n'a peut-être que vingt-trois ans, mais c'est un prof, Clara !

— Ben justement ! Venant d'un prof, je n'ai rien à craindre et je peux facilement faire péter les plombs à Alex !

– 21 –

Je peux toujours récolter quelques informations

Il était 11 heures, ce samedi matin, quand Louise poussa la porte de chez elle. À peine eut-elle franchi le seuil qu'un fumet gourmand lui chatouilla les narines. Farid s'était mis aux fourneaux. Elle retira son manteau, abandonna sa petite valise dans l'entrée et rejoignit la cuisine, d'où s'échappaient les échos d'une musique pop. Son homme se tenait devant la gazinière, un torchon jeté sur l'épaule, et saupoudrait de muscade l'intérieur d'une casserole. Il sifflotait tranquillement sur la musique de la radio, l'air détendu et joyeux, pendant que ses mains virevoltaient au-dessus de sa préparation. Appuyée contre le chambranle de la porte, Louise demeura immobile de longues secondes, détaillant son compagnon, un sourire tendre accroché aux lèvres. Cette tranche de vie ordinaire au sein de sa propre maison constituait un véritable baume, sa revanche sur une existence vacharde qui ne l'avait pas épargnée jusque-là, et elle savourait chaque petite note de cette mélodie amoureuse, inédite pour elle, et que tant d'autres n'entendaient même plus.

— Coucou, toi ! lança Farid avec entrain en l'apercevant alors qu'il retirait sa casserole du feu.

Il s'approcha et l'embrassa. Louise se plaqua contre lui, posa sa tête contre son épaule musclée et respira son odeur jusqu'à s'en étourdir – un étrange mélange de son parfum musqué et de savoureuses odeurs de cuisine. Puis elle s'écarta.

— Ça sent trop bon !

— Civet de chat façon revanche du chef, s'amusa-t-il.

— Farid !

— Je t'avoue l'avoir envisagé. Notamment vers 5 heures ce matin, quand ses petites moustaches sont venues me chatouiller le nez, alors que je dormais du sommeil du juste.

Louise pouffa.

— Je te signale que tu es chez lui.

— Vraiment ? Rappelle-moi de lui envoyer la prochaine facture d'électricité !

Louise leva les yeux au ciel en se rapprochant de son compagnon, repéra le mélange de viande hachée à la tomate et aux herbes, la béchamel fumante, et le grand plat rectangulaire. Elle ouvrit deux yeux ronds.

— Lasagnes ? Rassure-moi, on attend du monde ?!

— Tu es sérieuse ?

Elle détecta la sincère lueur d'étonnement dans l'œil de son compagnon.

— Je vois que ton enquête t'a fait perdre toute notion du temps... se moqua-t-il gentiment. Tata indigne, va ! ajouta-t-il un instant plus tard.

Bon sang de bonsoir ! Samedi 30 octobre ! Comment avait-elle pu oublier l'anniversaire de Lucas alors qu'elle avait elle-même lancé les invitations quinze jours plus tôt, après avoir acheté et empaqueté le château fort Playmobil ?! Louise sentit la honte l'envahir.

*
* *

Le repas s'était déroulé dans la bonne humeur. Lucas avait dévoré les lasagnes de sa tata de cœur sans tarir d'éloges : elles étaient de très loin les meilleures qu'il eût jamais mangées. La pendule murale indiquait 15 heures, et un chahut aux intonations guerrières s'élevait désormais depuis le salon. Lucas, Farid et François repoussaient une flopée d'assaillants qui tentaient de s'emparer du château fort, et à en croire les exclamations qui émaillaient le jeu, les Playmobil avaient fort à faire – zombies, armées fantômes et ennemis sanguinaires ayant conclu une solide alliance pour parvenir à leurs fins.

— Violaine, un café ? proposa Louise, qui finissait de débarrasser.

— Avec grand plaisir, très chère.

Louise fit couler deux espressos et s'attabla avec son amie. Elle prit alors conscience de son regard impatient.

— Quoi ?

— Et si nous profitions de ce que les hommes sont tous partis à la guerre pour papoter un peu, toi et moi ?

— Ah, je vois ! Tu brûles de savoir où en est l'affaire, c'est ça ?

— Disons que tes nombreux appels depuis jeudi matin ont largement alimenté ma curiosité.

— Pff... je suis désolée, Violaine, mais je n'ai pas eu une minute. Ça se passe bien à la BR ?

— Ça va, ne t'inquiète pas pour ça. Thierry et moi, on gère comme des chefs ! Ah, et avant que j'oublie, hier en fin d'après-midi, on a reçu l'analyse des traces de pneus laissées par l'agresseur chez Ducuing, fit la jeune gendarme en sortant une enveloppe de son sac.

Louise l'ouvrit.

— Pneus de marque Michelin, des 185/60, gamme Primacy 3, d'après les dessins. Ils correspondent à un véhicule de taille moyenne, de type citadine. Ça pourra servir si on a un suspect en vue, fit-elle en rangeant le document.

— Bon, et toi, de ton côté ?

La gendarme se lança dans un récit détaillé du meurtre de Magyd Ayed et du travail d'enquête. Violaine suivit l'exposé avec avidité avant de réagir :

— Donc, les deux victimes ont partagé une année scolaire à Notre-Dame-de-la-Piété.

— Je sais, c'est ténu. D'autant que Ducuing elle-même ne voit pas ce qui pourrait la relier à Ayed.

— Et que ce point commun remonte à vingt ans. On peut donc légitimement se demander pourquoi le tueur aurait attendu si longtemps.

— Si le mobile est bien en lien avec cette lointaine année scolaire, il doit exister un élément déclencheur récent.

— Tu le sens comment ?

— Je vois se profiler une montagne de boulot et je crains que nous ne soyons rapidement débordés.

Il nous faut fouiller dans les archives de Notre-Dame-de-la-Piété. Parallèlement, on doit retourner la vie de Magyd Ayed, et crois-moi, il était loin de mener la vie monacale de Ducuing. Bref, une enquête approfondie de ses relations va prendre du temps. Or, je redoute précisément que celui-ci nous fasse défaut.

— C'est tout le problème des meurtres en série dans un laps de temps resserré : tu t'intéresses tout juste à une victime qu'une nouvelle apparaît.

— Exactement !

— En parlant de l'affaire, tu avais apparemment demandé à un certain Georges Vier de te rappeler.

— Vier ?... Ah oui ! L'ancien chef de service de l'IML de Bordeaux !

— Il a téléphoné hier à la BR, c'est moi qui l'ai eu.

Louise laissa échapper un soupir exaspéré.

— Louise, on n'est pas des bleus, enfin ! s'indigna Violaine. Je me suis bien doutée que tu voulais en apprendre davantage sur la démission de Ducuing.

— Et donc ?

— Vier a pris sa retraite fin 2019. Il décrit Ducuing comme un élément brillant de son ancienne équipe. Sur le plan de la personnalité, il évoque une jeune femme discrète, peu liante, d'un tempérament plutôt sombre et d'une nature fuyante. Mais, sur le plan professionnel, elle se montrait investie, très efficace, avec un grand sens du détail et de l'analyse. D'ailleurs, Vier n'a pas caché sa surprise en apprenant qu'elle avait quitté l'IML quelques mois après lui : il aurait parié qu'elle y ferait une belle carrière.

— En somme, grimaça Louise, aucun élément nouveau. Personne n'a vu venir la démission de Ducuing et personne ne l'explique *a posteriori*. La légiste elle-même assure que cette décision s'est imposée à elle, un soir, comme une nécessité absolue pour se sauver d'entre les morts.

Violaine haussa les épaules.

— Qu'est-ce qui te gêne ? Certaines décisions se prennent en effet de cette manière. Elles couvent, invisibles, sous la surface lisse de nos existences, attendant le bon moment pour se révéler, et paf, subitement elles s'imposent.

— Oui, je sais bien...

— Vier m'a tout de même indiqué que l'assistant de Ducuing, un interne du nom de Marc Pons, avait l'air d'en pincer pour elle. Selon lui, le jeune homme aurait tenté, à plusieurs reprises, de faire fondre le bloc de glace, en vain ! La légiste esquivait ses assiduités avec la glissante vivacité d'une anguille.

— Marc Pons, tu dis ?

— Oui. Cependant, vu le boulot qui se profile avec Ayed, je ne suis pas certaine que tu aies le temps de contacter ce gusse, je me trompe ?

— Toi, tu as une idée derrière la tête.

— Eh bien, je n'ai certes pas l'immense honneur de travailler sur le dossier, mais je peux toujours récolter quelques informations durant mes heures perdues.

— Tu ferais ça pour moi ?

— Ne rêve pas ! Je vais le faire parce que j'ai le sens du devoir chevillé au corps !

– 22 –

On l'a saccagé, lui, avec son foutu cœur plein d'amour pour elle

La nuit semblait s'étirer sans fin dans le silence de la maisonnée ensommeillée. Assis dans le vieux canapé du sous-sol aménagé, Alexandre Schäffer jetait régulièrement un œil impatient à son portable posé sur la table basse. Sur le grand écran télé face à lui défilait un reportage sur les animaux vivant dans les grands fonds marins, des êtres plus laids les uns que les autres, et dont la survie tenait à des stratégies improbables faites d'attente, de déguisement et d'opportunisme. Du moins le déduisait-il des images, puisqu'il avait coupé le sifflet au commentateur dont la voix soporifique constituait une réelle menace d'endormissement. Malgré sa fatigue, Alexandre s'obligeait à réfléchir. Magyd avait été assassiné, bordel ! Depuis le texto de son frère qu'il avait reçu la veille, il ressassait inlassablement l'année fatidique qui avait marqué un virage définitif dans sa vie, vingt ans plus tôt. Il fouillait dans ses souvenirs, tentant de remettre les noms et les visages d'une période qu'il s'était astreint à effacer de toutes ses forces, jusqu'à déménager à l'autre bout du monde. Il devait remonter le fil du temps, pas le choix. Parce que quelqu'un se prenait aujourd'hui pour un justicier de l'ombre, quelqu'un qui était forcément lié à leur passé à tous. Et si Alexandre parvenait à l'identifier, il s'arrangerait, d'une manière ou d'une autre, pour orienter les flics vers ce type et le faire arrêter avant qu'il ne commette d'autres meurtres... *avant qu'il ne tue ton propre frère jumeau*, ajouta une voix grinçante surgie d'un recoin de son esprit.

Du magma indistinct qui lui servait de mémoire sur cette période, Alexandre avait réussi à extraire quelqu'un. Aucun nom. Aucun visage. Mais une silhouette obèse dont il se souvenait parfaitement. Le meilleur ami de Clara. L'amoureux transi et profondément humilié. Celui-là même qui était venu le trouver à la sortie d'un entraînement et lui avait craché sa haine au visage. Étrange, l'esprit humain, non ? Alex ne se souvenait de rien concernant ce pauvre gars, mais les mots que ce dernier lui avait balancés ce jour-là, eux, étaient remontés à la surface en quelques secondes : « Je ne sais pas comment vous vous y êtes pris, mais je suis sûr que toi et ta bande êtes derrière tout ça ! »

Alexandre se rappelait avoir levé un sourcil aussi narquois que désinvolte. Sa manière à lui de paraître indifférent, alors même que la honte de ce qu'ils avaient fait subir à ce gars le submergeait. Puis, d'une voix qu'il voulait railleuse, il avait rétorqué : « À supposer que tu aies raison, prouve-le donc ! »

Le gros avait secoué la tête avec dégoût. « Tu te prends pour le roi du monde parce que tu m'as volé Clara ? *Bullshit !* En réalité, tu es une merde ! Et retiens bien ceci, sale connard : j'attendrai le temps qu'il faudra, mais je me vengerai de vous tous ! »

Mot pour mot. Puis le gros avait reculé et craché à ses pieds en affichant un mépris absolu. Un mépris qu'Alexandre n'avait jamais essuyé. Un mépris légitime et qui lui était pourtant insupportable. Alors, avant que le gros ne s'éloigne trop, il s'était empressé de le moucher d'un ton fielleux : « Pour ta gouverne, ce n'est pas moi qui t'ai volé ta si précieuse Clara ! Elle est bien trop occupée à se faire tringler par Chaban pour s'intéresser à qui que ce soit d'autre ! »

À en croire l'expression de haine pure sur le visage du gros, cette révélation avait fini d'anéantir toutes ses illusions : avec ou sans Alexandre, Clara préférait aimer ailleurs.

Qu'était devenu ce gars, avec son gros cul, son gros bide, son double menton et sa tronche de premier de la classe ? Était-il le tueur ? Le taré qui signait ses crimes « MPC » ? Clara avait-elle pu lui confier quelque chose sur leur groupe ? Avait-elle évoqué MPC avec lui avant le coup horrible qu'ils lui avaient fait et qui avait mis un terme définitif à leur relation ?

Alexandre en était là de ses réflexions quand un flash surgit dans son esprit : Clara, isolée dans un coin de la cafétéria, en train d'écrire. De s'épandre sur son foutu cahier intime, qu'elle traînait quasiment partout ! Qu'écrivait-elle là-dedans, hein ? Et, surtout, entre quelles mains se trouvait ce cahier aujourd'hui ?

La vibration du téléphone portable sur le verre de la table le surprit, coupant court à ses pensées. D'un geste empressé, Alexandre décrocha.

— Enfin ! J'ai cru que tu n'appellerais jamais !

— Je n'étais pas seul ! se défendit David, d'une voix extrêmement nerveuse. Je ne pouvais pas prendre le risque de te parler avec Denise et Clotilde dans les parages !

— Elles sont sorties, là ?

— Oui. Elles sont allées se promener.

Un silence lourd de tension s'insinua. Puis la voix paniquée de David résonna d'un coup dans l'appareil :

— Alexandre, putain, on fait quoi, maintenant ? Je suis en train de devenir dingue ! Et si... et si ce type... et si j'étais le suivant sur la liste, hein ?!

— Calme-toi, David.

— Que je me calme ?! cria-t-il. Que je me calme ?! Mais je ne suis pas à l'abri à Wellington, moi !

— Justement, David ! Si tu paniques, je ne pourrai pas t'aider, tu comprends ça ? rétorqua Alexandre d'une voix inflexible. J'ai une piste, frérot, OK ? reprit-il avec douceur. Alors, tu te calmes et tu respires. Allez, fais ce que je te dis, maintenant.

Il entendit que son jumeau prenait plusieurs grandes inspirations et laissa filer le temps nécessaire. David avait toujours été vulnérable. Dès leur enfance, il s'était reposé sur lui, c'était ainsi. Et Alexandre en était même arrivé à se demander ce que deviendrait David s'il se décidait à faire le grand saut vers la Nouvelle-Zélande, pays d'origine de Kate. Finalement, il l'avait fait, ce foutu grand saut. Et, étrangement, David était parvenu à trouver un certain équilibre. Mais le revers qu'ils essuyaient aujourd'hui redistribuait les cartes, une nouvelle fois. Comme si les résurgences du passé les assignaient à ceux qu'ils étaient avant. Avant ce jour maudit.

— Ça va mieux ?
— Oui.
— Bien. Écoute-moi, David. Nous devons absolument identifier le tueur et le livrer sur un plateau aux flics. C'est le seul moyen de nous sortir sains et saufs de tout ça.

— Mais j'ai demandé à Valériane, elle n'a pas la moindre idée de l'identité de ce type, bordel !

— Peut-être, mais moi, j'ai une idée. Une idée qui tient la route.

— C'est vrai ? fit David, plein d'espoir.

— Tu te souviens du gros ? L'ami d'enfance de Clara ?

Il y eut un court silence, puis David percuta :

— ... Oui, ça y est ! Oui, oui, je m'en souviens, *forcément*. On lui en a fait baver, ajouta-t-il d'une voix chargée de remords.

— Mmm... Des conneries de jeunes, on ne se rendait pas compte.

— Oh, merde ! Tu crois que c'est lui ? Mais ça n'a... ça n'a aucun sens... je veux dire, vingt ans après ?

— David, il y a une chose que je ne vous ai jamais racontée, soupira Alexandre, parce que, au fond, je n'étais pas très fier.

— Quoi donc ?

— Ce gars, après le truc qu'on lui a fait, il est venu me trouver. Il m'a fixé dans les yeux et il a promis de se venger de nous tous.

David partit d'un petit ricanement nerveux, avant de lancer d'un ton incrédule :

— Putain, mec, tu t'entends ? On était ados ! Ce gars était encore plus jeune que nous ! C'étaient des paroles en l'air, Alex ! Le baroud d'honneur d'un gamin qui venait de subir la honte de sa vie ! Tu ne peux pas prendre au sérieux des menaces qui remontent à vingt ans et...

— MPC, David ! l'interrompit Alexandre. Ça remonte à vingt ans, oui ou non ?

Un silence interdit lui répondit.

— Ce gamin, comme tu dis, on l'a humilié en public. On l'a piétiné. On lui a volé Clara. On l'a saccagé, lui, avec son foutu cœur plein d'amour pour elle. Et, pour couronner le tout, il a juré de se venger. Il te faut quoi, sérieux ?

— Et comment aurait-il su pour MPC ?

— Ce cahier intime à la con que tenait Clara, tu t'en souviens ?

— Oui, souffla David.

— Valériane nous a dit qu'elle ne l'avait pas retrouvé.

David émit une sorte de gémissement indéchiffrable qui alerta Alexandre.

— David ! Ça va ?

— Oui... enfin non... je ne sais pas, bordel ! Tu viens de me dire que ce type détient le cahier, putain ! Tu te rends compte ?!

Son frère lui faisait l'effet d'un récipient bourré de nitroglycérine susceptible d'exploser au moindre mouvement trop vif.

— Calme-toi, David... Respire, OK ? Respire, allez, j'attends.

David finit par obéir, et l'écho de son souffle résonna dans l'appareil. Alexandre laissa donc filer de longues secondes, attentif aux respirations de son frère. Quand il le sentit apaisé, il reprit :

— C'est bien, frérot. Et maintenant, écoute-moi attentivement : même si le gros a le cahier, il ne peut pas savoir ce qui s'est passé le dernier jour. Est-ce que tu comprends ? fit-il d'une voix lente, en détachant chaque mot.

— Oui, je comprends parfaitement.

— Donc, ça ne sert à rien de paniquer, OK ?

— D'accord.

— Ce mec se venge de ce qu'on lui a fait subir. Il signe « MPC » pour nous ramener à cette époque et nous signifier qu'il n'a rien oublié.

— Oui, et, au passage, il nous dit aussi que les rôles sont inversés, commenta David.

— Tu as probablement raison… Quoi qu'il en soit, on doit remonter jusqu'à lui. C'est le seul moyen de nous en sortir.

— Tu ne peux pas hacker le serveur du lycée et trouver la liste des anciens élèves de l'époque ?

— Je l'ai déjà fait, David, figure-toi ! Sauf que 2001, c'était l'époque des dinosaures. J'espérais qu'ils aient scanné leurs archives papier, mais ce n'est pas le cas. Du coup, il faut opérer autrement.

— Je vais en parler à Valériane, d'accord ? Elle doit savoir des choses sur lui. Clara lui en a forcément parlé.

— Si seulement elle se souvenait de son nom, ce serait un bon début ! Je pourrais faire des recherches sur la Toile et récupérer des infos.

— Et si ce type est vraiment un foutu psychopathe de mes deux, hein ? On fait comment pour le dénoncer à la police sans se griller ?

— Chaque chose en son temps, David. D'abord, retrouve-moi l'identité de ce mec.

*
* *

David Schäffer attendit que la respiration de Denise atteste de son profond sommeil pour s'extirper précautionneusement du lit. Il traversa la chambre sur la pointe des pieds, puis se figea sur le seuil et tendit l'oreille. Le souffle de son épouse demeurait constant. Parfait. Il descendit l'escalier à pas de loup et se rendit dans le bureau, où l'attendait son téléphone prépayé. L'horloge digitale affichait 23 h 12, mais, dans son texto, Valériane lui avait répondu qu'il pouvait l'appeler quand il le voulait. Schäffer quitta la pièce, son mobile à la main, et alla jusqu'au garage. Un froid de canard l'y cueillit, mais il préférait de loin cet inconfort au risque que Denise l'entende. Il prit tout de même le temps d'enfiler une vieille parka suspendue à une patère avant d'appuyer sur la touche d'appel. Valériane décrocha à la première sonnerie.

— C'est moi, fit-il en se trouvant un peu idiot de dire ça.

— Oui. Pourquoi tenais-tu tant à me joindre ?

— J'ai eu Alexandre au téléphone, cet après-midi.

David se lança alors dans le récit de son échange avec son frère. Durant tout le temps où il parla, Valériane ne l'interrompit pas. Quand il eut terminé, un long silence lui fit écho.

— Valériane, tu es toujours là ?

— Oui... Je réfléchis, c'est tout, fit-elle nerveusement. Alexandre pense *vraiment* que ce gars pourrait être le coupable ?

— Qui d'autre, sinon ? lui retourna David en essayant de paraître convaincu.

— Mais cette théorie est complètement délirante ! Tu imagines quelqu'un attendre vingt ans pour se venger d'une humiliation remontant au lycée ?

David sentit un énorme poids lui dégringoler sur les épaules. Alexandre l'avait facile ! Planqué à Wellington, il avait beau jeu de tenir des raisonnements ! Mais ce n'était pas lui qui se coltinait la réalité.

— Écoute, Val, si tu trouves ça absurde, tu n'as qu'à le lui dire en direct ! Je t'ai envoyé son numéro de portable, après tout !

Il entendit un soupir de lassitude résonner dans le haut-parleur. Puis il y eut un long silence, et finalement Valériane chuchota :

— Thibault. Il s'appelait Thibault.

— Et son nom de famille ?

— Mais je ne sais pas ! s'énerva-t-elle. Comment veux-tu que je m'en souvienne ?! Je ne suis même pas sûre de l'avoir jamais su !

— Pas la peine de m'agresser, merde !

Pendant qu'il répondait, il entendit un jappement dans l'appareil. Apparemment, Valériane avait un chien.

— Chuuut... tout va bien, Balto, excuse-moi d'avoir crié... Il était en seconde classique, il ne suivait pas une

SAS, ajouta-t-elle à l'intention de David, d'une voix qui trahissait sa tension.

— Il ne risquait pas d'être en SAS, il était obèse, Val !

— Je te disais ça pour te signifier qu'il n'était pas en classe avec Clara et moi, ce qui explique que je n'aie absolument pas son nom en tête, déroula-t-elle avec agacement. Et puis je crois qu'on l'a suffisamment fait morfler à l'époque pour pouvoir s'abstenir de se moquer de lui aujourd'hui !

Un silence glacial rompit l'échange, et David dut prendre sur lui pour ne pas raccrocher.

— Écoute, Valériane, je sais que tu es à cran. Moi aussi, d'accord ? Mais si on perd notre temps à s'agresser mutuellement, on n'y arrivera pas.

Il entendit un sanglot étouffé à l'autre bout du fil, puis le couinement de l'animal.

— Val, s'il te plaît... Je t'en conjure, garde ton calme.

— Je suis totalement dépassée, fit-elle, la voix tremblante. Je vis la peur au ventre. Je n'ai pas dormi plus de deux heures d'affilée depuis que ce taré a cherché à me tuer. Et encore, j'ai enfin obtenu une protection policière !

David serra les dents pour étouffer un gémissement. L'attaque que Valériane avait subie était traumatisante. Mais Alexandre avait raison : s'il laissait ses émotions le dominer, il ne pourrait pas aider Val. Et le seul moyen de lui venir en aide et d'éviter un nouveau crime était d'identifier ce taré au plus vite.

— Je n'ai pas les mots, Val, pour te dire combien je suis désolé de ce que ce fou furieux t'a fait subir... Mais maintenant je suis là, d'accord ? Je ne vais pas te lâcher, tu m'entends ? Toi et moi, on est dans le même bateau.

— Oui, murmura-t-elle, je sais bien.

— Et Alexandre a raison : le meilleur moyen de nous protéger est d'identifier ce Thibault. Parce que, si c'est lui, on s'arrangera pour le balancer aux flics.

— J'ai bien compris, oui. Mais comment faire pour obtenir son nom ? On est coincés, David. Aucun de nous ne peut se rendre à Notre-Dame-de-la-Piété en invoquant je ne sais quel prétexte ! Depuis la mort de Magyd, les gendarmes sont en train d'investiguer là-bas !

David soupira. Valériane n'avait pas tort. La moindre démarche auprès du lycée les exposerait et attirerait sur eux l'attention des enquêteurs.

— Tu n'as gardé aucun lien avec des anciens du lycée ?

— J'ai quitté Notre-Dame à l'issue de la seconde.

Il prit conscience que le groupe qu'ils formaient avait volé en éclats en fin d'année et qu'aucun d'eux ne s'était enquis du sort de Valériane.

— Je l'ignorais, admit-il.

— Mmm... je ne pouvais pas envisager de rester là-bas après ce qu'il s'était passé. Je suis retournée à Pau.

— Et tu as perdu de vue tous les autres ?

— Oui. Et puis quels autres ? demanda-t-elle avec cynisme. Pour moi, il n'y avait que Clara... Clara et vous, ajouta-t-elle, un instant plus tard.

— OK, et tu n'as pas le moindre souvenir qui pourrait nous aider à remonter jusqu'à lui ? Je ne sais pas, moi, où il habitait, par exemple ?

— Attends voir ! s'exclama-t-elle. Clara m'avait dit que Thibault et elle se connaissaient depuis l'enfance, qu'ils étaient voisins et qu'ils avaient fait toute leur scolarité dans les mêmes établissements.

— Et Clara, elle venait d'où ?

— Un petit bled, à côté de Bagnères-de-Bigorre... Perzat ? Non, attends... Pou... Pouzac ! C'est ça, Pouzac... Peut-être qu'on pourrait engager un privé ? enchaîna-t-elle. Un pro qui remonterait la piste du prénommé Thibault, en toute discrétion.

David sentit une vague de soulagement couler en lui. Un détective privé ! Comment n'y avait-il pas pensé ?

— Tu crois qu'un détective peut retrouver la trace de quelqu'un à partir d'un prénom ?

— On n'a pas que le prénom. On a l'année scolaire au lycée Notre-Dame en 2001-2002, ainsi que son lieu de résidence à cette période. Oui, un bon privé y parviendra.

— Tu en connais un ?

— Je... je pense à quelqu'un. Un Bordelais. Je l'appellerai dès demain. C'est un type pugnace et fiable. Je l'ai rencontré dans le cadre d'une affaire de disparition qui datait de dix ans, il travaillait pour la famille. Il a remonté la trace du disparu : l'homme avait été assassiné.

À ces mots, David réalisa de nouveau qu'il ne savait absolument rien de Valériane. Sa vie. Son métier. Interloqué, il demanda :

— Une affaire de meurtre ? Mais tu es policière ?

— Non, David. Je suis médecin légiste, souffla-t-elle avec lassitude. Enfin, j'étais... J'ai arrêté.

— Ah... Et tu fais quoi, maintenant ?

— J'essaie de me réparer.
Un instant fila, puis Valériane ajouta :
— David… est-ce que toi aussi, tu les entends encore ?
Il sentit son ventre se nouer.
— Les hurlements ?
— Quoi d'autre ? murmura-t-elle.
— Oui… oui, je les entends… Je les entendrai jusqu'à ma mort, confessa-t-il avec un filet de voix.

– 23 –

**Pneus crevés, carrosserie rayée,
pare-brise explosé et capot tagué**

Thérèse Magnes était l'archétype de la secrétaire de direction d'un établissement privé. Un air revêche. Une tenue sévère mais impeccable. Un chignon strict de cheveux gris. Un visage invisible phagocyté par le regard acéré qu'elle posait par-dessus ses lunettes en demi-lunes juchées sur le bout de son nez.

— Mesdames, si vous voulez bien me suivre, lança-t-elle en s'engageant dans un couloir, faisant claquer ses talons sur les dalles noires et blanches dans une cadence militaire.

Badenco et Caumont lui emboîtèrent le pas et parvinrent dans une pièce borgne, installée sous le grand et large escalier de la partie administrative du bâtiment.

— Les archives sont conservées dans cet espace, expliqua Thérèse Magnes en ouvrant les bras sur de longs rayonnages de dossiers empoussiérés. Elles sont classées par date, et, pour que vous ne mettiez pas du désordre partout, l'année 2001-2002 est stockée ici même.

Louise hocha la tête en suivant le doigt manucuré de Magnes qui pointait une étagère, puis demanda :

— Rien n'est informatisé ?

— 2001, madame ! L'âge de la disquette ! Là-dedans, fit-elle en désignant un petit carton, sont conservées toutes les disquettes de ladite année scolaire. Fort heureusement pour vous, chaque document provenant du secrétariat était imprimé au fur et à mesure. Initiative personnelle, ajouta-t-elle avec un soupçon de fierté. Je n'avais aucune confiance en ces espèces de trucs en plastique. Bien sûr, aujourd'hui, c'est différent : disques durs de plusieurs gigaoctets, mémoire externe... Peu de choses sont encore matérialisées. À mon humble avis, on y perd puisque n'importe qui peut effacer ou falsifier ce qui lui chante d'un simple clic de souris !

Peut-être, mais la planète s'en porte sûrement mieux, songea Louise. Elle retint néanmoins sa réplique.

— Bon, reprenons. Les pochettes bleues renvoient à la gestion de l'établissement : organigramme général, tableaux d'activité, taux d'occupation, factures, fournisseurs, contrats, bilans financiers, comptes rendus du conseil d'administration, *et cætera*, débita-t-elle sans respirer. Les pochettes vertes sont en lien avec la vie scolaire : rapports d'incidents, listing des classes et emplois du temps, répartition en internat, événements annuels comme la kermesse, les sorties de groupe, la fête de fin d'année, les compétitions sportives, les réunions d'accueil des parents, et j'en passe...

— OK.

— Les pochettes roses sont dédiées aux salariés de l'établissement et les pochettes jaunes, aux élèves, acheva-t-elle. Elles sont classées par ordre alphabétique, cela va de soi. M. Vidal vous a fait aménager un bureau.

Les gendarmes suivirent la secrétaire jusqu'à une pièce située juste en face des archives. Exiguë, elle ne contenait que deux tables et deux chaises qui se faisaient face. Un grand tableau blanc ornait l'un des murs.

— Voilà ! Si vous avez besoin de quoi que ce soit, mon bureau est situé plus haut dans le couloir, mon nom figure sur la porte.

— Un instant, madame Magnes ! l'interpella Louise avant qu'elle ne file.

La secrétaire se figea net, opéra un demi-tour et arbora une expression contrariée.

— Vous travaillez ici depuis combien de temps ?

— Trente-sept ans.

— Waouh ! Mais vous êtes une mémoire institutionnelle vivante ! lança Louise d'un ton enjoué.

Thérèse Magnes lui opposa un regard narquois.

— Que voulez-vous savoir ?

— Valériane Ducuing, ça vous dit quelque chose ?

— M. Vidal m'a bien entendu expliqué les raisons de votre venue. Si je savais quoi que ce soit sur cette ancienne élève, je vous le dirais. Cela nous ferait gagner du temps... à tous, ajouta-t-elle d'un ton pincé.

Badenco, qui suivait l'échange, croisa ostensiblement les bras sous sa poitrine et laissa échapper un soupir agacé. Puis, d'une voix glaciale, elle se décida :

— Et Magyd Ayed ? J'imagine qu'il est passé moins inaperçu ?

— En effet. Il fait… pardon, *faisait* partie des élèves dont notre établissement tire une grande fierté !

— Que pouvez-vous nous dire sur lui ?

La secrétaire s'attendait à cette question et répondit sans la moindre hésitation :

— C'était un jeune homme charmant. Poli. Respectueux du règlement. Excellent élève, ses résultats scolaires et sportifs le prouvent. Je n'ai pas le souvenir qu'il ait fait parler de lui autrement que par ses performances.

Elle marqua un temps d'arrêt, puis fit un léger mouvement d'épaules pour signifier qu'elle n'avait pas grand-chose à ajouter.

— Bien, merci. Nous reviendrons vers vous dès que nous aurons besoin de vos lumières, conclut Louise alors que Badenco s'apprêtait déjà à riposter.

Magnes acquiesça et disparut dans le couloir. Ses talons claquèrent *decrescendo*, puis le bruit d'une porte qu'on ferme résonna.

— Cette femme est un véritable cerbère ! jeta Léa.

— Elle redoute la mauvaise presse, tout comme Vidal. D'une manière ou d'une autre, il faudrait parvenir à s'en faire une alliée.

— Une alliée ? Vous plaisantez ?

— Absolument pas. Magnes peut constituer un véritable atout pour nous. Elle sait beaucoup plus de choses que tout ce qui est écrit là-dedans, fit Louise en braquant ses yeux vers la salle d'archives.

*
* *

Julien Keller quitta la demeure des Ayed avec un arrière-goût amer dans la bouche. Les parents du défunt étaient terrassés. Le chagrin exhalait de chacun de leurs souffles. Magyd était leur fils unique, et leur vie se retrouvait subitement privée de tout sens, de tout espoir, de toute projection. À l'affliction du couple s'ajoutait désormais un mélange de déshonneur et de désillusions : leur fils chéri prenait régulièrement des drogues, consommait assidûment de la pornographie et n'avait que des relations sexuelles tarifées. Leur enfant adoré n'avait plus grand-chose à voir avec l'homme fier et droit qu'ils croyaient connaître. Et lui, Julien Keller, se faisait l'effet d'un sinistre personnage missionné par la Grande Faucheuse pour répandre l'infamie sur des cœurs consumés par la douleur. Il faisait parfois un foutu boulot...

Il monta dans sa voiture et s'empressa de mettre le contact, désireux de s'éloigner au plus vite du champ de ruines qu'il venait de créer. Il roula une dizaine de minutes, traversa Saint-Jean-Pied-de-Port, où il repéra un petit troquet aux couleurs basques, avec sa façade blanche aux colombages peints en vert et son toit de tuiles rouges. Il se gara, entra dans le bistrot et commanda un café allongé. Puis il alla s'asseoir dans un angle, loin du comptoir où une rangée de vieux habitués coiffés d'un béret noir palabraient en basque. Une fois servi, le gendarme sortit son portable de sa poche pour appeler Badenco. Elle décrocha immédiatement et Keller prit grand soin de parler à voix basse. Magyd Ayed était du coin, tout le monde le connaissait, inutile d'en rajouter une louche en intéressant les locaux à l'enquête !

— Bonjour, Léa. C'est Julien.

— Salut. Alors, ton incursion chez les Ayed ?

— Les parents sont dévastés, ça a été très compliqué de les faire parler. Les années lycée de leur fils remontent à vingt ans, et leurs souvenirs de cette époque sont émoussés. Cependant, ils sont formels : la scolarité de Magyd s'est déroulée sans accroc, ils n'ont jamais entendu parler d'une quelconque histoire louche dans laquelle leur fils aurait pu tremper.

— Ils t'ont paru sincères ?

— Honnêtement, oui. Je n'ai vraiment pas eu l'impression qu'ils dissimulaient quoi que ce soit. Bien entendu, je les ai fait parler de la jeunesse de leur fils et j'ai réussi à glaner quelques noms de ses amis de l'époque. Certains sont même venus chez les Ayed, à l'occasion d'anniversaires ou de soirées entre jeunes. Deux d'entre eux, des frères, étaient vraiment très proches de Magyd, à l'époque. J'ai fait une liste, je la prends en photo et je te l'envoie.

— Tu sais ce qu'ils sont devenus ?

— Les deux frères ?

— Oui.

— L'un d'eux vivrait à l'étranger, mais le second serait resté dans le coin. Du côté de Pau. Je vais vérifier ça en fin d'après-midi. Dès que je l'aurai logé, je l'appellerai pour lui fixer un rendez-vous.

— OK. Et Ducuing ?

— Elle ne leur dit absolument rien.

— Super, ironisa Badenco d'un ton grinçant. Quoi d'autre ?

— Eh bien, ils ignoraient tout de la vie dissolue de leur fils et mes révélations ont fait l'effet d'une bombe.

— Je vois, rien de très surprenant. Ils ont tout de même pu t'éclairer sur les fréquentations actuelles de Magyd Ayed ?

— Oui, et là, en revanche, j'ai une flopée de noms ! Étrangement, aucune relation amoureuse. En revanche, une grosse liste d'amis, de relations professionnelles, de copains de salle de sport… Si je veux tous les interroger, j'en ai pour des semaines !

— Tu vas commencer par quoi ?

— Là, je pars à Biarritz, dans les bureaux d'Atlantique Immo, la boîte d'Ayed. Il y passait plus de la moitié de son temps, et je compte interroger sa secrétaire. Tu sais que « secrétaire » signifie « taire le secret » ?

Léa Badenco leva les yeux au ciel avant de répondre :

— Merci bien, Julien, mais je le savais ! Tout le monde sait ça !… Bon, envoie-moi ta liste, ça nous aidera peut-être à cibler nos recherches ici.

*
* *

Badenco s'étira. Elle venait de passer au crible les dossiers scolaires de Ducuing et d'Ayed, sans rien trouver d'intéressant. Les deux élèves affichaient des notes brillantes et des appréciations irréprochables, et aucun événement ne semblait être venu rompre le fil tranquille de leur année scolaire. Louise, de son côté, s'était attaquée au dossier « vie scolaire », une pochette cartonnée comprenant une bonne dizaine de chemises vertes. Sur le tableau blanc aimanté, elle avait tracé deux colonnes : l'une pour Ducuing, l'autre pour Ayed. Chaque colonne contenait le listing des élèves et professeurs de leur classe, l'emploi du temps 2001-2002, la liste des jeunes partageant leur discipline sportive et le plan d'occupation des chambres en internat. Badenco se leva et s'approcha du tableau.

— Rien de probant, je suppose ?

— Pour le moment, j'essaie surtout d'organiser les éléments pour avoir une vue d'ensemble.

Le portable de la jeune gendarme émit un bip, c'était un MMS de Keller.

— Voilà qui va nous donner du grain à moudre. Julien vient de m'envoyer la liste des anciens amis de lycée d'Ayed.

Elle ouvrit le document et lut à haute voix les quelques noms griffonnés par son collègue :

— Myriam Gaudin, Frédéric Feuillard, Alexandre Schäffer, David Schäffer et Aurélie Martin. D'après Julien, les Schäffer étaient les deux meilleurs amis de Magyd Ayed.

— Les frères Schäffer et Aurélie Martin étaient dans la terminale C d'Ayed, fit Louise en stabilotant leurs noms sur un document aimanté au tableau. Feuillard et Gaudin, non... mais je les vois ici, dans l'équipe d'athlétisme. Ils devaient être dans une autre terminale.

— Je sors ces cinq dossiers et je m'y colle, annonça Badenco.

— OK. De mon côté, je me lance dans la lecture des événements indésirables.

Cinq minutes s'écoulèrent avant que Louise ne tressaille et ne commente :

— Eh bien, les jeunes n'ont pas attendu l'avènement des réseaux sociaux pour se harceler ! J'en ai la preuve sous les yeux !

— Dites-moi, demanda machinalement Badenco.

— Le rapport n'est que très peu détaillé, mais, d'après le pion, des images d'un lycéen de seconde à poil ont circulé lors d'une soirée ciné à l'internat. Bref, vous voyez un peu le truc.

— Mmm... En vieillissant, on s'empresse d'oublier la cruauté dont sont capables les ados entre eux. À bien y regarder, les réseaux sociaux ne font aujourd'hui que donner de l'ampleur et de la visibilité à un phénomène qui existe depuis toujours.

Louise approuva d'un mouvement de tête et se remit au travail. La demi-heure suivante se déroula dans un silence studieux à peine rompu par le bruit des pages tournées.

— J'ai fini, déclara-t-elle finalement. Vingt relevés d'incidents sur l'année ; celui de harcèlement mis à part, il s'agit de bagarres, de vols, d'insultes et de dégradations. J'en ai mis quatre de côté pour tenter d'en savoir plus.

— Je vous écoute.

— Quatre cas de graffitis, tous signalés par l'ouvrier d'entretien. Cela étant, aucune des fiches ne mentionne la nature des tags. Donc impossible d'établir une corrélation avec notre fameux sigle !

— Je vois, fit Badenco. Et que comptez-vous faire ?

— Mettre la pression à notre chère amie Thérèse. Pour ces quatre fiches, c'est elle qui a effectué la saisie des données sur les formulaires informatiques, avant de les imprimer.

— Alors, bon courage !

Louise hocha la tête, prit une grande inspiration et disparut dans le couloir d'un pas conquérant, son dossier vert à la main. Parvenue devant la porte marquée « Thérèse Magnes, secrétaire de direction », elle frappa et entra sans attendre qu'on l'invite. La femme était au téléphone. Elle lui décocha un regard noir, puis se décida à abréger son échange, car la malotrue venait de s'asseoir devant elle.

— Écoutez, madame, je travaille, et vous ne pouvez pas débarquer comme…

— Je peux tout, et vous le savez pertinemment, la coupa Louise d'un ton neutre mais ferme. Je peux, dans l'instant, saisir l'ensemble des documents posés sur votre bureau, vous assigner à mes côtés durant les prochaines quarante-huit heures afin que vous m'aidiez à pénétrer les méandres informatiques de l'établissement, vous convoquer dans nos locaux de Bayonne une, deux, dix fois – pourquoi pas ! – si j'ai la conviction que vous me cachez des éléments.

Louise laissa filer deux ou trois secondes, savourant la mine interloquée de Thérèse Magnes.

— Je ne suis pas l'une de vos élèves, madame Magnes. Je suis officier de police judiciaire. Et je peux faire de votre vie et de celle de M. Vidal un véritable enfer. C'est clair ?

À l'évocation du directeur, la secrétaire se crispa de manière perceptible. Oui, Magnes était précisément le genre de secrétaire qui prenait son travail de rempart très au sérieux.

— Ou bien je peux requérir votre aide parce que j'en ai besoin et vous ficher la paix parce que vous m'avez aidée. À vous de voir.

— … J'aime autant vous aider, consentit la secrétaire à voix basse.

— Parfait ! Je savais que nous finirions par nous comprendre.

Louise sortit les quatre fiches du dossier vert, les posa sous le nez de Magnes et attendit. Celle-ci les parcourut, sourcils froncés, et releva la tête en affichant une mine dubitative.

— Vous souvenez-vous de ce qui avait été tagué ?

— Mais vous vous rendez compte de ce que vous me demandez ?! Les graffitis sont hélas assez courants. On doit en faire effacer cinq ou six par an ! Je n'ai aucune idée de ce que représentaient ces quatre tags, d'autant qu'ils remontent à vingt ans !

— L'un d'eux aurait pu retenir votre attention.

— Mon attention ? Si vous tenez vraiment à le savoir, ce sont souvent des insanités, fit-elle en rougissant. Vous comprenez ce que je veux dire ? ajouta-t-elle à voix basse en observant Louise par-dessus ses lunettes.

— Oui, j'imagine. Les hormones travaillent dur à cet âge-là.

Thérèse Magnes vira au cramoisi et se contenta d'approuver, les lèvres pincées. Puis elle prit une petite inspiration et demanda :

— Si vous me disiez précisément ce que vous cherchez, peut-être que, là, je pourrais vous aider ?

— Il s'agit d'un élément de l'enquête qui n'a pas filtré dans la presse.

La secrétaire fit un petit signe de tête entendu, porta son index et son pouce accolés au niveau de sa bouche et mima la fermeture d'un zip. Et Louise fut totalement certaine que Thérèse Magnes ne dirait rien à personne – Vidal mis à part.

— MPC, énonça-t-elle.

Tout à ses souvenirs, Magnes s'appuya sur son dossier, le front plissé. Elle commença à secouer la tête, puis s'arrêta d'un coup. Sa bouche s'entrouvrit. Visiblement, son cerveau venait d'établir une connexion.

— Je ne suis pas sûre à cent pour cent... Avez-vous tous les autres incidents s'étant produits en 2001-2002 ?

— Tenez, fit Louise en lui tendant la chemise.

La secrétaire commença à faire défiler les fiches en humectant son index et s'arrêta bientôt sur l'une d'elles.

— Ah ! C'était bien cette année-là ! triompha-t-elle. 12 décembre 2001.

Louise attrapa le relevé d'incident et hocha la tête. Elle l'avait bien parcouru un quart d'heure plus tôt.

— La voiture d'un prof vandalisée sur le parking du lycée ? Quel rapport avec « MPC » ?

— Ce n'est pas mentionné par écrit, fit Magnes, mais moi, je m'en souviens très bien. Il faut dire qu'on n'a jamais eu pareille dégradation dans l'enceinte du lycée ! On n'est pas dans une vulgaire banlieue du 93, vous comprenez !

— Je vois, mais si vous en veniez aux faits ?

— Je quittais l'établissement, il devait être 18 h 45 et il faisait déjà nuit. Arrivée sur le parking, j'ai découvert la voiture de M. Chaban totalement saccagée. Elle était garée à côté de la mienne. Pneus crevés, carrosserie rayée, pare-brise explosé et capot tagué à la bombe noire.

— Tagué « MPC » ? fit Louise avec excitation.

— Il s'agissait de trois lettres capitales, ça, c'est certain... MPC, oui, oui, il me semble bien que c'était ça.

– 24 –

« Préoccupé », c'est le mot

Après quinze minutes à tourner autour du pâté de maisons, Julien Keller trouva enfin une place à l'angle de l'avenue de Verdun et de la rue Pringle, non loin des locaux biarrots de l'entreprise Atlantique Immo. Le ciel s'était poché de nuages boursoufflés et menaçants, plongeant la ville dans une grisaille cafardeuse. Le gendarme rentra la tête dans les épaules et parcourut à pas vifs les deux cents mètres qui le séparaient des bureaux de feu Ayed. Dès qu'il franchit la porte, une hôtesse d'accueil lui adressa un sourire de bienvenue. Peine perdue, la tension qui planait dans les locaux était palpable. Après le décès du *big boss*, les salariés devaient tous se demander à quelle sauce ils allaient être mangés. Il dégaina sa carte et demanda à rencontrer la secrétaire du patron.

Une jeune femme fit son apparition quelques secondes plus tard. La petite trentaine, grande et élancée, une cascade de cheveux clairs encadrant un visage fin et gracieux, Lise Carayon était vraiment jolie. Keller la suivit jusqu'à son bureau et se lança dans un long interrogatoire. Il balaya large, s'intéressa à la personnalité de son patron, à ses relations familiales, personnelles et professionnelles... La secrétaire lui dépeignit un homme dynamique et entreprenant. Elle évoqua son côté séducteur, parfois agaçant, mais jamais outrancier. Non, elle ne lui connaissait pas de relation amoureuse stable et n'ignorait pas non plus qu'il fréquentait des call-girls – Ayed ne s'en cachait guère. Pour finir, malgré des abords un peu abrupts, son boss se révélait être un homme de confiance, loyal, respectant la parole donnée. Keller acheva sa prise de notes avec le sentiment de n'avoir guère avancé.

— OK, une dernière question et je vous libère. Avez-vous noté quoi que ce soit d'inhabituel dans les jours qui ont précédé la mort de votre patron ?

Une ombre passa sur le visage de la secrétaire, qui marqua un temps, puis répondit :

— Je me rappelle avoir pensé que M. Ayed n'était pas vraiment comme d'habitude.

— Oui ?

— Il était toujours d'une humeur égale et positive : énergique, enjoué, prêt à en découdre. Pourtant, la semaine avant sa mort, je me souviens l'avoir trouvé plus renfermé et nerveux, moins blagueur... « Préoccupé », c'est le mot.

Keller sentit qu'il tenait quelque chose et encouragea Lise Carayon à poursuivre :

— Une raison à cela ?

— Je ne sais pas.

— Un contrat important ? Des enjeux pour l'entreprise ?

— Non. Enfin, rien de très différent des affaires habituelles.
— Une dispute, peut-être ?
Elle fit « non » de la tête.
— Un échange téléphonique ou un mail sortant de l'ordinaire ?
— Non. Je...
Elle s'interrompit d'un coup, se souvenant de quelque chose.
— Il y a eu ce courrier étrange !
— Quel courrier ?
— Eh bien, une lettre qui lui était adressée, ici, au bureau, mais portant le sceau « confidentiel ».
— Vous l'avez ouverte ?
— Bien sûr que non ! Je la lui ai remise à son arrivée, fit-elle en activant sa souris. Voilà, c'est ici ! s'exclama-t-elle, un instant plus tard. La fameuse lettre nous est parvenue en date du mardi 19 octobre... Exact, j'avais posé mon mardi après-midi, et je me rappelle m'être demandé, le mercredi matin, si quelque chose s'était mal passé en mon absence, parce que M. Ayed était vraiment nerveux lorsque j'ai repris mon poste.
— Je vois. Et cette lettre, vous avez une idée d'où votre patron a pu la ranger ?
— On peut aller voir dans son bureau si vous voulez ?
Keller acquiesça et emboîta le pas à la secrétaire, qui venait d'attraper un trousseau de clefs dans l'un de ses tiroirs. Au passage, il demanda à une autre salariée de venir en tant que second témoin de la fouille. Ils s'enfoncèrent dans le couloir, et Lise Carayon déverrouilla une porte en verre dépoli donnant sur une vaste pièce claire, fonctionnelle et chaleureuse.

— Laissez-moi faire, s'il vous plaît, ordonna Keller en enfilant une paire de gants.

Il entreprit alors une fouille assidue de la pièce, se faisant ouvrir un à un les tiroirs du bureau, mais ne trouva aucune trace de la missive. Il vérifia également parmi les papiers froissés qui traînaient au fond de la corbeille, mais aucun d'eux ne semblait correspondre à la mystérieuse lettre. Finalement, le gendarme se laissa choir dans le grand fauteuil et, d'un ton désabusé, conclut :

— Aucune lettre. Il a dû s'en débarrasser.

Lise Carayon, qui se tenait dans l'embrasure de la porte, à côté de sa collègue, hasarda :

— Et son attaché-case ? Vous avez regardé dedans ?

Keller plissa les yeux. Il avait été présent sur l'ensemble des lieux perquisitionnés et aucun attaché-case ne lui revenait en mémoire.

— Quel attaché-case ? On a fouillé le domicile, la chambre d'hôtel, sa voiture et maintenant le bureau, et…

— Sa voiture ? Laquelle ?

Le gendarme lui jeta un œil ahuri.

— Comment ça ?! Il en a plusieurs ?

— Deux. Son coupé sport, qu'il prenait pour sortir le soir ou partir en vacances. Et son quatre-quatre, un véhicule moins tape-à-l'œil, plus conventionnel, qu'il utilisait plutôt dans le cadre du travail. Il doit être garé au sous-sol de l'immeuble, puisque la clef est accrochée ici, conclut-elle en désignant une réglette à pitons fixée au mur.

*
* *

Le gendarme remonta au pas de course la rampe piétonne du parking souterrain et, parvenu à l'extérieur, s'empressa d'appuyer sur la touche d'appel. Quatre sonneries résonnèrent avant que Badenco décroche :
— Julien ?
— J'ai un élément !
— Je t'écoute.
Le gendarme lui fit un résumé de son échange avec Lise Carayon, puis conclut :
— Bilan, j'ai mis la main sur la fameuse lettre ! Elle était dans l'attaché-case d'Ayed, posé sur la banquette arrière du quatre-quatre.
— Vas-y, balance, il dit quoi, ce courrier ?
— « Vidéo 36. RDV jeudi 21 octobre, 21 heures. » Après, il y a deux séries de chiffres qui doivent indiquer la latitude et la longitude du lieu de rencontre.
— Sérieux ?
— Comme je te le dis.
— Tu as rentré les chiffres pour une géolocalisation ?
— Non, mais je vais le faire de ce pas.
— OK, et ce truc, là, « vidéo 36 », ça renvoie à quoi ?
— Aucune idée. La secrétaire a botté en touche, et je suis sûr qu'elle ne sait pas de quoi il retourne.
Badenco souffla dans le combiné :
— Ayed trafiquait des vidéos, ou quoi ? Ou on le faisait chanter ?

— Je ne sais pas, Léa. En tout cas, Lise Carayon est formelle, elle n'avait jamais repéré ce genre de courrier avant.

— Bon, il faut faire procéder à un examen scientifique de la lettre : relevé d'empreintes et traces ADN.

— Entendu. Et vous, alors ? Du nouveau sur le prof qui s'est fait casser sa voiture ?

— Caumont est sur le coup. Elle doit me tenir au jus dès qu'elle a du nouveau.

Il allait raccrocher quand la voix de sa supérieure jeta à la hâte :

— Au fait, Julien, bravo, bon boulot !

Il ouvrit la bouche pour répondre, mais la tonalité fut rompue. C'était du Léa tout craché ! Faire un compliment était tellement peu conforme à sa nature qu'elle ne pouvait s'empêcher de vous raccrocher au nez juste après. Le gendarme haussa les épaules. Il s'en foutait. Il ne bossait pas pour lui plaire. Et puis, au fond, elle lui avait quand même adressé un compliment...

– 25 –

Vingt ans plus tôt : mi-novembre 2001

L'air est frais, mais un soleil franc illumine les bois et, perçant entre les arbres, la lumière se répand au sol en un puzzle désordonné de clairs-obscurs. Adossée à un vieux chêne centenaire, Clara tente d'ignorer la brûlure du regard d'Alexandre, qui l'observe à la dérobée. *Foutu magnétisme*, songe-t-elle. Son corps est un traître, gorgé d'un désir qu'elle ne parvient pas à juguler malgré toute l'énergie qu'elle dépense en nageant. Dès qu'elle croise Alex, son corps devient complètement fou. Indomptable. C'est horrible. Elle a toujours cru que seuls les garçons étaient soumis à ce genre de pulsions. Elle découvre que non. Que le corps des filles peut aussi être submergé d'une putain d'envie animale de baiser. Jamais, jamais avant lui, elle n'a ressenti ça. Ces ondes, là, qui électrisent la chair, font frémir le bas-ventre et n'en finissent jamais de vibrer. Merde, alors. Elle n'est vraiment pas certaine qu'elle pourra résister. Tiens, si elle s'écoutait, là, tout de suite, elle lui sauterait dessus, et… et, bordel, ce serait foutrement bon !

— Bon, elle fait quoi, Valériane ? lance Magyd avec agacement. On poireaute depuis vingt minutes !

— Elle ne va pas tarder ! Elle…

Alertée par le sifflement des freins d'un vélo, Clara s'interrompt.

— Psst ! Ici, derrière les arbres !

Des craquements de branches et des bruits de pas s'élèvent, puis Valériane apparaît dans la petite trouée où se tient le groupe.

— Désolée ! Mme Dupain ne voulait pas me lâcher !

— Ah, Mme Dupain ! J'ai fantasmé sur elle durant toute mon année de seconde ! fait Magyd en portant la main à son entrejambe. Trop, trop bandante, cette prof ! Je serais prêt à réciter du Verlaine en la prenant en levrette.

— Elle apprécierait au moins Verlaine ! se moque Clara.

— *Elle apprécierait au moins Verlaine*, répète-t-il en la singeant. Tu ne sais même pas de quoi tu parles ! Y a encore aucun mec qui t'a fait couiner, toi ! Mais si tu veux, je peux arranger ça, hein ?

— Plutôt crever ! lui retourne Clara en brandissant son majeur tendu.

— Tu as peur du grand méchant loup ?

— Non. J'ai du goût, c'est tout, sale tronche de cake !

— Pour ta gouverne, sache qu'en levrette personne ne voit la tronche de personne, la provoque-t-il d'une voix langoureuse en se plaquant contre elle. Allez, Clara, vas-y, retourne-toi, qu'on en finisse, je sais que tu en meurs d'envie.

— Putain, mais barre-toi, sale con !

— Hé, Magyd, c'est bon, arrête ! intervient Alexandre en le tirant en arrière.

Magyd proteste pour la forme, mais finit par s'éloigner.

— Bon, Valériane, tu as bien planqué ton vélo avec les nôtres ? demande Alexandre.

— Oui, on ne voit rien depuis la route.

— Parfait ! Parce que Amestoy est un vrai con, il a chopé des élèves sur sa propriété, il y a deux ans, et il est allé se plaindre à Vidal !

— Amestoy est le fermier qui livre Notre-Dame en fromages de chèvre et de brebis, précise David. Vous avez déjà dû le voir, c'est le balaise avec son béret et son éternelle *gaulgo* fixée à la bouche. Il conduit une Ford Escort bordeaux toute pourrie.

— Ah, oui ! s'exclament les filles.

— Il a la tête de l'emploi, ajoute Clara.

— Ouais, mais ses fromages sont à tomber.

— Bon, allez, on bouge ! La grange est là, juste derrière le bois, explique Alexandre. On l'aperçoit depuis la route parce que le terrain est dégagé. Le seul moyen d'y accéder sans se faire voir, c'est par ici. Suivez-moi !

Il zigzague entre les troncs, contourne un roncier et des entrelacs d'arbustes, et débouche devant un vieil abreuvoir en pierre inutilisé, vu l'eau croupie qui sommeille au fond.

— Regardez. C'est le dos de la grange.

Un vieux mur en pierres sèches, gagné par la végétation, se dresse derrière un rideau d'arbres. Un fenestron se découpe en haut de la paroi. En s'aidant des branches, Alexandre escalade le mur en quelques secondes. Les autres l'imitent.

— Alors, on n'est pas mieux, ici ?! s'exclame-t-il une fois que tout le monde est passé par l'ouverture.

Puis il se laisse tomber sur ce qui reste d'une vieille meule de foin échevelée.

— Et si Amestoy se pointe ? demande Valériane.

— Aucun risque, cette grange lui sert de dépotoir ! fait Magyd en pointant le rez-de-chaussée, au bas d'une échelle vermoulue. Amestoy a fait construire des bâtiments modernes pour les bestiaux et le foin de l'autre côté de la propriété, tout près de sa ferme.

Clara jette un regard en bas. Un tracteur Ferguson hors d'âge est garé devant la grande porte ouverte aux quatre vents. Derrière lui s'entassent anarchiquement gravats, vieux outils, machines cassées, bidons rouillés et bric-à-brac indistinct. Elle s'écarte du vide, puis, en quelques bonds, elle grimpe au sommet des meules de foin oubliées là, soulevant derrière elle une poussière irritante. Une autre ouverture, guère plus grande que celle qui leur a permis d'entrer, se découpe sur un autre mur, offrant une vue sur la vaste prairie de l'éleveur.

— Perso, je trouve que c'est parfait ! s'écrie-t-elle. Je proclame donc que ce grenier à foin sera notre QG !

— Si *madame* proclame, alors…, lui retourne Magyd, avec agacement.

— Madame t'emmerde, Magyd !

— Allez, c'est bon, vous êtes vraiment hyper lourds, tous les deux !

Un ange passe, puis Alexandre relance :

— Bon, je vous signale qu'on a entraînement dans deux heures ! Alors, on se la fait ou pas, cette vidéo ?

— Oh, que oui ! répond Magyd. Vous allez être morts de rire, c'est moi qui tenais la caméra, David a assuré comme une bête ! Vas-y, fais péter le film, poto.

Le groupe se masse derrière le Panasonic que tient David. Clara prend grand soin de se poster le plus loin possible d'Alexandre. Un simple contact menacerait de la faire chavirer.

— Action !

Les images apparaissent, floues, mal cadrées. Puis Magyd opère une mise au point, et la porte d'une des chambres de l'internat apparaît sur le petit écran. « Vas-y, mec ! Alex est en train de baratiner Duclos, c'est le moment ou jamais ! » chuchote Magyd. La main de David se pose sur la poignée, et la porte s'ouvre lentement. La chambre de Cédric Duclos, un connard de terminale, profil gros fayot, est plongée dans la pénombre. « Putain, ça schlingue ! » commente David en tournant la tête vers la caméra. « Grave, ouais ! lui retourne Magyd. Ça pue la chaussette sale et… le vieux sperme ! Je suis sûr que le mec se branle toutes les nuits et qu'il n'a pas changé les draps depuis la rentrée ! » Les deux garçons sont pris d'un fou rire, le caméscope oscille pendant que le micro enregistre leurs ricanements étouffés.

Puis la caméra s'avance, filmant David qui vient de pointer un sac de sport posé sur le lit. D'un geste lent, il fait glisser la fermeture Éclair, écarte les pans du sac et en sort une petite bouteille de boisson énergisante de couleur orangée. Il en dévisse le bouchon et avale la moitié de la bouteille. Puis il extrait son pénis de son jogging et, d'un geste rendu imprécis à cause d'une authentique crise de rire, parvient à placer son sexe à l'entrée de l'orifice. Magyd se marre aussi, parce qu'on entend ses gloussements nerveux et que la caméra ne cesse de bouger.

Assis dans le foin, les cinq spectateurs sont pliés en deux.

Finalement, malgré les soubresauts qui le secouent, David pisse dans la bouteille. Lorsqu'elle est pleine, il la referme soigneusement et la replace dans le sac. « Putain, je m'en suis foutu plein le jogging ! » chuchote-t-il entre deux irrépressibles pouffements. On entend Magyd gémir pour contenir la cascade de rires qui menace de lui échapper tandis que la caméra plonge en tremblant au niveau de l'entrejambe de David. Mais la pénombre de la pièce ne permet pas de distinguer l'humidité sur le pantalon foncé. « Allez, on se casse, Magyd ! » Puis l'écran devient noir.

Clara se laisse basculer en arrière, les mains sur ses abdos, douloureux à force de se bidonner. Magyd, lui, se lève et se tape les cuisses. Il a les larmes aux yeux et pousse des hennissements débridés qui alimentent l'hilarité générale. Au bout de deux bonnes minutes, l'excitation commence à retomber, et seuls quelques « pfiou » de soulagement s'élèvent encore de temps en temps.

— Oh, putain, la barre ! commente Alexandre en s'essuyant les yeux. Ça faisait des plombes que je n'avais pas ri comme ça... Quand j'y pense, bordel, pour Duclos, c'est vraiment la lose !

— La méga lose, ouais, tu veux dire ! lance Clara. Je t'en supplie, David, dis-moi qu'il a bu ta pisse !

— Eh bien, justement, regardez un peu ça !

— Sérieux ?

— Ouais, sérieux ! Allez, venez là !

De nouveau, tous se rassemblent derrière le caméscope. L'enregistrement se déroule en début d'entraînement, juste après les longueurs d'échauffement. David est derrière la caméra et filme les nageurs qui effectuent leur chrono.

— Regardez ici, fait-il en pointant le bord de l'image.

Dans le champ de la caméra apparaît une partie des gradins, où est assis Duclos. Le gars a une serviette nouée autour de la taille et une autre posée sur les épaules. Il fixe ses pieds, concentré sur son passage à venir, et échauffe sa nuque en faisant des cercles de la tête. Soudain, il se penche vers son sac et en sort sa bouteille. Il bascule la tête en arrière, s'envoie une longue gorgée et réitère sa sale manie de faire tourner la boisson dans sa bouche comme on le fait pour se rincer les dents. Clara ouvre deux grands yeux ébahis au moment même où le visage de Duclos se fige dans une expression de désagréable surprise.

— Non ! s'écrie-t-elle.

Là, le type se lève, la surprise fait manifestement place à un dégoût profond, et un majestueux haut-le-cœur le prend, lui faisant recracher la boisson ainsi qu'une sorte d'infâme bouillie rougeâtre.

— On avait eu... chi... chili... à la cantine ! braille Magyd, mort de rire.

Nouvelle hilarité générale. Et celle-là dure un très long moment.

Le calme est revenu. Clara est allongée et, à travers un fenestron, fixe le ciel d'un bleu parfait ; ses pensées vagabondent. La vie, quand on a quinze ans, est un véritable enfer. Du style, t'es coincée dans un hall de gare fermé à clef et t'es condamnée à regarder passer les trains ! Tu parles d'un carcan. L'ennui mortel... T'es au bord de la vie, en fait... Comme un voyageur sans bagage et sans destination qui attend en bavant qu'on lui ouvre une putain de porte vers les quais. Bon, si elle est vraiment honnête, elle est totalement flippée en pensant au jour où la fameuse *putain de porte* va s'ouvrir. Après dix-huit ans de rétention, elle va devoir choisir un train ! Trouver sa voie – comme disent les vieux. Super ! Genre, petite erreur d'aiguillage et tu te retrouves à Pourri-Land jusqu'à la fin de tes jours !

Elle ferme les yeux. Elle a peur de Pourri-Land. Alors elle fait un vœu : tout au long de sa vie, elle veut vibrer, ressentir, trembler, être traversée par des milliers d'émotions, frissonner, sentir l'adrénaline couler en elle. Aimer. Aimer passionnément ! *Comme Thibault t'aime ?* Elle sent un léger malaise s'insinuer en elle. C'est tout juste si elle trouve cinq minutes à lui consacrer par-ci, par-là. *T'es vraiment dégueulasse, Clara.* Mais cette petite voix la récriminant depuis la rentrée est de moins en moins audible. Elle n'est pas amoureuse de Thib, elle ne peut tout de même pas se le reprocher ! Et puis c'est *normal*, non, de nouer d'autres relations ? Clara laisse échapper un long soupir. *D'autres relations, merci bien.* Pourquoi a-t-il fallu qu'elle tombe raide dingue d'Alex ? Le seul mec à la ronde à qui elle ne doit surtout pas succomber.

— À quoi tu penses ? lui murmure-t-il soudain en s'allongeant à ses côtés, tout près, trop près.

Il a tourné sa tête vers elle. Son souffle sent la menthe. Et ses lèvres, ses putains de lèvres, sont juste une putain d'invitation à un putain de baiser ! Une vague incontrôlable de désir la submerge, et Clara doit lutter de toutes ses forces pour résister à la féroce envie de l'embrasser.

— À tout sauf à toi !

Son regard la pénètre et la brûle. Alors, elle riposte :

— À Chaban, si tu veux tout savoir ! Il est juste trop... trop canon ! Bon, on fait le chapeau ? lance-t-elle en se levant.

— *Yes !* Et cette fois-ci, j'espère bien gagner ! réagit Magyd.

Clara observe Alexandre à la dérobée. Il essaie de faire bonne figure, mais elle a réussi à le piquer. *Alex : 0, Clara : 1*, pense-t-elle. Ils se rassemblent en cercle. Chacun, à tour de rôle, montre la feuille sur laquelle il a écrit son nom, la roule en boule et la place dans le chapeau que Valériane a sorti de son sac. Cinq prénoms, cinq boules de papier. Aujourd'hui, c'est au tour de David d'effectuer le tirage, puisqu'il a relevé son défi. L'ado s'amuse à faire rouler les boules de papier dans leur réceptacle, puis jette un œil à ses camarades.

— Bon, je propose que la référence soit... ma basket, fait-il en se déchaussant. Ça vous va ?

— Ça marche.

David balance sa chaussure à quelques mètres, puis opère un mouvement de bras ample et rapide, libérant les boules, qui s'élèvent en l'air avant de retomber près de sa basket. Sous l'œil attentif de ses camarades, il désigne la plus proche.

Ses camarades approuvent, et David la ramasse. Une onde électrique semble ondoyer dans l'air pendant que le garçon défroisse le papier. Un sourire se forme au coin de sa bouche, et il montre le prénom écrit en lettres capitales : « CLARA ». Magyd râle, puis un silence solennel s'installe. Clara jubile. Elle en avait parlé avec Valériane : si elle était désignée, elle devrait défier n'importe qui, sauf Alex. Manière, encore une fois, de ne pas lui accorder l'importance qu'il voudrait avoir. Elle fait mine d'hésiter, les fixe tous tour à tour, puis se décide :

— OK. En tant qu'élue, je défie… Magyd !
— Évidemment ! grogne-t-il.
— Ben, ouais, mon gars, tu y réfléchiras à deux fois avant de venir coller ta bite contre moi ! Du coup, je vais rester dans le thème !

Il lui décoche un regard par en dessous, et elle y lit parfaitement l'avertissement qu'il est en train de lui lancer : « Attention, réfléchis bien à ce que tu vas me demander, sinon… »

Sinon quoi ? C'est le jeu, non ?

Clara hésite un quart de seconde mais n'y résiste pas ! C'est la première fois qu'elle est en position de décider, et elle compte bien hausser le niveau de jeu. Elle plante ses yeux dans ceux de Magyd et balance :

— Comme tu prétends être un as de la levrette, je te mets au défi de nous rapporter la preuve en images de ta maîtrise de l'exercice ! Et, autant te le dire, on a plutôt intérêt à entendre *couiner* ta partenaire !

— Quoi ?! finit-il par réagir alors qu'Alexandre, David et Valériane éclatent d'un rire goguenard. Tu rigoles, là, hein ?

— J'en ai l'air ?

— Mais, putain, Clara, tu as pété les plombs, ou quoi ?! s'indigne-t-il.

— Ben quoi ? Tu connais les règles, Magyd ! Soit tu relèves le défi, soit tu quittes le groupe… C'est simple.

— Je te promets que tu vas le regretter, Clara !

— Estime-toi heureux, je te laisse l'embarras du choix. Si tu n'arrives pas à emballer Mme Dupain, tu pourras toujours te rabattre sur ta pupille, tu sais, la boutonneuse aux dents de traviole ? Mais c'est sans importance puisque tu ne verras pas sa tête, hein ? achève-t-elle, triomphante.

Magyd a du mal à y croire. Ses potes le chambrent : « T'as que de la gueule, ou quoi ? » ; « Montre-lui que t'es un expert du Kama Sutra » ; « Allez, admets-le, mon pote, t'as peur qu'on voie que t'as une toute petite bite ! » Finalement, Magyd se redresse et bombe le torse.

— OK, file-moi la caméra, David. Je prends… Mais je t'avertis, Clara, prie pour que je ne sois jamais désigné, parce que, dans le cas contraire, tu vas amèrement regretter ton défi de merde !

– 26 –

J'ai vécu les heures
les plus douloureuses de ma vie

Louise fixait le bitume d'un regard absent. La bruine et la brume recouvraient le piémont d'une épaisse fumerole qui engloutissait les lointains sommets et anéantissait toute perspective. *À l'image de cette enquête*, se dit la gendarme, accablée par l'étrange sentiment d'être en pilotage automatique. Le sigle « MPC » était bien apparu dans la déposition recueillie par les gendarmes hendayais ayant enquêté sur la voiture vandalisée du prof. Une piste s'ouvrait donc, et Louise aurait dû s'en réjouir. Pourtant, un étrange sentiment de gêne refusait de la lâcher depuis son lever. *Qu'est-ce qui ne va pas, ma vieille ?* finit-elle par se demander. Elle s'obligea à réfléchir, et une évidence s'imposa d'un coup : vision tubulaire.

— Qu'est-ce que vous dites ? l'interrogea Léa Badenco en quittant un instant la route des yeux.

Louise réalisa qu'elle venait de parler à haute voix.

— Je pensais à nos investigations et à ce malaise qui me poursuit depuis mon réveil, ce matin. J'essaie de comprendre d'où il vient.

— J'ai entendu le mot « tubulaire », la relança Badenco, comme Louise s'était tue.

— Oui, vous avez bien entendu. J'ai le sentiment de regarder les faits à travers un tube.

— Pas de vue d'ensemble, c'est ça ?

— Exactement. Les éléments s'enchaînent, et nous empruntons la voie qu'ils nous ouvrent, *à l'aveugle*, appuya-t-elle.

La jeune gendarme tourna un instant la tête. Elle plissa le front dans une expression plus désapprobatrice qu'évaluative et rétorqua :

— C'est le principe même d'une enquête. Nous suivons une piste pour voir où elle nous conduit, où est le problème ? En plus, vous dites cela alors que nous venons d'établir une connexion entre la signature du tueur et le tag sur le pare-brise de ce prof ! J'avoue ne pas vous comprendre !

Louise laissa échapper un soupir.

— Léa, ne le prenez pas mal, mais j'ai de la bouteille dans le métier, et je n'ai pas l'habitude d'avancer sans savoir ce que je cherche…

Au moment même où les mots franchissaient la barrière de sa bouche, Louise prit conscience de son indélicatesse. Sa collègue et elle avaient péniblement rangé les armes pour trouver un terrain d'entente professionnel, et voilà que, en quelques mots, elle rouvrait les hostilités ! Elle jeta un œil oblique vers la conductrice et comprit qu'elle avait, hélas, de bonnes raisons de se mordre les doigts. Avec son regard intransigeant et son casque de cheveux très courts qui accentuait les angles de son visage, Badenco arborait une mine sévère et réfrigérante. Comme Violaine lui manquait !

— Pas de problème, trancha Badenco d'un ton glacial. Vos propos ont le mérite d'être clairs ! Mais, si vous me le permettez, j'entends poursuivre l'enquête avec des méthodes d'investigation éprouvées, plutôt que de prêter l'oreille aux atermoiements confus d'une coéquipière qui se réfugie derrière son expérience pour masquer son manque d'arguments !

Prends-toi ça dans les dents, ma cocotte ! En même temps, tu ne l'as pas volé... Louise se rencogna dans son siège et s'astreignit au silence. Elle avait fait suffisamment de dégâts pour aujourd'hui. Le reste du trajet se déroula donc dans un silence tout aussi parfait que lourd de tension, et Louise accueillit avec soulagement la vision du panneau de sortie « Capvern ». Dans moins de dix minutes, elles seraient chez Chaban et, avec un peu de chance, sa déclaration les aiderait à développer une vue d'ensemble.

*
* *

Vestige des années 1970, la maison de l'ancien préparateur physique consistait en un cube chapeauté d'un toit à une seule pente. Les murs étaient habillés de demi-cercles enchâssés qui faisaient comme un manteau de vieilles écailles défraîchies. Postée en retrait de la départementale, la baraque disposait d'un grand jardin, et à en croire la balançoire et les vélos posés contre le mur à côté de l'entrée, Chaban avait des enfants.

Louise attrapa sa sacoche sur la banquette arrière et ferma la voiture pendant que Badenco poussait le portillon. Un chemin de pierres plates – puzzle multicolore sur un lit de ciment gris – conduisit les gendarmes jusqu'à l'entrée. Badenco prit les devants et frappa énergiquement. Quelques secondes plus tard, un quadragénaire apparut. Allure sportive, crâne rasé de près, visage harmonieux et avenant, physique avantageux. Il était plutôt bel homme.

— Monsieur Chaban ?

— Lui-même. Je suppose que c'est vous qui m'avez appelé, hier ?

— Oui, major Léa Badenco et major Louise Caumont.

Chaban s'écarta pour les inviter à entrer. L'intérieur était décoré de meubles foncés en bois exotique, de tentures, tapis et coussins aux motifs tribaux et aux couleurs chaudes, et de masques africains. Leur hôte les installa côté salon où un immense canapé d'angle affaissé épousait la longueur de deux murs. Des revues du *National Geographic* traînaient çà et là, et quelques piles de livres écornés s'empoussiéraient sur des étagères en désordre ou à même le sol. Oublié sur la table basse, un bas de pyjama d'enfant ajoutait au fouillis ambiant.

— Café ? Thé ?

Les deux gendarmes optèrent pour un café. Pendant que leur hôte s'affairait côté cuisine, Louise détailla une grande photo d'un couple en noir et blanc qui trônait sur un des murs. On y voyait Chaban alors assez jeune – vingt-cinq, trente ans maximum – en compagnie d'une jolie femme pétillante. Tous deux posaient en pied, vêtus de bermudas, tee-shirts et chaussures de randonnée. On distinguait à l'arrière-plan une impressionnante chaîne de montagnes. Une nouvelle fois, la gendarme nota que le prof ne manquait pas de charme. Une chevelure de boucles claires indisciplinées encadrait à l'époque son visage souriant, et une barbe naissante complétait ses allures de baroudeur sportif.

— Voilà, fit-il en déposant un plateau sur la table basse. (Au passage, il attrapa le bas de pyjama et le lança vers un angle du canapé.) Je vous écoute.

Louise ouvrit la bouche, mais Badenco la devança d'un quart de seconde :

— Comme vous l'a expliqué ma collègue hier, nous souhaitons revenir sur votre passage à Notre-Dame-de-la-Piété, notamment sur la dégradation de votre voiture. Que pouvez-vous nous dire sur cet événement ?

L'homme eut une moue dubitative.

— Pas grand-chose, à dire vrai ! Ma vieille Peugeot 205 a été saccagée sur le parking du lycée. J'ai déclaré l'incident au directeur et je suis allé porter plainte. Les gendarmes d'Hendaye ont conduit une enquête pour la forme, enfin, je veux dire... (il rougit) ça n'a rien donné. Il n'y avait pas de témoin, et les enquêteurs n'allaient pas non plus auditionner tous les élèves du lycée, je peux le comprendre.

— Vous-même n'avez jamais soupçonné quiconque ? Un ou des élèves qui auraient voulu vous porter atteinte ?

L'homme parut surpris et secoua la tête.

— Non, franchement, ça ressemblait plutôt à du vandalisme gratuit. Je ne l'ai pas pris pour moi.

— D'accord. Et, parmi les élèves, certains s'étaient-ils déjà illustrés par des faits de petite délinquance ?

— Je ne crois pas, répondit Chaban, amusé. Notre-Dame-de-la-Piété n'était pas vraiment le genre d'établissement à accueillir des jeunes à problème.

— Pourtant votre voiture a bien été vandalisée.

— Oui, c'est vrai. Mais je n'ai jamais dit que les lycéens étaient des petits anges ! À l'adolescence, certains dérapages peuvent se produire... des bêtises, plus ou moins préjudiciables, mais qui demeurent des incidents isolés.

Badenco acquiesça et choisit un nouvel angle d'attaque :

— Dans la déposition que vous avez faite à l'époque, vous avez mentionné que votre véhicule avait été tagué du sigle « MPC ». Ces lettres ne vous évoquent rien ?

— Je me suis posé cette question, vous imaginez bien, mais je n'ai jamais établi aucun lien avec les élèves. Évidemment, depuis votre appel, je n'arrête pas d'y repenser, mais ces trois lettres ne me disent vraiment rien.

Chaban marqua un temps d'arrêt, légèrement hésitant, puis se lança :

— Dites-moi... pourquoi vous intéressez-vous à cette vieille histoire ?

— Désolée, monsieur, mais nous ne pouvons pas vous répondre.

Louise se racla alors la gorge et décida de sortir de l'ombre :

— Est-ce que le nom de Magyd Ayed vous dit quelque chose ?

— Magyd Ayed, oui, bien sûr ! Il a quand même fini champion olympique !

— D'accord, et, durant votre année au lycée privé, êtes-vous intervenu directement auprès de ce jeune ?

— Oui. En fait, en 2001, je sortais de STAPS et je préparais le CAPES. Notre-Dame-de-la-Piété recrutait pour un remplacement d'un an, et j'ai posé ma candidature car ce job constituait une opportunité. J'ai été embauché en qualité de préparateur sportif, titre plutôt ronflant, puisque l'essentiel de mon travail consistait à assister les entraîneurs en proposant des sessions d'échauffement et de renforcement musculaire ciblé… Bref, j'étais sur un poste transversal et j'intervenais dans les disciplines sportives phares du lycée, dont la section athlétisme que suivait Magyd.

— Que pouvez-vous nous dire sur lui ?

— Pff… C'est assez loin, vous savez… Disons que je me souviens d'un jeune assez vif, fonceur, au caractère bien trempé. Il affichait facilement de grands airs frondeurs. Il avait tendance à bomber le torse pour un oui ou pour un non et il n'était pas toujours facile à discipliner. Cependant, c'était une véritable graine de champion. Vous savez, dans le domaine du sport de haut niveau, tout compte. Le physique autant que le mental ! précisa-t-il en pointant un index sur sa tête. Magyd faisait partie des jeunes qui avaient vraiment la *gagne*.

— OK. Et vous souvenez-vous de ses fréquentations ?

Chaban ouvrit deux grands yeux, se mit à réfléchir, puis affirma :

— Non, franchement, c'est beaucoup trop lointain.

Badenco sortit alors la liste des amis d'Ayed que lui avait envoyée Julien Keller et la lui tendit. L'homme la parcourut et réagit :

— Alexandre et David Schäffer ! Oui, oui, je me souviens d'eux, maintenant. Ils étaient jumeaux – enfin, « faux jumeaux », comme on dit, parce qu'ils ne se ressemblaient pas vraiment. Ils étaient inscrits en section natation, et l'un des deux, impossible de vous dire lequel, était très prometteur. En revanche, je ne sais pas s'ils fréquentaient Magyd. J'intervenais uniquement durant les entraînements, et comme ils ne pratiquaient pas la même discipline…

— D'accord, admit Badenco d'une voix déçue.

— Et le nom de Ducuing vous est-il familier ? relança Louise en sortant une photo du dossier d'inscription de l'époque.

— Bien sûr que je me rappelle, difficile d'oublier, répondit-il, visiblement contrarié.

Malgré le froid entre elles, les deux gendarmes échangèrent un regard intrigué.

— Monsieur Chaban ? reprit Louise.

— C'est une longue histoire… Et, pour être tout à fait franc, il s'agit précisément du genre de souvenirs qui laissent un arrière-goût amer. Il s'en est fallu de peu que je perde ma place et mon droit d'enseigner !

Louise rouvrit sa sacoche et en sortit un sachet transparent.

— Le genre de souvenirs liés à ceci ?

Chaban observa le sachet d'un air ahuri et demanda :

— Qu'est-ce que c'est que ça ?

— Un string. Un string d'adolescente, à en croire le motif de papillon à paillettes argentées qui orne le haut de la dentelle.

L'homme devint livide, secoua la tête dans une expression mêlant rage et consternation, puis se défendit avec véhémence :

— Je ne sais pas où vous avez trouvé ce truc et ce que vous croyez savoir, mais vous faites fausse route !

— Nous l'avons trouvé dans votre dossier, entre deux formulaires, le renseigna Louise.

— Vous n'êtes pas sérieuse ? s'énerva-t-il.

— Je vous assure que c'est vrai : ce dessous est tellement fin qu'il est passé inaperçu au moment où votre dossier a été porté aux archives.

Chaban se passa énergiquement les mains sur le visage, comme s'il plongeait en plein cauchemar et qu'il voulait se réveiller. Puis il se leva d'un bond et, les poings serrés, les traits furieux, il commença à déambuler en apostrophant les enquêtrices :

— Mais dites-moi que je rêve ! Dites-moi que je rêve, bon sang ! Comment un truc pareil est-il possible ?! Cette histoire n'en finira donc jamais, c'est ça, hein ?

— Monsieur Chaban, calmez-vous, s'il vous plaît, fit Louise d'une voix posée. Nous souhaitons simplement recevoir votre témoignage pour tenter de comprendre comment cette culotte a fini dans votre dossier, sachant que nous ne sommes pas stupides au point d'imaginer que vous l'y avez placée vous-même.

Ces derniers mots atténuèrent un peu sa colère. Il laissa échapper un long soupir et revint s'asseoir, mais ses jambes tressautaient encore nerveusement.

— Ça a commencé vers... vers le mois de novembre 2001, je crois. Toute cette histoire concerne la meilleure amie de Valériane Ducuing. Clara et elle étaient inséparables.

— Clara ?

— Clara Joubert.

— Un instant, s'il vous plaît, l'interrompit Louise en fouillant dans sa sacoche.

Elle en sortit l'organigramme qu'elle avait élaboré à partir des premiers éléments glanés au lycée la veille et hocha la tête.

— C'est bien ce qui me semblait, fit-elle à l'adresse de Badenco. Clara Joubert partageait la chambre de Ducuing à l'internat. Elles étaient aussi dans la même classe de seconde et pratiquaient la natation. Allez-y, monsieur Chaban, poursuivez, je vous prie.

— Eh bien, cette ado, Clara, a fait une véritable fixette sur moi… Je… Je n'avais que vingt-deux ans à l'époque, et Clara a développé une sorte d'attachement… d'attachement sexualisé, précisa-t-il en jetant un regard stressé aux deux gendarmes. À ses yeux, je suppose que notre différence d'âge était un détail, mais elle ne l'était pas pour moi ! assura-t-il avec force. Cependant, je n'avais pas les armes, j'étais trop jeune ! J'aurais dû en parler à la direction. C'est quelque chose d'évident avec l'expérience ! Mais, à ce moment-là, je redoutais qu'on me rende responsable, qu'on me reproche de ne pas avoir su adopter le comportement adéquat !

— Monsieur Chaban, intervint Louise. Tout va bien. Calmez-vous, respirez, et essayez de raconter cette histoire de manière factuelle, et dans l'ordre chronologique, d'accord ?

L'homme ferma les yeux et expira longuement. Quand il reprit, il semblait avoir recouvré ses esprits.

— Clara était une très jolie jeune fille, exaltée, extravertie et intelligente. Elle avait un excellent niveau en natation et l'état d'esprit d'une vraie gagnante. Pour être franc, elle a rapidement éveillé mon intérêt. J'étais alors à mille lieues de me douter de la tournure que cela prendrait. Comme avec tous les élèves prometteurs, je me suis investi davantage. Dit comme ça, ça peut paraître dégueulasse, mais j'ai aujourd'hui suffisamment d'expérience pour vous affirmer que c'est un fait universel : vous donnez d'autant plus que vos efforts portent leurs fruits. A-t-elle mal interprété mon engagement à ses côtés ? Je ne saurais le dire. Toujours est-il qu'elle a rapidement développé une attitude équivoque avec moi.

— C'est-à-dire ?

Chaban souffla en secouant la tête, un sourire grinçant sur les lèvres.

— Elle minaudait. Ses regards étaient ambigus. Elle requérait mes conseils pour un oui ou pour un non. Elle ne manquait jamais une occasion de me faire entrer dans les vestiaires. Elle s'amusait à souffler le chaud et le froid, tantôt collée à moi, tantôt m'ignorant totalement. Elle posait ses mains sur mes épaules ou sur mes pectoraux, l'air de rien. Mais je vous assure qu'on sait tous faire la différence entre un geste machinal et un geste chargé d'intention ! Et ses gestes étaient intentionnels, affirma-t-il en fixant son regard sur les enquêtrices. Cette jeune fille me draguait.

— OK, fit Louise. Et si j'ai bien compris vos propos tout à l'heure, vous n'en avez pas parlé.

— Non. Enfin, si, à l'une de mes collègues : Amélie Dupain. Une prof de français qui était assez jeune. Elle devait avoir dans les vingt-cinq ans. Nous nous entendions bien, elle et moi. C'était sa troisième année d'enseignement. Mais Amélie refusait de prendre mon histoire au sérieux. Elle en riait, en disant que je devais dédramatiser, que tous les jeunes, à cet âge-là, sont chamboulés par leurs hormones. En réalité, mais je l'ai compris bien plus tard, j'étais gêné à double titre : j'étais l'homme et j'étais l'adulte. Deux bonnes raisons d'être pointé du doigt si les choses dégénéraient.

— Comment cela aurait-il pu dégénérer ? s'enquit Louise. Après tout, sans votre consentement, il ne pouvait rien se passer, non ?

— Oh ! Les victimes de harcèlement sont donc consentantes, c'est ça ?

La gendarme se raidit, examina son propos, puis finit par lui demander :

— Vous diriez que vous étiez victime de harcèlement ?

— Comment qualifieriez-vous l'attitude d'une personne qui se trouve en permanence sur votre chemin, qui invoque des motifs fallacieux pour vous accaparer ou passer du temps en votre présence, qui vous effleure sans vergogne, qui vous jette des œillades aguicheuses et qui prend des poses suggestives dès que vos yeux croisent les siens ?

Un silence de mort suivit la tirade du prof de sport. Finalement, Louise détourna les yeux du visage défait de Chaban et demanda :

— Vous n'avez pas envisagé de clarifier les choses une fois pour toutes avec cette ado ? Après tout, vous aviez autorité et, comme vous le dites, vous étiez l'adulte, non ?

— Personne n'avait autorité sur Clara ! Mais peu importe… Je m'étais, en effet, résolu à aborder la question avec elle, tant cette situation devenait dérangeante. Mais il y a eu la fugue et ça m'a coupé dans mon élan. Je me suis dit que cette môme avait sûrement des problèmes et qu'un recadrage de ma part pourrait être assimilé à un rejet. Elle n'avait certainement pas besoin de ça.

— Une fugue ?

— Oui, Clara s'est volatilisée pendant une semaine. Mais, au début, on ne parlait pas de fugue.

Chaban laissa échapper un soupir, il avait l'air tourmenté. Finalement, il poursuivit son récit :

— Ça devait être début février. En 2002, donc. Je suppose que vous pourrez vérifier la date exacte avec les gendarmes alors en charge du dossier. Clara a disparu un vendredi en fin d'après-midi, après avoir pris le train pour rentrer chez elle. Le père, ne la trouvant pas à la gare, où il devait la récupérer, a essayé d'appeler le lycée, mais il était trop tard, tout le monde était parti. Il a donc dû prévenir la police. Bref, après les vérifications d'usage, une enquête pour « disparition inquiétante » a été ouverte… Je me souviens qu'une équipe de gendarmes a déboulé le lundi matin au lycée. À leur attitude et à leurs questions, on a vite compris qu'ils redoutaient une affaire grave, certainement un enlèvement. Le qualificatif de « disparition inquiétante » était dans toutes les bouches. Ils ont interrogé les profs, les pions d'internat et les amis de Clara, dont cette fille, Valériane Ducuing. Suite aux auditions, le climat est devenu effervescent au sein de l'équipe pédagogique et parmi les jeunes du lycée. En salle des profs, tout le monde commentait l'affaire et l'inquiétude augmentait au fil des jours. Et puis, d'un coup, Clara est réapparue, fit-il, paumes ouvertes, d'une voix ébahie. À la fin de la semaine, juste avant la fermeture du week-end ! Paf !

Elle a surgi tranquillement d'on ne sait où, comme par enchantement !

Les deux gendarmes se regardèrent de nouveau, avec circonspection, cette fois. Dans le cadre de leur enquête, le récit de Chaban avait tout du cheveu sur la soupe. Nouvel indice ? Fausse piste ? Qu'est-ce que cette Clara Joubert venait faire dans leurs recherches ? Malgré ses incertitudes, Louise s'obligea à demander :

— Et donc ? Qu'a-t-elle donné comme explication ?

— Clara a dit qu'elle avait « juste fugué », fit-il en mimant des guillemets. Mais, de ce que j'en ai su, elle n'a jamais donné la moindre raison à son passage à l'acte, ajouta le prof. Et, croyez-le ou non, la vie a repris son cours comme si de rien n'était, jusqu'au rebondissement final.

— C'est-à-dire ?

— Clara a de nouveau fugué. La veille des grandes vacances. Mais, cette fois-ci, elle n'est jamais réapparue. Le père réfute la thèse de la fugue, il a créé une page Facebook intitulée « Retrouver Clara », en 2005. Je n'ai pas regardé depuis des lunes, mais je crains qu'elle ne soit toujours active.

Un long silence s'installa. Léa et Louise tentaient d'associer cette révélation aux éléments de leur enquête. En vain. Le micmac demeurait illisible, comme si un esprit farceur les mettait au défi en mélangeant entre elles les pièces de plusieurs puzzles.

— Vous avez dit que les agissements de Clara avaient manqué de vous faire perdre votre poste ? finit par relancer Badenco.

Chaban s'empourpra.

— Oui, désolé, je suis passé là-dessus. Ces souvenirs sont plutôt désagréables. À dire vrai, je crois que je me suis senti souillé.

— Expliquez-nous, s'il vous plaît.

— Comme je vous l'ai dit, au moment où Clara a fugué pour la première fois, il y avait cette idée d'une disparition inquiétante et il planait dans l'air une sorte d'hystérie collective. Dans ce contexte, certaines personnes – des élèves, je suppose – ont laissé entendre aux enquêteurs que Clara entretenait une liaison secrète avec moi. Évidemment, les gendarmes se sont engouffrés dans cette brèche et m'ont cuisiné là-dessus !

À ces mots, Louise comprit mieux pourquoi l'ancien préparateur physique avait réagi avec autant de nervosité et de colère quand elle avait commencé à l'interroger sur le sous-vêtement affriolant retrouvé dans son dossier.

— Vos collègues, ils m'ont vraiment mis à mal, vous savez, ajouta-t-il avec amertume. Heureusement que je fréquentais quelqu'un à l'époque et que nous partagions un appartement à Hendaye. Ça ne prouvait rien, mais c'était déjà ça. Pendant l'interrogatoire, je me suis défendu en expliquant la vérité. Sauf que le silence que j'avais conservé autour de l'attitude de Clara s'est retourné contre moi. Si la situation me dérangeait vraiment, n'était-il pas suspect que je ne l'aie pas signalée à la direction ? J'ai indiqué m'être ouvert de mes difficultés auprès d'Amélie Dupain, ma collègue. Elle a été reçue, elle aussi, et elle a confirmé mes propos. Mais ça ne suffisait pas, puisque Clara était toujours portée disparue ! Heureusement, elle est revenue le surlendemain du jour où j'ai été auditionné.

— Ce retour vous a donc disculpé aux yeux des gendarmes.

— Non, pas immédiatement. J'ai été mis hors de cause après un examen gynécologique que le père de Clara a exigé. Fort heureusement, la gamine était encore vierge, ajouta-t-il avec émotion... Mais si ça n'avait pas été le cas, hein ? Vous imaginez un peu ?

Louise hocha la tête, d'un air compatissant, puis s'enfonça dans le canapé. Une idée était en train de se faire jour, une idée, peut-être absurde, mais après tout, pourquoi pas ?

— Cette rumeur de liaison a filtré au lycée, et j'ai vécu les heures les plus douloureuses de ma vie, reprit-il avec émotion. Les œillades suspicieuses des collègues, quelques quolibets d'élèves dans les couloirs. On a beau dire que la présomption d'innocence prévaut, c'est un mensonge ! Vidal m'a même envoyé une convocation pour le vendredi 17 heures. La suspension me pendait au nez. Mais, Dieu merci, Clara est revenue juste avant que je n'entre dans ce foutu bureau.

Les propos de Chaban convainquirent Louise de suivre son idée.

— Monsieur, avez-vous appris l'identité du ou des élèves ayant porté auprès des enquêteurs des accusations calomnieuses vous concernant ?

À cette question, Badenco tressaillit ; elle venait de comprendre le cheminement mental de sa collègue.

— Non, et, pour être honnête, ça m'importait peu. Certains élèves avaient probablement été témoins du manège de Clara et ils en avaient déduit quelque chose de faux.

— Pourtant, il existe une autre possibilité. Le casse de votre voiture en décembre. Ces accusations en février. Serait-il totalement farfelu d'imaginer que quelqu'un vous en voulait ?

— M'en voulait ? s'étrangla-t-il.

— Un élève amoureux de Clara et jaloux de l'intérêt qu'elle vous portait, par exemple ?

– 27 –

J'ai appris pour son décès

Située à dix minutes de l'aéroport, la zone d'activité commerciale de Pau-Lescar s'étendait au cœur d'un dédale de réseaux routiers et de voies d'accès desservant entrepôts, entreprises et sièges sociaux. Julien Keller emprunta une allée, les yeux fixés sur le nom de Perdotti qui s'affichait en lettres capitales bleu roi au sommet d'un bâtiment en retrait. Il bifurqua sur une voie, contourna une fabrique de chaussures et avisa enfin l'accès à la société Perdotti, spécialisée dans la conception de matériels de sports nautiques, et dans laquelle David Schäffer travaillait comme ingénieur au sein du pôle « recherches et développement ».

Le gendarme trouva une place sur le parking visiteurs et se dirigea vers l'entrée principale. Il se présenta à l'accueil, où une hôtesse enregistra son nom, lui donna un badge et prévint M. Schäffer que son rendez-vous de 11 heures était arrivé. L'homme se présenta rapidement à lui. Tenue soignée mais décontractée, conformément au code actuel des jeunes cadres dynamiques : jean de belle facture, chaussures en cuir noir, pull Ralph Lauren. Schäffer dégageait une impression agréable, avec son mètre quatre-vingts, son visage harmonieux bien que quelconque et ses cheveux châtain clair coiffés façon *out of bed*.

Ils traversèrent un vaste atelier bruyant composé d'espaces vitrés dédiés aux tests de prototypes, de systèmes mécaniques ou de matériaux aux propriétés innovantes, autour desquels fourmillaient une flopée d'ingénieurs. Ils franchirent ensuite une porte automatique et montèrent un escalier en haut duquel se trouvait une cafétéria.

— On sera plus tranquilles ici, mon bureau est dans un open space, précisa David Schäffer. Vous voulez boire quelque chose ?

Keller opta pour un jus de fruits et s'assit à une table près de la baie vitrée donnant sur la zone industrielle. Schäffer revint une minute plus tard avec un petit plateau.

— J'ai souhaité vous rencontrer concernant l'un de vos anciens camarades de Notre-Dame-de-la-Piété, entama Julien.

— Vous parlez de Magyd ?

— En effet.

— J'ai appris pour son décès, dit Schäffer, la mine sombre. Triste nouvelle. Dans les journaux, ils disent que c'est un meurtre. C'est à peine croyable.

Keller approuva d'un mouvement de tête et attendit.

— En fait, je n'ai pas revu Magyd depuis le lycée. On s'est donné quelques nouvelles, de loin, pendant quelques temps, puis on a fini par se perdre totalement de vue. Donc, bon...

— Oui, ses parents me l'ont dit. Mais, étant donné que vous avez été très proche de lui, vous pourrez sûrement me renseigner sur son passé, et notamment sur sa dernière année scolaire au lycée d'Hendaye.

— Vous renseigner ? répéta Schäffer, avant d'avaler une gorgée de son soda.

— Oui, c'est ça. Tout peut être utile, n'hésitez pas à balayer large. Parlez-moi de votre ancien ami.

L'homme sembla désarçonné. Il fronça les sourcils, plongea son regard dans son verre, but de nouveau, puis se lança dans un descriptif de Magyd conforme à tout ce que Keller avait déjà entendu. *Rien de nouveau sous le soleil.* Le gendarme décida alors de passer à la vitesse supérieure :

— « Vidéo 36 », ça vous évoque quelque chose ?

— Vidéo 36 ? répéta David, surpris. Non... non, je ne vois pas.

— OK. Et Valériane Ducuing ?

Schäffer fit « non » de la tête. Mais il semblait fouiller dans ses souvenirs, et Keller lui laissa du temps.

— Désolé, finit-il par dire. Je ne crois pas connaître cette femme. Est-elle censée me dire quelque chose ?

— Elle était en seconde quand vous étiez en terminale.

— Ah ! Pas étonnant qu'elle ne me dise rien, alors.

— Elle suivait l'option natation. Vous aviez des entraînements communs, précisa l'enquêteur en lui montrant la photo du dossier d'inscription que Léa lui avait envoyée par MMS.

— Son visage ne m'est pas totalement étranger, en effet. Mais je n'ai pas de souvenir précis d'elle.

L'ancien élève avala une nouvelle gorgée de soda, puis il fit tourner le verre entre ses doigts, hésitant à dire quelque chose. Finalement, il se décida :

— Je ne comprends pas trop. Quel rapport entre cette fille et Magyd qui faisait athlétisme ?

Keller masqua au mieux ses propres interrogations.

— L'enquête en cours ne me permet pas de vous répondre. Mais vous êtes certain que cette jeune fille ne fréquentait pas Magyd Ayed ?

— Il est vrai que Magyd cumulait les conquêtes, cependant je m'en souviendrais.

— Et, selon vous, est-ce que Magyd Ayed avait des zones d'ombre ? Cachait-il quelque chose ? Un secret ? Une histoire qu'il aurait pu taire à son entourage familial ?

Schäffer écarquilla les yeux, puis partit d'un petit rire.

— Non ! Non, je vous assure que Magyd était quelqu'un de très entier, vraiment pas du genre à dissimuler quoi que ce soit.

Le gendarme se rendit à l'évidence. Si Ayed avait caché un pan de sa vie à ses propres parents, pouvait-on pour autant le qualifier de dissimulateur ? En réalité, qui s'ouvrait de sa sexualité à ses parents, notamment quand celle-ci n'était pas tout à fait conforme à leurs convictions morales ?

— OK, et à votre connaissance, Ayed entretenait-il une forte rivalité, une relation hostile ou haineuse avec quelqu'un ?

— Non. Magyd a certainement eu quelques différends avec des gars du lycée, mais rien qui m'ait marqué. On était ados, donc les guéguerres à la noix n'étaient pas rares.

— Je vois, fit Keller d'une voix résignée. Une dernière question : est-ce que les lettres MPC vous évoquent quelque chose ?

— MTC ?

— MPC, répéta le gendarme en appuyant sur le P.

Schäffer eut une moue dubitative.

— Honnêtement, là, comme ça, je ne vois pas. Ce sont des initiales ?

— Désolé, mais je ne peux pas vous répondre, esquiva le gendarme en se levant.

Il remercia alors l'ingénieur pour le temps qu'il lui avait consacré, lui laissa sa carte et prit congé, sans se douter que le pull Ralph Lauren de son interlocuteur dissimulait avantageusement une chemise trempée de transpiration.

– 28 –

« Comme ça... pour voir »

La brume s'était levée mais une pluie fine et perçante arrosait désormais la campagne. Les gendarmes traversèrent le jardin de Chaban en courant. Ruisselantes, elles s'installèrent dans la voiture. Badenco introduisit la clef dans le Neiman, mais ne démarra pas. Les yeux fixés sur la départementale sinueuse, elle avait l'air de ruminer. Louise baissa les yeux sur ses Converse détrempées, préférant garder le silence. Au bout d'une longue minute, la jeune gendarme laissa échapper un soupir et tourna la tête vers sa coéquipière.

— Ça me coûte, Louise, mais je vais essayer de mettre de côté votre attaque de tout à l'heure pour le bien de l'enquête.

— Mon attaque ! Non mais vous vous entendez, Léa ?

La jeune femme la toisa d'un air agacé. Elle paraissait prête à mordre.

— Donc, à vos yeux, constituent une attaque tout avis ou impression qui divergent des vôtres ?

— Ne jouez pas à ça avec moi, Louise ! Vous avez clairement mis votre expérience en avant pour vous éviter de tenir un raisonnement abouti !

Louise souffla bruyamment. Avait-elle réellement agi de la sorte ? Un peu, oui.

— Parce qu'une enquête n'est pas seulement faite de raisonnements, Léa. Un bon enquêteur écoute aussi ses impressions.

— Oh, mais c'est festival, aujourd'hui ! Un *bon* enquêteur ? Sérieusement, c'est la guerre, que vous voulez, ou quoi ?

— Vous me prêtez des intentions qui ne sont pas les miennes ! riposta Louise en levant la voix. Ai-je jamais dit que vous n'étiez pas un bon enquêteur, Léa ?

— Une bonne enquêtrice, vous voulez dire ?

— Hein ?

— Vous avez le droit d'utiliser le féminin, d'autant que, pour une fois, il existe et qu'il est usité. À moins que vos longues années d'*expérience* en gendarmerie n'aient émoussé toute adhésion à la cause féministe...

— Quoi ? jeta Louise, effarée. Alors, on en est là, c'est ça ? Vous déviez notre échange sur ce terrain complètement...

— Complètement quoi ?

— Complètement hors sujet !

Puis Louise croisa les bras et persifla :

— Pathétique manière de vous soustraire à un échange perdu d'avance.

Badenco s'empourpra. Elle opéra un lent pivotement du bassin et, positionnée de trois quarts, fusilla sa coéquipière des yeux.

— Je l'ai su dès que je vous ai vue.

Louise attendit. Rien ne vint. Elle s'interdit de donner suite, mais sa voix – éminemment provocatrice – s'éleva, malgré elle, dans l'habitacle :

— Si vous en restez là, je vais avoir du mal à vous contredire.

— J'ai immédiatement su que travailler avec vous ne serait pas une partie de plaisir !

— Ah, j'y suis, maintenant ! C'est pour cette raison que vous m'avez réservé un accueil aussi mauvais ! s'amusa Louise. Bon, ben, du coup, nous sommes enfin d'accord.

— Pardon ?

— Vous aussi, vous écoutez vos impressions.

Badenco serra la mâchoire et se rencogna dans son siège. Le temps fila tandis que l'averse balayait la carrosserie dans un bruissement apaisant. Louise sentit la colère retomber. À quoi donc rimait ce combat de coqs – *de poules* ? s'obligea-t-elle à féminiser, mais l'expression y perdait subitement tout son sens. Elle réfléchissait à la meilleure manière de pactiser avec sa collègue quand cette dernière lança, d'une voix légèrement amusée :

— Vous n'avez jamais tort, hein ?

— Rarement, en effet, consentit Louise. Et vous ?

— Jamais.

— Ça viendra, avec l'âge et l'expérience, vous verrez.

Badenco sourit en levant les yeux au ciel.

— Je vous ai vraiment mal accueillie ?

— Oui, très mal. Mais ça n'a plus d'importance, vu ma propre maladresse tout à l'heure.

— … C'est bon, j'accepte vos excuses.

Louise sourit à son tour.

— Puis-je me permettre un conseil, Léa ?
— Dites toujours.
— Je sais parfaitement ce que suppose pour une femme d'intégrer un corps d'armée. Mais, de grâce, ne vous trompez pas de combat et cessez de vous comporter comme si vous deviez faire vos preuves en permanence, envers et contre tous... *et toutes*, s'empressa-t-elle d'ajouter.

La jeune femme acquiesça, et Louise proposa :
— Ça te dit qu'on aille manger un bout ? Il est midi passé.
— On se tutoie, maintenant ?
— Si c'est moi qui régale, oui ! Qui dit invitation dit tutoiement. Sinon c'est chacune sa part.
— Bon, OK pour l'invite, alors !

*
* *

Confortablement installées à *L'Assiette de Juliette*, joli restaurant bagnérais du boulevard Carnot, les deux gendarmes passèrent commande. Louise laissa courir un regard envieux sur la superbe terrasse, qui devait être agréable aux beaux jours. Elle y inviterait bien Farid pour son anniversaire en mai. Ils feraient une randonnée dans le coin et profiteraient ensuite des douceurs de la carte.

— Alors, Louise, si on débriefait ?
— Tu imagines bien que je ne t'ai pas amenée manger à Bagnères-de-Bigorre par hasard ?
— Comment ça ?

— Quand Clara a fugué, M. Joubert est allé déclarer sa disparation. Et, vu qu'il habite Pouzac, ce sont les gendarmes bagnérais qui ont instruit le dossier et interrogé Chaban.

— Tu veux savoir quel élève l'a balancé aux enquêteurs à l'époque, c'est ça ?

— Exactement. Parce que cet élève est peut-être celui qui a cassé sa voiture en signant « MPC », comme le tueur que nous cherchons aujourd'hui.

Le portable de Badenco vibra sur la table. Elle jeta un œil à l'écran et se leva immédiatement.

— C'est Keller ! Désolée, je prends, fit-elle en s'éloignant.

Elle revint deux minutes plus tard, la mine dépitée.

— Quoi ?

— Julien a géolocalisé le lieu de rendez-vous indiqué sur le courrier d'Ayed. Il s'est rendu sur place. C'est un petit parking de départ de randonnée, à une encablure de Coarraze-Nay.

— Laisse-moi deviner : coin paumé, zéro caméra de surveillance, c'est ça ?

— Hélas, oui. La piste s'arrête donc là.

La serveuse apparut et déposa les commandes. Les deux femmes lorgnèrent immédiatement sur leur assiette avec appétit, ça avait l'air délicieux. Elles mirent l'affaire de côté pour profiter du repas.

*
* *

Le major Arthur Chabrol, commandant de l'unité de recherches de Bagnères-de-Bigorre, devait avoir dans les cinquante ans. Sa grande taille était accentuée par sa remarquable minceur – *un vrai fil de fer*, songea Louise en levant la tête pour le regarder dans les yeux.

— Asseyez-vous. Je vous ai sorti le dossier Joubert, fit-il en désignant une épaisse pochette cartonnée.

— Vous avez travaillé sur l'affaire à l'époque ?

— En effet, oui. Roman Joubert est arrivé le vendredi 15 février 2002 vers 20 h 45 pour signaler que sa fille, Clara, n'était pas arrivée en gare de Tarbes comme elle aurait dû. Le brigadier qui a pris sa déposition a immédiatement pensé à une fugue. Mais le père a insisté, il excluait cette hypothèse, s'appuyant à la fois sur la personnalité de sa fille et sur certains faits : un des amis de sa fille prenait le même train jusqu'à Tarbes et a confirmé que Clara était bien montée à bord à Hendaye. Or, le contexte à l'époque était particulier, poursuivit Chabrol, on était en pleine affaire des sœurs Bertrand.

— Bertrand, ça me dit vaguement quelque chose, fit Louise.

— Deux gamines, douze et quatorze ans. La mère avait déclaré leur disparition quinze jours avant notre histoire. Ça avait fait grand bruit dans le coin.

— Ah oui ! réagit Louise. En fait, c'était le père qui les avait embarquées ! Une histoire de divorce et de garde qui avait tourné au vinaigre.

— Sauf qu'au moment de la déposition de M. Joubert nous n'avions pas bouclé l'enquête.

— Je comprends, vous redoutiez une série d'enlèvements, déduisit Léa.

— Oui. Le procureur a estimé que les premiers éléments de la disparition de Clara étaient inquiétants et a confié le dossier à la brigade de recherches.

Chabrol déroula rapidement les investigations qu'ils avaient menées de Bagnères-de-Bigorre jusqu'aux portes du lycée privé Notre-Dame-de-la-Piété, animés par la crainte que Clara ne soit la troisième victime d'une affaire d'enlèvements. Louise repensa aux déclarations de Chaban et au climat délétère qui avait plombé l'établissement à cause de la pression mise par les gendarmes. Quelqu'un avait-il profité de ce contexte pour tenter de porter atteinte au préparateur sportif ?

— Major Chabrol, pouvez-vous nous dire qui a pointé M. Chaban du doigt ?

À l'évocation de ce nom, une ombre passa sur le visage du gendarme. Chaque enquêteur connaissait ce sentiment dérangeant d'avoir un jour suspecté la mauvaise personne et de lui avoir porté atteinte.

— Un élève, ami de la gamine, répondit-il, mais je n'ai plus son nom en tête. Il faudra relire les P-V d'audition. Ce jeune nous a indiqué qu'il avait de bonnes raisons de croire que Chaban entretenait une liaison avec Clara. Partant de là, nous avons interrogé d'autres élèves sur ce point précis. Beaucoup ont déclaré qu'ils ne savaient pas s'il y avait liaison, mais ont néanmoins confirmé qu'ils avaient, au moins une fois, assisté à des attitudes équivoques de la part de Clara.

Louise hocha la tête.

— OK, merci. Pouvez-vous nous parler du retour de cette gamine, s'il vous plaît ?

Le gendarme se raidit et, l'air désabusé, confia :

— Écoutez, je vais être franc avec vous : si je m'étais écouté, je l'aurais giflée. J'ai rarement eu affaire à autant de désinvolture. Non seulement elle semblait totalement indifférente au chaos qu'elle avait provoqué, mais, en plus, elle affichait un air fanfaron. On aurait presque dit qu'elle avait réalisé un exploit.

— Un exploit ?

— Oui, c'est le mot qui me vient. Je la revois, assise devant moi, avec son petit sourire en coin, du genre *je vous ai bien eus, tous autant que vous êtes*. C'en était révoltant. On avait passé une semaine sur les dents, son père avait vécu les pires angoisses, un jeune prof avait été mis à mal et elle, elle s'en cognait complètement.

— Quelle explication vous a-t-elle donnée ?

— Aucune ! Enfin, aucune qui tienne la route, en tout cas. Elle s'est contentée de répéter qu'elle avait fugué « comme ça… pour voir ».

— Pour voir quoi ?

— Pour voir ce que ça faisait de fuguer, si j'ai bien compris.

Les deux femmes échangèrent un regard interloqué, et Léa relança :

— Elle vous a dit où elle s'était réfugiée pendant une semaine ?

— Par-ci, par-là, pour reprendre ses mots, énonça Chabrol. J'y ai réfléchi, vous savez. Je pense que la gamine est tout simplement restée dans le train. Elle a dû se planquer dans les toilettes, ou quelque chose comme ça, pour échapper au regard de ses camarades. Où est-elle descendue, elle est la seule à le savoir ! Le terminus du train était Toulouse. Peut-être est-elle allée jusque là-bas parce qu'elle y avait un point de chute ? En tout état de cause, elle est réapparue au lycée, une semaine après, comme par magie.

Cette histoire était ahurissante.

— Et en juin, alors ? demanda Louise pour combattre son sentiment tenace de naviguer à vue.

— Inutile de vous préciser que nous n'avons pas déployé le plan ORSEC, ironisa Chabrol. Cette môme nous avait donné la preuve et de sa débrouillardise et de sa désinvolture ! Les recherches de base ont fait apparaître que son sac et la plupart de ses affaires avaient disparu de son armoire à l'internat et que le vélo qu'elle avait emprunté manquait à l'appel.

— Quel vélo ?

— Vous avez vu où se trouve le lycée ! Hendaye à six kilomètres d'un côté, Socoa à sept de l'autre. Du coup, en plus des navettes mises en place par l'établissement les mercredis après-midi, Notre-Dame-de-la-Piété dispose d'une flotte de vélos permettant aux jeunes de se déplacer dans le coin.

— Je vois. Et donc ?

— Le vélo que la môme avait emprunté a été retrouvé, soigneusement attaché à une barrière, juste devant la gare d'Hendaye. Bien sûr, on a diffusé un avis de recherche, mais on était certains qu'elle réapparaîtrait rapidement, à l'instar de sa première fugue.

— Sauf que ça n'a pas été le cas.

— Hélas, consentit Chabrol. Et aujourd'hui, je ne suis pas plus avancé qu'il y a vingt ans. Est-il arrivé malheur à cette ado, ou bien a-t-elle mis les voiles définitivement après avoir éprouvé *ce que ça faisait de fuguer* ?

— Personne n'a jamais eu la moindre nouvelle ?

— Non. Clara Joubert est toujours dans le fichier des mineurs disparus en 2002.

– 29 –

Dans la petite chambre du cercle mixte

Une nuit d'encre tapissait le ciel et engloutissait les contours de la caserne Marracq. Derrière la baie vitrée du mess où les gendarmes terminaient leur repas, Louise regardait sans les voir les halos pâles et sans ampleur de quelques réverbères qui luttaient vainement contre l'assaut des ombres. Elle suivait d'une oreille distraite le compte rendu que Léa faisait à Keller, tout en réfléchissant à l'amoncellement de questions sans réponse que l'enquête soulevait. Puis elle entendit son prénom et reporta alors son attention sur ses collègues.

— Louise a émis l'hypothèse d'un élève jaloux : celui qui a jeté Chaban en pâture aux gendarmes à l'époque serait aussi celui qui a saccagé sa voiture.

— Or, celui qui a saccagé sa voiture a aussi signé « MPC », raisonna Julien. Il serait donc notre suspect aujourd'hui.

— Exactement ! approuva Badenco. Et après avoir passé au crible les procès-verbaux des gendarmes bagnérais, nous avons un nom : Thibault Broca. Il a affirmé aux gendarmes que Clara et le prof entretenaient une liaison.

— OK, mais pour quelle raison ce Broca s'en prendrait-il aujourd'hui à Ducuing et Ayed ?

— C'est ce que nous devons comprendre, intervint Louise. Ces lycéens se fréquentaient-ils ?

— David Schäffer était un très bon ami d'Ayed, or Ducuing ne lui évoque rien, répondit Keller.

— Quant à la légiste, elle affirme n'avoir pas fréquenté Ayed, enchaîna Badenco, désabusée.

— Alors, peut-être que Broca est le dénominateur commun entre tous ? risqua Louise.

— Peut-être, oui…

— De toute façon, il n'y a qu'un moyen de le savoir : enquêter sur le bonhomme, raisonna Louise. Qu'est-ce qui l'unissait à Clara ? Existe-t-il un lien entre Ducuing et lui ? Entre Ayed et lui ? Qu'est-il devenu aujourd'hui ? Où vit-il ? Fait-il un bon suspect au regard des quelques éléments matériels dont nous disposons ?

— Tu fais référence au témoignage du livreur de pizzas concernant la voiture bleu métallisé ?

— Oui. Et aux traces de pneus exploitées par la scientifique.

— Je peux me rencarder sur ce gars, proposa Keller.

— Ça me va, valida Léa. Intéresse-toi à son parcours, vois ce qu'il est devenu aujourd'hui, et Louise et moi, on va se pencher sur son passage à Notre-Dame en épluchant son dossier scolaire !

— Et en déterrant l'affaire Clara Joubert, ajouta Louise.

Les trois enquêteurs s'observèrent dans un silence lourd de sens. Les jours à venir s'annonçaient chargés.

Et Louise songea avec dépit qu'elle allait encore devoir passer de nombreuses nuits dans la petite chambre du cercle mixte de la caserne.

*
* *

Louise reposa son portable sur le chevet, le sourire aux lèvres. Sa longue discussion avec Farid lui avait fait du bien. Pendant trois quarts d'heure, elle avait mis de côté l'enquête et ses nombreuses zones d'ombre pour se réfugier mentalement dans le quotidien réconfortant de sa maisonnée. Farid lui avait confessé avoir acheté un panier à chat dans l'idée qu'Omoko s'y niche sagement pour la nuit. Tout à sa joie et sûr de son fait, il avait attrapé le félin et l'y avait installé. Mais l'animal ne l'entendait pas de cette oreille, il avait immédiatement bondi hors du berceau douillet et était monté se réfugier sur le lit. Au moment même où elle lui parlait, Farid essuyait les assauts du chat occupé à lui piétiner consciencieusement le poitrail. Louise avait même entendu son ronronnement satisfait dans le haut-parleur du portable. « Ce que chat veut, Dieu le veut, surtout si c'est *mon* chat », avait-elle balancé à son compagnon. Et tous les deux avaient ri avec complicité. Ils avaient ensuite continué à échanger un chapelet de platitudes – occupation de couple que Louise avait toujours considérée avec effarement, mais qui lui apparaissait aujourd'hui incontournable. Elle s'en rendait compte, le partage de banalités formait le ciment de la connivence et de l'affection dans une relation…

Le cœur plus léger, la gendarme éteignit la lumière. Elle s'efforça de repousser loin d'elle la ritournelle de questions qui la harcelait, préférant concentrer toutes ses pensées vers son foyer. Pourtant, la dernière image qui flotta à l'orée de sa conscience quand elle sombra dans le sommeil fut celle d'un string en dentelle rose décoré d'un papillon à paillettes.

– 30 –

Ses vieux tourments ressemblaient à un abcès

— Allô ? David ?... David, c'est toi ?
— Ouais, c'est moi... ouais... Et merde !... Attends, putain, je m'caille grave, là, fait chier ! brailla-t-il. Attends, hein, attends, raccroche pas !

Alexandre éloigna le combiné. Son frère parlait toujours – « Je l'ai foutue où, cette parka, putain ?! C'est quoi, ce bordel, merde ! » – d'une voix trop forte, éraillée, qu'il connaissait parfaitement. Tout en jurant, il fourrageait autour de lui, et des bruissements de plastique et des tintements de ferraille formaient un désagréable halo sonore.

— *Allôôô ?* Allô, frérot ?... Hé, t'es là ? Tu m'entends ?... Wow, Alex, j'te cause, là !

Vulgarité. Débit haché. Élocution approximative. Intonation hargneuse. Alexandre laissa échapper un long soupir consterné.

— David, tu es ivre, bon sang !

— *Quôôôi ?* Mais pas du tout ! Pourquoi tu dis ça, putain ?!

— Parce que ça s'entend. Et que c'est la vérité, David.

Un court silence suivit, puis son jumeau se rebiffa :

— Et alors ? Supposons ! *Qu'esça* peut te foutre, d'abord ?

Son frère avait recommencé... Après quinze années de contrôle, voilà qu'il rechutait, l'imbécile ! Une vague de dégoût s'empara d'Alexandre, et il noya son regard dans la baie du détroit de Cook, face à lui. Sous le soleil, la mer bleue ondulait imperturbablement, et les promeneurs chahutaient, bien décidés à profiter de cet exceptionnel jour sans vent.

— Il est 22 heures en France, fit Alexandre après un rapide coup d'œil à sa montre. Je ne comprends pas, tu es chez toi, là ?

— Ouaip ! lui retourna David de sa voix avinée.

— Où est Denise ? Et la petite ?

— Mais *arrêêête* de jouer les papas, bordel ! J'suis au garage, on peut parler, *tranquiiilles, peinaaards* !

— Tu es seul ? insista Alexandre.

— Denise mange au restaurant, un repas entre collègues...

Et toi, tu n'as rien trouvé de mieux que de te mettre minable. Merde, David, tu es vraiment irrécupérable !

— Enfin, c'est ce qu'elle m'a dit, mais tu sais, les femmes, hein ! ricana-t-il tout seul. Si ça se trouve, à l'heure où j'te parle, elle se fait...

— Et Clo ? le coupa Alex, sans masquer son agacement.

— Quoi, Clo ?!

— Elle est où ?

— ... *Baaaah*, elle dort, *ducon*, *quesse* tu crois ?

Alexandre avisa un banc légèrement en retrait de la longue promenade qui bordait la baie. Il s'y installa. D'expérience, il savait que la conversation serait longue et laborieuse. Mais, étant donné le contexte, il ne pouvait s'y soustraire.

— Du coup, je m'suis dit : pourquoi pas en profiter pour descendre quelques verres et taper la discute avec mon frangin, hein ?

— Peut-être parce que, vu ton passif, tu devrais remplacer « quelques » par « deux », grand maximum.

— Oh, ça va, me saoule pas, putain !

— Visiblement, tu n'as pas besoin de moi pour te saouler, cingla Alexandre.

— Va te faire foutre, Alex ! Tu sais quoi, j't'emmerde ! cria-t-il. Toi et tes inflexions moralisatrices !

Alexandre serra les mâchoires pour contenir le flot d'injures qui menaçait de jaillir. Il haïssait David quand il était dans cet état. L'excès d'alcool le rendait à la fois agressif et mélancolique, quémandeur et revanchard. Un savant mélange des pires traits de sa personnalité.

— Pourquoi, David ? Pourquoi tu t'es retourné la tête comme ça ?

— D'après toi, putain ?!... Peut-être parce que tout va bien dans le meilleur des mondes, hein, *quesse* t'en dis ?! cria-t-il, hargneux.

— Calme-toi, s'il te plaît.

— QUE JE ME CALME ?! réagit David, comme une grenade qu'on dégoupille. Que je me calme !... Non mais tu t'entends ?!

Alexandre ferma les yeux. L'orage allait s'abattre, autant qu'il l'accepte.

— Tu réalises la merde que tu débites ! Valériane a failli mourir ! Magyd a été assassiné ! Et, dans ma tête, tu vois, ça fait comme un compte à rebours... j'ai l'impression d'être en sursis, et y a tous ces souvenirs qui rejaillissent et me persécutent ! Qui sont là, dans mon cerveau, tu vois, et qui m'empêchent de dormir ! J'ai l'impression de devenir fou ! Je suis, *quesque* j'dis, NOUS SOMMES DES ASSASSINS, ALEX ! s'époumona-t-il.

Alexandre tenait son téléphone à bout de bras. L'image qu'il se faisait de son frère lui était insupportable : il le voyait d'ici, débraillé, titubant, le teint rougeaud et l'âme à vif. Il se leva, tendit la tête vers le ciel et poussa un hurlement silencieux pour évacuer un peu de la rage qui enflait en lui. Que croyait David, hein ? Qu'il était le seul à porter sa croix ! Qu'il était le grand détenteur des souffrances du monde ! Pour qui se prenait-il ? Il lui gueulait dessus, se répandait sans aucune pudeur, lui vomissait sa douleur et sa culpabilité au visage. *Connard ! Sale con ! Espèce de...* Mais la cascade de pleurs qui résonna subitement dans le haut-parleur coupa court au cynique et silencieux chapelet d'insultes.

— David ?... David, s'il te plaît, ne te mets pas dans cet état... Mon frère, est-ce que tu m'entends ?

Les sanglots continuèrent de plus belle, déchirés, déchirants. Ivres d'une souffrance indicible. Et Alexandre sentit son cœur se fendre. Il se laissa choir sur le banc, ferma les yeux et, conscient que David n'était pas en état de l'écouter, se tut et attendit.

De longues minutes filèrent, entrecoupées de plaintes et de hoquets. Lorsque, enfin, il n'y eut plus que quelques reniflements, Alexandre parla d'une voix volontairement maternante :

— Vingt ans sont passés, David... Nous étions des gamins... Et, hélas, nous ne pouvons pas effacer ce qui s'est produit.

À l'autre bout du fil, son frère émit un petit ricanement sans joie, puis il rétorqua, d'une voix chevrotante :

— Pas *ce qui s'est produit*, Alex... mais ce que nous avons fait !

Alexandre se mordit l'intérieur des joues. Oui, effectivement, *ce qu'ils avaient fait*. Les images affluèrent, nettes et sans concession. Combien de coups portés, combien de fureur, combien de violence ? Un haut-le-cœur lui contracta l'estomac, et un jus acide lui souilla le palais.

— Écoute, David, je ne crois pas que... ressasser tout ça soit une bonne idée, fit-il avec la farouche intention de chasser ses propres réminiscences.

— J'fais pas exprès, j'te jure, geignit David. Quand, quand... quand je ferme les yeux, le soir... tu sais *quesque* j'vois ?

Alexandre bondit de son banc. Il ne voulait pas le savoir, non, hors de question ! Il écarta vivement le portable de son oreille et le plaqua contre son pantalon. Que David se déverse, si ça pouvait lui faire du bien ! Qu'il passe à confesse, au besoin ! Mais lui n'était pas un foutu cureton capable d'accueillir toute la misère du monde, merde ! Son cœur n'était pas assez pur ni assez grand pour ça ! Il riva son regard sur l'eau indolente qui s'étendait à perte de vue, flirtant avec les pieds des immenses tours dressées comme des I majuscules miroitants sous la lumière. Les secondes filèrent peuplées du brouhaha anonyme et indifférent de la ville. Une urbanité si pleine de figures, d'existences et de mémoires qu'aucune d'elles n'existait vraiment. Une urbanité présente mais diffuse, bourdonnante mais sans dard : une urbanité incapable de lui rappeler ses fautes.

Alexandre prit une grande inspiration et se résolut à rapprocher le téléphone de son oreille.

— ... me persécutent, tu comprends ?
— Je suis là, je t'écoute, David.
— Je n'arrive pas à les faire taire... ils me rendent fou... ces foutus hurlements me rendent fou ! acheva David, la gorge nouée.

Les mots de son frère les ressuscitèrent, et les hurlements s'élevèrent, horrifiques, inouïs de puissance et de douleur, témoignant du calvaire enduré. De nouveau, son estomac se souleva, et Alexandre jugula le réflexe absurde de se plaquer les mains sur les oreilles. Ça ne servirait à rien ! Les cris résonnaient et se répercutaient dans la forteresse de son âme. Il ravala une boule de salive aigre et, d'une voix suffisamment ferme pour dissimuler sa honte, il répondit :

— David, tu les as fait taire durant des années, tu les feras taire de nouveau, crois-moi. C'est une question de temps et de volonté. Dès que l'obèse sera mis hors d'état de nuire, tu reprendras le cours de ta vie, avec Denise et Clotilde, les choses rentreront dans l'ordre, et...

*
* *

Alexandre raccrocha. Une heure entière. Il avait fallu une heure de discussion pour apaiser David. Prostré sur le banc, le Néo-Zélandais d'adoption laissa échapper un long soupir de lassitude. Il se sentait vidé de toute énergie. Vampirisé. Et toutes les défenses qu'il avait construites étaient ébranlées. La pression était trop forte. Bien sûr, s'il était en France, il pourrait prendre les choses en main. À bien y réfléchir, inventer un motif pour prendre l'avion ne serait pas si difficile. Et Kate serait compréhensive, notamment s'il arguait d'une mauvaise passe dans la vie de son jumeau. Pourtant...

Pourtant, il ne le ferait pas. Il n'en avait pas la force. Depuis que Valériane les avait alertés, le passé, cette part de son passé, si laborieusement enterrée, avait ressurgi d'un coup et menaçait un équilibre chèrement acquis. Malgré les océans qu'il avait mis entre ses souvenirs et lui, la douleur s'était immédiatement réveillée. Vingt ans plus tard, ses vieux tourments ressemblaient à un abcès prêt à s'ouvrir sous la pression, pour libérer le pus jusque-là contenu sous le derme fragile des faux-semblants. Retourner en France, se confronter à ses démons, il n'en était pas capable. Lui qui s'était longtemps cru fort et à l'abri mesurait aujourd'hui l'étendue de sa vulnérabilité. Elle tenait en trois misérables lettres : MPC.

Son frère l'avait imploré de venir. Il avait besoin d'aide, mais David avait toujours eu besoin d'aide ! Depuis leur naissance, Alexandre tenait le rôle du dominant, du guide, du décideur. Comme si c'était dans l'ordre des choses ! Comme si lui-même n'était programmé que pour assurer ce rôle protecteur ! Sauf que c'était un peu facile, tout ça ! Son frère avait-il jamais été là pour lui ? Quand il souffrait le martyre à cause de Clara ? Quand la passion, monstrueuse, affamée, dévorante, le gangrenait, de jour en jour, inlassablement ? Que le désir s'était mué en obsession ? Jusqu'à le rendre ivre et aveugle, aveugle et fou, fou et meurtrier ? Car, oui, le sang avait coulé à cause de sa passion… Où était David, quand lui dépérissait d'aimer ? Son propre jumeau n'avait rien vu, ou rien voulu voir. Seul Magyd avait tenté de l'aider. En vain, d'ailleurs… Et quand le mauvais sort s'était abattu sur leur petit groupe comme une déferlante incontrôlable, seul Magyd l'avait compris.

Alexandre ravala rageusement ses larmes. David l'ignorait, mais, pour lui, les hurlements étaient couverts par le tapage effroyable d'un acte aussi fautif que désespéré.

– 31 –

L'omerta était de mise

— Tu prends le dossier Broca ou Joubert ?
— Ça m'est égal.

Léa fouilla dans les chemises jaunes des élèves et tendit la pochette Joubert à sa collègue. Louise s'installa et l'ouvrit. En haut de la première page, la photo d'identité agrafée révélait une très belle adolescente au sourire lumineux et au regard pétillant. La gendarme se crispa. *Où es-tu, jeune fille ? T'est-il arrivé malheur ?* En réalité, quelles étaient les chances de survie d'une gamine de quinze ans, livrée à elle-même, face aux coups bas de l'existence ? Minces. Très minces. La gendarme était bien placée pour le savoir. Les fugues constituaient souvent la première page d'un scénario dramatique… Clara n'avait jamais fait reparler d'elle, et le pire était à craindre. Louise tourna les pages en quête d'informations. Le profil d'une assez bonne élève se dessina, malgré quelques faiblesses dans les matières scientifiques. En sport, Clara brillait par son excellence, et la page réservée à la natation mentionnait une athlète douée, combative et très prometteuse. Les appréciations des professeurs étaient positives dans l'ensemble, mais pointaient quelques problèmes de comportement en classe : « bavarde », « indisciplinée » ou « parfois insolente » émaillaient certaines évaluations, contrairement à Valériane Ducuing dont le dossier n'était que louanges.

La gendarme referma la pochette et reporta son attention sur Léa, assise face à elle, qui semblait totalement absorbée par la lecture d'un document. Le front plissé et les sourcils froncés de la jeune femme témoignaient d'une certaine perplexité. Celle-ci sentit soudain le regard de Louise posé sur elle et releva la tête.

— Viens voir ça, fit-elle alors. Il semblerait que notre Thibault Broca ait fait l'objet d'une farce de mauvais goût. Mais ce compte rendu tourne autour des faits, et je ne sais pas de quoi il retourne exactement.

Louise se plaça derrière sa collègue et parcourut le document. Il s'agissait d'un entretien entre le jeune Broca, élève de seconde à ce moment-là, et Mme Cavalier, conseillère principale d'éducation. Il y était question d'intimité et d'une « mauvaise blague », mais Léa avait parfaitement raison, il était impossible de comprendre exactement de quoi il retournait.

— Bon sang ! s'exclama Léa. Regarde !

Sous ce premier document s'empilait une bonne dizaine d'autres rapports d'entretien datant de la même année. Il y était question de brimades, de moqueries, d'agressions.

— Broca aurait été harcelé durant toute l'année scolaire. Et même si ces écrits sont flous, je ne peux m'empêcher de les relier au rapport écrit par le pion, sur les photos d'un ado à poil qui auraient circulé à l'internat.

— Tout à fait, Léa ! Je crois qu'il est temps d'aller asticoter notre amie Thérèse.

*
* *

Encore une fois, Louise eut le sentiment de traverser un lieu sacré chargé d'histoire. Le large escalier central aux marches de pierre légèrement creusées par le passage, les alcôves ouvragées au-dessus de certaines fenêtres, les niches où reposaient encore des statuettes de saints, la hauteur sous plafond qui accentuait l'écho des pas... chaque détail attirait l'œil ou l'oreille et concourait au prestige de l'institution. Elle se demanda si les élèves qui séjournaient chaque année dans ces lieux séculaires mesuraient leur chance, ou s'ils évoluaient dans un monde où le beau constituait un prérequis d'une affligeante banalité. Après plusieurs minutes de recherche, les gendarmes trouvèrent la secrétaire en salle de pause. Postée devant la haute fenêtre de la pièce, le regard perdu sur le grand parc arboré, elle remuait lentement un sachet de thé qui infusait dans sa tasse fumante.

— Bonjour, madame Magnes.

Thérèse sursauta et tourna la tête.

— Ah ! Vous voilà de retour ?

— Hélas pour vous, plaisanta Louise.

La secrétaire leur décocha un regard ironique par-dessus ses lunettes et se contenta d'attendre.

— Nous aimerions que vous jetiez un œil là-dessus, expliqua Léa en lui tendant le dossier de Broca ouvert sur les pages qui les intéressaient.

Magnes posa sa tasse sur la table et s'assit, dos droit et jambes croisées, sur une des chaises. Elle balaya rapidement les comptes rendus, l'air inexpressif, puis referma le dossier et reprit sa tasse. Elle souffla sur le liquide fumant et en but une petite gorgée.

— Que voulez-vous que je vous dise ? fit-elle en expirant bruyamment. Nous sommes dans un établissement qui accueille des jeunes, et les adolescents sont souvent cruels entre eux. Il y a ceux qui trouvent leur place et ceux qui ne la trouvent pas. Je ne dis pas que cette réalité n'est pas condamnable, mais c'est une réalité. Partout, comme ici, hélas.

Louise sentit l'indignation pointer, mais Léa réagit avant elle :

— Attendez voir ! C'est tout ce que vous inspire cette lecture ?

— Je ne suis pas employée en qualité de conseillère d'éducation, madame. Je suis secrétaire de direction. Je me contente de partager avec vous ce que mes trente-sept années d'expérience en lycée m'ont obligée à admettre. Il en va dans les établissements scolaires comme il en va dans la vie, hors de ces murs : il y a les meneurs, les suiveurs et les victimes. Est-ce que le fait de nommer cela fait de moi un monstre ? Je ne pense pas. Maintenant, si vous vous intéressez aux actions entreprises pour lutter contre le harcèlement scolaire, désolée, vous ne frappez pas à la bonne porte.

— C'est noté, lança Léa d'un ton sec. Mais avant que nous allions *frapper aux bonnes portes*, pouvez-vous nous dire si vous vous souvenez de ce jeune, Thibault Broca ?

Magnes jeta un œil sur la photo en première page du dossier et secoua lentement la tête.

— Désolée, mais non.

— Madame Cavalier, la CPE, elle travaille toujours ici ?

— Elle n'est restée que trois ou quatre ans, avant de repartir en Bretagne d'où elle était originaire. Mais cette information date, alors je ne sais pas où officie Magali, aujourd'hui.

— Bien. Nous la trouverons, vous vous en doutez, conclut Louise en tournant les talons.

Une fois dans le couloir, Léa s'emporta :

— Cette femme est un dragon !

— Si seulement, lui retourna Louise.

— Qu'entends-tu par là ?

— Thérèse Magnes n'est que le symptôme d'un dysfonctionnement institutionnel. Je crains fort que Notre-Dame-de-la-Piété ne s'attarde guère sur la question du harcèlement. Ici, on forme les élites de demain, Léa ! Sportifs de haut niveau taillés dans le marbre d'un mental à toute épreuve, futurs dirigeants ou décideurs. J'entends déjà le discours sur l'endurcissement nécessaire pour l'accession à la carrière !

— Et les parents, ils ne disent rien ?

— Tu parles de parents qui choisissent de placer leurs enfants à Notre-Dame. À de rares exceptions près, ils font eux-mêmes partie des élites et sont passés par ce genre d'établissement.

*
* *

   Les pluies de la veille avaient gorgé d'eau le grand parc, et les arbres s'égouttaient encore sur la pelouse et les allées. Louise serpentait entre les arbres. Ses Converse et le bas de son jean étaient trempés. Pour les prochains jours, elle ferait bien d'opter pour des chaussures étanches. Elle déboucha bientôt sur une clairière et redécouvrit l'abbaye – une couronne de pierres sertie par des griffes végétales soigneusement entretenues. Elle la détailla avec admiration, puis décida de poursuivre son incursion dans les profondeurs du parc, en direction des infrastructures sportives. Cinq minutes après, elle parvint devant un premier bâtiment. La signalétique la renseigna, il s'agissait de l'internat. Une longue bâtisse sobre de trois étages à la façade parée de bardeaux de bois. Plus loin, derrière, se trouvait un gymnase de forme ovale construit en pierres sèches. Un tunnel transparent le reliait à un dôme de verre, sous lequel on apercevait un grand bassin de nage. La gendarme s'arrêta au pied des parois vitrées et observa longuement les jeunes prodiges qui enchaînaient les longueurs à une cadence infernale. Autour du bassin, plusieurs entraîneurs étaient affairés à distribuer des consignes ou à chronométrer les séries d'exercices. Un instant, la gendarme imagina Clara, jeune fille superbe et promise à un bel avenir, foulant, vingt ans plus tôt, le même sol de minuscules carreaux bleus et blancs, et minaudant en maillot de bain devant le jeune préparateur physique qu'était alors Chaban. Des athlètes plus beaux et plus performants les uns que les autres, et surtout du même âge qu'elle, l'entouraient. Dans ce contexte, pourquoi son attrait pour Chaban ne s'était-il pas limité à un simple béguin d'adolescente ? Pourquoi la jeune fille avait-elle fait une fixation, au point de le harceler ?

Son portable sonna, l'extirpant de ses pensées. Magali Cavalier, l'ancienne CPE, donnait enfin suite à son message.

— Major Caumont, fit-elle en décrochant. Merci de me rappeler.

Cavalier avait un timbre de voix haut perché, légèrement agaçant, mais son inflexion était prévenante, témoignant d'une certaine disposition humaine. Louise lui fit un résumé des raisons de son appel, et la réaction de la CPE ne se fit pas attendre :

— Je ne suis restée que trois ans à Notre-Dame, mais je me souviens parfaitement de Thibault Broca, entama-t-elle d'un ton préoccupé. Ce jeune était visiblement victime de harcèlement, et, à en croire les quelques informations que j'ai péniblement réussi à glaner, il en a vraiment bavé.

Le portable collé à l'oreille, Louise s'empressa de rebrousser chemin pour rejoindre Léa dans le bâtiment principal.

— Péniblement ?

— Oui. Pour être très claire avec vous, je n'ai jamais eu l'impression que la direction souhaitait réellement prendre la mesure de certains agissements ayant cours au sein de l'établissement. Si j'entendais parler de quelque chose, j'avais toujours beaucoup de mal à récolter des informations. L'omerta était de mise, autant chez les élèves que dans le corps pédagogique, ajouta-t-elle après un instant de réflexion.

La gendarme hocha la tête, c'était exactement ce qu'elle avait subodoré.

— Vous ne deviez pourtant pas être la seule adulte à prendre la question du harcèlement au sérieux ?

Un petit rire amer fusa dans l'appareil.

— Je crois pouvoir dire, en effet, que de nombreux professeurs et surveillants auraient approuvé que Vidal s'attaque à cette réalité. Mais de là à se positionner eux-mêmes en première ligne, il y a un monde ! Notre-Dame est un établissement particulier à plus d'un titre, vous savez. La section aménagée sport permet au lycée de rayonner au niveau européen. À l'issue de leur scolarité, de nombreux élèves se sont hissés au rang de champions. Parallèlement à la SAS, les cursus classiques sont destinés aux élèves brillants dont les parents ont de gros moyens. Si vous en avez l'occasion et le temps, jetez donc un œil aux bilans financiers annuels du lycée ! Vous y verrez des coûts de scolarité prohibitifs.

— Quel rapport avec notre échange ?

— Les salaires sont assortis de primes non négligeables. Travailler à Notre-Dame comporte des avantages considérables.

— Le genre d'avantages susceptibles de museler tout élan protestataire quant à la politique de l'établissement, c'est ça ?

— Absolument. Cela étant, ne vous méprenez pas sur mon propos : le lycée condamnait formellement les violences et les humiliations ! L'esprit d'endurance faisait certes partie des fondamentaux éducatifs, mais le bizutage était interdit depuis 1998, par exemple.

— Où voulez-vous en venir ?

— S'il y a toujours eu un certain laxisme dans la gestion du harcèlement, la direction n'a jamais encouragé, non plus, les exactions de cette nature.

— Peut-être que le laxisme est une forme d'encouragement, non ?

Il y eut un silence, puis :

— Oui, effectivement, admit Cavalier.

Louise sortit d'une zone boisée. L'ancien logis abbatial se découpait désormais au bout d'un long chemin pavé. Elle s'y engagea, accélérant le pas.

— Et pour Thibault Broca, alors ? relança-t-elle.

— En fait, ce jeune n'avait pas un physique facile. Il avait un joli visage, mais il souffrait d'obésité, et vous savez comment sont les ados entre eux, à cet âge-là.

— Surtout dans un temple athénien ! ironisa la gendarme.

— Tout à fait. Mais je pense qu'il en a aussi bavé au collège. Les moqueries autour de son physique faisaient certainement partie de sa réalité quotidienne. Pauvre gamin, quand j'y pense ! Mais je n'ai été alertée qu'après un incident autrement plus grave, en comparaison.

— Je vous écoute, répondit Louise, qui approchait désormais du bâtiment principal.

— Une histoire de vidéo humiliante qui a circulé.

« Vidéo ». Le mot gifla Louise. Le courrier qu'avait reçu Ayed mentionnait « vidéo 36 ». Difficile de croire à une coïncidence !

— Vous avez vu cette vidéo ? réagit la gendarme.

— Non. Je n'ai pas réussi à mettre la main dessus. C'est d'ailleurs pour cette raison que je n'ai pas rédigé de rapport pour alerter le chef d'établissement.

Cavalier ne disposait d'aucune preuve et s'en était donc tenue à des comptes rendus flous qui ne faisaient qu'effleurer la question du harcèlement. Tout en réfléchissant, Louise s'enfonçait dans le couloir conduisant à leur bureau.

— Comment avez-vous entendu parler de cette vidéo ?

— J'ai eu écho de son existence par l'intermédiaire d'un surveillant. Je ne me souviens plus de son nom, mais je sais qu'il n'est pas resté très longtemps à Notre-Dame.

Louise comprit alors que les « images » mentionnées sur le rapport du pion ne correspondaient pas à des photos, comme Léa et elle l'avaient cru, mais à une vidéo ! Elle ouvrit la porte de la pièce et trouva sa collègue occupée à examiner des informations sur les adolescents qui les intéressaient. Elle se dépêcha de refermer derrière elle et activa le haut-parleur.

— Ce surveillant est venu me trouver, je dirais, peu de temps après la reprise suivant les vacances de Noël. Le bruit courait à l'internat qu'une vidéo circulait sous le manteau. Il a finalement réussi à mettre une jeune fille de seconde en confiance et a pu avoir une discussion en aparté avec elle. La môme lui a alors raconté de quoi il retournait, elle-même avait visionné la fameuse vidéo : le jeune Broca avait été filmé à son insu dans sa chambre d'internat. D'après le récit de la jeune fille, l'adolescent était nu sur son lit, à un moment où… il était en pleine érection, acheva-t-elle avec embarras.

Louise lança un regard entendu à Léa.

— À partir de là, le jeune Thibault est devenu la tête de turc, essuyant chaque jour sarcasmes, moqueries et gestes obscènes de la part de ses camarades.

— Et vous l'avez reçu, à ce titre ?

— Oui, répondit Cavalier d'une voix lointaine. De nombreuses fois. Notre première entrevue a eu lieu après que le surveillant m'a eu rapporté les faits. J'ai alors essayé d'en savoir davantage en questionnant Thibault : s'agissait-il seulement d'une rumeur ou cette vidéo existait-elle vraiment ? Si oui, savait-il qui l'avait filmé ? Mais je me suis heurtée à un mur. Thibault se contentait de hausser les épaules et de minimiser avec des assertions du genre « Oh, vous savez, j'ai l'habitude » ou « Je m'en fous, de toute façon ». J'en ai donc déduit que ce jeune devait être harcelé de longue date.

— Vous n'avez pas prévenu ses parents ?

Cavalier laissa échapper un soupir.

— J'ai téléphoné, si, à plusieurs reprises. J'ai dû laisser quatre ou cinq messages à Mme Broca pour l'alerter sur mes craintes. Elle a fini par me rappeler. Lorsque je lui ai fait part des rumeurs sur la vidéo, elle a réagi en me demandant si j'avais vu ce film, ou si son fils avait corroboré ce récit. Comme je ne pouvais l'assurer de rien, elle m'a dit qu'il ne fallait pas donner trop d'importance aux bruits qui courent. Que les jeunes pouvaient être méchants entre eux, raconter n'importe quoi, juste pour se faire mousser. Pour finir, elle m'a demandé si les notes de son fils avaient baissé. Je lui ai répondu que non et j'ai immédiatement compris que, en conséquence, il n'y avait pas lieu de *dramatiser*. J'ai tout de même insisté, et elle m'a assuré qu'elle parlerait de *tout ça* avec son fils.

— L'a-t-elle fait ?

— Je n'en ai aucune idée, mais, au lycée, rien n'a changé. J'ai reçu Thibault de nombreuses autres fois.

Je me disais que, à force de l'inviter dans mon bureau, il finirait par se sentir en confiance et me donnerait des éléments tangibles qui me permettraient d'intervenir.

— Ça n'a pas été le cas ?

— Non. Il n'a jamais parlé. Un hématome sur la joue ? Il s'était cogné à une porte. Une griffure sur le bras ? Un roncier qu'il n'avait pas vu. Des insultes dont j'avais eu écho ? Il ne les avait pas entendues, et, de toute façon, les autres étaient tous des *cons décérébrés*, pour reprendre son expression favorite.

— Il a tout de même quitté l'établissement en fin d'année scolaire, releva Louise.

— En effet. Il a affirmé vouloir se rapprocher de chez lui... Je n'y ai guère cru, mais, au regard de la situation de Thibault à Notre-Dame, j'ai espéré que ce changement lui soit profitable.

— Pour revenir sur cette histoire de vidéo, il ne devait pas être très compliqué de savoir si un élève possédait une caméra.

— Détrompez-vous ! répondit Cavalier. C'était la grande mode à Notre-Dame à l'époque ! Un nombre considérable d'élèves disposait de caméscopes. Dans la SAS, se filmer était plutôt fréquent : un moyen pour les sportifs de visualiser leur technique et, dans le meilleur des cas, d'immortaliser leurs performances. Aujourd'hui, évidemment, avec l'avènement du portable, c'est une autre histoire.

Léa se rapprocha du téléphone posé sur la table.

— Major Léa Badenco, se présenta-t-elle. Je viens de suivre vos propos et j'aurais quelques questions.

— Je vous écoute.

— Thibault Broca avait-il des amis ou des relations ?

— Non, pas que je sache. Comme je viens de l'expliquer, il était plutôt ostracisé.

— À votre connaissance, était-il relié, de près ou de loin, aux jeunes suivants : Magyd Ayed, Alexandre et David Schäffer, Valériane Ducuing ou Clara Joubert ?

— Ayed et les frères Schäffer étaient très proches, mais je crois me souvenir qu'ils étaient en terminale, l'année de mon départ, et je ne pense pas les avoir vus avec le jeune Broca. En revanche, maintenant que vous le dites, une image assez nette me revient en mémoire, concernant Clara Joubert et Thibault Broca. C'était la veille de la rentrée, le jour d'accueil des secondes.

— Oui ?

— J'étais au portillon, juste devant le parking. Je me présentais aux parents et aux jeunes qui arrivaient pour l'installation en internat. Je suis désolée, fit-elle embarrassée, mais je me souviens de cette scène parce que Clara était une jeune fille vraiment ravissante. Elle avait un joli visage rayonnant de vie, un physique athlétique, et une grande taille pour son âge et pour une fille. Bref, elle ne passait pas inaperçue. Alors, quand je l'ai vue lâcher son sac par terre pour se ruer dans les bras d'un garçon, comment dire…

— Au physique ingrat ? avança Badenco.

— Oui, c'est ça, admit-elle piteusement, j'ai été étonnée. Je me suis dit qu'ils formaient une drôle de paire, ces deux-là.

— Et ensuite ?

— C'est bien ce qui me surprend, figurez-vous. J'ai beau me creuser les méninges, je ne me souviens pas de les avoir revus ensemble.

Une connexion existait donc entre Joubert et Broca. Les deux jeunes se connaissaient avant d'arriver au lycée.

— Et Valériane Ducuing ?

— Clara et elle étaient inséparables. Si vous voyiez l'une, vous voyiez aussi l'autre.

— Quel type de tandem formaient-elles ? demanda Louise.

Il y eut un court silence témoignant que Cavalier réfléchissait.

— Elles étaient opposées mais certainement complémentaires, vu leur relation fusionnelle. Clara était extravertie, bruyante, impétueuse. Valériane était discrète, sérieuse, parfois grave pour son âge. Elle était l'élève modèle par excellence. Mais quand j'y pense, cette jeune fille avait quelque chose de particulier. C'était dans son regard... Elle observait le monde d'un œil acéré.

— Vous n'avez jamais vu Ducuing avec Broca ?

— Non, je n'en ai pas le souvenir.

— Et Ayed, Schäffer, Joubert et Ducuing se sont-ils fréquentés ?

— Pas que je sache. Les garçons étaient en terminale, les deux filles, en seconde. Bien sûr, en dehors d'Ayed qui faisait athlétisme, les autres partageaient un certain nombre d'entraînements de natation qui étaient mutualisés. Il est donc possible qu'ils se soient connus.

— Alexandre Schäffer était le tuteur vie scolaire de Clara Joubert, mentionna Léa en tendant à sa collègue un tableau qu'elle avait extrait des archives.

— Ah, ça ! fit Cavalier sur un ton amusé. J'avais complètement oublié ce dispositif. Si vous voulez mon avis, ce système de tutorat n'a jamais trop fonctionné. Les terminales avaient d'autres chats à fouetter que de chaperonner les secondes ! Mais bon, qui sait ? Ça a très bien pu amorcer une relation pour eux deux. Je n'en sais rien, en réalité.

— OK. Et pour finir sur Clara Joubert, que nous diriez-vous ?

— Vous voulez parler de ses fugues, c'est ça ?

— Pas nécessairement. À moins, bien sûr, que vous ne déteniez une information particulière ?

— Non, non, je ne sais rien de plus que tout le monde... Quel gâchis, tout de même. Je n'ai jamais pu m'expliquer quelle mouche l'avait piquée, ni la première ni la deuxième fois qu'elle a mis les voiles.

— Une rumeur a couru, au moment de la première fugue, avança Léa.

— Vous faites allusion à cette histoire de relation avec le préparateur physique. Je ne vous en aurais pas parlé de moi-même, fit-elle d'un ton ferme. Cette rumeur était fausse, et lui redonner vie vingt ans plus tard est malvenu. M. Chaban ne le mérite pas, pas plus qu'il ne le méritait à l'époque.

— Vous semblez très sûre de vous, l'accula volontairement Léa. Pourquoi ?

Cavalier conserva le silence quelques secondes. Seul l'écho de sa respiration attestait qu'elle était encore au bout du fil. Finalement, elle reprit :

— Lorsque la rumeur a commencé à enfler autour de cette prétendue liaison, j'ai été extrêmement secouée. Je doutais, je me disais : *Et si c'était vrai ?* Vos collègues ne nous rendaient pas compte des auditions qu'ils conduisaient avec les adolescents. Nous étions tenus à l'écart. Cette démarche de cloisonnement devait sûrement assurer aux élèves qu'ils pouvaient parler en toute sécurité, qu'ils ne subiraient pas de pression de la part de l'administration du lycée. Je savais donc que je n'avais pas le droit d'interférer dans l'enquête. Mais, en quittant mon poste le jeudi soir – j'en suis certaine, car Clara est revenue le lendemain –, je suis tombée sur Valériane. Elle sortait d'un entraînement. Je l'ai vue qui remontait, seule, l'allée du gymnase vers l'internat. Je n'ai pas pu me retenir. Si quelqu'un savait, c'était forcément elle, l'amie inséparable de Clara.

— Vous êtes donc allée lui parler ?

— Oui. J'ai fait mine de tomber sur elle par hasard. J'ai entamé la conversation, comme ça, l'air de rien. Je lui ai demandé si elle allait bien, si elle ne se faisait pas trop de souci pour Clara... Bref, je ne sais plus exactement comment je m'y suis prise, mais j'en suis arrivée à parler de cette fameuse rumeur. J'ai insisté sur la gravité de ces accusations, mais je vous assure que je ne cherchais pas à l'intimider. Je voulais juste savoir, vous comprenez ?

— Oui.

— J'avais l'impression de parler toute seule. Valériane continuait de marcher, tête basse, fixant ses tennis. J'allais abandonner quand elle a soufflé, sans même me regarder : « M. Chaban est innocent. » Une seconde plus tard, elle a ajouté avec précipitation : « Enfin, je crois qu'il l'est ! » Mais j'ai bien vu qu'elle cherchait à se rattraper, comme si elle en avait trop dit.

Léa et Louise se regardèrent. Nul besoin de parler pour se comprendre, toutes deux avaient lu la déposition de Ducuing à l'époque. L'adolescente s'était cantonnée à répéter qu'elle n'était au courant de rien.

— Elle était dans une sorte de conflit de loyauté ?
— C'est exactement ce que je me suis dit. Immédiatement, je lui ai demandé si elle avait fait part de ses réserves aux enquêteurs. Elle ne m'a pas répondu. Mais il ne fallait pas être Einstein pour comprendre qu'elle ne l'avait pas fait. Je la revois encore, la mine honteuse, le regard fuyant. Pour je ne sais quelle raison, elle devait conserver le silence. Quoi qu'il en soit, à cet instant, j'ai su que M. Chaban n'avait rien fait. Et le lendemain, Clara est revenue. Vous connaissez la suite…

– 32 –

Vingt ans plus tôt : début décembre 2001

Comme chaque mercredi, Clara et Valériane se présentent au garage à vélos. Étienne n'est pas derrière son comptoir, il doit être occupé aux réparations dans le hangar attenant. Clara s'avance donc jusqu'à la porte de communication.

— Étienne ?

Il y a le bruit d'une clef qu'on laisse tomber sur le sol en ciment, et la tignasse frisée du préposé aux vélos surgit de derrière un établi central jonché d'outils, de pots de graisse et de vieux chiffons.

— Tiens, Clara ! Ne me dis pas que vous allez sortir à vélo par ce temps ! Il tombe des hallebardes !

— Bah, tu sais, on a nos capes de pluie.

L'homme se redresse totalement et essuie ses mains maculées de cambouis sur un torchon plus sale encore. Il secoue la tête, comme atterré par cette jeunesse fougueuse qui ne manque jamais une occasion de faire n'importe quoi.

— Vous allez choper la mort, ouais ! lance-t-il en haussant les épaules. Vous voulez faire quoi, avec ce fichu temps ?

— On va voir l'océan !

— Faites attention, Clara. Les falaises le long de la côte...

— Sont dangereuses, et les éboulis sont fréquents, ânonne-t-elle d'un ton amusé. Tu nous le répètes chaque fois !

— Et je sais pourquoi, crois-moi. Dans vingt ans, le sentier côtier n'existera plus, lui retourne le Basque d'un ton bourru.

— Possible, mais dans vingt ans, je ne serai plus là !

L'homme laisse échapper un soupir désapprobateur, mais rejoint la jeune fille à l'accueil. Lui n'est pas là pour encadrer les jeunes, hein ! Ça, c'est le boulot des profs et des surveillants, après tout ! Il saisit deux clefs d'antivol sur le grand tableau à l'arrière du comptoir et les remet aux deux gamines.

— Vélos 12 et 18, mesdemoiselles. Signez le registre.

Les deux ados paraphent le formulaire et s'empressent d'aller récupérer les vélos numérotés dans la longue rangée courant le long du mur. Puis, protégées par leurs grandes capes, elles disparaissent sous la pluie en poussant des glapissements surexcités. Étienne maugrée un commentaire incompréhensible, secoue de nouveau la tête et retourne côté atelier.

*
* *

Depuis le parking, Clara donne la cadence. Gros braquets et pédalage tonique. Les deux filles longent le dos du grand bâtiment principal, et, déjà, au bout de la longue voie bitumée, la route de la corniche se dessine, suivant la côte qui avance dans l'océan. Il apparaît, gris, enflé, bosselé par des collines d'eau mouvantes qui viennent se fracasser sur la roche verticale dans de prodigieuses gerbes émaillées d'écume. Le spectacle est majestueux, et Clara se gorge de la fabuleuse énergie qui se dégage des flots chaotiques. Tous les sens éveillés, elle pousse un puissant cri de joie en bifurquant sur la route de la corniche. Valériane la suit, un sourire immense accroché aux lèvres. Comme toujours, avec son amie, elle se sent incroyablement vivante !

Le kilomètre qu'elles parcourent sur la grande courbe exposée aux embruns finit de les rincer. Le visage ruisselant, les tennis et le bas de pantalon trempés, elles dépassent enfin la grande ferme d'Amestoy et poursuivent jusqu'au petit bois où se niche la grange.

— Les garçons ne sont pas encore arrivés, constate Valériane en dissimulant son vélo dans la végétation. Qu'est-ce que tu fais ?

— Je marque notre territoire !

Clara a sorti un compas de son sac à dos et écorche le bois d'un jeune bouleau. Elle trace trois lettres capitales correspondant au nom qu'elle a donné à leur groupe, puis adresse un clin d'œil à son amie.

— Voilà ! On peut y aller !

Les deux adolescentes se frayent un chemin entre les arbustes, passent devant l'abreuvoir en pierre et rejoignent la vieille grange à foin. Une fois à l'abri, elles s'assoient sur une des vieilles bottes de foin et se déchaussent pour faire sécher baskets et chaussettes. Puis elles s'allongent l'une à côté de l'autre et se regardent. Un silence complice les enveloppe, mais Clara ne tient jamais longtemps sans parler.

— Pourquoi tu ne me dis jamais rien sur tes vieux, Val ?

— Parce qu'ils m'indiffèrent, répond l'adolescente sans la moindre hésitation. Je ne me sens pas vraiment attachée à eux. C'est un peu comme si un mur infranchissable nous séparait.

— Sérieux ?

— Mmm…

— Mais c'est bizarre, non ?

— Je n'en sais rien. C'est bizarre, tu crois ? plaisante Valériane.

— Ben, moi, c'est vraiment l'inverse, en fait. Même si je m'engueule souvent avec lui, je suis très, très proche de mon père. Donc, forcément, je trouve bizarre de ne pas aimer ses parents.

— Il faudrait peut-être que j'aille voir un psy, alors ?

Clara lève les yeux au ciel, puis se met à caresser les cheveux mouillés de son amie.

— Non, tu es différente, c'est tout… C'est aussi pour ça que je t'aime. Parce que tu ne ressembles pas à toutes les autres filles. Tu es comme… comme une comète surgie du grand trou noir de ma minuscule vie et qui bouleverse tout mon univers, improvise Clara.

Puis elle s'arrête, considère ses propres mots et pouffe de rire.

— J'ai toujours été nulle en poésie !

Valériane ne se moque pas. Elle sait que ces quelques mots viennent de *s'encrer* dans son cœur, comme une décalcomanie indélébile.

— Moi aussi, je t'aime.

Mais elle est trop pudique pour confier à Clara que c'est la première fois pour elle. Qu'avant elle ignorait ce que s'attacher voulait dire. Qu'avant elle était comme un vaisseau sans arrimage ballotté au gré des vents de l'existence. Et qu'elle a aujourd'hui le vertige. L'immense peur du vide. De cette béance qui l'absorberait tout entière si jamais Clara n'était plus son amie.

Des raclements à l'extérieur interrompent le tête-à-tête. Les garçons arrivent.

*
* *

Le groupe retient son souffle devant les images qui défilent sur le petit écran du caméscope. Alexandre se tient debout sur l'étroit muret de béton qui borde le toit plat de la cantine. Vingt centimètres de large. Guère davantage. S'il tombe du mauvais côté, c'est le grand saut dans le vide jusqu'au bitume, six mètres plus bas. Clara a beau savoir que tout va bien – Alex est là, juste à côté –, la peur lui tord le ventre.

— Personne ne vous a vus ? demande Valériane.

— David m'a filmé vendredi après-midi, répond Alexandre. C'est le seul moment de la semaine où les cuisines sont fermées, vu qu'il n'y a plus de repas à préparer. Je suis arrivé au cours de bio en boitant. J'ai dit que je craignais de m'être claqué un muscle, le matin, à l'entraînement. J'ai fait genre j'avais vraiment mal, et David a proposé de m'accompagner à l'infirmerie, histoire de me soutenir pour marcher.

Sur la vidéo, Alexandre avance prudemment, bras en croix. De temps en temps, il oscille et plie légèrement les genoux pour se stabiliser.

— Vous êtes montés comment ?

— Grâce à la cuve de gaz à l'arrière du bâtiment. Il y a une échelle qui permet d'accéder au couvercle pour le remplissage. Une fois que tu es au sommet de la cuve, ce n'est pas très dur d'escalader.

Valériane ouvre deux grands yeux et se crispe soudain. Sur le petit écran, Alexandre tangue dangereusement. Il parvient à se rétablir en moulinant des bras.

— T'es complètement ouf ! lui lance-t-elle en riant nerveusement.

— Dit la fille qui m'a lancé le défi !

— Je ne t'ai pas dit de marcher sur une murette aussi étroite à six mètres au-dessus du vide ! Je t'ai juste mis au défi de faire un truc dangereux !

— Ben, comme tu le vois, c'est fait, crâne-t-il.

La vidéo s'achève. Alexandre a atteint le bout de la murette. Sain et sauf. Un silence épais plane dans l'air. Même Magyd se tait, lui qui d'habitude ne perd jamais une occasion d'exprimer ses pensées à haute voix. Clara, elle, tente de demeurer impassible, mais la peur lui a tellement retourné le ventre qu'elle a envie de vomir.

— Allez, avouez ! Vous êtes sciés, hein ? fanfaronne Alex en observant Clara à la dérobée.

— Bof, se moque-t-elle, tu es loin de détrôner Magyd ! Il faut dire qu'en termes de démonstration de virilité il aura au moins essayé de…

— Mais ferme ta putain de gueule, Clara ! s'énerve Magyd.

Puis il se tourne vers Alexandre et lui balance :
— Tu aurais pu tomber, Alex ! Et là, adieu tes sélections pour les championnats de France, mon gars !
— T'inquiète, gros ! Il se serait recyclé pour les paralympiques ! le raille Clara.

Magyd lui décoche un regard mauvais, mais le reste du groupe se marre déjà ou fait semblant – difficile à savoir.

— Hé ! J'ai apporté nos autres vidéos. Si ça vous dit, on peut s'en mater une ! propose David.
— Histoire de revoir au ralenti les exploits sexuels de Magyd ! lance Clara.
— Sérieux, ça t'a plu, c'est ça ? Tu en redemandes, en fait ! À défaut d'oser, tu aimes te rincer l'œil, hein, ma petite caille ?

Quelque chose dans le regard de Magyd incite Clara à ne pas répondre. Elle se contente de lever son majeur et escalade les bottes de foin jusqu'au fenestron donnant sur le grand champ d'Amestoy. La prairie est gorgée d'eau, des flaques se sont formées dans les creux, et des rigoles ruissellent vers le fossé. Clara tire sur sa fermeture Éclair pour protéger son cou du courant d'air qui la glace. Des rires s'élèvent derrière elle. Elle reconnaît la vidéo où David a pissé dans la bouteille de Duclos, mais elle n'esquisse même pas un sourire. Elle pense que dans quelques minutes il y aura le chapeau. Que Magyd sera peut-être désigné. Et que, si c'est le cas, il ne manquera pas de lui lancer un défi bien dégueulasse. Cette idée lui provoque un frisson. *Tu l'as bien cherché*, se dit-elle. Faux. En réalité, elle était certaine qu'il refuserait. Qu'il perdrait. Et qu'il serait donc exclu du groupe. Enfin.

— Admets que tu as eu peur pour moi, lui susurre une voix au creux de l'oreille.

Alex l'a rejointe. Son souffle sur sa nuque est un supplice. Son parfum est un supplice. Clara sent son ventre s'embraser. Elle ne peut plus résister. Ne veut plus résister. Mais la voix de Valériane la rappelle à l'ordre : « Tu as compris que si tu craques pour lui, il n'y aura plus de jeu de séduction, donc plus d'attirance. Du coup, fin de l'histoire... »

— Tu étais à côté de nous, Alex, difficile de redouter que tu tombes dans le vide, lui retourne-t-elle d'une voix neutre.

Alexandre s'assoit juste à côté d'elle, l'air de rien, mais elle est presque sûre d'avoir vu une ombre passer sur son visage.

— Écoute, Clara, murmure-t-il en souriant, tu me plais, je te plais...

— Quoi ? ricane-t-elle exagérément. Mais tu rêves !

— Vas-y, dis-moi, là, maintenant, droit dans les yeux, que je te laisse indifférente.

— C'est le cas, Alex. D'ailleurs, tu sais déjà que j'ai des vues sur quelqu'un d'autre.

— Pff, encore cette histoire avec Chaban ?

— Ben quoi ? S'il ne marche pas sur une murette à la con au-dessus du vide, c'est peut-être qu'il a passé l'âge, lui !

— C'est un prof, Clara, c'est mort.

— On verra bien !

Et sans attendre, avant de n'en être plus capable, elle rejoint le groupe sur le plancher du grenier. La vidéo de Duclos s'achève un instant plus tard dans l'hilarité générale.

— Allez, Alex, descends ! On t'attend pour le chapeau ! lance Magyd, surexcité, en fixant Clara d'un œil menaçant.

*
* *

Alexandre ramasse la boule de papier la plus proche de sa chaussure. Il la défroisse et la montre au groupe. C'est la sienne. Magyd étouffe un juron, et Clara respire de nouveau. *Tu y échappes aujourd'hui, mais ça arrivera forcément, un jour ou l'autre*, se dit-elle.

— OK. Vu que je suis désigné, je défie Clara, énonce Alexandre.

Une seconde file, puis il assène, narquois :

— Clara, tu dois détruire la voiture de Chaban. Cap' ou pas cap' ?

– 33 –

Je pourrais lui rendre une petite visite

Julien Keller considéra l'ensemble des informations qu'il avait récoltées. Une impression excitante et familière avait pris vie en lui – celle de tenir une piste, *une bonne piste*. Malgré la liste interminable des questions encore sans réponse. Il activa son téléphone, appela Léa et tomba sur le répondeur.

— C'est Julien. J'ai fait un premier tour d'horizon sur Broca. J'aimerais vous faire un topo assez rapidement. Tiens-moi au courant.

Un texto de Louise lui répondit quelques secondes plus tard : « On arrive dans trente minutes. Prépare un café, STP. » Keller se leva, étira son dos et s'activa autour de la cafetière. Ensuite, il retourna se poster devant son ordinateur et profita du temps qui lui restait pour replonger dans les arcanes d'Internet, en quête d'éclairages supplémentaires sur la culture japonaise qui lui était aussi familière que devait l'être la confection d'une baguette tradition pour un mangeur de sushis. Absorbé par ses recherches, il ne vit pas les minutes filer et sursauta quand ses collègues franchirent la porte. L'expression maussade des deux femmes ne lui échappa pas, et il demanda spontanément :

— Ça va ?

— Tu veux dire, en dehors de la vertigineuse sensation d'être lancée à cent vingt à l'heure sur une piste de bobsleigh, un bandeau sur les yeux ?

— C'est à peu près ça, en effet, apprécia Léa d'une voix aussi lasse qu'amusée.

Keller sourit de la boutade, tout en se demandant à quel moment et comment les deux femmes avaient pactisé. *Peu importe, c'est bien mieux ainsi*, se dit-il. Puis il se leva et appuya sur le bouton *on* de la cafetière.

— Et si vous me faisiez un compte rendu clair et ordonné ?

Léa souffla bruyamment et se lança dans le récit des découvertes de leur journée. Quand elle eut fini, Keller fronça les sourcils.

— Donc Thibault Broca était victime de harcèlement ? Intéressant ! Cela pourrait-il constituer un mobile, vingt ans plus tard ?

— Pourquoi ? Ce type a le profil ? réagit Léa avec intérêt.

— Oui, et à plus d'un titre !

Keller s'interrompit pour servir trois tasses de café, puis retourna s'asseoir face à ses collègues.

— Thibault Broca. Trente-cinq ans. Maître en bonsaïs, installé à Esquiule, dans le Béarn, depuis décembre 2012.

— Maître en bonsaïs ?

— Oui. Au Japon, restreindre et façonner la croissance d'un arbre relève d'un art ancestral, et ceux qui le pratiquent avec succès et reconnaissance sont considérés comme des « maîtres en bonsaïs ».

— Broca vit de ça ?

Keller hocha la tête.

— Il dispose d'une serre et d'un grand jardin dans lesquels il officie. Ses créations s'exportent dans le monde entier et certaines d'entre elles se sont vendues à des sommes avoisinant les douze mille euros.

— Ah oui, quand même !

— Je vous passe les détails, mais Broca a quitté Hendaye après son année de seconde et a fait le reste de son lycée à Saint-Vincent-de-Paul, établissement privé de Bagnères-de-Bigorre. À dix-huit ans, son bac en poche, il quitte la France. Féru de culture japonaise, il s'installe à Saitama, pas très loin de Tokyo, pour se former auprès de Masahiko Kimura, maître en bonsaïs, ayant lui-même fait ses armes auprès du grand Motosuke Amano considéré comme une référence. Broca suit l'enseignement de Kimura pendant dix ans. Parallèlement, il se forme aussi à l'iaidō, art martial japonais sans adversaire physique, consistant au maniement du sabre par des katas et des techniques codifiées, et visant le perfectionnement du geste, donc de soi-même.

— Côté art martial, j'aurais plutôt misé sur le sumo, blagua Louise. D'après nos informations, Thibault Broca souffrait d'obésité.

Keller tourna vers ses collègues l'écran de son ordinateur, révélant l'image d'un homme mince et athlétique, maniant un petit ciseau devant un bonsaï.

— Broca, en 2011, dans le jardin de Kimura à Saitama, fit-il. C'est une photo que j'ai trouvée sur

Internet, après des heures de recherche. Sur son site, Broca ne met en avant que ses créations, lui ne se montre guère.

— La transformation est stupéfiante ! s'étonna Louise en repensant à la photo du dossier scolaire.

— Les effets de l'iaidō ? D'après mes recherches, c'est une discipline très exigeante.

— Comme tous les arts martiaux, non ?

— Oui, tu as raison, admit Julien. En tout cas, le départ de Broca pour le Japon amorce deux chemins d'apprentissage très rigoureux : l'iaidō et les bonsaïs. Notre homme avait certainement besoin de prendre un virage radical, et il l'a fait.

— On voit ça, approuva Léa. Quoi d'autre sur lui ?

— J'ai creusé cette histoire d'entrave des victimes, et il se trouve qu'un art ancestral japonais appelé le *Kinbaku* est ressorti de mes recherches, expliqua Keller en tournant à nouveau son ordinateur vers ses collègues.

Sur l'écran apparurent alors des images de femmes ligotées grâce à un savant entrelacs de cordelettes.

— Comme vous pouvez le voir, reprit Julien, le *Kinbaku* consiste à immobiliser quelqu'un pour le châtier ou pour le soumettre. Aujourd'hui, il est beaucoup utilisé en BDSM, mais cet art du ligotage n'a pas servi qu'à des fins sexuelles, loin de là, et il porte un nom différent selon le contexte d'utilisation.

— Tu penses que Broca a pu être initié à ça, durant son séjour au Japon ?

— Pourquoi pas, c'est une hypothèse…

— Sauf que nos victimes n'ont pas été immobilisées grâce à des cordelettes, tempéra Louise, mais à l'aide d'un sac de bondage amélioré. On ne peut donc pas considérer le mode d'attache comme un élément distinctif de signature.

— Mmm, je rejoins Louise, approuva Léa. En utilisant un sac de bondage *prêt à l'emploi*, le tueur n'a besoin d'aucune connaissance en… ?

— *Kinbaku*, compléta Keller.

— Voilà. Il lui suffit de serrer les sangles comme un malade, et le tour est joué. L'immobilisation fait partie de son mode opératoire, mais le moyen utilisé n'est pas révélateur d'un savoir-faire spécifique.

Keller acquiesça d'un vague haussement d'épaules, puis poursuivit son exposé sur Broca :

— Il semble avoir une réelle aversion pour le monde numérique. Aucune présence sur les réseaux sociaux. Pas de téléphone portable, juste un fixe.

— Pas de portable, tu es sûr ?

— Broca n'a pas d'abonnement à son nom, en tout cas. Et aucun 06 n'apparaît sur son site Internet. En même temps, étant donné le style de vie du bonhomme !

— C'est-à-dire ?

— J'ai appelé nos collègues d'Esquiule pour obtenir quelques informations. Broca vit isolé. Un vrai ermite. Il est célibataire, sans enfant, et les gendarmes le décrivent comme un homme très discret et peu liant, bien que jouissant d'une certaine réputation dans le coin.

Louise reporta de nouveau son regard sur la photo de Broca. Il était devenu bel homme. Coupe rase laissant juste apparaître la blondeur de ses cheveux, visage carré et sec, et des yeux couleur miel rivés sur le petit arbuste devant lui. Un éclat dans l'intensité de son regard révélait une grande force intérieure.

— J'ai consulté les fichiers de la préfecture, reprit Keller. Broca est propriétaire de deux véhicules : un Range Rover gris de 2005 acquis en décembre 2012 et une Clio IV bleu métallisé achetée neuve en octobre 2020.

Les gendarmes échangèrent un regard nerveux. Un des rares éléments matériels en leur possession reliait le maître de bonsaïs au témoignage du jeune livreur.

— Bien sûr, pour le moment, rien n'indique que les pneumatiques de Broca correspondent aux empreintes relevées chez Ducuing, ajouta Keller.

— Et Esquiule, c'est où exactement ? demanda Léa.

— Au sud d'Oloron-Sainte-Marie. À mi-chemin entre Sarrouilles et Cambo-les-Bains, autrement dit entre les deux scènes de crime, précisa Keller.

— OK. On sait désormais que Thibault Broca était harcelé à Hendaye et qu'un film humiliant aurait circulé auprès des élèves. Est-ce que nos victimes ont eu quelque chose à voir là-dedans ? Et si oui, cette vieille humiliation pourrait-elle constituer un mobile de vengeance aujourd'hui ? interrogea Louise d'un ton sceptique.

— Nous avons aussi ce tag « MPC » sur la voiture de Chaban, et la théorie que Broca pourrait en être le coupable, ajouta Léa. En revanche, que vient faire la disparition de Clara Joubert dans tout ça ?

Il y eut un silence médusé, puis Keller se décida :

— Regardons les éléments matériels : d'un, Broca possède un véhicule bleu métallisé. De deux, il a fréquenté Notre-Dame durant l'année scolaire 2001-2002. De trois, d'après les déclarations de l'ancienne CPE, il connaissait Clara Joubert.

Durant son énumération, Keller avait ostensiblement levé un par un les doigts de sa main gauche. Il poursuivit sur sa lancée :

— Parallèlement, pas de téléphone portable, donc compliqué de vérifier ses déplacements au moment de l'agression de Ducuing et de la mort d'Ayed. Un retour en France avec une installation à proximité des victimes. Et, pour couronner le tout, un mobile – même s'il semble ténu – avec cette histoire de harcèlement.

Léa hocha lentement la tête.

— Demain, Louise et moi avons prévu d'aller dans le 65 pour rencontrer Roman Joubert et asticoter Ducuing. De ton côté, Julien, au vu des éléments que tu as dégotés sur Broca, continue de creuser sur ce type.

— Je pourrais lui rendre une petite visite, proposa-t-il, profiter de cette rencontre informelle pour me faire une idée sur le bonhomme, ainsi que jeter un œil à la marque des pneus de sa Clio.

— OK, approuva Léa.

Louise regarda sa montre. Il était 18 h 45. Un rapide calcul la décida : en partant immédiatement et en mettant les gaz, elle serait chez elle vers 20 h 30. Quitte à enquêter dans le Tarbais le lendemain, autant profiter d'un intermède chez elle.

– 34 –

Je travaille
avec une jeune femme très obtuse

Louise était réveillée depuis quelques minutes et observait le large dos de Farid qui dormait toujours à poings fermés. *Il ne s'est même pas rendu compte de la présence d'Omoko à côté de son oreiller*, se dit-elle. Elle eut un sourire amusé et décida de se lever. Elle enfila son peignoir et descendit les escaliers sur la pointe des pieds, direction la cafetière. Léa arriverait sur les coups de 10 heures, Louise n'était donc pas pressée. Elle pourrait même profiter d'un petit déjeuner avec Farid – s'il se levait à temps. Du bruit dans l'escalier lui indiqua que le chat dévalait les marches. Il débola dans la cuisine, les yeux encore ensommeillés, et étira son corps en tendant ses pattes avant.

— Toujours aussi discret, mon *Gromoko* ! se moqua Louise en lui caressant longuement le dos.

Satisfait, le chat bâilla, passa avec indifférence devant la jolie panière douillette que Farid avait achetée et fila dehors par la chatière. L'odeur du café s'élevait déjà dans la cuisine, et la gendarme se servit une tasse avant même d'attendre la fin du filtrage. Puis elle se posta devant la fenêtre et observa le lent réveil de l'aube. Une lumière pâle chassait les ombres, révélant le frimas qui s'était déposé sur la pelouse durant la nuit. Elle sirota lentement son café fumant, figée derrière la vitre, pleine de cette joie simple d'assister au lever du jour. Les oiseaux profitaient des premiers rayons pour aller picorer les boules de graisse suspendues au cerisier décharné, et elle suivit leur ballet gracieux émaillé de pépiements et de battements d'ailes à peine audibles depuis l'intérieur.

— Bonjour, toi ! Déjà levée ? lança Farid dans son dos.

Il avait enfilé à la hâte un jean et un tee-shirt et marchait pieds nus, comme chaque matin. Il se servit une tasse de café, déposa un baiser sur sa nuque et se posta à côté d'elle. Durant un long moment, tous deux profitèrent silencieusement du paysage que la lente progression du soleil modifiait de minute en minute. Puis Louise posa sa tête contre l'épaule de son compagnon.

— Tu n'imagines pas le bien que ça me fait de retrouver mon chez-moi. Même si cette parenthèse est hyper courte.

— Es-tu réellement obligée de la refermer ?

— Hélas, oui… Si je ne m'abuse, tu connais bien les contraintes de mon travail, major Benchick !

Farid lui répondit par une grimace désabusée.

— D'ailleurs, comment ça va, toi, dans ton équipe ?

— La routine, fit-il. Des dossiers par-dessus la tête, auxquels vient de s'ajouter une sale histoire de *home jacking*, à Oursbelille.

— C'est tombé quand ?
— Hier matin.
— Et tu ne m'en as pas parlé hier soir ?
— Je n'allais certainement pas gâcher notre tête-à-tête avec le boulot !

Effectivement, s'ils commençaient à parler meurtres, viols et agressions dès qu'ils se retrouvaient, leur vie de couple et leur quotidien s'en ressentiraient vite.

— Bien. Et maintenant qu'on a ouvert la discussion, tu m'en dis plus ?
— C'est moche, je te préviens. L'aide à domicile a découvert son patient, quatre-vingt-cinq ans, dévêtu, attaché à une chaise, couvert d'hématomes et de brûlures de cigarettes. Le pauvre homme est à l'hôpital, dans un état critique.
— En effet, c'est moche. Des pistes ?
— Possible. D'ailleurs, je démarre dans quarante minutes.
— Ah, c'est pour ça que tu t'es levé si tôt, je me disais aussi ! se moqua-t-elle, avec tendresse.
— J'avoue... Bon, et toi ?

Louise laissa échapper un long soupir, songea rapidement à la somme des éléments qu'elle aurait à expliquer pour que Farid ait toutes les cartes en main et renonça. Au final, elle résuma ce qui la préoccupait à quelques mots :

— Je travaille avec une jeune femme très obtuse.
— *Ouch !* s'amusa Farid.
— Et qui veut aller vite, très vite... trop vite.
— Trop vite ?
— Depuis une semaine, on saute de piste en piste, sans aucune vue d'ensemble. Je n'aime pas ça.

Je déteste ça, même... Avancer sans comprendre, ça n'est vraiment pas mon truc.

— Parle-lui-en.

— Je l'ai fait.

— Et ?

— Eh bien... je n'ai peut-être pas su mettre les formes. C'est parti en clash.

— Genre ?

— Genre gros clash. Bon, ça s'est tout de même bien fini.

— Mais ?

— Mais mon sentiment reste le même. J'ai l'impression qu'on est semblables à des hamsters courant dans une roue !

— Beaucoup de mouvements et d'énergie pour du surplace.

— Exactement. J'aimerais sauter de cette satanée roue et prendre de la hauteur.

— Eh bien, fais-le.

Louise sourit.

— Sauf que j'ai peut-être complètement tort ! Comme le dit Léa, le boulot d'enquêteur consiste à récolter les indices et à suivre les pistes qu'ils ouvrent.

— Mais il arrive souvent qu'on ait une autre lecture du paysage en sortant des sentiers battus.

La gendarme opina du chef et décida de clore l'échange.

— Je finirai peut-être par le faire... En attendant, file te préparer ou tu vas être en retard !

– 35 –

La souffrance avait étendu son suaire

Louise entra l'adresse de M. Joubert dans le GPS et démarra. Assise côté passager, Léa semblait montée sur ressorts.

— J'y ai réfléchi toute la nuit. Si les empreintes de pneus correspondent, alors Broca pourrait bien être notre homme…

— Calme tes ardeurs, Léa, rien ne l'atteste.

— En tout cas, c'est lui qui a jeté Chaban en pâture aux enquêteurs. Et il y a aussi cette histoire de harcèlement !

— Je sais. Mais nous n'avons pas encore réussi à relier entre eux Ducuing, Ayed, Clara et ce type… Et puis, que signifie MPC ? Pourquoi utiliser ce sigle sur la voiture de Chaban, puis vingt ans plus tard sur des lieux de crimes ? Et surtout, ce vieux harcèlement constitue-t-il vraiment un mobile pour Broca ?

Léa pinça les lèvres et lança :

— Tu crains une enquête à charge ?

— C'est un risque, en effet. Et nous devons absolument éviter ce piège.

Léa cessa de parler et se plongea dans la contemplation d'un paysage automnal pétrifié par le froid. La petite route conduisant chez Joubert sinuait à flanc de mont, légèrement au-dessus de Bagnères-de-Bigorre, et le panorama offrait une succession de collines boisées qui grimpaient dans les hauteurs. La voiture dépassa un centre équestre, se lança dans une descente, puis le GPS indiqua qu'il fallait tourner à droite. Sa voix électronique s'éleva alors :

— Vous êtes arrivé à *allée des Coustères, lieu-dit La Gailleste, 65200 Pouzac.*

— C'est le numéro 17, précisa Louise en s'engageant sur une pente raide et droite qui distribuait une succession de maisons bordées par la forêt.

Loin de la standardisation des lotissements récents, le quartier rendait hommage à une époque révolue : les terrains étaient grands, et les propriétés, toutes différentes. Le numéro 17 se trouvait en haut d'une côte. Une Fiat Panda rouge stationnait sur un parterre de pavés autobloquants à l'avant de la maison. Construite sur deux niveaux, la demeure devait dater des années 1970-1980, avec son rez-de-chaussée réservé au garage, comme en attestait une grande et haute porte fermée. Un escalier extérieur grimpait à flanc de maison jusqu'à un large balcon qui courait sur tout un côté, et la porte d'entrée se trouvait juste en haut des marches. Elle était dépourvue de sonnette, et Louise frappa.

Un instant plus tard, Joubert leur ouvrit. Il était visiblement le genre de personne que la vie avait marquée au fer rouge : la tristesse faisait chez lui comme un vêtement et l'avait prématurément vieilli. Maigre et le dos voûté, il semblait perdu dans l'existence, comme un pantin démantibulé qu'un enfant négligent aurait oublié dans le recoin d'une aire de jeux désaffectée.

— Vous souhaitiez me rencontrer ? fit-il après les avoir fait asseoir dans la salle à manger.

— Nous ne sommes pas ici pour remuer le couteau dans la plaie, comme on dit, mais une enquête en cours nous incite aujourd'hui à nous intéresser à votre fille, avança Louise d'une voix précautionneuse.

Alors que la gendarme redoutait de provoquer un reflux de douleur, l'homme se contenta de hocher la tête dans une expression résignée. La souffrance avait étendu son suaire sur les ultimes particules de lumière en lui ; elle constituait désormais un état stationnaire, sans espoir de rémission, ni risque d'amplification. Joubert était un mort-vivant.

— Je vous écoute, fit-il d'une voix râpeuse.

Léa ouvrit la bouche mais elle fut immédiatement interrompue par la sonnerie d'un téléphone.

— Excusez-moi, fit l'homme en se levant.

Il traîna alors les pieds vers un guéridon où reposait un téléphone fixe de couleur orange vif au design incurvé, avec son long fil noir en spirale entortillé par des années d'usage. Les gendarmes en profitèrent pour jeter un coup œil à la pièce. Ici, le temps s'était arrêté à la disparition de Clara. Tapisserie fanée. Mobilier vieillot. Carrelage terne. Rideaux fatigués. Grand pêle-mêle au mur dédié à Clara, de sa naissance à son adolescence. Force était d'admettre qu'elle était sublime, avec son visage gracieux et son regard mutin. Mais les photos commençaient à dater, elles aussi, comme le rappelaient les vêtements totalement passés de mode que portait l'enfant, puis la jeune fille.

— Elle est superbe, n'est-ce pas ? commenta Joubert en revenant.

Et le sourire fugace qui éclaira son visage laissa un instant entrevoir l'homme qu'il avait jadis été.

— En effet, elle l'est.

— Bien, je vous écoute.

— Monsieur, nous conduisons une enquête reliée à la période 2001-2002 au lycée Notre-Dame-de-la-Piété.

— Ah bon ?

— Cela étant, il serait prématuré d'affirmer que notre dossier et les événements qui ont jalonné la seconde de votre fille sont liés.

— D'accord, répondit-il en interrogeant les gendarmes d'un regard intrigué.

— Par prudence, pour le moment, nous préférons ne pas communiquer sur les éléments de notre enquête. Mais votre témoignage pourrait nous éclairer…

Malgré une frustration visible et compréhensible, Joubert acquiesça.

— Pour commencer, monsieur, les lettres MPC vous disent-elles quelque chose ?

— MPC ?… Non, de quoi s'agit-il ? D'initiales ?

— Nous cherchons justement à le savoir.

Léa marqua un temps d'arrêt et reprit :

— Nous avons parcouru le dossier concernant les fugues de…

— Quelles fugues ? coupa-t-il d'un ton irrité.

Les gendarmes échangèrent un regard furtif.

— Je ne suis pas fou, mesdames, si c'est ce que vous redoutez. Simplement, je ne saurais donner le moindre crédit à cette histoire de fugues.

— Pourtant, Clara elle-même a déclaré aux gendarmes…

— Clara a menti.

— Comment ça ? Elle vous l'a dit ?

— Inutile. Je le sais, c'est tout. Point final.

Louise scruta l'homme à la mine fermée qui se tenait devant elle et comprit comme une évidence qu'il avait depuis longtemps renoncé à argumenter. Il avait renoncé parce que personne ne l'avait jamais cru. Or, il n'est rien de plus usant que de mener un combat perdu d'avance. Le seul et unique moyen de le faire *vraiment* parler tenait certainement en deux mots : le croire.

— Mais, monsieur, entama Léa…

— Et pourquoi pas, après tout ? la coupa Louise en lui adressant un regard appuyé. Que sait-on de cette histoire, en réalité ?

La jeune gendarme fronça les sourcils, fixa longuement Louise, et finit par hocher lentement la tête, comprenant l'intention de sa collègue. Puis elle reporta son attention sur Joubert.

— Monsieur, puisque Clara n'a pas fugué, savez-vous pourquoi elle a *disparu* ?

Il parut un instant désarçonné par la tournure de l'échange, puis son regard se porta sur le pêle-mêle et, d'une voix songeuse, il démarra son récit :

— Je n'ai aucune idée de ce qui a motivé Clara à disparaître pendant toute une semaine. En revanche, je sais que ma fille n'a pas fui. Elle n'a d'ailleurs jamais fui quoi ni qui que ce soit ! Sa mère est décédée quand

Clara était encore une fillette, et elle et moi avons toujours été très unis. Il y avait un grand amour entre nous. Bien sûr, Clara avait son tempérament. C'était une fille déterminée, impétueuse et débordante de vie ! À l'instar de sa mère.

— Vous parlez de Clara au passé, releva doucement Louise.

— Oui. Si Clara était en vie, elle me l'aurait fait savoir depuis très longtemps… Croyez-le ou non, ma fille ne m'aurait jamais laissé sans nouvelles.

Son regard trop assuré ? Une légère inflexion dans la prononciation de « Croyez-le ou non » ? Ou une intuition, tout simplement ? Louise fut certaine qu'elle avait raison.

— Elle vous a contacté, n'est-ce pas, monsieur Joubert ? Lors de sa première « fugue », fit-elle en mimant des guillemets.

L'homme approuva d'un battement de paupières. Et quelque chose comme du soulagement détendit ses traits et sa posture tout entière.

— Mais ça n'a pas été le cas en juin 2002 ?
— Hélas.
— J'en suis désolée, vraiment… Quand Clara vous a-t-elle fait signe, la première fois ? Comment ? Et surtout, pourquoi n'avoir rien dit aux gendarmes ?

— En réalité, je n'ai jamais évoqué cet appel avec quiconque avant aujourd'hui.

— Il est peut-être temps, alors. Et, qui sait, cette vérité apportera peut-être des réponses.

Joubert se racla la gorge et raconta :

— Clara m'a téléphoné le dimanche soir, quarante-huit heures après avoir disparu. Mon soulagement en reconnaissant sa voix… il n'y a pas de mot pour ça. Ma fille était honteuse, elle m'a dit : « Papa, pardon, pardon, pardon ! Je suis désolée, mon papounet chéri. Je vais bien, tu entends, je vais bien. Tout va bien. Personne ne me fait de mal, je te le jure sur la mémoire de maman. » Cette dernière mention m'a attesté que c'était vrai. Si quelqu'un l'obligeait à me téléphoner, il n'aurait jamais pu lui dicter ces mots-là précis.

— D'accord. Mais vous a-t-elle expliqué pourquoi elle était partie ?

— Non. Elle m'a juste affirmé ceci : « Je te demande de me faire confiance, d'accord ? Je reviendrai au lycée vendredi prochain. Ni avant ni après. Je ne peux pas t'expliquer pourquoi je fais ça, mais j'ai une bonne raison. »

— Et vous n'avez pas trouvé utile d'en informer les gendarmes ?

Joubert sourit tristement.

— Avant de raccrocher, Clara m'a fait promettre de ne pas le faire : « Papa, normalement, je n'aurais pas dû t'appeler. Je veux que tu me jures que tu ne me trahiras pas. S'il te plaît, ne me fais pas regretter de t'avoir prévenu que je vais bien ! J'ai confiance en toi, tu entends ? Je te fais confiance. Alors jure-moi, là, maintenant, que tu garderas le secret. Jure-le. »

Il leva les yeux vers les gendarmes.

— Et je le lui ai juré. Pour deux raisons. La première : ma fille me faisait confiance. La seconde : qu'adviendrait-il si je la trahissais ? Hein ? Ne comprenant rien aux tenants et aux aboutissants de cette histoire, je ne voulais surtout pas courir le risque qu'il arrive quoi que ce soit à Clara par ma faute.

Léa et Louise n'en revenaient pas. La rencontre prenait un tournant totalement inattendu, obscurcissant davantage encore leur vision de l'affaire.

— L'enquête s'est donc poursuivie, reprit-il. Un désastre ! J'assistais, impuissant, à la mise en route d'une vraie machine de guerre. Le mercredi, cette histoire de prof abuseur est venue sur la table. J'étais choqué. Je me suis dit que Clara avait peut-être mis les voiles pour que cette vérité éclate au grand jour. Je ne savais plus que penser !

— Vous savez que M. Chaban n'avait, en réalité, rien à se reprocher ?

— Je le sais, dit-il, la mine contrite. Lorsque Clara est revenue, j'ai exigé qu'on lui fasse un examen médico-légal. Comme l'affaire demeurait obscure, qu'il y avait cette suspicion d'abus sur mineur, les gendarmes étaient parfaitement d'accord avec moi. Je me souviens que Clara était furieuse, mais elle y a consenti parce qu'elle était consciente que c'était incontournable. Et les résultats sont tombés : ma fille n'avait pas été déflorée. Et son corps ne portait aucun signe de violences.

— Une fois de retour à la maison, que vous a confié Clara ? À vous ?

— Elle m'a serré dans ses bras, longtemps, très fort, en pleurant. Puis elle s'est assise dans le canapé, fit-il en désignant le côté salon de la pièce, et elle m'a dit ceci : « Merci, papa, de n'avoir pas parlé de mon appel. C'était très important pour moi. Je sais que tu as des millions de questions, mais je ne peux pas t'expliquer pourquoi j'ai agi ainsi... pas avant quelques années, en tout cas. » Ça m'a mis très en colère. Je lui ai crié dessus. Elle a essuyé mes récriminations sans riposter.

Elle savait que j'avais raison. Je l'ai consignée dans sa chambre, chaque week-end, pendant un mois. Mais elle n'a jamais donné la moindre explication à cet épisode... Alors, que vouliez-vous que je fasse, bon Dieu ?!

Un long silence ponctua son récit. Puis Louise demanda :

— Et lorsque Clara a de nouveau disparu, au mois de juin, vous avez préféré taire cette réalité, parce qu'elle n'aurait fait qu'accréditer la piste d'un départ volontaire avec retour programmé, je me trompe ?

— C'est ça. Non seulement je serais passé pour un fou aux yeux des gendarmes, mais en plus ils se seraient servis de mon récit pour faire le minimum syndical. Mieux valait qu'ils croient à une nouvelle fugue, même si, passé les premiers jours, j'ai tenté de toutes mes forces de leur prouver le contraire, bien sûr.

Le piège du secret s'était donc refermé sur le pauvre homme. Les deux gendarmes se regardèrent avec intensité. Elles venaient de déterrer un élément inédit, pourtant ce dernier faisait naître plus de questions qu'il ne donnait de réponses.

— Malgré mon insistance, j'ai compris que les gendarmes jetaient l'éponge. Du coup, j'ai embauché un détective privé, ajouta-t-il en se levant.

Louise nota la lassitude qui ralentissait chacun de ses mouvements. Chaque élan corporel semblait plombé, alourdi par la charge d'une douleur latente. L'homme ouvrit une des portes du bahut derrière lui et extirpa un épais dossier qu'il posa sur la table.

— Merko a bossé pour moi pendant deux ans. Les enquêteurs ayant affirmé que Clara avait pris le train à Hendaye, il a voulu le vérifier. Il a prospecté en France et en Espagne. Nulle trace de ma fille, rien ! J'en suis sûr, Clara n'a jamais pris aucun train.

Joubert se tut. Son regard trahissait l'amertume qui le rongeait depuis toutes ces années. Léa laissa filer quelques secondes et le relança :

— Si nous mettons de côté ces deux disparitions, monsieur, que pouvez-vous nous dire de l'année de seconde de votre fille ?

— J'ai tellement réfléchi à cette question que je vais pouvoir vous répondre sans trop d'hésitations. Mais, avant toute chose, sachez que Clara n'a jamais permis que je me mêle de ses affaires, elle défendait son territoire intime avec férocité. Si elle pensait avoir besoin de moi, de mon regard, de mon expérience, elle n'hésitait pas à venir me trouver. En revanche, je n'étais pas autorisé à pénétrer sa sphère sans qu'elle m'y invite. Tout ça pour dire que les propos qui vont suivre sont des observations, des déductions, et non des confidences directes de Clara.

Il regarda les gendarmes, qui l'encouragèrent à poursuivre.

— La seconde a été une année charnière pour Clara. Ça, c'est certain ! Elle rêvait de ce lycée depuis la sixième. Elle me bassinait avec ça. Elle voulait faire une grande carrière sportive et elle avait de réelles dispositions. Malgré l'éloignement, j'ai validé son choix. Le premier grand virage que j'ai noté chez Clara, c'est l'amitié profonde qu'elle a nouée avec sa camarade de chambrée, Valériane.

Louise et Léa se tendirent imperceptiblement.

— Jusque-là, Clara n'avait qu'un seul et unique ami. À mon grand désespoir, d'ailleurs, ajouta-t-il en secouant la tête. Non pas que Thibault ne fût pas un garçon sympathique, hein, mais, bon sang, il prenait tellement de place !

— Thibault Broca ?

— Oui, s'étonna le père, comment le savez-vous ?

— On vous expliquera après. Poursuivez, monsieur.

— Thibault habitait à côté, la maison juste avant, précisa-t-il en faisant un mouvement de tête. Le pauvre garçon avait des parents totalement absents. Professions supérieures tous les deux. Ce n'est pas compliqué, ils n'étaient jamais là ! Pour vous résumer l'essentiel, Clara et Thibault ont été chez la même nounou, Mme Maupas, première maison à gauche, en bas de la côte. Ensuite, ils ont fréquenté la même école maternelle et primaire, puis le collège Victor-Duruy à Bagnères. Et, comme si ça ne suffisait pas, Thibault était toujours fourré chez nous. Toujours. Il avait pris ses quartiers dans les combles aménagés, fit-il en levant les yeux vers le plafond... Bref, quand Clara a mis à exécution son plan d'intégrer le lycée d'Hendaye, je me suis dit : *Super, elle va enfin faire de nouvelles rencontres !* Parce que cette relation fusionnelle, exclusive, commençait vraiment à me poser question. J'avais le sentiment que Thibault vampirisait ma fille, qu'il l'empêchait de s'épanouir. Il dépendait d'elle, en quelque sorte. Et puis, leur relation était déséquilibrée : Thibault était profondément amoureux de Clara, ça crevait les yeux. Elle, non. Bien évidemment, voilà typiquement le genre de choses que je ne pouvais me permettre de dire à Clara.

Les gendarmes suivaient le récit avec avidité. Certaines pièces du puzzle étaient peut-être sur le point de s'emboîter.

— Sauf que, voilà, Thibault a suivi Clara à Hendaye. Il avait un excellent dossier – le môme était surdoué – et le lycée privé disposait d'une section classique. Les parents étaient soulagés : leur fils serait en internat. Et moi, je me suis dit : *Bon sang, ça ne finira donc jamais ?* Mais, à mon grand étonnement, Clara ne m'a pas paru totalement enchantée par cette nouvelle. La suite m'a donné raison.

— Ils se sont éloignés ?

— Doux euphémisme, réagit Joubert. Je n'ai jamais su exactement ce qu'il s'était passé, mais ils ont abruptement cessé de se fréquenter. Je me suis juste rendu compte, un jour, que Thibault ne venait plus à la maison. J'avais déjà noté un froid entre eux, quand je les ramenais de la gare à ici. Ils ne bavardaient pas. Clara avait ses écouteurs vissés sur les oreilles et Thibault ne décrochait pas un mot.

— Vous n'avez pas abordé cette question avec Clara ?

— J'ai bien essayé, si ! Je lui ai dit : « Ça fait un moment que je n'ai pas vu Thib, non ? » Et Clara m'a répondu : « Ne me dis pas que ça te chagrine ! » Voilà. Du Clara tout craché. Elle avait bien compris que leur relation m'interrogeait et elle me renvoyait dans mes buts, avec justesse.

— Diriez-vous que Clara était secrète ?

— Difficile de vous répondre. Elle parlait beaucoup. Elle me racontait des milliers de choses, tout le temps. Mais m'en cachait-elle d'autres ? Je n'en sais fichtre rien.

Louise hocha la tête, prit quelques notes rapides et relança :

— De quand datez-vous le froid entre Thibault et votre fille ?

— Début 2002, pas avant. Je suis formel parce que je me souviens que Thibault avait passé toutes les vacances de Noël chez nous. Et quand je dis *toutes*, c'est *toutes* ! Il a même mangé avec nous le soir du réveillon, c'est vous dire !

— Donc la rupture entre eux aurait eu lieu après, en janvier ?

— Oui.

Les gendarmes échangèrent un regard : Cavalier, l'ancienne CPE, avait situé l'histoire de la vidéo humiliante dans la même temporalité. Clara était-elle mêlée au harcèlement de Broca ?

— Entre la rentrée de janvier et la disparition de Clara début février, précisa-t-il. Là aussi, c'est certain puisque ma première démarche a été de presser Thibault de questions sur le parking de la gare. Il était très inquiet, lui aussi. Il m'a garanti que Clara était montée dans le train à Hendaye. Durant le trajet retour, en voiture, alors que je le harcelais de questions, il a fini par s'énerver et a crié : « Mais puisque je vous dis que je ne sais rien ! Ouvrez les yeux, putain ! Clara m'a jeté comme une merde ! »

Joubert marqua un temps d'arrêt. La scène devait encore défiler dans sa mémoire. À ce moment précis, il ignorait que sa fille allait bien. Il devait être totalement ravagé par l'inquiétude.

— Je lui ai alors demandé de m'expliquer leur éloignement, reprit-il. J'espérais y trouver une explication à ce qui était en train de se passer. Mais Thibault m'a simplement répondu : « Clara a de nouveaux amis. Elle m'a clairement fait comprendre qu'elle ne voulait plus de moi. » Et, un instant plus tard, il a ajouté : « Je suis désolé, Roman. J'aimerais vraiment vous aider, mais, je vous assure, je ne sais pas où est Clara… En vérité, je ne sais plus rien d'elle. »

— Vous l'avez cru ?

— Oui. Thibault était un gars bien. Un gouffre affectif, mais un vrai gentil. Un grand sensible. Il ne m'aurait pas laissé sans réponse dans une situation aussi anxiogène s'il avait su quoi que ce soit.

— OK. Thibault et Clara n'ont jamais renoué ?

— Non, jamais. D'amis inséparables, ils sont devenus voisins indifférents.

— Saviez-vous que c'était Thibault Broca qui avait évoqué la prétendue relation de Clara avec M. Chaban auprès des enquêteurs ?

Joubert secoua la tête, l'air étonné.

— Ah non ! Les gendarmes ne me l'avaient pas dit. Au vu de ce qui s'est passé, vous pensez que Thibault affabulait ?

— Ou qu'il cherchait à nuire à M. Chaban, proposa Louise. Cela vous paraît-il possible de sa part ?

— Pourquoi faire une chose pareille ? se renfrogna Joubert.

— Nous savons que Clara avait développé une sorte d'attrait pour ce professeur. Elle était dans une attitude de séduction vis-à-vis de lui.

Le père accusa le coup, et son visage se figea dans une expression d'incrédulité. Puis il balbutia :

— Je… je ne sais pas quoi vous dire… en fait, vous me l'apprenez… J'ai entendu parler de ce prof quand il a été mis sur la sellette. Clara ne m'en avait jamais parlé avant.

— Excusez-moi d'insister, mais pensez-vous que Thibault Broca aurait pu porter ces accusations, juste par…

— Jalousie, acheva Joubert. Ce n'est pas exclu. Il était raide dingue de ma fille. Mais, vu ce que vous venez de me révéler, peut-être avait-il vu Clara tenter de séduire ce prof et peut-être croyait-il sincèrement qu'elle avait une liaison avec lui ?

— Aurait-il été capable, selon vous, de saccager une voiture ? enchaîna Louise.

L'homme lui lança un regard ahuri, puis chercha à comprendre :

— Mais… qu'est-ce que cette question vient faire là ? Quel rapport avec…

Il s'arrêta net.

— La voiture du professeur a été vandalisée, c'est ça ? lança-t-il, estomaqué.

— Oui.

— Et vous pensez que Thibault… C'est absurde ! C'est juste impossible, enfin ! Thibault n'avait rien d'un caïd ni d'un voyou ! C'était un intello, carrément pas du genre à jouer les gros bras. Son arme principale, c'étaient les mots. Il était d'ailleurs très sarcastique à ses heures. Non, la violence physique, très peu pour… (une réminiscence éclaira fugacement le regard de Joubert, et le doute teinta sa voix quand il acheva enfin sa phrase) très peu pour lui.

Les gendarmes conservèrent le silence, leurs yeux inquisiteurs braqués sur Joubert. Son hésitation et son incertitude ne leur avaient guère échappé. L'homme émit un soupir et finit par admettre :

— Il cassait des objets, parfois.

— Parfois ?

Nouveau long soupir.

— Assez souvent... Quand la frustration s'emparait de lui. Par exemple, si on faisait un Trivial Poursuit et qu'il perdait, vous voyez ? Il pouvait jeter le premier objet qui lui passait sous la main. Ou si sa mère annulait un énième rendez-vous parce qu'elle était débordée par le travail... Bref, des gestes impulsifs ! Des conneries sans importance !

— Vraiment ? Alors pourquoi cela vous est-il revenu ? Vingt ans, après ? Hein, monsieur Joubert ? insista Louise.

L'homme lui jeta un regard embarrassé. Il fit un mouvement de la main, pour dire « Laissez courir, allez ».

— Monsieur, nous enquêtons sur une affaire grave. Très grave. Et chaque détail peut avoir son importance.

— Sauf qu'on ne peut pas résumer une personne à un seul acte ! s'agaça-t-il, index vers le haut. C'est ce que les gendarmes ont fait avec Clara lors de sa seconde disparition. Et je ne compte pas faire la même chose avec Thibault. Qui a bu boira, et tout le tralala... c'est un peu facile, vous ne trouvez pas ?

— Et si vous nous laissiez en juger, monsieur ?

Un voile de lassitude ombragea ses traits. Il refusait de parler.

— Que vous nous racontiez ou non ce à quoi vous pensez, nous savons désormais que Thibault pouvait avoir des accès de rage, expliqua Louise. Alors, êtes-vous bien certain de ne rien vouloir nous dire ?

Joubert l'observa avec une sorte de dépit teinté d'amusement.

— Vous êtes plutôt du genre opiniâtre, vous.

La gendarme acquiesça en silence.

— Très bien, puisque vous y tenez... Thibault et Clara devaient avoir dix, onze ans. C'était pendant l'été. Je les avais amenés à la plage, pour la journée. Ils s'étaient mis à jouer avec un groupe d'enfants, ils s'enterraient dans le sable ou s'envoyaient la balle. Je les surveillais, tout en bouquinant en retrait, à l'ombre du parasol. Je devais être à cinquante mètres, pas plus. Soudain, j'ai entendu des cris. J'ai levé les yeux et j'ai vu Thibault qui se bagarrait avec un garçon de son âge. Celui-ci est tombé, et Thibault s'est assis à califourchon sur son dos, ne lui laissant aucune chance de s'en sortir, vu son gabarit. Bref, le problème c'est que, au fil des heures, l'eau était beaucoup montée à l'endroit où ils jouaient. Le temps que le père du petit et moi-même arrivions, le gamin avait déjà bu la tasse.

Les gendarmes se lancèrent un regard entendu qui n'échappa pas à Joubert.

— Le père a pris son enfant par les pieds, l'a soulevé, le môme a recraché l'eau qu'il avait avalée, et basta ! Sans la marée montante, cette bagarre serait passée inaperçue. Et, pour finir, je vous le redis, c'est la seule fois où j'ai vu Thibault s'en prendre à quelqu'un !

— Ce qui ne prouve pas qu'il n'y en ait pas eu d'autres, n'est-ce pas ?

L'homme se contenta de lever les yeux au ciel.

— Diriez-vous que Thibault gérait mal sa frustration ?

— Il était émotif, c'est vrai. Mais encore une fois...

— Qu'il était de tempérament jaloux ? le coupa Léa. Possessif ?

— Si vous faites référence à Clara, je pense avoir déjà répondu.

— Avez-vous eu des nouvelles de Thibault Broca depuis qu'il est revenu en France ? relança Louise.

— Oui. Il passe me voir de temps en temps… Une fois par an, environ, je dirais. Il me demande invariablement s'il y a du nouveau sur ma fille. La disparition de Clara est un véritable crève-cœur pour lui aussi… Je ne suis pas certain qu'il s'en soit vraiment remis. Il prend souvent un bon quart d'heure, seul, pour se recueillir dans la chambre de ma fille.

— Se recueillir ?

— Bah, je dis ça comme ça ! fit Joubert en balayant l'air d'un geste las. Disons qu'il prend un moment pour replonger dans le passé ! Vous savez, au final, il a vécu bien plus de temps chez nous que chez ses propres parents.

Les gendarmes comprirent qu'elles ne tireraient plus rien de ce côté-là. Louise choisit d'aller sur un autre terrain.

— Vous évoquiez une nouvelle amitié avec une fille appelée Valériane ?

— Oui. Quelques semaines après la rentrée, Clara a commencé à me parler de Valériane. Valériane ceci, Valériane cela. J'ai bien compris qu'elles s'entendaient comme larrons en foire. Toutes les deux suivaient le cursus natation. Elles étaient dans la même classe et partageaient la même chambre en internat. Valériane était une ado discrète mais plaisante. Elle est venue, en cours d'année, passer deux ou trois week-ends à la maison.

— Là encore, une relation fusionnelle ? demanda Léa.

Interloqué, Joubert releva la tête. Il hésita quelques secondes, puis répondit :

— C'est bien possible, en effet. Cela étant, Clara semblait beaucoup plus épanouie. Personnellement, j'ai surtout relevé ce point ! Elle était enjouée, rayonnante. Peut-être un peu trop...

— Un peu trop quoi ? relança Louise face au silence subit du père.

— Un peu trop exaltée. Il y avait chez elle une sorte d'énergie bouillonnante qu'elle contenait mal. Je me souviens m'être dit qu'elle semblait parfois surexcitée. J'ai abordé la question avec une de nos voisines, Mme Martin. Elle avait eu deux filles, qui avaient quitté la maison quelques années plus tôt. Elle a éclaté de rire et elle m'a dit : « Bah ! Ne cherchez pas, monsieur Joubert ! Votre fille est amoureuse, c'est tout ! Vous savez, les hormones, à cet âge-là, produisent souvent de drôles d'effets ! »

— Vous pensez que Clara était amoureuse ?

Il prit une seconde, croisa les bras et répondit :

— C'est bien possible, oui. Peut-être s'agissait-il de ce fameux béguin pour le prof ?

— Clara n'a jamais fait mention d'un garçon de son âge ?

— Pas que je me souvienne.

— Entendu. Je me demandais si, en dehors de Valériane, Clara vous avait parlé d'autres amis qu'elle se serait faits ?

— Je sais qu'il y avait d'autres jeunes, fit-il spontanément, ça, c'est sûr. Elle disait des choses comme « Avec des potes, on a fait une balade à vélo, mercredi aprèm », ce genre de trucs qui me laissaient comprendre qu'elle était entourée. De là à vous nommer précisément ces élèves…

— Est-ce que le prénom Magyd vous dit quelque chose ?

— Vous pensez à Magyd Ayed, le champion olympique, ancien élève de Notre-Dame. Celui qui a été assassiné dans un hôtel, fit-il d'un ton entendu… C'est donc ça, votre enquête ?

— Donc un certain Magyd ? éluda Louise.

— Ma réponse est non. Je n'ai pas souvenir que Clara m'ait parlé de cet élève.

Par acquit de conscience, Léa extirpa de son sac la liste des meilleurs amis d'Ayed à l'époque et la lui tendit.

— Celui-là, en effet, je le connais. Alexandre Schäffer. C'était le tuteur vie scolaire de Clara.

— Oui, nous l'avons noté. Une relation s'était-elle nouée entre eux ?

— Pas à ma connaissance.

Encore une fois, rien ne permet de relier Ayed et ses amis à Clara et Valériane, songea Louise avec dépit. La gendarme fit rapidement le point et choisit de terminer sur les questions de routine :

— Les Broca sont toujours vos voisins ?

— Oh, non ! Bertrand et Laure ont quitté le quartier il y a une bonne dizaine d'années, quand la mère de Laure est décédée. Ils ont vendu leur maison, devenue trop grande avec le départ de Thibault, et ont préféré emménager dans celle de la mère de Laure, à Ibos. Mais, d'après ce que je sais, ils ne l'habitent plus. Quand ils ont pris leur retraite, ils ont acheté un grand appartement à Seignosse. Ils vivent les trois quarts du temps sur la côte.

Louise nota ces informations, puis releva les yeux. L'échange touchait à sa fin. Sa collègue, cependant, semblait indécise.

— On a fait le tour ?

— Un dernier point, peut-être, avança Léa. Monsieur, quel genre de sous-vêtements portait Clara ?

L'homme sembla choqué et retourna un regard indigné à la jeune femme.

— À votre connaissance, votre fille possédait-elle un string en dentelle rose orné d'un papillon argenté ?

Une lueur passa dans ses yeux, et il hocha lentement la tête.

— Oui. Je m'en souviens très bien parce que nous nous sommes disputés quand je suis tombé sur ce truc, un week-end, dans la panière à linge sale. Je ne voulais pas que ma fille porte ce genre de choses à son âge. Elle m'a tenu tête, m'a balancé qu'elle n'était plus un bébé et, pour finir, elle m'a traité de vieux schnoque rétrograde. En réponse, j'ai foutu ce slip à la poubelle. Pourquoi me demandez-vous cela ? Comment êtes-vous au courant ?

— On l'a retrouvé dans le dossier de M. Chaban, au lycée. Et avant que vous ne vous imaginiez quoi que ce soit, sachez que cet homme n'a, *encore une fois*, rien à voir là-dedans, asséna Louise d'un ton ferme alors même qu'elle savait ne pas en détenir la preuve.

– 36 –

Une force animale et menaçante

Keller roulait depuis plus d'une heure et demie quand il s'approcha d'Esquiule, au cœur du Béarn. Des forêts rousses hérissaient le dos de collines verdoyantes qui ondulaient jusqu'à la longue ligne d'horizon dentelée par les Pyrénées. Le gendarme s'enfonça sur une route serpentant au sommet d'un mont. La vue était à couper le souffle. Dans un virage, il repéra le panneau « Ferme de bonsaïs ». Une grande propriété nichait au creux du vallon, et quelques bâtiments se dressaient dans la vaste prairie. Keller passa un grand portail, roula encore une vingtaine de secondes et s'arrêta devant la maison. Il frissonna au contact d'un air frais que le soleil blanc ne réchauffait guère et se dépêcha d'aller frapper. Personne ne lui ouvrit. Il recommença, sans plus de succès.

Le gendarme entreprit alors de faire le tour de la maison. Il passa devant plusieurs baies vitrées et jeta un œil à l'intérieur. La demeure était propre, rangée au cordeau et spartiate, avec ses meubles rares et minimalistes. *Un exemple d'épure*, se dit-il en songeant que son chez-lui était à l'inverse plein comme un œuf. Parvenu à l'arrière de la baraque, il repéra un appentis sous lequel deux véhicules stationnaient, dont la fameuse Clio IV bleu métallisé. Keller renifla bruyamment. Un coup d'œil alentour. Personne en vue. Il s'approcha de la voiture et s'agenouilla devant une des roues avant. L'inscription « Michelin Primacy 3 » sur le flanc du pneumatique lui sauta alors aux yeux. *Putain de merde !* L'adrénaline coula dans ses veines, et le gendarme se tendit malgré lui. Le silence parfait qui régnait. L'entourage de collines qui faisait du lieu une enclave. Le froid glacial qui hérissait sa peau. Et, à l'esprit, l'éventualité de se trouver au cœur même de l'antre d'un tueur. Il extirpa rapidement son téléphone de la poche arrière de son jean, ouvrit son répertoire et appela Badenco. Elle décrocha quand il entendit une voix derrière lui :

— Je peux vous aider ?

Keller sursauta et se redressa d'un bond nerveux. Broca se tenait à deux mètres derrière lui. Surgi de nulle part, l'homme s'était approché sans un bruit tel un félin en chasse et le fixait d'un œil hostile qui exacerba son stress. Le gendarme posa alors le téléphone sur le capot et exhiba sa carte.

— Bonjour. Je suis officier de police judiciaire. Vous êtes monsieur Thibault Broca ?

— Lui-même.

— Vous me confirmez que ce véhicule est bien à vous ?

— Oui. Pourquoi ça ? fit l'homme, prêt à avancer, les mains fourrées au fond des poches de sa doudoune.

— Monsieur Broca, restez là où vous êtes ! Vos mains bien en vue ! réagit le gendarme d'une voix forte, en espérant que Léa l'entendrait.

— Attendez, là… C'est quoi, cette histoire, au juste ?

— Je vous ai donné un ordre, monsieur. Montrez-moi vos mains et reculez d'un pas.

— Je suis chez moi ! Je ne bougerai pas d'un centimètre !

Une force animale et menaçante palpitait à fleur de peau chez Broca, et tous les voyants d'alerte de Keller passèrent de l'orange au rouge. Le gendarme fit d'instinct un pas en arrière, détacha d'un geste ostensible le fermoir de son holster et posa la main sur la crosse de son revolver. Broca suivit la manœuvre et se raidit, faisant saillir les tendons de son cou.

— On reste calme, monsieur !

— J'ai le droit de savoir ce que vous cherchez ! lui cracha Broca en avançant de nouveau.

— Reculez, monsieur ! cria Keller.

Puis il dégaina pour maintenir l'homme à distance.

— Non mais vous vous prenez pour qui, là ?! Vous débarquez chez moi, vous jouez au cow-boy avec votre arme et vous me filez des ordres, je rêve !

Une lueur de défiance traversa son œil, Broca ne comptait pas obéir. *Ce type est barré*, songea le gendarme qui avait suffisamment d'expérience pour savoir que n'importe quel être humain normal se pétrifiait à la vue d'une arme à feu.

— Ne bougez plus !

— Vous me menacez, c'est ça ? s'indigna l'homme avec agressivité. Vous croyez me faire peur ? Pff, vous me dégoûtez, vous, votre plaque et le pouvoir dont vous abusez !

Tout en maintenant l'homme en joue, Keller jeta un œil rapide à son portable. Il était toujours allumé, Léa n'avait donc pas raccroché. Elle avait certainement demandé à Louise de donner l'alerte.

— Monsieur, je suis actuellement en lien direct avec mes collègues, fit-il en désignant le téléphone d'un mouvement de tête. Des renforts vont arriver d'un instant à l'autre. Alors pas de bêtise, ne m'obligez pas à faire usage de mon arme.

Broca regarda le téléphone posé sur le capot, puis décocha au gendarme un regard mauvais. Il demeurait figé, dans une posture de chien féroce prêt à bondir. Et Keller pensa à sa foutue maîtrise de l'iaidō. Avec ou sans sabre, ce fou furieux pouvait être dangereux. *Tiens bon*, se dit-il, *tiens bon jusqu'à l'arrivée de la cavalerie !*

*
* *

Keller acheva son compte rendu. La simple entrevue projetée avec Broca avait tourné au vinaigre, et le gendarme sentit la colère monter quand Léa voulut lui passer un savon.

— Bon sang, Keller ! Qu'est-ce qui t'a pris de débarquer seul chez un suspect ?

— Léa, c'est toi qui as validé ! À la base, je venais juste tâter le terrain, je te rappelle.

Badenco serra les dents. Oui, elle avait laissé Julien se rendre seul chez un suspect. Sans redouter un seul instant que l'homme puisse se comporter de la sorte. Bilan, elle avait mis son collègue en danger. Et pourquoi ? Parce qu'elle avait privilégié des questionnements sans fin concernant une gamine disparue vingt ans plus tôt, au lieu de couvrir correctement la piste Broca que leur avaient ouverte les indices matériels... Badenco leva rageusement les yeux au ciel et promit qu'on ne l'y reprendrait plus.

— Je suis désolée, fit-elle avec amertume.

— C'est bon, Léa, se calma Keller. Tu ne pouvais pas savoir, personne ne pouvait savoir !

— Je viens d'avoir le juge Buteau : les techniciens sont en route pour procéder au moulage des pneus de la Clio. Et on effectue la perquise.

— Entendu. J'ai avec moi une dizaine de gendarmes des brigades du coin. Je les briefe et on commence la fouille.

— OK. Et Broca, il s'est calmé ?

— Pour le moment, il se tient à carreau. Mais c'est le genre de coco que je garde à l'œil.

— Au fait, tu as adressé les réquisitions à la banque et à France Télécom pour l'analyse du fixe de Broca ?

— Oui, dans la matinée, avant de partir pour Esquiule.

— Bon, on se retrouve à la caserne dès que possible.

— C'est grand, ici. On va en avoir pour pas mal de temps à tout ratisser. Je te tiens au courant si on trouve quelque chose. Et de votre côté, alors ?

Léa laissa échapper un soupir.

— On vient d'arriver chez Ducuing. On l'interroge et on rentre. On sera à Bayonne d'ici trois heures.

– 37 –

Je ne suis pas votre foutu punching-ball !

Louise avança vers la voiture du brigadier qui montait la garde devant la maison de Ducuing. À une dizaine de mètres de là, Léa faisait nerveusement les cent pas au téléphone. Mine renfrognée, regard soucieux. Elle faisait le point avec Keller. Louise reporta son attention sur le gendarme en faction, se pencha et demanda :

— Ça va ? Tout se passe bien, ici ? Rien à signaler ?
— RAS, major. C'est juste d'un ennui mortel, si vous voulez vraiment savoir. Mme Ducuing ne sort quasiment pas. Sauf pour jouer avec son chien, ici, dans la cour. Cette pauvre femme est terrorisée, elle ne s'éloigne jamais. Elle se fait livrer les courses et ne prend la voiture que pour aller acheter le pain. Ah, hier, elle s'est rendue dans un magasin de bricolage.
— Vous n'avez repéré personne qui rôde dans le coin ?
— Non. Personne. Et pas de voiture bleu métallisé non plus.

Louise s'écarta car Léa venait de raccrocher et avançait droit vers elle dans un élan qui l'alerta. Depuis le tour de force de Broca, sa collègue ne décolérait pas. Elle se campa juste devant elle et asséna :

— Louise, puisqu'on est là, on interroge Ducuing. Mais la priorité, maintenant, c'est Broca !

Louise ouvrit la bouche, puis se ravisa. *Ce n'est pas le moment. Léa n'est pas en mesure de t'écouter.*

— Allons-y, se contenta de répondre Louise en filant vers l'entrée de la maison.

Ducuing mit quelques minutes à venir ouvrir. Elle leur apparut dans un bleu de travail maculé de traces de peinture, Balto sur les talons. Quand le chien vit Louise, il jappa en remuant la queue et posa ses pattes avant sur le haut de son jean. La gendarme lui fit quelques caresses. Les marques laissées sur son pelage par le retrait de l'adhésif étaient toujours visibles mais commençaient à s'estomper. Un fin duvet poussait, masquant légèrement la peau blanche.

— Allez, Balto, maintenant, couché panier ! fit Ducuing. Entrez, ajouta-t-elle en s'écartant.

— Vous faites des travaux ? lança froidement Léa.

— Je repeins le carrelage de la salle de bains, répondit la légiste d'une voix nerveuse. Ça vaut ce que ça vaut, mais, au moins, je ne verrai plus ce tag.

Un silence tendu suivit ces mots. Inutile de faire un dessin pour comprendre la réaction de cette femme. Les gendarmes s'installèrent d'autorité autour de la table du salon et enjoignirent à leur hôte d'en faire autant. Dans son panier, le cocker avait posé son museau sur ses pattes avant et observait les nouvelles venues.

— Clara Joubert, entama calmement Louise. Vous ne nous en avez pas parlé.

La légiste devint blafarde. Elle se mordit la lèvre et les larmes montèrent immédiatement. Puis elle ferma les paupières et essuya ses yeux.

— Pourquoi l'aurais-je fait ? répondit-elle en reniflant. C'est une histoire personnelle qui n'a aucun rapport avec mon agression ni avec le meurtre de Magyd Ayed, alors bon...

— En êtes-vous certaine ? lui retourna Léa.

Ducuing écarquilla les yeux.

— Je... je ne comprends pas.

— Selon vous, donc, il n'existe aucun lien entre ces événements et la disparition de Clara ? Ou entre Clara et Magyd Ayed ? Ou encore entre Clara et le sigle « MPC » ?

La jeune femme détourna le regard. Elle semblait en proie à une émotion grandissante. Subitement, elle ressembla à une gamine fragile et désarçonnée. Balto dut percevoir le trouble de sa maîtresse, car il quitta son panier et s'approcha d'elle. Machinalement, elle se pencha et plongea les doigts dans sa fourrure.

— Non, parvint-elle à murmurer en se redressant. Sinon je vous en aurais parlé.

Léa se rencogna dans son fauteuil et croisa les bras en signe d'hostilité.

— Que pouvez-vous dire sur Clara ? la relaya Louise. Et sur votre relation avec elle ?

La légiste se retourna et attrapa un Kleenex dans une boîte. Elle se moucha, haussa les épaules et confessa :

— C'est la seule amie que j'aie jamais eue de toute ma vie, si vous voulez tout savoir. Clara était une fille hors norme. Exceptionnelle. Pleine de vie et d'énergie.

Elle et moi, on était comme des sœurs. Inséparables. Quand elle a disparu, j'ai perdu une partie de moi.

— Que savez-vous de sa, ou plutôt de *ses* disparitions ?

— Rien. En février, elle m'a juste dit qu'elle avait fugué. Et, en juin, elle s'est volatilisée. Pour de bon, cette fois.

— Elle était votre meilleure amie et elle ne vous a pas expliqué pourquoi elle avait fugué ?

— Puisque je vous dis que non, rétorqua la légiste, dents serrées, avec une obstination qui sonnait faux.

Elle ne veut ou ne peut pas parler des raisons de cette fugue, songea Louise. *Détient-elle un secret ? Et si oui, lequel ?* La gendarme en était là de ses réflexions quand Léa intervint :

— Thibault Broca ? Il vous évoque quelque chose ?

Une lueur fugace traversa le regard de la jeune femme.

— Vous parlez du garçon en surpoids ? Un blond ?

— Oui.

— C'était un ami de Clara. Ils se connaissaient bien avant la seconde. Ils se sont brouillés tous les deux.

— Pour quelle raison ?

— Clara ne s'est pas vraiment étendue sur le sujet. Elle m'a juste avoué qu'elle trouvait Thibault envahissant, qu'il avait des attentes auxquelles elle ne pouvait pas répondre.

Ducuing marqua une pause, soupira et regarda Badenco dans les yeux.

— Pour être claire avec vous, je crois que ce garçon était très amoureux. Mais pas Clara. Leur relation n'était pas vraiment équilibrée. Finalement, Clara a décidé d'y mettre un terme.

— Saviez-vous que ce jeune homme avait été victime de harcèlement à Notre-Dame ? relança immédiatement Léa.

La légiste tressaillit et s'empourpra.

— J'ai entendu dire qu'une vidéo avait circulé... une vidéo où il était tout nu, fit-elle avec embarras. Mais j'ignore si c'était la vérité.

— Vous ne l'avez jamais visionnée ?

— Non, jamais. C'était une rumeur qui courait. Je ne sais même pas si ces images ont réellement existé. En tout cas, beaucoup de jeunes ont commencé à se moquer de lui, à l'insulter dans les couloirs, ou à lui faire des coups bas.

— Clara était-elle mêlée à ce harcèlement ?

— Non ! réagit la légiste. Elle aurait été incapable de ça !

— Clara était-elle amoureuse d'un garçon au lycée ?

— Un garçon ? Non, je ne...

— Et, à part Broca, un garçon lui courait-il après ?

— Euh, pas à ma connaissance... enfin, c'est possible ! Clara était magnifique, donc, bon... Mais où voulez-vous en venir, à la fin ?

Technique d'entretien déstabilisante. Badenco enchaînait volontairement les questions, passant d'un thème à un autre, sans laisser le temps à Ducuing d'élaborer ses réponses.

— Et si je vous dis Chaban, le préparateur physique ? Vous vous souvenez de lui, n'est-ce pas ?

— Euh, oui. Je...

— Clara était-elle amoureuse de lui ?

— Non, enfin, oui, peut-être…
— Non ? Oui ? Peut-être ?
— Elle le trouvait séduisant ! s'agaça la légiste, acculée.
— Juste séduisant ? Mais elle lui faisait ouvertement du gringue !
— Elle… Oui, c'est vrai, admit-elle. Cela dit, je ne pense pas qu'elle-même y croyait.
— La rumeur a couru qu'ils entretenaient une liaison.
— Oui, mais c'était une rumeur !
— Que vous avez laissée courir alors que vous la saviez fausse ! Pourquoi ?
— Clara avait fugué ! J'ai commencé à douter. Je me suis dit que c'était peut-être vrai.
— Ah bon ? Vous avez pourtant laissé entendre le contraire à Mme Cavalier, la CPE de l'époque !
— C'était compliqué ! Elle me mettait la pression. Je lui ai dit ce qu'elle voulait entendre pour qu'elle me lâche ! Mais je n'étais plus sûre de rien.
— Un string rose dans le dossier de Chaban, ça vous dit quelque chose ?
— Non !

Les yeux de la légiste papillotaient. Elle ressemblait à un boxeur encaissant coup sur coup sur un ring.

— Et les dégradations sur sa voiture ?
— Mais je ne sais pas ! Arrêtez, bon sang !
— Avec le sigle « MPC » tagué dessus, non, ça ne vous dit toujours rien ? reprit Léa en haussant la voix.

Sonnée, Ducuing se leva maladroitement. Elle tremblait d'indignation et dut s'appuyer sur la table pour ne pas chanceler. Ses yeux s'emplirent de nouveau de larmes, mais elle parvint à fixer son regard sur Badenco. Un regard chargé de ressentiment et de défiance. Finalement, d'un ton révolté, elle hoqueta :

— Maintenant, ça suffit ! Je ne suis pas votre foutu punching-ball ! Alors, à moins que vous ne soyez venues m'arrêter, la porte est par là.

Et elle tendit un index tremblotant vers la sortie. Dans l'instant, Balto se redressa et laissa échapper quelques aboiements en fixant Léa. Louise soupira, adressa un regard bien senti à sa collègue et se dirigea en silence vers la porte. La colère avait pris corps et la submergeait : Léa venait tout bonnement de leur saboter le travail.

*
* *

Dix minutes filèrent dans un silence lourd. Louise gardait les yeux fixés droit sur la route, cherchant vainement à faire refluer la vague de rage qui enflait en elle. Parvenue sur le parking tarbais où Léa avait laissé sa voiture le matin même, elle tira sur le frein à main et se décida :

— Tu m'expliques ?

— Cette femme nous cache des choses, ça crève les yeux.

— Oui. Et donc ?

— Donc je ne vois pas pourquoi on prendrait des gants.

— Tu as conscience que nous repartons de chez elle avec autant de questions que lorsque nous y sommes entrées ?

Léa fit un geste agacé de la main, puis elle rassembla ses idées et, d'un ton compassé, débita :

— Écoute, Louise. J'ai bien compris que tu n'avais pas la même approche que moi. Pas de souci. Mais je ne compte pas perdre plus de temps avec des questions périphériques à celles qui nous préoccupent vraiment : qui a tué Magyd Ayed et qui a tenté d'assassiner Valériane Ducuing ?

— Questions périphériques ?

— Qu'est devenu Clara Joubert ? A-t-elle fugué ? Aimait-elle son prof ? Un garçon lui courait-il après ? Ou, encore, pourquoi Ducuing nous dissimule-t-elle des éléments alors qu'elle est passée à un cheveu de la mort ?

Dépitée, Louise émit un claquement de langue désapprobateur.

— Keller a frôlé le drame, aujourd'hui, Louise ! Je l'ai laissé aller seul rencontrer un suspect – le premier à émerger dans cette satanée enquête – parce qu'au lieu de regarder les indices je focalisais sur l'histoire d'une gamine disparue, dont on ignore encore si elle a ou non quelque chose à voir avec notre enquête ! Est-ce que tu te rends compte ?

Oui, Louise se rendait compte. Elle se rendait surtout compte que leur métier était fait de certains risques. Mais elle préféra se taire. Léa était remontée à bloc.

— À l'heure où je te parle, reprit la jeune gendarme, une perquisition est en cours chez Broca, un type dangereux qui a menacé Keller. La voiture de ce gars est bleu métallisé et les pneus sont des Michelin Primacy 3, les mêmes que ceux du véhicule ayant stationné près de chez Ducuing quand elle s'est fait agresser ! Ça, ce sont les faits, Louise.

— Qu'est-ce qui le relie à Ayed ? Ou à Ducuing ? Quel est son mobile ?

— Je l'ignore encore. Mais si le moulage des TIC matche avec celui des pneus de Broca, on placera le type en garde à vue et on obtiendra rapidement les réponses à toutes ces questions !

— 38 —

Placidité. Sang-froid.

Vers 16 heures, David Schäffer prétexta un léger mal au ventre pour aller prendre l'air. Il quitta les bureaux de l'entreprise et rejoignit le parking. Dehors, un froid saisissant referma ses mâchoires sur lui. L'homme se réfugia alors dans son véhicule. Un regard circulaire lui attesta qu'aucun collègue ne traînait dans les parages. Il s'enfonça dans le siège, sortit le portable à carte prépayée de la poche de son manteau et appela Valériane.

— Allô ?

Voix nerveuse. Légèrement éraillée. La jeune femme avait pleuré.

— Que se passe-t-il ?

Sa respiration était hachée, puis les mots dévalèrent, hésitants, affolés et fatigués à la fois :

— Je... Les gendarmes sont revenues chez moi en début d'après-midi... elles deviennent de plus en plus soupçonneuses ! L'une des deux a été très agressive avec moi ! Elle m'a parlé de Clara ! Elle sait qu'on était amies.

— Et alors ? Ça ne prouve rien !

— Oui, mais... Je n'en peux plus, David... Ce secret... qui nous tue à petit feu... qui m'oblige à mentir au péril de ma propre vie !

Et de la nôtre, songea Schäffer. Une douleur lui tordit le ventre. Chaque journée qui filait lui faisait penser à un collet se resserrant autour de leur gorge. Désormais, son ancienne amie semblait au bord de la rupture. Lui-même avait largement dégoupillé l'avant-veille. Avec le recul, il avait honte d'avoir appelé son frère. Honte de sa faiblesse, de ses plaintes, de sa foutue propension à se réfugier dans l'alcool pour fuir ses problèmes, laissant ainsi le soin aux autres de gérer *la merde*. Sauf que, cette fois-ci, Alex n'était pas là pour passer derrière lui. Et ce n'était pas Valériane qui allait le faire ! Les dés étaient jetés : sa vie entière dépendait de ses choix, de sa clairvoyance, de sa force. Et s'il laissait ses émotions le dominer, il irait droit dans le mur. Que ferait Alexandre à sa place ? Placidité. Sang-froid. Ne pas céder à la panique. Ré-flé-chir.

— Calme-toi, Valériane. Je suis là. Moi aussi, j'ai dû mentir à un des enquêteurs avant-hier, je sais parfaitement que c'est compliqué. Je sais aussi que tu peux le faire.

Il entendit un reniflement. Et, de nouveau, un souffle tremblant. Il s'empressa alors de réorienter l'échange :

— J'ai eu ton message, dimanche dernier, comme quoi le privé acceptait de traiter notre dossier en urgence. Tu as des nouvelles depuis ?

— Oui. Il m'a appelée, ce matin. C'est pour ça que je t'ai envoyé un texto.

— Alors ?

— Il a retrouvé ce gars. Thibault Broca, c'est son nom. Il a des infos pour nous.

— Quel genre d'infos ?

— Je ne sais pas, David ! Il m'a juste dit qu'il avait été témoin d'un truc très louche et qu'il avait pris des photos, mais je n'en sais pas plus.

— D'accord. Et comment on récupère ces infos, alors ?

Valériane se moucha bruyamment et répondit :

— Il demande un rendez-vous, demain. J'ai proposé 17 heures, au centre commercial de Pau. La brasserie où on s'est vus. Je lui ai dit que tu y irais.

— Moi ?

Un soupir rageur s'éleva dans le micro, et Valériane parvint à lui retourner d'une voix un peu plus assurée :

— David, je te rappelle que j'ai un gendarme qui campe H24 devant chez moi ! C'est moi qui ai demandé cette protection, et je n'envisage pas un instant de m'y soustraire, vu que le taré qui a essayé de me tuer se promène librement en pleine nature !

Schäffer hocha la tête. Oui, évidemment. *Assure, David ! Pour une fois dans ta vie, assure, bordel ! Pense à Clotilde. Pense à Denise. Garde le cap.*

— J'irai, fit-il. En plus, j'ai un alibi tout trouvé par rapport à Denise : normalement, je suis au club d'escalade à 17 heures.

— D'accord, merci… Ah, et il faudra six cent cinquante euros en liquide.

— Entendu. Maintenant, dis-moi à quoi ressemble ton type.

— Il s'appelle Vincent Jammes. Il a environ soixante ans. Très mince. Grand. Cheveux gris coupés court. Yeux clairs, énuméra-t-elle.

— D'accord. De toute façon, il n'y aura pas foule à 17 heures, à la brasserie.

Un long silence fila sur la ligne. David percevait le stress de Valériane à sa respiration hachée. Il devait coûte que coûte réussir à l'apaiser. Si jamais elle craquait maintenant, leurs vies à tous seraient foutues. Il pensa de nouveau à Alexandre et chercha les mots qu'il dirait s'il était à sa place. Finalement, il se décida :

— Écoute, Val, j'imagine que c'est très difficile. Que tu as la pression. Mais tiens bon... Tiens bon, au moins jusqu'à demain, OK ? Laisse-moi rencontrer ce Jammes, et nous aviserons ensuite. Avec un peu de chance, Alexandre a vu juste et Broca est le tueur, tu te rends compte ?

— Et s'il n'a rien à voir là-dedans, hein ?

— Et si, à l'inverse, c'est lui, le fou furieux ? Tu réalises un peu ?! la contra-t-il avec une fermeté qui le surprit lui-même. On n'aura plus qu'à le servir aux flics et ce sera fini : F, I, N, I ! épela-t-il.

Valériane émit une sorte de petit ricanement désabusé.

— Elles sont déjà sur sa piste, figure-toi !

— Comment ça ?

— Celle qui a été très agressive avec moi, elle m'a aussi questionnée sur Thibault Broca !

— Que t'a-t-elle demandé exactement ?

D'une voix stressée, elle lui rapporta l'interrogatoire. De son côté, David assemblait les informations, et tout lui confirmait qu'ils avaient mis dans le mille en suspectant Broca. D'un ton assuré, il conclut :

— Écoute, Val, je vais rencontrer ce Jammes, demain. Je profiterai de mon trajet pour acheter une nouvelle carte prépayée. Fais-en autant de ton côté. Je t'appellerai après mon rencard, on échangera nos nouveaux numéros et on fera le point. Accroche-toi ! On touche au but !

– 39 –

Vingt ans plus tôt : janvier 2002

Je me dégoûte profondément, mais je n'ai pas le choix. Et je déteste Magyd pour ça, pour ce qu'il m'oblige à faire ! Ce mec est dégueulasse. Son défi est dégueulasse. Il croit peut-être que j'en suis pas capable. Que j'aurai pas le cran, que je vais me débiner. Et que je serai expulsée de la bande. Sauf que non ! Ça reviendrait à m'amputer d'un bras ! C'est mon groupe ! Mon clan ! Hors de question d'en être exclue !

Clara referme son cahier, le verrouille d'un tour de clef et le range dans le tiroir de son chevet. Puis elle se niche en boule sur un coin du lit. Elle savait que ça arriverait. On est le mercredi 9 janvier 2002, Magyd a gagné au chapeau, et elle a une semaine pour humilier Thibault. Rien que d'y penser, elle est submergée par la honte. Une boule lui serre la gorge, elle étouffe. Toujours en position fœtale, elle commence à se bercer dans un réflexe enfantin pour apaiser sa tension. Le visage poupin de Thib s'impose alors, malgré elle. Son regard couleur miel, si plein d'affection, la harponne. Elle va le bousiller, c'est sûr ! Il… il… il va mourir du dedans ! Pourra-t-il lui pardonner un jour ? Et elle ? Se pardonnera-t-elle ? Impossible. Jamais ! Sa poitrine se comprime, un sanglot jaillit, elle explose en pleurs. Elle cesse net son bercement. Se redresse dans une tentative de happer l'air qui lui manque. Derrière les sacs de larmes qui lui brouillent la vue, elle distingue la trousse grande ouverte posée sur son chevet. Son stylo-plume. Un crayon. Une gomme. Un rapporteur. Un compas, dont l'éclat attire son regard. Elle se dégoûte ! Putain, elle se dégoûte tellement ! Elle attrape le compas d'un geste impulsif. Sur son bras, ça se verrait trop. Sur ses jambes aussi. Le maillot de bain qu'elle enfile chaque jour lui laisse peu d'options… Alors, elle approche une main mal assurée de son ventre. Ignore sa propre peur. Et enfonce la pointe du compas dans sa chair. Ça lui fait mal. Très mal. Surtout quand elle commence à griffer et que la peau se déchire. Clara serre les dents et continue. Elle ne mérite que ça. La douleur lui arrache un grognement. Elle tourne et retourne le biseau d'acier, gratte, lacère, racle, marque, châtie. Grave sur sa peau et jusque dans sa chair la balafre que Thibault conservera pour toujours dans son cœur. Le sang poisse – douce tiédeur dégoulinante. Un éclair blanc passe devant ses yeux. Et la tension, soudain, retombe et meurt. Clara laisse choir l'instrument. Elle plaque un mouchoir sur sa blessure. Son regard s'assèche. Elle se sent un peu mieux.

Le bourdonnement de la douche cesse. Clara s'assure que le mouchoir tient bien en place grâce à l'élastique de sa culotte et s'empresse d'enfiler son bas de pyjama.

Un instant plus tard, Valériane apparaît dans un halo de buée que libère la salle de bains. Elle ne parle pas. C'est inutile. Elle sait pour le défi de Magyd et lit en elle comme dans un livre ouvert. Elle resserre sa serviette, attrape son baume hydratant pour les cheveux et vient s'asseoir sur le lit. Comme d'habitude. Assise en tailleur derrière elle, Clara déroule les gestes rituels. Elle lui prodigue ses soins, avec une douceur constante, presque maternelle. Des racines aux pointes, elle laisse glisser ses doigts dans la longue chevelure châtain, et ces actions mécaniques l'aident, une fois encore, à libérer sa parole :

— Magyd est un salaud fini !

Valériane ne répond rien. Elle attend la suite.

— Je suis coincée, Val ! Si je ne relève pas le défi, je perds la face... je perds le groupe... et je perds Alex ! énumère-t-elle d'une voix émue. Tu comprends ?

— Et si tu relèves le défi ?

Un silence passe.

— Je perds Thibault.

— ... Pas seulement.

— Comment ça ?

— Tu te perds un peu aussi... non ?

Interloquée, Clara suspend son geste. *L'an dernier, tu as cassé la gueule de Sarah Planier pour bien moins que ce que tu t'apprêtes à faire à Thib*, réalise-t-elle, la mort dans l'âme.

— Tu as raison... En fait, c'est un peu comme *vendre mon âme au diable* ?

Elle laisse retomber les longues mèches satinées en poussant un long soupir. Le défi de Magyd l'oblige à sacrifier une part d'elle-même pour rester en vie. Pour continuer à vibrer, à ressentir, à frissonner. Pour continuer d'exister.

— Je ne peux pas abandonner ! C'est juste... c'est juste impossible... Si j'abandonne, je meurs !

Un silence file.

— Est-ce que ça fait de moi un monstre ?
— Bien sûr que non.
— Tu m'aimeras toujours, toi ?

Valériane tressaille. Elle entortille ses cheveux, les fixe avec une pince, et se retourne lentement. Son regard jette l'ancre dans celui de Clara, un regard immense et intense, un regard bouleversant.

— Je t'aimerai toujours, murmure-t-elle.

Et Clara capte chaque vibration de chaque mot. Une décharge l'électrise. Ses yeux s'embuent.

— Merci... Tu sais que moi aussi, n'est-ce pas ?
— Oui, je sais.
— C'est étrange, non, ce qu'il y a entre nous ? Je veux dire, c'est vraiment, *vraiment* à part... C'est de l'amour ou de l'amitié ?

Valériane sourit. Elle est magnifique, Valériane, quand elle sourit.

— Les mots sont trop petits, parfois, pour qualifier les choses humaines, répond-elle avec sérieux.

Clara laisse échapper un rire malicieux.

— Peut-être. Mais toi, tu es une magicienne, Val. Et tu es plus forte que les mots trop petits. Alors ?
— ... Alors, moi, je dis que c'est de l'*amourtié*.
— De l'amourtié, c'est exactement ça ! C'est merveilleux ! Tu es merveilleuse, ma Valériane !

– 40 –

Je n'admets rien

Nuit sans repos. Tourbillon de doutes. Ritournelle de questions. À 6 heures, Louise cessa de tourner et retourner dans son lit pour essayer de s'endormir. Elle se leva, traversa la petite chambre du cercle mixte et fila sous la douche. La fatigue lui plombait le corps, et une certaine fébrilité s'était emparée d'elle depuis sa confrontation avec Léa, la veille.

Elle s'était ouverte de ses doutes à Farid, les comparant – ses collègues et elle – à des hamsters courant dans une roue. Maintenant, elle se sentait légèrement honteuse. S'était-elle laissé piéger par des questions *périphériques*, comme les avait qualifiées Léa, au point de perdre le sens des priorités ? Elle se revit trois semaines plus tôt, en début d'enquête, martelant à Violaine et à Thierry : « On évite de se perdre en d'inutiles conjectures et on se concentre sur les aspects concrets. »

Que s'était-il passé entre-temps ? Pourquoi avait-elle laissé les *conjectures* envahir son processus d'enquête ?

Tout en se savonnant, la gendarme s'obligea à réfléchir. Et l'évidence s'imposa : Léa et elle n'étaient pas faites du même bois. Léa était comparable à un labrador – excellent chien renifleur. Elle suivait une piste et la remontait jusqu'au bout, malgré les obstacles. Louise, elle, fonctionnait autrement. Elle avait besoin de comprendre la mécanique générale, l'imbrication des faits. Elle s'apparentait à un rapace, effectuant des vols de reconnaissance avant de fondre sur sa proie. Or, dans cette affaire, justement, elle manquait cruellement de hauteur et de vision... La gendarme soupira. Dans une poignée d'heures, ils seraient fixés sur la comparaison d'empreintes de pneus. Et s'il advenait que Broca soit désigné, elle laisserait Léa aux commandes pour la garde à vue.

*
* *

La tension était palpable au sein des locaux bayonnais. Keller était rentré la veille sur les coups de 23 heures, *en bonne compagnie*, puisque Broca avait été placé en cellule pour injure à agent. La perquisition avait permis de mettre la main sur deux éléments vraisemblablement intéressants : une bombe de peinture noire ayant servi, retrouvée sur une étagère du garage, et une paire de tennis dont la semelle pouvait correspondre à la trace laissée par l'agresseur chez Ducuing. Les scellés étaient partis dare-dare au labo pour analyse. S'ajoutaient à cela la saisie du matériel informatique – un spécialiste travaillait déjà à l'examen des fichiers et de l'activité numérique de Broca – et la mainmise sur de nombreux ouvrages, essais et journaux à caractère séditieux qui témoignaient de la sympathie du suspect pour le courant anarchiste. Louise était en train de survoler un pamphlet acerbe issu de la pensée de Proudhon critiquant l'ordre établi et prônant le devoir de désobéissance, quand Keller fit son apparition.

— Les résultats des réquisitions adressées à la banque et à France Télécom viennent d'arriver ! On se répartit le travail ?

— Tu tombes à pic ! lui retourna Louise. J'étais justement en train de me demander si je devais me regarder comme un « suppôt zélé de l'orthodoxie majoritaire et coercitive » !

— Tiens, voilà qui devrait te ramener sur le plancher des vaches ! s'amusa-t-il en posant devant elle une liasse de feuilles.

Les deux gendarmes commencèrent à éplucher les données, en quête d'informations sur le mode de vie de Broca et sur d'éventuelles traces de ses déplacements. L'analyse des relevés du téléphone fixe servait à prouver les plages de présence de l'homme à son domicile, dès lors que celui-ci avait passé un appel ou y avait répondu.

— Broca n'est vraiment pas un fondu du téléphone, finit par énoncer Louise. S'il passe ou reçoit dix appels dans le mois, c'est bien le maximum !

— Et quel résultat durant les heures où se sont déroulés les crimes ?

— J'ai élargi les plages horaires en prenant en compte le temps de trajet et je n'ai aucun appel qui le disculpe, expliqua la gendarme.

— Ce qui ne prouve pas que l'homme n'était pas chez lui. Nous savons juste qu'il n'était pas au téléphone à ces moments-là.

— Tout à fait. Et niveau bancaire, alors ?

Julien Keller afficha un air dubitatif.

— Ce type vit au Moyen Âge ! Les paiements par carte bleue sont exceptionnels, et, pour le moment, je n'ai pas trouvé de transactions bancaires correspondant à un achat sur Internet. Mais, pour ce que j'en sais, Broca a pu se procurer shocker et sac de bondage dans une boutique spécialisée et les payer en espèces.

— Les retraits d'espèces peuvent toujours nous renseigner sur ses déplacements, non ?

— Je suis loin d'avoir terminé, mais les retraits que j'ai observés sont situés dans un périmètre restreint autour de chez lui.

— Je vois, commenta Louise d'un ton désabusé. Bon, de mon côté, je vais entamer l'analyse des numéros appelés ou appelants, histoire de voir s'il y a des récurrences, et si oui, à qui elles nous conduisent.

Ils reprirent leur travail dans un silence total, et un bon quart d'heure passa avant que Keller ne lance :

— Tiens, tiens ! J'ai un paiement CB en date du 20 août 2021, pour un montant de cinq cent quarante euros, chez *Pneu Diffusion*, à Oloron-Sainte-Marie !

La porte de la salle s'ouvrit à la volée, et Léa passa la tête. Son expression triomphante renseigna immédiatement ses collègues sur la tournure des investigations.

— Les résultats viennent d'arriver : les empreintes des pneus de Broca matchent avec celles moulées par la scientifique chez Ducuing.

— Laisse-moi deviner, fit Keller. Des pneus quasi neufs, c'est ça ?

— Exactement.

— Broca les a fait changer le 20 août dernier, expliqua-t-il en lui tendant le relevé bancaire.

— On aurait préféré des pneus plus anciens avec des caractéristiques marquées, comme une usure précise liée à un défaut de parallélisme… Mais, d'un autre côté, des pneus neufs, ça colle avec la scène de crime ! On ouvre la garde à vue. Allez, c'est parti !

*
* *

Il était 10 h 25 lorsque Broca entra dans la salle d'interrogatoire. Menotté et encadré par deux gendarmes, après une nuit en cellule l'homme n'affichait pourtant pas une mine de circonstance. Il souriait en coin, et son regard trahissait un flegme agaçant.

— On dirait que ça l'amuse ! cracha Léa, qui l'observait, dissimulée par la vitre sans tain.

— Ne t'inquiète pas, on devrait rapidement lui faire ravaler son expression goguenarde, lui retourna Keller.

— J'y compte bien, Julien. Bon, tu es prêt ? On y va ?

— Oui. Mais juste un petit rappel avant : on ne lui enlève les menottes sous aucun prétexte.

— À ce point ?

Julien se contenta de hocher la tête. Aucun type avant Broca n'était parvenu à lui glacer les sangs par un simple regard.

Un mug de café fumant à la main, Louise observa ses collègues qui venaient d'entrer. Badenco s'assit juste en face du suspect – posture raide, regard impénétrable – et attendit que Keller ait pris place à côté d'elle pour ouvrir la bouche :

— Nous sommes le samedi 6 novembre 2021, il est 10 h 26. Monsieur Thibault Broca, je vous signifie votre placement en garde à vue. Vous êtes soupçonné de...

Le portable de Louise vibra dans sa poche, l'interrompant dans l'écoute des formules protocolaires. Elle découvrit un message de Farid. Les nouvelles avaient circulé rapidement entre Bayonne et Tarbes, puisqu'elle lut : « Il paraît que vous avez arrêté un suspect ? » Dans la salle voisine, sa collègue était en train d'achever la lecture de ses droits au suspect. Louise se dépêcha de répondre : « Oui. La GAV vient de démarrer. Je t'appellerai ce soir si je peux. »

— Avez-vous compris l'objet de cette garde à vue ?
— Oui.
— Avez-vous compris vos droits ?
— Oui.
— Bien.

Léa laissa filer une ou deux secondes, mais le suspect ne formula aucune demande. Elle s'empressa donc de reprendre :

— Monsieur, que faisiez-vous le vendredi 15 octobre 2021 entre...

— Désolé de vous couper, mais, avant de commencer, pouvez-vous me garantir que vous avez bien prévenu ma voisine qu'elle doit s'occuper de mes bonsaïs ?

Léa adressa un regard interrogatif à son collègue.

— Nous l'avons fait dès 13 heures, hier, comme je m'y étais engagé, répondit Julien en soufflant. C'est bon, vous êtes rassuré ? Vos plantes miniatures ne sont pas mortes dans la nuit, on peut démarrer, maintenant ?

Broca se contenta de hocher la tête mais ne prit pas la peine de remercier le gendarme.

— Je répète donc ma question, poursuivit Léa : monsieur, que faisiez-vous le vendredi 15 octobre 2021 entre 18 heures et 20 heures ?

— Je l'ignore, répondit Broca avec désinvolture.

— Vous l'ignorez ?

— Il serait tout de même très surprenant que je puisse répondre spontanément à cette question ! Qu'en serait-il si je vous demandais ce que vous faisiez le mercredi 13 octobre à 16 heures ? la provoqua-t-il.

— N'inversez pas les rôles, monsieur, c'est moi qui pose les questions.

— Je n'inverse rien. Je vous montre simplement que votre question n'induit pas une réponse évidente, comme vous avez l'air de le croire.

Louise se crispa. La placidité de Broca était flippante. Il connaissait parfaitement les chefs d'inculpation, il n'avait marqué aucune surprise à leurs énoncés, et voilà qu'il choisissait de *s'amuser* de la situation. Léa conservait son calme, mais Louise nota que ses jambes – invisibles pour le suspect – tressautaient sous la table.

— Vous n'avez aucun agenda, monsieur ? relança-t-elle sur le même ton sarcastique que le sien.

— Non. C'est l'un des nombreux privilèges de ma profession. Je travaille quand je veux, au rythme qui me convient, et mes rendez-vous extérieurs sont suffisamment rares pour que je n'aie nullement besoin de les noter sur un agenda.

— Vous admettez donc n'avoir aucun alibi pour le 15 octobre de 18 heures à 20 heures ?

— Je n'admets rien, madame, puisque je suis innocent de ce dont vous m'accusez.

— Le dire est une chose. Le prouver, une autre.

Broca lui retourna un sourire jubilatoire et se pencha légèrement vers elle.

— Pour citer quelqu'un que vous reconnaîtrez aisément, je vous répondrais : « N'inversez pas les rôles. » Je ne suis peut-être pas pénaliste, mais je ne suis pas ignorant des règles élémentaires de droit. Nous ne sommes pas aux États-Unis. Je n'ai pas à prouver mon innocence. C'est à vous que revient la charge de prouver ma culpabilité.

Les jambes de Badenco cessèrent subitement tout mouvement, et Louise devina le cheminement mental de sa collègue : *à quoi joue ce type ?*

— Bien. Question suivante : que faisiez-vous le lundi 25 octobre 2021, aux alentours de 20 heures ? relança Keller d'un ton glacial. C'était lundi de la semaine dernière, si cela peut vous aider à vous situer dans le temps.

— J'écoutais la radio, répondit Broca, amorçant un mouvement pour poser ses mains sur la table, mais les menottes bloquèrent son élan dans un cliquetis d'acier. Cette mesure de coercition est-elle réellement nécessaire ?

— Vous écoutiez donc la radio ? éluda Léa.

— Je voudrais que vous retiriez mes entraves... À ce que je sache, je ne fais pas montre d'une attitude dangereuse pour vous ni pour moi, donc tout ce cirque, là, n'est ni plus ni moins que de l'intimidation et de l'abus d'autorité... Un abus dont vous semblez être friand, monsieur, acheva-t-il en décochant un regard venimeux à Keller.

— Vous avez refusé d'obéir à mes injonctions, vous m'avez insulté et vous m'avez montré que vous pouviez être dangereux.

— Dangereux ? Voyons, je ne vous ai même pas effleuré, murmura Broca d'une voix doucereuse qui donna immédiatement la chair de poule à Louise.

Il y eut un silence chargé d'électricité, puis Keller répondit :

— Je ne vous détacherai pas, monsieur. Maintenant, si vous voulez bien reprendre.

Broca leva un instant les yeux au ciel, puis sembla accepter la situation.

— Vous disiez écouter la radio, le soir du lundi 25 octobre 2021 ?

— En effet.

Les gendarmes attendirent, mais l'homme en resta là.

— Vous ne pouvez pas répondre à la question de votre emploi du temps pour le vendredi 15 octobre, mais vous êtes capable d'affirmer que vous écoutiez la radio le lundi 25 octobre vers 20 heures ?

Non, Julien ! Il va te retourner ! songea Louise en serrant les dents. Broca décocha un regard amusé au gendarme et lui répondit tranquillement :

— Radio France Musique. « Le concert du soir ». Je l'écoute tous les lundis soir, c'est une habitude. Après mon entraînement d'iaidō.

Louise pianota à la va-vite sur son portable. Évidemment, Broca disait vrai : l'émission était diffusée tous les soirs, du lundi au vendredi, à 20 heures. Elle inspecta le site web de la radio et consulta leur programmation pour le 25 octobre. En écho à ses recherches, le suspect reprit avec cette insupportable morgue qui le caractérisait :

— Un moment très agréable, d'ailleurs. L'émission était consacrée à des airs de Mozart interprétés par Sabine Devieilhe, accompagnée par l'orchestre Les Siècles, sous la direction de François-Xavier Roth.

— Super, mon coco, sauf que les podcasts n'ont pas été inventés pour rien, marmonna Louise.

— Nous vérifierons. Cependant, rien n'atteste que vous ayez suivi cette émission en direct… sauf si vous avez utilisé votre ordinateur, auquel cas nous retrouverons la trace numérique de cette activité ?

— Ce n'est pas le cas, je l'ai écoutée depuis mon poste de radio. Mais je déclare avoir suivi cette émission en direct.

— Quel dommage, ironisa Léa. Et lundi dernier ?

— Quelle est votre question ?

— Si vous êtes en mesure de me donner l'objet de l'émission de lundi en huit, vous devriez pouvoir me donner celui de lundi dernier.

Bien vu, songea Louise, qui, comme ses collègues, trouvait que la réponse de Broca sentait le *fabriqué* à plein nez. L'homme fixa Badenco d'un air supérieur et déclara, un petit sourire au coin des lèvres :

— Hommage à Nelson Freire, le pianiste décédé le jour même : un récital de 2013 à La Roque-d'Anthéron, en première partie, suivi du concerto n° 2 de Chopin avec le Philharmonique de Radio France, dirigé par Mikko Franck en 2019.

Soit ce type est vraiment un passionné, soit il a préparé son coup, se dit la gendarme en pianotant sur son téléphone. Sans surprise aucune pour elle, la programmation de France Musique confirma l'affirmation de Broca.

— Vous disiez écouter la radio après votre entraînement d'iaidō : cet entraînement, vous l'effectuez en club ?

— Non. Je m'entraîne chez moi, dans un calme absolu et un isolement total. Il s'agit tout autant d'une pratique physique que d'une discipline mentale.

Léa prit une grande inspiration et décida d'attaquer sur un autre front :

— De manière générale, diriez-vous que vous êtes souvent en déplacement ?

— Non.

— Non ?

— Je me déplace peu.

— C'est-à-dire ? Une fois, deux fois, trois fois par semaine ?

— C'est variable. Certaines semaines, il m'arrive de sillonner les bois ou les montagnes pour trouver des *yamadori*.

— *Yamadori* ?

— De jeunes arbres qui sont restés petits, souvent à cause d'un manque de nutriments ou d'un environnement défavorable.

— Je vois. Vous êtes-vous déplacé en ce sens la semaine dernière ? Ou la semaine du 15 octobre ?

Broca ricana doucement.

— Ce n'est pas vraiment la période, madame ! Les *yamadori* se prélèvent au printemps, juste avant la phase de croissance.

— Votre réponse est donc « non » ?

— En effet... L'automne se prête davantage à la confection de *kokedama*.

— *Kokedama* ? Vraiment ? questionna Léa, sans cacher son agacement.

Broca se moquait d'eux. Ouvertement. Louise l'écouta expliquer par le menu ce que signifiait ce mot et les différentes étapes que nécessitait sa fabrication, selon que l'on optait ou non pour une approche traditionnelle.

— Bien. Donc, je réitère ma question : vous êtes-vous déplacé la semaine dernière ou la semaine du 15 octobre pour aller ramasser de la mousse nécessaire à vos... à vos *kokemachins* ?

— *Kokedama*, la reprit-il... Je ne crois pas, non.

— Vous ne croyez pas ou vous ne l'avez pas fait ?

— Je ne crois pas l'avoir fait. Je n'en ai pas le souvenir, là, dans l'instant présent. Mais vous savez ce que c'est, n'est-ce pas ? Les souvenirs sont parfois soumis aux caprices de l'esprit.

— Nous ne sommes pas là pour plaisanter, monsieur Broca, le recadra Keller d'une voix irritée. Je vous rappelle que nous parlons d'une tentative de meurtre et d'un meurtre avec préméditation. Les peines encourues pour ces crimes...

— Je n'ai pas besoin d'un cours de droit, je vous remercie, le coupa Broca. Et je ne plaisante pas quand je vous dis que je n'ai rien à voir avec tout ça.

Il s'interrompit, se tortilla sur sa chaise, visiblement gêné d'avoir les mains maintenues dans le dos.

— Vous débarquez chez moi, vous m'arrêtez, vous fouillez mon domicile, vous m'attachez, vous me laissez mariner une nuit entière en cellule et, maintenant, vous me signifiez ma garde à vue parce que vous me soupçonnez de crimes que je n'ai pas commis... Comment voudriez-vous que je me comporte ? Comme un toutou docile et apeuré par votre incontestable démonstration de force ?

— Comme un citoyen qui n'a rien à se reprocher, ni plus ni moins.

— Oh ! Vous voulez vraiment que nous discutions de citoyenneté et, par extension, du droit de cité ? entama-t-il en appuyant sur le mot « droit ». Ce qui, dans votre régime supposément démocratique, implique que je suis détenteur d'une partie de la souveraineté politique.

— Vous ne m'emmènerez pas sur ce terrain, monsieur, nous ne sommes pas là pour discourir sur la notion de citoyenneté, s'agaça Léa. Mais n'oubliez pas que votre statut de citoyen est fait de droits et de devoirs.

— Je ne pense pas m'y soustraire.

— Bien. Alors reprenons notre entrevue sur un terrain plus prosaïque : connaissiez-vous Valériane Ducuing et Magyd Ayed ?

— Rassurez-moi, fit-il d'un ton moqueur, je ne serais tout de même pas ici si vous n'aviez pas la réponse à cette question ?

— Dois-je en déduire que vous admettez les connaître ?

— Vous déduisez bien.

Louise expira bruyamment. L'insolence de Broca était à la limite du supportable. Elle le détailla, profondément mal à l'aise. L'homme semblait calme, et son regard couleur miel se teintait parfois d'une étincelle roublarde. Broca pouvait bien dire ce qu'il voulait, il s'amusait comme un petit fou... Parce qu'il n'avait rien à se reprocher ? Ou parce qu'il se pensait suffisamment intelligent pour ne pas être confondu ?

— D'où les connaissiez-vous ?

— Du lycée Notre-Dame-de-la-Piété. J'y ai été scolarisé en… (l'homme sembla faire le compte des années) en 2001. Oui, c'est ça. L'année scolaire 2001-2002.

— Quels étaient vos rapports avec ces deux individus, à l'époque ?

— Inexistants.

— Pourtant, vous les connaissiez.

— Je maintiens, je n'avais aucune relation avec ces deux élèves. Je les connaissais comme des dizaines d'autres : de vue.

— Les avez-vous revus depuis ?

— Non.

— Vous êtes-vous approché du domicile de l'un d'eux ?

— Non.

— Savez-vous où habite Valériane Ducuing ?

— Non.

— Savez-vous où habitait Magyd Ayed ?

— Non.

— Vous êtes-vous récemment déplacé en voiture du côté de Sarrouilles dans le 65 ?

— Non.

Léa se rencogna sur sa chaise, et Louise pouvait presque lire dans ses pensées. Si elle dégainait dès maintenant ses cartouches, Broca lui rirait au nez. Une empreinte de pneus – aussi confondante soit-elle – ne suffirait pas à le déstabiliser. L'homme était bien trop affûté, bien trop sûr de lui. De fait, Badenco prit un virage :

— MPC, ces lettres vous disent-elles quelque chose ?

— ... Oui, répondit-il après un long silence.

Toujours debout derrière la vitre, Louise tressaillit et manqua de laisser tomber son mug. La suite s'annonçait donc intéressante.

— Je vous écoute.

— Ces trois lettres ont été taguées à la bombe noire sur le capot de la voiture d'un professeur de Notre-Dame, un dénommé Chaban.

— Est-ce parce que vous avez vous-même tagué cette voiture que vous vous en souvenez si bien ?

— Ha ! s'amusa-t-il. Ceci vient s'ajouter à la longue liste de vos accusations ? Mais n'y a-t-il pas prescription, depuis le temps ?

— Contentez-vous de me répondre. Avez-vous, oui ou non, saccagé la voiture de ce prof et tracé ce graffiti dessus ?

— Non.

— Vous voudriez me faire croire que, vingt ans plus tard, vous vous souvenez des lettres taguées sur le capot de la voiture de ce prof alors que vous êtes étranger à cette affaire de vandalisme ?

— Je ne veux rien vous faire croire. Je dis ce qui est.

— Ça veut dire quoi, « MPC » ?

— Aucune idée.

Léa secoua la tête et reprit :

— Niez-vous avoir accusé M. Chaban d'entretenir une relation amoureuse avec Clara Joubert ?

La question, qui n'en était pas une, le cueillit, et Broca ne parvint pas à masquer sa surprise. Il marqua un temps d'arrêt, un léger voile d'inquiétude passa sur son visage, puis il se ressaisit :

— Non, je ne le nie pas.

— Mais c'était faux.

— J'ignorais que ça l'était.

— Vous croyiez réellement que Clara Joubert avait une liaison avec ce préparateur physique ?

— Absolument. Pourquoi aurais-je dénoncé cet homme, dans le cas contraire ?

— Par jalousie, peut-être ?

Broca observa Badenco avec une intensité dérangeante. Ses yeux semblaient vouloir disséquer la gendarme et ses intentions.

— Vous faites fausse route, répondit-il, les dents serrées.

— Pourtant, Clara Joubert vous avait écarté de sa vie.

— Je vous le répète, vous faites fausse route.

Quelque chose dans son attitude physique venait de se transformer. Broca semblait se ramasser sur lui-même, comme cherchant à contenir une énergie soudaine. Léa venait-elle de réveiller un volcan qui menaçait de jaillir ?

— Vous semblez subitement moins à l'aise, monsieur Broca. Que se passe-t-il ? Est-ce la mention de Clara Joubert qui vous déstabilise ainsi ? Une blessure affective non cicatrisée, peut-être ? le provoqua-t-elle.

Broca se crispa davantage encore. Sa façade d'homme libre de toute pression se fissurait, laissant entrevoir un magma bouillonnant d'émotions.

— Nous savons que Clara vous avait écarté de sa vie. Après des années d'une relation fusionnelle et exclusive, cela a dû vous faire mal, n'est-ce pas ? D'après M. Joubert, vous vous recueillez, seul, une fois par an, environ, dans la chambre de Clara. Devons-nous y voir un rite obsessionnel ?

À ces mots, une onde de colère traversa Broca et le fit trembler. Louise comprit mieux les réticences de Keller à retirer les menottes au bonhomme. Car là, juste derrière la vitre sans tain, se trouvait une cocotte-minute prête à exploser. Broca fusillait Léa du regard. Son visage transpirait la haine et le mépris. Tout dans sa posture n'était que menace. Il paraissait sur le point de bondir. Quelques secondes filèrent, et, contre toute attente, l'homme ferma subitement les yeux, inspira et se recomposa un visage.

— J'use de mon droit à garder le silence, asséna-t-il.

De là, Keller et Badenco se passèrent le relais pendant plus de deux heures, reformulant sans cesse les mêmes questions autour de son emploi du temps, du tag « MPC », de Valériane Ducuing, de Magyd Ayed et de Clara Joubert. En vain. Broca s'en tint à la même réponse systématique de son droit à se taire. Finalement, à 13 heures, les gendarmes décidèrent d'une pause et firent ramener le suspect en cellule.

– 41 –

Prends tout ce qu'il y a à prendre !

Clara observe son regard dans le miroir. Elle connaît Thib par cœur. Elle sait qu'elle doit être belle, *à ses yeux*. Thib n'aime pas le maquillage, les artifices, les simulacres. Les filles fardées, très peu pour lui. « Les coquetteries inutiles mettent en lumière la laideur qu'elles sont censées masquer », lui avait-il expliqué un jour. À cette réminiscence, Clara se surprend à sourire. Mais c'est un sourire triste. Une grimace qui porte déjà le goût amer de la trahison. Elle avise son chandail noir épousant ses hanches, puis coupé plus ample à hauteur de poitrine, avec son encolure bateau en tissu drapé qui bâille légèrement. Son jean préféré – qui vient de la garde-robe de sa mère – colle à ses longues jambes et met ses fesses en valeur. Elle attache ses cheveux en un simple catogan et libère quelques mèches insolentes autour de son visage. *Voilà, ça suffit et ça te ressemble.*

Trois petits coups discrets retentissent. Elle ouvre.
— Entre, David. Personne ne t'a vu ?

— Non, t'inquiète ! Les lundis soir, entre le foyer et la salle de projection, y a presque plus personne dans les couloirs de l'internat.

— Merci d'être venu.

— MPC, répond-il comme une évidence en montrant le caméscope.

Puis il mesure la nervosité de Clara et une gêne s'imprime sur son visage.

— Tu sais... Si tu... si tu n'es pas sûre...

— Ça va, David ! C'est bon !

— OK. Alors, je me mets où ?

— Là, dit-elle en désignant la salle de bains. Tu laisses la porte entrouverte. Et tu filmes uniquement quand je ne suis plus dans le champ ! C'est clair ?

— Mais oui, j'ai compris ! T'as pas confiance, ou quoi ?

David disparaît dans la salle de bains. Clara s'approche de son lit, allume la petite lampe de chevet et éteint le plafonnier. Une douce lumière tamisée baigne le lit, plongeant les angles de la chambre dans la pénombre. Clara s'installe et attend. Dans le funeste silence de la pièce, les minutes qui s'égrènent sont autant de petits coups de canif qui la torturent.

— Allez, grouille, Thib, marmonne-t-elle, pour faire taire sa mauvaise conscience.

Le toc-toc contre la porte la surprend presque. Un nœud coulant lui serre le ventre, mais c'est d'une voix enjouée qu'elle lance :

— Entre !

Thibault passe la porte. Il est heureux. Super heureux. Ça se voit ! Ses yeux couleur miel brillent d'un éclat qu'elle ne leur avait plus vu depuis longtemps.

— Salut, ma belle ! lance-t-il.

Et il avance, avec cette allure faussement décontractée du gars bien dans ses baskets, à qui la vie sourit, à qui la vie aurait toujours souri. Sauf que c'est faux ! Parce que Thib, c'est typiquement le genre de mec qui collectionne les seaux de merde depuis qu'il est né. Sa cote de popularité a toujours flirté avec les profondeurs abyssales, et le détachement qu'il affiche face à la cruauté du monde est inversement proportionnel à la douleur qui lui sert de condition. *Finalement, tu mens autant que ceux que tu condamnes*, se dit Clara.

— J'ai été surpris par ton petit mot... agréablement, bien sûr ! ajoute-t-il.

Puis il s'assoit sur le lit, faisant douloureusement grincer les ressorts.

— J'avais envie de te voir... Non, j'avais *besoin* de te voir, Thib, murmure-t-elle, les yeux baissés. Tu me manques, tu sais ?

Elle incline légèrement la tête et lui sourit. Elle sait comment il faut sourire aux garçons. D'ailleurs, le visage de son ami irradie de bonheur, et d'autre chose aussi... *De désir*, songe-t-elle.

— Je t'ai délaissé, ces derniers temps, hein ?

Thibault hausse légèrement les épaules. L'air de dire *Bah, laisse tomber, c'est pas grave ! C'est oublié, va !*, et le lit vibre sous le poids de son mouvement. *Thib, tu mens encore, je sais que tu as souffert*, se dit-elle en se blottissant contre lui. Et il passe un bras protecteur autour de son cou, une masse lourde et chaude qui l'a toujours réconfortée, mais qui, dans l'instant, lui arrache un frisson.

— Ça va, Clara ? demande-t-il avec douceur en lui caressant une mèche de cheveux.

— Pas trop...

— Qu'est-ce qui se passe ?

— Je vais devoir faire du mal à quelqu'un que j'aime, chuchote-t-elle.

Thibault fronce les sourcils, deux plis se forment sur son front, et elle reconnaît cette mimique qui n'appartient qu'à lui, cette expression mêlant réflexion et perplexité.

— Tu m'expliques ?

Clara tourne légèrement la tête et enfonce le bout de son nez contre la chair dodue du cou de son ami. Elle perçoit clairement l'onde de désir qui électrise sa peau et le fait frissonner.

— Je peux pas t'expliquer, lui murmure-t-elle à l'oreille.

Et son souffle langoureux provoque un nouveau tressaillement chez Thibault. *C'est maintenant,* se dit-elle, *avant que toute force t'abandonne.* D'un mouvement rapide et gracieux, elle bascule sur ses genoux, à califourchon.

— Clara ! glapit-il, comme un enfant pris en faute. Qu'est-ce que...

Mais elle ne lui laisse aucun répit. Elle colle sa bouche à la sienne, et le bout de sa langue s'enfonce entre ses lèvres. Les yeux clos, elle imagine Alexandre. Elle le convoque de toute la force de sa pensée, et un petit gémissement de plaisir s'échappe alors d'elle. Le souffle de Thibault s'accélère, il pose ses mains sur ses hanches, et elle se frotte à lui doucement, tout en continuant à l'embrasser, tout en continuant à penser à Alexandre. Leurs langues s'entortillent, chaudes, humides, et, d'hésitant, leur baiser – le premier – devient plus audacieux. Clara appuie bientôt sur les épaules de Thib et fait basculer son corps en arrière. Elle est sur lui, conquérante et déterminée. D'un geste pressé, elle retire son chandail, lui offrant son décolleté – un soutien-gorge noir, simple, à balconnets. Thibault n'en revient pas, ses yeux trahissent une gourmandise mêlée d'ébahissement. Il esquisse un mouvement de la main mais n'ose pas et s'arrête en chemin. Alors Clara libère son soutien-gorge, prend les mains potelées de Thibault et les plaque sur ses deux petits seins blancs, ronds et fermes. Lui déglutit au contact de sa peau douce comme de la soie, de ses deux galbes splendidement érotiques qui lui remplissent les mains et dont la pointe durcit au contact de ses doigts tremblants. Clara respire plus fort, elle aussi, se cambre, insolente, puis ferme de nouveau les yeux en effectuant des mouvements lents et appuyés du bassin. Elle sent la protubérance dure sous le jean baggy de Thibault, elle entend sa respiration qui s'accélère parce que l'excitation monte et qu'il a très envie d'elle ; elle perçoit chaque onde qui le submerge. Alors sa main se fraie un chemin entre leurs corps, glisse vers son sexe, défait son bouton et descend sa braguette. Elle effleure son pénis dur sous le caleçon tendu, et Thibault gémit sous l'intensité du plaisir qui l'inonde. Pourtant, quand elle glisse ses doigts sous l'élastique du caleçon, il retient son geste.

— Clara… Tu es… tu es sûre, Clara ?

Et elle le déteste pour ça ! Pour cette précaution chevaleresque qui confine à la dévotion et lui rappelle à quel point elle est laide.

— Ne gâche pas tout, Thibault, ordonne-t-elle en chuchotant. Prends ce que je t'offre, maintenant... Prends-le, tu m'entends ? Prends tout ce qu'il y a à prendre !

Et, d'autorité, sa main abaisse son caleçon, se faufile entre ses cuisses et commence à le caresser doucement. Sous les plis de chair, elle sent le corps de Thibault se tendre, s'arquer, et toutes ses réticences tombent, dominées, vaincues par la puissance d'un irrépressible désir. Elle dépose une série de petits baisers mordants dans son cou, puis remonte son pull, embrasse l'immensité de son ventre mou, marque une petite pause, puis lèche le bout de son sexe tendu. Son ami est au supplice. Mais elle ne peut pas aller plus loin.

— Je reviens, dit-elle en s'écartant doucement. Ne bouge pas.

Il relève la tête tandis qu'elle disparaît dans le noir, puis la musique s'élève de l'angle invisible où elle se tient. Il sourit en reconnaissant les premiers accords de *Creep* de Radiohead. Bientôt, les paroles s'élèvent : « *When you were here before/Couldn't look you in the eye/You're just like an angel/Your skin makes me cry...* »

— Clara ? l'appelle-t-il en la cherchant des yeux. Tu viens ?

Mais la porte de la chambre s'ouvre subitement et le plafonnier s'allume, inondant la chambre d'une lumière vive. Thibault se redresse, s'empourpre, bataille pour s'extraire du lit et remonte son caleçon d'un geste rapide. Sauf que c'est trop tard, la copine de chambrée de Clara est là, dans l'embrasure, et elle le fixe d'un œil rond. Elle l'a vu à poil, la bite à l'air, putain ! Il est confus, bredouille en se rhabillant à la hâte dans une série de gestes maladroits et patauds. Enfin refagoté, il détaille Clara, qui se tient dans un angle. Elle a enfilé un tee-shirt, et son regard est humide. Il la fixe, cherchant à comprendre, mais elle détourne les yeux. Elle a honte. Terriblement honte. Et lui ne sait pas si elle a honte de l'avoir désiré ou si elle a honte d'avoir été surprise. Il s'apprête à parler, mais elle le devance :

— C'était une erreur. Je suis désolée, Thib... je suis terriblement désolée.

Et comme il écarquille les yeux, elle crie :

— Va-t'en ! Va-t'en maintenant !

*
* *

La température ne dépasse pas les 2 degrés, mais Clara bouillonne, et des volutes de buée s'échappent de sa bouche à chaque respiration. Elle brûle d'une rage folle. Le regard fiévreux et menaçant, elle fait les cent pas sur le plancher de la grange. Elle va le tuer, putain, elle va le tuer de ses mains ! Valériane est assise, la regarde qui se déchaîne, invective le vide et lâche des jurons rageurs. Des raclements à l'extérieur annoncent l'arrivée des garçons. Clara se fige, fixe la lucarne d'un œil noir. Se tient prête à bondir. Et c'est exactement ce qu'elle fait.

Magyd a tout juste le temps de poser les pieds dans le grenier qu'elle lui saute dessus en hurlant. Tous deux basculent sur les planches, mais Clara a pour elle l'avantage de la surprise. Et, avant qu'il ait compris ce qui se passe, elle lui assène deux gifles magistrales qui le sonnent. Mais la troisième n'atteint pas son objectif, parce que Magyd lui attrape fermement le poignet. Clara crie, se débat et parvient à le griffer de son autre main. Fou de rage, il met un grand coup de reins, roule au sol et se retrouve sur elle.

— Ça va pas, ou quoi ?! Mais t'es tarée, ma pauvre fille !

— T'avais pas le droit, espèce de connard ! T'avais pas le droit ! hurle-t-elle.

Et elle lui crache au visage, avec une haine qui jaillit d'elle comme un boulet de canon. Lui ne réfléchit pas, c'en est trop ! Il plaque fermement une main sur le cou de Clara et commence à l'étrangler. Heurtés par la violence de la confrontation, David et Alexandre s'interposent. La suite est brouillonne. Il y a une bousculade, des corps-à-corps, des cris furieux qui déchirent le silence de toute part. Et, à la fin, deux êtres pantelants retenus de s'écharper, lui par David, elle par Alexandre. Ils se toisent de longues secondes, s'insultent entre leurs dents serrées, se débattent encore, alors même que toute énergie les a quittés. Puis le silence se fait. Lourd comme plomb. Enfin, Clara tombe à genoux. Vidée. Et des larmes coulent sur ses joues.

— Pourquoi, espèce de salaud, pourquoi, hein ?

— Parce que c'est le jeu.

— Tu m'as défiée d'humilier Thibault, c'est ce que j'ai fait ! Le reste n'était pas prévu.

— Mais le reste, comme tu dis, c'est justement l'humiliation, Clara !

— Qu'est-ce que tu as fait, Magyd, bordel de merde ? demande alors Alexandre.

D'un mouvement d'épaules, Magyd se dégage de l'emprise de David. Il époussette son jogging plein de paille et de saletés. Il relève enfin la tête.

— Alex, je te rappelle que j'ai demandé que le gros lard subisse la pire des humiliations, c'était ça, le défi ! Et elle, là, elle lui a juste sucé le bout du gland, crache-t-il.

— Quoi ? réagit Alex en secouant la tête.

— C'est David qui m'a tout raconté ! Demande à ton frère !

— Mais qu'est-ce que...

— Oui, je l'ai chauffé ! Évidemment que je l'ai chauffé ! se défend Clara. Il aurait fini nu comment, sinon ! Et après, Valériane est entrée dans la chambre et l'a surpris à poil ! Ça n'était pas assez humiliant à tes yeux, peut-être ?!

— Non, ça n'était pas franchement humiliant, non ! Et tu le sais très bien ! Le type, il a trop kiffé sa race pendant que tu faisais la chienne, parce qu'il rêvait que de ça ! Et après, quoi, hein ?! Il a pris une honte de trois secondes et demie, parce que Valériane a vu sa nouille ?! Laisse-moi rire !

— T'es qu'un porc !

— Ah ouais ? Parce que c'était pas dégueulasse, peut-être, ton défi de la levrette ?!

— Sauf que je n'ai pas montré la vidéo à la moitié du bahut, moi ! Et que Corinne Lebeau ne saura jamais qu'on l'a tous vue en train de se faire choper !

— Mais tu ne m'avais pas mis au défi de l'humilier, rétorque-t-il.

Alexandre secoue la tête.

— Sérieux, Magyd ? Tu as montré la vidéo ?

Magyd bombe le torse.

— Ouais. Y a une copie qui tourne. Et alors ? T'as un problème, gros ?

— Putain, Magyd, tu as fondu les plombs, ou quoi ?

— Je rêve ! Il est où, le problème, hein, Alex ? Tu vas te laisser enfumer parce que *madame* Clara pleurniche ? Je te rappelle que c'est elle qui a créé le jeu ! braille-t-il, hors de lui. Et que c'est elle qui a édicté les règles, bordel ! Donc, à moins que ton cerveau ne fonctionne au ralenti, mon pote, la pire des humiliations, c'est exactement ce qui est en train d'arriver au gros lard, et pas le pseudo-*coitus interruptus* monté de toutes pièces que Clara nous a donné à voir !

– 42 –

Tu penses que cette baraque pourrait servir de base arrière ?

14 h 45. Louise étira son dos, se leva et se posta devant la fenêtre. Le soleil arrosait la cour de la caserne et une bergeronnette sautillait de branche en branche, en quête d'insectes. La gendarme s'interrogeait sur le revirement d'attitude de Thibault Broca durant sa garde à vue. Après avoir tenu la dragée haute à ses collègues, il s'était muré dans le silence. L'évocation de ses sentiments passés pour Clara Joubert en était à l'origine. Se pouvait-il que, vingt ans plus tard, cet amour adolescent continuât de le faire souffrir ? Au point qu'il refusât d'en parler ? Ou ce silence faisait-il écho à des agissements criminels que Broca préférait taire ? Louise expira bruyamment ; elle se faisait l'impression d'être un poisson rouge tournant en rond dans son aquarium.

— Tu n'as rien trouvé de probant ? lui lança Keller en revenant dans la salle, les mains chargées d'une poche pleine de biscuits et de sucreries.

— Non. J'ai fini à l'instant d'éplucher la téléphonie, et il n'y a rien d'intéressant. J'ai mis un nom sur l'ensemble des numéros entrant ou sortant des six derniers mois, et, en dehors d'amateurs de bonsaïs ou de vendeurs de vérandas, aucun contact remarquable. Ou bien Broca est un ascète de la relation sociale, ou bien c'est un dissimulateur hors pair. Et toi ?

— Rien niveau bancaire.

— Tu fais une crise d'hypoglycémie, ou quoi ?

— Je suis stressé. Et quand je stresse, je mange sucré !

— Probablement ta part de féminin, le charria Louise.

— Et je l'assume parfaitement ! Tiens, sers-toi.

Louise piocha une réglisse Haribo dans une boîte remplie de cochonneries chimiques et multicolores et se servit un nouveau café.

— Où est Léa ? demanda-t-elle.

— Oh, tu la connais un peu, maintenant ! La dernière fois que je l'ai vue, elle pressait de questions l'analyste informatique occupé à dépiauter l'ordinateur de Broca. Et, avant ça, elle harcelait le labo pour obtenir au plus vite les résultats d'analyse de la bombe noire et des tennis embarqués durant la perquise.

— Comment tu le sens, ce type ?

— Mal ! Je le sens mal. Il me fait froid dans le dos, si tu veux tout savoir.

Elle hocha la tête, se souvenant parfaitement de l'expression de dangerosité qui avait jailli du regard de Broca.

— Oui. Mais, en dehors de l'empreinte pneumatique, on n'a aucune preuve, fit-elle. Et si Broca continue à se taire, ça risque de devenir très compliqué.

— Il a tout de même identifié le sigle « MPC » ! Ce qui le relie aux crimes, aujourd'hui.

— Ça ne l'y relie pas directement, puisqu'il affirme ne pas être l'auteur de ce tag.

— Et pour cause ! Il a plutôt intérêt à mentir sur ce point !

— Dans ce cas, pourquoi avoir admis connaître ce sigle ? raisonna Louise.

La porte s'ouvrit, laissant apparaître Badenco. Son air victorieux et son pas déterminé aiguisèrent immédiatement la curiosité de ses collègues.

— Toi, tu tiens quelque chose !

— Oui ! fit-elle en éventrant un paquet de cookies posé sur la table.

— Café ? proposa Louise.

— Avec plaisir, merci. Bon, je vous fais le topo : le labo vient de m'informer que la peinture noire contenue dans la bombe retrouvée dans le garage de Broca est exactement la même que celle ayant été utilisée sur les deux scènes de crime. Composants chimiques identiques en tous points !

— Ce n'est pas une preuve directe, avança Louise, mais ajouté aux pneus, ça pèse un peu plus lourd. Et les tennis ?

Léa grimaça.

— La semelle est différente. Cela étant, Broca a très bien pu se débarrasser des chaussures compromettantes, notamment s'il avait remarqué avoir marché dans le sang de Ducuing. Avec toutes les séries policières qui passent aujourd'hui à la télé, pas besoin d'être un expert pour savoir qu'il est quasiment impossible de faire disparaître des traces de sang sur un objet, quel qu'il soit.

— D'autant que, contrairement à la bombe noire, les chaussures l'auraient directement relié à la tentative de meurtre ! ajouta Keller.

Louise réfléchit à la meilleure façon de tourner sa phrase – elle détestait ça, mais elle savait qu'elle marchait sur des œufs.

— Reste que, matériellement, les chaussures perquisitionnées chez Broca ne matchent pas avec l'empreinte de la scène de crime. Donc, ne spéculons pas trop sur ce point précis.

— Louise redoute que nous enquêtions à charge, expliqua Léa d'un ton légèrement pincé.

— Je maintiens : c'est un risque réel, Broca ayant, qui plus est, le profil d'un type détestable.

Un court silence ponctua la réplique de Louise, et Léa opta pour le consensus :

— C'est le moins qu'on puisse dire, ce mec est un vrai tordu ! Mais très bien, Louise, tenons-nous-en aux éléments objectivement incriminants : on a les pneus et la peinture... Il nous faudrait plus pour pouvoir réellement le cuisiner, ajouta-t-elle dépitée.

— L'informaticien n'a rien trouvé de douteux ?

— Pour l'heure, non. Cela étant, si des fichiers ou des activités Internet ont été effacés, retrouver leurs traces peut prendre du temps.

— Il y a aussi la question de la kétamine, intervint Louise. Si Broca est notre coupable, il a forcément acheté la drogue à quelqu'un. Le problème étant : à qui et où ?

— Tu n'as pas identifié d'intermédiaires intéressants dans ses relations, type infirmiers, vétos, médecins, ou même dealers ? lui demanda Léa.

— Ce type a un carnet d'adresses aussi rempli que le désert de Gobi ! En tout cas, si j'en crois ses relevés de téléphone fixe, répondit Louise. À moins, bien évidemment, qu'il ne possède un portable à carte prépayée non déclaré, il y en a des centaines de milliers en circulation…

— En tout cas, on n'a rien trouvé pendant la perquise, réagit Keller. On a retourné chaque centimètre carré de sa baraque et on a passé les deux véhicules au peigne fin. Pas le moindre portable, pas le moindre chargeur, pas la moindre batterie, *nada*.

— Il a pu dissimuler tout ça, ou s'en débarrasser, va savoir !

Les gendarmes s'observèrent en silence, conscients de tenir un *bon* suspect, sans pour autant disposer d'éléments suffisants à le faire parler.

— Pff ! J'entends d'ici ses répliques si je cherche à l'acculer, ragea Léa. Il est foutu de me donner le nombre exact de Michelin Primacy 3 fabriqués dans le monde et vendus en France en 2021 !

— Même chose avec l'aérosol noir.

— Bon, revenons sur le crime d'Ayed, proposa Louise. On sait que notre tueur a créé un profil d'*escort* bidon pour ferrer sa cible et lui filer rencard. En conséquence, si Broca est notre homme, il a forcément laissé des traces de cette activité sur son ordinateur portable !

— Sauf que, pour le moment, notre analyste a fait chou blanc. Pas de connexion au site de rencontres d'*escorts*, pas de connexion au site de France Musique pour une écoute des programmes en podcast et pas d'achat en ligne !

Louise fit un point rapide sur les éléments entourant le mode opératoire. Elle n'était pas profileuse, mais certaines réalités s'imposaient.

— Au regard des passages à l'acte et de la préparation qu'ils nécessitent, on sait que le coupable possède une personnalité extrêmement organisée. Donc, s'il s'agit bien de Broca, il aura anticipé cette dimension de traçabilité numérique qui constitue l'un des meilleurs moyens d'être confondu. D'où cette question : quelle stratégie pouvait lui assurer de ne pas se faire coincer si jamais les enquêteurs s'intéressaient à lui ?

— Utiliser l'ordinateur de quelqu'un d'autre, proposa Keller du tac au tac.

— Sachant que ses relations sociales semblent réduites à peau de chagrin, cela semble… Oh, punaise !

Louise se tut, une idée venait de se faire jour. Elle se leva d'un bond pour attraper son calepin et le feuilleta rapidement.

— Là ! Notre entrevue avec Roman Joubert, hier ! Les parents de Broca ont acheté un appartement à Seignosse mais auraient conservé la maison héritée à Ibos !

— Tu penses que cette baraque pourrait servir de base arrière à Broca ?

— Et pourquoi pas ? Après tout, cette idée n'est pas si saugrenue que ça !

— OK, OK ! s'emballa Léa. Imaginons que tu aies raison, cela impliquerait que la ligne téléphonique et l'abonnement Internet n'aient pas été résiliés et qu'ils soient payés par les parents de Thibault Broca.

— Il suffit d'adresser nos réquisitions via la PNIJ[1], et on sera rapidement fixés sur ce point ! Et s'il existe effectivement un FAI[2] pour la maison d'Ibos, on lance une perquisition et on fait main basse sur le matériel informatique !

Keller jeta un œil à sa montre. En envoyant leurs réquisitions maintenant, les résultats arriveraient en fin d'après-midi et, s'ils attestaient d'une activité numérique depuis la maison d'Ibos, la perquisition de la baraque ne pourrait pas être organisée avant le lendemain. Léa dut suivre le raisonnement de son collègue car elle lança :

— Si les réquises nous donnent raison, on garde Broca dans les murs. Un prolongement de sa garde à vue nous amène à lundi 10 h 26.

---

1. Plateforme nationale des interceptions judiciaires.
2. Fournisseur d'accès Internet.

– 43 –

La porte de sortie de cet enfer se dessinait

David Schäffer poussa les portes de la brasserie quelques minutes avant 17 heures. L'esprit aussi effervescent qu'un Alka-Seltzer plongé dans l'eau, il balaya plusieurs fois la salle des yeux, mais ne repéra Vincent Jammes que lorsque celui-ci releva enfin la tête et lui adressa un regard scrutateur. Cheveux courts et blancs. La bonne soixantaine. Une minceur maladive. Un air fatigué. Schäffer se demanda si le détective n'était pas bouffé par un de ces crabes bien vicieux, du genre qui prennent leur temps, avançant petit à petit, mais avançant toujours. Il s'approcha d'un pas qu'il voulut assuré et s'arrêta à un mètre de la table.

— Monsieur Vincent Jammes ?

Le type hocha la tête, se leva et lui serra la main avec une vigueur surprenante.

— Monsieur Schäffer, c'est bien ça ?

— Oui. C'est Valériane qui m'envoie.

— Vous voulez commander quelque chose avant qu'on commence ?

Oui, David voulait commander. Il avait soif. Parmi les effets de l'anxiété qui ne le lâchait pas depuis deux longues semaines, il se traînait cette désagréable sensation d'avoir toujours la gorge sèche. Il fit donc signe au serveur et demanda un whisky avec un grand verre d'eau. De son côté, Jammes ramassa son attaché-case et en extirpa un petit dossier marqué « Broca » qu'il posa juste devant lui. Il attendit que le serveur fût parti pour l'ouvrir.

— Bien, monsieur Schäffer, allons-y.

David hocha la tête, et avala une gorgée de whisky.

— L'homme sur lequel vous vouliez obtenir des informations s'appelle Thibault Broca.

— Comment l'avez-vous identifié si rapidement ?

Jammes eut un sourire en coin.

— Mme Ducuing m'a informé que le prénommé Thibault avait habité dans le voisinage d'une jeune fille nommée Clara Joubert. Dans un petit village comme Pouzac, un saut sur le registre des cadastres, et j'avais déjà une liste des noms des propriétaires voisins des Joubert en 2001. De là, j'ai passé un coup de fil à un ami travaillant à la sécu pour croiser ces noms avec le prénom Thibault. Figurez-vous que la recherche a été très rapide puisque les premiers voisins de Joubert, les Broca, avaient un ayant droit mineur qui s'appelait Thibault, justement. Ne restait alors plus qu'à tirer sur le fil.

— Je vois. Et donc ?

David écouta le privé lui donner les grandes informations concernant le parcours de Broca après son passage à Notre-Dame-de-la-Piété. Le privé acheva son exposé en montrant quelques photos de la ferme d'Esquiule.

— OK. Valériane m'a laissé entendre que vous aviez peut-être trouvé quelque chose de *particulier* sur ce type ?

— En effet, j'ai découvert un pan caché et troublant de sa personnalité… Je ne sais pas pourquoi vous vous rencardez sur ce Broca, mais, si vous voulez mon avis, ce mec a un sacré pet au casque, comme on dit.

Un frisson électrisa Schäffer. *Un pet au casque suffisant pour tuer des gens ?* Le détective fouilla alors dans son dossier, en sortit une enveloppe sur laquelle était marqué « maison Ibos » et la lui tendit.

— Regardez ça, vous allez comprendre.

Le premier cliché avait été pris de l'extérieur d'une maison, depuis un soupirail qui se découpait en bas d'un mur de crépi. En plongée, on distinguait une sorte de petite cave aménagée en bureau. Un détail attira le regard de Schäffer mais la photo était trop petite pour qu'il fût sûr de lui. Il s'empressa donc de passer aux images suivantes montrant une succession de gros plans, et ce qu'il avait cru distinguer se matérialisa sous ses yeux. Schäffer eut le sentiment de faire un voyage temporel vingt ans plus tôt. Sous l'effet du stress, une remontée acide lui brûla la trachée, et il descendit son verre d'eau d'un trait pour chasser le goût aigre qui lui profanait le palais.

— C'est… Putain de merde… c'est Clara, elle est partout… c'est une sorte de…

— De « mausolée », c'est le mot que vous cherchez ?

Estomaqué, Schäffer hocha lentement la tête. Un mausolée, oui, il avait sous les yeux un mausolée à la mémoire de Clara. Tous les murs de la pièce en sous-sol étaient tapissés d'agrandissements d'elle, enfant ou adolescente, de notes, de courriers ou cartes postales qui devaient dater de l'époque où Broca et Clara étaient encore amis. Sidéré, David secoua la tête et refit défiler les clichés, un par un, plus lentement cette fois. Il remarqua que bon nombre de photos au mur avaient été découpées de manière que Clara fût la seule à y apparaître. Puis ses yeux s'arrêtèrent sur un détail, et Schäffer eut le sentiment de recevoir un coup de poing en plein ventre. Un nouveau haut-le-cœur le surprit et lui irrita la gorge. Sur l'image qu'il fixait, le privé avait zoomé sur le bureau, situé au centre de la pièce, dans l'axe de la lumière plongeante qui pénétrait par le soupirail. Posé sur le sous-main, tel le joyau de la collection obsessionnelle de Broca, reposait le cahier intime de Clara. Petit cadenas fixé à la lanière de fermeture, couverture en cuir noir sur laquelle le rai de lumière entrant effleurait les lettres du prénom en surimpression.

— Je... C'est dingue, balbutia-t-il après de longues secondes de stupéfaction.

— C'est préoccupant, je vous le concède. Quelques recherches rapides m'ont indiqué que cette jeune fille avait disparu en 2002, c'est bien ça ?

Schäffer fit un « oui » mécanique de la tête, puis prit conscience qu'il devait donner le change et réussit à formuler :

— Oui, en juin 2002... Une fugue, apparemment... Elle était très amie avec ce fameux Broca. Visiblement, ce type ne s'en est jamais remis.

— Doux euphémisme.

— Mais... comment... où...

— Après avoir identifié Broca, je l'ai suivi durant trois jours. Mme Ducuing m'avait demandé d'essayer de récolter un maximum d'informations sur lui, ses occupations, ses déplacements. C'est lui qui m'a conduit dans cette maison à Ibos. Un simple tour du propriétaire m'a permis de repérer cette cave. Étant donné que Mme Ducuing avait signalé, dès le départ, un lien entre l'homme qu'elle recherchait et la jeune Clara Joubert, j'ai pensé que cette découverte allait l'intéresser. Si j'en crois votre réaction, je ne me suis pas trompé ?

— Oui, en effet. C'est inattendu, mais très, très *éclairant*, répondit Schäffer. Et Ibos, c'est une maison secondaire ?

— Juridiquement, elle appartient aux parents de Thibault Broca. Dans les faits, il semble que les parents soient définitivement installés sur la côte atlantique et que leur fils soit le seul à mettre les pieds là-bas. C'est, du moins, ce que j'ai appris en interrogeant les premiers voisins.

Puis, avisant le regard inquiet du client, le privé précisa :

— Vous n'imaginez pas tout ce qu'on peut apprendre en se faisant passer pour un potentiel acquéreur à la recherche d'une maison dans le coin.

Schäffer lui adressa un regard reconnaissant. Visiblement, Jammes n'était pas le dernier des imbéciles et il avait veillé à demeurer discret.

— Bien entendu, reprit-il, si je poursuis mes investigations, je vais m'intéresser de près…

— Non, non ! C'est très aimable, mais nous avons ce que nous cherchions, le coupa Schäffer, qui avait du mal à dissimuler son trouble.

Jammes lui jeta un regard surpris et persista :

— Ça ne vous intéresse pas de savoir pourquoi Broca a été arrêté hier ?

— Arrêté ! Vous êtes sérieux ?

— Je l'ai vu de mes propres yeux, monsieur. Votre type a dû tremper dans quelque chose de pas jojo, croyez-moi. Il y avait des gars de la scientifique et un chapelet d'uniformes qui ont retourné sa maison d'Esquiule de fond en comble, avant de l'embarquer.

Un flot d'émotions subites menaça de submerger Schäffer, qui dut mettre ses mains à plat sur la table pour diminuer la sensation de vertige qui s'emparait de lui. Ne pas lâcher prise immédiatement. Tenir bon, encore un peu. La porte de sortie de cet enfer se dessinait, là, tout près. Il avala son fond de whisky, tira de sa poche la liasse de billets qu'il avait préparée et la posa sur la table.

— Merci beaucoup, monsieur Jammes. Vous avez fait de l'excellent travail.

*
* *

Schäffer attendit qu'on lui apporte son second verre de whisky, et, dans une série de gestes rapides, il envoya un texto mentionnant son nouveau numéro à Valériane, suivi de : « Appelle dès que tu peux ! » Il retira ensuite la carte SIM de son téléphone et y plaça la nouvelle. Puis il attendit. Le temps lui parut s'éterniser avant que la sonnerie de son portable s'élève, affichant un numéro inconnu. Il décrocha tout de suite en se tassant sur lui-même, dans un réflexe absurde de discrétion.

— C'est toi ? fit-il à voix basse.
— Évidemment, David. Je t'appelle avec mon nouveau numéro, comme ça, tu l'auras. Alors, tu as vu Jammes ?

Ah ça, pour l'avoir vu ! Il se lança dans un résumé de son entrevue, mais l'urgence transpirait derrière chacun de ses mots et son récit était décousu. Valériane sembla néanmoins comprendre l'essentiel.

— Tu me fais flipper, David. J'ai l'impression que tu me décris l'antre d'un malade.

— Mais c'est l'antre d'un malade, Valériane ! réagit-il en haussant légèrement la voix. J'ai les photos, là, juste sous les yeux ! Ce Broca est complètement taré !

— OK... Alors... Oh, bon sang... Alors, c'est bien lui ?
— Oui.

David avala une rasade de whisky et ordonna ses idées. Il respira un grand coup et murmura :

— Dans son mausolée de fou furieux obsédé, là, il y a le cahier intime de Clara.

— Quoi ?

— Est-ce que tu comprends ce que ça veut dire ?

Il entendit le souffle de Valériane qui s'accélérait.

— Non, David, non, tu...

— Si, Val. Il faut que j'aille récupérer ce fichu cahier avant que les flics...

— Mais tu es dingue, ou quoi ?! paniqua-t-elle. Tu... tu ne peux pas courir ce risque, bordel ! Ce type a déjà tué, David ! Que crois-tu qu'il se passera si tu tombes nez à nez avec lui ?!

Son amie était au bord de la crise d'hystérie, et ses protestations étaient progressivement montées dans les aigus.

— Calme-toi et laisse-moi finir, bon sang ! Ça ne peut pas arriver, Val, parce que les flics ont arrêté Broca ! asséna-t-il avec fermeté.

— Tu es sérieux ? Ils… ils l'ont arrêté ? C'est vrai ?

Et Schäffer ressentit l'immense soulagement qui teintait la voix de son amie.

— Oui. Jammes a assisté à son interpellation hier.

— Alors, c'est enfin fini ? hoqueta-t-elle.

— Presque, Val. On voit le bout du tunnel. Il faut juste que je récupère le cahier.

— Mais tu ne crois pas que les enquêteurs vont perquisitionner cette maison ?

— Peut-être que oui, peut-être que non : elle appartient toujours aux parents de Broca, même s'ils n'y vivent plus… Quoi qu'il en soit, je dois faire main basse sur le cahier avant que les flics ne s'intéressent à cette baraque.

— Merde ! C'est hyper aléatoire, David, tu en as conscience ?

— Oui. Mais il y a une chose qui ne l'est pas, Valériane : si les enquêteurs trouvent ce cahier, ils découvriront qu'on a menti, qu'on est tous reliés à Clara et à… Bref, nous serons dans de sales draps. Donc, je vais y aller.

— Là, maintenant ? s'étrangla Valériane.

— D'ici une heure. Quand la nuit sera tombée.

Il entendit un gémissement étouffé, puis des sanglots.

— Chuuut… Détends-toi, Val, ça va aller. Le plus dur est derrière nous, maintenant.

Et, bon sang, c'était la vérité, le plus dur était enfin derrière eux !

– 44 –

Même cirque : silence total

Il était 18 h 22. Dehors, les ombres avalaient les contours de la caserne, et les réverbères et plafonniers des bureaux faisaient, çà et là, des taches de lumière sur le fond d'encre d'un ciel sans lune. La gendarme sursauta quand retentit le signal de réception d'un mail. Elle s'écarta de la fenêtre et alla jeter un œil à l'ordinateur. Le FAI Bouygues Telecom venait de répondre à leur réquisition et leur indiquait qu'il disposait bien d'un abonnement pour la ligne téléphonique fixe du 05 62 18 24 65, 32, chemin Brauhauban, 65420 Ibos.

Louise laissa échapper un petit cri triomphant. Ils tenaient peut-être un élément majeur expliquant comment Thibault Broca avait pu surfer sur Internet sans laisser de traces sur son ordinateur personnel. Seule la saisie du matériel informatique de la maison d'Ibos pourrait valider cette hypothèse. Pas une minute à perdre : la gendarme fila droit vers la salle d'audition où Léa et Julien continuaient d'interroger leur suspect depuis plus de trois heures.

*
* *

Deux heures plus tard, après un travail fourmillant d'une énergie nouvelle, les gendarmes se mirent au diapason.

— Laure et Bertrand Broca, respectivement âgés de soixante-neuf et soixante-dix ans, résidant à Seignosse. Je viens de les informer que leur fils était placé en garde à vue. Ils ont accusé le coup, évidemment. Ils m'ont indiqué qu'ils seraient bien présents demain pour la perquisition de leur maison d'Ibos, déroula Keller.

— De mon côté, j'ai eu la brigade de Tarbes. Un homme va être envoyé sur place pour monter la garde, afin d'éviter toute subtilisation de preuves durant la nuit. Je vois mal les Broca mandater quelqu'un cette nuit ou se déplacer eux-mêmes pour vider la maison, mais bon, on n'est jamais trop prudents.

— Bien. La scientifique sera sur les lieux à midi, demain, informa Léa. On n'a plus qu'à espérer avoir mis dans le mille.

La mine songeuse, Louise vida le fond de sa tasse. Le café était froid, elle grimaça.

— Je souhaiterais poursuivre l'interrogatoire de Broca, reprit Badenco. Tu te sens d'attaque, Julien ?

— Tu veux qu'on l'informe de notre planning de demain, c'est ça ?

— Oui. Tant qu'à l'avoir dans les murs, autant en profiter. Si la piste d'Ibos est bonne, Broca pourrait craquer et enfin se mettre à table.

— J'en déduis qu'il a continué à conserver le silence ? demanda Louise.

— Pas tout à fait. Quand on l'a confronté aux empreintes de pneus et à la bombe de peinture, il a subitement retrouvé toute sa véhémence. Avec son petit air narquois, il nous a tranquillement répondu que ces deux éléments ne constituaient absolument pas des preuves de sa culpabilité. Que d'autres pneus neufs de cette marque et de ce modèle étaient en circulation, et qu'il n'était pas le seul à posséder une bombe de peinture Tollens couleur noire.

— On a chargé un maximum, faisant valoir qu'on possédait un faisceau d'indices suffisant, mais il nous a ri au nez, enchaîna Keller. Ensuite, quand on est revenus sur son passé à Notre-Dame-de-la-Piété et sur sa relation avec Clara, même cirque : silence total.

— Je ne parviens pas à comprendre ces changements d'attitude, commenta Louise.

— Sauf à considérer que nos questions concernant Clara Joubert l'embarrassent profondément, rétorqua Léa, parce qu'elles nous rapprochent de son mobile.

— Donc l'affaire Joubert n'est pas si *périphérique* que ça ! réagit Louise en se remémorant leur différend.

— C'est une question de méthode de travail, Louise. Je maintiens ce que je t'ai dit : ne nous éparpillons pas, nous enquêtons sur le meurtre d'Ayed ! Les indices désignent Broca, et nous devons concentrer nos forces sur ce type, l'acculer et le faire parler !

– 45 –

Ils s'étaient sentis ivres de vie

David Schäffer ralentit à l'entrée d'Ibos. Son repérage sur Google Earth lui avait permis de voir que la maison des parents de Broca se situait à l'extérieur du village et à bonne distance de la zone commerciale. Il était 18 h 30, et la nuit était tombée. *Impeccable, la nuit, tous les chats sont gris*, se dit Schäffer en bifurquant sur l'étroit et long chemin qui sinuait à travers la campagne, desservant çà et là de rares propriétés. Suivant les indications de son GPS, il roula deux minutes, passa devant un grand hangar sous lequel étaient entreposés vieux pneus, engins et matériels agricoles, et atteignit enfin sa destination. Dans le halo des phares se découpait une fermette au bas d'une allée de gravillons piquetée de chiendent. Avec son jardin en friche, ses volets fermés, sa façade en crépi sale, ses huisseries abîmées et son pourtour de dalles défoncées, la baraque n'avait rien d'accueillant. *Le lieu idéal pour servir d'antre à un taré de tueur en série*, songea Schäffer en frissonnant. Il se répéta que Broca était sous les verrous, rassembla son courage et s'engagea lentement sur le ruban gravillonné que la lumière blanche des phares rendait plus hostile encore. Malgré les protestations de sa raison, les images horrifiques de *The Walking Dead* s'invitèrent dans son esprit, et David s'imagina une horde de zombies surgir de l'ombre en titubant et venir s'empaler sur son capot dans un fracas de taule tandis que des amas de chair sanguinolente maculaient son pare-brise. Nerveux, il secoua la tête et s'efforça de brider son imagination galopante.

Arrivé devant la fermette, il avisa un petit renfoncement derrière une haie de sapinettes qui mettrait son véhicule à l'abri des regards. Il s'y enfonça et coupa le contact. Une épaisse pénombre se plaqua immédiatement sur la voiture, engloutissant les contours de la maison. D'une main pressée, il saisit son iPhone et sélectionna la fonction torche. Puis il ouvrit sa portière, promena méticuleusement son jet de lumière autour de lui, tous les sens aux aguets, comme si un quelconque danger pouvait tout à coup le surprendre. Mais il ne vit rien et n'entendit que la rumeur lointaine de la circulation sur l'autoroute La Pyrénéenne. Rassuré, il s'avança vers la fermette, ses pas faisant crisser les graviers. Se rappelant les propos du privé, et ne comptant pas s'attarder sur les lieux, Schäffer emprunta le trottoir de dalles qui encerclait l'habitation pour se rendre directement à l'arrière, là où se trouvait le soupirail. À son passage, certaines dalles délogées de la chape de ciment produisaient des *clong* inquiétants qui retentissaient et propageaient leur écho dans la nuit. « Putain, fait chier ! » marmonna-t-il, dents serrées. Il avait beau se savoir seul, il aurait préféré progresser sans bruit, de cette manière discrète et efficace qu'il s'était plu à imaginer. Au lieu de ça, il avait le sentiment qu'on pouvait l'entendre à dix lieues à la ronde... *On ne bouge plus, monsieur ! On lève les mains sur la tête ! Et pas de gestes brusques, hein ?! Sinon c'est un bastos dans le buffet, et vous verrez que vous ne ferez plus le malin quand vous pisserez le sang comme un porc qu'on égorge !* Est-ce que les choses pouvaient réellement se passer comme ça ? se demanda-t-il alors que son cœur cognait. Les propos de Valériane ne cessaient de le hanter : d'après elle, les flics finiraient tôt ou tard par débarquer ici. Et Valériane ne se trompait jamais... *Ouais, peut-être, mais j'aurai déjà mis les bouts !* Et, pour mieux s'en convaincre, il accéléra le pas. À l'angle arrière de la maison, il s'arrêta pour éclairer le jardin. Quelques arbres bataillaient pour leur survie au cœur d'une jungle de végétation et de ronces. Il nota cependant que quelqu'un avait défriché une bande large de deux mètres tout le long du trottoir, jugulant ainsi l'impitoyable avancée de la nature sauvage vers l'habitation. Schäffer longea le mur arrière et s'arrêta au milieu : le soupirail était là, au ras du sol. Sa hauteur d'une soixantaine de centimètres lui permettrait de s'y faufiler sans trop de peine.

Il s'agenouilla, plaqua la torche de son téléphone contre la vitre sale et approcha son visage. Rien n'avait bougé, tout était comme sur les photos du privé : dans le faisceau de lumière se dessinait le mémorial à l'effigie de la reine Clara. *Tu parles d'un mémorial ! Pièce maîtresse de la production de Broca, « Le Mausolée à Clara » a initié la série de chefs-d'œuvre intitulée* Petits meurtres d'un fou *et reflète à lui seul la morbidité de l'auteur dans sa période rouge aussi appelée « errance assassine ».*

David fit taire la petite voix cynique en lui et se décida à agir. Il attrapa le pull qu'il avait en prévision fourré dans son sac à dos, l'enroula autour de son poing, tendit une dernière fois l'oreille, et balança un coup sec dans la vitre. Un fracas de verre brisa le silence, et l'homme eut l'impression qu'il venait d'alerter tout Ibos. Il se figea, laissa passer de longues secondes, et, quand il fut certain de n'avoir attiré l'attention de personne, il enleva précautionneusement les morceaux de vitre encore accrochés au vieux mastic pour dégager le passage. Puis, il se plaqua sur le trottoir, passa ses jambes par l'ouverture et se laissa lentement descendre. Dans un choc mat qui fit crisser le verre au sol, il atterrit à un mètre du bureau sur lequel était posé le cahier intime de Clara. Il s'en empara d'un geste vif. Il le tenait enfin ! Plus rien ne pourrait désormais les relier à Clara. Le cadenas fixé à la lanière de cuir était ouvert, et David fit rapidement défiler les pages noircies d'une écriture ronde, fluide, dont l'encre avait passé. Puis il referma le cahier, le glissa dans son sac à dos et balaya du regard les murs tapissés de photos. Clara partout ! Resplendissante. Souriante ou songeuse. Prenant la pose ou flashée par surprise. Quelques petits mots, des Post-it griffonnés, des cartes postales agrémentaient les différents clichés. Schäffer fut parcouru d'un frisson et ressentit l'envie urgente de déguerpir. Il attrapa la chaise placée devant le bureau et la posa au pied du soupirail. Il allait monter dessus quand une photo, parmi les autres, retint son regard. Clara apparaissait en gros plan, en train de nager le crawl, juste au moment où sa tête basculait pour happer l'air. Sur l'instantané, elle paraissait invincible.

L'image provoqua une onde de choc, le ramenant vingt ans en arrière. Ils étaient si jeunes. Si pleins de vie. Et, par-dessus tout, si pleins d'avenir ! Qui aurait cru que les choses tourneraient si mal ? Une cascade de souvenirs dégringola de sa mémoire. Il revit la grange d'Amestoy. Leurs retrouvailles secrètes du mercredi après-midi. Les défis insensés qu'ils se lançaient, repoussant toujours plus loin leurs limites, leur sens moral, leurs prises de risques... Valériane traversant la voie ferrée juste avant le passage du train... Magyd provoquant une bagarre dans la rue avec un inconnu et le matraquant de coups de plus en plus violents... Clara volant un sac à main à l'arrachée devant deux flics qui l'avaient coursée... Et combien d'autres défis plus fous les uns que les autres. Ils s'étaient sentis ivres de vie, exaltés par les émotions intenses qui les faisaient vibrer dans ces moments extrêmes de danger ou de transgression. Et il y avait également ce profond sentiment d'appartenance à un clan, cette union indéfectible entre les membres du groupe, un groupe fondé sur un pacte clandestin, avec ses règles propres, son fonctionnement libéré des carcans établis par la société. Sauf que, à force de faire des pieds-de-nez au destin, le destin s'était rebiffé et la leur avait mise bien profond. David secoua la tête. Que restait-il aujourd'hui de tout ça, sinon la certitude d'un immense gâchis ?

Il arracha son regard de la photographie de Clara et, la mort dans l'âme, monta sur la chaise. Il tendit la main et déposa son téléphone sur le trottoir. Puis il passa ses bras par l'ouverture pour prendre appui sur le montant du fenestron, fléchit les jambes et entendit alors un léger raclement juste derrière lui. Un frottement de semelle provenant du gouffre sombre auquel il tournait désormais le dos. Un flot d'adrénaline se déversa dans tout son corps. Il tourna vivement la tête mais n'eut pas le temps de parer l'attaque foudroyante. Une brûlure intense irradia ses reins et son corps s'arqua sous l'intensité du courant électrique qui le traversa de part en part. Les yeux exorbités et la bouche ouverte sur un cri silencieux, Schäffer s'effondra, inconscient.

– 46 –

Vingt ans plus tôt : début avril 2002

Un soleil blanc bombarde la forêt, réchauffant les sous-bois humides et révélant des senteurs entêtantes de terre et de résineux. Clara écarte la branche d'un mélèze qui gêne le passage et avance d'un pas incertain. Elle hésite, progresse encore de quelques mètres, puis se retourne soudain, l'air triomphant.

— Voilà, on y est !

Valériane la rejoint, piétinant au passage un tapis de crocus, et découvre, à l'orée d'une clairière, une bicoque en bois aux volets clos.

— Mais c'est tout petit !

— En même temps, ce n'est qu'un chalet… Mais j'admets, consent Clara d'une voix amusée, dans mes souvenirs d'enfant, il paraissait bien plus grand ! Du coup, je me rends compte que je t'ai un peu vendu du rêve !

Les deux ados se regardent et partent d'un grand éclat de rire.

— En plus, on n'est vraiment pas très loin du lac, se moque Valériane en jetant un œil à sa montre. On a mis exactement quinze minutes pour arriver ici, sachant que tu t'es trompée deux fois de chemin !

Clara affiche une expression dépitée.

— C'est dingue, quand même, hein ! Quand papy m'amenait ici, j'avais l'impression de marcher pendant des plombes ! Et lorsqu'on sortait du bois pour arriver à la cabane, je me sentais comme une aventurière qui venait de traverser la forêt amazonienne !

— Tu étais petite, c'est pour ça. Enfant, on perçoit les choses à notre échelle. Les espaces sont plus grands, et le temps, tellement plus long.

— Tu as sûrement raison... Bon, sinon, pas trop déçue par ce petit chalet rustique ?

— Un petit chalet rustique ?! s'exclame Valériane d'un ton exagérément enthousiaste. À mes yeux, c'est un magnifique château !

Clara scrute son amie, un sourire reconnaissant aux lèvres.

— Un magnifique château qui se transmet de génération en génération chez les Joubert ! Papy venait ici pour se couper du monde et pour chasser. Il adorait la chasse !

— Et ton père, il chasse aussi ?

— Non, ça n'est pas vraiment son truc. Mais il est très attaché au chalet.

— Ils s'entendaient bien ?

— Je crois, oui... J'ai peu de souvenirs de papy. Il est mort quand j'avais huit ans, un cancer du pancréas. Mais quand papa m'en parle, je vois bien qu'ils avaient une bonne relation tous les deux. D'après ce que la famille dit, papy était une bonne pâte. En même temps, pour supporter mamy, il valait mieux !

— Elle est chiante ?

— Elle a un sale caractère. Elle peut être méchante.

— Et tes grands-parents maternels ?

— Ils vivent dans le Nord. Ça fait loin, et je ne les vois pas souvent. Mais ils sont chouettes ! Ils ont plein de photos de ma mère, et, la dernière fois que j'y suis allée, j'ai même trouvé une vieille malle avec des habits à elle, dans le grenier ! C'est comme ça que j'ai récupéré le jean vintage et le tee-shirt Janis Joplin que tu trouves géniaux !

— Tu dois être gaulée exactement comme ta mère au même âge, parce qu'ils te vont super bien !

— Merci. Bon, et toi, tes grands-parents ? demande Clara.

— Mamy Odette, la mère de mon père, est plutôt sympa, j'admets... Mais tu me connais maintenant. Contrairement à toi, je ne suis pas très famille, précise Valériane en se tournant vers le chalet. Bon, alors, si nous poussions les portes de ce magnifique château ?

Clara ouvre le zip avant de son sac à dos et en sort une clef. Des feuilles se sont amassées sur le seuil de porte, elle les balaye du bout de sa chaussure. Puis elle entre et rabat le volet de l'unique fenêtre. L'intérieur est spartiate : deux banquettes en bois, deux tréteaux supportant un plateau en chêne en guise de table, un petit meuble avec un réchaud hors d'âge dans un angle et deux étagères où reposent divers ustensiles empoussiérés.

— Madâââme, je vous invite à prendre place dans le boudoir, énonce Clara d'une voix de châtelaine en ouvrant grand les bras. Une tasse de thé, peut-être ?

— Votre amabilité me comble, duchesse, mais, sauf votre respect, je préférerais une boisson plus… *divertissante* !

Clara éclate d'un rire franc et sort une bouteille de gin aux trois quarts vide de son sac à dos. Puis elle attrape le Discman relié à deux petites enceintes, jette un regard malicieux à Valériane et balance :

— En guise de menuet, je vous propose ce petit rock sans concession dont vous savourerez la noirceur !

Sans attendre, elle appuie sur *play*, et la ligne de basse rythmée par les percussions commence à rompre le silence de la forêt. Les deux ados sourient au moment où s'élève la voix de Dolly. Quelques secondes après, Clara met le son au maximum. Les filles se précipitent à l'extérieur et se jettent à corps perdu dans une danse endiablée, faite de sauts et de contorsions, pendant laquelle elles braillent à tue-tête avec la chanteuse :

Je ne veux pas rester sage
J'aime le soufre et l'envie
Abuser de mon âge
Je ne veux pas rester sage

La chanson s'achève. Trois minutes cinquante-six de pur bonheur.

— Allez, viens ! lance Clara, essoufflée, en retournant dans le chalet. On n'est pas ici pour rester sages !

Elle baisse le volume tandis que l'album se poursuit, et les deux adolescentes s'assoient autour de la table. Regard complice face à ce qui constitue une transgression majeure au regard de l'hygiène irréprochable requise pour leur pratique sportive. Clara porte la bouteille à sa bouche et boit une lampée d'alcool.

— Bah, c'est vraiment dégueu ! grimace-t-elle en tendant le gin à son amie.

— ... Je confirme !

— Tant pis, on le descend jusqu'à la dernière goutte. Si mon daron se rend compte qu'on lui a chouré son fond de gin, il va nous passer un savon de première ! Alors autant savoir pourquoi !

— On aurait dû prendre un sirop de pêche ou un truc sucré pour faire passer ce goût sec.

— On le saura pour la prochaine fois, fait Clara en haussant les épaules.

— Parce que tu comptes remettre ça ?

Clara lève les yeux au ciel.

— Bah, je disais ça comme ça ! Ce que tu peux être rabat-joie, parfois ! En tout cas, là, maintenant, c'est mon anniversaire !

— Dis-toi que je n'avalerais pas ce truc qui me brûle l'œsophage sans ce motif impérieux ! grimace Valériane. Bon, tu avais quelque chose à me raconter, non ?

— Mmm... Je te mets au défi de deviner, puisque tu es si clairvoyante !

Valériane observe l'expression ravie de son amie. Elle a, au fond des yeux, cette petite lueur caractéristique qui flamboie lorsqu'elle pense à Alexandre. Les dernières semaines ont été éprouvantes avec le défi de la fugue qu'a lancé Magyd et tout le raffut que ça a créé au bahut.

— C'est en lien avec Alexandre, ça, c'est sûr !

Clara fait « oui » de la tête ; son sourire est un croissant de lune.

— Vu que ton anniv est ce week-end, je ne prends pas beaucoup de risques en supposant qu'Alex t'a offert un cadeau. C'est ça ?

— Putain, Val, tu fais chier ! rigole Clara.

Puis elle enfonce une main dans sa poche et en retire une chaînette avec un médaillon. Valériane attrape le bijou et l'examine. Il s'agit d'un cœur argenté au dos duquel Alexandre a fait graver « Clara Joubert, Alex Schäffer, 2002 ».

— Tu as vu la gravure ? commente Clara, des étoiles plein les yeux. Val, quand je l'ai lue, mon cœur s'est mis à battre tellement fort, si tu savais !

— Si ça n'est pas une déclaration, je me demande bien ce que c'est ! Et alors, tu… vous… est-ce que…

— Non. Pourtant, je te jure sur ma vie que je n'ai jamais ressenti un désir aussi intense !

Valériane croise ses mains sous son menton. Elle a l'air songeuse, tout à coup.

— Quoi ?

— Eh bien… peut-être que ce n'est pas juste une question de conquête, après tout. Peut-être qu'il est vraiment, *vraiment* mordu, tu vois ?

Le visage de Clara se ferme immédiatement.

— Ou peut-être que ma résistance l'excite ! Et qu'il est prêt à faire et dire n'importe quoi pour que je cède !

— Pourquoi tu dis ça ? s'enquiert Valériane, le front plissé.

— Il m'a menti.

— Explique.

— Il m'a dit que c'était la première fois qu'il se risquait à offrir un cadeau à une fille. Ce sont ses propres mots.

Nul besoin d'explication, Valériane était présente. C'était au mois de décembre. À la cafétéria. Mélodie Juliot, cette pouffiasse de poupée Barbie, était installée à la table voisine avec une grappe de ses copines de terminale. « Au fait ! Je ne vous l'ai pas dit ? Regardez ce qu'Alex m'a offert ! » Et elle avait exhibé un bracelet décoré de breloques, sous les exclamations admiratives de la bande.

— Je vois, réagit Valériane. Alors, pourquoi as-tu accepté ce cadeau ?

— Mais parce qu'il est pour moi ! Et qu'il me fait trop plaisir ! s'exclame Clara avec exubérance.

Valériane avale une nouvelle rasade de gin et secoue la tête, l'air effaré.

— Tu es pleine de contradictions, Clara Joubert.
— Et ?
— Et je t'aime comme ça, bien évidemment ! dit Valériane en lui caressant la joue. Mais, en vrai, tu gères comment ?

Clara hausse les épaules, feignant la désinvolture.

— Je me suis fait une raison... Les ardeurs d'Alex seront d'autant plus vives que je continuerai à me détourner. Alors autant voir le bon côté des choses : mon histoire avec lui est sublime parce qu'elle est tragique !

— Tu fais de la philo, toi, maintenant ? se moque gentiment Valériane.

— Sérieux, Val, c'est vrai ou pas ?
— Disons que c'est ta vérité.

Clara lui répond par une grimace grotesque et Valériane pouffe spontanément. Elles s'observent ensuite dans un silence complice, se passent la bouteille de gin jusqu'à la dernière goutte. Clara lâche un rot sonore et réprime un haut-le-cœur.

— Bon, évidemment, j'ai remercié Alex. Je lui ai expliqué qu'un cadeau ne se refusait pas, mais que je ne pourrais décemment pas porter ce bijou parce que je n'éprouvais pas les mêmes sentiments.

— Je vois : à menteur, menteuse et demie ?

— Exactement ! Je n'allais tout de même pas lui avouer que ce bijou est tellement précieux que je le veux contre ma peau en permanence ! Donc je le mettrai à la cheville. Et je l'enlèverai pour aller nager, évidemment, maniè…

Mais Clara n'achève pas sa phrase. Elle se lève, bondit sur ses pieds, une main devant une bouche, et se rue dehors pour vomir.

– 47 –

Il y a une voiture garée
à l'abri des regards

Louise ouvrit les yeux, s'étonna de ce que Farid s'était levé avant elle, puis réalisa que le jour perçait par les fins interstices entre les volets et la fenêtre. *Bon sang, j'ai dormi huit heures consécutives !* calcula-t-elle rapidement en jetant un œil sur son réveil. Elle s'étira, dérangeant Omoko, qui reposait tout près de sa tête. Le chat ouvrit un œil, bâilla et se remit en boule contre l'oreiller. Apparemment, sa nuit n'était pas terminée. Louise ne traîna pas et descendit au rez-de-chaussée. Une odeur alléchante de café s'élevait de la cuisine, et, en passant le seuil, elle découvrit Farid, lavé, habillé, rasé de près.

— Tu n'es pas de garde ce dimanche ? lança-t-elle avant de l'embrasser.

— Non. Je suis juste allé chercher des croissants. Violaine et Lucas vont passer prendre le petit déjeuner avec nous.

— Dis-moi que j'ai au moins une demi-heure devant moi ! râla-t-elle en se servant un café.

— Tu disposes d'exactement trois quarts d'heure.
— Parfait.
Farid remplit de nouveau sa tasse et vint s'asseoir en face d'elle.
— Tu as bien dormi, dis donc !
— C'est vrai, mais je n'ai pas le sentiment d'être reposée.
— C'est cette affaire qui te chiffonne ?
— Je suppose, oui... Pourtant, la perquisition de midi à Ibos pourrait bien être déterminante.
— Alors, qu'est-ce qui ne va pas ?
Louise lui retourna une moue désabusée.
— Je ne sais pas trop... Le sentiment que des dizaines de choses nous échappent.
Farid observa sa compagne. Son expression préoccupée le renvoya plusieurs mois en arrière, lorsqu'il avait fait sa rencontre dans le cadre d'une enquête. Il se rappela alors ce qui lui avait immédiatement plu chez elle : son énergie, bien sûr, mais aussi et surtout son opiniâtreté. Louise n'éludait jamais rien. Sa rigueur et son grand sens de l'analyse l'incitaient en permanence à examiner chaque détail et à les mettre en perspective pour comprendre. Louise n'était pas du genre à naviguer à vue. Il imaginait donc aisément à quel point la tournure de son enquête pouvait la dérouter. Détenir un suspect mais être dans l'incapacité de faire la lumière sur les tenants et les aboutissants de l'affaire ne pouvait pas la satisfaire. Il réfléchissait à la manière de l'aider quand elle reposa sa tasse et lui coupa l'herbe sous le pied :
— Bon, je vais me préparer.

Elle redescendit une trentaine de minutes plus tard. Violaine et Lucas débarquèrent un quart d'heure après, créant une atmosphère légère et conviviale qui, elle en prit conscience, lui manquait cruellement. Son travail dans une équipe temporaire, loin de ses repères, les va-et-vient entre deux départements, ses retours chez elle en pointillé, tous ces éléments concouraient à son sentiment d'isolement face aux défis de cette enquête. Pendant la demi-heure que dura le petit déjeuner, Louise écouta Lucas lui raconter sa dernière sortie scolaire. À grand renfort de superlatifs, il lui fit le récit détaillé de sa visite des grottes de Gargas, des peintures rupestres et des cavités qu'il y avait découvertes. Visiblement, le site paléolithique lui avait fait grande impression. Puis Farid lui proposa d'aller jouer au ballon dans le jardin, laissant ainsi tout loisir aux deux amies de s'entretenir tranquillement.

— Alors, comment se passe la vie à la BR ? s'enquit Louise dès que Lucas eût quitté la pièce.

— Ça va, ça va... même si on est un peu débordés, je ne te le cache pas.

— J'imagine, oui.

— Cela étant, l'ambiance n'est pas tout à fait la même sans toi, très chère, ajouta Violaine en faisant la grimace.

— Ça me rassure ! J'ai cru un instant que vous pouviez vous passer de moi !

Elles échangèrent un regard affectueux, puis Violaine en vint à la raison de sa venue :

— Bon, j'ai fait ce que je t'avais dit. J'ai pris contact avec le dénommé Marc Pons, tu sais, l'ancien assistant de Ducuing à l'IML de Bordeaux.

— Alors ?

— Notre aspirant éconduit confirme ce que tu as déjà entendu sur Ducuing. Mais, contrairement aux autres, Pons n'a pas vraiment été surpris par sa démission. Selon lui, l'attitude de Ducuing s'était dégradée. Durant ses derniers mois de pratique à l'IML, la légiste lui semblait « tourmentée » et « perdue », ce sont ses mots.

— Tourmentée et perdue, c'est-à-dire ?

— Eh bien... il dit qu'elle était moins opérationnelle et qu'elle semblait préoccupée. À plusieurs reprises, il a noté qu'elle présentait des troubles de l'attention. Elle semblait se déconnecter de ce qu'elle était en train de faire, comme happée par ses pensées. Dans ces moments-là, son expression trahissait une grande affliction. Il m'a raconté qu'une fois, en pleine autopsie, elle s'était figée alors même qu'elle était en train d'ouvrir la boîte crânienne du défunt. Il avait levé les yeux et avait découvert que la légiste était complètement ailleurs. Sauf que la scie circulaire continuait de tourner, projetant des morceaux de cervelle dans la pièce. Un exemple frappant puisque Ducuing avait toujours brillé par son professionnalisme : elle était constante et rigoureuse.

— Je vois. Et, donc, Marc Pons a repéré ce changement quelques mois avant sa démission ?

— C'est ça. Je lui ai demandé de bien réfléchir, d'essayer d'être plus précis, et, idéalement, de voir s'il pouvait associer ce changement à un élément tangible. Il m'a répondu qu'il allait essayer de creuser, mais comme la démission remonte déjà à un an et demi...

La légiste taisait donc bien certaines réalités. Restait à découvrir lesquelles. En tout état de cause, si elle devait réinterroger Ducuing, Louise s'arrangerait pour le faire sans Léa.

*
* *

Un brouillard épais avait fondu sur le Tarbais dès le milieu de la matinée, et le chemin Brauhauban disparaissait dans un fourreau de volutes blanchâtres. Louise roulait prudemment, les yeux rivés sur l'étroit serpent de bitume. Après de longues minutes, elle parvint à une petite intersection où stationnait une voiture de gendarmerie. À cause de la brume, la maison des parents Broca demeurait invisible depuis la route. Louise mordit sur le bas-côté et se gara. Dès qu'elle sortit, l'air froid forma une gangue humide autour de son corps, et elle avança à pas vifs jusqu'au gendarme chargé de monter la garde depuis la veille au soir.

— Bonjour. Major Caumont, se présenta-t-elle. Je suis la première ?

Le jeune brigadier jeta un regard à sa montre et confirma.

— Oui. Les autres ne devraient pas tarder.
— RAS ?
— Je campe sur place depuis 22 heures hier. RAS, lui répondit le jeunot.
— La maison est où ?
— Juste là, en bas du chemin. Avec ce sale temps, on ne voit plus rien !

Louise hésita, mais la fraîcheur la convainquit de se mettre en mouvement.

— Je vais jeter un coup d'œil, je reviens.

Elle s'engagea à pied sur le sentier de gravillons envahis par les mauvaises herbes. Sa visibilité se limitait à un rayon de trois ou quatre mètres, rendant sa promenade de santé plus inquiétante qu'agréable. Bientôt, les contours d'une petite ferme décrépite se dessinèrent. Avec l'écharpe filandreuse de brume qui s'enroulait autour de la maison, l'ambiance était sinistre. *C'est la planque idéale pour Broca*, se dit-elle. *Loin des regards. Avec une ligne Internet en état de fonctionnement, à en croire l'abonnement mensuel dont s'acquitte le couple parental...*

Le bruit d'un moteur l'alerta et elle décida de rebrousser chemin. En faisant demi-tour, elle aperçut une masse sombre, à sa gauche, qu'une haie de sapinettes non taillée depuis des lustres lui avait masquée. Intriguée, elle s'approcha et distingua alors une voiture, stationnée là. Un frisson la parcourut : il ne s'agissait pas d'une épave, mais d'un véhicule récent et en bon état. Tous les sens en éveil, la main sur son arme, la gendarme fit quelques pas prudents vers l'habitacle en donnant de la voix :

— Gendarmerie nationale ! Est-ce qu'il y a quelqu'un ?

Pas de réponse. Louise contourna le véhicule à bonne distance, prête à dégainer. Les yeux plissés, elle tentait de déceler l'éventuelle présence d'une personne derrière le volant, mais le brouillard lui masquait la vue.

— Gendarmerie nationale ! réitéra-t-elle. Je suis officier de police judiciaire ! Vous êtes sur une propriété privée qui doit donner lieu à une fouille ! Si quelqu'un est dans cette voiture, qu'il sorte lentement, les mains bien en vue !

Mais il n'y eut aucun mouvement. Parvenue à côté de la vitre conducteur, Louise se plaça légèrement en retrait et tendit la main vers la poignée qu'elle actionna. La portière était fermée à clef. Louise acheva lentement son tour du propriétaire, scrutant l'intérieur derrière les vitres légèrement fumées qui opacifiaient davantage encore sa vision, mais elle ne détecta aucune présence. Alors, elle recula et extirpa son portable de la poche arrière de son jean. Deux secondes plus tard, elle appuyait sur la touche d'appel.

— Léa ? C'est Louise, je suis devant la maison des Broca... OK, eh bien, magnez-vous : il y a une voiture garée à l'abri des regards, derrière une haie. Je n'ai vu personne à l'intérieur, mais il doit y avoir quelqu'un sur les lieux... Oui, entendu, je ne bouge pas.

Cinq minutes plus tard, elle entendit des bruits de pas précipités faisant crisser les gravillons du chemin.

— Par ici ! cria-t-elle.

Keller et Badenco déboulèrent.

— Je transmets la plaque au service des immats, fit Julien. C'est peut-être un promeneur ou un voisin, va savoir !

— Ou un intrus, contra Léa. On va jouer la prudence et faire un petit tour des lieux en reconnaissance. J'aime autant qu'on n'ait pas de mauvaises surprises, d'autant que la scientifique et les parents Broca ne vont pas tarder.

Louise prit le côté gauche de la maison, Julien, le côté droit, et Léa demeura devant, face à la porte d'entrée. Moins d'une minute plus tard, la voix de Julien s'éleva :

— Ici, à l'arrière, j'ai une porte ouverte ! Elle a été forcée !

Louise le rejoignit au pas de course. Le bois de l'encadrement était défoncé, et la porte bâillait. Les gendarmes sortirent leurs armes, et Louise poussa la porte du bout du pied. Elle jeta un œil rapide à l'intérieur. Les volets étant fermés, il faisait sombre. Elle brandit sa Maglite et cria :

— Gendarmerie nationale ! Est-ce que quelqu'un est à l'intérieur ? Nous allons entrer, nous sommes armés, donc inutile de prendre des risques idiots ! Je répète : est-ce que quelqu'un m'entend ?

Face au silence, elle adressa un signe de tête à son collègue et s'avança prudemment dans le couloir, Keller la couvrant. Une première ouverture à droite donnait sur une petite pièce. C'était une vieille cuisine. Vide. Les gendarmes poursuivirent leur fouille en s'engageant dans le large couloir. Côté gauche, une porte béait sur une salle à manger. Louise éclaira la pièce. Il n'y avait personne. Une ouverture dans le mur communiquait avec le salon mitoyen. Keller s'en approcha et lui adressa un mouvement négatif de la tête. Ils retournèrent dans le couloir. Face à eux se découpait la porte d'entrée. À leur droite, une dernière porte entrouverte, puis un escalier qui longeait le mur et desservait les étages.

— Tu sens cette odeur ? chuchota-t-elle à Keller.

L'homme fit « oui » de la tête. Il planait dans l'air un parfum chimique. Louise fit pivoter une dernière porte et lança un regard dans la pièce, des W-C vides.

— Rien ici. On va aller voir à l'étage, fit-elle en se dirigeant vers l'escalier.

Elle s'arrêta en chemin, repérant une étroite porte sur le mur fermant la sous-pente de l'escalier.

— Il y a un sous-sol.

— Allons jeter un œil.

Louise poussa la porte, et l'odeur chimique les prit à la gorge. Elle sortit alors son arme et l'accola à sa lampe torche. Bras tendus, elle commença à descendre lentement l'étroit escalier. Un courant d'air glacial et chargé d'humidité remontait, et Louise se raidit instinctivement. En bas des marches, elle balaya l'espace autour d'elle. Un corridor distribuait trois portes, deux latérales et une au fond. Keller dans le dos, Louise poussa la première porte et arrosa la pièce. Ils découvrirent une chambre à coucher spartiate et notèrent que des vêtements se trouvaient sur le lit. Nerveuse, la gendarme retourna dans le couloir et poussa la deuxième porte. Son cœur bondit alors dans sa poitrine.

— Bordel, j'y crois pas !

Un corps prisonnier d'un sarcophage de tissu reposait dans une baignoire pleine d'eau. Sur le carrelage rose orné çà et là de joncs marron se détachait un graffiti noir brillant : « MPC/3 ». Ils le comprirent immédiatement, l'odeur qu'ils avaient détectée venait de la peinture en bombe.

— Je connais ce type ! C'est David Schäffer ! fit Keller d'une voix rageuse. Et, vu l'état du cadavre, le meurtre est très récent.

— Désolée de t'interrompre, Julien, mais nous devons finir de sécuriser les lieux, le pressa Louise.

Tous les sens aux aguets, les gendarmes achevèrent leur inspection du sous-sol aménagé. Au fond du couloir, ils poussèrent la porte d'une pièce totalement vide et nue, en dehors d'un grand bureau et d'une chaise. Un soupirail en haut du mur laissait entrer le jour falot. Louise nota que la vitre était brisée : des morceaux de verre étaient éparpillés par terre.

– 48 –

Broca peut fort bien avoir un complice

La journée avait été interminable et éprouvante. Après l'intervention du légiste et des TIC, puis la perquisition élargie à toute la demeure d'Ibos devenue scène de crime, les gendarmes se séparèrent. Pendant que Léa s'entretenait avec les parents Broca, Louise et Julien profitèrent d'être dans le Tarbais pour se rendre chez Ducuing. Le débriefing d'équipe était fixé à la caserne aux alentours de 22 heures.

À la sortie de Sarrouilles, les gendarmes empruntèrent la petite route sinueuse qui grimpait vers les bois. Dans le pinceau des phares, les arbres et l'épaisse végétation défilaient, se découpant furtivement en un magma inquiétant et insondable. Parvenus au petit embranchement qui menait jusqu'à la fermette, l'étau végétal se resserra encore autour de la voiture, effaçant la voûte céleste. Puis la trouée où nichait la maison apparut enfin, et Louise activa quelques secondes le gyrophare pour se signaler, avant d'aller se garer juste à côté du véhicule en faction. Le brigadier en sortit et se dirigea vers eux, la mine curieuse. Louise le reconnut, c'était celui avec qui elle avait échangé l'avant-veille, lors de son passage avec Léa.

— Bonsoir, brigadier. Est-ce que tout va bien ?

— Oui, oui. Rien de nouveau, major.

Louise tourna rapidement la tête vers la maison. La lumière du salon était allumée et Ducuing, certainement alertée par l'éclat du gyrophare, apparut derrière la fenêtre.

— Étiez-vous de surveillance hier ?

— Oui. J'ai assuré vendredi, samedi et aujourd'hui, de 9 heures à 21 heures.

— Pouvez-vous me faire un rapport sur la journée d'hier ?

— Attendez, fit-il en se dirigeant vers son véhicule.

Il revint avec un carnet, l'ouvrit et lut :

— Prise de poste à 9 heures. Mme Ducuing est sortie faire jouer son chien de 10 heures à midi. Puis elle est rentrée chez elle. À 14 heures, elle m'a proposé un café. Ensuite, elle a sorti une petite commode ici, dans la cour, fit-il en désignant une direction sur sa gauche, et elle l'a poncée, nettoyée et vernie. Elle a terminé vers 17 heures. Elle est ensuite retournée à l'intérieur, il commençait à faire vraiment froid. Vers 19 heures, elle est sortie pour m'informer qu'elle venait de commander de la nourriture chinoise et qu'un livreur arriverait donc vers 19 h 45. Un scooter s'est effectivement présenté un peu avant 20 heures. Mme Ducuing est sortie pour récupérer son repas et payer le livreur. Et je l'ai revue une dernière fois à 20 h 55, quand elle est allée jeter les emballages à la poubelle. Ensuite, j'ai passé le relais au brigadier Vincent qui assurait la surveillance de nuit.

— OK, approuva Louise. Donc, aucun rôdeur ? Rien de suspect ?

— Non, major. Je n'ai vraiment rien remarqué, fit-il d'un ton légèrement craintif. Voulez-vous un rapport de la journée d'aujourd'hui ?

— Il y a eu quelque chose de spécial ?

— Non, non. C'était juste au cas où.

— Alors, c'est bon pour nous. Merci, brigadier.

L'homme claqua les talons et retourna dans son véhicule. Keller et Caumont se dirigèrent vers l'entrée de la maison, et la légiste ouvrit avant qu'ils aient le temps de frapper. Balto, à ses pieds, frétilla en voyant Louise.

— Que se passe-t-il ? s'enquit immédiatement Ducuing, sans cacher son inquiétude.

— Nous pouvons entrer ?

La jeune femme leur adressa un signe de tête nerveux et s'écarta. Quand ils furent installés dans la salle à manger, Louise entra dans le vif du sujet :

— David Schäffer, ça vous dit quelque chose ?

La légiste se raidit, mais elle fit « non » de la tête. Puis, d'une voix sourde, elle osa :

— Est-ce qu'il y a une nouvelle victime ?

— Oui. Et, pour être honnêtes avec vous, nous avons la vive impression que vous dissimulez certains éléments.

— Pardon ?

— David Schäffer fréquentait Notre-Dame-de-la-Piété en 2001-2002. Il était un très bon ami d'Ayed. Vous l'ignoriez ?

— Oui, répondit Ducuing du bout des lèvres en baissant les yeux.

Keller se racla la gorge et poursuivit :

— Madame Ducuing, regardez-moi, s'il vous plaît.

La légiste ramena nerveusement une de ses mèches aile de corbeau derrière son oreille, révélant la série de piercings têtes de mort qui couronnaient son cartilage, et leva son regard vers le gendarme.

— J'ai rencontré M. Schäffer, ce mercredi. Il a affirmé ne pas vous connaître et ne rien savoir sur un lien éventuel entre Magyd Ayed et vous… Aujourd'hui, il est mort, assassiné, de la même manière qu'Ayed, de la même manière que vous-même auriez pu mourir. Alors, avant de poursuivre, réfléchissez bien à toutes les conséquences que pourraient entraîner des mensonges, je vous prie.

Le regard de la femme s'assombrit, et elle se mordilla nerveusement la lèvre.

— Qu'est-ce qui vous unissait aux défunts ? relança Louise. Ces deux victimes entretenaient-elles, comme vous, une relation avec Clara Joubert ?

Un lourd silence s'ensuivit. Ducuing fixait désormais la table, les mains serrées. Les secondes s'égrenèrent. Puis la légiste s'essuya les yeux et releva la tête.

— Je ne sais pas de quoi vous parlez.

Julien laissa échapper un soupir consterné.

— Si vous nous mentez, nous finirons par le découvrir.

— Le tag « MPC » a été tracé sur la voiture saccagée de M. Chaban, l'ancien préparateur physique, enchaîna Louise. Cette signature remonte donc à l'année scolaire 2001-2002 à Notre-Dame ! Si vous savez quoi que ce soit là-dessus, il est temps de le dire !

La légiste tressaillit mais conserva le silence.

— À l'heure où nous parlons, un dangereux tueur est en liberté. Puisque vous craignez pour votre sécurité, pourquoi ne pas nous aider à y voir plus clair ?

— Je vous jure que je n'ai aucune idée de l'identité de cet assassin ! réagit Ducuing en se mettant à pleurer.

— Mais vous pouvez nous dire si, oui ou non, vous avez fréquenté Ayed et Schäffer.

— Je n'arrête pas de vous dire que non, mais vous ne voulez pas l'entendre ! protesta la légiste.

— Soit. Et entre Ayed, Schäffer et Clara Joubert, existait-il un lien ?

Ducuing secoua la tête, sans dissimuler sa lassitude. Louise et Julien échangèrent un regard soucieux. Impossible de savoir si cette femme leur mentait. Pour l'heure, ni le père de Clara Joubert, ni Schäffer, ni Ducuing, ni l'ancienne CPE n'avaient établi de connexion entre tous les protagonistes connus de l'affaire. Les seuls faits avérés étaient que Clara Joubert et Valériane Ducuing avaient été amies et que la jeune Clara avait disparu.

— Clara ou vous-même possédiez un caméscope ? relança Julien en changeant son fusil d'épaule.

— Non. Pas mal d'élèves en avaient, mais pas nous, renifla Ducuing.

— Est-ce que la mention d'une « vidéo 36 » vous dit quelque chose ?

— Vidéo 36 ? Désolée, je ne sais pas du tout à quoi vous faites référence.

Frustrés, les gendarmes laissèrent filer une poignée de secondes. L'enquête s'enlisait. Pire, elle régressait : Broca attendait en cellule, mais l'assassinat de Schäffer redistribuait toutes les cartes. Louise finit par tourner la tête vers Keller et lui adressa un petit signe désabusé pour signifier qu'elle n'avait plus de question.

— Nous allons partir, madame Ducuing, fit-elle en se levant. Dans l'hypothèse où vous seriez encore tentée de taire certains éléments, je vous enjoins fortement de bien réfléchir à notre échange et aux risques que vous courez… Le dispositif de surveillance ne pourra pas être maintenu *ad vitam æternam*, conclut-elle.

Elle vit la légiste se tendre. Une expression de peur traversa son visage.

— Vous n'avez aucun suspect en vue ? s'enquit-elle d'une voix blanche.

Louise hésita, puis décida d'enfoncer le clou :

— Nous en avions un… Mais, avec le meurtre de David Schäffer, nous ne sommes plus sûrs de rien.

*
* *

Il était plus de 21 h 30 quand Louise et Julien franchirent enfin les portes de la caserne Marracq. Installée dans leur bureau, Léa les attendait, affichant une mine maussade.

— J'ai commandé des pizzas pour le débriefing, fit-elle en désignant du menton deux cartons posés sur la grande table.

— Ça tombe bien, je meurs de faim, réagit Louise.

L'équipe prit place autour de la table, et Léa commença :

— Avant de débattre du sort de Broca, je vous fais un topo sur Laure et Bertrand Broca. Ce sera rapide. Les parents ont été très ébranlés par la funeste découverte du jour qui est venue s'ajouter à la GAV de leur fils. J'ai vraiment eu le sentiment qu'ils voulaient collaborer au mieux avec nous, mais ils ne m'ont pas appris grand-chose. Ils n'avaient pas remis les pieds à Ibos depuis plus d'un an. Ils continuent à payer l'abonnement téléphonique et Internet, puisqu'il arrive à leur fils de séjourner dans cette maison.

— Bah, ils ont l'air pleins aux as ! intervint Keller en mordant dans sa pizza. Tu as évoqué les Schäffer, Ayed et Ducuing ?

— Oui, répondit Léa. Mais ces noms ne leur disent rien. Un, ça remonte à vingt ans. Deux, je n'ai pas eu l'impression que les Broca s'étaient beaucoup intéressés à l'adolescence de leur fils.

— Ça corrobore ce que nous a raconté M. Joubert, commenta Louise.

— Bien évidemment, les Broca connaissaient Clara, mais je ne suis même pas certaine qu'ils aient mesuré les sentiments que leur fils lui portait. Pire, quand j'ai évoqué l'histoire de harcèlement à Notre-Dame, Laure Broca m'a regardée avec scepticisme. Elle s'est toujours refusée à donner trop d'importance à ces « petites vacheries adolescentes sans gravité » – ce sont ses mots. Pour madame et son mari, leur fils n'a jamais manifesté de véritable mal-être, et sa scolarité s'est déroulée sans accroc avec des résultats irréprochables et constants. Ils se sont donc contentés de me répéter en boucle que Thibault n'avait jamais fait d'histoires et qu'il n'était pas du genre à s'en prendre à qui que ce soit. Bref, *circulez, y a rien à voir.*

Un silence suivit, témoignant du dépit de l'équipe. Puis Léa relança :

— Passons au meurtre de Schäffer. Après examen préliminaire, le légiste date la mort à hier, samedi, entre 17 heures et 21 heures.

— Broca est donc hors de cause : peut-on rêver meilleur alibi qu'une garde à vue, hein ? s'agaça Julien.

— Tout doux, collègue. Cela prouve seulement que Broca n'a pas commis ce crime-là ! Mais ça ne l'innocente pas pour Ayed et Ducuing, tempéra Léa.

Louise acquiesça, malgré son sentiment persistant d'avancer en plein brouillard.

— Tu penses qu'il pourrait y avoir plusieurs tueurs, c'est ça ?

— Broca peut fort bien avoir un complice, en effet. Et, s'il savait que Schäffer allait être tué pendant que lui était en GAV, ça expliquerait la morgue avec laquelle il nous a répondu.

— Et le fait qu'il ait joué la montre en refusant de répondre à certaines questions, renchérit Julien.

— D'autant qu'il y a cette histoire de textos.

— Quelle histoire de textos ?

— Vous veniez de partir chez Ducuing, expliqua Léa. Les TIC m'ont informée qu'ils avaient parcouru le portable de Schäffer, retrouvé avec ses vêtements sur le lit de la chambre au sous-sol. En consultant son activité, il est apparu que notre victime a envoyé un SMS à son épouse vers 19 heures pour lui dire que son entraînement n'était pas fini et qu'il rentrerait vers 20 h 30. Puis on a un nouveau texto envoyé à 21 heures.

— 21 heures ? réagit Louise. Mais Schäffer était probablement mort à ce moment-là !

— Exactement. Et le message disait ceci : « Je suis chez un pote d'escalade à Ibos, ne m'attends pas. » Le texto a provoqué six appels de Denise Schäffer qui ont atterri sur la messagerie. Elle a laissé plusieurs messages vocaux, de plus en plus nerveux au fil de la soirée, en vain. Elle a rappelé ce matin dès 8 heures, carrément affolée, et s'est décidée à contacter le commissariat de Pau.

— Ce serait donc l'assassin qui aurait rédigé et envoyé le second message, déduisit Louise. Mais pourquoi ?

— Pour mettre la police sur la piste d'Ibos avant la fin de la GAV de Broca ! raisonna Léa. Et on en revient à mon hypothèse : Broca a un complice qui a agi pour le disculper.

Louise songea à la porte arrière de la maison d'Ibos qui avait été forcée, en plus de la vitre cassée du soupirail.

— Et ce complice serait entré par effraction. Donc il n'a pas les clefs ?

— Ou il veut nous le faire croire, rétorqua Léa. De manière à écarter la piste d'une complicité avec Broca.

— Dans ce cas, pourquoi assassiner Schäffer, justement dans la maison des parents de Broca ?

— J'y vois une belle provocation. Broca se fout de nous, voilà tout ! « Vous me soupçonnez ? Parfait, amusons-nous un peu ! Je vous offre un mort dans la maison de mes parents. Mais comme je me trouvais chez vous pendant le meurtre, je vous mets au défi de prouver ma culpabilité ! »

— Admettons, consentit Louise. Et quel serait le mobile de Broca ?

— Pour moi, cette histoire de vidéo où il apparaît nu constitue une piste, d'autant qu'il a refusé de s'exprimer sur ce point. Si cette humiliation passée était aussi insignifiante que sa mère veut bien le dire, pourquoi refuser de répondre à nos questions aujourd'hui ?

— Tout à fait, approuva Julien. D'ailleurs, n'oublions pas qu'Ayed a reçu un étrange courrier faisant mention d'une vidéo !

Louise hocha lentement la tête. Après tout, pourquoi pas ? Le raisonnement de ses collègues se tenait.

— OK, admit-elle. Alors, revenons à Schäffer : que faisait-il, lui, dans cette foutue baraque ?

— Il a peut-être répondu présent à un rendez-vous, hasarda Julien. À l'instar d'Ayed avec son étrange courrier « vidéo 36 » ?

— Non. Les TIC ont relevé la présence de paillettes de verre sous les tennis et sur les vêtements de Schäffer, raisonna Louise. On peut en déduire que notre victime a cassé la vitre du soupirail pour entrer dans la maison. Ce n'est pas l'attitude de quelqu'un à qui on a fixé rendez-vous.

— Non, mais celle de quelqu'un qui voulait entrer dans cette maison coûte que coûte. Il cherchait quelque chose, valida Léa.

— Quelque chose que détenait Broca à Ibos, poursuivit Keller. Il entre par effraction et se fait surprendre par le complice de Broca. Celui-ci pare au plus pressé et assassine Schäffer sur place.

— C'est peu compatible avec les éléments de mise en scène qui nécessitent une préparation, intervint

Louise : shocker, kétamine, combinaison de bondage, bombe noire.

— Tu as raison. Alors, il ne reste qu'une possibilité : le tueur attendait sa victime sur place, conclut Léa. Il savait qu'elle allait venir. Autrement dit, Schäffer est tombé dans un guet-apens.

— Dire que j'ai vu ce type il y a quatre jours ! s'agaça Keller. Et le voilà qui rejoint désormais la liste des victimes ! Du coup, question légitime : est-ce que Schäffer m'a menti ? Et pourquoi donc le faire au péril de sa vie ?! Idem pour Ducuing, d'ailleurs !

Léa et Louise échangèrent un regard furtif.

— Cette femme se fout de nous ! s'agaça Léa. Je ne sais pas à quoi elle joue, ni pourquoi, mais elle nous mène en bateau ! Je la revois, en larmes, supplier qu'on la protège !

— Justement, Garnier voulait lever le dispositif de surveillance dès ce soir, vu que nous avions Broca. Du coup, c'est suspendu pour le moment. Mais ça ne durera plus très longtemps, il a besoin des deux hommes affectés.

— Eh bien, Louise, je vais être totalement transparente avec toi, je m'en tamponne. Je ne vois pas pourquoi on s'acharne à vouloir protéger cette femme... Entre ses jérémiades et son refus de répondre, j'en suis même à me demander ce qu'elle cache !

— Tu la penses impliquée ?

— Je ne serais pas allée jusque-là, mais, à bien y réfléchir, pourquoi pas ? Avec une aide extérieure, elle aurait très bien pu simuler son agression, non ?

— Ça m'a effleuré l'esprit, figure-toi, consentit Louise. Mais je me demande bien ce que ça lui rapporterait. À part se retrouver en première ligne face à nous…

— Et, en plus, pour hier soir, intervint Keller, la surveillance la met totalement hors de cause. Bon, et si nous revenions à ce qui urge ? L'analyse du matériel informatique perquisitionné à Ibos est en cours, mais sauf miracle, on n'aura rien avant demain. Donc, on fait quoi de Broca ?

— Tu as raison, l'horloge tourne. Avec ce nouveau crime qui l'innocente, Broca sortira libre demain, à 10 h 26, fit Léa. Autant profiter des quelques heures qui nous restent pour interroger notre suspect sur le macchabée retrouvé dans une maison qu'il est le seul à fréquenter.

Keller approuva d'un hochement de tête, et Badenco conclut :

— Pour demain, on se répartit comment ? Il y a tout le travail de terrain avec l'enquête de voisinage à Ibos, recherche de caméras de vidéosurveillance à proximité et, bien évidemment, rencontre avec Denise Schäffer à Pau. D'un autre côté, il y a également l'examen des éléments saisis pendant la perquise d'Ibos, et aussi l'autopsie à Bordeaux.

— Quelle heure, l'autopsie ?

— 17 heures.

— Je veux bien y aller, proposa Louise, et je viserai aussi les éléments saisis dans la maison d'Ibos.

Ses collègues lui lancèrent un regard aussi surpris que reconnaissant. L'enquête de terrain était toujours plus attrayante que la paperasserie et un examen médico-légal dont on connaissait par avance les conclusions.

— Validé, s'empressa de lui répondre Léa.

— J'essaierai également d'appeler Alexandre Schäffer. Il va forcément venir en France pour les obsèques de son frère, on pourra donc le rencontrer, conclut Louise.

— Sauf si on arrête le ou les coupables d'ici là ! lui retourna Léa. Allez, Julien, suis-moi, on retourne dans la fosse aux lions !

Louise regarda ses collègues s'éloigner et laissa échapper un soupir pour libérer la tension. De nouveau, les éléments se précipitaient, obligeant les gendarmes à réagir à l'urgence ! Stop, sa décision était prise : elle agirait désormais à sa manière... Et pour avoir les coudées franches le lendemain, elle allait s'attaquer dès maintenant aux documents saisis à Ibos. Tant pis, la nuit serait courte.

– 49 –

À l'instar des mouches qui colonisaient avidement un cadavre

Il était 8 heures, ce lundi matin. Les ombres de la nuit s'agrippaient au ciel, nappant la caserne d'une obscurité tenace. Louise avala un troisième café. Après une nuit qui n'avait pas compté plus de quatre heures de sommeil, elle peinait à émerger. Ses collègues n'avaient guère l'air plus frais qu'elle. Ils avaient bombardé Broca de questions jusqu'à 3 heures. En vain. Le suspect s'était délecté de la découverte d'un nouveau corps, arguant que, n'ayant pas le don d'ubiquité, la preuve de son innocence était bel et bien acquise. Narquois, il avait ajouté qu'il ne connaissait pas les desseins du meurtrier et qu'il n'était donc pas en mesure de les éclairer sur les raisons qui avaient incité ce dernier à choisir la maison de ses parents comme lieu du crime… Bilan, la garde à vue s'achevait sur une note de défaite, et les deux gendarmes bayonnais démarraient la semaine dans un esprit de revanche. Le juge Buteau avait évoqué l'éventualité de transmettre le dossier à la SR : s'ils voulaient rester sur l'affaire, l'enquête devait avancer, coûte que coûte.

— Louise, on va y aller ! lança Léa d'un ton déterminé.

— Et Broca ?

— Je lui signifie la levée de sa garde à vue, répondit-elle les dents serrées. Mais j'ai obtenu que notre homme soit placé sous étroite surveillance ! Il ne pourra pas acheter une baguette de pain sans que nous le sachions.

Louise regarda ses collègues s'en aller. Sa journée s'annonçait chargée, et à peine eurent-ils disparu qu'elle attrapa son téléphone. Avec le décalage horaire, il était 20 heures à Wellington, un horaire approprié pour espérer échanger avec le frère endeuillé. Mais le répondeur s'enclencha et déroula son message d'accueil en anglais. Elle se présenta, lui proposa un rendez-vous le mercredi à 14 heures dans les locaux bayonnais, et le pria de bien vouloir le lui confirmer. Elle enchaîna avec un nouvel appel. Après deux sonneries seulement, une voix dynamique et enjouée lui répondit.

— Julie Marigaud ?

— Oui.

— Major Louise Caumont de la BR de Tarbes. J'avais fait appel à vous, il y a quelques…

— Mais oui, major Caumont ! Je me souviens très bien de vous ! Comment allez-vous ?

Louise se prêta de bonne grâce à la courtoisie des questions-réponses. Julie Marigaud lui était sympathique, et, qui plus est, la gendarme avait besoin de ses lumières. Après quelques minutes, elle en vint à l'objet de son appel.

— Dites-moi, Julie, je suis sur une affaire assez spéciale et j'aurais besoin de votre expertise et de votre discrétion.

— Ah ! Vous voulez un avis à titre officieux, c'est ça ?

Louise sourit. La graphologue était vive d'esprit.

— Oui. Si c'est possible.

— Bien sûr, je vous écoute.

— J'enquête actuellement sur une série de crimes. Le meurtrier signe ses actes avec un tag constitué de trois lettres majuscules tracées à la bombe noire sur un mur.

— Excusez-moi, mais je préfère être claire : il serait plus qu'aléatoire de chercher à définir un profil à partir de trois lettres majuscules.

— Non, il s'agit juste d'effectuer un comparatif des trois tags que nous avons photographiés sur les scènes de crime. J'ai besoin de savoir s'ils peuvent avoir été écrits par des personnes différentes.

— Je vois... Disons que cette étude me paraît faisable *a priori*. Sauf en cas d'utilisation d'un pochoir, bien sûr.

— Non, les tags ont été tracés à main levée.

— Envoyez-moi vos clichés, et je vais voir ce que je peux faire. Je suppose que vous êtes pressée ?

— Très.

— J'ai une semaine vraiment chargée, mais je devrais parvenir à examiner vos éléments ce jeudi et vous communiquer mes conclusions dans la foulée.

— Super ! Merci infiniment.

— Envoyez-moi un maximum de clichés, ainsi qu'une échelle de taille pour les vues d'ensemble. Au-delà du tracé des lettres, j'ai besoin de visualiser la manière dont le graffiti se déploie dans son environnement.

— Merci. Je vous fais parvenir tout ça, conclut Louise avant de raccrocher.

*
* *

Denise Schäffer avait une mine épouvantable. Les yeux rougis, les traits bouffis, les cheveux en bataille. Julien se fit de nouveau la réflexion que son métier lui donnait parfois le sentiment de s'apparenter aux diptères. À l'instar des mouches qui colonisaient avidement un cadavre, les enquêteurs étaient contraints d'exploiter la mort tant qu'elle était *fraîche*, sans laisser le moindre répit aux malheureux vivants qui en faisaient les frais. Mal à l'aise, il suivit Léa et la laissa prendre les rênes.

— Bonjour, madame Schäffer. Vous êtes seule ?

— Mes parents sont arrivés hier soir, tard. Ils s'occupent de Clotilde, notre fille, hoqueta-t-elle. Ils l'ont emmenée en promenade, pour que je puisse vous recevoir... Oh, mon Dieu ! C'est un véritable cauchemar...

L'épouse s'essuya les yeux et se moucha. Elle était totalement désorientée. Au bord de la rupture.

— Nous sommes désolés, madame. Nous avons parfaitement conscience de votre douleur et nous savons qu'il vous est extrêmement pénible de répondre à nos questions, mais le facteur temps est essentiel dans une enquête, et nous...

— Je sais, la coupa la femme. Je comprends, ajouta-t-elle en reniflant.

— Madame, mon collègue aurait besoin de jeter un coup d'œil chez vous et d'accéder aux effets personnels de votre mari. Il devra emporter certaines pièces à conviction, comme son ordinateur, par exemple.

Denise Schäffer hocha la tête et fit signe à Keller qu'il pouvait circuler librement.

Léa resta seule face à l'épouse éplorée. Elle accepta le café qu'elle lui proposa et s'installa sur une des chaises de la salle à manger en l'attendant. Une horloge scandait le lourd silence qui s'était installé. Quand l'épouse fut assise, Badenco se lança :

— Madame, je souhaiterais revenir sur l'emploi du temps de votre mari samedi dernier.

La femme s'essuya les yeux et prit une grande inspiration.

— David a passé la journée avec Clotilde et moi, ici, à la maison... Vers 16 h 30, il est parti. Il avait escalade. Normalement, l'entraînement se termine sur les coups de 19 heures, mais David m'a envoyé un message comme quoi il ne rentrerait pas avant 20 h 30. Ça m'a un peu contrariée, parce que nous avons peu de moments en famille, fit-elle d'une voix chevrotante. Mais je ne me suis pas doutée un instant qu'il y avait un problème... Puis, à 21 heures, j'ai reçu un autre message. David disait qu'il était chez un ami à Ibos et que je ne l'attende pas.

Denise Schäffer réprima un sanglot, et ses yeux s'embuèrent de nouveau. Elle les frotta et reprit avec émotion :

— J'ai vu rouge... Je l'ai immédiatement appelé. Mais il n'a pas répondu. J'ai laissé un message. J'étais énervée, je lui ai dit de me rappeler. Comme il tardait à le faire, j'ai rappelé. J'ai rappelé plusieurs fois, précisat-elle, confuse. Si j'avais su que... Oh, mon Dieu !

— Calmez-vous, madame. Vous ne pouviez pas vous douter, et il était déjà trop tard, à ce moment-là.

La femme reprit sa respiration entre deux hoquets et renifla.

— Les heures ont passé, et j'ai vraiment commencé à m'inquiéter. Je ne savais pas quoi faire ! Il ne répondait pas. Je n'avais pas de nouvelles. Et, en même temps, il y avait ce texto... Je me suis bien dit que ça ne lui ressemblait pas ! Mais comment imaginer qu'il n'était pas l'auteur de ce message ? J'étais partagée entre la colère, l'incompréhension et l'inquiétude... J'ai tourné en rond dans la maison et... finalement, à minuit, je suis allée me coucher. Le lendemain matin, David n'était pas rentré. Je lui ai de nouveau téléphoné, mais je suis encore tombée sur le répondeur. Là, j'ai vraiment compris qu'il y avait un problème. J'ai prévenu le commissariat de Pau. Autant vous dire qu'un homme qui découche, ce n'était pas leur priorité ! Et, vers 14 heures, j'ai reçu votre appel, hoqueta-t-elle.

Léa hocha la tête, consulta ses notes et relança :

— Madame, que pouvez-vous me dire, de manière générale, sur votre mari ?

— David est... était un homme doux, au tempérament agréable et précautionneux. Il était attentif aux autres. Il avait de bonnes relations avec les gens... Il n'aimait pas les conflits, je vous assure.

Léa hocha la tête pour l'encourager.

— Vous ne lui connaissiez donc aucun ennemi ?

Les larmes lui montèrent de nouveau aux yeux.

— Il n'avait pas d'ennemis ! Il n'était pas un homme à histoires. Il évitait les ennuis. Parfois, j'aurais même souhaité qu'il soit plus… plus sûr de lui, plus viril. Mais ce n'était pas dans sa nature.

— D'accord. Et avez-vous remarqué quoi que ce soit ces derniers temps ? Un changement d'attitude ? Un comportement particulier, inhabituel ?

L'épouse pinça les lèvres, comme pour ravaler ses pleurs, et acquiesça nerveusement.

— David était… il semblait stressé, et aussi absent, par moments… Je voyais bien qu'il faisait de son mieux pour donner le change, mais quelque chose clochait, ça sautait aux yeux.

Elle s'interrompit pour se moucher, essuyer de nouveau ses larmes et apaiser sa respiration.

— Je n'ai pas arrêté de lui demander ce qui se passait, mais il éludait. Des soucis de boulot, c'est ce qu'il a fini par me dire… sauf que je connais David ! Je voyais bien que c'était faux.

— Vous n'êtes pas parvenue à savoir ce qu'il vous cachait ?

— Non.

— À quel moment situez-vous ce changement ?

— Je dirais à trois semaines, environ.

Léa calcula rapidement.

— Votre mari a-t-il jamais évoqué un courrier qu'il aurait reçu ?

Denise Schäffer fronça les sourcils.

— Un courrier ? Non, je ne vois pas. Il a reçu un courrier ?

— Nous avons des raisons de le croire, répondit vaguement Léa.

— Une lettre de menaces ?

— Non, fit Léa, mais je ne peux pas vous en dire davantage, désolée.

L'épouse lui décocha un regard désespéré. Visiblement, elle aurait souhaité des réponses. Quelque chose qui viendrait donner un peu de sens à ce drame brutal et incompréhensible.

— Est-ce que les lettres MPC signifient quelque chose pour vous ?

Désemparée, elle fit « non » de la tête. Léa décida alors de remonter le temps :

— Nous avons certaines raisons de penser que le meurtre de votre mari est en lien avec des éléments de son passé. Je vais donc vous questionner sur ce point. Quand avez-vous rencontré votre mari ?

— Il y a quinze ans, lors d'une soirée étudiante à Pau, répondit la femme, et un sourire furtif éclaira son visage au souvenir de cet événement. David achevait ses études d'ingénieur et moi ma maîtrise de droit. On avait vingt-deux ans tous les deux.

Une ombre fugace passa sur le visage de Denise Schäffer.

— Que pourriez-vous me dire de cette rencontre ? Tout peut être utile, vous savez. Le moindre détail peut nous éclairer.

La femme baissa la tête et entortilla nerveusement ses doigts.

— Quand nous avons commencé à nous fréquenter, je me suis vite rendu compte que David avait un problème avec la boisson, fit-elle d'une voix gênée. Il buvait trop... Tout était prétexte à ouvrir une bouteille, et dès qu'il commençait à boire, il ne savait plus s'arrêter. Alexandre, son jumeau, vivait encore en France à cette période. Je m'étais ouverte de mes inquiétudes auprès de lui.

— Et ? relança Léa.

— Alex est d'un tempérament très différent. Il... il est même à l'inverse de David. Ce qui le rend parfois dur, tranchant. C'est un peu le dominant du duo. Quand je lui ai parlé de ce problème, j'ai senti que je touchais un point sensible. Je me souviendrai toujours de sa réponse. D'ailleurs, je n'en ai jamais parlé à David, ça l'aurait trop blessé ! Alex a dit : « David s'est engagé sur une mauvaise pente, et, pour être sincère avec toi, je ne suis pas certain qu'il soit capable de faire marche arrière. » Après, il a marqué une longue hésitation, puis il s'est décidé à ajouter : « Écoute, Denise, tu es une chouette fille. Tu as l'avenir devant toi... Réfléchis bien avant de t'engager avec David. Je l'adore, c'est mon frère jumeau. Mais je comprendrais que tu refuses de te sacrifier pour lui. Après tout, c'est à lui d'affronter ses problèmes. »

— À quels problèmes faisait-il allusion, selon vous ?

— Aux problèmes de boisson, c'est du moins comme ça que je l'ai compris.

— Que s'est-il passé ensuite ?

— Quelques mois après, Alexandre est parti en Nouvelle-Zélande avec Kate. Et moi, j'ai posé un ultimatum à David. Contrairement au pronostic d'Alex, David a arrêté de boire. Du jour au lendemain. Sans aide et parce qu'il l'avait décidé. C'est cette image que je souhaite garder de lui. Celle d'un homme capable de se battre par amour pour quelqu'un.

La gendarme hocha la tête et relança :

— Avant ses études supérieures, David avait effectué son lycée à Hendaye. Que vous a-t-il raconté sur ces trois années de sa vie ?

La jeune femme eut un rictus désabusé.

— J'ai toujours pensé que le lycée s'apparentait pour lui à une sorte d'échec. David n'évoquait jamais spontanément cette période. Et si j'allais sur ce terrain, il se refermait... Ses souvenirs ne devaient pas être très heureux. J'en ai déduit que, comme son frère, David avait raté ses objectifs. Tous deux visaient une carrière sportive, et aucun des deux n'y est parvenu.

Denise Schäffer s'interrompit un court instant, le regard happé par les réminiscences du passé.

— Ça me rappelle un repas de famille, reprit-elle. Les parents de David et Alex étaient encore en vie à ce moment-là. C'était en fin de soirée, après un repas bien arrosé. René, leur père, a fait une réflexion un peu piquante sur le parcours sportif avorté de ses deux fils. Il y a eu un blanc. Une tension immédiate et palpable. Madeleine, leur mère, qui a toujours été d'un commerce agréable et d'une nature très conciliante – je pense que David tenait beaucoup d'elle, d'ailleurs –, est intervenue. C'est la seule fois où je l'ai vue rembarrer son mari, devant témoins en tout cas. Elle a fixé René droit dans les yeux et elle lui a balancé, d'un ton calme mais ferme : « Ce qui compte, René, c'est que nos deux fils ont trouvé leur propre voie et qu'ils sont heureux aujourd'hui. » Bref, tout ça pour vous dire que le sujet était sensible.

— David a-t-il évoqué auprès de vous les raisons qui l'avaient incité à arrêter le sport ?

— Oh, David n'a jamais arrêté le sport ! Il court… pardon, se reprit-elle, il *courait* plusieurs fois par semaine et, comme vous le savez, il était inscrit au club d'escalade depuis plus de dix ans. Mais il faisait ça en amateur.

— D'accord, fit gentiment Léa, mais je pensais surtout à l'arrêt de la natation. Est-ce que votre époux vous a dit pourquoi il avait renoncé à cette carrière-là ?

— Jamais. C'était tabou ! Pareil pour Alexandre, d'ailleurs.

— Est-ce que le nom de Magyd Ayed vous est familier ?

Tout à sa réflexion, Denise Schäffer fronça les sourcils puis son regard s'éclaira.

— C'est l'ancien champion olympique, c'est ça ? L'homme qui a été retrouvé mort, il y a peu, dans une baignoire d'hôt…

Puis, prenant subitement conscience du lien entre les deux décès, elle s'arrêta net, une expression horrifiée sur le visage.

— Mon Dieu ! Est-ce que David et cet homme ont été assassinés par la même personne ?

Léa acquiesça en adressant un regard compatissant à l'épouse qui tremblait comme une feuille.

— Mais… mais je ne comprends pas ! Quel rapport entre mon mari et cet homme, hein ? demanda-t-elle, complètement perdue.

— Magyd Ayed était un très bon ami de lycée de votre mari et de votre beau-frère.

Une expression d'effarement s'imprima immédiatement sur le visage de l'épouse.

— Votre mari ne l'a pas évoqué quand l'affaire Ayed a été révélée par les journaux ?

— Non ! David ne m'a rien dit... Mais, vous êtes sûre de vous ?

— Oui, madame. Nous avons des éléments qui l'attestent.

Et comme Denise Schäffer la considérait encore avec scepticisme, Léa enfonça le clou :

— Est-ce que votre mari a mentionné sa rencontre remontant à cinq jours avec mon collègue ?

L'épouse ouvrit deux grands yeux ahuris. Et des larmes, encore une fois, brouillèrent son regard.

— Non.

— Je vois. Est-ce que les noms de Valériane Ducuing et Clara Joubert vous évoquent quelque chose ?

— Ils devraient, c'est ça ? ironisa-t-elle en s'essuyant le nez... Excusez-moi, je prends conscience que mon mari m'a caché des choses, des choses importantes, et ça me rend amère. Mais non, je suis désolée, je ne sais pas qui sont les femmes dont vous me parlez.

— D'accord... Et Thibault Broca non plus ?

Denise Schäffer secoua la tête et chassa ses larmes rageusement. L'étendue de son ignorance sur l'homme avec lequel elle venait de partager quinze ans de sa vie lui sautait cruellement aux yeux.

– 50 –

Je nierai farouchement
toute accusation d'effeuillage

Le ciel gris se noyait dans un océan aux reflets métalliques. Un vent chargé de crachin fouettait le visage de Louise qui fixait imperturbablement les vagues démontées s'échouant contre la roche, trente mètres plus bas, dans un fracas incessant. L'esprit bercé par cette prodigieuse rumeur, la gendarme se défit peu à peu des tensions accumulées les jours précédents. L'expérience le lui avait appris : les émotions brouillaient la pensée, comme autant d'interférences sur une onde radio. Quand elle se sentit libérée, elle se concentra sur Clara Joubert, certaine que la clef de l'affaire reposait sur la jeune fille. La première « fugue » était entourée de nombreux éléments qui la chiffonnaient…

« Papa, pardon, pardon, pardon ! Je suis désolée, mon papounet chéri. Je vais bien… Personne ne me fait de mal, je te le jure sur la mémoire de maman. » Voilà ce qu'elle avait débité à son père au téléphone.

L'adolescente avait voulu le rassurer. Elle était donc parfaitement consciente du souci que générait sa soudaine disparition. Et ce n'était pas là la logique d'une ado désespérée qui prend la fuite.

« Je reviendrai au lycée vendredi prochain. Ni avant ni après. » Retour programmé. Temporalité définie à l'avance, déduisit la gendarme.

« Papa, normalement, je n'aurais pas dû t'appeler. » *Normalement* par rapport à quoi ?

« Je ne peux pas t'expliquer pourquoi je fais ça, mais j'ai une bonne raison. » Quelle foutue bonne *raison* peut avoir une adolescente de quinze ans pour disparaître pendant une semaine, avant de revenir comme si de rien n'était ?

« On aurait presque dit qu'elle avait réalisé un exploit », avait lâché le capitaine Chabrol en rendant compte de son entrevue avec la jeune fugueuse. Un *exploit*...

Et, soudain, alors que le souffle du vent la balayait sans relâche, Louise toucha du doigt une possibilité. Une hypothèse qui pouvait tout expliquer ! Une onde d'excitation la parcourut, et elle se précipita dans sa voiture garée sur un des rares belvédères encore existants, le long de cette portion de côte que l'océan érodait année après année, rendant impraticables certains tronçons du sentier pédestre.

Prenant conscience qu'elle était glacée jusqu'aux os, Louise mit le contact et alluma le chauffage à fond. Puis elle ferma et ouvrit les mains plusieurs fois pour dégourdir ses doigts et, avec empressement, elle tapota sur le moteur de recherche de son mobile. Un instant plus tard, les résultats s'affichèrent : « Un ado fugue pour relever le défi des 72 heures », « Le jeu des 72 heures »… La plupart des articles dataient de 2015. Mais, elle en était certaine désormais, Clara Joubert avait fait partie des jeunes ayant relevé ce défi en 2002, bien avant que le *jeu* ne se popularise. Et, pour l'adolescente, la disparition avait duré une semaine entière.

Oui, cette hypothèse expliquait tout : que Clara avait prévenu son père tout en lui faisant jurer de garder le secret sur son appel, la connaissance à l'avance de sa date de retour, son attitude fanfaronne face aux gendarmes, et ce fameux « normalement » qui devait faire référence à l'interdiction de donner des nouvelles à qui que ce soit durant le défi… La gendarme serra victorieusement les poings. Elle venait de résoudre l'une des nombreuses énigmes de l'enquête… Restait à l'articuler avec tous les autres éléments en vrac. Et son instinct lui souffla que ce ne serait pas une mince affaire. Elle passa la première et prit la route pour Notre-Dame-de-la-Piété.

*
* *

À 11 h 55, alors que Louise était plongée dans les dossiers scolaires des anciens élèves, son téléphone émit un bip. Elle découvrit un texto d'Alexandre Schäffer : « Désolé, je viens seulement d'écouter votre message. Je vous confirme notre rencontre, ce mercredi 14 heures à Bayonne. Cdlt, AS. » La gendarme le remercia de sa réponse et conclut par une formule de circonstance en lui présentant ses sincères condoléances. Puis elle referma les dossiers qu'elle avait lus et relus en profondeur, sans rien relever d'intéressant, sans pouvoir établir aucun lien entre les anciens élèves. Elle laissa échapper un soupir las, se leva et alla se poster derrière la fenêtre qui lui offrait une vue sur le grand parc de Notre-Dame. Le regard perdu sur les cimes d'un sapin qui tentait de crever le plafond de grisaille, elle sentit de nouveau le doute poindre. Son esprit lui jouait-il des tours ? Sa focalisation sur Clara Joubert était-elle en train de l'éloigner de la résolution de l'enquête ?

Les meurtres s'enchaînaient, amenant les enquêteurs à bondir de piste en piste. Les perquisitions opérées chez Broca et dans la maison de ses parents démultipliaient les éléments à examiner, et ils n'avaient pas même achevé leur analyse qu'un nouveau cadavre leur tombait sur les bras. En réalité, ils passaient d'une urgence à une autre, sans jamais achever le travail ! Est-ce qu'un cardiologue interrompait une opération à cœur ouvert parce qu'on lui amenait un type qui venait de faire un infarctus ? Agacée, Louise expira bruyamment. Au même moment, la sonnerie de midi retentit, la faisant sursauter. Moins d'une minute plus tard, le parc commença à s'animer. Emmitouflés dans leurs doudounes dernier cri, les lycéens quittaient les cours et se dirigeaient vers la cantine, au fond du domaine. Elle observa le ballet de cette jeunesse bruyante et désordonnée qui chahutait sans fin, arborant une allure insouciante ponctuée d'éclats de rire et de blagues potaches. Une allure feinte ? Une allure conforme à l'idéal juvénile que se plaisent à cultiver les adultes ? Clara Joubert elle-même n'avait-elle pas renvoyé cette image d'Épinal faite d'un savant mélange de désinvolture et d'invincibilité alors qu'elle avait accepté de relever un dangereux défi ? Un défi qui n'était peut-être pas unique ? Un jeu entre ados qui avait pu dégénérer ? Conduire à une disparition définitive ? Louise en était là de ses pensées lorsque le facteur passa devant la fenêtre, poussant vers la sortie son vélo équipé d'un grand cabas. Cette vision l'interpella. Lorsqu'il avait résumé l'affaire de la seconde *fugue* de Clara, Chabrol, le gendarme bagnérais, avait évoqué l'utilisation de vélos par les lycéens... Mais il n'était pas le seul. Quelqu'un d'autre avait mentionné cet élément !

Elle attrapa son petit carnet et commença à relire ses notes. Bientôt, ses yeux s'arrêtèrent sur cette phrase glanée lors de sa rencontre avec Roman Joubert. Le père rapportait alors les propos de sa fille : « Avec des potes, on a fait une balade à vélo, mercredi aprèm. » De nouveaux rouages s'ébranlèrent dans l'esprit de l'enquêtrice. Un instant plus tard, frappée par l'évidence, elle quitta la pièce pour se précipiter vers le bureau de Thérèse Magnes. Elle intercepta la secrétaire au moment précis où celle-ci fermait sa porte à clef.

— Madame Magnes ! l'appela-t-elle en pressant le pas.

D'abord interloquée, la femme ne résista pas à lui lancer un regard malicieux par-dessus ses lunettes.

— Je ne pensais pas le dire un jour à une adulte, encore moins à une garante de la loi, mais il est interdit de courir dans les couloirs.

— Possible, mais c'est une urgence !

— Dois-je rouvrir mon bureau ?

— Je ne sais pas. Peut-être.

— Je vous écoute.

— Les lycéens ont bien la possibilité d'emprunter des vélos appartenant à l'établissement ?

— Oui, bien sûr. M. Vidal a mis ce dispositif en place dès sa prise de fonction il y a plus de vingt ans. Tout adolescent accueilli chez nous peut retirer un vélo durant ses plages libres pour se rendre à l'extérieur – si les parents ont donné leur accord, cela va de soi !

— OK. Et comment ça se passe ? Je veux dire, il doit bien exister une sorte de registre d'emprunts, pour le suivi du parc à vélos, non ?

Thérèse Magnes plissa le front, elle ne voyait pas vraiment où la gendarme voulait en venir. Elle se força néanmoins à répondre :

— En effet. Ce sont les ouvriers d'entretien qui gèrent ces registres. Ils assurent aussi les réparations et les achats, et, de mon côté, je possède tous les bordereaux de commande des pièces de rechan...

— Il me faut seulement les registres d'emprunt de vélos ! la coupa Louise. Avec votre sens aigu de l'archivage, vous avez sûrement dû les conserver quelque part ?

La femme se raidit. Puis le rose lui monta aux joues, et Louise comprit que ces registres avaient échappé à l'irréprochable gestion administrative de la secrétaire de direction.

— Je dois absolument viser ces documents, Thérèse, c'est *vraiment* très important !

La secrétaire pinça les lèvres, l'air songeur, puis rouvrit son bureau.

— Suivez-moi.

Elle composa un numéro à deux chiffres sur le cadran du fixe et appuya sur la touche haut-parleur. Quatre sonneries retentirent avant qu'une voix rauque se fasse entendre :

— Oui, allô ?

— Bonjour, Pierre, c'est madame Magnes. Je me posais la question de savoir si vous conserviez les registres annuels d'emprunts de vélos ?

— ... Pff, vous me posez une colle, là ! On a un grand placard, côté atelier... Il est plein comme un œuf. Si les registres sont quelque part, c'est là-dedans ! Mais je vous préviens, c'est un vrai fatras. Pourquoi ?

— Je vois. Ne fermez pas encore l'atelier, s'il vous plaît, j'arrive, fit-elle avant de raccrocher.

Puis, se tournant vers Louise, elle se fendit d'un regard ironique.

— Vous êtes seule, si je ne m'abuse ?

— En effet.

— Bon, dans ce cas, on ne sera pas trop de deux pour mettre de l'ordre dans ce fameux placard ! Et qu'il ne soit pas dit que le secrétariat de Notre-Dame présente des lacunes ! lança-t-elle en refermant sa porte à clef.

Dix minutes plus tard, Thérèse Magnes ouvrait le grand placard mural de l'atelier. Elle fronça immédiatement le nez. Les étagères ployaient sous un monticule de paperasses, de cahiers et de guides mécaniques maculés de cambouis.

— Bien ! fit-elle d'une voix déterminée. Nous avons un peu moins de deux heures devant nous. Allez, c'est parti ! À la guerre comme à la guerre !

Et, sous le regard effaré de Louise, Thérèse Magnes ôta veste, jupe et chemisier qu'elle plia avec soin et posa sur la selle d'un vélo neuf. Simplement vêtue de sous-vêtements et de collants mettant en valeur de jolies jambes fines, perchée sur ses talons aiguilles, elle poursuivit d'un ton égal :

— Côté gauche, tout ce qui part à la poubelle, côté droit, les registres.

Louise retira son anorak et le lui tendit.

— Qu'il ne soit pas dit que la gendarmerie ne prend pas soin de ses citoyens ! s'amusa-t-elle.

— Merci. Il fait un froid de canard !

Les deux femmes s'activèrent pendant près d'une heure, extirpant petit à petit du désordre les fameux registres empoussiérés.

— 2001-2002 ! lança soudain Thérèse Magnes d'un ton triomphant. Tenez, je vous laisse le consulter puisqu'il s'agit pour vous d'une urgence. Moi, j'en termine avec le tri et le rangement.

Louise s'empressa d'ouvrir le cahier, sur lequel étaient tracées différentes colonnes : « Date et heure du retrait », « Nom et prénom de l'emprunteur », « Date et heure du retour », « État du vélo/remarques ». La gendarme fit courir son doigt sur la colonne « nom et prénom ». Septembre défila sans qu'elle trouvât ce qu'elle cherchait. Pareil jusqu'à mi-octobre. Puis ses yeux s'arrêtèrent : Clara Joubert et Valériane Ducuing, retrait en date du mercredi 17 octobre 2001, à 13 h 45. Plus bas, le même jour, trois autres noms : Magyd Ayed, Alexandre Schäffer, David Schäffer, à 13 h 52. Les horaires de restitution divergeaient aussi de quelques minutes entre les deux groupes de filles et de garçons. Fébrile, Louise poursuivit son inspection. Et, comme elle l'espérait, hors vacances scolaires, elle nota l'emprunt systématique de vélos par les cinq adolescents, les mercredis, sur une plage approximativement située entre 14 et 16 heures.

Elle tourna la tête vers la secrétaire, qui finissait de remplir un carton de papiers à jeter en soufflant sur l'une des mèches de cheveux échappée de son chignon.

— Thérèse, je vous dois une fière chandelle.

La femme observa d'un air satisfait le placard enfin vidé de son fourbi, tourna la tête vers la gendarme et se fendit d'un sourire victorieux.

— Moi de même !

Puis elle retira l'anorak de Louise, s'épousseta, défit son chignon, secoua sa chevelure et renoua le tout dans une série de gestes experts, avant de se rhabiller.

— Bien entendu, je nierai farouchement toute accusation d'effeuillage qui pourrait nuire à mon image et à celle de l'établissement ! prévint-elle d'un ton pince-sans-rire.

— De toute façon, personne ne me croirait !

*
* *

Après un détour à la société Perdotti de Pau qui n'avait rien donné – sinon qu'il avait confirmé les craintes de Denise Schäffer : son mari ne rencontrait aucune difficulté au travail –, les gendarmes entrèrent dans Ibos sur les coups de 15 heures. Le chemin Brauhauban consistait en une très longue langue de bitume slalomant à travers la campagne. Champs agricoles, prairies, bois sertissaient la voie, et plus on s'enfonçait sur celle-ci, plus les habitations se faisaient rares, cédant la place à quelques panneaux « Dépôts d'ordures interdits, sous peine de poursuite ». Keller s'arrêta sur le bas-côté à hauteur de la maison des Broca : il n'y avait plus de voisins à interroger.

— Regarde, fit-il à Léa en pointant son index sur un des panneaux d'avertissement dont le fond rouge criard tranchait avec les couleurs d'un sous-bois. Avec un peu de chance…

Badenco acquiesça :

— Allons voir monsieur le maire.

Julien fit demi-tour, remonta le long chemin tortueux et s'engagea avenue des Pyrénées, direction le centre du village. Coup de pot, il dégota une place à cinquante mètres de la mairie. Ils étaient à l'entrée du bâtiment quand Léa reçut un appel. C'était l'informaticien chargé de l'analyse de l'ordinateur d'Ibos, et elle prit la communication en faisant signe à son collègue de poursuivre. Julien poussa la porte, présenta son badge à l'hôtesse d'accueil et demanda à voir le maire. Au regard du drame et de l'inquiétude qui commençait à gagner la commune, le gendarme fut immédiatement reçu.

Jacques Dedieu, la soixantaine alerte, l'accueillit dans un vaste bureau encombré de paperasses. Nerveux et visiblement assailli par les appels de toutes sortes – administrés, correspondants de presse quotidienne régionale, figures politiques locales –, l'homme exigea de sa secrétaire qu'elle bloque la ligne et pressa immédiatement le gendarme de questions concernant l'affaire. Keller endigua le flot d'interrogations par une formule standard débitée avec fermeté : les enquêteurs faisaient leur travail et ne manqueraient pas de le tenir informé de leurs avancées. Sans laisser à Dedieu le temps de riposter, il enchaîna sur le motif de sa visite :

— Nous avons repéré des panneaux « Dépôts d'ordures interdits, sous peine de poursuite » à plusieurs endroits, le long du chemin Brauhauban. Avez-vous fait installer des caméras pour filmer les contrevenants ?

Le regard de Dedieu s'éclaira – l'enquête allait peut-être connaître une issue rapide.

— Oui ! Nous en avons disposé un peu partout.

Le maire expliqua alors que cette partie de la commune d'Ibos était en passe de se transformer en véritable décharge à ciel ouvert, et que les riverains du chemin Brauhauban l'avaient sollicité à de nombreuses reprises. Après réunion du conseil municipal, en juillet 2020, il avait donc été décidé de nettoyer le site de fond en comble et de le placer sous vidéosurveillance, conformément aux prérogatives dont disposaient les maires. Un courrier d'information avait ensuite été envoyé à l'ensemble des administrés.

— Parfait, monsieur Dedieu. Montrez-moi tout ça !

– 51 –

Donc Broca est innocent ?

Alexandre Schäffer fixait son reflet d'un œil noir. Il se dégoûtait. Et, soudain, il cracha sur le miroir.
David était mort. Assassiné !
Il avait laissé son propre jumeau seul face à un tueur. Et voilà le résultat de sa lâcheté… Les obsèques auraient lieu à Pau, en fin de semaine, et il allait devoir séjourner chez sa belle-sœur, l'âme rongée par la culpabilité et l'esprit harcelé par ses erreurs de jeunesse… L'homme essuya ses larmes d'un geste rageur. Veuve à trente-sept ans à peine, Denise était ravagée par la douleur. Sa nièce, quant à elle, grandirait sans père. Il n'avait pas le droit de s'apitoyer sur son sort.
Un froissement de tissu le fit sursauter ; il se retourna. La mine ensommeillée, vêtue d'une nuisette, Kate se tenait dans l'encadrement de la porte et le regardait, l'air soucieux.
— Déjà levé ?
— Je n'ai pas fermé l'œil. Je dormirai dans l'avion.
— Tu veux qu'on parle ?

Alexandre voulut répondre, mais un nouveau sanglot enfla dans sa gorge. Un instant plus tard, Kate se glissait derrière lui. Elle appuya le visage sur son épaule et passa les bras autour de sa taille. Puis elle le serra fort.

— Je suis là, Alex. Tu peux me parler, tu sais.

Elle avisa alors le crachat sur le miroir de la salle de bains et plissa les yeux, dans une expression inquiète.

— Qu'est-ce qui se passe, Alex ?
— Je... j'ai honte.
— Honte ?
— Honte d'être en vie.

Les yeux de Kate s'embuèrent immédiatement, et ses mains agrippèrent ses hanches.

— On a besoin de toi... Clare, Josh et moi, on a besoin de toi !
— Je sais... Pardon, Kate. Mais c'est tellement dur.
— Alex, ta famille est aussi là pour toi ! Pour t'aider à te battre, te donner la force de surmonter ta douleur, t'accompagner dans ce terrible deuil... hein, tu m'entends ?

Il fit « oui » de la tête tandis que les larmes inondaient son visage.

— Je suis tellement, tellement désolée, mon amour.

Kate s'écarta de lui, ouvrit le petit meuble de rangement, attrapa une éponge et nettoya le miroir. Quand elle eut terminé, elle demanda, d'une voix angoissée :

— Tu es sûr de vouloir partir seul ?
— Absolument, répondit-il du tac au tac. Les enfants sont trop jeunes pour assister aux obsèques, et, en plus, l'atmosphère va être survoltée. Il y aura des enquêteurs, peut-être même des médias, je vais être auditionné... Non, Kate, je ne veux pas que Clare et Josh entendent

parler de meurtre, de psychopathe en liberté, d'enquête de police. Pas à leur âge !

Sa femme approuva en silence. Alexandre avait parfaitement raison. On ne parlait pas là d'un décès *classique*. David avait été assassiné ! Une mort de faits divers.

— Oui, je sais. Mais j'aurais tellement voulu être présente pour te soutenir.

Alexandre prit le visage de son épouse entre ses mains.

— Je vais gérer... Je te promets que je vais gérer. D'accord ?

Elle acquiesça et déposa un baiser sur ses lèvres.

— Je peux rester avec toi jusqu'à ton départ.

— Non. C'est gentil, mais non. Je vais aller prendre un bon café et finir de me préparer. Toi, tu dois être en forme pour le réveil des enfants. Alors retourne au lit et essaie de dormir un peu, fit-il avant de l'embrasser.

*
* *

Depuis le sous-sol aménagé, à l'abri des oreilles de Kate, Alexandre Schäffer composa nerveusement le dernier numéro de portable que lui avait transmis David, juste avant sa mort, puis prit une grande inspiration. Les premières sonneries commencèrent à résonner tandis qu'Alexandre implorait le ciel avec des « Vas-y, décroche, Val ! ». À la cinquième sonnerie, une voix défaite lui répondit enfin :

— Allô ! Alexandre ?

— Oui, fit-il, la voix nouée.

— Bon sang, Alex, je suis tellement désolée ! chevrota-t-elle.

— Qui t'a informée ? Les enquêteurs ?

— Oui, hier soir. Et j'ai aussi entendu un journaliste en parler à la radio, ce matin. Mon Dieu, c'est vraiment horrible !

Les remparts qu'il pensait avoir érigés cédèrent sans prévenir et il éclata en sanglots. Puis les secondes filèrent alors qu'il hoquetait, incapable de retenir ses larmes, et il mit un certain temps avant de percevoir les pleurs étouffés de son interlocutrice, à l'autre bout du fil. Finalement, il parvint à se calmer suffisamment pour demander :

— Mais... qu'est-ce qui s'est passé ?

Il entendit la respiration saccadée de Valériane, puis sa voix obstruée par une boule qui lui serrait la gorge :

— J'ai dit à David de ne pas y aller... Je le lui ai dit, Alex ! Mais il n'a rien voulu entendre.

— De ne pas aller où ? Explique-moi !

Mâchoires serrées, estomac noué, il écouta le récit de Valériane. Son timbre était éraillé, son débit, haché. Quand elle eut terminé, Alexandre fut saisi d'effroi. Son frère était mort en voulant récupérer ce foutu cahier intime. Il se croyait alors à l'abri du sombre prédateur qui les menaçait puisque Broca était retenu par les enquêteurs.

— Donc Broca est innocent ? s'étrangla-t-il.

— Je... je n'en sais rien ! Depuis hier soir, je n'arrête pas de réfléchir à ça ! Il y a une chose que je ne comprends pas : s'il est innocent, pourquoi avait-il cette pièce en sous-sol dédiée à la mémoire de Clara ? David a vu les photos et il m'a dit que c'était vraiment hyper glauque. Et il y a aussi cette histoire de cahier intime que Broca détenait... Alexandre ?

— Attends, je réfléchis... Enfin, j'essaie, dit-il en passant une main sur son visage.

Un silence tendu coula entre eux. Alexandre faisait nerveusement des va-et-vient dans la pièce. Il hasarda :

— Et s'il n'agissait pas seul ?

— Mais... mais, putain, tu es sérieux ? lui retourna Valériane d'une voix paniquée.

— J'essaie de comprendre, Val ! Et là, tout de suite, comme ça, c'est la seule hypothèse qui puisse expliquer cette histoire de dingue ! balança-t-il rageusement. Tu as une meilleure idée, peut-être !

— Oui. Raconter toute la vérité aux enquêteurs !

Une déferlante de colère le balaya. Il se figea net et s'emporta, les poings serrés :

— Tu t'entends ?! David vient de se faire assassiner, et la seule chose que tu suggères, c'est qu'on se rende à la police ! Qu'on se fasse passer les menottes aux poignets alors qu'un ou des assassins se promènent tranquillement en liberté !

— Tu veux vraiment qu'on soit les suivants sur la li...

— Je veux que le meurtrier de mon frère soit arrêté ! la coupa-t-il, hors de lui. Je veux que justice soit faite, Valériane !

— Justice ? s'étrangla-t-elle.

— Oui ! Justice ! Putain, Val, c'est quoi, ton foutu problème ?

— Ne fais pas semblant de ne pas comprendre, Alex, tu parles de justice, mais tu sais très bien de quoi on est coupables !

La rage se mit à bouillonner en lui, et il dut lutter de toutes ses forces pour ne pas balancer le téléphone contre le mur. Le souffle court, le visage blafard, les yeux fous, il serra les mâchoires pour contenir le flot d'injures qui menaçait de franchir la barrière de ses lèvres. Puis, d'une voix qu'il voulut calme mais qui trahissait sa fureur, il asséna :

— Nous étions des mômes, merde ! On a agi sans se rendre compte de la gravité de nos actes ! Mais on n'a rien à voir avec des foutus tueurs planifiant leurs crimes ! Tu fais la différence, oui ou non ?!

— D'accord... Mais il y a eu mort d'homme, et on n'a jamais payé, Alex... Et, aujourd'hui, quelqu'un réclame son content de justice. Es-tu vraiment prêt à risquer ta vie pour échapper à...

Mais Alex ne l'écoutait plus. « Quelqu'un réclame son content de justice. » Cette phrase venait de percuter son esprit comme un boulet de canon.

— Son père ! glapit-il.
— Hein ? Qu'est-ce...
— Le père de Clara !
— Quoi, le père de Clara ?
— C'est lui, le complice de Broca ! Tu es allée voir sa page Facebook « Retrouver Clara » ?
— Il y a très longtemps que je ne l'ai pas consultée.
— Depuis 2005, année où il a créé cette page, Joubert ne cesse de répéter que Clara n'a pas fugué ! Il n'y croit pas, il n'y a jamais cru, Val ! Et, dans tous ses *posts*, tu sais ce qu'il réclame ?

Un silence suivit.

— La justice, murmura Valériane d'une voix blanche.
— Exactement !

— Mais... comment pourrait-il savoir...

Frappé par un éclair de lucidité, Alexandre commença à organiser sa pensée. Les idées s'enchaînaient à une vitesse folle dans son esprit, et une théorie prenait forme.

— David a repéré le cahier de Clara chez Broca, ce qui veut dire que Broca sait tout ce que Clara y a écrit. Or, ce Broca a grandi avec Clara ! Il connaissait donc son père, il le connaissait même très bien ! Est-ce si déconnant que ça d'imaginer qu'il a fini par tout raconter à Joubert ?

Un instant flotta avant que Valériane ne réagisse :

— Mais pourquoi avoir attendu si longtemps ?

— Tu me disais qu'il était revenu du Japon en 2012, c'est ça ?

— J'ai regardé sur Internet, après que le privé m'a donné son nom au téléphone. Sur son site professionnel, il déroule son parcours. Et, oui, il est écrit qu'il s'est installé à Esquiule en 2012, après plus de dix ans de formation au Japon.

— Écoute, je ne suis pas dans la tête de ce taré, Val... mais peut-être que son retour en France a réveillé sa douleur et sa haine. Et que, à force de ressasser le passé, il s'est finalement décidé à rendre visite au père de Clara, avec ce foutu cahier intime dans les mains... Regarde, Val ! D'un côté, on a un homme brisé par la disparition de sa fille ! De l'autre, un amoureux éconduit et humilié qui lui sert de toutou ! Qui, sinon le père de Clara, pourrait « réclamer son content de justice », comme tu dis ?!

— Mais Clara n'a pas pu écrire ce que nous avons fait le fameux soir de... de sa mort.

— Et alors ?! Quelle différence pour lui ? Clara a sûrement écrit tout le reste, et c'est précisément *ce reste* qui intéresse Joubert et nourrit sa haine ! s'exclama-t-il. Nos réunions secrètes, nos prises de risques, nos défis – dont celui de la première fugue, je te rappelle ! –, autant de vérités qui éclairent d'un jour nouveau l'affaire de la disparition de sa fille et alimentent ses soupçons ! En signant « MPC », il nous adresse un message.

— Un message ?

— Oui ! Il nous dit : « Je sais pour MPC, je sais que ma fille n'a pas fugué et je sais que vous cachez une sombre vérité. Donc, je me venge. »

Il entendit que Valériane ravalait un sanglot, puis sa voix s'éleva faiblement entre deux hoquets :

— Qu'est-ce que... Bon Dieu, Alex, qu'est-ce qu'on fait ?

— Toi, rien ! Je serai en France dès demain soir, attends mon arrivée.

— Mais...

— Joubert l'ignore, mais toi, tu sais très bien les risques que l'on court si la vérité venait à éclater, la coupa-t-il d'une voix résolue. Alors ne bouge pas et boucle-la, Val ! Je te contacterai.

– 52 –

On est tombés des nues !

Troisième appel consécutif. Les yeux toujours rivés sur le trafic bordelais, Louise plongea la main droite dans son sac, le fouilla à l'aveugle et réussit à trouver son portable. En un clin d'œil, elle découvrit que la succession d'appels venait de Léa. Puis un texto apparut sur l'écran : « URGENT ! Appelle-moi le plus vite possible ! » Elle avisa un hôtel B&B, une vingtaine de mètres plus loin, sur la rue Pelleport, et profita du parking de l'établissement pour appeler sa collègue qui répondit immédiatement :

— On a trouvé le coupable pour le meurtre de Schäffer ! Tu ne devineras jamais, ajouta-t-elle d'une voix médusée.

— Vas-y, je t'écoute.

— Joubert.

— Joubert ?

— Figure-toi qu'il était à Ibos à 18 h 02 samedi dernier et qu'il en est reparti à 21 h 44. Un quart d'heure avant que le gendarme tarbais n'arrive pour surveiller la maison !

Sidérée, Louise mit quelques instants à réagir :

— Comment ça ? Tu en es certaine ?

— Absolument. En plus de sa Fiat Panda rouge, Roman Joubert est aussi le propriétaire d'une Clio IV, de couleur bleu métallisé. Ses plaques ont été enregistrées par une caméra de vidéosurveillance placée sur un terrain vague en bordure du chemin Brauhauban.

— Tu es sérieuse ?

— Le conseil municipal a fait placer quatre caméras, suite au dépôt répété d'ordures sur le terrain en question.

— Tu parles d'un coup de bol ! commenta Louise.

— C'est clair ! En visant les enregistrements de samedi dernier, Julien et moi avons rapidement repéré le véhicule bleu métallisé, ainsi que, une demi-heure plus tard, la bagnole de Schäffer. On a fait une recherche via le service des immat et le résultat est apparu. Propriétaire : Roman Joubert, domicilié au 17, allée des Coustères, 65200 Pouzac. On est tombés des nues !

Louise ferma les yeux. Totalement effarée, elle peinait à rassembler ses idées. Finalement, les yeux toujours clos, elle demanda :

— Les pneus ?

— On n'a pas encore vérifié, mais bordel, Louise, on a ses plaques ! La preuve directe qu'il était sur les lieux du crime samedi soir ! Tu réalises ?

— Euh... oui, enfin, non, pas encore, mais c'est en train de monter au cerveau.

— Contrairement à la situation avec Broca, reprit Léa, on a le temps de rassembler quelques éléments avant de procéder à la garde à vue de Joubert.

— Tu ne crains pas qu'il se débarrasse de preuves matérielles ?

— On le place sous surveillance discrète. C'est l'affaire de vingt-quatre heures, le temps que les résultats de toutes nos réquisitions tombent. On a demandé les relevés bancaires et les fadettes du portable et du fixe... De toute façon, depuis samedi, il a déjà pu faire disparaître des éléments compromettants, acheva-t-elle d'un ton fataliste.

— OK. Bon, je suis tout près de l'IML. L'autopsie démarre dans vingt minutes, et je dois rencontrer Marc Pons, l'ancien assistant de Ducuing, juste après. Je ne serai pas à Bayonne avant 22-23 heures.

– 53 –

Vingt ans plus tôt : début mai 2002

L'océan semble endormi. Il se prélasse sous un soleil qu'aucun nuage ne contrarie. Par-delà la falaise et jusqu'à perte de vue, l'eau, à peine agitée par quelques clapotis, réfléchit la lumière comme un miroir indolent.

— Je crois que je pourrais rester ici, à contempler ce spectacle, sans jamais m'en lasser. Et, alors, je pourrais mourir, commente Clara, émerveillée.

— Mourir ? Quelle drôle d'idée.

— Bah, tu comprends le fond de ma pensée, Val... Dis-le, toi !

— Il y a dans le monde de telles beautés qu'elles rendent minuscules tous ceux qui savent les voir.

— Exactement !

— Au fond, vivre, mourir, être ou disparaître, quelle importance ? ajoute Valériane, les yeux dans le vague. Dans l'immensité et la permanence de l'infiniment grand, nous ne sommes qu'un grain de poussière. Une infime respiration dans le souffle de vie éternel de l'univers.

— Valériane Ducuing, tu es déjà une grande philosophe, mais quand je parlais de mourir, je voulais dire de bonheur, d'extase ! Ton raisonnement, ça colle le bourdon !

— J'admets.

— Bon, je ne suis pas une intello, mais je vais te prouver un truc ! lance soudain Clara en se levant.

Défiant la dangereuse faille de roche qui s'ouvre sur un abîme ténébreux juste à côté d'elles, Clara s'avance sur la crête inégale, telle une équilibriste, les bras écartés en balancier.

— Fais gaffe, Clara !

— Bah, t'inquiète ! Tous les jeunes viennent ici ! Et tu sais pourquoi ? Parce que c'est interdit ! crie-t-elle pour que sa voix porte au-dessus de la clameur de l'océan.

Clara s'arrête. Un pas de plus, et elle basculerait du haut de la falaise. Elle tourne la tête vers son amie. Son regard est exalté et son sourire, malicieux. Elle tend une main derrière elle et lance :

— Viens ! Viens à côté de moi, Val ! Il faut que tu voies ça !

Valériane se lève. Sous ses semelles, les escarpements pierreux forment un terrain risqué, fait de nervures tranchantes, de fractures, de reliefs abrupts. Elle assure prudemment ses appuis et commence à longer la fissure qui plonge vers le cœur invisible de la Terre. Clara dit vrai, des dizaines et des dizaines de jeunes de Notre-Dame viennent au bord du « gouffre mortel », comme ils l'appellent, pour se faire peur. Mais eux ne s'amusent pas à le longer ! Valériane détourne le regard de la sombre béance qui semble vouloir la happer, se concentre sur l'arête qui flirte avec le vide et finit par rejoindre Clara. Elle glisse alors sa main dans celle de son amie, et son cœur se met à cogner quand elle perçoit l'immense dévers rocheux à ses pieds.

— Regarde ! intime Clara.

Et, d'un mouvement du menton, elle désigne l'océan une trentaine de mètres plus bas, qui s'échoue au pied de la falaise dans un mouvement perpétuel.

— Maintenant que tu es là, songe qu'il faut l'attraction lunaire pour orchestrer les marées... Songe aussi que les rochers sous nos pieds et le « gouffre mortel » juste derrière nous sont le résultat de la collision de plaques tectoniques... Songe que le Soleil est une colossale boule de feu indispensable à la vie sur Terre... Songe à tout ça et dis-moi ce que tu penses de ta vie à l'évocation de toutes ces vérités.

— Je ne suis rien, je n'ai aucune importance. Mon existence n'est que vanité.

— Exact. Alors, ferme les yeux... Concentre-toi sur le contact de nos deux mains... Sens ma peau qui touche la tienne, perçois l'énergie de mon corps... Respire à pleins poumons... encore... Hume les embruns, l'air marin chargé d'iode et du parfum des algues... Écoute la musique de l'océan... Voilà : que ressens-tu, quelles sont tes émotions ?

— Je me sens remplie de joie, vivante et libre. Je vibre de toutes les fibres de mon être. Je ressens un immense vertige intérieur, c'est prodigieux.

— C'est ça. Je ne serai jamais une brillante intellectuelle, mais je sais où se trouve le trésor de la vie ! Dans nos émotions ! Seules nos émotions donnent du sens et de la valeur à nos existences, conclut Clara avec assurance.

Valériane rouvre les yeux. Son amie est en train de la regarder. Elle lui sourit. Ses yeux débordent d'exaltation. Les deux adolescentes se fixent intensément, le cœur pulsant à l'orée du vide qui les appelle.

— Bon, le « gouffre mortel », c'est fait ! s'exclame Clara. Maintenant, il faut qu'on file chez Amestoy ! Les garçons vont nous attendre.

*
* *

Massés derrière Alexandre qui tient le caméscope, les adolescents fixent d'un œil bluffé l'apparition des lumières à travers le pare-brise. D'abord lointaines, elles se rapprochent dangereusement, et des coups de Klaxon s'élèvent bientôt, comme autant de signaux d'alarme face au danger. Le conducteur de la voiture qui avance sur la rocade doit commencer à paniquer parce qu'il enchaîne les appels de phares, avant de freiner dans un zigzag nerveux, comme hésitant sur la marche à suivre. Finalement, alors que la collision se profile, il finit par se réfugier sur la bande d'arrêt d'urgence, laissant filer la vieille Golf qui fonce à contresens. Dans l'habitacle, des hurlements surexcités s'élèvent, puis le caméscope se détache brusquement de l'asphalte pour filmer Alexandre, les mains vissées sur le volant, qui arbore une mine triomphante en criant : « Yaha ! Yaha ! »

— Le truc de dingue ! crie Magyd.

— Ouais ! Heureusement que j'avais fait deux ans de conduite accompagnée, mon gars !

Le film dure presque deux minutes. Deux minutes sous tension totale. Les prises de vues de David alternent entre les voitures qui arrivent en face de la Golf, le visage halluciné d'Alexandre, et le compteur de vitesse dont l'aiguille indique une vitesse moyenne de cent vingt-cinq kilomètres heure avec des pointes à cent trente-cinq. À chaque collision évitée, les deux frères poussent des braillements survoltés qui déchirent les tympans. Puis une bretelle d'entrée se dessine et Alexandre s'y engouffre. Écran noir. Le film est terminé.

— Quinze bagnoles ! lance David avec fierté. On a évité quinze bagnoles ! Je vous jure que c'était un trip de ouf !

Les jumeaux ont pensé à masquer les plaques d'immatriculation avec du ruban adhésif pour éviter d'être identifiés par les caméras de vidéosurveillance placées sur la rocade. Le coup avait été préparé avec soin, avec un trajet repéré en amont pour éviter toute arrestation.

— Un jeu d'enfants ! conclut Alexandre.

Dans la vieille grange, la tension retombe petit à petit, même si les garçons continuent de commenter l'exploit. Clara rejoint Valériane qui s'est éloignée de quelques mètres. Couchée par terre, son amie fixe le plafond, le regard absent. Clara s'allonge à ses côtés.

— À quoi tu penses, Val ?

— Je pense qu'on est en mai et que les garçons vont bientôt passer le bac… Voilà ! Et l'an prochain, ce sera complètement différent.

Une ombre passe sur le visage de Clara. Cette triste perspective la ronge depuis le retour des vacances d'avril. Alex va poursuivre sa route. Il rencontrera d'autres filles, tombera amoureux et il l'oubliera, pour la plus grande joie de ce connard de Magyd. David marchera dans les pas de son frère, cherchant à l'égaler sans jamais y parvenir... Et MPC prendra fin. Un parfum de mort plane déjà dans l'air.

— L'horreur, lâche Clara dans un souffle. Ça me déprime, rien que d'y penser.

— Peut-être qu'avant la fin de l'année Alex et toi, vous pourriez... enfin, tu vois ce que je veux dire ! glisse Valériane.

— Genre « Faisons l'amour avant de nous dire adieu », chantonne Clara à voix basse.

— C'est quoi, ce truc ?

— Une chanson de Jane Manson ! Mon père l'adore, il n'arrêtait pas de l'écouter quand j'étais petite ! Un truc trop ringard, ambiance musique de vieux !

Les deux adolescentes gloussent.

— Alors, pour Alex ? relance Valériane en murmurant.

— Peut-être... on verra. En tout cas, il faut absolument que notre bande se quitte en beauté ! Une soirée digne de ce nom, un truc dont on se souviendra toute notre vie !

— Alors, les filles, vous faites bande à part ? lance Alexandre en surgissant au-dessus d'elles.

Clara lui décoche un sourire roublard.

— On parlait d'organiser une soirée spéciale MPC ! À la fin de l'année, après vos épreuves écrites du bac, histoire de se séparer sur quelque chose de grandiose, propose-t-elle d'une voix chargée de sous-entendus.

— Ouais, pour une fois, t'as raison, Clara ! crie Magyd depuis la botte de foin sur laquelle il est affalé. On placerait quelques bougies par-ci, par-là, on boirait des bières – manière de te mettre un peu en condition –, tu te mettrais à quatre pattes, et on te prendrait tous à tour de rôle ! Ça te branche, ma poule ? Moi, je bande, rien que d'y penser ! ricane-t-il.

— Ouais, c'est ça ! Tu peux toujours te toucher, Magyd !

— Avoue-le, ma petite chatte, tu as toujours aussi peur du loup, hein ?

Clara lui adresse un énième doigt d'honneur.

— Vas-y, ouais, fais ta belle, va ! Mais on sait tous que ton petit papa chéri a fait vérifier ta sacro-sainte virginité quand tu es revenue de ta fugue !

À ces mots, Clara détecte une discrète lueur de satisfaction dans le regard d'Alexandre et sent le feu lui monter aux joues.

— Ferme-la, Magyd, tu me saoules ! s'énerve-t-elle en se redressant.

— Je te saoule parce que je dis la vérité ! Tu as passé l'année à bananer Alex avec tes minauderies auprès de Chaban, le mec a même failli se faire virer, et, au final, tu es toujours aussi pucelle !

— Putain, mais ta gueule !

— Allez, c'est bon, tous les deux ! intervient finalement Alex avec autorité.

Un ange passe. Magyd et Clara échangent des regards haineux. Puis, brisant enfin le lourd silence, Alexandre relance :

— Alors, tu parlais d'une soirée spéciale MPC ?

— Carrément ! Vous avez vos écrits entre le 13 et le 18 juin, on pourrait caler une soirée après ? Un truc qui déchire !

— Je te signale qu'on doit préparer les oraux, répond David, et que, en plus, il y a les olympiades les 25, 26 et 27 juin ! Ça fait trois jours de révision en moins, avec leurs conneries !

— C'est bon, frérot, calme-toi ! Les oraux ont lieu à partir du 11 juillet, ça nous laisse le temps de réviser. En plus, les olympiades se déroulent à Notre-Dame, on joue à domicile, que demande le peuple ? D'ailleurs, on pourrait profiter de l'événement, ce serait idéal !

— Comment ça ? demande Clara.

— Ah, oui, c'est vrai que ce sont vos premières olympiades, les filles ! Quatre lycées sportifs qui se rencontrent, des matchs et des compétitions dans tous les sens, autant dire que c'est un joyeux bordel !

— Alex a raison ! lance Magyd d'une voix surexcitée. Les olympiades, c'est un défouloir géant ! L'an dernier, j'ai chopé six minettes en trois jours ! J'avais la bite en feu !

— Sérieux, tu es vraiment un gros obsédé, balance Clara, l'air écœuré.

— Parce que tu crois peut-être que les mecs pensent autrement qu'avec leurs queues, madame la sainte-nitouche ?

Clara se crispe. Elle pense à la drague assidue d'Alex tout le long de l'année. Elle se rappelle aussi le médaillon caché sous sa chaussette. Est-ce que les mots gravés dessus veulent vraiment dire quelque chose ?

— Merci beaucoup, Magyd, pour tes lumières sur les motivations de la gent masculine, intervient Valériane, mais, du coup, on la fait ou pas, cette dernière séance ?

— Si Alex est partant, moi aussi, répond David.

— Bien sûr que je suis partant ! On pourrait caler ça le jeudi 27 juin, la veille de la fermeture du lycée, ça vous va ?

— Sérieux, mec, tu déconnes, ou quoi ? C'est la soirée de clôture des olympiades, les filles sont super détendues, c'est là qu'on chope le plus !

Alexandre secoue la tête.

— Dans ce cas, on n'a qu'à se faire une séance en fin d'aprèm, avant de filer à la soirée de clôture ?

— OK ! Moi, tant que je peux tirer mon...

— C'est bon, je crois qu'on a tous saisi, Magyd !

– 54 –

Un rat perdu dans un dédale

Il était 21 heures lorsque Louise quitta l'IML. Sa rencontre avec Marc Pons, l'ancien assistant de Ducuing, ne lui avait pas appris grand-chose. Après consultation de son agenda, l'homme était tout de même parvenu à situer le changement d'attitude de Ducuing aux alentours de septembre 2019, au retour des quinze jours de congés qu'il avait pris. Louise lui avait enjoint d'examiner les dossiers que la légiste avait traités sans lui durant cette période, en lui laissant quelques mots-clefs relatifs à leur affaire : « shocker », « kétamine », « graffiti "MPC" », « immobilisation par sangles », « baignoire », « noyade ». Mais elle ne se faisait pas d'illusions…

À la sortie de l'agglomération bordelaise, elle s'engagea sur l'autoroute quasiment déserte à cette heure tardive. Les kilomètres commencèrent à défiler dans une monotonie parfois rompue par le surgissement des pinceaux de phares. Les yeux fixés loin devant, la vitesse contrôlée par le régulateur, Louise se laissa absorber par ses pensées. Roman Joubert était devenu le suspect n° 1, reléguant Broca au second plan ! C'était à peine croyable. Jusque-là, l'homme était totalement passé sous les radars. Elle secoua la tête avec ironie : les coupables n'ont pas tous la tête de l'emploi. Certes, mais...

— Qu'y a-t-il, major Caumont ? se demanda-t-elle à haute voix.

Les faits étaient là, et elle ne pouvait les nier. Joubert était le propriétaire d'une voiture bleu métallisé qui avait été filmée sur les lieux du crime. Une sacrée veine, mais aussi un nouveau rebondissement, obligeant, encore une fois, les enquêteurs à lâcher une piste pour une autre. Un fil rouge, voilà ce qui leur manquait. Le fil rouge lui fit penser au fil d'Ariane, et Louise mentalisa subitement l'image d'un rat perdu dans un dédale et qui se bornerait à suivre la piste tracée par des petits morceaux de fromage. Combien de fois pourrait-il emprunter le même trajet et passer à côté de la sortie sans la voir ?

La gendarme chassa l'image qui s'était imposée dans son esprit et commença à raisonner. Si Joubert était coupable, quel était son mobile ? Elle tenta de mettre en perspective cette question avec ses découvertes du jour. L'homme avait-il pu, comme elle, déduire que la fugue de Clara – tout du moins la première – relevait d'un défi adolescent ? *Et, si oui, alors quoi ?* Louise émit un claquement de langue agacé.

Elle décida de mettre de côté le père Joubert et se concentra sur les jeunes de Notre-Dame : les Schäffer, Ayed et Ducuing. Ayed était décédé trop tôt pour qu'elle lui pose la question, mais Louise supposa qu'il aurait donné la même version que les autres, à savoir qu'il n'avait pas fréquenté Clara et Valériane. Or, le registre d'emprunt de vélos laissait apparaître une autre réalité. *A priori*, les lycéens se retrouvaient le mercredi après-midi. Et, au vu des horaires inscrits sur le registre, ils avaient pris grand soin, tout le long de l'année, de ne jamais se présenter tous ensemble à l'atelier à vélos. Les gars d'un côté, les filles de l'autre. Pourquoi maintenir ce faux-semblant ? Quel sens cela pouvait-il bien avoir ? La gendarme se replongea dans son adolescence, mais son parcours de vie était bien trop atypique pour que la comparaison fût parlante ! À quinze ans, elle découvrait qu'elle était enceinte – voilà qui vous mettait directement un pied dans l'âge adulte… Elle retourna à ses graines de champions. Qu'avaient-ils en tête ? Comment s'inscrivaient-ils dans l'existence ? Ils étaient certainement endurcis par leurs disciplines et les sacrifices qu'elles impliquaient. Ils avaient du caractère. Ils étaient combatifs, obstinés. De vrais gagnants dans l'âme. Le genre de jeunes prêts à se défier ? Susceptibles de se mettre en danger, de prendre des risques inconsidérés pour ne pas perdre la face ? Une hypothèse émergea alors : les cinq jeunes avaient-ils pu constituer une sorte de bande clandestine ? L'adolescence n'était-elle pas une période propice au culte du secret, aux relations ambiguës, aux jeux de rôle et à l'émulation de groupe ?

Possible, en effet. Mais pourquoi refuser de l'admettre vingt ans après ?

Il s'était forcément passé quelque chose… un événement grave… suffisamment grave pour que les concernés, aujourd'hui adultes, mentent sur leur passé commun. « Si Clara était en vie, elle me l'aurait fait savoir, avait affirmé Roman Joubert. Ma fille ne m'aurait jamais laissé sans nouvelles. » Et si l'homme avait raison ?

Si sa fille était bel et bien morte ? Et si ses anciens camarades en étaient responsables ? Voilà qui justifierait certainement leur version actuelle des faits, non ?

Louise esquissa un sourire. Son raisonnement tout entier ne reposait que sur des hypothèses ou des déductions. *Avec des « si », on met Paris en bouteille*, disait le dicton ! Malgré tout, son sourire s'élargit davantage. Parce que, depuis ce matin, elle travaillait à sa manière, retrouvant son ADN d'enquêtrice, et ça lui faisait un bien fou !

– 55 –

D'un côté, une mort suspecte

Il était tout juste 8 heures lorsque Louise poussa la porte du bureau. Elle découvrit que Badenco et Keller étaient déjà sur le pont, et, à en croire la cafetière vide au centre de la table, ils s'y trouvaient depuis un petit moment.

— Ah, Louise ! s'exclama Léa avec enthousiasme. Désolés, on t'a manquée hier soir.

— Pas de problème. Je suis arrivée tard.

— Bon, petit débrief avant de se répartir les tâches !

Louise hocha la tête, tout en préparant un nouveau café.

— Tu n'as rien trouvé de suspect dans les affaires et les documents saisis à Ibos ? ouvrit Léa.

— Non, pourtant j'ai tout passé en revue.

— Pff ! Même résultat pour l'informaticien qui a examiné les contenus des ordinateurs de Broca et de la maison d'Ibos.

— Donc, finalement, pour Broca ? demanda Louise.

— S'il n'est pas directement coupable pour le meurtre de Schäffer, Julien et moi sommes convaincus qu'il est impliqué dans toute cette affaire.

— Broca et Joubert seraient donc complices, c'est ce que vous pensez ?

— Oui. Comme tu le sais, on était loin de soupçonner Joubert. Mais avec les bandes de vidéosurveillance d'Ibos...

Louise tenta d'organiser ses idées. Ses collègues étaient sûrs d'eux, et peut-être avaient-ils raison, mais ils ne semblaient faire aucun cas des ombres portées sur certains angles de l'affaire.

— Si vous êtes dans le vrai, il devrait être possible d'établir un lien direct entre ces deux hommes. Or, les relevés téléphoniques de Broca n'ont pas révélé de communication avec Joubert ! Idem avec l'analyse des ordinateurs ! Deux complices doivent pouvoir échanger entre eux, s'entendre, non ?

— Peut-être que l'hypothèse de portables à carte prépayée est la bonne, répondit calmement Léa. Après tout, comment font les petites frappes ?

Louise hocha la tête. Les portables à carte prépayée non déclarés étaient légion.

— Très bien, fit-elle, si Broca et Joubert sont de mèche, quels seraient le ou les mobiles, alors ?

Léa secoua la tête et leva les yeux au ciel.

— Où veux-tu en venir ? On a une preuve directe de la présence de Joubert sur le chemin Brauhauban. Arrivée à 18 h 02, départ à 21 h 44 ! Tu penses vraiment que cet homme se trouvait sur place pendant près de trois heures par hasard ?

— Je n'ai pas dit ça. Je relève simplement qu'il nous manque un paquet d'éléments, dont celui de la motivation des suspects. Et tu ne m'enlèveras pas de la tête qu'un bon nombre de réponses se trouvent dans le passé des victimes et de Clara Joubert.

— Possible ! Mais, aujourd'hui, on tient une piste solide et on doit s'intéresser aux fondamentaux : enquête sur Joubert, analyse des fadettes, emploi du temps les jours des autres crimes. Tu sais, Louise, il se peut que nous n'obtenions certaines réponses que lorsque nous aurons arrêté les coupables et qu'ils passeront aux aveux.

— En effet. Mais il n'est pas interdit pour autant de continuer à chercher les réponses qui nous manquent.

Léa l'observait désormais d'un œil évaluateur qui tranchait avec l'entrain qu'elle affichait cinq minutes plus tôt. Louise se servit un café et s'attabla face à ses collègues. Elle ouvrit sa sacoche et en sortit le registre d'emprunt des vélos de Notre-Dame. Puis elle se lança dans le récit de ses investigations de la veille. Pour finir, elle partagea les déductions qu'elle en avait tirées concernant les cinq lycéens. Lorsqu'elle eut terminé, ses collègues la scrutaient avec circonspection.

— OK, fit Léa. Tes déductions expliqueraient un certain nombre de choses, c'est vrai… Mais le registre d'emprunt des vélos ne suffit pas à démontrer que les jeunes formaient un potentiel clan secret. Il faut plus ! Par ailleurs, si Clara a fugué une première fois pour relever un défi, comment l'établir formellement ? Et, enfin, si elle est décédée en juin 2002, où est son corps ?

Louise braqua ses yeux sur Julien. Bien qu'embarrassé, il approuva.

— Qui plus est, enchaîna Léa, même si tu obtenais des preuves qui venaient étayer ton raisonnement, je te rappelle que nous ne sommes pas payés pour faire la lumière sur ce qui est arrivé à Clara Joubert. Notre job est de mettre la main sur le ou les assassins d'Ayed et de Schäffer !

— Mais justement, Léa ! Si j'ai raison sur le passé de ces cinq anciens lycéens, notre affaire et celle de Clara Joubert s'imbriquent ! Alors, comment intégrer Roman Joubert dans l'équation, aujourd'hui ? L'homme a-t-il appris quelque chose qui l'a incité à se venger ? Si oui, quoi et de quelle manière ? Mêmes questions pour Thibault Broca !

La mine de la jeune gendarme s'assombrit. Elle croisa les bras et répliqua, agacée :

— On tourne en rond, Louise ! Toi, tu cherches à comprendre, à dénicher un sacro-saint mobile. Nous, on s'apprête à arrêter un des coupables et on veut mettre à profit le peu de temps dont on dispose avant la GAV pour cumuler un maximum de preuves ! Parce que, si on confond Joubert, il finira par parler et par nous éclairer sur son mobile.

À l'approche de la dissension qui pointait, un silence de mort s'installa. *Il faut toujours tourner sept fois sa langue dans sa bouche avant de parler*. Et c'est précisément ce que Louise fit. Quand elle releva la tête, elle nota que Léa attendait. D'une voix volontairement neutre, Louise indiqua :

— J'ai un rendez-vous à Hendaye, dans une heure, avec Merko, le privé embauché par Roman Joubert. Et je compte y aller. Mais, avant que tu ne protestes, Léa, sache que je m'intéresserai tout autant à la disparition de Clara Joubert qu'au profil de son père. Qui sait, cette entrevue pourrait me permettre de glaner des informations importantes sur le nouveau suspect n° 1 ?

La jeune gendarme ouvrit les mains en signe d'abdication.

— De toute façon, ta décision est prise !

*
* *

En plein mois de novembre, sous la grisaille portée par un vent entêtant, Hendaye ressemblait à une cité fantôme, endormie par la rengaine roborative de l'océan. Les estivants avaient déserté. L'immense plage était nue. En front de mer, les maisons aux volets clos se succédaient sans fin, telle une procession funèbre qui se serait figée net. Seules les mouettes donnaient vie à ce décor pétrifié. Elles striaient le ciel en poussant des cris stridents qui ressemblaient à des plaintes tragiques. La gendarme se dirigea vers le centre-ville. Son GPS lui fit emprunter de grandes rues désertes dans lesquelles les rideaux des magasins étaient baissés. Elle repéra tout de même un petit troquet ouvert à l'année et un commerce de proximité. Cinq minutes plus tard, elle parvint en bas de l'immeuble où était fixée la plaque « Amédée Merko, enquêteur en recherches privées ».

Lorsque Louise sortit de l'ascenseur, le détective l'attendait sur le pas de la porte. C'était un homme d'une cinquantaine d'années, petit et trapu, à la bonhommie manifeste. Un carré de cheveux raides et noirs encadrait son visage sympathique et faisait ressortir ses yeux verts. Il portait de grosses bagues en argent à chaque doigt et était vêtu à mi-chemin entre le motard et l'homme d'affaires : pantalon en cuir noir, chemise blanche impeccable, santiags. Louise lui trouva une allure de mafieux qui aurait oublié d'être méchant.

— Amédée Merko, se présenta-t-il en lui tendant une main ferme.

— Merci de me recevoir.

L'homme n'était pas du genre à verser dans les apparences : il n'avait fait aucun effort pour donner les allures d'un cabinet à l'appartement, tant et si bien que Louise se demanda si le type ne vivait pas sur place. Parvenue au bout du couloir, elle entrevit une chambre à coucher dont le lit était défait et tint sa réponse.

— J'ai un bureau, dit-il, mais on va s'installer au salon, ce sera plus confortable.

La gendarme accepta de bonne grâce le café offert et, plutôt à l'aise face au bonhomme, piocha sans vergogne dans l'assiette de biscuits qu'il déposa sur la table basse.

— Alors, dites-moi un peu ce qui vous amène !

— Comme je vous l'ai mentionné au téléphone, j'enquête sur une affaire de meurtres en série dont les victimes sont des anciens élèves de Notre-Dame. Et je tiens pour acquis qu'ils sont tous liés à Clara Joubert.

Surpris, le privé releva la tête et suspendit son geste. Il sonda la gendarme, son biscuit en l'air, à mi-chemin entre l'assiette et sa bouche.

— Vous sous-entendez qu'il existerait une relation entre les meurtres sur lesquels vous enquêtez et cette ado disparue en 2002 ?

— Je le pense, en effet. J'ai donc souhaité vous rencontrer pour en apprendre davantage sur votre enquête.

— Pourquoi ne pas aller trouver le père de Clara, plutôt que moi ? Il dispose d'une copie de tout le dossier d'enquête.

— Parce que l'affaire concerne sa fille.

— Et, par effet rebond, elle le concerne aussi, ce qui le place dans la catégorie des potentiels suspects, déduisit Merko. De toute manière, je ne suis pas protégé par le secret professionnel... Une minute, je vais récupérer les documents dans mes archives.

Le privé disparut un petit moment et revint avec un épais dossier qu'il posa devant lui.

— Clara Joubert, quinze ans, disparue le jeudi 27 juin 2002. Au sein de l'établissement scolaire, Clara a été vue pour la dernière fois par Étienne Etxebarria, à 17 heures. M. Etxebarria était alors agent d'entretien, en charge de l'atelier où les lycéens peuvent emprunter des vélos.

Louise griffonna le nom de l'ancien salarié sur son calepin.

— Elle s'est présentée seule à l'atelier, ce jour-là ?

— Non. Elle était accompagnée d'une amie, fit le privé en parcourant ses notes, du nom de Valériane Ducuing.

— Vous avez rencontré cette jeune fille à l'époque ?

— J'ai réussi à lui parler. Rapidement. Elle avait quitté Notre-Dame pour intégrer un lycée sur Pau.

— L'été était déjà passé quand vous l'avez rencontrée ? s'étonna Louise.

Merko lui adressa un sourire désabusé.

— Bien plus que l'été. M. Joubert a fait appel à moi neuf mois après la disparition de sa fille. Vous savez, c'est souvent l'absence de résultats d'une enquête officielle qui incite les personnes à se tourner vers un privé. Il est très fréquent que ce dernier démarre ses recherches alors que les pistes sont déjà bien froides.

— Oui, je comprends, grimaça Louise. Donc, Ducuing, que vous a-t-elle dit ?

— La même chose qu'à vos collègues neuf mois plus tôt : Clara et elle avaient emprunté deux vélos pour se rendre à la plage à Hendaye. Elles se sont baignées, tout avait l'air d'aller bien. Puis, d'un coup, Clara a dit à Valériane qu'elle avait quelque chose à faire, qu'elle l'attende sur place, qu'elle reviendrait vite. Sauf qu'elle n'est jamais revenue. Au bout d'une demi-heure, Valériane a commencé à s'inquiéter. Les jeunes n'ayant pas de portable à l'époque, elle a continué d'attendre, en espérant que Clara réapparaisse. Finalement, vers 19 heures, Valériane, morte d'inquiétude, s'est décidée à retourner au lycée. Elle espérait y trouver son amie. Et, de toute façon, elle devait restituer le vélo avant 20 heures.

Louise tiqua, elle trouvait ces horaires bien tardifs pour le fonctionnement d'un lycée. Le privé remarqua sa surprise et précisa :

— Contexte exceptionnel ! Notre-Dame accueillait les olympiades, une sorte de compétition annuelle inter-lycée sportif. Des jeunes champions et des supporters de quatre établissements réunis pour trois jours de tournois dans dix disciplines différentes.

Pochettes vertes : vie scolaire, songea Louise en se remémorant les explications de Thérèse Magnes.

— Durant trois jours, reprit Merko, le lycée d'accueil ressemble *grosso modo* à un village olympique ! Compétiteurs et supporters naviguent au gré de la programmation. Il y a donc pas mal de va-et-vient. Les établissements sont couverts par l'autorisation de sortie parentale et les lycéens jouissent d'une certaine liberté durant des plages horaires dédiées, généralement entre 17 heures et 20 heures, s'ils ne sont pas pris par une compétition. Vous imaginez bien qu'à Hendaye un paquet de jeunes a profité de l'océan.

Merko se servit un nouveau café et en fit profiter Louise.

— La soirée de clôture des olympiades avait lieu le 27 juin à partir de 20 h 30 : remises des médailles, tableaux d'honneur et agapes. Après trois jours pleins de rencontres sportives, l'ambiance était plutôt festive... Mais pourquoi est-ce que je vous raconte tout ça ?

— Pour expliquer que la restitution des vélos courait jusqu'à 20 heures.

— Ah oui ! Donc, Valériane rentre au lycée et dépose son vélo vers 19 h 30. Des dizaines et des dizaines de jeunes sillonnent le parc de Notre-Dame, et l'adolescente part à la recherche de son amie.

Louise se hâta de griffonner : « 27 juin, vérifier emprunt vélos des garçons. » Le nez plongé dans ses notes, Merko poursuivit :

— Les lieux sont vastes, elle passe par le gymnase où a lieu la finale de handball, fait un crochet à la piscine où se déroule la finale de water-polo... Bref, elle tourne un peu partout, en vain. Vers 20 h 30, elle monte à l'internat et se rend compte que les affaires de Clara ont disparu. Panique à bord. Elle alerte un surveillant. Le directeur est en plein discours de clôture avec la CPE. Difficile de les interrompre. Finalement, après avoir questionné plusieurs jeunes, puis fouillé le parc et les alentours du lycée, le surveillant informe le directeur. À 21 h 05, ce dernier téléphone au père de Clara pour savoir si celui-ci a reçu des nouvelles de sa fille. Ce n'est pas le cas. Le directeur prévient donc les gendarmes hendayais dans la foulée.

Le privé releva un instant la tête, et Louise comprit qu'il s'apprêtait à lui faire une révélation.

— Le problème, reprit-il en la fixant dans les yeux, c'est qu'un incendie s'est déclaré en fin d'après-midi dans une ferme et qu'après avoir éteint le feu les pompiers ont découvert le corps carbonisé du propriétaire.

— La plupart des forces de l'ordre sont donc sur les lieux de l'incendie, déduisit Louise.

— Exactement ! D'un côté, une mort suspecte, de l'autre, une ado fugueuse qui n'en est pas à son coup d'essai, je vous laisse imaginer la suite.

— Les gendarmes n'ont pas vraiment mis le paquet pour retrouver Clara.

— C'est le moins qu'on puisse dire. Il leur aura fallu trois jours pour repérer le vélo qu'elle avait emprunté. De son côté, Joubert est allé déclarer la fugue aux gendarmes bagnérais qui se sont mis en lien avec leurs collègues d'Hendaye. On ne saura jamais ce qu'ils se sont dit exactement, mais, en dehors de l'avis de disparition qui a été diffusé, il n'y a pas eu de véritables investigations. D'autant que le lycée fermait le lendemain de la supposée fugue.

Louise acheva sa prise de notes. Elle disposait des premiers éléments ayant entouré la disparition de Clara et pourrait obtenir des informations complémentaires en retournant à Notre-Dame.

— Et votre enquête, alors ? demanda-t-elle.

— Difficile. D'abord le temps avait déjà beaucoup coulé, et, ensuite, l'adolescente n'avait pas lié de relations très profondes avec les ados de sa classe. Tous m'ont indiqué qu'elle passait l'essentiel de son temps avec Valériane. Comme je vous l'ai dit, celle-ci était partie à Pau, et l'entrevue que j'ai eue avec elle ne m'a rien appris de plus.

— Comment vous a-t-elle semblé quand vous êtes allé l'interroger ?

— Comme une ado très malheureuse. Je me souviens m'être dit que cette môme était vraiment tourmentée. Elle arborait une mine de dix pieds de long, et son look reflétait son malaise.

— Vous lui avez demandé ce qui avait pu motiver l'éventuelle fugue de Clara ?

— Bien sûr ! Elle m'a répondu qu'elle n'en avait aucune idée et qu'elle n'avait rien vu venir. Cette jeune fille avait l'air tellement terrassée par la disparition de son amie ! J'ai pensé qu'elle disait peut-être la vérité, après tout...

À moins qu'elle n'ait été terrassée et poursuivie par quelque chose d'inavouable... songea Louise. Puis elle relança :

— Et le nom de Thibault Broca vous dit quelque chose ?

Merko plissa les yeux en acquiesçant lentement. Puis il tourna plusieurs pages de son dossier avant de s'arrêter.

— Le voilà ! Je me souviens de lui, maintenant ! Un gamin très gros, oui. Il avait quitté Notre-Dame, lui aussi. Je suis allé à sa rencontre à Saint-Vincent-de-Paul, lycée privé de Bagnères-de-Bigorre. L'échange a tourné court.

— Comment ça ?

— Il a refusé de me parler. C'était un ado assez spécial, acerbe et plutôt morveux. Il m'a balancé que l'année scolaire à Notre-Dame avait été « bien pourrie » – ce sont ses mots – et qu'il avait décidé de se tourner vers l'avenir... Après, il m'a toisé avec un petit air supérieur et m'a dit : « Vous savez que les vrais flics sont censés s'assurer de la présence des parents pour interroger un mineur ? Alors, un détective... »

Louise acquiesça, elle reconnaissait bien le Broca d'aujourd'hui !

— Mais, en réalité, reprit Merko, j'ai essentiellement centré mes recherches sur les possibles déplacements de Clara. On avait retrouvé son vélo à côté de la gare, ce qui laissait penser qu'elle avait pris le train.

Merko lui détailla alors ses investigations auprès des personnels de gare, voyageurs réguliers, zonards... à Hendaye même et dans les villes françaises ou espagnoles desservies par les trains au départ d'Hendaye. Mais il n'avait rien trouvé.

– 56 –

Il a pu agir deux fois

Quand Louise rejoignit ses collègues vers 13 heures, ils avaient profité de la matinée pour dresser un premier portrait de Joubert. Keller se lança dans son rapport :
— Roman Joubert. Âgé de soixante et un ans. Il est à la tête d'un petit empire entrepreneurial. Il a créé sa première société en 1982, une chaîne de lavomatiques disséminés dans le sud-ouest de la France. Dès 1988, il ouvre une filière de lavage automatisé de voitures sur le même territoire. Puis, au fil des années, selon les opportunités et l'évolution des besoins de consommation, il se diversifie. Tant et si bien que la société mère compte aujourd'hui de nombreuses filiales dans des domaines aussi variés que le nettoyage de linge hôtelier, la fourniture de consommables pour collectivités, la vente et, plus récemment, l'installation à domicile de matériels médicalisés… Le siège de l'entreprise est à Tarbes, boulevard du Martinet, précisa Julien. Lorsque nous procéderons à la perquisition, il faudra donc aussi faire un détour par les bureaux de la boîte.

— Entendu, approuva Léa. De mon côté, voici ce que j'ai glané sur le versant vie personnelle. Joubert s'est marié en 1982 à Marianne Lacoste, dentiste, par ailleurs férue d'escalade. Le couple fait construire à Pouzac pour être proche de la montagne, ce qui permet à l'épouse de pratiquer sa passion sportive parallèlement au cabinet de dentiste qu'elle ouvre à Bagnères-de-Bigorre. De leur union naît Clara en 1987. Les époux Joubert vont alors sur leurs vingt-six ans. Trois ans plus tard, en 1990, madame décède d'une chute accidentelle lors d'une ascension de paroi dans les hauteurs de Bagnères. Roman Joubert élèvera seul sa fille et ne refera jamais sa vie.

— Clara est donc son seul point d'ancrage, commenta Keller.

— Clara et son activité professionnelle, si l'on en croit ta présentation, tempéra Louise.

— Effectivement. D'ailleurs, l'homme a dû s'abrutir au travail, parce que le développement de son entreprise connaît une grosse accélération à compter des années 1990.

— C'est étrange, fit soudain Louise. Quand nous lui avons rendu visite, cet homme m'a paru tellement las et brisé par le chagrin que je ne l'aurais pas imaginé capable de diriger une boîte.

— Je rejoins Louise : l'énergie que cette activité suppose tranche avec l'image qu'il renvoie. Tu comprendras demain, Julien, lors de la garde à vue, conclut Léa.

Les gendarmes échangèrent un regard chargé d'impatience : désormais, il leur fallait les fadettes pour poursuivre leurs investigations. Louise profita de cet intervalle pour leur dresser un compte rendu détaillé de sa rencontre avec le privé, puis conclut :

— Le 27 juin 2002, jour de la disparition de Clara, le registre d'emprunt nous montre que, encore une fois, nos cinq loustics ont emprunté des vélos. Même procédé que le reste de l'année : Valériane et Clara d'un côté, les trois garçons de l'autre. Évidemment, en soi, cela ne prouve rien : plus de trente-cinq jeunes ont retiré des vélos entre 17 heures et 19 heures, ce soir-là.

— On est bien d'accord, fit Léa, songeuse. C'est le systématisme de ces emprunts qui est révélateur. Hélas, ça ne suffit pas, et, surtout, ça ne nous dit rien de ce qu'il s'est passé.

— En considérant que Ducuing et David Schäffer nous ont menti, nous pouvons tout de même supposer que ce n'est pas tant leur relation passée qu'ils dissimulent aujourd'hui qu'un fait plus grave lié à cette relation.

— Tu persistes à penser que Clara serait décédée ce fameux soir et que ses quatre camarades seraient mêlés à cette mort ?

— Quoi d'autre, sinon ? lança Louise.

— Ils auraient eux-mêmes préparé le sac de Clara et porté le vélo à la gare ? C'est plutôt élaboré, non, pour des lycéens ?

— Je n'ai pas encore eu le temps d'y réfléchir, admit Louise, mais pourquoi pas ?

— Imaginons que tu aies raison, quel lien établis-tu entre cette hypothèse et la culpabilité de Joubert dans notre série de meurtres ? demanda Keller.

— J'ai passé le trajet retour depuis Hendaye à me poser cette question et je ne vois qu'une seule réponse : Joubert a découvert que les quatre jeunes ont quelque chose à se reprocher vis-à-vis de Clara et il venge sa fille.

— Et Broca ? intervint Léa. Il se serait greffé à la vengeance du père ?

— Pourquoi pas ? lui retourna Julien. L'ancien amoureux transi et déçu prêtant main-forte au père vengeur, ça se tient !

*
* *

Les relevés de l'opérateur et le bornage des antennes relais activées par le mobile arrivèrent en début d'après-midi. Keller s'empara des fadettes du portable, Louise, de celles du fixe. Après quelques minutes d'épluchage, Keller commenta :

— Joubert utilise essentiellement son portable durant les horaires de bureau.

— De mon côté, j'ai peu de communications depuis le fixe. Des appels, le soir de l'agression de Ducuing ?

— Aucun, répondit Julien. Dernière utilisation à 16 h 45, borne relais activée à Tarbes, à proximité du siège de l'entreprise. Mais rien par la suite.

— Et rien, non plus, depuis le filaire ce soir-là.

— Donc, Joubert aurait pu se rendre à Sarrouilles et attaquer Ducuing, déduisit Léa.

— Possible, en effet.

— Et le 25 octobre, soir du meurtre d'Ayed ?

Les deux gendarmes firent défiler les feuillets jusqu'à la bonne page.

— Je n'ai rien, répondit Keller.

— En revanche, moi, j'ai un appel sortant depuis le téléphone fixe. À 19 h 23, à destination d'un 05. Durée de l'appel : quatorze minutes, précisa Louise.

— Il a donc un alibi en béton, réagit Léa, contrairement à Broca qui nous a pipotés avec son histoire de concert !

— Voyons voir qui Joubert a appelé ce fameux soir, fit Louise en se levant.

Elle s'éloigna, son téléphone à la main, et réapparut deux minutes plus tard.

— EHPAD « Les Mimosas » à Bagnères-de-Bigorre. Le téléphone a sonné dans le vide une dizaine de fois, puis j'ai été basculée vers le standard, expliqua-t-elle. Mme Joubert Agathe, quatre-vingt-treize ans, est en salle polyvalente, m'a renseignée la secrétaire. Elle assiste à un petit spectacle donné par une chorale du coin.

— Bien. Nous voilà éclairés : Joubert s'est servi de son fixe pour appeler sa mère ce soir-là et ne pouvait donc pas se trouver à Cambo-les-Bains au moment de la mort d'Ayed.

— En effet. Et cela assoit l'hypothèse d'une complicité, enchaîna Julien en continuant à détailler les feuillets. Pour le soir de la mort de Schäffer, j'ai un dernier appel de 16 h 50 à 16 h 55, appel qui borne à Tarbes. Après plus rien.

Louise consulta ses propres relevés.

— Aucun appel reçu ni émis, ce jour-là, sur la ligne fixe.

— Donc Joubert s'est rendu à Ibos, et pour ne prendre aucun risque de bornage dans cette zone, il a dû éteindre son portable, déduisit Julien. Coup de pot pour lui, aucun appel en absence, passé la dernière communication de 16 h 55.

— Dommage, en effet, commenta Léa. Bon, il va falloir examiner les relevés de carte bleue. Avec un peu de chance, certaines dépenses nous renseigneront sur la localisation de Joubert au moment des crimes. Il a pu agir deux fois : le soir de la tentative de meurtre de Ducuing et samedi dernier, avec le meurtre de Schäffer.

— Pour faire simple, Broca dispose d'un alibi pour le meurtre de Schäffer, et Joubert, d'un alibi pour l'assassinat d'Ayed, résuma Keller. De là à penser qu'ils se sont coordonnés l'un l'autre de manière à agir tout en se couvrant mutuellement, il n'y a qu'un pas !

– 57 –

Disons plutôt que tu es un grand stratège

Louise s'engagea sur la A64 aux alentours de 18 h 30. La journée du lendemain s'annonçait dense, et sa soirée dans le Tarbais constituait donc une trêve bienvenue dans le rythme effréné qui la tenait loin de ses proches… *et de mon chat*, ajouta-t-elle mentalement. Quand elle avait contacté Farid plus tôt dans l'après-midi, celui-ci avait déjà répondu positivement à l'invitation de Violaine et François pour un repas chez eux. Elle le rejoignait donc chez leurs amis, et cette perspective la réjouissait : la chambre du cercle mixte de la caserne commençait vraiment à lui peser !

Enveloppée par une nuit noire faisant rempart entre le monde et elle, Louise fixait le ruban d'asphalte éclairé par ses codes. La conduite lénifiante la ramena rapidement à l'enquête en cours. En miroir du cocon ténébreux qui l'enserrait, l'affaire conservait farouchement ses zones d'ombre, résistant aux défis de la logique et de la déduction. Grâce à l'épluchage des relevés bancaires, Keller avait dégoté un point intéressant :

Joubert avait fait poser des pneus neufs sur sa Clio – des Michelin Primacy 3 – le lundi 16 août 2021, soit cinq jours avant que Broca fasse de même. Dans ces conditions, difficile d'établir qui des deux avait laissé des traces chez Ducuing. D'ailleurs, en agissant de la sorte, les deux hommes avaient certainement cherché à renforcer la confusion. Léa y avait également vu une forme supplémentaire de provocation. La question de l'élément déclencheur, cependant, restait un mystère. Louise secoua la tête de dépit. Léa et Julien comptaient sur la perquisition et la garde à vue de Joubert pour obtenir ces réponses, elle, de son côté, craignait qu'il n'en soit rien. Le père de Clara ne risquait-il pas, à l'instar de Broca, se réfugier dans le silence ? Inquiète, elle resserra ses mains sur le volant et fit le point.

Pour commencer, interroger Alexandre Schäffer. Elle le rencontrait le lendemain. Parviendrait-elle à le faire parler, ou l'homme camperait-il sur ses mensonges, comme son frère et comme Ducuing ? Le maigre faisceau d'indices en sa possession ne résisterait guère à un esprit cartésien et assuré. Mais la mort de son frère le rendrait peut-être plus vulnérable.

Rencontrer Étienne Etxebarria. L'ancien ouvrier d'entretien préposé au garage à vélos à l'époque des faits avait vu les cinq jeunes chaque mercredi de l'année scolaire 2001-2002. Il disposait peut-être de certaines informations…

Parallèlement, il lui fallait aussi soutenir ses coéquipiers dans la garde à vue de Joubert.

Louise grimaça : elle ne pourrait pas tout mener de front, elle allait devoir faire des choix. Et elle n'était pas certaine que Léa les approuve…

*
* *

Lucas avait absolument tenu à attendre sa tata et était parvenu à négocier un coucher exceptionnel à 20 h 30. À peine Louise eût-elle franchi la porte qu'elle se retrouva à quatre pattes dans le salon devant la construction du fort Playmobil. Elle devait défendre le château tandis que son neveu conduisait les assauts combinés de hordes de villageois affamés et de créatures fantastiques matérialisées par des bouchons de liège, qui – elle s'en rendit compte à ses dépens – développaient des pouvoirs magiques évolutifs. La partie s'acheva donc sur une défaite cuisante de Louise : ses ennemis avaient ouvert des brèches sur chaque face du fort et venaient de s'emparer de la méchante reine qui faisait régner la terreur sur tout le royaume.

— T'es trop nulle en défense, tata Louise ! se moqua Lucas. Mais bon, c'est normal, c'est parce que papa, il t'a pas encore appris les stratégies de guerre !

— Ça doit être ça, en effet, bougonna-t-elle, l'air faussement vexé.

Lucas se lança alors dans une leçon sur les arts de la guerre, lui détaillant ses connaissances. Impressionnée, elle l'écouta lui parler des attaques éclair, visant à coordonner toutes les forces de frappe au même endroit et au même moment, de l'encerclement, qui permettait d'assaillir l'ennemi de tous côtés, et de la stratégie de la diversion qui consistait à focaliser l'attention et les forces de l'ennemi sur une fausse attaque pendant que d'autres pions préparaient une offensive sur les flancs fragilisés.

— Tu vois ! Moi, je suis un grand stratagème ! conclut-il fièrement, provoquant l'hilarité générale.

— Disons plutôt que tu es un grand stratège, le reprit Louise. Allez, mon grand, dis bonsoir, je t'emmène au lit.

Elle redescendit de la chambre une quinzaine de minutes plus tard et profita pleinement de sa soirée libre.

– 58 –

Savoir sans pouvoir prouver ?

    Un cortège constitué de trois voitures et d'un fourgon s'engagea dans l'allée des Coustères, à Pouzac. Parvenus à hauteur du numéro 17, les véhicules s'arrêtèrent, tatouant de zébras bleus la peau de la nuit. À 6 heures pile, Léa Badenco montait les escaliers extérieurs et frappait énergiquement à la porte d'entrée. À 6 h 03, Roman Joubert, pyjama boutonné à la hâte – lundi avec mardi –, leur ouvrait, l'air totalement ahuri. Les ordres et les bruits de pas rompirent alors le silence. À 6 h 05, les lumières des maisons voisines s'allumaient à la chaîne, telle une guirlande de Noël, les rideaux s'écartaient, et des visages curieux apparaissaient aux fenêtres. Un fait divers ébranlait la vie quiète du quartier résidentiel, et la rumeur commençait à naître. Elle enflerait, comme une vague insatiable, jusqu'à l'éclatement, éclaboussant le rivage de cet homme isolé, veuf et orphelin de fille, que le chagrin avait dû rendre fou, qui avait dû commettre l'irréparable, parce que les gendarmes ne débarquent pas comme ça chez quelqu'un, sans raison, et que, comme on dit, il n'y a pas de fumée sans feu...

Sidéré, Joubert balbutia un « mais » sans ampleur qui ne fut suivi de rien d'autre. Voilà à quoi se résuma sa protestation. Il conserva ensuite un silence total, secouant mécaniquement la tête quand les tiroirs s'ouvrirent, que les coussins des canapés volèrent, que les placards furent vidés, que les chambres furent retournées de fond en comble... bref, que sa maison fut déshabillée et ensachée par une flopée de mains gantées. L'œil rond, les mains nouées contre son ventre, il assista à la progression des forces de l'ordre, l'air de ne rien comprendre au drame qui se jouait sous ses yeux. Louise l'observait à la dérobée, ne sachant que penser de cet homme qu'on aurait dit enfant, perdu dans l'immensité d'un monde déserté de ses êtres chers, qui errait de pièce en pièce, le pas traînant, sonné, désarçonné.

*
* *

Il était 8 heures lorsque Mathilde Balast, standardiste, inséra la clef dans la porte du hall d'entrée tarbais, tapa le code de désamorçage de l'alarme et appuya sur l'interrupteur déclenchant l'allumage cliquetant des plafonniers. Mais, ce matin-là, ces gestes si coutumiers trahissaient une grande nervosité. Une minute plus tard, arriva Ludivine Martin, comptable. Julien Keller l'accueillit en lui présentant sa carte. Une perquisition allait se dérouler, et les deux femmes devaient y assister. On leur demanda d'ouvrir le bureau du directeur, et la standardiste s'exécuta, le cœur cognant et l'esprit assailli de dizaines de questions plus affolantes les unes que les autres. Là, des hommes en combinaison blanche foulèrent la moquette du bureau de M. Joubert – vision surréaliste –, et les deux employées eurent le sentiment d'être passées derrière l'écran de cinéma, jouant maladroitement leur rôle de composition, tandis que *la police* faisait son travail. Les employés du siège qui arrivaient progressivement furent retenus à l'extérieur, patientant sans comprendre aux portes de l'entreprise, dans le froid rigoureux du mois de novembre. Ici aussi, la rumeur commença à courir, des murmures d'abord, des conversations ensuite, ponctuées de SMS ou d'appels pour raconter ce qu'il se passait, bien que l'on n'en sût rien. Les hypothèses fleurirent, prirent corps et s'installèrent : détournements, blanchiment d'argent sale, comptabilité fictive… M. Joubert n'était peut-être pas le patron que l'on croyait.

*
* *

Roman Joubert s'était vêtu à la hâte. Il sortit de la voiture de gendarmerie à 13 h 40, menottes aux poignets, sous bonne garde. Il traversa un grand patio d'un pas mécanique, et on le poussa à l'intérieur, dans des couloirs longs et gris qui formaient un dédale. Lui avançait tête basse, le regard fixé sur ses pieds que d'autres guidaient. On le conduisit jusqu'à une salle où on le fit asseoir. Et il attendit. Léa Badenco et Julien Keller entrèrent dans la pièce à 13 h 55. Badenco prononça sans attendre le placement en garde à vue et ses motifs. Soufflé, l'homme sortit enfin de son hébétude et exprima son incrédulité :

— Pardon ?! Mais c'est du grand n'importe quoi !

Postée derrière la vitre sans tain, Louise se sentit mal à l'aise : Joubert était un acteur hors pair. *Il a été filmé sur les lieux du meurtre de David Schäffer et il serait presque convaincant avec son air de chien battu.* Elle jeta un regard à sa montre. Il était 14 heures, elle avait rendez-vous.

Alexandre Schäffer était assis, les yeux dans le vague. Malgré sa mine épouvantable, l'homme conservait une certaine allure, avec ses vêtements de belle facture et son physique sportif. *Son élégance est un brin m'as-tu-vu, mais elle colle bien au « responsable de la sécurité informatique » d'une des plus grosses sociétés de marketing de Wellington*, se dit-elle en détaillant son costume de marque. Elle se présenta à lui au moment où il regardait l'heure et découvrit avec surprise qu'il portait la même montre Apple Watch que celle qu'elle avait offerte à Farid pour son anniversaire. Un petit joujou connecté dernier cri et hors de prix, qui accompagnerait Farid pour les dix prochaines années, quand Schäffer, lui, en changerait dès qu'une nouvelle version arriverait sur le marché. L'homme la suivit jusqu'à un bureau, et ils s'installèrent.

— Pas trop fatigué ? lança-t-elle en préambule.

— Je suis épuisé. Le jet-lag, bien sûr, mais surtout la perte de David, fit-il d'une voix altérée. C'est tellement…

Il s'interrompit et laissa sa phrase en suspens. Louise lui laissa le temps de se ressaisir.

— Denise, ma belle-sœur, m'a dit que Magyd Ayed avait, lui aussi, été assassiné, reprit-il, incrédule. Et qu'il y aurait un lien entre ces deux meurtres !

La gendarme se fendit alors d'un très court résumé de l'affaire et de son lien probable avec le lycée Notre-Dame. Elle termina en insistant sur l'importance de ses réponses, puis entra dans le vif du sujet :

— MPC, ces lettres signifient-elles quelque chose pour vous ?

— MPC ?

Elle opina, et l'homme marqua un temps de réflexion, avant de répondre :

— Désolé, mais non.

— Vous êtes sûr ?

— Oui, pourquoi ? Ces lettres sont en lien avec le meurtre de mon frère ? Elles veulent dire quoi ? C'est important ?

— Clara Joubert, vous connaissez ? éluda-t-elle.

— Clara Joubert… ce nom me dit quelque chose, attendez, je réfléchis… Ah, j'y suis ! J'étais son TVS, à Notre-Dame… Euh, son tuteur vie scolaire, traduisit-il. C'était une fille de seconde, et, en tant que terminale, je devais l'aider à prendre ses repères au lycée. Mais, là encore, quel rapport avec David ? demanda-t-il d'un ton perplexe.

— Vous étiez son TVS. Rien de plus ?

— Non, rien de plus. Mais pourquoi ?

— Et Valériane Ducuing ?

— Qui ?

— Valériane Ducuing.

— Non. Je… je ne crois pas connaître cette personne. Et maintenant, si vous m'expliquiez de quoi il retourne, hein ?

Louise inspira pour dissimuler sa contrariété. Alexandre Schäffer n'avait pas sourcillé un instant et, pourtant, il venait de lui mentir. Si elle voulait lui extirper la vérité, elle devait le déstabiliser.

— Votre frère, David, a très certainement fait l'objet d'une vengeance, avança-t-elle. Une vengeance qui le relie à Magyd Ayed et à Valériane Ducuing, miraculeusement rescapée... Comme je l'ai évoqué, le point commun entre les trois victimes est leur présence au lycée Notre-Dame durant l'année 2001-2002. Mais je ne vous apprends rien, puisque vous y étiez aussi, le sonda-t-elle.

Alexandre Schäffer s'enfonça dans son siège, les yeux rivés au sol. Elle attendit patiemment qu'il relève la tête. Comme la gendarme le fixait avec insistance, l'homme laissa échapper un soupir, ouvrit les mains et demanda :

— Une vengeance de qui ? Pourquoi ? Ce que vous me racontez est totalement incompréhensible.

— Vraiment ?

— Oui. *Vraiment*, répéta-t-il en l'affrontant du regard.

Elle laissa filer quelques secondes et reprit d'un ton calme et volontairement froid :

— D'après le récit de Valériane Ducuing et nos constatations médico-légales, nous avons pu établir que le tueur est très méthodique...

Louise commença alors à lui détailler le mode opératoire de l'assassin, sa sophistication, son sadisme, et Schäffer ne put s'empêcher de tressaillir. Des larmes lui montèrent aux yeux, mais la gendarme décida de poursuivre sans rien lui épargner. Quand elle en fut au bâillon-boule anéantissant tout appel à l'aide, l'homme la coupa :

— Excusez-moi ! Vous comptez me faire la description du calvaire de mon frère par le menu ?

— Si cela devait vous aider à comprendre où se situe votre intérêt, pourquoi pas ?

— De quel intérêt parlez-vous, bon sang ?!

— Vous êtes en vie, monsieur, et votre intérêt serait de le rester, vous ne croyez pas ?

Il demeura interdit, accusant le choc, puis se passa nerveusement les mains sur le visage.

— Vous êtes en train de me dire que ma vie est menacée, c'est bien ça ?

— Je le pense, en effet. Et je pense également que vous le savez.

— Vous *pensez* ? rétorqua-t-il avec une pointe de dédain. Dans ce cas, faites votre boulot et protégez-moi, madame ! Ou, mieux encore, arrêtez le coupable !

Louise ne réagit pas à la provocation. Si Schäffer craignait pour sa vie, elle pouvait peut-être obtenir des confessions. Elle laissa donc courir un long silence, puis se décida à reprendre :

— Contrairement à vos déclarations, à celles de votre frère et de Mme Ducuing, vous constituiez tous un groupe d'adolescents uni.

— Pardon ?

— Vous occupiez vos mercredis après-midi à vous réunir et à « jouer », affirma-t-elle, comme si elle en détenait la preuve.

L'homme la considéra d'un regard qui mêlait stupéfaction et crainte.

— D'ailleurs, Clara Joubert faisait aussi partie de votre petit groupe, ajouta-t-elle pour enfoncer le clou. Avant de disparaître définitivement.

— Je ne vois pas de quoi vous parlez, riposta-t-il avec trop d'empressement.

— Et moi, je ne vois qu'une seule raison qui vous incite à mentir : en niant la réalité de cette bande de joyeux drilles, vous tentez de dissimuler quelque chose de grave. Un événement lié à la disparition de Clara et qui pourrait encore aujourd'hui vous être reproché... un événement que l'assassin a découvert...

L'homme conserva le silence, mais ses doigts tapotaient nerveusement la surface de la table. Elle décida de ne pas lui laisser de répit :

— Un événement que votre frère a lui aussi préféré cacher à mon collègue, quand il est venu l'interroger. Et pour quel résultat, hein ? Alors, je vous pose la question, monsieur, ce mensonge en valait-il la chandelle ?

Les yeux rougis, le visage blême, la bouche entrouverte, Schäffer semblait prêt à craquer.

— Allez, monsieur ! Parlez-moi du clan que vous formiez, des défis que vous vous lanciez, risqua-t-elle. Comme la première fugue de Clara, n'est-ce pas ?

Schäffer se raidit. Il prit une grande inspiration et riposta :

— Vous... vous dites n'importe quoi ! Je ne connais même pas cette fille !

Louise attrapa alors le registre d'emprunt des vélos de Notre-Dame et le posa en évidence sur la table.

— Chaque mercredi de l'année 2001-2002, qu'il pleuve, qu'il vente ou qu'il neige, cinq adolescents ont emprunté un vélo à l'atelier de Notre-Dame. Et vous voulez savoir lesquels ?

— Je pense que je peux le déduire de l'interrogatoire que vous me faites subir, merci bien !

— Vous ne trouvez pas un peu gros que cinq noms, toujours les mêmes, apparaissent tous les mercredis de l'année scolaire ?

— Ça ne prouve rien, et vous le savez ! se défendit-il.

— Ça ne prouve rien ? Vraiment ? Alors, quelle explica…

— Magyd, David et moi faisions du vélo les mercredis entre 14 heures et 16 heures environ ! la coupat-il. Nous avions de l'ambition, une carrière sportive s'ouvrait à nous, et nous nous entraînions pour atteindre nos objectifs. Peut-être en était-il de même pour ces deux lycéennes ? Ou peut-être qu'elles rendaient visite à leurs petits copains ? Ou mille autres choses encore, comment le saurais-je ?!

Il se tut, défiant la gendarme du regard. Mais Louise n'avait aucune autre cartouche à dégainer, et il le comprit. Alors, d'un ton acerbe, il asséna :

— Je suis venu ici de mon plein gré dans l'espoir de vous aider à retrouver l'assassin de mon frère. Au lieu de quoi, je vous ai écoutée m'accuser de mensonge à propos de je ne sais quelle *bande de joyeux drilles*, reprit-il en appuyant sur l'expression employée par Louise. Alors, dites-moi, madame, détenez-vous la moindre preuve de vos allégations ? Suis-je suspect de quelque chose et, si oui, de quoi exactement ? Dois-je demander à être assisté par un avocat ?

— Vous avez tort de réagir ainsi, fit Louise, désabusée. Pensez à Ayed et à votre frère. Ils seraient peut-être en vie s'ils avaient fait le choix de la vérité.

Le regard de Schäffer se durcit.

— Ils seraient en vie si un taré ne les avait pas tués ! Ce qui m'emmène à ceci : où en est votre enquête, hein ? Avez-vous le moindre suspect en vue ?

Louise savait qu'en répondant elle allait définitivement se tirer une balle dans le pied. Cependant, l'omission était une chose, le mensonge, une autre.

— Nous avons arrêté un suspect, aujourd'hui même.

Schäffer se redressa et la fixa d'un œil surpris.
— De qui s'agit-il ?
— Du père de Clara Joubert. Ce qui alimente d'ailleurs mes propos : pourquoi cet homme s'en serait-il pris à votre frère, à Magyd Ayed et à Valériane Ducuing s'ils n'étaient pas liés à sa fille, hein ?
— Je ne suis pas dans la tête de ce monsieur, lui retourna-t-il. Et, pour tout vous dire, ses motivations ne justifieront jamais ses actes !
— Je n'ai jamais affirmé le contraire.
— Denise a évoqué un type que vous avez arrêté puis relâché, qu'en est-il ?
— Il n'a pas pu tuer votre frère.
— Il est donc lavé de tout soupçon ?
Louise marqua une hésitation.
— Il demeure sous étroite surveillance. Je ne suis pas autorisée à vous en dire davantage.
— Je ne comprends pas. Vous avez arrêté un suspect, un second est sous surveillance. Pourtant, tout à l'heure, vous parliez de menace pesant sur ma vie ?
— Tout à l'heure, j'espérais encore vous convaincre de parler.
Schäffer laissa échapper un petit ricanement.
— Je vois, jeta-t-il sans cacher son écœurement, technique d'enquêteur...
— Je cherche la vérité, monsieur, ni plus ni moins.
— La fin justifie les moyens, c'est ça ? Bon, je crois que nous nous sommes tout dit, acheva-t-il avec lassitude. Je peux partir ?
La gendarme masqua sa frustration.
— Tenez, lui dit-elle, ma carte. Si vous changez d'avis, appelez-moi.

Schäffer considéra le petit carton d'un œil sombre et s'en saisit d'un geste sec. Puis il enfila son beau manteau de laine noire, resserra son écharpe autour de sa cravate et disparut dans le couloir. Quand la porte se referma, une vague de découragement submergea la gendarme. Y avait-il quelque chose de plus rageant pour un enquêteur que de savoir sans pouvoir prouver ? Son téléphone sonna à ce moment-là. C'était le commandant Garnier, et elle devina dans l'instant pourquoi l'homme lui téléphonait.

— Bonjour, commandant.

— Bonjour, Caumont. J'ai appris que vous aviez procédé à une nouvelle arrestation et que vous déteniez une preuve directe : joli travail.

— Merci. La garde à vue a démarré en début d'après-midi. Cependant, nous avons de bonnes raisons de croire que Joubert a un complice.

— Le fameux Broca, oui, je suis informé. D'ailleurs, ce type est sous surveillance serrée des gendarmes bayonnais.

— En effet.

— Bien. N'ayant plus aucune raison de continuer à faire tourner mes équipes en sous-effectif, je vous informe que je viens de faire lever la surveillance devant chez Ducuing.

– 59 –

Mais ils n'ont pas le cahier

Alexandre Schäffer s'engouffra dans la voiture de son défunt frère. Dès qu'il fut assis, il poussa une série de petits cris, pour se décharger de la tension accumulée. Cette gendarme était presque parvenue à le faire craquer. Devant l'aplomb qu'elle avait affiché, il avait vraiment cru qu'elle détenait le cahier intime de Clara. Mais non, elle n'avait rien. Que le registre d'emprunt des vélos. Alors, comment avait-elle fait pour approcher la vérité d'aussi près ?

Pressé de s'éloigner de la gendarmerie, il s'inséra dans la circulation bayonnaise. La situation tournait favorablement. Joubert avait été arrêté. Broca était sous surveillance. Ni lui ni Valériane n'avaient plus à craindre pour leur vie. Il mit néanmoins un coup rageur sur le volant : si seulement les enquêteurs avaient été plus rapides, David serait vivant ! Il songea alors aux deux complices. *Qu'ils pourrissent en enfer !* L'enquêtrice avait évoqué une vengeance de la part des deux hommes. Pff ! Que croyaient-ils savoir sur

Clara et sur ce qu'il s'était passé ce soir-là ? En vérité, ils ne savaient rien.

Et ils ne devaient surtout pas savoir. Personne ne le devait. Jamais...

Il roula une vingtaine de minutes sur la A64, direction Pau, et s'arrêta à la première aire de repos pour appeler Valériane. Elle répondit immédiatement, d'une voix nerveuse et dans un débit précipité.

— Alex ? Ça va ?

— Disons que ça pourrait aller plus mal...

— Bon sang, mais qu'est-ce que tu faisais ?! Je... j'étais morte d'inquiétude ! En plus, j'ai la trouille au ventre, les gendarmes ont levé la surveillance devant chez moi !

— Val, s'il te plaît, essaie de te calmer.

— Je te rappelle que je vis seule, moi, et que le tueur sait parfaitement où j'habite !

— Je sors de la gendarmerie : ils ont arrêté Joubert et ils surveillent Broca de près, expliqua-t-il d'un ton rassurant.

La respiration à l'autre bout du fil ralentit, indiquant que Valériane commençait à s'apaiser.

— Alors, les gendarmes ont demandé à te voir ? demanda-t-elle finalement.

— Oui. Le major Caumont, tu vois qui c'est ?

— C'est celle que j'ai rencontrée en premier. Et donc ?

— Elle a farfouillé du côté de notre passé à Notre-Dame. Elle est persuadée que nous formions un groupe et que la disparition de Clara est suspecte... Bref, elle est loin d'être sotte.

— Tu te rends compte de ce que tu me dis, Alex ?!

— C'est bon, ne panique pas : elle n'a absolument rien contre nous.

— Et le cahier intime, alors ? S'ils ont arrêté Joubert, ils ont dû perquisitionner chez lui !

— Très probablement, mais ils n'ont pas le cahier. Sinon Caumont se serait fait un plaisir de me le mettre sous le nez, crois-moi !

Il attendit, mais Valériane conserva le silence.

— Val ?

— Oui, je réfléchis... je ne comprends rien ! Broca était en garde à vue quand David a été tué. Et le cahier se trouvait sur place, au cœur d'une espèce de temple dédié à Clara !

— Sauf que les flics n'ont rien trouvé dans la baraque d'Ibos, ni temple ni cahier, sinon toi et moi ne serions pas en train de papoter tranquillement en ce moment !

— OK. Donc, s'ils n'ont rien trouvé, c'est que Joubert a fait le ménage, on est bien d'accord ?

— Oui, il a tué David, puis il a fait le ménage, comme tu dis. Ensuite, il a planqué le tout quelque part, hors de chez lui. Il n'y a aucune autre option.

Valériane émit un profond soupir.

— On n'en sortira jamais.

— Bien sûr que si, Val ! réagit Alexandre avec autorité. Broca est suivi à la trace, Joubert est en garde à vue, l'affaire est en train d'être bouclée. Mais tant qu'on n'aura pas mis la main sur ce foutu cahier, on vivra avec une épée de Damoclès au-dessus de la tête.

— Génial ! Et comment veux-tu qu'on mette la main dessus, hein ? Tu ne crois pas que les flics ont déjà tout ratissé ? La maison de Joubert, son bureau, sa voiture !

— Et ils ne l'ont pas découvert. Ils sont nécessairement passés à côté de quelque chose. Ce qui veut dire que nous tenons encore une chance de récupérer ce cahier.

— Tu es sérieux ?

— Absolument ! asséna-t-il. Ce cahier nous relie à Clara et pourrait bousiller nos vies ! Et j'estime qu'on a déjà payé le prix fort. David a été assassiné ! cria-t-il. Magyd a été assassiné ! Si on finit derrière les barreaux, ils seront morts pour rien ! Tu ne crois pas qu'on a droit à un peu de paix, maintenant, toi et moi ?

Sa voix se brisa sous l'émotion, et il se tut. Il pouvait bien hurler sa rage au visage de Valériane, ça ne changeait rien à la terrible réalité : les flics avaient mille fois plus de chances de trouver le cahier de Clara que lui. En réalité, son emportement faisait écho à son impuissance.

— J'ai une idée, souffla Valériane. Mais c'est peut-être une idée à la con qui ne mènera à rien, se dépêcha-t-elle de préciser.

— Dis toujours.

— Un des week-ends que j'ai passés chez Clara, on est allées dans un petit chalet familial que se transmettent les Joubert.

— Tu es capable de nous y conduire ?

— Eh bien, ça remonte à loin, mais j'ai une excellente mémoire. Attends, laisse-moi réfléchir… C'est à proximité d'un lac, en montagne. Il faut prendre le col d'Aspin, ça, c'est sûr, parce que Joubert a parlé du tour de France qui passe souvent par là. Écoute, je vais me pencher sur une carte et je t'envoie un message dès que j'ai trouvé.

— Entendu.
— Tu es disponible demain ?
— À partir de 15 heures, seulement. Le matin, j'aide Denise à rédiger une rétrospective de la vie de David et, à 13 heures, le prêtre vient pour finaliser le déroulement de la cérémonie. Elle aura lieu samedi, à 14 heures.

La voix nouée de Valériane s'éleva :
— Dire que je ne pourrai même pas venir à l'enterrement, vu qu'on n'est pas censés se connaître...

– 60 –

Je vous le répète, ce n'est pas possible, vous faites erreur

Décidément, cette affaire allait les rendre dingues : rien – absolument rien – ne se déroulait comme espéré. Julien et Léa sortirent de la salle d'interrogatoire, exténués et furieux.

— Tu as suivi ?

Louise hocha la tête.

— Moi, je suis à bout, là ! s'agaça Keller. Je crois que je pourrais en venir aux mains ! Louise, je te passe le relais.

— Entendu. Je laisse Léa prendre une pause, et…

— Non, merci, ça ira, coupa celle-ci. Si je suis claquée, Joubert l'est encore plus ! On va donc profiter de ton énergie pour revenir à la charge. Mais tu prends la main.

Louise approuva. Il en est de la résistance de certains êtres comme de celle de certains matériaux : frapper fort ne sert à rien – sinon à se faire mal. L'objectif est donc celui de la rupture de fatigue : il faut répéter, répéter et répéter encore les mêmes minuscules agressions jusqu'au moment où le corps se fendille, se fend, puis cède. Joubert semblait être de ceux-là. Elle adressa un regard à sa jeune collègue, un signe de tête encourageant, et poussa la porte.

De près, Joubert semblait plus diminué encore. La fatigue avait injecté ses yeux de sang, son teint était cendreux et il se tenait voûté par-dessus la table. Il arborait cet air effarouché qu'ont parfois les personnes âgées atteintes de démence sénile, qui regardent l'aide-soignante d'un œil humide et indigné, qui s'arc-boutent en tremblant de tout leur corps, parce que non, non, non, elles ne sont pas folles et elles ne prendront pas leurs médicaments ! Qu'on arrête de les persécuter, enfin !

— On m'envoie du sang neuf, constata Joubert d'une voix lasse et râpeuse. Mais ça ne changera absolument rien, vous savez ?

Il attrapa son gobelet d'eau et but. Louise s'assit face à lui.

— Nous sommes le mercredi 10 novembre 2021, il est 18 h 24. Reprise de l'interrogatoire de M. Roman Joubert, en présence du major Léa Badenco et du major Louise Caumont.

Elle n'allait guère être originale, mais – rupture de fatigue oblige – elle emprunta le même chemin que ses collègues :

— Monsieur, pouvez-vous me dire ce que vous faisiez dans la soirée du vendredi 15 octobre 2021 ?

— Vos collègues m'ont déjà posé cette question, un nombre incalculable de fois.

— Et je vous la pose de nouveau.

Exaspéré, Joubert secoua lentement la tête :

— Je ne peux pas répondre. Vous m'affirmez que mon agenda ne mentionne aucun rendez-vous après 17 heures, ni personnel ni professionnel. Je suppose donc que j'ai quitté mon bureau entre 18 et 20 heures et que je suis rentré chez moi.

— Vous ne disposez donc d'aucun alibi ?

— Que voulez-vous que je vous dise ?... Si j'avais su qu'on me le demanderait un jour, j'aurais soigneusement noté mes occupations de ce soir-là !

— Savez-vous où se trouve Sarrouilles ?

— Oui, souffla-t-il. C'est une commune située derrière Séméac.

— Y êtes-vous déjà allé ?

— Oui, je suppose ! Je veux dire, je n'en ai pas le souvenir exact. Mais je connais cette commune, je l'ai déjà traversée.

— Vous y êtes-vous rendu, en fin d'après-midi, le vendredi 15 octobre 2021 ?

— Je n'ai pas le souvenir d'avoir traversé Sarrouilles ces derniers mois.

— Combien de temps diriez-vous qu'il faut pour effectuer le trajet entre votre bureau de Tarbes et Sarrouilles ?

— Une dizaine de minutes, environ, s'il n'y a pas trop de circulation pour quitter Tarbes.

— Connaissez-vous une personne résidant dans cette commune ?

— Non.

Louise le fixa et attendit. Il soutint son regard. Sans ajouter un mot.

— Lors d'une entrevue à votre domicile, vous avez indiqué connaître une dénommée Valériane Ducuing.

— En effet. C'était la meilleure amie de ma fille, Clara, lorsque celle-ci était en seconde au lycée Notre-Dame-de-la-Piété.

— Où habite Mme Ducuing, aujourd'hui ?

— Je l'ignore. Mais, d'après les questions que vos collègues me posent depuis 14 heures, je suppose qu'elle habite à Sarrouilles.

— Niez-vous vous être rendu au domicile de Mme Ducuing le vendredi 15 octobre en fin d'après-midi ?

— Je ne le nie pas, je le réfute.

— Des empreintes de pneus de marque Michelin Primacy 3 ont été relevées juste à côté du domicile de Mme Ducuing le soir du 15 octobre, enchaîna Louise en posant sur la table les photos des moulages effectués par les TIC. N'est-il pas vrai que votre véhicule est équipé de ces mêmes pneus ?

— C'est possible. Je les ai fait changer l'été dernier et le garagiste m'a posé des Michelin. Cependant, je ne connais pas leurs caractéristiques précises.

— Quelles sont la marque et la couleur de votre véhicule ?

— Je possède deux voitures. Une Fiat Panda rouge et une Clio IV bleu métallisé.

— Laquelle des deux utilisez-vous le plus souvent ?

— La Panda me sert surtout pour les petits déplacements. J'utilise la Clio pour les trajets plus longs.

— Par « plus longs », vous voulez dire les trajets entre votre domicile de Pouzac et votre bureau tarbais ?

— En effet, oui, parce que la Clio est plus confortable.

— Vous avez donc utilisé votre Clio pour vous rendre à votre travail, le vendredi 15 octobre 2021 ?

— Oui. Nécessairement.

— Un témoin a repéré un véhicule de taille moyenne et de couleur bleu métallisé chez Mme Ducuing, vers 19 heures, le soir en question. De plus, le comparatif de la scientifique établit une correspondance entre les empreintes relevées chez Mme Ducuing et vos propres pneus. Qu'avez-vous à dire sur ces points ?

Joubert la regarda, l'air atterré, et répéta d'un ton las la réponse qu'il avait déjà opposée une dizaine de fois auparavant :

— Rien. Sinon que d'autres voitures que la mienne sont bleu métallisé et équipées des mêmes pneus Michelin.

Louise ne se laissa pas décourager et poursuivit :

— Monsieur Joubert, que faisiez-vous le soir du lundi 25 octobre ?

— Je ne sais pas, je vous assure. Je vis seul depuis de nombreuses années. Mon emploi du temps personnel n'est pas très attractif : je sors peu, je reçois peu. Si mon agenda n'indique rien à cette date, alors j'étais chez moi. J'ai pu regarder la télévision, lire ou utiliser mon ordinateur, je ne sais pas… Est-il envisageable que vous puissiez, vous, établir quelque chose avec vos techniques d'investigation ?

Louise savait parfaitement que l'homme avait appelé sa mère le soir de la mort d'Ayed. Les fadettes l'établissaient formellement. Si Joubert avait commis l'erreur de le lui affirmer, elle aurait pu en déduire qu'il s'était préparé un alibi. En dehors d'un événement marquant, quel être normalement constitué est en mesure d'affirmer qu'il a téléphoné à untel ou untel, tel soir, trois semaines plus tôt ? Mais Joubert n'était pas tombé dans le panneau.

— Parlez-moi de votre mère, s'il vous plaît.

— Ma mère ? C'est une dame de quatre-vingt-treize ans. Il y a deux ans, suite à une chute, elle s'est cassé le col du fémur et a dû quitter son domicile. Elle réside désormais dans un EHPAD à Bagnères-de-Bigorre. L'établissement « Les Mimosas », précisa-t-il.

— Vous allez la voir souvent ?

L'homme laissa échapper un long soupir.

— Une ou deux fois par semaine. Ça dépend. J'ai tendance à quitter le bureau un peu tard par rapport à l'organisation de l'EHPAD, et les visites sont malvenues passé 20 heures. Donc j'y vais plutôt le week-end.

— Et si vous n'y passez pas, vous lui téléphonez ?

— Ça m'arrive, en effet... Mais je ne suis pas très friand de téléphone, précisa-t-il, je préfère les échanges directs. Je ne l'appelle que si je n'ai vraiment pas réussi à me libérer.

Joubert termina son gobelet d'eau et se resservit d'une main légèrement tremblante. Il paraissait harassé, et la gendarme songea que ses résistances étaient en train de s'amenuiser. La série de questions qu'elle venait de lui poser visait précisément cet objectif, et elle allait désormais entrer dans le dur, en espérant qu'il craque :

— Que faisiez-vous samedi dernier, le 6 novembre 2021, après 18 heures ?

— J'étais au bureau.

— Vous travaillez le week-end ? s'étonna la gendarme.

— Ça m'arrive assez fréquemment, oui. Je gère plusieurs boîtes, et la machine ne tourne pas toute seule.

Beaucoup de chefs d'entreprise font comme moi, ça n'a rien d'exceptionnel.

— Je vois. Donc vous étiez à Tarbes ?

— Oui.

— Toute la journée ?

— Non, je me suis reposé le matin. Je ne suis arrivé à Tarbes que vers 15 heures. Du coup, j'en suis reparti assez tard, vers 21 heures.

— Quelqu'un peut en attester ?

— Mes employés du siège ne travaillent pas le samedi. J'étais donc seul.

— C'est fâcheux, ironisa Louise. Puisque nous avons en notre possession des images de vidéosurveillance prouvant que vous étiez à Ibos à 18 h 02.

— Non ! réagit Joubert. Je n'étais pas à Ibos ! Je l'ai dit et répété tout l'après-midi : je n'ai pas quitté mon bureau de Tarbes !

Louise lui décocha un sourire narquois et posa sur la table les images extraites de la vidéosurveillance. L'homme les regarda à peine, il les connaissait déjà.

— Clio IV, bleu métallisé, immatriculée « QE 564 FD ». Cela vous dit-il quelque chose ?

Il secoua la tête, excédé.

— Je vous le répète, ce n'est pas possible. Vous faites erreur.

— Veuillez répondre à ma question, monsieur. Cette immatriculation est-elle…

— Ce sont mes plaques, oui, la coupa-t-il d'un ton agacé.

— Comment expliquez-vous que votre voiture ait été filmée à Ibos alors que vous affirmez n'avoir pas quitté Tarbes ?

— Je ne l'explique pas... je ne comprends pas. Il doit s'agir d'une erreur, ce n'est pas possible autrement. Je vous en supplie, croyez-moi, madame.

Alors même qu'elle bouillait intérieurement, Louise récupéra les photos sans montrer le moindre signe de contrariété. Léa, à côté d'elle, se rencogna dans son fauteuil et souffla en levant les yeux au ciel.

— Est-ce que ceci vous appartient ? reprit Louise en extirpant de nouveaux clichés du dossier.

— C'est un de mes joggings.

— Un jogging Adidas noir, correspondant à la description vestimentaire établie par Mme Ducuing concernant son agresseur.

— Je n'ai rien à voir là-dedans, s'obstina-t-il.

— Et ces tennis ?

— Elles sont à moi.

— Un premier examen a révélé que les dessins de semelle pourraient correspondre à des empreintes relevées chez Mme Ducuing.

Joubert secoua la tête, l'air buté.

— Par ailleurs, les techniciens ont aussi relevé d'infimes traces d'hémoglobine sur les semelles ainsi que sur le tissu au niveau du cou-de-pied. Les prélèvements sont partis au labo pour analyse et comparaison ADN. Il se trouve que Mme Ducuing a été blessée le soir de son agression et qu'elle a saigné. Son agresseur a marché dans son sang... Ne croyez-vous pas, monsieur, qu'il serait temps de nous dire la vérité ?

— Vous dites n'importe quoi ! lui retourna-t-il. Pourquoi m'en serais-je pris à cette personne, hein ? C'est totalement absurde.

Léa avait espéré que la garde à vue leur fournisse les éléments d'explication qui leur manquaient, mais il n'en était rien ; bien au contraire : conscient que le mobile faisait défaut, Joubert revenait inlassablement sur cette question. Louise décida donc de cibler les éléments de preuve.

— Quelle qu'ait pu être votre motivation, monsieur, nous n'avez aucun alibi pour le soir où Mme Ducuing a été agressée et, surtout, vous vous trouviez sur les lieux du meurtre de David Schäffer.

— C'est faux.

De nouveau, Louise fit glisser les images de la vidéosurveillance sur la table.

— Vous niez un fait établi formellement.

Joubert croisa les bras et afficha encore cet air buté et exaspérant de vieux dingo seul contre le reste du monde.

— Je dis la vérité.

— Bien... Passons à Thibault Broca. Quelle est la nature de votre relation avec lui ?

Joubert expira bruyamment.

— J'ai déjà répondu je ne sais combien de fois à cette question...

– 61 –

Vingt ans plus tôt : 27 juin 2002

L'immense parc de Notre-Dame ne désemplit pas. Des cohortes de supporters fardés des couleurs de leur établissement agitent des fanions en beuglant. Les derniers compétiteurs s'étirent à l'ombre des grands arbres, ou foulent l'herbe pour s'échauffer. Les promeneurs, à pied, à vélo, traversent le parc, se gorgeant de l'effervescence et de la liesse ambiantes. Partout, les jeunes vont et viennent dans un tourbillon sonore, où se mêlent cris, coups de sifflet, cornes de brume, chants de la victoire. À intervalles réguliers, depuis les infrastructures sportives au fin fond du domaine, s'élèvent des pluies d'applaudissements et d'ovations qui couvrent les propos des commentateurs propagés par les haut-parleurs.

Clara est montée à l'internat. Elle se prépare. C'est leur dernière réunion. Après, plus rien ne sera pareil. Alexandre obtiendra son bac et partira. Il n'y aura plus de clan, plus de défis, plus d'adrénaline. Clara regagnera ses pénates et la vie retrouvera son ennuyeuse normalité, où rien ne dépasse, rien n'enivre, rien ne secoue. Les morsures du regret lui labourent déjà le ventre. Alors, elle s'accroche au peu qui reste avec férocité. Les heures qui viennent doivent être inoubliables. Elles le seront. Pour l'occasion, elle a enfilé les vêtements de sa mère. Le jean rétro qui cache ses chevilles et le tee-shirt avec la tête de Janis Joplin. Secrètement, elle projette un long baiser avec Alex. Un baiser merveilleux, un baiser d'adieu. Une émotion indélébile à la saveur aussi douce qu'amère. Un embrasement charnel qui rendra leur histoire unique, et auquel Alex et elle penseront encore en frémissant de tout leur corps lorsque le temps les aura saccagés et rendus vieux et sages. Clara sourit devant le miroir de la salle de bains.

— Ça y est, j'ai tout rassemblé dans le sac à dos ! lance Valériane depuis la chambre. *Sound machine*, piles de rechange, CD et fraises Tagada.

— Alors, on peut y aller !

— Tu es vraiment magnifique, Clara. Aurais-tu décidé de faire un pas vers Alexandre ? lui demande malicieusement Valériane.

Clara pique un fard et soupire. Comment a-t-elle pu croire que sa meilleure amie ne lirait pas ses intentions ? Elle hausse les épaules.

— Un baiser d'adieu. J'en meurs d'envie… Tu trouves ça con ?

— Tu plaisantes ?! Aucune envie ne vaut qu'on en meure.

Valériane la sonde. Son regard est un véritable détecteur de mensonges.

— Dernier rencard. Comment tu te sens ?

— Bien et mal à la fois.

— Garde ce qui fait mal pour plus tard, Clara. Il sera toujours temps de souffrir demain.

Clara étire un sourire triste. S'approche de son amie et la serre dans ses bras. L'étreinte est longue, intense, sans mots inutiles qui ne disent rien ou si mal.

*
* *

L'été s'est avancé, sonnant le glas de l'année scolaire. L'air charrie le parfum des crèmes solaires. Les cheveux des filles sentent la mangue, la coco, le fruit de la passion. Par-delà la route de la corniche, l'océan dodeline sous un soleil parfait, et coques et voiles blanches se détachent sur l'horizon azur. Valériane et Clara dissimulent leurs vélos dans le petit bois et se hâtent jusqu'à la grange. De l'extérieur, elles perçoivent le raffut des garçons. Ils sont surexcités. Après trois jours d'olympiades, ils relâchent la pression. Magyd a arraché l'or au lancer de poids, et le bronze au javelot. Alex s'est hissé en première place au 100 mètres et au 200 mètres papillon. David est sur le podium pour le relais du quatre fois 100 mètres nage libre.

— On vous entend brailler depuis le petit bois ! lance Clara en se glissant à l'intérieur.

Tous les trois se sont lancés dans une bataille, ils ressemblent à des gamins survoltés. Le foin volette sous le toit, libérant ses arômes piquants de poussière et d'herbe sèche. Contaminées par la folie ambiante, Clara et Valériane se mêlent au jeu. David devient très vite la cible du groupe. Il pousse des cris de cochon qu'on égorge quand Magyd lui entrave les jambes, Clara et

Valériane, les bras, et qu'Alex lui fourre du foin sous le short. S'ensuit une bagarre généralisée : ils jouent, se frôlent, s'enroulent, luttent, s'échauffent. Ça proteste, ça rit, ça s'amuse. Mais, malgré l'effervescence et la pagaille des corps, Clara et Magyd ne s'effleurent pas un instant. Puis le jeu enfantin s'épuise de lui-même, et le calme revient lentement sur les ados transpirants et haletants. Sous les rais d'une lumière pailletée de grains de poussière, les sourires continuent de s'étirer, épanouis, malicieux. Puis Magyd se lève. Il farfouille dans un grand sac à dos, provoquant le tintement cristallin de bouteilles qui s'entrechoquent.

— Bon, il est temps de passer aux choses sérieuses ! Avec David, on a compté : trente-six défis, trente-six vidéos ! Ça se fête, non ?! Vodka, gin, rhum ? On a aussi apporté des jus de fruits pour adoucir le tout ! Allez, qui veut quoi ?

*
* *

Dans la chaleur moite qui étouffe la grange s'élève le rock des Black Rebel Motorcycle Club. Clara est passablement éméchée. Mais, contrairement à l'épisode du gin dans le chalet de son grand-père, elle se sent bien, détendue, presque sereine. La tête lui tourne, et c'est agréable. Assise sur le plancher du premier, les jambes ballantes, les yeux clos, elle se laisse bercer par les accords de *Red Eyes and Tears*. Son corps, légèrement flottant, semble rouler sur la musique, comme une embarcation remuée par un doux clapotis.

— Toi, t'as trop bu ! lui lance Alexandre en s'asseyant à côté d'elle.

— Je me sens bien, au contraire.

Clara ouvre les yeux. Alex sent le foin mêlé aux effluves d'un doux parfum boisé. Il est magnifique. Une onde électrique – encore et toujours – la traverse et la fait frissonner. *C'est maintenant*, se dit-elle. Mais il la devance :

— Tu sais que tu me rends dingue, toi ! Allez, Clara, fais pas ta timide, embrasse-moi !

Elle aurait voulu le surprendre. Choisir, seule, l'instant de bascule. Et non pas *céder* à ses avances, comme toutes les autres filles suspendues à son claquement de doigts. Elle revoit l'arrogance de son regard lorsque, pour la première fois, il s'est plaqué contre elle et lui a murmuré : « Comme tous les terminales, j'ai une chambre solo. C'est la 112. » Elle avait su, dans l'instant, qu'aucune fille ne lui avait résisté. Qu'il n'avait jamais connu le moindre doute. Qu'il n'avait pas souffert, ni l'attente ni la déception. Et qu'elle préférerait de loin, et quoi qu'il puisse lui en coûter, incarner sa première contrariété, plutôt que d'être la énième sur son tableau de chasse. Lui résister, c'était là son plus grand défi. Celui qu'elle avait relevé tout au long de l'année, reléguant les autres – aussi fous et dangereux fussent-ils – à des enjeux mineurs. Et, au moment même où elle désirait lui offrir un baiser, lui, cet âne prétentieux, venait le réclamer, avec ce ton pétri de certitude qu'elle abhorrait tant. Elle l'aurait voulu fiévreux et languissant, il demeurait conquérant. Il ne souhaitait pas, il voulait. Il ne demandait pas, il exigeait.

— Vraiment ? Tu veux un baiser, Alexandre Schäffer ?

— Oui.

— Alors gagne-le.

Il la fixe. Un subtil mélange d'excitation et de crainte éclaire son regard. Elle connaît cette sensation par cœur. C'est une drogue dure, la drogue des vainqueurs : l'adrénaline.

— D'accord.

La situation n'était pas prévue. Clara improvise. Ses yeux balayent la grange et s'arrêtent sur le vieux Ferguson qui sommeille au rez-de-chaussée. *Ça peut être drôle*, se dit-elle. *On va bien se marrer*. De son index, elle pointe le tracteur.

— Fais-moi faire un tour là-dessus.

Il écarquille les yeux.

— Tu as ton permis, non ?

— Je n'ai jamais conduit ce genre d'engin !

— Et alors ? Ça ne doit pas être plus difficile à manœuvrer qu'une bagnole !

— Et puis tu veux aller où ? demande-t-il, effaré.

— Peu importe. Surprends-moi !

— Mais Amestoy va nous prendre en flag !

— C'est un risque, en effet ! Mais ce ne serait pas amusant, sans ça.

Un instant file, suspendu entre deux réalités possibles.

— Même pas cap' ! le défie-t-elle.

– 62 –

Je suis passé au moment
où l'ambulance quittait la ferme

À 1 heure du matin, Louise se glissa enfin entre ses draps. Ils étaient glacés. Le thermostat de la chambre du cercle mixte était pourtant réglé sur 19 degrés. Les yeux fixés sur le plafond, elle laissa échapper un long soupir contrarié. Elle se sentait épuisée et démoralisée. Joubert avait maintenu sa version de bout en bout – une version qui faisait fi de la réalité. Son obstination à nier et ses accents de sincérité se révélaient redoutablement usants pour un esprit cartésien, et la gendarme en venait désormais à se poser des questions sur la santé mentale de l'homme. Seul un fou pouvait faire vaciller les contreforts de la rationalité la plus élémentaire, non ?

Elle se frictionna les bras, tentant de se réchauffer, mais le froid était en elle. Le débriefing d'équipe, une heure plus tôt, avait été éprouvant. Louise avait annoncé son programme du lendemain, et, excédée par une garde à vue qui avait anéanti toutes ses réserves de tolérance, Léa n'avait pas réussi à prendre sur elle. À ses yeux, les recherches de sa collègue s'apparentaient désormais à de la défiance : celle-ci continuait de faire cavalier seul au moment même où les forces vives auraient dû se concentrer sur la garde à vue de Joubert. Malgré ses tentatives, Louise n'avait pas réussi à apaiser la situation. Léa avait clos l'échange avec cette phrase qui tournait sans fin dans son esprit : « J'espère *vraiment* que tu sais ce que tu fais ! » Difficile de répondre péremptoirement. Fidèle à elle-même, nourrie de l'insatiable appétit de comprendre, Louise suivait son propre cheminement. Et, vu les dissensions qu'elle avait provoquées, elle espérait sincèrement que ses investigations ne seraient pas vaines.

*
* *

Aucun horizon. L'océan et le ciel se confondaient. Un plafond fumeux s'abattait jusqu'au sol, nappant le paysage de volutes grises et rampantes. Louise suivait la route qui serpentait vers des hauteurs invisibles, s'enfonçant dans les terres, au-dessus d'Hendaye. Étienne Etxebarria habitait dans un hameau à une trentaine de minutes de la côte. Âgé de quatre-vingts ans, il vivait désormais chez son fils et sa belle-fille, éleveurs. Louise combattit de toutes ses forces sa crainte de rencontrer un homme sur le déclin, dont la mémoire serait altérée. Les faits remontaient tout de même à vingt ans… La gendarme rétrograda en s'engageant dans un virage en épingle. Plus elle montait, plus le brouillard s'épaississait. *Un peu comme l'enquête en cours*, se dit-elle. Elle passa devant une grappe de maisons, et le GPS lui annonça une arrivée imminente. Une longue sente étroite et inégale fendait une prairie qu'elle devinait vaste, malgré la brume moutonnante qui s'agrippait aux herbes. Elle distingua les contours d'un troupeau de bovins massés à un jet de pierre. Immobiles, tranquilles. Défaits de toutes les affres propres à l'humanité. Au bout d'une centaine de mètres d'un trajet cahotant, elle parvint enfin devant une grande ferme. Trois chiens accoururent immédiatement, jappant autour du véhicule. Alerté par les aboiements de son comité d'accueil, un homme ouvrit la porte d'entrée et siffla la meute qui rappliqua à ses pieds. Le fils d'Etxebarria retira son béret pour la saluer et l'invita à entrer. Une petite femme, énergique et sèche comme une trique, apparut dans le corridor et lui tendit une main rugueuse aux ongles ras.

— Je suis Eulalie Etxebarria, se présenta-t-elle avec un fort accent basque. Papy vous attend ! Je peux vous dire que votre appel a réveillé ses souvenirs !

— Ah bon ?

— Oh, oui ! Depuis hier soir, il ne parle plus que de Notre-Dame ! C'est qu'il y a travaillé toute sa vie ! Et puis, avec cette histoire de meurtre d'un ancien élève... ajouta-t-elle plus bas. Venez donc, je vous conduis à son appartement.

La ferme sentait le feu de cheminée et le bouillon froid. Elle était vaste, son intérieur, rustique et chaleureux. Le genre d'endroit où le temps avait lâché prise. Ici, les choses se continuaient : la vaillance des anciens résonnait avec le labeur des vivants. Louise avança dans un couloir jusqu'à une porte vitrée de petits carreaux grumeleux et opaques d'un jaune vif, à la mode des années 1970. Eulalie Etxebarria cogna et entra.

— Papy, voilà la dame de la gendarmerie ! lança-t-elle.

Un homme mince et voûté apparut dans l'encadrement de la porte de la cuisine attenante. Une toison blanche de cheveux frisés formait une couronne sous son béret noir, lui donnant un petit air clownesque. Etxebarria sourit à Louise et son visage labouré de rides s'éclaira.

— Entrez donc et asseyez-vous, madame ! fit-il en lui adressant un signe de la main. Je vais nous porter un petit café.

— Il est content d'avoir de la visite, glissa la belle-fille. Je vous laisse, mais appelez-moi si besoin.

Louise s'installa. La pièce principale était simple et proprette. Une table ronde, quatre chaises en paille, deux fauteuils devant un téléviseur posé sur un buffet, le tout dans un écrin de tapisserie fleurie. Étienne Etxebarria sortit de la cuisine avec deux tasses. Il en tendit une à la gendarme et prit lentement place sur une chaise face à elle. Commença alors une conversation à bâtons rompus sur le temps, le trajet jusqu'à la ferme, et la vie dans le coin. L'homme était affable et – au grand soulagement de la gendarme – il avait toute sa tête. Une dizaine de minutes plus tard, Louise orienta l'échange vers le lycée Notre-Dame.

— Vous étiez donc le préposé à l'atelier vélos ?

— Oh, ça, c'est venu sur le tard ! J'ai longtemps travaillé comme homme d'entretien, et, croyez-moi, dans un lycée comme Notre-Dame, ce n'est pas le travail qui manque ! Puis m'sieur Vidal a pris ses fonctions, ça devait être en 1995 ou 1996, cinq ou six ans avant que je parte à la retraite. C'est lui qui a été à l'initiative du garage à vélos. Depuis longtemps, les lycéens se plaignaient d'être à l'écart de la ville. L'idée était bonne, et ça a immédiatement fonctionné !

— Ça fonctionne aujourd'hui encore.

Le vieil homme hocha la tête avec enthousiasme, transporté par ses souvenirs.

— J'avais un problème au dos lié à un accident qui s'était produit en 1994 – j'avais chuté d'une échelle en élaguant un arbre du parc. Alors, m'sieur Vidal m'a proposé d'ouvrir et de gérer l'atelier. Ma foi, j'ai dit oui !

— C'était presque une reconversion !

— Oh, j'aidais aussi les collègues pour les petits travaux d'intérieur : plomberie, vitres cassées, menues réparations… Mais, pour l'essentiel, oui, je tenais le garage à vélos.

— En quelle année êtes-vous parti à la retraite ?

— En juillet 2002 !

— Je souhaitais justement parler de l'année scolaire 2001-2002, s'empressa Louise. Avez-vous souvenir de deux lycéennes qui empruntaient des vélos chaque mercredi en début d'après-midi ?

À ces mots, une ombre passa sur le visage de l'ancien homme d'entretien, puis Etxebarria hocha gravement la tête, le regard convoqué par ses souvenirs.

— Comment oublier ça, vu que la p'tite a disparu, hein ?

— Clara Joubert ?

— Oui, Clara… Pff ! Quelle affaire ! On ne l'a jamais retrouvée, je crois ?

— Hélas, non.

— C'était une gamine pleine de vie. Avec sa copine, là, comment qu'elle s'appelait déjà... Valérie, je crois.

— Valériane.

— Ah, oui, c'est ça, Valériane ! Elles étaient toujours fourrées ensemble, toujours ! Ces deux-là, on peut dire qu'elles s'étaient trouvées. Elles venaient tous les mercredis, quel que soit le temps, retirer un vélo. Et je leur disais de faire attention ! Un collègue les avait vues traîner près de la côte. Et déjà, à l'époque, il y avait eu des effondrements liés à l'érosion. Des petits éboulements, pas aussi impressionnants qu'en 2019... Mais tout de même, ça commençait déjà à être dangereux.

— Elles n'étaient que toutes les deux ? Personne ne les a jamais vues accompagnées par des garçons ?

Une lueur entendue traversa le regard du vieil Etxebarria.

— Je vous vois venir ! Il y avait ces trois gars, plus âgés, dont le sportif qui a été assassiné récemment, Magyd Ayed, précisa-t-il, l'air sombre. Ils étaient en terminale. Eux aussi retiraient des vélos les mercredis. Et j'ai fini par me poser la question. Mais je ne les ai jamais vus tous ensemble, si vous voulez savoir.

Louise aurait espéré autre chose.

— Je peux tout de même vous rapporter un épisode qui m'a marqué. D'ailleurs, je me suis dit : *Ces cinq gamins-là, ils chahutent ensemble, et m'est avis qu'ils filent un mauvais coton.*

— Je vous écoute.

— Il faisait un temps glacial, ce mercredi-là. Mais, comme d'habitude, les filles, puis les gars, avaient emprunté des vélos. Vers 16 heures, les petites rapportent leurs bécanes. Je remarque immédiatement la mine fermée de Clara – c'était une môme très expressive et, là, elle avait deux mitraillettes à la place des yeux. Elle s'approche pour signer le registre, et je repère des traces sur son cou. Des marques rouges. Cinq minutes plus tard, les garçons se pointent. Eux aussi, ils ont l'air contrariés. Ils sont tous les trois silencieux, ce qui ne leur ressemble pas. Et là, je vois que le fameux Ayed a une jolie griffure sur la joue. « Qu'est-ce qui t'est arrivé, mon gars ? » je lui demande. « Rien de bien grave », il a marmonné. Mais il avait vraiment l'air de quelqu'un qui a un os en travers de la gorge.

Louise griffonna quelques mots sur son carnet, pendant que le vieil homme poursuivait :

— J'ai pensé qu'ils s'étaient battus, la petite et lui…

— Et vous n'avez rien appris de plus ?

Etxebarria fit « non » de la tête.

— Ils voulaient se la jouer discrets, mais, si vous voulez mon avis, ces cinq jeunes fricotaient.

Ça, elle l'avait déjà compris. Mais sans preuve, impossible d'espérer des aveux de la part des protagonistes.

— Vous rappelez-vous la soirée du 27 juin ? relança-t-elle, pour boucler l'entretien.

— Évidemment… En plus, les gendarmes sont venus me poser quelques questions, deux ou trois jours après. C'était la clôture des olympiades, il y avait des mômes partout, tous plus excités les uns que les autres. Pour l'occasion, Pierrot bossait avec moi. On n'a pas arrêté de 16 heures à 20 heures ! Des retraits, des restitutions… En plus, on devait vérifier les cartes scolaires des lycéens venant d'autres établissements et qu'on ne connaissait pas, pour valider leurs emprunts de bicyclettes. Bref, une vraie pagaille !

— J'imagine.

— C'est moi qui ai fait signer le registre à Valériane quand elle a rapporté son vélo. Il devait être 19 h 30. Sur le moment, je n'ai pas réalisé que la petite était seule, parce qu'il y avait plein de jeunes partout dans l'atelier et que Pierrot m'aidait à enregistrer les retours. En revanche, j'ai bien vu que la petite n'était pas dans son assiette. Pâle comme un linge, les yeux rouges. Sauf que je n'ai pas eu une seconde pour lui demander ce qui n'allait pas. La soirée de clôture allait démarrer, et les restitutions s'enchaînaient.

Le vieil homme marqua une courte pause. Il avala son fond de café, le regard lointain, et reprit :

— Ce soir-là, Pierrot et moi, on a bouclé à 20 heures passées. En vérifiant le registre, on s'est rendu compte qu'il nous manquait une signature de restitution, celle de la jeune Clara. Au début, on ne s'est pas affolés : on a cru que la petite avait oublié de signer. Par acquit de conscience, on a quand même recompté nos vélos. C'est là qu'on s'est rendu compte qu'il nous en manquait un. On a pensé que la gamine était en retard et on a attendu une vingtaine de minutes. Mais elle ne revenait pas. Alors, bon, on a commencé à s'inquiéter, et je me suis décidé à prévenir l'administration. Là, j'ai appris que la disparition de Clara avait déjà été signalée.

— Attendez ! intervint Louise. Quand Valériane est venue à l'atelier restituer son vélo, elle ne vous a pas demandé si vous aviez vu Clara ?

— Non... En tout cas, je n'en ai aucun souvenir.

Etxebarria se tut, sourcils froncés, mine pensive.

— Non, elle ne m'a rien demandé, reprit-il, c'est certain. Parce que, au moment où on a eu la certitude que le vélo de Clara manquait, je me suis souvenu que Valériane s'était présentée seule à la restitution. Si elle m'avait interrogé sur Clara, ça me serait forcément revenu à ce moment-là.

Voilà qui était intéressant. D'après ses déclarations, au moment où elle était retournée à Notre-Dame, Valériane Ducuing était à la recherche de son amie. Quoi de plus naturel, dans ce contexte, que de demander si son vélo avait été restitué ? Au lieu de quoi Ducuing avait déclaré avoir arpenté le lycée de long en large, en quête de Clara…

— D'accord. Et que s'est-il passé, ensuite ?

— J'ai prêté main-forte aux premières recherches, pardi ! Je me rappelle que m'sieur Vidal faisait son discours. J'ai ratissé le parc, avec des élèves et quelques surveillants. Vers 21 heures, j'ai pris une voiture et j'ai longé la côte, direction Hendaye, là où la môme avait été vue pour la dernière fois. Rien. Puis j'ai sillonné la ville, au hasard, espérant tomber sur elle.

— Vous êtes allé du côté de la gare ?

L'homme prit le temps de la réflexion.

— Possible, j'aurais du mal à vous le dire. J'ai tourné au hasard, vous savez… et, maintenant, ça remonte à vingt ans, alors !

— Oui, je comprends.

— Comme j'avais fait chou blanc, je suis rentré au lycée pour prendre des nouvelles. Mais la petite n'était toujours pas réapparue. Du coup, j'ai repris la voiture et je suis parti du côté opposé, direction Saint-Jean-de-Luz.

C'est là que j'ai su pour l'incendie chez Amestoy, fit-il d'une voix cave. Sale affaire, là aussi.

À cette évocation, les yeux d'Etxebarria se teintèrent de tristesse. Louise nota également que l'homme avait joint ses mains sur la table, pour les empêcher de trembler. En vain.

— Je suis passé au moment où l'ambulance quittait la ferme. Quand j'ai su que le pauvre vieux était mort brûlé, ça m'a mis un sacré pet, croyez-moi !

— Je ne comprends pas... vous êtes passé devant les lieux de l'incendie ?

L'homme releva la tête, affichant un air surpris.

— Ben, forcément, la ferme d'Amestoy est voisine de Notre-Dame. D'ailleurs, c'était lui qui fournissait le lycée en fromages de brebis !

— Une ferme voisine ?

— Oui. Les terrains sont mitoyens, même si la ferme elle-même est à cinq cents mètres à vol d'oiseau, parce que la parcelle d'Amestoy est au moins aussi grande que celle de Notre-Dame !

Voyant que la gendarme plissait les yeux, il expliqua :

— Lorsque vous sortez du lycée et que vous prenez direction Socoa, vous longez la côte qui fait un grand arc de cercle. Environ cinq cents mètres après la pointe de l'anse, il y a un chemin côté droit qui conduit à la ferme. Mais le terrain d'Amestoy se poursuit encore bien plus loin. Jusqu'à l'ancienne grange à foin, celle qui a brûlé, justement, tout au fond du terrain, dans une zone boisée.

Louise n'était pas capable de se représenter l'endroit, mais elle hocha néanmoins la tête, pour encourager Etxebarria à poursuivre. Dans l'esprit de l'enquêtrice, une question avait surgi : se pouvait-il que cette histoire d'incendie fût liée à celle du groupe de jeunes ?

— Cet âne d'Amestoy avait toujours une cigarette à la bouche alors qu'il toussait comme s'il avait la coqueluche ! Que voulez-vous, il était comme ça, le bougre ! Têtu comme une bourrique, avec un tempérament volcanique. Il piquait des colères, c'était quelque chose ! Tous les mômes, au lycée, le craignaient... Bah, il n'avait pas mauvais fond, en réalité, mais il fallait le connaître, quoi.

— Que savez-vous de l'incendie ?

— D'après l'enquête, le feu est parti du tracteur. Apparemment, Amestoy était en train de remplir le réservoir... Je me demande bien ce qu'il voulait faire avec son vieux Ferguson hors d'âge ! Allez comprendre, hein ! En tout cas, il a dû faire tomber sa cigarette, et ça s'est enflammé d'un coup. Y avait un foutoir pas possible dans cette vieille grange, et du vieux foin sec, à l'étage, qu'il avait laissé dormir là, après la construction du grand hangar à bétail. Tout ça a dû s'embraser en quelques secondes, vous pensez bien ! Quand les pompiers sont venus à bout des flammes, il ne restait qu'un corps carbonisé.

— La grange qui a pris feu était à l'abandon ?

— Plus ou moins... Amestoy entretenait le toit, vu qu'elle lui servait de débarras, mais elle était bien dégradée tout de même, comme tout ce qui ne sert pas, voyez ? Mais, bon, dans les exploitations, c'est un grand classique, on a toujours des vieilles machines ou des matériels qu'on ne veut pas jeter, parce que ça peut servir. Et puis les années passent, les encombrants s'accumulent... Et voilà...

– 63 –

La clairière ressemblait à un inquiétant cercueil de végétation

Alexandre Schäffer serra la main du prêtre en lui adressant un dernier regard reconnaissant, puis Denise lui ouvrit la porte. Tous deux restèrent figés sur le seuil tandis que l'homme d'Église remontait l'allée. Quand il eut disparu, sa belle-sœur hoqueta malgré elle, et les larmes coulèrent de nouveau. Alexandre lui passa machinalement une main sur les épaules, mais lui-même se sentait vide et froid et il douta du réconfort de son geste.

— J'ai préparé des boissons chaudes, intervint la mère de Denise. Allez, venez, ne restez pas là.

Ils la suivirent jusqu'à la cuisine. Clotilde était assise sur une chaise, ses petites jambes potelées ballantes. Devant elle, un bol de chocolat, intact, libérant un arôme écœurant de cacao et de lait refroidi. Penchée sur la table, la gamine gribouillait, les doigts tachés de feutre. Sa mine avait perdu toute expression d'insouciance enfantine, et elle fixait son dessin d'un œil concentré et ténébreux. Son papa était parti au ciel, il était devenu un ange et il veillait sur elle. Voilà ce qu'elle devait se répéter, en essayant d'y trouver un sens. Alexandre ravala un sanglot : s'il avait été plus perspicace, il aurait pu éviter ce drame. Mais Joubert avait bénéficié d'une courte longueur d'avance, et David était mort.

— Alexandre, qu'est-ce que je vous sers ?

— Merci, mais je... je crois que je ne peux rien avaler.

La mère de Denis lui adressa un regard débordant de compassion qui lui retourna l'estomac. S'ils savaient, tous ! S'ils avaient la moindre idée de sa responsabilité dans cette histoire !

— J'ai besoin de prendre l'air, s'étrangla-t-il. J'emprunte la voiture de David.

*
* *

Valériane l'attendait déjà quand il arriva sur le parking quasiment désert du lac de Payolle. Alexandre détailla la jeune femme. Elle n'avait plus rien à voir avec l'adolescente qu'il avait connue. Certes, elle lui avait toujours paru étrange – un peu floue et insaisissable. Mais là, c'était autre chose : noirceur et affliction sautaient aux yeux, érigeant une barrière de défense. Le cocker en laisse, sagement assis à ses pieds, constituait le seul élément chaleureux du tableau.

— Bonjour, Val.

— Salut.

Ils s'observaient avec gêne. Vingt années étaient passées. Ils ne se connaissaient plus, si tant est qu'ils se fussent véritablement connus.

— Ça va ?

Elle haussa les épaules, le regard braqué sur ses Dr. Martens qui montaient jusqu'en haut de ses mollets.

— Je voudrais juste que ça s'arrête, une fois pour toutes... Et toi, comment tu te sens ? ajouta-t-elle en relevant enfin les yeux.

— C'est l'horreur, laissa-t-il échapper dans un souffle.

Elle acquiesça, les yeux humides, et un silence pesant s'installa. L'aboiement du cocker impatient de se dégourdir les pattes les sortit de leur torpeur.

— Silence, Balto ! fit-elle. Alex, on pourrait peut-être...

— Oui, allons-y.

Et il emboîta le pas à Valériane, qui emprunta le chemin terreux longeant le lac. Visiblement heureux de découvrir ce vaste espace montagnard, Balto tirait sur sa laisse, humait les mottes d'herbe en remuant la queue et pissait régulièrement pour marquer son territoire. Sous le crachin, la surface de l'eau faisait un plateau gris acier, parfait miroir du plafond nuageux.

— C'est à un quart d'heure d'ici, si je ne me perds pas, fit-elle en avançant.

— Aucune route ne mène au chalet ?

— Aucune. En tout cas, pas en 2002. Pour les Joubert, c'est le côté sauvage du lieu qui en faisait le charme.

Ils dépassèrent le lac et s'engagèrent sur une vaste prairie verdoyante cerclée d'immenses sapins. Le sol spongieux se tassait sous leurs pas, et l'herbe humide manqua plus d'une fois de faire glisser Alexandre. Après avoir enjambé un ruisseau, ils s'enfoncèrent dans la fraîcheur des sous-bois. La bruine qui s'amassait sur les feuillages ploquait mollement sur le sol terreux, soulevant des odeurs entêtantes de bois pourri et d'humus. Hésitante, Valériane ouvrait la marche, fouillant la forêt des yeux, à la recherche de repères datant de vingt ans. Lui suivait patiemment, prenant garde à ne pas trébucher sur les racines qui rampaient sous le tapis feuillu et priant pour que le cahier de Clara fût bien dans ce chalet de famille. Ils progressaient depuis une bonne vingtaine de minutes, quand une clairière se dessina devant eux.

— Je crois qu'on y est ! lança Valériane en se hâtant vers la lisière du bois.

Alexandre la rejoignit en quelques enjambées et inspecta la trouée ovale corsetée d'arbres décharnés ou d'épais résineux.

— Là ! fit-il en désignant un petit chalet en rondins, partiellement dissimulé par les rameaux d'un immense sapin.

En s'approchant, ils marquèrent un temps d'arrêt. Non seulement le lieu était entretenu – boiseries revernies, ardoises de toit nettoyées – mais une planche de bois, assez claire, surplombait la porte d'entrée. En lettres pyrogravées, on pouvait lire « Clara ».

— Tu as vu ça ?

— La planche a l'air assez récente... elle n'y était pas, il y a vingt ans.

Alexandre jeta un œil alentour. Personne à la ronde. Sous la grisaille, la clairière ressemblait à un inquiétant cercueil de végétation détrempée et bruissant sous le fourmillement des gouttelettes. Les craillements métalliques d'une corneille déchirèrent subitement la sourde rumeur de la forêt, et le cocker aboya en tirant sur sa laisse.

— Du calme, Balto !

Le chien couina de frustration tandis que Schäffer réprimait un frisson.

— Cet endroit me fiche la chair de poule, murmura-t-il en posant son sac à dos par terre.

— Avec ce temps, on dirait un décor de film d'horreur.

Alexandre observa l'épaisse porte d'entrée fermée par une clenche que condamnait un cadenas. Il sortit une pince-monseigneur de son sac, sectionna le cadenas d'un geste sec et puissant, puis écarta la charnière d'acier et tira la porte. Le jour falot pénétra, révélant les contours d'une pièce d'une vingtaine de mètres carrés, spartiate mais proprette. Alexandre détailla l'intérieur : un coin cuisine le long d'un mur, un buffet, une table et deux bancs, et un petit renfoncement pour les waters. Une échelle de meunier desservait l'étage sous combles.

— Joubert a fait quelques aménagements. C'est beaucoup plus fonctionnel qu'il y a vingt ans, commenta Valériane en fixant la laisse de Balto à un pied de la table. Pas bouger, Balto !

— Regarde ! lança Alexandre.

Il désignait une cantine sous un des bancs. Le cœur battant, il s'accroupit et tira vers lui la grosse caisse en fer.

— Il me faut la pince coupante, il y a un cadenas, fit-il à Valériane, qui se tenait juste derrière lui.

Le long double manche surgit dans son champ de vision, et il l'attrapa. Un instant plus tard, le métal cédait sous la pression des mâchoires d'acier acérées. Alexandre tressaillit : sous le couvercle sommeillait Clara. Bébé, enfant, adolescente, tantôt souriante, tantôt boudeuse, devant l'œil insatiable d'un photographe invisible.

— Putain de bordel de merde... Les vestiges du fameux mausolée d'Ibos !

Un silence pesant s'invita tandis qu'Alexandre et Valériane faisaient défiler les clichés de l'adolescente. Certains avaient même été tirés en grand format. La malle en était pleine. Le cœur d'Alexandre se serra : superbe, conquérante, Clara se matérialisait devant lui, ressurgissant d'un passé qui, soudain, lui semblait hier, drainant avec elle un flot de souvenirs bouleversants. Elle demeurait son amour le plus sincère et le plus puissant, un amour dévorateur qui l'avait lentement consumé et dont il n'avait jamais véritablement guéri. Un raclement lui fit lever la tête. Valériane s'était assise sur le banc et scrutait un grand portrait de Clara en noir et blanc. Des larmes, grosses comme des pois, roulaient silencieusement sur ses joues pâles. Il ferma les yeux, et les images du 27 juin 2002 jaillirent dans une fulgurance assassine. Et, avec elles, les sanglots. Un temps indéfini coula, fragmenté de douloureuses réminiscences. Quand il rouvrit les yeux, la faible luminosité de cette grise journée déclinait, et les ombres commençaient à envahir la cabane étouffée par les sapins. Valériane n'avait pas bougé d'un pouce, pétrifiée par le chagrin, le regard vide et lointain. Alexandre renifla, ravala ses pleurs et s'obligea à penser à ses enfants. Leurs sourires innocents lui donnèrent la force de poursuivre, et il reprit sa fouille de la malle. Bientôt, ses doigts rencontrèrent un objet épais et rigide, qu'il parvint à extraire. Couverture de cuir noir, lettres du prénom imprimées dans l'épaisseur du cuir : le cahier de Clara !

— Je l'ai, murmura-t-il.

— J'allume une bougie, répondit Valériane d'une voix brisée.

– 64 –

Il y avait du raffut dans le vieux grenier

Son incursion chez les sapeurs-pompiers, puis chez les gendarmes hendayais, ne lui avait pas donné de grain à moudre, et l'après-midi était déjà bien avancé quand Louise s'engagea sur le long chemin qui fendait la prairie. La brume s'était levée vers 14 heures, laissant place à un crachin désolant. Les rameaux ployaient sous l'air bourdonnant d'humidité et la végétation gouttait inlassablement. La ferme basque blanche aux colombages verts et au toit rouge se découpait sur le fond gris du ciel, au milieu d'un immense terrain. À l'arrière, vers le fond de l'exploitation, s'étendait un hangar en tôles ondulées donnant sur un vaste enclos, à l'intérieur duquel des dizaines de brebis broutaient, poussant de temps en temps des bêlements qui rompaient la rumeur tintinnabulante des clochettes. La gendarme tira le frein à main et sortit de la voiture. Un mouvement de rideau derrière une fenêtre lui indiqua qu'il y avait quelqu'un. Elle avançait vers la porte d'entrée quand un homme apparut sur le seuil. Bleu de travail. Physique charpenté.

Visage taillé à la serpe. Louise se présenta et l'homme hocha la tête, le regard un peu méfiant, quand il comprit qu'elle était gendarme.

— Bixente Amestoy, fit-il.
— Le fils d'Ekhi Amestoy ?
— Oui, le fils aîné.

La gendarme expliqua rapidement les motifs de sa visite. Le fils Amestoy l'écouta, le visage rembruni à l'évocation du drame qui avait marqué sa famille. Puis il accepta de lui faire traverser l'exploitation jusqu'à l'ancien grenier à foin dans lequel son père avait péri, vingt ans plus tôt. Il chaussa des bottes en caoutchouc crottées posées sur le paillasson, jeta un coup œil rapide à la tenue de ville de la gendarme et afficha une moue embarrassée.

— On va y aller en quad, c'est le plus rapide. Et, avec la terre détrempée, il vaudrait mieux que vous passiez ça.

Louise s'empara de la cape de pluie que le fermier lui tendait et l'enfila. Elle était trop grande pour elle – ce qui était toujours mieux que l'inverse… Elle suivit Amestoy qui se dirigeait vers le hangar. En foulant l'herbe grasse, ses Converse s'imbibèrent rapidement d'humidité. *Tu aurais dû penser à mettre des chaussures étanches !* se morigéna-t-elle. L'homme fit coulisser les portes d'un appentis accolé au hangar – des engins agricoles y étaient stationnés, ainsi qu'un gros quad. Il l'aida à s'installer à l'arrière, lui fit passer un casque et enfourcha la bécane. Dans un concert de pétarades, il démarra, manœuvra et fila à travers champs. S'éloignant davantage encore de la route de la corniche, il traça une grande diagonale, labourant l'herbe et projetant des mottes de terre grasse derrière eux. Les mains serrées sur la barre d'appui, Louise braquait son regard loin devant, vers la zone boisée en bout de propriété. En se rapprochant, elle distingua les vestiges d'une charpente carbonisée entre les feuillages. Amestoy ralentit à l'orée du bois et serpenta lentement entre les premiers troncs. Puis la barrière végétale se fit plus dense, et il coupa les gaz.

— Suivez-moi, intima-t-il.

Une sente ancienne et étroite s'enfonçait entre les arbres, mais quelques ronciers s'étaient épanouis çà et là, obligeant Amestoy à les contourner.

— Ça fait un bail que je ne suis pas venu ici. Je me rends compte qu'il va vraiment falloir débroussailler.

Il ne restait de la vieille grange que quatre murs de pierres noircies, maintenant précairement un jeu de mikado consumé en guise de charpente. La gendarme avança vers la bouche béante qui avait dû constituer l'entrée principale. Ça sentait la rouille, la suie et la terre humide. L'incendie avait dévoré tout l'intérieur, qui se résumait désormais à un tas informe d'encombrants maculés de bistre et recouverts par endroits de lierre rampant. Bientôt, ses yeux s'accoutumèrent à la pénombre et, au cœur des gravats, elle distingua les contours calcinés d'une carcasse de tracteur.

— Je n'ai jamais compris ce qui lui était passé par la tête, souffla Bixente Amestoy, le visage fermé. Pourquoi papa a-t-il voulu se servir du vieux Ferguson ? On l'avait changé deux ans plus tôt pour un modèle neuf. Avec Iban, mon frère, on avait trouvé un acquéreur pour le Ferguson, mais le vieux a préféré le garder ! C'était tout lui, ça ! Une vraie bourrique, avec un foutu tempérament ! Il disait qu'en cas de panne on serait bien contents de l'avoir... Et voilà où ça l'a mené.

Louise hésita un instant. Ses interrogations pouvaient chambouler les conclusions officielles, celles-là mêmes que la famille avait intégrées. Or, elle n'était sûre de rien. Mais le fils Amestoy la prit de court :

— Et maintenant, si vous me disiez exactement ce qui vous amène ?

— Eh bien... cette histoire d'incendie...

L'éleveur lui jeta un œil de biais. Il se passa rapidement la langue sur les lèvres, puis se décida :

— Iban n'a jamais cru que papa avait pu être assez con pour remplir un réservoir avec une clope allumée au bec.

Louise sentit son ventre se contracter. Ainsi, la thèse officielle n'avait pas convaincu tout le monde.

— Et vous ?

— Disons qu'en l'absence d'une autre explication il a bien fallu que je me satisfasse de celle-là, aussi incroyable soit-elle. Et les professionnels avaient l'air sûrs d'eux, alors bon...

L'enquêtrice nota l'ironie dans la voix d'Amestoy. L'homme n'était pas du genre à s'épancher facilement, il fallait l'aider à parler. Elle laissa échapper un soupir et se lança :

— Quelqu'un de votre famille, ou même un voisin, a-t-il jamais vu des jeunes traîner dans le coin ?

L'homme se raidit, une ombre passa dans son regard. L'air de réfléchir, il remonta le temps, puis énonça d'un trait :

— Mamy Nahia. Le 19 décembre 2001. Elle a dit qu'elle avait entendu du chahut dans le vieux grenier à foin. Venez voir.

Louise le suivit jusqu'à un vieux chêne, une dizaine de mètres plus loin. L'homme s'accroupit et dégagea les herbes qui avaient poussé là. Un instant plus tard, il brandit une vieille croix en bois vermoulu et la lui tendit. Une inscription était gravée dessus : « Loubard, 27 juillet 1985 – 19 décembre 1999 ».

— Loubard était le patou de mes grands-parents. Ils adoraient ce clebs. C'étaient Iban et moi qui le leur avions offert. Papy est décédé en 1990, et Loubard a fidèlement tenu compagnie à mamy jusqu'au 19 décembre 1999. Quand il est mort, mamy a tenu à l'enterrer ici même, parce que notre grand-père, Léandro, qui a démarré l'élevage, avait passé les trois quarts de sa vie sur cette petite parcelle. Il aura fallu trois générations pour que l'exploitation devienne ce qu'elle est aujourd'hui... Bref, mamy venait chaque 19 décembre nettoyer la tombe de Loubard. Et elle nous a quittés le lendemain de Noël, le 26 décembre 2001. Elle est morte dans son sommeil, elle allait sur ses quatre-vingt-onze ans.

Louise comprit comment Amestoy pouvait dater aussi précisément le récit de sa grand-mère. Elle activa son portable et se lança dans une recherche Internet qui aboutit quelques secondes plus tard : le 19 décembre 2001 était un mercredi !

— Et donc, ce fameux 19 décembre 2001 ? relança-t-elle.

— Mamy est rentrée à la ferme sur les coups de 16 h 30. Iban et mon père étaient au hangar. J'étais seul. Elle était contrariée, elle m'a dit qu'elle revenait du bois et qu'il y avait du raffut dans le vieux grenier. C'était déjà arrivé que des jeunes d'à côté viennent faire les andouilles ici. Donc je suis monté sur le quad et je suis allé voir. Quand je suis arrivé, il n'y avait personne. J'ai regardé partout, rien n'avait bougé. J'ai pensé qu'elle avait dû entendre des bruits provenant de la route.

— De la route ?

— Elle passe juste là, expliqua-t-il en désignant une direction dans le bois.

— Vous pouvez me montrer ?

Amestoy ramassa une branche morte et se dirigea vers les arbres, Louise sur les talons. Armé de son morceau de bois, il dégagea un passage. Une dizaine de mètres plus loin, il contourna un roncier et s'arrêta dans une trouée. Un énorme abreuvoir en pierre trônait là, rempli d'une eau saumâtre où surnageaient des feuilles pourries.

— En 1940, quand Léandro a démarré l'activité, les brebis étaient abritées au rez-de-chaussée de la vieille grange et elles venaient se désaltérer ici, expliqua l'éleveur. Le haut de la grange servait de grenier à foin.

Amestoy avança encore de quelques pas, jusqu'à un vieux grillage éventré qui flirtait avec le sol, avalé par les mauvaises herbes.

— Voilà, regardez, on aperçoit la route de la corniche.

Louise scruta entre les branches et finit par repérer un morceau de bitume et un petit bout d'océan.

— On se trouve au début d'une langue qui avance dans l'océan. Ce qui fait que notre terrain est bordé par la route de la corniche, d'ici à là-bas, expliqua-t-il en dessinant en l'air la moitié d'un arc de cercle. Et après, c'est le domaine de Notre-Dame.

— On peut donc entrer chez vous par cette portion du bois, déduisit-elle, et se rendre à couvert jusqu'à la vieille grange.

Amestoy approuva d'un hochement de tête nerveux.

— Votre grand-mère... elle devait mettre un certain temps pour traverser la grande prairie entre la ferme et la grange, non ?

— Surtout à l'âge de quatre-vingt-dix ans ! lui retourna-t-il d'un ton entendu.

— Si des jeunes se trouvaient réellement dans la grange, ce fameux jour de décembre 2001, ils auront largement eu le temps de partir avant que vous n'arriviez.

La gendarme contourna alors un gros buisson, se baissa pour passer sous une branche basse et progressa encore de plusieurs mètres en direction de la route. Ses yeux détaillaient le décor, scrutant le sol et les arbres, et son cerveau moulinait à plein régime. Elle *savait* qu'elle avait raison. Il lui fallait juste... Louise se figea net. Interdite. Le regard braqué sur le tronc d'un bouleau devant elle.

— Bon sang ! lâcha-t-elle à voix haute.

Un craquement de branche lui indiqua que le fermier se tenait juste derrière elle. Il suivit son regard triomphant, vit lui aussi le vieux tatouage gravé dans la chair du tronc et demanda, d'un ton intrigué :

— MPC ? Dites-moi, c'est quoi, cette histoire ?

– 65 –

Ton attitude de mâle alpha

Alexandre referma le cahier dans un clap désespéré qui fit sursauter le cocker de Valériane. Le souffle court, le nez coulant, le visage bouffi et marbré de sillons rouges, les yeux gonflés par les larmes qui n'avaient cessé de dégouliner. Il renifla bruyamment et s'essuya de nouveau le visage avec la manche de son pull. La lecture des mots de Clara l'avait plongé dans une douloureuse rétrospective : MPC, les rendez-vous clandestins chez Amestoy, le vieux grenier à foin ouvert aux quatre vents, les rires, l'adrénaline, les trente-six exploits filmés... Les images avaient défilé dans son esprit, nettes, aussi tranchantes qu'une lame de rasoir, et il en avait le cœur tailladé. À la faible lueur vacillante de la bougie, Valériane avait, elle aussi, parcouru les pages du cahier qu'il avait tenu ouvert sur ses genoux. Elle n'avait pas prononcé un mot.

— En fait... en fait, elle m'aimait, parvint-il à articuler, d'une voix éraillée.

— Oui.

Schäffer se mordit la lèvre. Il tremblait de tout son corps : Clara s'était consumée d'amour pour lui ! Sans qu'il en sache jamais rien. Le sentiment de gâchis n'en était que plus révoltant.

— Alors... pourquoi a-t-elle...

Il n'acheva pas sa phrase, mais la voix glaciale de Valériane se dépêcha de lui répondre :

— Tu étais Alexandre Schäffer, la coqueluche du lycée. Celui qui multipliait les conquêtes. Celui qui les avait toutes. Ton arrogance était un véritable repoussoir pour Clara. Elle avait tellement peur que tu la rejettes si elle cédait à tes avances ! Elle le redoutait d'autant plus qu'elle avait pris conscience d'une réalité : plus elle te résistait, plus ta passion enflait. Plus elle te fuyait, plus tu la suivais.

Alexandre déglutit. Les mots de Valériane finissaient de le mettre à terre.

— Elle n'a jamais eu le moindre attrait pour Chaban ! reprit-elle du même ton froid et méprisant. Mais ta jalousie manifeste, quand elle te parlait de lui, la confortait dans son jeu de faux-semblant.

— Mais ce rendez-vous qu'il lui avait fixé ?

— Une pure invention de Magyd ! cracha-t-elle. Ton meilleur ami détestait Clara, ne me dis pas que ça t'a échappé ! Il veillait sur toi comme une poule couveuse... En fait, il a inventé ce rendez-vous avec Chaban pour que tu ne lui en veuilles pas de mettre Clara au défi de fuguer. Ce mensonge lui permettait de continuer à camper son rôle de chevalier blanc qui court à la rescousse de son ami, en empêchant le fatidique rendez-vous d'avoir lieu. En réalité, Magyd voulait simplement éloigner Clara de toi. Il ne supportait pas les sentiments que tu lui portais ! À cause de Clara, votre amitié virile de héros grecs prenait l'eau.

Soufflé, Alexandre happa l'air et réprima une montée de sanglots.

— Mais Clara n'a jamais démenti ce pseudo-rendez-vous !

— Pourquoi l'aurait-elle fait ? Ta jalousie était son meilleur réconfort.

— Réconfort ?

— Mais qu'est-ce que tu crois ? Elle souffrait le martyre, Alex. Ses sentiments l'empoisonnaient, jour après jour. Tu étais dans chacun de ses rêves !

Sonné, Alexandre leva une main pour interrompre cette cascade de révélations. La vérité lui faisait l'effet d'une bombe. Il hoqueta, essuya la morve qui coulait de son nez et ragea :

— Et toi, là-dedans, hein ? Tu assistais au désastre, sans rien dire !

— Tu te trompes, Alexandre. Tu jouais les chefs, mais tu n'as jamais rien compris aux dynamiques de notre groupe. Tu étais trop obnubilé par ta petite personne. Tu t'es toujours trompé sur moi, et tu continues aujourd'hui. J'aimais Clara. Profondément. Plus que tout. Je voulais qu'elle soit heureuse. Et, contrairement à ce que tu penses, c'était ce qui me faisait jouer dans ton camp. Je lui ai enjoint plusieurs fois d'écouter ses désirs… En revanche, je n'ai jamais eu le pouvoir de te changer, toi. Ton attitude de mâle alpha, fier de lui, ton assurance, ta drague conquérante, ton désir permanent d'épater la galerie… toutes ces choses activaient ses défenses.

Ces mots le giflèrent. Il se revit, fiévreux, ivre de désir, mais faisant le paon et déroulant ses approches avec le tact d'un bulldozer ! Ses propres mots lui revinrent en pleine figure : « Je risquerais de me faire agresser, avec toutes ces groupies surexcitées qui ne rêvent que de moi... tu comprends ? » « Écoute, Clara, tu me plais, je te plais... » Ou encore, ce dernier après-midi, avant le drame : « Allez, Clara, fais pas ta timide, embrasse-moi ! » Valériane n'avait pas tout à fait tort, il s'était souvent comporté comme un con... En écho à ses pensées, la voix de Valériane s'éleva de nouveau, teintée de dépit :

— Ce soir-là, elle avait décidé de t'embrasser !

Affligé, Alexandre se passa les mains sur le visage, puis se pressa longuement les paupières. Les torrents de larmes qu'il avait versés lui irritaient les yeux.

— Ce soir-là, j'ai tout fait foirer, souffla-t-il, honteux.

Dehors, les rideaux d'arbres se détachaient en ombres chinoises dans une luminosité entre chien et loup. Les feuillages continuaient de goutter, délivrant un murmure d'eau lénifiant que rompaient parfois les ricanements d'un pivert ou les pupulements de huppes. Le cocker de Valériane dressait alors une oreille nerveuse en geignant de dépit parce qu'il était attaché.

— Mais je n'ai pas tous les torts, se défendit-il en pleurant. Pour son anniversaire, je lui avais acheté une chaîne avec un pendentif... en forme de... en forme de cœur... Dessus, j'avais fait graver nos noms... Je me suis ouvert de mes sentiments... Mais Clara m'a mis un râteau. Qu'est-ce que je pouvais faire de plus ?

Il jeta un œil de biais à Valériane. Raide et figée, sa fine silhouette se découpait dans les vestiges du jour.

— Tu as menti à Clara ce jour-là, lui retourna-t-elle sèchement. Mélodie Juliot, tu en fais quoi ? Ton coup du cadeau unique était tellement rodé que tu as oublié combien de fois tu l'as fait et à qui ?

Totalement désemparé, Schäffer écarquilla les yeux.

— Quoi ?

— J'étais avec Clara, à la cafétéria, quand Mélodie s'est pavanée avec le bijou que tu lui avais offert.

— Clara était la première fille à qui j'offrais un cadeau ! cria-t-il. La seconde a été Kate, mon épouse ! Alors, tu peux dire ou croire ce que tu veux, Val, mais je sais encore quels sentiments je ressentais et pour qui ! Et cette bimbo, là, Mélodie Machin-Chose, je ne lui ai jamais rien offert du tout !

Au bout d'un long moment, Valériane laissa échapper un ricanement sans joie.

— Alors cette pétasse a raconté n'importe quoi pour se faire mousser !

— Tout ça est lamentable, fit-il d'une voix sinistre.

— Et tu ne connais pas la meilleure ? énonça Valériane, le regard lointain. Clara portait ton bijou chaque jour. Elle l'attachait à sa cheville, pour ne pas que tu le voies.

– 66 –

Était-il enfin prêt à se mettre à table ?

Louise poussa la porte de la salle de travail sur les coups de 17 heures. Léa et Julien étaient en pleine conversation et, au regard de leurs mines fermées et du ton de l'échange, la gendarme comprit que le happy end de l'enquête n'avait pas encore eu lieu. À son approche, Léa s'interrompit et leva les yeux vers elle. Elle paraissait à cran.

— Que se passe-t-il ? osa Louise.

— Nous n'avons pas avancé d'un iota, lui répondit sèchement sa jeune collègue. Joubert campe sur ses positions de déni : je suis à deux doigts de l'emplafonner ! Qui plus est, les résultats du labo sont arrivés, dans l'après-midi : le sang sur les baskets provient d'un cochon ! Tu le crois, ça ?!

— D'un cochon ?

— Face à nos questions, Joubert s'est rappelé qu'il avait porté ces baskets lorsqu'il avait aidé un ami à faire le pèle-porc, l'hiver dernier, précisa Julien.

— Pour finir, l'analyse du jogging Adidas n'a rien révélé. Le seul ADN présent sur le vêtement est celui de son propriétaire.

Louise préféra garder le silence.

— Qu'il passe ou non aux aveux, avec la preuve vidéo, il est cuit, raisonna Julien.

— Certes, mais tu oublies une chose : pendant que Joubert refuse de parler, son complice continue tranquillement de tailler ses arbrisseaux, comme si de rien n'était !

Quelqu'un frappa à la porte, coupant court à l'échange, et un jeune bleu fit son apparition.

— Je suis désolé de vous déranger, major Badenco, mais votre suspect demande à vous voir.

— Joubert ?

— Oui. Il est très agité, il crie qu'il doit absolument parler aux enquêteurs, que c'est urgent. Alors...

Léa jeta un regard excité à ses collègues. La requête inattendue venait de faire renaître l'espoir. Après vingt-huit heures de garde à vue, l'homme sortait de sa réserve ! Était-il enfin prêt à se mettre à table ?

*
* *

Postée derrière la vitre sans tain, Louise détailla Roman Joubert. L'homme paraissait encore plus exténué que la veille, mais une lueur vive – presque fiévreuse – enflammait ses pupilles. Il fixait un point invisible, droit devant lui, mains crispées sur la table, alors que ses jambes tressautaient nerveusement. Son impatience était manifeste. Dès que Léa et Julien firent leur entrée, Joubert tourna le regard dans leur direction. À sa manière de tendre le cou vers eux, de se redresser fébrilement comme un enfant qui piaffe avant d'être autorisé à donner la bonne réponse, Louise sentit les mâchoires du doute se refermer sur elle : l'homme ne laissait rien voir d'une contrition préalable aux aveux. Elle passa une main nerveuse dans ses cheveux et attendit. Léa activa le micro, déroula les formules protocolaires et regarda enfin le suspect.

— Vous avez demandé à nous voir ?

— Oui ! rebondit Joubert, d'une voix qui transpirait l'urgence. Je crois que... Oh, bon sang, s'il vous plaît, remontrez-moi les photos !

Julien plissa le front.

— Les photos ?

— Celles de la vidéosurveillance ! C'est très important !

Léa lança un coup d'œil furtif à son collègue. L'attitude du suspect la déstabilisait. Julien posa les clichés sur la table, et Joubert tira sans attendre le premier vers lui. Il l'observa très attentivement, rapprochant ses yeux de l'image dont la résolution était assez grossière, puis releva la tête. Ses yeux agrandis trahissaient une excitation presque triomphante. Il martela du doigt un détail sur l'image et balança en riant presque :

— Ce n'est pas ma voiture ! Vous m'entendez ? Ce n'est pas ma voiture !

— Comment ça ? lui retourna Léa d'une voix médusée.

— Je suis bien immatriculé « QE 564 FD », c'est vrai, fit l'homme, qui tressautait sur sa chaise, mais... mais regardez ici, là, ajouta-t-il en pointant l'immatriculation, ce ne sont pas mes plaques ! On m'a piégé !

Vous vous rendez compte, on m'a piégé ! répéta-t-il, à la limite de l'hystérie.

— Calmez-vous, monsieur Joubert ! ordonna Keller d'une voix autoritaire.

Roman Joubert se tassa et inspira longuement, pour retrouver son calme. Son expression oscillait entre soulagement et excitation.

— Excusez-moi, finit-il par dire en posant ses mains à plat sur la table. Je... j'ai cru devenir fou, vous savez ? Avec ces photos que vous n'arrêtiez pas de me mettre sous le nez. J'en suis presque venu à douter de moi, et...

Il s'interrompit, surpris par une subite montée d'émotion. Les yeux humides, la bouche tremblante, il respira de nouveau, déglutit bruyamment, puis reprit dans un débit lent et soucieux d'être compris :

— À force de visualiser les images, de les passer et repasser dans ma tête, j'ai eu un flash. Je suis né dans les Pyrénées, j'y ai grandi et j'y ai fait ma vie. Mes plaques d'immatriculation indiquent mon appartenance à ces terres, avec deux macarons : celui de mon département, le 65, et celui de ma région, l'Occitanie. Et là, ajouta-t-il en tapotant la photo, sur ces plaques-là, il n'y a pas de macarons ! Vous me comprenez, maintenant ?

Louise eut l'impression de recevoir un uppercut en plein ventre.

— Quelqu'un a utilisé la même voiture que la mienne, avec mon immatriculation, vous vous rendez compte ?! Ça ne peut pas être un hasard, hein ? Qui me veut du mal ? Pourquoi vouloir me faire accuser, hein ?

Badenco et Keller ouvrirent la bouche mais ne trouvèrent rien à dire. Un vent de panique soufflait sur l'enquête, faisant voler leurs certitudes en éclats. Existait-il fiasco plus total que le leur en cet instant ? Loin de partager leurs atermoiements, l'homme demanda, sur un ton désarmant :

— Est-ce que, maintenant, je peux enfin rentrer chez moi ?

Louise laissa sa tête basculer vers l'avant, et son front cogna la vitre sans tain, dans un *clong* mat.

– 67 –

Ce n'est pas possible...
ce n'est pas possible...

19 heures. La nuit enveloppait la caserne Marracq de son voile carbone. À l'intérieur, l'air s'était épaissi et l'ambiance était électrique. Keller se gavait machinalement de bonbons tandis que Léa considérait d'un œil médusé le jeu de photos étalé devant ses yeux. Son regard faisait des allers-retours incessants entre les nouvelles images extraites de la vidéosurveillance d'Ibos réimprimées en haute définition et les clichés pris par les gendarmes le jour de la perquisition chez Joubert. Au bout d'une minute, elle se rencogna sur sa chaise, croisa les bras et lança à ses collègues :

— Au jeu des différences, je déclare Joubert gagnant ! Visiblement, quelqu'un a décidé de nous rendre dingues, et j'admets qu'il est en passe d'y parvenir.

— Bon... réfléchissons, énonça Julien en gobant nerveusement un Dragibus. Broca a une voiture identique à celle de Joubert, mais il se trouvait dans nos murs quand la Clio a été filmée à Ibos... Conclusion : l'hypothèse d'un complice est peut-être la bonne, à la nuance près que ce complice n'est pas Joubert !

— Tu veux dire que le complice aurait utilisé la voiture de Broca, équipée de fausses plaques d'immatriculation, dans le but de désigner Joubert, déduisit Louise.

— Quelle autre explication, sinon ?

— OK ! Pendant que Broca était en garde à vue, sa voiture était-elle accessible ? rebondit Léa.

— Eh bien, oui, répondit Julien. La scientifique a achevé son travail vendredi en fin d'après-midi. Après moulage des pneus et fouille du véhicule, la voiture elle-même ne nécessitait aucune immobilisation. Conclusion, un complice a très bien pu se rendre à Esquiule et utiliser la Clio de Broca.

Une lueur d'excitation éclaira le regard de Léa.

— Un plan plutôt ingénieux, quand on y pense ! Qui permettait de faire coup double : innocenter Broca d'un côté, nous servir un faux coupable sur un plateau de l'autre.

— Et le reste se tient, raisonna Julien : tous les administrés de la commune d'Ibos – Broca compris – ont reçu la lettre du maire les informant de la mise en place du dispositif de surveillance. Broca et son acolyte ont alors décidé d'utiliser les caméras à leur avantage.

— Nous savons aussi que Broca a acheté sa Clio IV un mois après Joubert et qu'il a fait changer ses pneus quelques jours après lui, ajouta Léa.

— Joubert a acheté sa voiture en septembre 2020 ! réagit Louise. Ça voudrait dire que Broca et son acolyte prévoient leur coup depuis plus d'un an !

— Oui, ça fait froid dans le dos, admit gravement Léa.

— Et ça signifie surtout que le complice de Broca est, lui aussi, animé par une haine farouche ! Personne ne s'engage sur une année de préparation criminelle sans être habité par un puissant sentiment de vengeance.

Un long silence s'installa, chacun essayant d'assimiler l'ampleur des déductions en cours. Finalement, Léa posa la question incontournable :

— On fait quoi avec Joubert ?

— Il faut retourner l'interroger, répondit Louise. Pourquoi Broca cherche-t-il à lui nuire ? Les deux hommes ont-ils eu un différend ? Si oui, lequel ? Bref, nous devons profiter de sa présence ici pour glaner un maximum d'éléments.

— Tu as raison.

— Mais avant, j'ai quelques informations à vous transmettre.

— Ton compte rendu d'enquête parallèle ? ironisa Léa.

— Je n'aurais pas parlé d'enquête parallèle, loin de là, mais s'il te plaît de la qualifier ainsi, fais-toi plaisir ! rétorqua Louise en lui décochant un regard excédé. En attendant, j'ai des choses importantes à vous dire.

Léa soupira, avant d'abdiquer :

— On t'écoute, Louise !

La gendarme rapporta alors sa conversation avec Etxebarria, l'ancien homme d'entretien chargé de l'atelier vélos, puis raconta son incursion à la ferme des Amestoy. Au fil de son récit, l'expression réticente de Léa laissa place à un réel intérêt. Quand Louise eut terminé, sa jeune collègue se leva et commença à arpenter la pièce.

— En conclusion, nos victimes d'aujourd'hui auraient elles-mêmes foutu le feu à cette grange, il y a vingt ans ! Provoquant accidentellement, ou volontairement – ça reste à déterminer –, la mort du fermier ?

— Je l'envisage, oui. Mais je n'ai aucune preuve, encore une fois. Les lettres « MPC » sur le tronc constituent un indice mais ne démontrent rien !

— Ce type, Bixente Amestoy, il t'a fait quelle impression ?

— Je te vois venir, mais il est hors de cause. Il n'a montré aucune hostilité. Il m'a conduite jusqu'à la vieille grange et a répondu à toutes mes questions. S'il était impliqué dans la vendetta autour des anciens de Notre-Dame, il aurait coupé court à mes interrogations, aurait appuyé la thèse officielle de l'accident et aurait gardé pour lui le récit de sa grand-mère ayant entendu du chahut dans le grenier, argumenta-t-elle.

— OK. Et son frère ?

Louise grimaça. Elle n'en savait rien.

— Je pensais enquêter sur lui demain.

— Oui, renseigne-toi. Parce qu'il est tout à fait possible que Broca et son complice agissent main dans la main pour des motifs différents.

— Je vais le faire. Cela étant, je me demande bien comment l'un des fils Amestoy aurait eu connaissance d'une vérité cachée sur le décès de son père, questionna Louise.

Keller, qui jusque-là était demeuré silencieux, intervint :

— Un témoin qui aurait parlé sur le tard ? Un indice que les jeunes auraient laissé derrière eux et dont les gendarmes n'auraient pas fait cas ? Va savoir ! En tout cas, nous ne pouvons trouver de réponse que si nous la cherchons.

Magnanime, Louise opina. Mais elle était parfaitement lucide : son « enquête parallèle » se révélait intéressante aux yeux de ses collègues, parce qu'elle leur ouvrait avantageusement une nouvelle piste ! Peu lui importait. Elle ne faisait pas son métier pour collectionner les bons points, et il était plus que temps de balayer les dissensions qui plombaient l'esprit d'équipe depuis le début de cette enquête.

*
* *

Roman Joubert avait retrouvé un semblant d'énergie. Animé par un farouche besoin de réhabilitation, il avait adopté l'attitude d'un allié. Pour autant, il n'était pas le genre d'homme à accuser les autres pour se dédouaner.

— Lors de notre rencontre à votre domicile, vous avez évoqué les visites de Broca, entama Léa.

— Oui… Depuis son retour en France, il a dû venir me voir une petite dizaine de fois, je dirais. Mais quel rapport avec notre affaire ?

— Pouvez-vous m'en dire davantage sur ces visites ? À quel moment ont-elles démarré ?

Joubert fronça les sourcils, mais accepta de répondre :

— Je pense que son premier passage date de l'été 2012, puisque Thibault venait de s'installer à Esquiule. C'était très probablement les vacances, ou un dimanche, sinon j'aurais été au bureau. Il est passé à la maison, pour prendre des nouvelles.

— Il est passé à l'improviste ? s'étonna Léa.

— Oui, où est le problème ?

— Aucun. Poursuivez.

— Je me souviens que j'étais en train de tailler la haie quand je l'ai vu arriver. Enfin, pour être honnête, il m'a fallu plusieurs secondes pour le remettre ! Il n'avait plus rien à voir avec le gamin que j'avais connu ! Bref, sa visite m'a surpris. Le soleil cognait fort, il faisait très chaud. J'ai invité Thibault à entrer, mais je n'avais pas fait les courses et je n'ai même pas pu lui proposer une bière fraîche.

— Il a donc parcouru plus de cent kilomètres jusqu'à Pouzac, mais il n'a pas jugé utile de vous téléphoner pour vérifier que vous seriez chez vous, vous êtes sûr de cela ?

Joubert, qui n'était pas sot, comprit que la question de la gendarme était lourde d'un sous-entendu. Mais celui-ci lui échappait. Il interrogea donc la gendarme du regard.

— Contentez-vous de me répondre, monsieur Joubert.

— Oui, je suis sûr de moi. Je vous le redis, j'ai été pris de court, je n'avais plus rien au frigo. Ce ne serait pas arrivé si j'avais été prévenu.

— Avez-vous une explication à me donner sur l'absence d'un appel préalable ?

— Peut-être avait-il quelque chose à faire dans le coin ? Il aura alors décidé de passer me voir parce que l'opportunité se présentait ? Je ne saisis pas où vous voulez en venir, conclut-il, la mine suspicieuse. Et je ne vois pas non plus pourquoi vous me parlez de Thibault, ce qu'il vient faire dans cette histoire.

— Pour ses autres visites, est-il arrivé à M. Broca de vous prévenir par téléphone ?

Joubert ouvrit la bouche, puis la referma. Il se mit à réfléchir et finit par répondre :

— Non... ça n'est pas arrivé, admit-il, comme prenant conscience du saugrenu de cette réalité. Thibault devait passer me voir quand il avait affaire dans le coin, je suppose !

— Et, de votre côté, vous n'avez jamais appelé Broca ?

— Non. Pour être sincère, ses visites occasionnelles me faisaient plaisir, mais elles me suffisaient amplement. Voir Thibault, c'était immanquablement replonger dans mes souvenirs...

L'homme se tut. Ses yeux embués fixaient des images lointaines, connues de lui seul.

— Votre répertoire téléphonique ne mentionne aucun Thibault Broca : est-ce à dire que vous ne lui avez jamais demandé son numéro de portable ?

— En effet, pour la bonne raison que je viens d'évoquer et parce que ça ne m'est même pas venu à l'idée.

— Pour cette raison, et non parce que M. Broca n'aurait pas eu de portable ?

Joubert afficha un regard surpris.

— Qui n'a pas de portable, de nos jours ?

— Thibault Broca en avait donc un ?

— J'imagine, oui !

— Vous imaginez ou vous savez ?

La mine de Joubert vira au rouge. L'homme était visiblement indigné.

— Tous ces tours et détours pour savoir si Thibault possède un téléphone ? Non mais je rêve !

— Désolée, mais je ne fais que mon travail, monsieur. Broca ne vous a donc jamais parlé d'un choix personnel de ne pas posséder de mobile ?

— Non, jamais, répondit Joubert d'un ton froid.

— L'avez-vous vu en possession d'un mobile ?

L'homme prit le temps de la réflexion et secoua la tête.

— Je ne crois pas... mais, en réalité, je n'ai pas fait attention.

Léa hocha la tête et poursuivit :

— À quand remonte le dernier passage de Broca chez vous ?

Joubert recula sur sa chaise, rassembla ses souvenirs et répondit :

— Pff... l'été dernier, pendant mes congés... Oui, c'est ça, l'été dernier ! Le 17 août, même, pour être précis, puisque j'ai sorti les restes de mon gâteau d'anniversaire que j'avais partagé avec deux copains du club d'échecs la veille au soir.

— Le 17 août. Intéressant.

— Intéressant ?

— Vos relevés bancaires font apparaître que vous avez fait changer vos pneus le lundi 16 août 2021, le matin de votre anniversaire, éluda gendarme. Pouvez-vous me dire...

— Je roule beaucoup, vous savez ! la coupa Joubert, agacé. Entre vingt mille et trente mille kilomètres par an. J'ai pas mal de déplacements professionnels dans tout le Sud-Ouest. Mon agenda l'établit. Alors, pourquoi cette remarque ?

Léa sourit du quiproquo et le rassura :

— Vous vous méprenez, monsieur : je ne faisais aucun lien entre la date à laquelle vous avez fait changer vos pneus et leur niveau d'usure.

— Alors pourquoi parler de cette date ?

— Je vais y venir. Pouvez-vous me dire avec quelle voiture Broca vous a rendu visite, l'été dernier ?

— Son éternel Range Rover. Une espèce de tank, plus adapté à la grimpette en montagne qu'à la route !

— Vous ne l'avez jamais vu conduire un véhicule différent ?

— Non, d'ailleurs je ne pense pas qu'il en possède un autre.

Léa laissa échapper un soupir, puis se décida :

— Il a acquis une Clio IV bleu métallisé en octobre 2020, un mois après vous.

Joubert pâlit ostensiblement : voilà pourquoi les gendarmes se focalisaient sur le gamin.

— Vous voulez dire qu'il s'agit du même modèle que le mien ?

— Tout à fait. En outre, Broca a fait changer ses pneus le samedi 21 août, cinq jours après vous. Il venait de vous rendre visite. Et il a fait mettre des Michelin Primacy 3.

Le visage de l'homme acheva de se décomposer. Puis, incrédule, il répéta, accablé :

— Ce n'est pas possible… Ce n'est pas possible…

Léa laissa passer plusieurs secondes et finit par demander :

— Thibault Broca avait-il des raisons de vous en vouloir ? Vous a-t-il, un jour, fait des reproches de quelque nature ?

Désemparé, interdit, Joubert prit quelques secondes avant de répondre :

— Non, il ne m'a jamais rien reproché…

— OK. Et avez-vous jamais repéré une personne dans le sillage de Thibault Broca ? Quelqu'un de proche à qui il aurait fait référence ?

— Thibault est un grand solitaire, croassa Joubert, la gorge nouée.

Puis il releva subitement la tête et ajouta d'un ton amer :

— Enfin, c'est ce que j'ai toujours cru de lui, mais, visiblement, je ne le connais pas aussi bien que je le pensais.

*
* *

À 21 h 15, après avoir longuement échangé avec le juge Buteau, Léa leva la GAV de Joubert. *Errare humanum est, perseverare diabolicum*[1]. Les trois gendarmes se tenaient derrière la fenêtre lorsqu'ils observèrent l'homme, légèrement voûté, le pas traînant, le visage éprouvé, s'engouffrer dans la voiture de gendarmerie qui le ramènerait chez lui. Léa sentit le feu lui monter aux joues : elle avait pris les rênes de l'enquête ; aurait-elle pu éviter cette erreur ? Non, raisonna-t-elle. Pas avec un duo de manipulateurs qui n'avait pas hésité à leur jeter ce pauvre homme en pâture. Louise tourna la tête et perçut le trouble de sa collègue.

— Au moins, Joubert passera cette nuit dans le confort de son lit, lui dit-elle pour l'apaiser.

---

1. « L'erreur est humaine, persévérer (dans l'erreur) est diabolique. »

– 68 –

Le destin l'avertissait !

Alexandre Schäffer se réveilla en sursaut. Une pellicule de sueur glacée couvrait son corps, et des frissons hérissaient sa peau. Les images de son cauchemar commencèrent à se désagréger au moment même où son esprit cerna les contours d'une chambre qu'il ne connaissait pas. Puis la réalité le percuta de plein fouet. Il était chez sa belle-sœur. David était mort. L'enterrement avait lieu le lendemain après-midi... Il se rallongea, le cœur battant la chamade. De dehors lui provenait le gémissement d'un vent rebelle qui faisait craquer la toiture et les poutres.

Schäffer ferma les yeux pour s'apaiser, et des profondeurs glaçantes de sa plongée onirique ressurgit alors une terrible angoisse matérialisée par le visage de Clara. Les images de son incursion de la veille au chalet de Joubert déferlèrent, et Schäffer tire-bouchonna les draps humides de ses mains tremblantes.

Clara portait ton bijou chaque jour. Elle l'attachait à sa cheville, pour ne pas que tu le voies.

Le cerveau humain est ainsi fait qu'il ressasse, examine sans relâche, évalue, compare. Et, dans le jeu de calcul auquel son cerveau s'adonnait sans son consentement, l'hypothèse que le corps de Clara fût un jour retrouvé n'avait cessé de s'inviter. Bien sûr, la probabilité était infinitésimale. Mais, voilà, elle existait. Il y a bien des gens qui gagnent au Loto ! Or, la probabilité de cocher la combinaison gagnante était bien inférieure à celle de la découverte d'un cadavre. Que se passerait-il si le corps de Clara était retrouvé ? Il y aurait un examen médico-légal, et ce *putain de médaillon de merde* prouverait sa relation avec Clara, mettant au jour ses mensonges, et anéantirait tous les efforts d'une vie pour échapper à la prison !

Alexandre Schäffer expira bruyamment. Il se sentait prisonnier d'une cage invisible. Son existence lui semblait désormais soumise à l'insupportable loi du hasard. À bien y regarder, le sursis avait avantageusement duré vingt ans, lui épargnant une chute qui aurait pu se produire, au vu des éléments matériels qui le reliaient *de facto* à Clara : le cahier intime et ce foutu médaillon. N'avait-il pas joui d'une chance insolente ? Pouvait-il sensément continuer à compter sur elle en fermant les yeux sur ce second élément matériel ?

Non. Le destin l'avertissait ! Savoir, c'est être capable d'agir ! D'infléchir le cours désastreux d'une existence. La politique de l'autruche était le refuge des faibles. Et lui n'était pas faible.

Alexandre Schäffer se rangea à la décision la plus raisonnable : il devait récupérer ce bijou. Coûte que coûte. Malgré l'horreur que supposait cette option. Il s'agissait du dernier prix à payer pour poursuivre sa vie, sans l'angoisse permanente d'un couperet pouvant tomber à n'importe quel instant. Sa condition physique le lui permettait. Muni du matériel d'escalade de David, il allait explorer les profondeurs de la Terre, retrouver Clara – ou ce qu'il en restait – et récupérer ce médaillon.

Il ouvrit l'étui de protection de son portable et activa l'écran. Il était 6 h 15. S'il partait avant que Denise se lève, il aurait les coudées franches. Fourmillant de l'énergie et de la lucidité propres aux situations d'urgence, Alexandre rabattit les draps et se leva d'un bond tandis que les grands axes d'un plan se dessinaient dans son esprit.

Ses mouvements couverts par le souffle bruyant des rafales, il enfila son caleçon et quitta sa chambre, laissant volontairement derrière lui son téléphone portable. Hors de question d'être harcelé par sa belle-sœur quand elle découvrirait le mot qu'il s'apprêtait à lui laisser. S'il devait téléphoner – mais pourquoi le devrait-il ? –, il utiliserait son portable à carte prépayée. Une fois au rez-de-chaussée, Schäffer se dirigea discrètement vers le salon. Il attrapa un Post-it et un stylo et, d'une écriture nerveuse, rédigea un court message : « Nuit horrible. Besoin de m'aérer. Retour vers 13 heures. Alex. » Il alla coller le Post-it sur la table de la cuisine, attrapa au passage son portable intraçable dans la poche de son manteau et se dirigea à pas feutrés vers le garage où se trouvait le vestiaire sportif de David. Alexandre piocha méthodiquement tout ce dont il avait besoin : il enfila un pantalon en stretch, un surpantalon imperméable, un maillot de corps en lycra, une veste zippée en polaire et un anorak. Puis il mit d'épaisses chaussettes, passa des tennis compatibles avec la conduite, mais prit grand soin d'emporter des chaussures de montagne adaptées à l'escalade de parois rocheuses. Il acheva ses préparatifs en vérifiant le contenu de la malle de David. Piolets, cordes, baudriers, mousquetons : tout y était. Il déverrouilla la voiture de son frère, porta la malle dans le coffre et activa la porte automatique du garage qui gémit sous les assauts du vent sifflant. Alexandre se figea, tendit l'oreille, mais aucun bruit ne lui parvint depuis la maisonnée. Soulagé, il relâcha sa respiration et considéra les ténèbres qui engloutissaient tout – les arbres, le barbecue, la petite balançoire du jardin. Des bourrasques balayaient l'extérieur, faisant bruisser les feuillages, et couvraient l'habituel murmure nocturne.

L'homme s'arracha à la contemplation du grand néant noir qui expirait bruyamment et alla s'installer au volant. Moteur hybride, parfait. Il choisit l'option électrique et démarra silencieusement.

Il était temps d'en finir.

Une fois pour toutes.

– 69 –

Toute la théorie échafaudée par l'équipe s'effondrait

   Louise poussa la porte de la salle de travail une demi-heure avant le rendez-vous fixé avec ses collègues. La nuit avait été courte, la gendarme était éreintée et irritable. Elle avait donc esquivé le mess qui devait bourdonner de conversations, pour se réfugier dans la tranquillité du grand bureau désert. Elle mit sans tarder la cafetière en marche et alla se placer derrière les baies vitrées donnant sur la cour. Ce matin, un vent à décorner les bœufs balayait la caserne qui semblait s'ébrouer et prendre vie : les tuyauteries expiraient de longs sifflements, les toits gémissaient et des serpents d'air glacés rampaient sur le carrelage. Dehors, l'éclairage des réverbères offrait une vue sur la cour plongée dans la tourmente. Les arbres ployaient sous les rafales, les branches craquaient et les dernières feuilles d'automne rasaient le sol en tournoyant, avant de s'amasser dans les recoins des bâtiments. Avis de tempête sur la façade atlantique.

La cafetière crachota. Louise se servit une grande tasse du breuvage odorant et alla s'asseoir devant un bout de table préservé de la paperasse. La première gorgée la détendit instantanément, et ses méninges, dopées à la caféine, se mirent tranquillement en branle. Après le départ de Joubert, la veille au soir, le débriefing de l'équipe avait duré jusqu'à 23 h 45. Il en ressortait que Léa et Julien travailleraient ensemble ce vendredi.

En premier lieu, ils passeraient à Oloron-Sainte-Marie chez le garagiste qui avait procédé au changement des pneumatiques de Broca. Julien en avait eu l'idée alors que Joubert parlait à Léa de l'usure des pneus. Si le chef d'entreprise avalait les kilomètres au point de devoir changer de pneus chaque année, en était-il de même pour Broca dont le métier et le mode de vie solitaire le retenaient la plupart du temps à Esquiule ? Rien de moins sûr. Broca avait imité Joubert pour laisser des empreintes confondantes sur les lieux du crime. Il n'était donc pas absurde d'imaginer qu'il ait pu se faire remarquer du garagiste en demandant la pose de pneumatiques flambant neufs alors même que les siens étaient loin du seuil d'usure.

En second lieu, ils feraient une nouvelle inspection à Esquiule. Là encore, Julien avait pointé un élément. L'examen à la loupe des clichés de vidéosurveillance d'Ibos avait fait apparaître des projections de boue sur la calandre de la Clio IV. D'une certaine manière, ces projections constituaient une marque d'identification unique. Si Broca n'avait pas lavé son véhicule depuis sa sortie de la GAV, il serait alors possible de prouver que ce dernier – et non celui de Joubert – se trouvait sur les lieux du meurtre de David Schäffer. De là, il faudrait conduire un interrogatoire serré pour amener leur suspect à parler.

Pour finir, les deux gendarmes avaient prévu d'approfondir l'enquête de voisinage à Esquiule, les circonstances précipitées de l'arrestation de Broca, suivies du meurtre de Schäffer et de la garde à vue de Joubert ne l'ayant pas permis.

Louise, de son côté, devait se rencarder sur Iban Amestoy, le fameux frère qui n'avait jamais adhéré à la thèse officielle d'un incendie accidentel. Qui était l'homme ? Où vivait-il ? Avait-il un passif connu des services de police ? Parallèlement, elle allait viser et mettre enfin un peu d'ordre dans tous les documents qui s'entassaient anarchiquement sur la table. Des dizaines de feuillets et fadettes issus de leurs réquisitions, des comptes rendus du labo, des rapports d'analyse d'activités informatiques concernant les différents ordinateurs saisis et explorés. L'enchaînement des événements ne leur avait pas laissé le temps d'examiner tout ce fatras et encore moins de l'ordonnancer ! La gendarme esquissa un sourire satisfait. Après plusieurs jours de terrain harassants, la perspective de se poser un peu à la caserne, bien au chaud et à l'abri des intempéries prévues, la ravissait.

À 8 heures pétantes, Léa passa le pas de la porte, rompant immédiatement le calme ambiant.

— Salut, Louise ! lança-t-elle énergiquement en se dirigeant vers la cafetière.

Mais ses traits tirés démentaient l'entrain de façade. Julien fit son entrée quelques instants plus tard. Lui aussi avait une mine de déterré. Les gendarmes firent une dernière mise au point, puis Léa et Julien partirent.

*
* *

Louise travailla une heure et demie sans relâche et avec une remarquable efficacité. Les puissantes bourrasques, le tremblement des vitres, les gémissements de la caserne tissaient un cocon sonore hypnotique qui l'aidait à se concentrer. À 9 h 30, trois arbres de papiers s'étalaient sur la surface de la grande table : trois victimes, trois dossiers, et pour chacun d'eux, divers tas étiquetés par catégorie. En bout de table se dressait une pile de feuillets dans une bannette marquée « À lire ». Louise la considéra d'un œil noir : pour viser l'ensemble de ces documents et les répartir, il lui faudrait deux bonnes heures supplémentaires. Elle laissa échapper un soupir et se servit un nouveau café. Puis elle s'installa dans le fauteuil à roulettes le plus confortable et s'attela à la tâche. Elle bossait depuis quinze petites minutes, quand son téléphone sonna. C'était Julie Marigaud. Avec tous les événements qui s'étaient enchaînés vitesse grand V, Louise avait totalement zappé la graphologue ! Un brin honteuse, elle décrocha sans rien laisser paraître.

— Bonjour, Julie !
— Bonjour, major. Vous avez cinq minutes ?
— Bien sûr.
— J'ai enfin réussi à jeter un œil à vos clichés, juste avant de partir en cours, hier après-midi, et j'ai décidé de faire participer mes étudiants à un exercice pratique, afin de disposer de plus de matériau. Là, je viens de terminer mon analyse.

— Je suis tout ouïe, Julie.

— Je me suis d'abord intéressée au geste graphique. Pour chaque individu adulte, la manière de former une lettre va s'imposer naturellement, sans réflexion. J'ai porté mon attention sur le point d'entrée, c'est-à-dire l'endroit par lequel l'individu commence son tracé. Avec une bombe, le point d'entrée est caractérisé par un amas de peinture légèrement coulant qui précède le tracé plus fluide.

— Je comprends.

— Très bien. Faites comme si vous aviez une bombe à la main et dessinez un M majuscule en l'air.

— Ça y est, c'est fait.

— OK. Par où avez-vous commencé le tracé de votre M ?

— Je suis partie du haut et je suis descendue pour former la première barre, ensuite je me suis repositionnée en haut de la barre pour finir ma lettre.

— Donc vous avez interrompu votre tracé ?

— Oui.

— Et ce faisant, vous avez accentué votre fameux point d'entrée puisque vous y êtes revenue une seconde fois.

— Je ne peux pas le vérifier, mais oui, ça me semble logique.

— Vous correspondez à une bonne moitié de mes étudiants.

— L'autre moitié fait comment ? s'étonna Louise.

— Elle part du bas pour former la première barre et poursuit son M sans interrompre le tracé. Le point d'entrée avec coulure est donc situé en bas et il est moins marqué.

Louise ouvrit deux grands yeux surpris.

— Sur les trois tags, à l'instar de votre geste, le tracé du M est interrompu. D'ailleurs, même chose pour le P qui suit : la barre est formée du haut vers le bas, et la boucle est dessinée dans un second temps.

— Comme je l'aurais fait, commenta Louise en visualisant son geste naturel. Mais si vous me dites qu'on est nombreux à tracer les lettres ainsi, on peut aussi bien avoir affaire à une seule personne qu'à deux distinctes.

— Bien sûr ! D'où l'intérêt de croiser le geste graphique à d'autres critères : la distance entre le spray et le support, l'occupation de l'espace et, bien sûr, la forme des lettres.

Assez curieuse d'entendre la suite, Louise conserva le silence.

— La distance, d'abord : plus vous êtes proche du support, plus la bombe marque. Comme les tracés ont été opérés dans des milieux clos, il n'y a pas eu d'interférence telle que le vent, qui aurait pu atténuer la portance de l'aérosol et donc la puissance et la netteté de l'inscription.

— En effet.

— Cette distance d'avec le support est assez variable d'un individu à un autre, je l'ai vérifié avec mes étudiants : certains approchent le spray à dix centimètres du mur, d'autres demeurent à une vingtaine de centimètres. Et le rendu est très différent.

— D'accord.

— L'occupation de l'espace, ensuite : elle se réfère à la taille des lettres et à la distance entre les lettres sur un support non contraignant en soi, puisqu'il s'agit d'un mur.

— Exact. Donc cette occupation diffère d'une personne à une autre, je suppose ?

— Tout à fait. Et les écarts sont assez importants ! Cela repose certainement sur une combinaison entre la taille de l'individu – c'est-à-dire l'ampleur qu'il peut donner à son geste – et la mentalisation de l'espace qui lui est offert pour écrire.

— Je comprends. Et donc, pour finir, la forme des lettres ?

— Là, on enfonce le clou, si je puis dire ! Sur vos tags, les barres du M ne sont pas parfaitement verticales, elles tirent légèrement vers l'extérieur – un peu comme un W à l'envers, mais en moins marqué.

— Je vois.

— Les P, quant à eux, sont caractérisés par le fait que la boucle démarre systématiquement à gauche de la barre verticale.

La gendarme retint son souffle.

— Pour finir, le C est assez fermé par rapport à la moyenne, et là aussi c'est visible sur les trois tracés.

L'experte marqua un court silence, puis conclut :

— La combinaison de tous ces éléments me permet de vous affirmer qu'il n'y a qu'un seul et même tagueur.

— Donc, un seul et même tueur ! réagit Louise d'un ton effaré.

— Ça, c'est à vous de le dire.

— Je vois mal une personne venir taguer un mur sur les scènes de crime d'un tueur, répondit la gendarme dans un filet de voix sidéré.

Puis elle se leva et commença à arpenter nerveusement la pièce. Un seul tueur ? L'hypothèse d'un duo de complices serait donc erronée !

— Julie... désolée, mais je suis obligée de vous demander cela : êtes-vous sûre de vous ? Vraiment sûre ?

— À cent pour cent.

Hébétée, Louise bafouilla un remerciement et raccrocha. Puis la tête lui tourna, et elle dut prendre appui sur le rebord de la table : si la graphologue ne se trompait pas, toute la théorie échafaudée par l'équipe s'effondrait comme un jeu de cartes.

– 70 –

La Grande Faucheuse
venait de se matérialiser devant elle

À l'approche de la côte, les nuages s'éventrèrent, charriant un flot continu de pluie. Les essuie-glaces fonctionnaient à plein régime. La visibilité était réduite à quelques mètres, et Schäffer dut lever le pied sur l'autoroute. Porté par un vent furieux, le grain qui rinçait l'Atlantique s'avançait dans les terres comme un monstre affamé et hurlant. Peu avant Bayonne, un grave accident de la circulation impliquant un camion mit toutes les voitures au pas, et Alexandre se retrouva coincé dans un cortège d'acier rincé et balayé par d'épouvantables bourrasques pluvieuses. Quand il emprunta enfin la sortie Biriatou-Hendaye, il avait une heure et demie de retard sur ses prévisions.

En longeant la route de la corniche, Alexandre eut l'impression de plonger en enfer : la tempête rugissait sans aucun rempart pour freiner ses assauts. Lorsque la route flirtait avec la falaise, l'océan enflé et déchaîné se fracassait sur les roches, projetant de colossales gerbes d'eau qui explosaient sur le goudron. Les mains crispées sur le volant, les yeux exorbités devant les déferlantes balayant le bitume, Alexandre maintint son cap. Dans sa tête, les souvenirs se bousculaient. Il y avait Clara, Valériane, Magyd et David. Il y avait le grenier à foin, les vidéos, les paris. Il y avait surtout la conscience d'une jeunesse décapitée à la fleur de l'âge !

Après vingt minutes d'un trajet épouvantable, il parvint à un renfoncement le long de la route, non loin du petit bois où se trouvait le grenier à foin des Amestoy. Il se gara là, au plus près de sa destination. L'angoisse lui cintrait le corps : son ventre était dur comme du bois, et son cœur martelait sa poitrine. Alexandre respira un grand coup et s'extirpa du véhicule. Chancelant sous le vent, rincé par l'orage, il ouvrit le coffre et prépara consciencieusement son sac à dos. Puis il se dirigea, d'un pas laborieux et titubant, sur le dos strié et humide des rochers qui dégringolaient vers l'océan. Il lui fallut plus de dix minutes pour parvenir devant la grande béance qui plongeait dans les entrailles de la Terre. Une gueule ouverte sur des profondeurs ténébreuses. Le « gouffre mortel », selon l'appellation consacrée par des générations d'élèves. Schäffer s'immobilisa et déposa son sac à dos à côté de la faille. Le ciel continuait à déverser ses trombes d'eau comme un arrosoir qui se vide et, balayées par les rafales, les gouttes le giflaient comme des poignées de gravier.

Occupé à fixer son premier piton, Alexandre n'aperçut pas la silhouette encapée et immobile qui l'observait depuis le bord de la route.

*
* *

Louise ressemblait à un lion en cage. L'analyse de Marigaud agissait comme une bombe à fragmentation, ne laissant derrière elle qu'un immense champ de ruines. Et la gendarme avait beau arpenter furieusement le bureau, de long en large, rien, absolument rien n'avait plus aucun sens. Pour la dixième fois en deux minutes, elle attrapa son portable, et pour la dixième fois, elle le reposa. Appeler ses collègues pour leur balancer les conclusions d'une analyse graphologique – qui n'avait pas de valeur légale et qu'ils n'avaient, par ailleurs, jamais demandée – revenait à balayer leur travail d'un revers de main, tout en leur refilant la patate chaude. *Et démerdez-vous avec ça, mais vous ne pourrez pas dire que je ne vous avais pas prévenus !* Or, la réserve était de mise : malgré ses certitudes, Marigaud pouvait s'être trompée.

La gendarme jura à haute voix. Elle devait se calmer. Immédiatement. Faire montre de professionnalisme. Réfléchir. Analyser. Poursuivre les recherches. Elle ne se permettrait d'interférer dans le travail de ses collègues que sur la base d'éléments tangibles. Elle se laissa choir sur son fauteuil à roulettes, et ses yeux scrutèrent la bannette « À lire » avec une pointe de défiance. Puis elle attrapa une première pochette et l'ouvrit. Au même instant, un éclair zébra le ciel, suivi d'un roulement de tonnerre, et le grain provenant de l'Atlantique commença à marteler les vitres de la caserne.

*
* *

Alexandre Schäffer vérifia ses attaches, tira avec force sur la corde nouée au piton et, sûr de lui, activa sa lampe frontale et se laissa descendre dans l'anfractuosité. La cheminée naturelle consistait en un entonnoir qui plongeait vers des abysses insondables. Rapidement, la pénombre l'enveloppa et l'entrée de jour, au-dessus de sa tête, disparut. À la lumière de sa frontale, il balaya l'espace ténébreux qui le dévorait. La paroi rocheuse faisait une pente assez raide, drainant l'eau de pluie dans un ruissellement à peine audible à cause des sifflements du vent qui s'engouffrait dans la cavité. Passé une première partie très verticale, la déclivité du boyau diminua. Tant mieux, songea-t-il, la remontée n'en serait que plus facile. Bientôt, il réalisa que les profondeurs filtraient la furie orageuse. Les grondements se faisaient lointains, presque ouatés. D'ailleurs, la fraîcheur augmentait, lui mordant la peau du visage et des mains. Alors qu'il poursuivait sa descente en rappel, ses pieds rencontrèrent un plan horizontal. Il assura ses appuis et éclaira le sol au niveau de ses chaussures. Il se trouvait sur un aplat de roche d'une soixantaine de centimètres de large, qui surplombait le fond du gouffre. Il éclaira le vide par-delà l'aplat et devina une salle souterraine aux dimensions et contours incertains.

Schäffer posa son sac à dos et en retira une lampe torche. Ainsi armé, il arrosa lentement la salle d'un puissant faisceau lumineux. La cavité, dix mètres en dessous, avait la forme d'une olive, dont une extrémité était tronquée par un éboulis de roches. Elle devait mesurer six mètres de long sur quatre de large et son fond formait une cuvette accueillant un petit lac souterrain, peu profond à vue d'œil. Voilà donc sur quoi s'achevait le boyau. Voilà l'endroit où le corps de Clara s'était échoué. Il évalua rapidement la situation. S'il descendait dans la salle, il lui faudrait remonter par la corde. Pas de problème majeur pour lui, il avait la technique et la condition nécessaires. Il se délesta donc de tout poids inutile, jeta la corde par-dessus le balcon rocheux et se lança dans le vide en rappel.

*
* *

Louise tentait de se concentrer sur les documents qu'elle parcourait. Malgré ses efforts, son esprit finissait par vagabonder et, invariablement, elle se surprenait à examiner l'analyse de Julie Marigaud. Un seul tueur… un seul tueur… Impensable au regard des investigations qu'ils avaient menées. Sauf à imaginer qu'ils s'étaient totalement plantés, et qu'une personne n'ayant jamais été soupçonnée circulait librement dans la nature ! La gendarme se leva, posa le rapport qu'elle venait de viser sur le tas où il devait aller, et retourna à sa place. Document suivant. Elle balaya le topo des yeux – un compte rendu détaillé d'activité informatique, le soir de la mort d'Ayed. Elle s'apprêtait à le refermer quand un mot attira son attention. Elle retourna vivement à la première page pour vérifier qu'elle ne se trompait pas. Puis à la seconde pour relire les mots qui l'avaient arrêtée. Et dut se rendre à l'évidence.

— Ça ne peut pas être un hasard ! Mais qu'est-ce que ça veut dire, bordel de merde ?! jura-t-elle à voix haute alors qu'une déferlante de questions la submergeait.

Elle se leva d'un bond – un rottweiler, tous crocs dehors –, se passa nerveusement les mains sur le visage, et les contours d'une théorie commencèrent à se dessiner. Une théorie à peine croyable reposant sur un audacieux *stratagème*. Ce mot la ramena à Lucas avec ses jeux de Playmobil et les techniques de guerre qu'il lui avait déroulées, dont celle de la diversion. Si elle avait raison, depuis le départ ils fonçaient, tels des taureaux, vers le chiffon rouge que leur agitait le matador, sans se rendre compte que c'était un leurre !

Gagnée par la rage légitime que ressentent les gens floués, Louise était prête à en découdre. Là, immédiatement ! Elle s'obligea néanmoins à respirer lentement et à faire un point méthodique. Les décisions imminentes seraient déterminantes, alors autant avoir l'esprit clair. Une minute plus tard, elle activait son portable. Première étape : vérifier sa théorie.

*
* *

Quand il atterrit dans le bassin, ses pieds provoquèrent un plouf dont l'écho se répercuta en ricochant sous la voûte. La surface plane du lac se plissa autour de lui, et de minuscules vaguelettes coururent en cercle avant de s'évanouir. Schäffer éclaira méthodiquement la cavité en opérant un 360, mais ne repéra rien. Un malaise naquit en lui, et il le combattit en entreprenant une fouille méthodique. L'eau lui montait à mi-mollets, et chacun de ses pas s'ourlait de clapots cristallins troublant la quiétude du lac dormant. Il scruta les contours de roche gondolés, les recoins cachés, les anfractuosités, les niches les plus petites. En vain. Son cœur commença alors à palpiter, et il se mit à arpenter fiévreusement la nappe d'eau claire, éclairant chaque centimètre carré, comme si les restes d'un corps humain pouvaient se condenser dans un dé à coudre. Le manège dura une bonne dizaine de minutes. Puis Alexandre arrêta sa fouille et admit l'évidence : Clara, ou du moins ce qui aurait dû en rester, n'était pas là. Il n'y avait rien, aucun corps, aucun ossement, pas la moindre chose organique dans le fond de cette cuvette ! Ce constat défiait les lois de l'entendement : Clara n'avait pas pu se volatiliser !

*
* *

Louise raccrocha. Son cœur pompait furieusement sous l'effet de la colère : elle avait vu juste, ils s'étaient fait avoir !

Elle devait désormais parer au plus pressé et empêcher, à tout prix, que la liste des morts s'allonge encore. Badenco et Keller se trouvaient au fin fond du Béarn – impossible de s'appuyer sur eux ! Le champ des options était plus que réduit. L'évidence s'imposa : Violaine et Thierry. Postés dans le Tarbais, ils pouvaient fondre chez Ducuing en dix minutes. Tant pis pour le respect du cadre et de la chaîne décisionnelle : une course contre la montre venait de s'engager, et l'urgence imposait ses propres lois. Louise serra les dents et composa le numéro de Violaine.

*
* *

Face au vide qui l'entourait, Schäffer se demanda s'il n'était pas prisonnier d'un cauchemar. Il alla jusqu'à se pincer et ressentit nettement la douleur sur sa cuisse. Puis ses yeux qui ne cessaient d'inspecter la salle entrevirent une très mince et pâle lueur. S'il ne se trompait pas, une infime fenêtre de jour se découpait au sommet de l'amoncellement de pierres qui s'achevait dans le lac. Dans un élan irrépressible, Alexandre escalada la langue grumeleuse de rochers, les yeux rivés vers ce minuscule espace qui semblait s'agrandir à mesure qu'il se hissait. À mi-parcours, il distingua nettement les contours de l'anfractuosité. Une fois au sommet de l'amas pierreux qui culminait à un mètre de la voûte souterraine, il regarda à travers le trou et comprit : de l'autre côté, une pente de gros rochers éboulés dévalait vers une large ouverture située à quatre ou cinq mètres seulement au-dessus de l'océan. Les flots impétueux et rugissants se fracassaient contre la falaise et avançaient en bouillonnant dans la grotte, léchant la montagne de roches en vrac.

Schäffer demeura paralysé durant une longue minute, les yeux agrandis, le souffle court, et le ventre torpillé par l'horreur des conclusions qui s'imposaient : Clara n'était pas morte. Clara n'était pas morte et elle s'était échappée de son tombeau par ce trou providentiel creusé dans les fondations de la falaise.

Et Clara avait d'excellentes raisons de vouloir se venger.

*
* *

Louise raccrocha sur un avertissement : « Violaine, faites bien attention à vous ! » Puis, trépignant devant la fenêtre, elle composa le numéro de Schäffer et pria pour qu'il décroche. Des hallebardes cisaillaient le plafond gris avant d'exploser sur le goudron de la cour dans un tambourinement assourdissant. Les sonneries s'enchaînèrent – *Réponds, bordel, réponds !* Finalement, une voix féminine exténuée se fit entendre.

— Je suis bien sur le portable d'Alexandre Schäffer ?

— Oui. Je... je suis Denise Schäffer, la belle-sœur d'Alexandre.

— Major Caumont, BR de Tarbes ! Où est Alexandre ?

L'échange qui suivit fit monter son pic de stress à son maximum. L'homme s'était évanoui dans la nature !

— Avez-vous la moindre idée de l'endroit où il a pu se rendre ? C'est une question de vie ou de mort ! martela-t-elle.

Face à l'urgence, Denise Schäffer parvint à rassembler ses esprits. Son beau-frère avait pris la voiture de son défunt mari, ainsi que des affaires d'escalade et, pour couronner le tout, il lui avait paru extrêmement agité la veille au soir, en rentrant d'une promenade censée le détendre. En revanche, elle n'avait aucune idée de l'endroit où il avait pu aller. Les yeux plissés, la mine fermée, Louise bouillait intérieurement, redoutant le pire.

— Et il n'a pas pris son portable ! C'est fou, ça !

— Il a dû l'oublier ! Dès que j'ai vu son mot, je me suis inquiétée et j'ai cherché à le joindre. Mais j'ai entendu la sonnerie résonner à l'étage, je suis montée, et j'ai trouvé son téléphone sur la table de chevet.

La totale ! ragea Louise intérieurement. Comment un type aussi connecté et branché high-tech que Schäffer pouvait-il avoir oublié son portable ? À cet instant précis, une idée gifla la gendarme.

— Bon sang ! Sa montre connectée 4G !

Et, sans laisser le temps à Denise Schäffer de comprendre de quoi il retournait, elle enchaîna :

— Rappelez-moi immédiatement avec votre téléphone ! Je vais vous indiquer une marche à suivre sur le portable de votre beau-frère.

*
* *

Transi par le vent rampant sous la voûte et par la fraîcheur de la cavité souterraine, Alexandre Schäffer commença à grelotter. Les pieds dans la flotte, il traversait, en sens inverse, le petit lac souterrain, direction la corde. En lui, une terreur sans fond avait pris corps, et le spectre de Clara semblait pouvoir surgir de l'ombre à tout instant. Il se revit en haut de la faille, ce jour-là, avec Magyd, David et Valériane. C'est vrai, Valériane avait protesté de toutes ses forces. Ses cris s'élevaient, déchirants, hargneux, paniqués. Il n'avait pas voulu l'entendre. Parce que, un quart d'heure plus tôt, ils avaient tous commis l'irréparable – les hurlements atroces résonnaient encore dans leur tête – et qu'ils devaient à tout prix échapper à la police. En étant pragmatiques, quel choix leur restait-il à cet instant, hein ? Aussi abjecte qu'elle fût, la décision s'imposait : il fallait se débarrasser de Clara... Il avait donc ignoré les protestations de Valériane... Depuis, et durant les vingt ans qui venaient de s'écouler, il avait cru avoir fait le bon choix, le seul choix possible.

Désormais, face à cette cavité vide, il mesurait son erreur. Une erreur fatale qui avait provoqué l'assassinat de deux êtres chers, dont son propre frère jumeau. Un long frisson glacé courut le long de son dos. Clara le poursuivrait jusqu'au bout... Elle poursuivrait aussi Valériane. Il devait la prévenir sans tarder, et pour cela, il lui fallait regagner la surface. La peur chevillée au corps, les membres engourdis par le froid, Schäffer attrapa la corde qui pendait du balcon rocheux et entama son ascension.

*
* *

Sirène hurlante et gyrophare tournoyant, Louise s'engagea sur l'autoroute. L'orage poursuivait sa conquête des terres, et les trombes d'eau dévalaient son pare-brise, obstruant la vue. Prise par l'urgence, la gendarme se plaça sur la voie de gauche et appuya sur le champignon. L'option « géolocalisation » de la montre 4G connectée au portable de Schäffer avait parlé : l'homme était à Hendaye ! Mais que foutait-il là-bas ?! Quelle mouche avait bien pu le piquer ?! La gendarme fulminait. Un texto apparut sur l'écran de son portable. Louise risqua un œil rapide et lut : « Domicile Ducuing vide. On part à sa recherche. » Elle laissa échapper un juron et reporta toute son attention sur la route, assurant sa trajectoire malgré les rafales qui secouaient la voiture, et scrutant aussi loin qu'elle pouvait le bitume détrempé.

*
* *

Après une bonne demi-heure d'escalade, Alexandre aperçut enfin la lucarne de lumière terne au-dessus de sa tête. Dans le même temps, les gouttes recommencèrent à pleuvoir sur lui. Ahanant, fourbu, il décida de marquer un temps d'arrêt. Il bloqua son mousqueton, se suspendit dans le vide, et délia ses bras. Ses muscles étaient gorgés d'acide lactique. Il demeura une longue minute ainsi, le corps ballant, et l'esprit gangrené par la peur. Sa découverte balayait tous ses pronostics. Clara était quelque part, vivante, nourrie par une haine pure et une soif inextinguible de vengeance. Le jour de la confrontation finale, il n'y aurait qu'un survivant. Schäffer tressaillit à cette idée et reprit son ascension de la dernière portion du « gouffre mortel », une cheminée raide, offrant des aspérités aujourd'hui recouvertes de flotte. Ce dernier tronçon d'escalade s'annonçait particulièrement difficile. Il mit un quart d'heure pour se hisser en haut du conduit. Éreinté, glacé jusqu'aux os, lavé par les torrents d'eau qui déferlaient du ciel, il s'extirpa du boyau en geignant et se laissa choir sur le plateau rocheux. Au-dessus de lui, des sacs de nuages épais dégorgeaient sans relâche.

*
* *

Malgré les éléments qui se déchaînaient autour d'elle, Louise prit tous les risques et rejoignit Hendaye en quarante minutes, au lieu des trente habituellement nécessaires. Un record de vitesse au regard des épouvantables conditions de conduite. Elle s'engageait sur la route de la corniche quand son téléphone sonna. C'était le juge Buteau. Celui-ci faisait certainement suite au message vocal qu'elle lui avait laissé en partant. Louise hésita, mais laissa finalement filer. Pour répondre, elle devait s'arrêter. Or, désormais, chaque minute comptait…

*
* *

Ses vêtements étaient trempés. Il rassembla son matériel à la hâte, et, d'un pas chancelant, le corps courbé pour lutter contre le grain, remonta le chaos de roches jusqu'à la route de la corniche. Une fois à sa voiture, il ouvrit le coffre, se délesta de son sac à dos, et farfouilla nerveusement dans une poche latérale. Protégé par la porte arrière ouverte à l'horizontale, Schäffer s'empressa d'activer son téléphone prépayé et appela Valériane. Le vent hurlait à ses oreilles, brouillant la réception.

— Allô, Alexandre ?
— Écoute-moi bien, Val ! J'ai inspecté le fond du « gouffre mortel »… Clara… Son corps n'y était pas…

Il attendit, mais elle ne répondit rien. Alors il se décida :

— Clara est en vie, il n'y a pas d'autre explication !

Un léger déplacement dans son dos lui fit alors tourner la tête. Il n'acheva pas son mouvement. Deux picots mordirent son épaule, et une fulgurante décharge électrisa douloureusement tout son corps. Puis Schäffer s'effondra comme une poupée de chiffon.

*
* *

Louise repéra la voiture de Schäffer au dernier moment. Il s'était garé dans un renfoncement sur le bas-côté. Quelques arbres fouettés par les rafales tournoyaient en s'ébrouant sur la carrosserie. La gendarme donna un coup de volant et se gara en travers, mordant sur l'asphalte. Une bourrasque la rinça dès qu'elle sortit du véhicule. Elle vacilla, se stabilisa et fonça vers la voiture de Schäffer. Vide. La gendarme sonda alors l'espace autour d'elle. Elle traversa la route, direction la falaise, plaça ses mains en visière pour se protéger de la pluie et inspecta les alentours, sans succès. En elle, le sentiment d'urgence augmentait à chaque seconde qui filait. Elle s'obligea à réfléchir. Que savait-elle ? Quel élément pouvait la mettre sur la piste de Schäffer ? Elle repensa alors aux précédents meurtres et au mode opératoire qu'ils avaient révélé. Une idée s'imposa : il fallait une baignoire. Louise se mit à réfléchir à toute allure et, d'un coup, elle sut !

Elle traversa la route en sens inverse et se lança dans un sprint effréné direction le petit bois d'Amestoy. Le vent la bousculait, empêtrant sa course, et Louise eut le sentiment d'être enfermée dans un mauvais rêve – celui où ses pieds peinaient à s'arracher du sol, comme ralentis par une force invisible. Alors qu'elle luttait pour avancer, le visage ruisselant de pluie, les idées déferlaient : Schäffer avait été attiré ici sciemment, il avait – à l'instar des autres victimes – foncé dans un traquenard. Afin que tout s'achève à l'endroit où tout avait commencé.

*
* *

Son corps est une pierre. Une pierre glacée qui se noie dans l'eau montante. Alexandre Schäffer ouvrit les yeux et reflua la nausée qui lui soulevait l'estomac. La flotte dégoulinait sur son visage, inondant son regard, brouillant sa vue. Mais il parvint néanmoins à comprendre ce qui était en train de se passer, et la terreur l'enserra comme un étau. Un sarcophage de tissu et de sangles empêchait tout mouvement de défense, et son nez surnageait à une petite dizaine de centimètres de la surface d'une eau sale et hérissée de picots que produisaient les gouttes en la martelant. Réflexe, il voulut hurler. Mais le bâillon qui obstruait sa bouche étouffa son cri. À la pluie qui lui dégoulinait sur le visage se joignirent ses larmes. Il allait crever ! Comme Magyd et David avant lui. Agrandis par l'horreur de son sort, ses yeux se mirent à papilloter nerveusement, scrutant son environnement. Et, subitement, Alexandre comprit où il se trouvait. Le léger glapissement qu'il produisit mourut dans les rugissements de la tempête. Puis il prit conscience que l'eau avait atteint le rebord et se déversait au-dehors. Malgré l'effroi, un espoir fou naquit dans sa tête : l'eau ne pouvait monter davantage. Dans ces conditions, impossible de se noyer ! Mais, contre toute attente, il se sentit s'enfoncer, et l'eau se rapprocha un peu plus de son nez. Au même instant, il détecta un léger mouvement à l'extrémité de son champ de vision. Le vent sifflait dans ses tympans, les arbres autour de lui se balançaient en gémissant, et la voix qui s'éleva tout près de son oreille dut forcer pour se faire entendre par-dessus le chahut ambiant :

— Tu vas mourir, Alexandre... Tu l'as compris, n'est-ce pas ?... Tu vas mourir noyé, lentement mais sûrement, et sans rien pouvoir faire pour te sauver, parce que les deux paquets de sucre sur lesquels tu es assis vont se désagréger lentement... Et moi, je vais te regarder crever. Mais avant de mourir, tu connaîtras la vérité.

Il y eut un court silence, puis la voix reprit :

— Je vais te raconter une histoire : il était une fois...

De nouveau, Alexandre se sentit s'enfoncer d'un cran, et la panique explosa en lui. Les minces emballages cartonnés se délitaient dans l'eau, et les morceaux de sucre fondaient ! Il n'avait aucune chance.

*
* *

Louise enjamba le treillis de clôture qui gisait au sol, dévoré par la végétation, et s'engouffra dans le petit bois. Les rameaux agités par le vent fouettaient l'air et s'agrippaient tantôt à ses vêtements, tantôt à ses cheveux voletants. Dégoulinante, désorientée et glacée jusqu'aux os, elle lutta de toutes ses forces pour progresser entre les troncs. De temps à autre, elle s'obligeait à s'arrêter, cherchant les maigres repères qu'elle avait pu glaner la veille en venant ici avec Bixente

Amestoy. Finalement, elle leva les yeux et aperçut les contours noircis de la vieille grange qui se découpaient sur le fond tourmenté du ciel. Elle produisit alors un effort de mémoire : la petite clairière devait se trouver sur sa gauche ! Galvanisée par cette déduction, elle obliqua, redoublant d'efforts pour accélérer le rythme. Un entrelacs d'épais buissons et de ronces se dressa bientôt devant elle, et la gendarme sut qu'elle était tout près. Elle contourna péniblement l'obstacle et décela enfin un passage, au bout duquel se dessina la trouée qu'elle cherchait. Elle dégaina son arme, la pointa droit devant elle et, lessivée par le déluge, avança, tous les sens aux aguets.

Schäffer était bien là, le corps pétrifié dans un sac de toile serré à bloc. Semi-allongé dans le vieil abreuvoir de la clairière, l'homme terrorisé fixait l'eau de ses yeux exorbités. Derrière lui était accroupie une silhouette encapée qui semblait parler à son oreille, mais, de là où elle se tenait, la gendarme n'entendait rien.

— C'est terminé ! hurla-t-elle. Écartez-vous !

Le capuchon de toile imperméable se releva lentement. Au même instant, l'eau monta d'un cran vers le nez de Schäffer. Son arme à bout de bras, Louise avança de deux ou trois pas nerveux, tout en se demandant comment le niveau pouvait s'élever alors que l'abreuvoir était déjà plein. Puis elle comprit que c'était l'homme qui s'enfonçait. Elle s'approcha davantage.

— J'ai dit : écartez-vous ! Ne m'obligez pas à tirer !

La silhouette longiligne referma ses doigts sur un bâton de pèlerin qui reposait à côté d'un sac à dos au sol et se redressa. Elle demeura ainsi, comme statufiée, sondant la gendarme du regard. Les bourrasques soulevaient les longs pans de son ciré, qui ondoyaient et claquetaient, et Louise eut l'impression que la Grande Faucheuse venait de se matérialiser devant elle. En écho à ses pensées, une sentence s'éleva :

— Cet homme doit mourir !

L'index trempé crispé sur la détente, les yeux plissés à cause de la flotte, Louise répondit :

— Ce n'est pas à vous d'en décider ! Je ne peux pas vous laisser faire, et vous le savez !

À en croire la teinte écarlate de ses joues gonflées, Schäffer tentait de hurler. Son regard était suppliant, l'eau flirtait maintenant avec ses narines.

— Dernière sommation : écartez-vous !

La Faucheuse fit deux pas de côté, comme obéissant aux ordres, puis, d'un mouvement extrêmement vif et puissant, se retourna en balayant l'air de son bâton. Pas le choix, Louise tira avant que la pointe d'acier effilé fixée au bout du bâton ne se plante dans la nuque de Schäffer. La déflagration troua le tumulte ambiant et se répercuta dans le ciel. La silhouette, touchée en pleine poitrine, se figea net, puis s'effondra lentement tandis que Schäffer sombrait d'un coup dans l'eau. Malgré l'urgence, Louise se rapprocha prudemment, arme pointée vers la forme inerte au sol. Sous le capuchon, elle distingua deux pupilles dilatées qui la fixaient avec une infinie tristesse. Un instant plus tard, la vie s'échappa, et les yeux contemplèrent le néant.

Sans attendre, la gendarme fondit alors sur Schäffer. Ses mains tâtonnèrent à la recherche d'une accroche mais n'en trouvèrent aucune. Elle attrapa finalement la tête de l'homme et la hissa hors de l'eau. Schäffer respira à plein nez ; son regard était celui d'un type qui venait de flirter avec la mort.

— Ça va aller ! cria Louise par-dessus l'orage. Je vais vous sortir de là ! Restez calme.

*
* *

Deux ambulanciers chargèrent le brancard où était allongé Alexandre Schäffer. Puis le véhicule démarra, et les lumières bleues s'éloignèrent sur le chemin qui reliait la ferme à la route de la corniche. Le ciel demeurait bas et gris, mais la pluie avait cessé de tomber. Le gros de l'orage était passé.

Bixente Amestoy ajouta une bûche dans l'âtre ; le feu s'épaissit. Louise resserra l'épaisse couverture qui reposait comme un châle sur ses épaules et laissa son regard se noyer dans les flammes tandis que le film du drame se superposait à sa vision. De longues secondes s'égrenèrent ainsi, puis, pour la énième fois depuis le sauvetage de Schäffer, son téléphone sonna. C'était Violaine, elle décrocha.

— Oui ? croassa-t-elle.

— On a trouvé Ducuing, elle était allée chez le vétérinaire pour son chien.

— Enfin une bonne nouvelle.

Violaine marqua un court silence, puis demanda d'une voix soucieuse :

— Comment vas-tu, Louise ?

— Comme quelqu'un qui vient d'ôter une vie.

— N'oublie pas que tu en as sauvé une autre !

— Certes.

— Tu rentres quand ?

— Dès que l'affaire sera bouclée, or il existe encore un paquet de zones d'ombre, crois-moi, lui retourna Louise en se levant.

— Tu nous manques.

Batteries à plat ? Contrecoup du stress ? Désarmante sincérité de cette déclaration ? Ou savant mélange de tout ça ?... La gendarme se sentit bouleversée au point que son regard se voila. Elle fit quelques pas hésitants dans la pièce et, après un silence, confessa :

— Vous aussi, vous me manquez.

— Vu ton exploit du jour, je pense que Garnier ne verra aucun inconvénient à ce que tu profites de ce week-end pour te reposer un peu auprès de tes proches. Et ce n'est pas Farid qui me contredira... Louise ?

Mais la gendarme n'écoutait plus. D'un œil stupéfait, elle détaillait une grande gravure encadrée et suspendue à l'un des murs de la pièce, juste au-dessus d'un buffet basque. Il s'agissait d'une carte de la côte océanique courant d'Hendaye à Saint-Jean-de-Luz.

— Désolée, Violaine, je te rappelle plus tard ! fit-elle avant de raccrocher.

Puis elle ferma les yeux. Convoqua ses souvenirs. Remonta le temps. Et, enfin, eut un flash. Elle fit volte-face vers le fermier et, d'une voix qui trahissait son excitation, elle demanda :

— Est-ce bien « baie de Loia » que je vois écrit ici ?

— Oui. Cette gravure de la côte remonte à plus de cent ans ! À l'époque, voilà à quoi ressemblait le bord de mer. Aujourd'hui, hélas, les choses ont bien changé. Cette superbe baie est désormais méconnue des touristes, pour la simple et bonne raison qu'elle est devenue inaccessible. Le lieu est trop dangereux à cause de l'érosion de la roche côtière qui entraîne des éboulements.

— Oui, j'ai vu des panneaux en bordure de la route de la corniche indiquant que certaines portions sont interdites.

— En septembre 2019, une partie de la falaise surplombant la baie de Loia s'est effondrée. Désormais, le seul moyen de profiter de la vue est de s'en approcher par la mer, c'est-à-dire à bord d'une embarcation.

Le regard de Louise s'illumina. Une pièce majeure du puzzle était en train de se mettre en place. Elle remercia vivement son hôte et saisit son portable.

– 71 –

Pour moi, ça a été l'horreur absolue

Après dix jours de travail acharné, l'équipe était enfin parvenue au point de clôture de l'enquête. Debout devant le tableau blanc, Louise récapitulait l'ensemble des éléments qui devait égrener les gardes à vue. Elle lança un dernier regard à ses collègues bayonnais et ressentit une pointe de fierté, à se tenir devant eux, en situation de commandement, balayant ainsi l'épreuve des semaines passées : loin de son fief, de ses repères et de ses habitudes de travail, elle avait progressivement laissé les rênes à Léa – cautionnant par là même l'idée que le leader est celui qui ne doute pas. Les hommes suivent naturellement ceux qui savent, ou disent savoir. C'est absurde, mais c'est humain…

— Vous êtes prêts ?

Léa et Julien hochèrent la tête. Ils étaient prêts, oui. Et ils avaient même une sacrée revanche à prendre, après avoir été baladés pendant des semaines.

*
* *

Salle d'interrogatoire n° 1. Mine blafarde accentuée par son maquillage noir et son carré plongeant aile de corbeau. Regard lointain, presque inhabité. Les gendarmes s'assirent en face de Valériane Ducuing, clef de voûte de toute cette affaire. Louise déroula les formules protocolaires, puis demanda :

— Madame Ducuing, que pouvez-vous nous dire de l'autopsie que vous avez pratiquée le dimanche 8 septembre 2019 ?

Les yeux de la légiste papillotèrent, comme au sortir d'un songe. Mais elle ne répondit rien. Louise posa alors un dossier sur la table.

— Votre assistant, Marc Pons, l'a extrait des archives de l'IML de Bordeaux. Il s'agit du rapport d'autopsie d'un corps retrouvé à la baie de Loia, en septembre 2019, à la suite d'un effondrement de roche qui avait ouvert une anfractuosité au bas de la falaise. Un spéléologue s'y était aventuré et, derrière une montagne d'éboulis, il avait découvert une petite cavité contenant un lac souterrain dans lequel reposaient des vestiges humains. Certains journaux avaient évoqué cette affaire. Je me suis renseignée : le procureur a exceptionnellement dû requérir l'intervention d'un légiste de Bordeaux, parce qu'une épidémie de gastro-entérite avait terrassé l'équipe de l'UMJ[1] et que celle du CHU de Bayonne était accaparée par un triple homicide. Selon le procureur, vous vous êtes portée volontaire.

---

1. Unité médico-judiciaire.

La légiste tentait de garder contenance, mais elle s'était raidie, et de petites contractions nerveuses agitaient ses mains posées sur la table. Louise marqua un court silence avant de conclure :

— Vous le saviez avant même de vous rendre sur place, n'est-ce pas ? L'inconnue de la baie de Loia n'était autre que Clara Joubert.

Ducuing frémit à l'évocation du nom de son amie, et ses yeux s'emplirent de larmes. L'une d'elles roula le long de sa joue tandis qu'elle acquiesçait d'une voix nouée :

— Au vu des premières informations que j'ai reçues, ça ne pouvait être que Clara.

— Et vous avez fait valoir vos aptitudes sportives pour descendre sous terre, c'est bien ça ?

— Oui. L'accès par le front de mer aurait nécessité des compétences en escalade, mais le spéléologue avait repéré une cheminée qui reliait la grotte au sommet de la falaise. Il s'agissait du fameux « gouffre mortel », c'était ainsi que nous l'appelions quand nous étions au lycée, précisa-t-elle d'une voix éraillée. En passant par cette brèche, il suffisait d'une descente en rappel. J'étais en bonne condition physique, je pouvais le faire. Le procureur a donné son accord.

D'un regard, Louise l'incita à poursuivre.

— J'ai demandé aux techniciens de la scientifique dépêchés sur place d'attendre mon arrivée, de ne pas toucher le corps : si quelqu'un sur cette Terre devait s'occuper de Clara, c'était moi… moi et personne d'autre ! martela-t-elle.

— Je comprends, l'encouragea Louise.

— J'ai découvert Clara. Pour des raisons physiques et chimiques liées à l'environnement, son corps avait été conservé en état d'adipocire. Pour aller à l'essentiel, ce phénomène se produit parfois sur des corps immergés ou semi-immergés. Il s'agit d'un processus de saponification du tissu graisseux donnant un aspect « cire de bougie » au corps. J'ai procédé à un premier examen et… pour moi, ça a été l'horreur absolue.

Un silence s'installa. Les yeux vitreux de la légiste remontaient le temps. Ils voyaient de nouveau la cavité, le lac, Clara, et trahissaient toutes les émotions qui l'avaient traversée quand elle avait découvert les restes de son amie.

— L'horreur absolue ? relança doucement Louise.

La gorge nouée, Ducuing reprit :

— Au premier coup d'œil, j'ai vu que Clara avait réalisé un bandage de fortune avec son tee-shirt au niveau d'un de ses mollets. Parallèlement, les techniciens m'ont indiqué qu'ils avaient trouvé une paire de sandalettes posées côte à côte sur un surplomb rocheux dominant le fond de la cavité… Il m'a fallu admettre l'évidence : Clara n'était pas morte au moment où…

— Au moment où vous et votre bande d'amis aviez jeté son corps dans le « gouffre mortel » ? risqua Louise.

En réaction, la femme hoqueta bruyamment. Puis elle s'essuya les yeux et commença à renifler. Léa sortit alors un paquet de mouchoirs en papier de sa poche, l'ouvrit et le posa au centre de la table. Ducuing se moucha et répondit enfin, d'une voix brisée :

— J'ai rapidement reconstitué ce qui s'était passé. Le tibia gauche révélait une fracture interne. Étant donné que Clara ne présentait pas cette blessure avant sa chute, elle se l'était nécessairement faite en dégringolant dans le goulot. Puis elle avait atterri sur le surplomb. Désireuse de survivre, elle avait retiré ses sandalettes dont la semelle était totalement lisse, s'était confectionné un bandage et avait tenté de remonter par la cheminée.

Entre deux sanglots, la légiste se moucha de nouveau et demanda un verre d'eau. Ce récit lui coûtait, l'obligeant à poser des mots sur une effroyable réalité. Louise la laissa se désaltérer, puis relança :

— D'après vous, que s'est-il passé ensuite ?

— Clara a dû riper en escaladant la paroi. Mais cette fois-ci, le surplomb ne l'a pas arrêtée. Elle est tombée sur le dos au fond de la cavité. Après un examen plus attentif, j'ai repéré un déplacement très important entre les vertèbres C5 et C6, ce qui laissait craindre une lésion de la moelle épinière.

— Vous êtes en train de suggérer que Clara s'est retrouvée paralysée ? demanda Louise en se figurant l'immobilisation totale des victimes grâce au sac de bondage.

— Je le redoutais fortement au vu du traumatisme vertébral, et l'analyse des diatomées l'a confirmé.

— Diatomées ?

— Ce sont des algues unicellulaires présentes dans l'eau et qui se diffusent dans les tissus en cas de noyade. J'ai effectué une comparaison des diatomées retrouvées dans la moelle osseuse de la diaphyse fémorale avec celles prélevées dans l'eau du lac : il s'agissait des mêmes. Le verdict était donc sans appel. Le nez à quelques centimètres à peine de la surface de l'eau, incapable de bouger, Clara était décédée d'une noyade à cause d'une paralysie consécutive à sa chute.

Les gendarmes avaient déjà parcouru le rapport d'autopsie établi par la légiste. Ils échangèrent néanmoins un regard entendu : les morts par noyade de David Schäffer et de Magyd Ayed faisaient écho au calvaire de Clara Joubert. Jusqu'à présent, le récit de Ducuing avait confirmé la théorie qu'ils avaient échafaudée. Mais, désormais, s'ouvrait un champ plus spéculatif, et les questions étaient nombreuses.

— Si vous nous racontiez ce qui s'est passé ce jour-là, entre le moment où vous êtes allés à la grange d'Amestoy et le moment où vous avez jeté Clara dans le « gouffre mortel » ?

Valériane Ducuing releva les yeux, visiblement surprise. Louise décida alors de pousser sa chance :

— Nous savons que vous avez mis le feu au grenier à foin, affirma-t-elle avec assurance, même si elle n'en avait pas la preuve.

Une expression mêlant horreur et remords s'imprima alors sur les traits de la légiste. Elle se mordilla nerveusement les lèvres, entortilla ses doigts et, d'une voix lourde de culpabilité, se lança :

— C'était le jeudi 27 juin 2002. Nous avions décidé…

– 72 –

Vingt ans plus tôt : 27 juin 2002

De son index, Clara pointe le tracteur.
— Fais-moi faire un tour là-dessus.
Alexandre écarquille les yeux.
— Tu as ton permis, non ?
— Je n'ai jamais conduit ce genre d'engin !
— Et alors ? Ça ne doit pas être plus difficile à manœuvrer qu'une bagnole !
— Et puis tu veux aller où ? demande-t-il, effaré.
— Peu importe. Surprends-moi !
— Mais Amestoy va nous prendre en flag !
— C'est un risque, en effet ! Mais ce ne serait pas amusant, sans ça.
Un instant file, suspendu entre deux réalités possibles.
— Même pas cap' ! le défie-t-elle.
Alexandre regarde le tracteur. Puis Clara. Elle sourit. Le rhum a rougi la peau de ses joues et allumé une flamme étrange dans son regard. Il meurt d'envie de l'embrasser. Il se damnerait pour un baiser. Bien sûr qu'il va démarrer ce fichu Ferguson et emmener

Clara faire un tour ! Que peut-il se passer de grave ? Qu'Amestoy les voie et aille les dénoncer ? Et alors ? Dans une semaine commencent les oraux du bac, ensuite Notre-Dame sera derrière lui.

— Cap' ! Allez, suis-moi ! fait-il en s'engageant sur la vieille échelle branlante.

Clara atterrit plus lourdement que prévu sur le sol de terre battue. Elle prend conscience, à ses dépens, que l'alcool lui monte à la tête et l'empêtre dans ses mouvements. Alexandre l'aide à se stabiliser. Puis, à la manière d'un gentleman devant une grande dame, il s'incline légèrement, lui prend une main et l'invite à monter dans le tracteur en ouvrant grand la portière de la cabine. Au grenier, les autres se sont allongés sur le plancher et, le menton posé sur leurs mains jointes, suivent la scène. Magyd siffle pour charrier Alexandre, qui fait des courbettes et balance quelques allusions graveleuses auxquelles Clara répond par un majeur tendu bien haut. Puis elle se hisse dans la cabine et se plaque contre la portière, les fesses posées sur le carénage en tôle de la roue arrière. Alexandre s'installe sur l'étroit siège et examine l'intérieur rudimentaire. L'engin date des années 1970. Deux pédales au sol. Quelques cadrans poussiéreux. Et deux leviers de vitesse accompagnés d'un schéma explicatif surimprimé sur l'habillage en fer. Il repère un bouton *on/off*, l'active et tente un premier démarrage. Contre toute attente, le moteur tousse, crachote – Magyd, David et Valériane encouragent la vieille bécane à grand renfort de cris –, mais finit par s'éteindre.

— Merde, y a plus de carburant ! constate Alexandre en pointant la jauge *oil* dont l'aiguille est dans le rouge. Attends, j'ai vu un bidon d'essence, en bas de l'échelle.

Il ouvre la portière brinquebalante, saute et va chercher le bidon. Puis il fait le tour du tracteur, en quête du réservoir. Les effets de l'alcool aidant, il ne le trouve pas. À l'étage, ça rit, ça se moque, ça lance des poignées de foin. Beau joueur, Alex se marre.

— Bouchon noir ! C'est là, mon pote ! hurle Magyd, surexcité, pour couvrir le tapage de la musique.

Et, soudain, le silence.

Seule la musique se poursuit, indifférente à l'épaississement brutal de l'air.

Intrigué, Alexandre lève les yeux vers ses camarades. Magyd lui adresse un regard affolé et désigne l'entrée béante de la grange d'un mouvement du menton. Alex tourne alors la tête. Il repère l'ombre étendue jusqu'à ses pieds et, au bout, la silhouette massive d'Amestoy. Le fermier est un colosse, taillé dans la pierre de ses Pyrénées natales. Le visage massif et carré. Le regard dur. Les mains comme des battoirs. L'homme n'est pas un rigolo. Sa réputation n'est plus à faire : c'est un buffle, un sanguin, pas commode, arc-bouté sur ses principes. Il braille plus qu'il ne parle. Riposte avant d'être agressé. Et gare à qui s'y frotte… Alexandre se rapetisse. Il veut lever les mains en signe de reddition. Il pose donc lentement le bidon au sol, se redresse et tente une conciliation :

— Désolé, monsieur Amestoy… Écoutez, on voulait juste s'amuser un peu, on n'a rien fait de mal.

— T'es chez moi, p'tit con ! lui gueule le fermier de sa voix rugueuse. Tu fous le bordel dans mes affaires, tu essaies de me voler un tracteur, et tu voudrais que je te laisse filer comme ça !

La colère d'Amestoy semble s'autoalimenter. L'homme est écarlate, hors de lui, déjà prêt à en découdre.

— Regarde-moi, p'tit con ! Ah, mais je te remets, toi ! Avec ta petite gueule d'ange, là ! Et ton frangin, il est où, hein ?! Planqué là-haut, avec le sale Arabe qui vous colle au cul en permanence, c'est ça ? rage-t-il en levant deux yeux incandescents vers l'étage.

— Écoutez, je…

— Pute borgne ! C'est toi qui vas m'écouter, espèce de couillon ! Je vais te coller une branlée dont tu vas te souvenir longtemps !

Il fait un pas menaçant en avant, et Alexandre recule.

— Ah, tu fais moins le malin, hein ? Attends voir que je te foute la main dessus ! Tu vas danser, crois-moi !

Et le fermier avance encore, avec sa gueule de gargouille effrayante de colère. Au passage, il attrape une fourche, bien décidé à montrer qui règne chez lui. Alexandre l'a facile, le tracteur est entre eux. Si Amestoy vient d'un côté, lui part de l'autre. Le manège dure une petite minute. C'est grotesque, et Magyd, mouché par l'insulte du fermier, coupe la musique et se met à le railler :

— T'es pas près de régler tes comptes, vieux schnock raciste !

— Facho de merde ! surenchérit David, galvanisé par la peur et la boisson.

Et ils balancent des pleines brassées de foin sur Amestoy, qui leur hurle :

— Descendez voir me le dire ici ! Bande de lavettes, va !

Clara, qui est restée prostrée dans l'habitacle, veut sortir. Elle a le cœur au bord des lèvres, la tête qui tourne, et elle crève de chaud à l'intérieur de la vieille carlingue étouffante. Elle profite de ce qu'Amestoy a les yeux rivés vers le grenier pour tenter le coup. Mais son pied hésitant rate la marche, et elle s'affale au sol, expulsant de sa bouche un jet acide. Surpris par l'irruption de la donzelle, le fermier, qui tient enfin sa chance, saisit la môme par les cheveux et la relève sans ménagement. Chauffé à blanc, il a atteint le point de non-retour.

— Regardez-moi ça ! C'est du propre, tiens ! crache-t-il, venimeux. Espèce de petite dépravée, va ! ajoute-t-il en lui secouant la tête.

Clara est irradiée de douleur, elle a l'impression que son crâne va exploser. D'un geste hargneux de défense, elle lui laboure la joue. Les griffures sont profondes et saignent immédiatement, provoquant un accès de rage incontrôlé chez l'homme qui la gifle violemment. Choqué par la brutalité du vieux, Alexandre se jette sur le dos de l'homme et cherche à l'étrangler. Mais la bête en Amestoy s'est réveillée. Le molosse rue, se contorsionne et envoie valdinguer le gringalet à terre.

— Tu vas voir la dérouillée qui t'attend ! braille le fermier en fondant sur Alexandre.

C'est instinctif, irréfléchi, viscéral. Clara s'en mêle et, alors qu'une bagarre perdue d'avance commence, ses amis sont là. À ses côtés. Fidèles. Exaltés par la bestialité d'Amestoy. Ivres de colère et ivres tout court. À cinq contre un, ils prennent rapidement le dessus. Mais la peur agit en eux comme un puissant moteur, et les coups pleuvent et pleuvent encore. L'homme, au sol, beugle comme un fou furieux, les insulte, leur promet un chien de sa chienne. Muscles bandés pour encaisser les chocs, parce qu'il n'est pas du genre à rendre les armes. Bien au contraire. Combien de temps dure ce déferlement de violences ? Difficile à dire. Il faudra l'immobilité d'Amestoy et son silence pour que la tension commence à retomber.

Dans la fournaise de la fin d'après-midi, au cœur de la grange où volettent quelques mouches excitées, le fermier respire difficilement. Des bulles rougeâtres enflent et désenflent au coin de ses lèvres éclatées. Sous la protubérance violette de sa paupière droite, son œil les fixe avec une haine pure. Il trouve le moyen de rigoler, le bougre, et expulse, dans un souffle haletant de douleur, ses dernières sentences :

— Je vais vous foutre au tribunal... Vos bourges de parents, je vais les faire cracher au bassinet... Et je poursuivrai ce putain de lycée pour gosses de riches... Que je crève si je mens !

David et Alexandre échangent un regard consterné. Le constat est accablant. Ils viennent de dérouiller un type. Ils étaient chez lui. Sur sa propriété. Ils ont bu – circonstances aggravantes, les frères le savent parfaitement, leur mère est juge près la chambre correctionnelle du tribunal de Saintes. Eux, pour couronner le tout, sont majeurs. Coups et blessures volontaires en réunion... Avec un bon baveux, ça peut aller chercher loin. Sans parler des parents qui vont les massacrer !

— Et toi, là, le Maghrébin, j'espère bien qu'ils te renverront au pays ! ajoute Amestoy, mauvais.

— Ta gueule ! hurle Magyd gagné par une bouffée de haine pure. Tu mériterais de brûler en enfer, toi et tous les mecs dans ton genre !

Il pourrait tuer ce connard de ses mains ! Son pays, c'est la France, évidemment, mais des insultes comme ça, il en a entendu toute sa vie. Il connaît la musique par cœur : s'il lève un trophée d'athlétisme, il est le Français de la victoire ; s'il prend le bus, il est « le sale bougnoule d'immigré ». Valériane et Clara attendent, en retrait, encore choquées par la scène barbare qui vient de se dérouler, à laquelle elles ont participé, animées par la peur et l'irrépressible effet de groupe. Elles ont quinze ans. Se voient déjà en foyer pour mineurs délinquants. Fini Notre-Dame, finie la carrière sportive, finie la vie…

*
* *

Amestoy a perdu connaissance, mais il respire encore.

Comment, qui, par quelle alchimie ? Tous fixent le bidon ouvert, qui exhale ses vapeurs d'essence. Le feu. Si tout est calciné, que restera-t-il de l'épisode hallucinant qui vient d'avoir lieu ?

Qui prend la décision ? Aucun en particulier.

Magyd et Alexandre tirent le type par les bras et le rapprochent du tracteur.

David renverse le bidon d'essence d'un léger coup de pied – un geste qui pourrait passer pour involontaire.

Valériane se fend d'un hochement de tête.

— OK, moi, je rassemble nos affaires et je les redescends.

Clara sort une gauloise brune et un briquet du paquet souple qui bosselle la poche de la salopette du fermier. Magyd tremble un peu, mais il l'allume et crapote pour la consumer à moitié. Il grimace, c'est vraiment dégueulasse.

Alex enfile le sac à dos contenant les bouteilles sur ses épaules. Valériane se charge du sien.

Une épaisse chape de silence. Un dernier regard. Un acquiescement général.

La cigarette dessine un arc de cercle en l'air, puis atterrit dans l'essence et les poignées de foin balancées plus tôt du grenier. Les flammes naissent, d'un coup, prodigieuses.

Ils ont tout juste le temps de détaler. S'engagent dans une course effrénée à travers le petit bois qu'ils connaissent par cœur. Et, bientôt, innommables, effrayants, les hurlements de douleur du vieil Amestoy déchirent l'air – des braillements inhumains expulsés du cœur de la fournaise, comme une accusation audible et imprescriptible : ils sont des meurtriers.

– 73 –

Des yeux,
il a montré le « gouffre mortel »

Julien, Léa et Louise observèrent un long silence. Le récit que venait de leur délivrer Ducuing était glaçant et très perturbant. Parmi les dizaines de questions qu'il soulevait, une revenait sans cesse à l'esprit : comment des jeunes « normaux » avaient-ils pu commettre pareille horreur ? En écho à cette interrogation, la légiste ajouta, d'une voix mortifiée :

— Je crois qu'on a vraiment compris ce qu'on venait de faire quand on a entendu les hurlements d'Amestoy... Vous n'imaginez pas la puissance de ses cris... La souffrance atroce qu'ils contenaient... Jusqu'aux hurlements, tout ce qui s'était passé était comme... irréel.

Louise laissa échapper un soupir d'inconfort. Elle espérait une explication qui n'existait certainement que dans la vérité d'un instant de groupe – un instant fatal, absurde, le genre d'instant qui ne pouvait s'effacer.

— On a enfourché nos vélos et on s'est mis à pédaler comme des fous. Je me souviens que j'ai tourné la tête. Les flammes léchaient le ciel au-dessus des arbres, on aurait dit... je ne sais pas... c'était, d'un coup, effroyablement concret... Et puis, devant moi, Clara a ralenti et s'est mise à zigzaguer. Elle a fini par s'arrêter, elle a vomi, de nouveau. Elle était livide, elle n'allait pas bien du tout. Alors j'ai appelé les autres. Ils ont fait demi-tour, mais ils étaient survoltés. Je me souviens que Magyd gueulait. Il disait qu'on ne devait pas rester là ! Qu'on allait se faire choper ! Qu'on allait tous finir en taule ! Mais Clara ne tenait plus debout. Elle pleurait, elle criait en chancelant sur le bord de la route. En réalité, elle était en pleine crise de nerfs. On a entendu un moteur de voiture qui approchait et tout le monde a commencé à paniquer. Alexandre a pris les choses en main. Il a ordonné à David et Magyd d'acheminer son vélo et celui de Clara, et lui a porté Clara dans ses bras. On l'a suivi. On a avancé sur la falaise rocheuse qui courait vers la mer. C'était le seul moyen de se mettre à l'abri des regards.

Valériane Ducuing réprima un sanglot. Elle respira en saccade et parvint à reprendre d'une voix chevrotante :

— Alex nous a conduits au pied d'un petit relief rocheux, en contrebas de la route. Il a posé Clara, et on a essayé de la calmer... Mais elle était hystérique. Elle hurlait en se bouchant les oreilles ; je sais qu'elle entendait, comme moi, comme nous tous, les hurlements d'Amestoy. Je les entends encore, vous savez, précisa-t-elle dans un souffle. Ils me réveillent la nuit.

Louise acquiesça pour l'enjoindre de poursuivre.

— Clara a voulu se lever… Elle était ivre… Le sol était inégal avec des arêtes de roches saillantes. Elle a trébuché, elle est tombée. Sa tête a heurté les rochers. Et puis plus rien. Ses cris ont cessé brusquement. Je me suis précipitée sur elle. Elle ne bougeait plus. Je lui ai parlé, je l'ai secouée, je… je n'arrivais pas à comprendre… Rapidement, j'ai vu se former un hématome sous sa peau, ici, fit-elle en montrant sa tempe. J'ai complètement paniqué, j'ai commencé à crier. Alexandre m'a écartée. Il avait des yeux grands comme des soucoupes. J'ai hurlé qu'il fallait aller chercher les secours ! David s'est mis à pleurer. Magyd m'a regardée, affolé, en secouant la tête, puis le ton est monté quand il m'a répondu que, si les secours venaient, c'était cuit pour nous ! Que les flics risquaient de faire le lien avec Amestoy ! Qu'est-ce qu'on foutait ici avec des vélos ? D'où on venait ? Je l'ai injurié, je lui ai braillé que je m'en foutais, qu'il fallait sauver Clara ! Et, soudain, Alex s'est mis entre nous. Ses yeux étaient hallucinés. On s'est tus. Il nous a regardés et il a dit : « Clara est morte. »

Ducuing se tut, réprima un sanglot et avala une grande gorgée d'eau.

— J'ai pété les plombs. J'ai crié, j'ai braillé, et je me suis effondrée par terre… David s'est agenouillé à côté de moi et il m'a pris la main. Il pleurait et il répétait en boucle : « Oh, non… non… c'est pas possible… » Magyd et Alexandre se regardaient, atterrés, catastrophés. Et, subitement, Alex est sorti de son hébétude et il a dit, presque calmement : « Elle est morte. On ne peut plus rien faire pour la sauver. Mais nous, on peut encore sauver notre peau. » J'étais pétrifiée, mon cerveau moulinait dans le vide. Je ne pouvais même plus parler. Alexandre a légèrement tourné la tête vers la droite. Des yeux, il a montré le « gouffre mortel ». Moi, je suis restée tétanisée. Glacée à l'intérieur. Magyd et lui se sont approchés de Clara. J'étais incapable de les arrêter. Juste avant le moment irréversible, Magyd a relevé la tête, il a regardé Alexandre et il lui a dit : « Tu es sûr ? » Alexandre a marqué un temps d'arrêt, puis a répondu : « C'est la seule solution. » Et ils ont attrapé Clara pour la faire basculer dans la faille. À cet instant, moi qui voulais faire médecine, j'ai su que j'étais condamnée à travailler avec les morts, que ce serait ma punition, acheva-t-elle en pleurant.

Les gendarmes se sondèrent du regard. Ils se représentaient mieux ce qu'avait ressenti la légiste, vingt ans plus tard, en découvrant que Clara avait été jetée vivante dans son cercueil de pierres. Louise tendit un nouveau mouchoir à Ducuing, ravagée par la douleur.

— Pourquoi avoir accepté de participer à la mise en scène qui a suivi ?

— Pourquoi aurais-je refusé ? hoqueta-t-elle en s'essuyant les yeux. Clara était morte, j'étais amputée d'une partie de moi, personne ne pourrait jamais guérir ça. Qu'on la croie partie ou qu'on la sache décédée, ça ne changeait rien à ma douleur. Je me suis mise en pilotage automatique et j'ai fait ce qu'Alexandre m'a demandé : rentrer au lycée, déposer mon vélo, faire le sac de Clara et le jeter par la fenêtre au pied du bâtiment. Ensuite, j'ai alerté un pion et j'ai débité cette histoire de virée à la plage d'Hendaye. Et voilà.

— Le vélo de Clara ? Son sac ? Qui s'en est débarrassé ?

— Les jumeaux avaient une voiture. Ils ont rapporté le vélo de Clara jusqu'au parking de Notre-Dame et l'ont chargé dans le coffre. Ensuite, ils ont récupéré le bagage de Clara que j'avais balancé. J'ignore ce qu'ils en ont fait ; en revanche, je sais qu'ils ont déposé le vélo devant la gare d'Hendaye. Et, comme l'avait imaginé Alexandre, tout le monde a cru à une fugue.

Léa adressa un signe de tête à Louise, demandant implicitement à prendre le relais.

— Et lorsque, en septembre 2019, vous avez autopsié le corps de Clara et compris ce qu'il s'était vraiment passé, comment avez-vous réagi ?

— Je pense que, avec les années, j'avais intégré les motivations d'Alexandre. N'avait-il pas sauvé sa vie, celle de son frère et celle de Magyd ? Pour la mienne, c'était autre chose...

Les traits de Ducuing se rembrunirent, et elle marqua une pause. Quand elle reprit, sa voix n'était plus qu'un murmure étranglé.

— Alors, quand j'ai découvert l'abominable vérité, j'ai ressenti... un véritable séisme intérieur. J'étais dans un état second. Nous n'étions plus seulement les meurtriers d'Amestoy... nous étions aussi les meurtriers de Clara. Je n'étais pas en état de réfléchir. Je devais me laisser du temps... Le bracelet que Clara portait à la cheville était invisible, couvert par le bas du pantalon pattes d'éléphant qu'elle portait.

Bien que surprise, Louise leva la main en direction de ses collègues : ils reviendraient plus tard sur cette histoire de bracelet. Inutile d'interrompre Ducuing.

— Comme c'est fréquent dans les cas d'adipocire, les extrémités du corps s'étaient délitées. Je n'ai eu aucun mal à subtiliser le bijou sans être vue. Au besoin, il me serait possible d'affirmer ensuite que je l'avais retrouvé dans la housse mortuaire, caché par les vêtements. J'ai ensuite demandé la levée du corps. Étant donné que je redoutais fortement une mort par noyade, j'ai effectué un prélèvement d'eau sur place, pour d'éventuelles diatomées. Ensuite, j'ai autopsié le corps à l'IML, et mes premières conclusions se sont vérifiées... Les heures qui ont suivi ont été les pires de ma vie... Je n'étais plus que l'ombre de moi-même, dévorée par une culpabilité sans fond... Parce que j'aurais pu empêcher ça ! jeta-t-elle, désespérée. Je, je... j'aurais dû...

Mais les pleurs l'empêchèrent de poursuivre.

— Calmez-vous, madame, calmez-vous, murmura Louise avec douceur.

Puis elle remplit son verre et le lui tendit.

— Respirez et buvez un peu.

Ducuing s'exécuta en tremblant et, au bout d'une longue minute, parvint à recouvrer un semblant de calme.

— Que s'est-il passé après l'autopsie ? relança Louise.

— ... Je... J'ai compris que je ne méritais pas de vivre. Avant de rentrer chez moi, j'ai acheté une bouteille de gin, en souvenir de ma première cuite avec Clara. J'étais décidée à la vider en ingurgitant des cachets. J'ai bu deux verres cul sec et, étrangement, j'ai commencé à y voir plus clair : avant d'en finir, je devais avouer la vérité au père de Clara... J'ai pris mon courage à deux mains et je l'ai appelé... Il m'a rejointe à Bordeaux.

Les yeux rivés sur le passé, la légiste relata sa rencontre avec Joubert. Plus ce souvenir précis se rappelait à elle, plus elle retrouvait son calme, et plus sa voix s'affermissait. Elle raconta sa longue et douloureuse confession étayée par le cahier intime de Clara qu'elle avait subtilisé vingt ans plus tôt et précieusement conservé. Elle évoqua la tempête émotionnelle de ce père découvrant la vérité sur la dernière année scolaire de sa fille. Sa sidération devant la mécanique infernale qui s'était emparée de cette bande de jeunes. Son incompréhension totale de ce qu'ils avaient fait subir à Amestoy. Et, finalement, son accablement lorsqu'il avait su comment Clara était morte : seule, au fond d'un gouffre noir et glacé. Toute la nuit, le père avait imaginé sa terreur, son angoissante solitude, sa mort par noyade.

— Au petit matin, les sanglots de Roman se sont taris... Et je l'ai vu, sous mes yeux, se transformer : peu à peu, son désespoir a laissé la place à une froide détermination nourrie de haine. Et il m'a dit : « Non, Valériane, tu ne vas pas mourir aujourd'hui. Parce que j'ai besoin de ton aide. Nous avons quelque chose à accomplir, au nom de Clara. Quand ce sera fait, tu pourras partir, si tu le souhaites encore. » J'ai compris. Et moi aussi, j'ai ouvert la porte à la haine. C'est elle qui m'a donné le courage de ne pas me suicider, c'est elle qui m'a donné la force de venger Clara.

Les gendarmes se regardèrent. La collaboration entre la légiste et Roman Joubert avait donc commencé à ce moment-là.

— Tout ce qui a suivi, c'était son plan. Ne pas identifier Clara. Sans son médaillon et avec les vêtements de sa mère qui dataient de 1970, ça s'est révélé plutôt facile. J'ai falsifié mes expertises en indiquant que le corps était celui d'une femme de quarante ans. L'analyse

ADN ne pouvait rien donner puisqu'il n'y avait eu aucun prélèvement en 2002. Quant aux empreintes dentaires, elles étaient inutiles, Clara avait quinze ans et n'avait jamais été soignée pour la moindre carie...

— Votre démission ?

— L'idée de Roman, et j'étais d'accord. Je devais me rapprocher de Tarbes et être disponible pour l'aider.

Louise posa un téléphone portable sur la table.

— Nous l'avons retrouvé sur le corps de Joubert. Un portable à carte prépayée. Je suppose que vous en aviez un également ?

— Oui. Nous pouvions échanger sans laisser de traces.

— Joubert a mis en place un plan machiavélique. Il l'a préparé pendant plus d'un an et demi, n'est-ce pas ?

— Oui, et c'était un plan génial. Il s'est même fait passer pour un détective, fit-elle alors qu'une fugace lueur d'admiration éclairait son regard.

Les gendarmes froncèrent les sourcils. Un certain nombre de manigances devaient encore être mises au jour. Louise opta néanmoins pour une question qui la brûlait :

— Quel rôle teniez-vous exactement dans ce plan ? Pourquoi mettre en scène cette agression manquée ?

— Elle constituait le point de départ : grâce à elle, j'avais un bon motif pour me rapprocher de mes anciens camarades.

— Mais vous auriez pu mourir !

Ducuing afficha un sourire étrange.

— C'était un risque que j'étais prête à courir.

Louise marqua un arrêt, plissa les yeux et griffonna une note à la hâte. Puis elle relança :

— Donc, après cette mise en scène... vous vous êtes rapprochée de vos anciens camarades ?

— Oui, je leur ai fixé rendez-vous et les ai incités à se procurer un portable à carte prépayée. Les Schäffer ont accepté, mais Magyd, lui, n'a rien voulu savoir. Ça n'avait pas grande importance, Roman l'avait déjà ferré grâce à un site d'*escorts*. De mon côté, je campais le rôle d'intermédiaire : je recueillais toute information utile pour Roman et j'orientais aussi les réflexions et les décisions de mes anciens amis. Pour qu'ils agissent comme prévu... Cependant, vous devez savoir quelque chose d'important, ajouta-t-elle d'un ton convaincu : Roman exigeait que je soumette à chacun d'eux, au moins une fois, l'idée de se rendre à la police et d'avouer la vérité. En cas de refus, la sentence tombait.

Louise secoua la tête, l'air médusé.

— Faites-vous la différence entre vengeance et justice ?
— Oui. La vengeance ne connaît pas la clémence. La justice, si. Pour autant, Roman était prêt à courir le risque... Mais aucun membre de la bande n'a jamais voulu assumer ses actes, fit-elle avec mépris. Pour eux, le problème était de taille : si Clara était morte par accident, pourquoi diable avoir jeté sa dépouille dans le « gouffre mortel » ? Ça n'avait aucun sens ! On ne cache un corps que si l'on a quelque chose à se reprocher !

— Vos camarades auraient pu déclarer avoir agi sous le coup de la panique.

— Mais pourquoi se dénoncer vingt ans plus tard ?
— Les remords, par exemple ?

Ducuing eut un rictus dédaigneux.

— Des remords à partir desquels il était possible d'établir une connexion entre une dissimulation de cadavre et un meurtre en réunion. Jugez par vous-même :

le poids des *remords* ne devait pas être suffisant, ironisa-t-elle, puisque tous ont préféré vous mentir !

Louise fit le point et laissa échapper un long soupir : Joubert leur avait-il *vraiment* laissé le choix ? Si l'un d'eux avait avoué pour le corps de Clara, les questions auraient fusé. Qui avait transporté le vélo à la gare, pourquoi et comment ? Bouclé puis caché le sac de Clara ? Monté de toutes pièces cette histoire de seconde fugue ? Le scénario d'une réaction sous le coup de la panique tenait difficilement : pourquoi déployer tant d'efforts, de ruses et de mensonges autour d'un simple décès accidentel ? De là à supposer que ces stratagèmes dissimulaient une sombre vérité, il n'y avait qu'un pas... *De facto*, le rempart le plus solide entre les meurtriers et le fermier consistait à ne jamais être reliés à Clara et à laisser vivre la thèse officielle d'une fugue. Somme toute – et ce depuis le 27 juin 2002 –, le spectre hurlant d'Amestoy poursuivait les protagonistes de ce drame...

— Qu'en est-il du rôle de Thibault Broca dans tout ça ?

D'un ton sans appel, la légiste répondit :

— Je suis prête à payer le prix. Mais n'attendez pas de moi que je balance quiconque.

Louise s'en doutait, elle n'insista pas. Pour confondre Broca, elle avait d'autres cartes en main.

— Si tel est votre choix... Un détail, relança-t-elle : « MPC » pour « même pas cap' », c'est ça ?

— Oui. C'est Clara qui a inventé le nom du clan. Et elle l'a même tagué sur la voiture de Chaban.

— Je vois. Et maintenant, si vous nous parliez de cette histoire de bijou et de détective privé ?

– 74 –

Et il aurait pu y arriver...

Broca ne se départait pas de son air défiant. Lorsque les gendarmes entrèrent enfin dans la salle d'interrogatoire, il arbora un sourire narquois.

— Tiens, tiens, une nouvelle représentante des forces de l'ordre ? se moqua-t-il en désignant Louise. Vous venez en renfort, suite à l'échec de vos collègues ?

La gendarme ignora le sarcasme et lui lut ses droits. Puis elle le harponna du regard et entra directement dans le dur :

— J'ai compris le subterfuge dont vous aviez usé lorsque j'ai examiné un compte rendu de l'activité numérique du PC de Roman Joubert. Le soir du lundi 25 octobre, date de l'assassinat de Magyd Ayed, l'ordinateur de Roman Joubert s'est connecté sur le site de France Musique à 19 h 54, fit-elle en posant un document sur la table. La connexion a duré tout le temps du concert « consacré à des airs de Mozart interprétés par Sabine Devieilhe, accompagnée par l'orchestre Les Siècles, sous la direction de François-Xavier Roth ».

Louise laissa filer un silence, mais Broca ne se laissa pas déstabiliser.

— Le même concert que celui que vous disiez avoir écouté sur votre poste radio, chez vous, à Esquiule.

— Que répondre sinon que Roman Joubert possédait, lui aussi, un goût très sûr en matière de musique ?

— La vérité est que vous avez construit un alibi à Roman Joubert pour le soir du 25 octobre. Ce dernier vous ayant fait acheter la même voiture que la sienne, vous êtes allé à son domicile à la nuit tombée, vous avez activé la porte du garage et vous vous êtes garé à l'intérieur. Si un voisin regardait dehors, il ne pouvait voir que la Clio bleu métallisé de Joubert qui rentrait chez lui, après une longue journée de travail. Ensuite, depuis la ligne fixe de la maison, vous avez composé le numéro de téléphone de la chambre 212 de l'EHPAD « Les Mimosas », comme en ont attesté les fadettes. Et, durant une quinzaine de minutes, vous avez parlé avec Mme Joubert, atteinte d'Alzheimer à un stade avancé, qui – selon la conversation que j'ai eue avec une aide-soignante – ne fait plus aucune différence entre Pierre et Paul, Paul et Jacques, Jacques et Pierre. Pour qui vous a-t-elle pris, elle-même l'a probablement oublié…

De nouveau, Louise se tut. Broca la regardait désormais avec une intensité presque dérangeante. Soudain, il recula sur sa chaise.

— Spéculations, fit-il en croisant les bras.

Mais elle nota le léger fléchissement de sa voix.

— L'idée était excellente. Même véhicule, mêmes pneumatiques, voilà qui permettait mille confusions ! Vous avez dû vous amuser comme des petits fous, hein ?

Il se pencha en avant, comme pour donner du poids à ses propos, et répéta :

— Spéculations.

— Le portable fantôme de Roman Joubert, que voici, poursuivit-elle en posant le scellé sur la table, fait apparaître deux numéros de téléphone prépayés avec lesquels il était en contact : l'un des deux appartient à Valériane Ducuing – elle l'a admis –, l'autre devait être le vôtre. Et, bien entendu, vous vous en êtes débarrassé sitôt votre rôle achevé.

— Spéculations.

— Les bornages de ce second 06 inconnu sont tous situés à Esquiule.

— Cela ne prouve rien.

— Si vous le dites, fit Louise d'un ton détaché. Mais je vais tout de même poursuivre. Le plan de Joubert prévoyait ceci : dès lors que nous viendrions à votre rencontre – et cela allait forcément avoir lieu, au regard de nos découvertes à Notre-Dame et des propos faussement défensifs que Joubert allait tenir vous concernant –, vous deviez provoquer votre arrestation. D'où votre attitude hostile, vos menaces et injures à l'encontre de mon collègue ici présent. C'était doublement malin ! Nous serions occupés auprès de vous, laissant libre champ à Joubert pour assassiner David Schäffer, et, le moment venu, vous seriez en prime innocenté, puisque vous vous trouveriez en garde à vue. Sauf que tout cela ne pouvait fonctionner qu'avec le bon timing ! Joubert devait être certain que vous aviez été arrêté, n'est-ce pas ?

Une lueur de crainte transperça le regard de Broca, et il baissa les yeux.

— Or, vous ne pouviez pas provoquer mon collègue pour qu'il vous passe les menottes et, dans le même temps, utiliser le portable à carte prépayée pour informer Joubert de votre arrestation. Vous avez donc conçu quelque chose de très simple : nous demander de prévenir votre voisine pour qu'elle s'occupe de vos bonsaïs. En repassant les bandes de la GAV, votre insistance à vouloir vérifier que mon collègue l'avait bien alertée m'a interpellée.

Louise marqua une pause, croisa théâtralement les mains sur la table et s'avança vers Broca.

— Nous avons donc rencontré Mme Gauthier. Une dame charmante, serviable et totalement ignorante d'avoir aidé à une entreprise criminelle. Après le passage du gendarme, elle a suivi vos recommandations et téléphoné à ce numéro, fit Louise en posant un nouveau scellé devant elle.

Dans le sachet, une demi-feuille de papier rédigée de la main de Thibault Broca indiquait la marche à suivre.

— Le 06 que vous avez reporté ici, reprit-elle, n'est autre que le portable prépayé de Roman Joubert – il n'avait pas prévu de se faire arrêter en sa possession. Bref, en l'appelant pour qu'il s'occupe de vos bonsaïs, votre voisine lui indiquait le top départ de votre arrestation.

Louise planta ses yeux dans ceux de Broca et conclut :

— Ceci établit la preuve d'un lien direct entre M. Joubert et vous. Contrairement à ses déclarations, vous aviez conservé un lien très fort… Aucun de vous n'avait fait le deuil de Clara, n'est-ce pas ?

L'homme ne répondit pas. Il conserva les yeux baissés et un silence total.

— En réinterrogeant vos parents, nous avons obtenu le numéro d'un téléphone fixe qu'ils pouvaient utiliser en cas d'urgence, lorsque vous séjourniez à Saitama, pour suivre les enseignements du maître en bonsaïs, Masahiko Kimura. Grâce à un traducteur, nous avons pu échanger avec votre logeuse de l'époque, Mme Watanabe. Celle-ci nous a raconté qu'un monsieur français, se présentant sous le nom de Roman Joubert, vous appelait chaque dimanche.

Broca se tassa sur lui-même et ne chercha plus à nier.

— En 2012, votre formation achevée, vous êtes finalement rentré au pays et vous avez ouvert votre ferme de bonsaïs. Bien sûr, votre relation avec le père de Clara s'est poursuivie, comme en a témoigné votre voisine, Mme Gauthier, qui a déclaré à mes collègues qu'un homme conduisant une Panda rouge était venu chez vous très fréquemment, pendant des années. Puis elle a précisé que ces visites avaient brutalement cessé, il y a un ou deux ans. Nous pensons qu'elles ont pris fin en septembre 2019, après que celui-ci a appris la vérité sur la mort de sa fille.

Louise s'interrompit quelques secondes, laissant à Broca le temps d'assimiler ses propos.

— Joubert s'est certainement empressé de venir vous voir pour vous raconter la terrible confession de Valériane Ducuing lors de leur rencontre à Bordeaux. Il en était revenu avec le cahier intime de Clara, que Valériane avait subtilisé, le soir du 27 juin 2002, au moment où elle avait rassemblé les affaires de son amie pour faire croire à une fugue… Et nous avons retrouvé ce cahier dans les affaires d'Alexandre Schäffer chez sa belle-sœur, asséna Louise en posant un troisième scellé sur la table.

À la vue du cahier, Broca tressaillit, et il ferma les yeux.

— Nous y avons glané beaucoup d'informations. Le coup de foudre de Clara pour Alexandre Schäffer, les premiers défis sur fond de jeu de séduction, les rendez-vous chez Amestoy, la naissance de MPC, l'émulation de groupe et l'escalade dans la prise de risques. Nous y avons aussi trouvé l'humiliation qu'elle vous a fait subir. Tout compte fait, elle avait peu de respect pour vous, le provoqua volontairement Louise.

— Elle n'a jamais voulu me faire de mal ! réagit-il avec véhémence. C'est écrit noir sur blanc ! Et je sais les mots qu'elle a prononcés à mon oreille, ce jour-là ! Elle m'a dit de prendre tout ce qu'elle pouvait m'offrir ! Elle était sincère ! Elle ne voulait pas m'humilier ! Elle a même cherché à me protéger, mais c'était compter sans ce salopard de Magyd ! En faisant circuler cette vidéo, il s'attaquait à Clara, il savait qu'elle serait profondément blessée !

Sa voix se brisa sur un sanglot qui lui noua la gorge. Il tremblait désormais des pieds à la tête, comme l'amoureux transi qu'il avait toujours été, indiquant à Louise qu'elle était en passe d'obtenir ses aveux.

— Pour autant, ça ne l'a pas décidée à quitter la bande et à arrêter les défis.

— Vous n'avez pas connu Clara, moi si ! tempêta-t-il. C'était une fille extraordinaire, pleine de vie, de désir et de sincérité ! La seule fille que j'ai rencontrée dans mon enfance pour qui mon obésité n'était pas un problème ! Elle se foutait totalement du regard des autres, de leurs jugements débiles, de leurs sarcasmes ! Elle voyait au-delà de mon apparence..., ajouta-t-il d'une voix brisée. Mais, avec ce connard, elle n'était plus elle-même... Elle n'avait pas les idées claires, elle était enfermée dans une relation toxique, acheva-t-il, les dents serrées.

— Vous faites référence à Alexandre Schäffer ?

— Bien sûr ! Cet enfoiré n'a jamais été que… (il s'interrompit, fit un vague geste méprisant de la main) qu'un mirage, l'incarnation d'un pygmalion caricatural qu'elle se plaisait à désirer autant qu'à fuir.

Louise ne le contredit pas : après lecture du cahier, elle peinait à savoir si Clara avait follement aimé Alexandre, ou si elle avait follement aimé lui résister, créant ainsi la mécanique d'une passion impossible et, par là même, autoalimentée.

— Ainsi, en septembre 2019, lors d'une dernière visite chez vous, Roman Joubert, ivre de vengeance, vous a convaincu de l'aider.

— Il ne m'a convaincu de rien ! Quand j'ai su le calvaire que Clara avait vécu à cause de sa pseudo-bande d'amis, la vengeance s'est imposée comme une évidence. Ces salopards avaient bénéficié de vingt ans d'impunité ! Ils menaient leurs petites vies en toute tranquillité… c'était inacceptable !

— Vous auriez pu les dénoncer, intervint Louise. Le cahier intime, le bijou, les conclusions de l'autopsie et le témoignage de Valériane Ducuing concernant la mort de Clara et d'Amestoy auraient constitué autant d'éléments à charge.

Broca émit un ricanement moqueur et blasé.

— Allons donc ! Soyons sérieux, voulez-vous ? Vingt ans étaient passés, ces enfoirés étaient devenus des gens respectables. Ils se seraient réfugiés derrière l'excuse de minorité ! Et ils auraient pris quoi, hein ? Cinq ans max dont trois avec sursis ! Non, conclut-il avec amertume, ils méritaient de connaître la douleur qu'ils avaient infligée à Clara.

Les gendarmes ne rétorquèrent pas. Cela était inutile, la colère et la douleur de Broca leur sautaient aux yeux. L'homme n'avait nullement guéri de ses blessures adolescentes.

— Visiblement, Joubert partageait vos sentiments, reprit Louise d'un ton factuel, et un plan a germé, n'est-ce pas ? Vous êtes alors passés sous les radars : fini les rencontres à la ferme d'Esquiule, vous ne deviez plus avoir de relation – en apparence, tout du moins. Comment vous y êtes-vous pris ? Des rendez-vous différents fixés à chaque fois ? demanda Louise.

— Oui. À la fin d'une entrevue, on se donnait un nouveau rendez-vous : lieu, date et heure.

— Vous, Joubert et Ducuing ?

— Exact. Dès que la démission de Valériane a été actée en mars 2020, elle s'est installée à Sarrouilles et nous a rejoints. Nous avons alors planifié les différentes étapes de notre vengeance, en gardant le meilleur pour la fin, si je puis dire, fit-il, sarcastique.

— Alexandre Schäffer ?

— Oui, le plus coupable de tous. Nous savions que seul l'enterrement de son frère l'obligerait à quitter la sécurité de Wellington. Or, une fois Ayed assassiné, David allait se tenir sur ses gardes. Nous devions donc l'attirer dans un piège.

— Pour commencer, il vous fallait un lieu adapté : tranquille, loin des regards et disposant d'une baignoire. La maison d'Ibos vous a semblé idéale.

— Tout à fait. Il ne restait plus qu'à y attirer David. Roman s'est fait passer pour un privé enquêtant sur moi et lui a montré des clichés : ceux-ci mettaient en évidence la maison d'Ibos avec un mausolée dédié à Clara, au cœur duquel trônait le cahier intime.

— Je vois, le cahier a donc servi d'appât, déduisit Louise. Parce que son contenu était compromettant : il établissait un lien formel entre la bande et Clara – jeune fille mystérieusement disparue –, mais aussi entre la bande et le lieu d'un incendie dans lequel Ekhi Amestoy avait trouvé la mort. Et, en voulant le récupérer, David Schäffer s'est livré à Roman Joubert.

— Oui.

— Ce meurtre allait vous disculper puisque vous étiez en garde à vue, puis accuser Joubert, à cause des images de vidéosurveillance.

Un petit sourire goguenard au coin de la bouche, Broca jubilait.

— Roman a eu l'idée géniale de refaire fabriquer ses plaques sans les logos 65 et Occitanie. Le soir du meurtre de David, il les a placées sur les siennes avec du double face et s'est rendu à Ibos. Il se désignait donc coupable avant de sortir l'atout « fausses plaques » de sa manche. Il devait juste laisser la garde à vue se dérouler suffisamment longtemps pour que Valériane ait le temps d'attirer Alexandre Schäffer au chalet.

— Chalet qui nous a donné du fil à retordre, précisa Louise, puisqu'il n'apparaissait pas dans le patrimoine de Joubert.

— Roman l'avait, entre guillemets, « cédé » à l'une de ses sociétés, afin d'éviter toute perquisition.

— On a tout de même fini par le découvrir. Mais reprenez, je vous en prie : vous disiez que Schäffer devait se rendre au chalet ?

— Lui aussi voulait mettre la main sur le cahier intime, *forcément* ! Mais la virée au chalet revêtait pour nous un autre but. Valériane devait profiter de l'occasion pour informer Schäffer que Clara avait toujours porté son bijou à la cheville. Roman était certain qu'Alexandre voudrait le récupérer : le médaillon établissait la preuve formelle d'une relation amoureuse entre Clara et lui. Si le corps venait un jour à être retrouvé, la théorie de la fugue s'effondrerait. Il y aurait alors une enquête, et Schäffer serait inquiété. N'avait-il pas menti en niant farouchement toute relation avec Clara ? À partir de là, que dissimulait ce mensonge ? Qu'est-ce qui pouvait bien le justifier vingt ans plus tard, sinon une sombre vérité ? Non, Alexandre ne pouvait repartir à Wellington sans ce bijou.

Louise acquiesça. Son audition de Ducuing avait déjà permis de lever le voile sur ce point précis. Elle relança :

— Cependant, Joubert n'était pas sûr d'être relâché à temps pour commettre son dernier crime...

— Pourquoi l'auriez-vous maintenu en garde à vue ? Une fois vérifiée cette histoire de fausses plaques, sachant qu'il avait un alibi pour le soir de la mort d'Ayed et sachant que vous n'aviez aucune envie de le croire coupable, il était certain que vous le laisseriez partir. N'étais-je pas, moi, le suspect idéal ? L'homme imbu de lui-même ? Jouissant de la maison d'Ibos ? Celui qui avait acheté la même voiture et fait poser les mêmes pneus, à quelques jours près ?

Un silence s'installa. Les gendarmes avaient déjà effectué ce raisonnement. Mais l'entendre ressemblait à une cuisante leçon de choses. Un temps indéfini s'étira, puis Louise finit par se racler la gorge et reprit :

— Finissons-en. L'idée de Joubert était celle-ci : dès lors que nous nous focaliserions de nouveau sur vous, certains que vous étiez le coupable aidé d'un complice, Joubert retrouvait les coudées franches pour assassiner Alexandre Schäffer.

— Exactement. Et ce dernier meurtre allait de nouveau me disculper, bouclant la boucle.

— Joubert a toujours voulu faire en sorte que votre aide et celle de Valériane ne soient pas découvertes, n'est-ce pas ?

— C'est vrai. Il avait décidé d'être le seul tueur et, en cas de problème, d'être le seul coupable à vos yeux. Et il aurait pu y arriver…

Louise croisa les bras, se recula sur sa chaise et planta ses yeux dans ceux de Broca. C'était un détail sans grande importance, mais elle voulait en avoir le cœur net.

— Le soir de la fausse agression de Ducuing, vous étiez sur place, n'est-ce pas ?

L'homme laissa échapper un soupir amusé et acquiesça :

— Oui. La suite du plan reposait sur la survie de Valériane, et nous devions donc être sûrs que le livreur interviendrait à temps. J'ai fait claquer les contrevents et j'ai couru sur les graviers. Roman, lui, guettait depuis la porte entrouverte de la chambre. Lorsque le jeune est entré dans la salle de bains, il a discrètement mis les bouts et m'a rejoint à la voiture.

– 75 –

C'est la seule solution

Il n'avait plus rien à voir avec le fringant cadre supérieur à l'allure décontractée et à la mine assurée. Alexandre Schäffer ressemblait à une ombre. Recroquevillé sur lui-même. Le regard terne et lointain. Les traits tirés. Cerné par les fantômes du passé. Dissimulée derrière la vitre sans tain, Louise l'observa durant de longues secondes. « C'est la seule solution », avait-il énoncé avant de jeter Clara au fond du gouffre. Voilà l'homme à cause duquel une jeune fille de quinze ans était morte dans d'atroces souffrances. Seule. Au fond d'une cavité sans lumière. La bouche à quelques minuscules centimètres d'une surface d'eau dormante. Et, vingt ans plus tard, cette mort avait entraîné une terrible vengeance. La gendarme tressaillit.

— On commence ? demanda Léa.

— ... Dans un premier temps, je vais y aller seule, réagit Louise après un court silence, les yeux toujours rivés sur l'homme. Mais avant, je voudrais que tu entres dans la salle d'interrogatoire, que tu informes Schäffer de ses droits et que tu lui annonces mon arrivée. Tu veux bien ?

Interloquée, Léa ouvrit la bouche, puis la referma. Son assurance avait été émoussée par l'enquête, et elle n'était pas de taille à tenir tête à sa collègue. Elle laissa échapper un soupir et s'exécuta. Deux minutes plus tard, elle rejoignit Louise derrière la vitre sans tain. Celle-ci avait fermé les yeux : tendue vers un dessein connu d'elle seule, elle marmonnait quelques mots inintelligibles. Une poignée de secondes plus tard, Louise rouvrit les yeux, hocha la tête pour elle-même et poussa la porte de la salle d'interrogatoire. Au même moment, Julien rejoignit Léa dans le sas attenant. Il portait trois cafés fumants.

— Louise n'est pas là ?

Léa lui adressa un petit mouvement du menton qui désignait la vitre sans tain.

— Je crois qu'elle a quelque chose en tête.

Keller tendit un café à sa collègue et, mû par la curiosité, se plaça à côté d'elle. Louise venait de s'asseoir en face d'Alexandre Schäffer. D'une voix étrangement douce, elle ouvrit l'échange :

— Bonjour, Alexandre. Vous me reconnaissez ?

L'homme releva la tête.

— Oui, murmura-t-il.

— Elle vous a rendu fou, Clara, reprit Louise de ce même ton calme et empathique en posant le cahier intime sur la table.

Légèrement surpris par cette entrée en matière, Schäffer cligna des yeux et regarda la gendarme avec perplexité.

— Vous avez énormément souffert, n'est-ce pas ?

— Je... Oui..., murmura-t-il.

— C'était une fille étrange, un être à part... Une fille dont le regard vous brûle le cœur et le consume de cette façon si intense, si absolue, que l'esprit perçoit, au moment même où elle s'imprime, l'indélébilité de la marque laissée. L'esprit sait, en un instant, qu'aucune fleur aussi belle ne repoussera jamais sur le terreau des sentiments, parce que ce terreau est devenu un sol aride, carbonisé, malade... C'est ce que vous avez ressenti dès que les yeux de Clara vous ont regardé ?

De grosses larmes coulaient désormais sur le visage marbré de rouge d'Alexandre Schäffer. Sa bouche s'ouvrit sur une respiration saccadée, mais l'émotion trop vive l'empêchait de parler. Alors, il approuva en hochant la tête.

— Coup de foudre... l'expression est galvaudée, pourtant, si l'on s'arrête sur ces mots et que l'on y pense vraiment, on ne peut que comprendre la violence et l'impact d'une telle expérience. Être foudroyé, ça veut dire ressentir la morsure du feu de l'intérieur, être traversé par un arc électrique qui irradie et réduit en cendres en un instant. Vous voyez de quoi je parle ?

— Oui... c'est... exactement ça, larmoya-t-il.

— Après ce coup de foudre, Clara était là, dans vos pensées, chaque seconde, chaque minute de votre vie, un peu comme une douleur permanente qui ne saurait se faire oublier, qui se rappelle à vous tout le temps, qui palpite, invisible, sous la peau, vous secoue, vous harcèle, vous assiège...

Schäffer renifla, essuya son nez coulant et reprit son souffle entre deux sanglots. De la tête, il continuait de faire « oui ».

— Clara était votre obsession... Durant une année – et, à dix-sept ans, c'est long –, elle a peuplé chacune de vos pensées, inlassablement. Vous connaissiez le remède ! Vous saviez que, pour guérir, il suffisait que cet immense amour puisse s'exprimer. Vous avez alors abattu tous vos atouts, l'un après l'autre. Vous avez tenté de la séduire, vous avez relevé ses défis les plus insensés, les plus dangereux. Vous vouliez l'impressionner, lui montrer la flamme qui brûlait en vous... Mais, en réponse, elle vous parlait de M. Chaban. Elle semblait n'avoir d'yeux que pour lui. Votre jalousie n'avait d'égale que votre souffrance.

— Chaban... Chaban, c'était faux, souffla-t-il en hoquetant.

— Oui, et j'imagine votre dépit quand vous l'avez compris en lisant ce cahier. Vingt ans trop tard. Quel gâchis, hein ?

Louise eut alors un geste qui surprit Keller et Badenco. Elle posa doucement sa main sur celle de Schäffer. Quand elle reprit la parole, sa voix n'était plus qu'un souffle aussi caressant qu'une brise :

— Peut-être n'auriez-vous pas commis l'irréparable si seulement vous l'aviez su... Peut-être que, ce jour-là, en haut de cette falaise, vous n'auriez pas entrevu ce gouffre comme étant la seule issue. La seule issue à une souffrance qui vous dévorait.

L'air s'épaissit soudainement. Et le silence qui suivit pesait si lourd qu'il parut prendre corps.

— À quel moment avez-vous su que Clara n'était pas morte ? Quand Magyd vous a demandé si vous étiez sûr de votre choix ? Parce qu'il avait bien compris, Magyd ? Il savait, lui, que vous étiez malade d'amour, que Clara était votre cancer. Il avait tout fait pour vous éloigner d'elle, en vain. Dites-moi tout, Alexandre, parlez... Le silence, aussi, est un cancer.

Schäffer fixait Louise avec une intensité faite d'espoir et de profonde contrition. Il n'était plus dans une salle d'interrogatoire. Face à un flic. Il était au confessionnal, et cette femme, devant lui, semblait lire dans ses pensées et le comprendre. Il éclata subitement en sanglots, et sa voix éraillée s'éleva dans l'air comme le cri d'une âme désespérée :

— J'ai cru... j'ai cru que je serais libéré ! Je ne savais plus comment arrêter de souffrir ! Je voulais que ça cesse ! Je voulais un tout petit peu de répit !

Louise hocha la tête, pour l'encourager. Lui prit plusieurs goulées d'air, le souffle court, la bouche grimaçante, et finit par retrouver un semblant de calme. D'une voix fêlée, il raconta :

— Au début, j'ai vraiment cru que Clara était morte. Et, à cet instant précis, j'ai ressenti quelque chose de totalement inattendu : un soulagement intense. Comme une lucarne qui s'ouvre enfin dans le tréfonds d'une cave irrespirable. La fin de mon calvaire. Une guérison miraculeuse. Clara était partie : elle ne m'appartiendrait jamais. Inutile, donc, de nourrir le moindre espoir. On dit que l'espoir fait vivre, mais il arrive qu'il assassine à petit feu, fit-il, médusé. Et c'était précisément mon cas... Et puis, reprit-il après un bref silence, je n'avais plus à supporter l'angoisse que Clara m'échappe, qu'elle finisse par en aimer un autre... Alors, oui, j'étais comme délivré.

— C'est à ce même moment que vous avez pensé au gouffre ?

— Il était juste là, tout près, et l'idée a surgi... Valériane et Magyd se disputaient, parce que Valériane voulait appeler les secours. Je me suis mis entre eux et je leur ai dit que c'était fini, que Clara était morte. Valériane a hurlé de douleur et s'est laissée glisser sur le sol. David s'est mis à pleurer, il secouait la tête en répétant que ce n'était pas possible. Magyd, lui, semblait paniqué. Il se frottait le visage, lançait des regards incrédules vers le ciel, à la fois ahuri et conscient des enjeux...

Alexandre Schäffer s'agrippait désormais à la main de Louise comme à une bouée pour ne pas couler à pic.

— Et moi, j'avais déjà en tête cette idée apaisante, fit-il en pointant son index sur sa tempe : le « gouffre mortel »... J'ai laissé passer un instant, les mots refusaient de sortir de ma bouche. Sauf que, je ne sais pas comment, je me suis entendu les prononcer. J'ai dit que nous pouvions nous en sortir et j'ai montré le gouffre du regard. Valériane a fait non de la tête, mais elle était soufflée, trop sidérée pour parler. David, à côté d'elle, a continué de pleurer. Et Magyd m'a observé. Il y avait comme... comme de la détermination dans son regard.

Un silence coula, durant lequel Louise continua à fixer Schäffer. Un fil ténu la reliait à l'homme et il ne devait pas se briser. Pas maintenant.

— Magyd et moi, on s'est dirigés vers Clara. C'est là que... que j'ai vu une de ses mains bouger. J'ai croisé le regard de Magyd. J'ai su qu'il l'avait vue aussi, parce que, à cet instant, il me sondait de cette manière grave qui signifiait : « À toi de voir. Moi, je suis ton ami, je te soutiens. » J'hésitais, j'hésitais vraiment, mais je me suis vu me baisser et attraper les poignets de Clara.

Là, Magyd a juste demandé : « Tu es sûr ? » Et je lui ai répondu : « C'est la seule solution. » Je le croyais vraiment. Je tenais enfin une solution pour guérir.

Louise retira sa main de celle de Schäffer. Elle s'enfonça dans sa chaise, agrandissant au maximum la distance entre l'homme et elle. Puis, d'une voix profondément lasse, elle énonça :

— Nous sommes le mardi 23 novembre 2021, il est 17 h 54. Monsieur Alexandre Schäffer, le chef d'inculpation retenu contre vous vient d'être requalifié en « meurtre au premier degré » sur la personne de Clara Joubert.

L'homme tressaillit, secoua la tête comme au sortir d'un mauvais rêve et, subitement livide, sonda la gendarme avec incrédulité.

— Mais, je ne… je ne comprends pas.

— Clara Joubert avait quinze ans et vous l'avez assassinée. Tout ce qui concerne vos motivations sera apprécié devant un tribunal, lui renvoya-t-elle en se levant.

— Mais vous ! Vous savez, n'est-ce pas ? cria-t-il au moment où elle ouvrait la porte.

Louise se figea et, toujours de dos, elle répondit froidement :

— J'ai abattu un homme pour vous sauver. Et je sais qu'une vie peut se prendre mais qu'elle ne se rend pas. Jamais. Vous, monsieur Schäffer, vous en avez pris deux, à une demi-heure d'intervalle. Celle de Clara Joubert et celle d'Ekhi Amestoy. Mes collègues vont vous rejoindre dans un instant pour ce second chef d'inculpation.

Elle referma la porte. Les épaules basses, le regard sombre, elle retrouva ses collègues qui la détaillaient comme si elle était une extraterrestre. Le silence entre eux faisait comme une chape de plomb. Finalement, Louise leva les yeux et souffla :

— J'aurais préféré me tromper.

Léa acquiesça, avant de demander :

— Comment as-tu su ?

— Un détail m'a chiffonnée en écoutant le récit de Ducuing. Pourquoi Magyd a-t-il demandé à Alexandre : « Tu es sûr ? » alors qu'il était déjà convaincu qu'il fallait se débarrasser du corps ? Je n'arrêtais pas de me demander ce que cette question venait faire là. Et j'ai fini par imaginer le pire...

— Et, si tu avais raison, il fallait amener Schäffer à se confesser, approuva Julien.

— C'est pour cette raison que tu m'as envoyée lui lire ses droits... Pour camper, d'entrée, le rôle d'une confidente et non celui de l'enquêtrice ?

Louise opina, observa longuement ses collègues et ajouta :

— Maintenant, je vous passe le relais. Appuyez-vous sur la gravure « MPC » immortalisée dans l'écorce près de la grange, sur le contenu du cahier intime de Clara et sur les aveux détaillés de Ducuing. Foutez-lui la pression et faites-lui cracher la vérité sur le meurtre d'Amestoy !

— Entendu, Louise. Et toi, tu... ?

— Désolée, mais je rentre me reposer quelques jours chez moi. J'en ai vraiment besoin.

– 76 –

Moi, je ne suis que la tata

C'était le premier jour de l'hiver, et un soleil parfait inondait le ciel. L'herbe encore givrée luisait sous la lumière vive, les arbres décharnés semblaient se gorger de la douce chaleur des rayons et les oiseaux piaillaient, voletant d'une branche à une autre. Louise détacha ses yeux du paysage qui défilait derrière la vitre passager et coula un regard vers Farid. Avec ses lunettes de soleil aux verres polarisés qui reflétaient le décor, son bonnet enfoncé sur son crâne rasé et son blouson de cuir, il avait des airs de gangster des cités.

— Pourquoi tu souris ?

— Parce que je vois les montagnes enneigées dans tes lunettes.

— Ah, c'est ça ? J'aurais espéré autre chose.

— Et parce que je me sens bien, gros bêta ! Là, en cet instant, avec toi à mes côtés.

Il tourna la tête vers elle et se fendit d'un grand sourire.

— Je suis heureux que tu sois définitivement rentrée, Louise. La maison, sans toi, m'a paru horriblement vide et froide.

— N'exagère pas ! Tu avais Omoko ! Moi, oui, j'étais seule ! Dans cette chambre du cercle mixte, sans même mon chat… et surtout sans toi, mon cher et tendre, ajouta-t-elle, amusée.

Il se pencha vers Louise, qui déposa un baiser à l'angle de sa bouche. Puis il mit le clignotant et s'engagea sur le petit chemin qui menait chez Violaine et François. À peine tira-t-il le frein à main que la porte de la maison s'ouvrit. Lucas jaillit à la vitesse de l'éclair et se mit à courir dans le jardin, déroulant derrière lui une banderole en papier où était écrit « BIENVENUE TATA » en lettres capitales et bigarrées. Louise sentit son cœur se soulever de joie.

— T'as tout bien lu, tata Louise ? cria-t-il, essoufflé, en la rejoignant.

— Il m'a peut-être manqué deux ou trois lettres, mais je crois que j'ai compris le message ! se moqua-t-elle gentiment.

Puis elle souleva son filleul et le couvrit de bisous. Ses cheveux sentaient la pomme verte, et sa peau était douce et fraîche comme celle d'une pêche.

— Tu sais que tu m'as aidée à résoudre une affaire très compliquée, Lucas ? fit-elle avec le plus grand sérieux alors que François et Violaine approchaient.

— C'est vrai, tata ?

— Bien sûr que c'est vrai. Grâce à tes explications sur les stratégies de guerre, notamment celle de la diversion.

— Maman, t'as entendu ? cria-t-il, aussi fier qu'ébahi.

Louise reposa Lucas, qui frétillait à cause de l'énorme excitation que lui procurait cette idée.

— C'était une affaire avec des bandits très méchants ?

— Mmm... on peut dire ça, oui...

— Et ils avaient des pistolets ?

— ... Tu es encore un peu trop petit pour que je rentre dans ce genre de détails. Mais, en tout cas, je te dois une fière chandelle... Enfin, la police judiciaire, dans son entier, te doit une fière chandelle !

Les yeux brillants de bonheur, Lucas éclata d'un rire joyeux et d'une sincérité enfantine.

— Et le président de la République aussi ?

— En tant que chef des armées, je suppose que oui, n'est-ce pas ? lui retourna Louise en prenant tout le monde à partie.

François, Violaine et Farid approuvèrent en riant.

— Bon, et si on rentrait ? proposa Violaine.

— Eh bien, comment dire... D'abord, j'aurais un petit cadeau à remettre à Lucas...

— Un cadeau ! s'exclama celui-ci.

— Disons qu'au vu de ta contribution à l'enquête, ce geste m'est apparu évident.

Violaine sentit un léger flottement dans l'air. Farid regardait ses chaussures. Louise affichait cette expression légèrement impertinente qui précède généralement les coups fourrés.

— Pourquoi est-ce que je crains le pire ?

— Va ouvrir le coffre, Lucas, fit Louise.

Puis elle se tourna vers son amie.

— Désolée, je n'avais pas vraiment le choix, lâcha-t-elle à voix basse.

— Louise, qu'est-ce que...

Mais elle n'acheva pas sa phrase. La mine rayonnante, Lucas apparut, un cocker dans les bras.

— C'est Balto, maman ! Tu te souviens, hein ?

Puis il posa le chien par terre et lui caressa le crâne avec tendresse. Balto remua immédiatement la queue et jappa deux fois, pour marquer sa joie.

— Je peux le garder, tata Louise, c'est vrai ?

— Je l'ai amené pour toi... mais, bien sûr, il faut que tes parents disent oui. Moi, je ne suis que la tata, tu sais, ajouta-t-elle d'un ton faussement navré.

François et Violaine lui lancèrent un regard assassin.

— Maman, papa, s'il vous plaît ! Je vous en supplie ! commença-t-il à les implorer en joignant théâtralement les mains. Je ferai mon lit tous les jours... je mangerai des légumes... je rangerai mes jouets... je serai sage... je dirai plus jamais de gros mots... j'aurai des bonnes notes à l'école... je...

— C'est bon, ça va, ça va ! le coupa François... OK pour moi.

— Et toi, maman, c'est oui ?

Violaine détailla son amie en secouant la tête, l'air médusé, puis reporta son attention sur son fils et lui fit un clin d'œil. Lucas laissa alors exploser sa joie et partit en courant dans le jardin, Balto sur les talons.

— Le voir si heureux me remplit de bonheur, commenta malicieusement Louise. Pas vous ?

— Ne pousse pas trop loin le bouchon, chère amie, c'est un conseil, lui retourna Violaine, pince-sans-rire.

— Je vois... Bon, alors, allons droit au but : me pardonneras-tu un jour ?

— Tu vas devoir ramper, je te préviens.

— Ramper ? Quelle idée saugrenue ! Sinon, j'ai aussi apporté un bon chardonnay bien frais.

— Ah ! Si tu as apporté du chardonnay, alors...

— Évidemment ! Pour qui me prends-tu, enfin ? Je me suis dit qu'il fallait quand même fêter cette adoption !

Les deux amies se regardèrent avec complicité, avant d'éclater de rire. Puis Louise ouvrit les bras, serra fort Violaine et lui glissa à l'oreille :

— Je ne veux plus jamais travailler sans toi.

— Ça tombe bien, on a du boulot par-dessus la tête qui nous attend à la BR.

Note aux lecteurs

Chères lectrices, chers lecteurs,

Ce thriller vous a fait voyager du côté de notre magnifique côte basque. Ce coin de France est cher à mon cœur, et j'ai tenté d'en restituer la beauté et l'âme au travers de mon récit – si j'y suis parvenue, tant mieux (j'espère cependant que ce n'est pas, à vos yeux, le seul atout de ce roman !).

Malgré la fidélité de mes descriptions, que les Basques de souche ou d'adoption me pardonnent quelques libertés prises avec les éléments bien réels du décor.

Premièrement, je tiens à préciser que, si des établissements scolaires conventionnés par des fédérations françaises de sports existent, le lycée privé Notre-Dame-de-la-Piété est inventé de toutes pièces. Pour son cadre enchanteur, je me suis librement inspirée du fabuleux domaine d'Abbadia, rattaché à la commune d'Hendaye : bordés de falaises surplombant l'océan, le château-observatoire et son magnifique parc constituent un joyau de la corniche basque que je vous invite vivement à découvrir !

Deuxièmement, oui, hélas, la côte entre Socoa et Hendaye s'effrite bel et bien, et certaines portions de la route de la corniche sont désormais fermées ; oui, pareillement, la baie de Loia n'est plus accessible que par voie maritime. Pour autant, l'important effondrement de roche de 2019 en baie de Loia auquel je fais référence est, lui, pure fiction. Pareillement, il n'existe pas, à ma connaissance, de faille de roche comparable au « gouffre mortel » que j'ai décrit dans mon roman.

Remerciements

David Capdevilla, j'avais prévu de te remercier et je me suis retrouvée, le cœur lourd, à te dédicacer ce livre… En ta qualité d'infirmier en soins intensifs, tu as pris le temps de m'écouter et de répondre à mes interrogations concernant la perte de conscience et l'anesthésie. Je m'en souviens parfaitement : nous avons plaisanté au téléphone lorsque je t'ai détaillé le mode opératoire de mon tueur. C'était hier, c'était en mars 2022… et, depuis, tu es parti, laissant derrière toi un grand vide.

Si écrire est une activité solitaire, celle-ci est rendue possible grâce au soutien des êtres chers, de tous ces invisibles qui croient en nous et qui, jour après jour, nous témoignent leur confiance et nous encouragent : je salue donc ma famille et mes amis, avec une pensée toute particulière pour Claude, mon mari, dont la présence à mes côtés est constante depuis toutes ces années !

Un immense merci, bien sûr, à mes bêtalectrices Karen et Christiane, qui m'ont poussée jusque dans mes derniers retranchements : leurs hypothèses, leurs déductions et leurs appréciations au fil de la rédaction de ce livre m'ont incitée à repousser plus loin encore les limites de mon imagination !

Écrire un livre nécessite parfois quelques étranges expériences, et je tiens ici à adresser un clin d'œil reconnaissant à Xavier, Christiane, Jean-Claude, Mimi, Thierry, Carole et Claude pour avoir accepté de taguer MPC à la bombe, me donnant ainsi le matériau nécessaire à la construction du raisonnement de ma graphologue !

Ma gratitude va aussi à Julie-Anne Tjoncke, médecin légiste à l'unité médico-judiciaire de Libourne, pour tout le temps et toute l'attention qu'elle m'a consacrés et pour ses éclairages incontournables en matière de médecine légale. Mes hommages également à Laurent Philipparie, auteur et policier, et à Didier Desmond, gendarme OPJ, qui ont tous deux constitué les intermédiaires avec Julie-Anne.

Je tiens à remercier Antonio Rodriguez, officier de gendarmerie, ancien enquêteur d'unité de recherches, ancien formateur OPJ et passionné de procédure pénale. Surgi des méandres d'Internet, tel un ange inespéré et bien inspiré, Antonio est apparu à point nommé pour scruter de son œil implacable les éléments de procédure de ce dernier opus !

Je remercie chaleureusement les éditions Michel Lafon pour l'accueil qu'elles ont réservé à ce manuscrit et l'accompagnement éditorial dont j'ai bénéficié. Je nous souhaite de belles perspectives dans cette nouvelle collaboration. Par prolongement, je remercie très sincèrement les éditions Pocket, qui, depuis mes premiers pas dans le monde de l'édition, m'accompagnent avec enthousiasme pour rendre mes livres accessibles au plus grand nombre.

Pour finir, j'adresse ma pleine et entière gratitude à tous les acteurs de la chaîne du livre (libraires, représentants…), grâce auxquels nos ouvrages terminent leur voyage dans les mains des lecteurs.

Mention spéciale aux lecteurs : au moment où j'écris ces lignes, je souhaite vivement remercier l'ensemble des fidèles lecteurs de la première heure qui m'encouragent *via* les réseaux sociaux et en direct lors de rencontres dans les salons. Bienvenue aussi aux nouveaux lecteurs, ceux qui me découvrent grâce à *Précipice* ! Je profite de cette mention spéciale pour attirer l'attention de l'ensemble de mon lectorat sur un mouvement nommé « Les Louves du polar », mouvement auquel j'appartiens et dont l'objectif est de donner plus de visibilité au polar français écrit par des femmes. Pour en savoir plus et découvrir notre actualité, retrouvez Les Louves du polar sur les réseaux sociaux (Facebook, Instagram, YouTube).

Composition et mise en pages
Nord Compo à Villeneuve-d'Ascq

Imprimé en Espagne par Liberdúplex
en janvier 2024
N° d'impression : 115348

POCKET – 92, avenue de France, 75013 Paris

S33644/01